EL ÚLTIMO CUADRO DE MARAT

JULIO CARRERAS LLISTERRI

EL ÚLTIMO CUADRO DE MARAT

JULIO CARRERAS LLISTERRI

EDITORIAL
SARGANTANA

El último cuadro de Marat

Email: info@editorialsargantana.com
www.editorialsargantana.com

Primera edición: Noviembre, 2023

Impreso en España

PEFC

Los papeles que usamos son ecológicos, libres de cloro y proceden de bosques gestionados de manera eficiente.

ISBN: 978-84-18552-96-0
Depósito legal: V-3600-2023

A las personitas que inundan mi futuro de ilusión.
A Lola, Guille, Gonzalo, Jorge, Clara, Conchita, Rocío,
Alberto y Lucas

Los hechos que aquí les narro, por motivos que pronto conocerán, he tenido que reconstruirlos a partir de cosas que no pude ver y lugares en los que no pude estar. He trabajado con tesón para elaborar un relato fidedigno de los sucesos que tuvieron lugar en la Costa Quebrada durante aquel otoño negro. Permítanme la licencia de narrarles la historia de uno de los artistas más grandes de todos los tiempos.

Índice

Capítulo 1

Tres golpes en la puerta

El arte de la pintura
Johannes Vermeer

Tres golpes secos sonaron en la entrada, un ritual que había anunciado la llegada de Jacinta de Rozas a su hogar durante décadas. Nunca sonaban igual, su cadencia e intensidad variaban según la época del año, el calzado que llevara puesto y las condiciones atmosféricas. Ella hubiera preferido no tener que darlos jamás, que su marido hubiera tenido más fortuna y más arrestos para darle todo lo que le prometió cuando eran un par de almas cándidas dispuestas a conquistar el mundo. Los tres golpes para limpiarse los zapatos sobre la losa de piedra que enfrentaba el portalón eran, a su manera, un recordatorio de esas promesas incumplidas: la promesa de una vida llena de comodidades; la promesa de que vivirían en un palacio, que sería envidiada; y, sobre todo, la promesa de que en breve asfaltaría el maldito camino del jardín. Para ser justos, tenía que reconocer que su marido al menos había cumplido una de ellas: la de aquel ruinoso palacio. Lo compró casi treinta años atrás, en la época dorada, cuando su pintura era cotizada y los negocios no le iban mal. Había pertenecido a alguien de la nobleza, no recordaba a quién y, según le dijo Beltrán, se trataba de una oportunidad única. Llevaba mucho tiempo deshabitado, sí, pero con un par de arreglos sería el hogar con el que siempre habían soñado. «El hogar que te había prometido», fueron sus palabras. Treinta años después, los arreglos seguían esperando y el muro de piedra exterior solo servía para contener la vegetación salvaje que devoraba el jardín de una vivienda que, si bien era aparente por fuera, se caía a pedazos por dentro. En más de una ocasión habían intentado comprárselo. Una vez por bastante más de su valor. Fácilmente podrían haberse deshecho de él y volver al pueblo —vivir con menos apariencia y más comodidades—, pero siempre las habían rechazado. Era cierto que mantener semejante monstruo consumía todas sus energías y sus escasos ahorros, pero si había algo que todavía los unía, si había una piedra que cimentaba su matrimonio era la voluntad de seguir allí, en aquel viejo castillo.

Recordaba con nitidez el día en que lo vieron por primera vez. Pese a vivir en Torrelavega, a escasos veinticinco kilómetros, nunca habían estado en Esles y una sola visita a la villa bastó para que se enamoraran de ella. Perdido en los valles pasiegos, el pueblo era un remanso de paz en el que el tiempo y la civilización habían pactado respetarse mutuamente. Rodeadas de verdes colinas salpicadas por robles, hayas y avellanos, un puñado de casonas tradicionales y palacetes se arremolinaban junto al río Parayas. Allí los colores eran más vivos, las agujas del reloj se movían lentamente y la prisa se desvanecía con el amanecer. Aquel era el lugar perfecto para jugar a ser dioses y hacer sus sueños realidad, pero la belleza es imperfecta y esconde trampas de las que resulta complicado escapar.

Los primeros años en el palacete fueron los mejores, los más felices de su vida. Su marido pintaba y ella repartía el tiempo entre las tareas del hogar y hacerse un hueco en la vida social de la villa. Una vida idílica que el pueril destino truncó con un hijo que no llegaba y el declive de Beltrán. Nunca lo había expresado en voz alta, no quería herirlo, pero ella estaba convencida de que ambas desgracias estaban íntimamente ligadas. La infertilidad de su cuerpo enfermó la creatividad de su marido y ambos fueron yermos para el resto de su vida. Con el tiempo, la ilusión de ser padres se diluyó. La energía con la que habían comenzado su proyecto de vida se desvaneció y el paso de los años erosionó sus sueños hasta convertirlos en un salvavidas inerte que no servía para sacarlos a flote. Los días de «aún podemos» se habían esfumado dejando paso a los cancerígenos días del «podríamos haber», un lamento que corrompe el amor. Aquel era uno de esos días, por eso los tres golpes secos en el umbral de la puerta sonaron a reproche y a tierra húmeda desprendiéndose del zapato barato de doña Jacinta de Rozas.

—Beltrán, ya he llegado.

Jacinta cerró la puerta con brusquedad y atravesó el recibidor cargada con dos pesadas bolsas de plástico repletas de fruta. Aprovechando la tradicional merienda de los martes, se había aprovisionado de género en una verdulería que quedaba cerca de la parada del autobús y que era sensiblemente más barata que las tiendas del centro. Pequeños detalles importantes para la economía doméstica.

—Beltrán, vengo cargada… Baja a ayudarme.

La ausencia de respuesta no le sorprendió, siempre era igual con él. Dio un bufido y fue hasta la cocina para dejar la compra sobre el banco de mármol amarillento.

El grifo goteaba otra vez.

Trató de cerrarlo y comprobó que, a pesar de que la maneta de cobre estaba girada del todo, el goteo continuaba. «¡Santo Dios! Cuando no es una cosa es otra», rezongó.

—Beltrán, el grifo de la cocina vuelve a gotear —protestó sin esperar respuesta.

Miró el reloj. Marcaba las ocho y su marido ni siquiera había empezado a preparar la cena. Seguro que le tocaba a ella cocinar otra vez, y eso que era martes, día de merienda. Mira que lo sabía. «Este hombre…», murmuró.

La merienda de los martes era uno de los escasos caprichos que Jacinta se había negado en rotundo a abandonar. Después de la novela, religiosamente tomaba el autobús a Torrelavega para reunirse con sus amigas de la infancia en una cafetería del centro. Allí, durante dos o tres horas, sentadas alrededor de unas tazas de chocolate y unas *polkas*, un dulce típico de la zona, se dedicaban a despellejar vivo a todo conocido, ellas incluidas en caso de que no pudieran asistir. Su marido decía que eran una panda de chismosas, *lumias* las llamaba. Ella lo reconocía: «Pues claro. ¿A ver si va a ser el fútbol el único deporte nacional?».

Tortilla de patatas tocaba para cenar. Y nada, ni había empezado a pelarlas.

—Beltrán, ¿aún no has empezado con la cena?

Aquel maldito hombre estaba cada día más sordo. O, mejor dicho, cada día se hacía mejor el sordo. Salió de la cocina y subió al primer piso. Cada vez le costaba más subir las escaleras. Si tuviera dinero, se haría un dormitorio en la planta baja. Eso sí, solo para ella. Beltrán se quedaba arriba, que estaba hasta las narices de sus ronquidos.

—Beltrán, ¿me has oído?

La mujer avanzó por el corredor de la primera planta. Una suave música, apenas imperceptible, sonaba tras la puerta de la habitación que había al final del pasillo. La del estudio. Se sorprendió. ¿Estaría pintando?

Pese a seguir autodenominándose pintor, su Beltrán hacía años que no tocaba un pincel. Decía que su creatividad se había secado, que no servía, que ya no podía hacerlo. Pero ella sabía que no era cierto. Hay cosas que no se olvidan. Sus últimos fracasos habían resquebrajado su ego y, donde él veía falta de inspiración, ella veía pánico a sufrir un nuevo revés. La cobardía de su marido le entristecía tanto como la suya propia, por no zarandearle y decirle que aquello eran excusas y que él valía más de lo que un puñado de críticos que bailaban al son del dinero pudiera opinar sobre su obra.

A la sorpresa le siguió una sonrisa. Esa sonrisa orgullosa que sale de las entrañas. Esa mueca de profunda satisfacción que aparece cuando tu compañero te demuestra que, a pesar de los años, las brasas del amor aún pueden avivarse; o cuando un hijo hace caso a ese consejo que pensaste que nunca había escuchado; o, como en aquel caso, cuando alguien a quien amas se levanta y lucha por una causa que creías perdida. Sí, seguro que estaba pintando. Estaría tan absorto en el trabajo que ni se habría dado cuenta de la hora que era…

—Beltranuco, cariño, ¿estás pintando?

Jacinta abrió la puerta con delicadeza. Olía a trementina, y la luz ambarina que anuncia el ocaso se colaba en la habitación por el gran ventanal. Los armoniosos acordes de violín del *Romance*, de Dmitri Shostakovich, sonaban en el viejo estéreo. Al pintor le gustaba crear una atmósfera que le inspirara, y el compositor ruso maridaba a la perfección con aquel estudio que recordaba vagamente al que una vez inmortalizó el barroco Vermeer en su alegoría a la pintura; antiguo y luminoso, de suelo ajedrezado y detalles sobrios. En el centro, de espaldas a ella, su marido estaba recostado sobre la mesa con las manos extendidas en cruz y, al fondo de la habitación, sobre un caballete, un lienzo reflejaba la escena que tenía ante sí desde una perspectiva diferente.

—Beltrán, ¿qué sucede? —su voz sonó grave.

Algo no estaba bien. Los ojos de Jacinta se clavaron en la pintura que tenía frente a ella y su rostro palideció.

—¡Dios mío! Beltrán... ¡Beltrán! ¡Beltrán!

Jacinta se abalanzó sobre el hombre, lo asió por la espalda y torpemente trató de incorporarlo. Fue inútil. Un grito mudo salió de su garganta. Frente a ella, el cuadro que acababa de ver reflejaba como un espejo el drama de la muerte de Beltrán Carbajosa. Su cadáver aspado en la mesa con dos gruesos clavos que taladraban sus manos; su piel nívea, el vacío en sus ojos y un rictus de dolor eran testigos de su último aliento.

Un frío intenso la recorrió por dentro subiendo desde los dedos de los pies hasta alcanzar su corazón. Su cuerpo se volvió ajeno. Se tambaleó. No podía creer que aquello le estuviera sucediendo a ella. Miles de imágenes se agolpaban en su mente. El día que se conocieron, de niños, cuando él comenzó a rondarla y coincidían «por casualidad» en el camino de vuelta de la escuela; su primer beso aquella noche de carnaval... Los momentos buenos, los malos, su felicidad, su ocaso, los abortos, su muerte.

Envuelta en lágrimas de desesperación y con el corazón astillado, Jacinta salió de la habitación, bajó las escaleras y corrió hasta la calle, desierta a esas horas. Una vez fuera, gritó. Gritó con fuerza, con angustia. Gritó su nombre una y mil veces, aunque sabía que él no volvería a oírlo jamás. Cuando los primeros vecinos acudieron en su auxilio, en un estado en que la desesperación fundía lo real con lo irreal, los guio hasta la escena del crimen. Esa vez fue la primera en mucho tiempo que los tres golpes secos no precedieron a su entrada en casa.

Capítulo 2

El preso 253

La casa del ahorcado en Auvers-sur-Oise

Paul Cézanne

La pareja que tenía destino en el economato despachaba sin demasiado brío la cola de reclusos que se había formado frente al ventanuco. Era una mañana agradable en el centro penitenciario de El Dueso, uno de esos días extra de buen tiempo en el languidecer del verano norteño. Quizá por eso, el ambiente en la amplia explanada del patio parecía más relajado de lo normal y muchos de los internos paseaban sin rumbo fijo o yacían dispersos en pequeños grupos por la pradera que había junto a las pistas deportivas. En la cola seríamos unos diez o doce, todos desganadamente alineados, como si esperáramos turno frente a la oficina de empleo. Yo, que era el último, parecía ser el único que tenía cierta prisa por ser atendido. Necesitaba urgentemente comprar té.

El té. No tengo una explicación racional que justifique mi adicción a esa hierba, pero lo cierto es que sin ella no funciono. Al igual que les sucede a otros sin el tabaco, el alcohol, las drogas o el deporte, mis manos se vuelven torpes y mi imaginación se aletarga. Si no tengo té, no puedo pintar y, por ende, no puedo ser. Desconozco si se trata de una reacción química o de otra naturaleza, pero sin mi dosis de catequina y cafeína mi mente es como la felema del alcornoque: impermeable y de baja densidad.

Tras diez interminables minutos por fin me llegó el turno. Me atendió Fandi, un interno desdentado al que le encantaba contar chistes malos y que estaba allí porque ya no sabía vivir en un lugar que no tuviera rejas. Nada más verme puso sobre el mostrador un par de cajas de té verde de la única marca que vendían en el economato, una hierba tan abominable como el café de máquina expendedora y que se había convertido en el único motivo por el cual deseaba la libertad. «Ponme también un par de cajetillas de tabaco», le pedí. Él me miró extrañado. Sabía de sobra que no tenía ese vicio, pero ese no era su problema, bastante tenía con lo suyo. Las dejó con ligereza junto al té y le di la tarjeta de peculio para que me cobrara. Mientras lo hacía, quizá para borrar su duda, me contó un chiste soez que acabó en una sonora carcajada por su parte y una discreta sonrisa por la mía. Creo que era la tercera o cuarta vez que lo oía.

Mi padre no salía jamás de casa sin llevar dos monedas en el bolsillo. No le vi utilizarlas nunca, para pagar empleaba siempre el dinero que guardaba en una vieja cartera que le regaló mi madre antes de que yo naciera, pero siempre las llevaba encima. Una vez, cuando apenas llegaba al metro, le pregunté por el motivo de aquella extraña manía. «Nunca se sabe cuándo vas a tener una emergencia», me respondió. Desde aquel día yo heredé su costumbre y siempre, antes de salir de casa, metía dos monedas en mis bolsillos. En prisión no hay monedas, pero sí cajetillas de tabaco. Es algo que siempre viene bien a la hora de pedir favores, y yo en breve tendría que recurrir a uno.

Las necesidades básicas estaban cubiertas; aun así, no tenía unas expectativas muy halagüeñas de poder disparar mi creatividad con aquella hierba mediocre. Si quería aprovechar al máximo el momento dulce que estaba teniendo con el cuadro en el que me había enfrascado días atrás, necesitaba algo de buena calidad, y aquello significaba darme un paseíto por el *tigre*. A lo mejor tenía suerte y Romero había tramitado el encarguito que le había hecho la semana anterior. Miré el reloj. Todavía quedaban veinte minutos para la una, la hora del cierre del patio y subida a celdas. Tenía tiempo suficiente.

Si hay un tópico recurrente en las películas carcelarias es que, estés en el presidio que estés, siempre hay un tipo capaz de conseguir cualquier cosa. Recuerdo que durante mis primeras semanas en prisión pensé en más de una ocasión que aquello era imposible, que en una sala de cine, con un cubo de palomitas entre las piernas, todos éramos unos ingenuos por creérnoslo. ¿Cómo era posible que alguien fuera capaz de burlar las medidas de seguridad de esa jaula para humanos? Era una quimera. A decir verdad, todo, absolutamente todo lo que fuera esperanzador, me parecía inverosímil por aquella época. Pero luego poco a poco me fui haciendo a esa especie de no vida que es la prisión y me di cuenta de que los magos existen. Son de carne y hueso, como Romero, personas capaces de hacer crecer las cuentas bancarias de algún familiar por arte de *birlibirloque*, que conocen las ambiciones de los proveedores, que hacen invisibles algunas sustancias a los ojos de determinados funcionarios, o que pueden hacer aparecer cuatro cajas de té de Darjeeling primera cosecha en tu celda. Magia de la buena.

Como mandan las viejas costumbres, los trapicheos siempre tienen su oficina central en el baño, el *tigre*, como dicta la jerga carcelaria. Cuando alguien quiere algo que no se vende en el economato, ya sea un bien material o inmaterial, en el *tigre* lo puede encontrar. Siempre que tenga algo con lo que pagar, claro. Allí el tendero se llamaba Romero y sus empleados eran dos armarios con mucho más músculo que seso. Eran ellos dos los que decidían si podías entrar o salir, si podías hablar o debías callar. Yo, por fortuna (nunca supe el motivo), desde mi llegada a El Dueso le caí bien al dueño de aquel negocio y nunca tuve que vérmelas con ellos, pero conozco a más de uno que sí lo hizo, y solo puedo decir que nunca volvieron a ser los mismos.

—¿Puedo ver a Romero?

El grandullón que estaba apostado en la entrada miró hacia el fondo de la habitación, donde un tipo más enjuto, amasijo de fibra y nervio, me hizo un gesto para que pasara a «su oficina».

—¡Chino! Tengo buenas noticias para ti —dijo mientras ponía encima de la mesa un paquete forrado con papel de estraza—. Aquí está tu mierda.

—Gracias, Romero. ¿Cuánto te debo? —dije antes de tocarlo.

—¡Nada, hombre! Eres el puto tío más raro de la cárcel. Tan reservado, siempre vestido de negro como un cura… En este negocio me juego el cuello por cada encarguito que me hacen. Móviles, *crack*, pastillas, pinchos. ¡¿Para uno que me pide hierba legal le voy a cobrar?! ¡He, he, he!

Reprimí una sonrisa, más de uno había pagado caro el mofarse de su risa gangosa y, durante unos segundos, medité mi respuesta. Aquel tipo no era conocido por hacer regalos. Estaba seguro de que mi pedido tenía un precio y quería saberlo antes de tocar el paquete. Romero, que no era tonto, leyó mi duda y, con una mirada que atestiguaba que aquel saco de huesos había vivido más de siete vidas, me indicó la cuantía.

—¡He, he, he! Hay un tipo que se ha apuntado a tus clases de pintura —dijo con un aspaviento restando importancia a su comentario—. Uno jovencito…

Asentí. En aquella ocasión la factura de mis paquetes de té Darjeeling primera cosecha la iba a tener que pagar otro por mí. Así es la vida en la cárcel. Es cuestión de supervivencia.

***

El centro penitenciario de El Dueso es, seguramente, la mejor cárcel del país. Más de trescientos mil metros cuadrados para poco más de cuatrocientos presos. Además, está en las faldas del monte Buciero, lo que hace que los reclusos más privilegiados puedan ver desde sus celdas las marismas de Santoña o la playa de Berria. Pero, sin duda alguna, lo mejor de todo es el patio. Es tan grande que incluso uno puede tener una liviana sensación de libertad. Se puede dar un paseo de hasta un kilómetro, un lujo sin parangón para un presidiario. No en vano, uno de sus internos más ilustres, el Lute, dijo que en El Dueso uno tenía la ilusión de sentirse libre a ratos.

Para mí, aquel «hotel» del que los huéspedes no pueden salir no era ni mejor ni peor que otra cárcel. Era donde me tocaba estar para purgar mis pecados; un paréntesis en mi vida que me había ganado a pulso. Así que lo pasaba de la mejor manera que podía, haciendo lo que mejor sabía hacer: pintando y enseñando a pintar. Todos los martes y jueves, después de la hora de descanso, me dirigía religiosamente a las aulas del área sociocultural, donde la Junta de Tratamiento me había autorizado a impartir unos talleres de pintura para otros convictos. Allí nos juntábamos una docena de presos y, provistos del material que permitía el escaso presupuesto, dábamos rienda suelta a nuestra creatividad. Me sabe mal reconocer que durante todo el tiempo en el que impartí aquellos talleres no tuve ningún alumno excepcional, pero también me enorgullezco de afirmar que tampoco hubo ninguno sin ilusión.

Pintábamos sobre lienzo, normalmente al óleo en los primeros cuadros y luego, cuando habían cogido algo de soltura, dábamos el salto a la pintura acrílica, que seca más rápido. La mayoría se decantaba, cómo no, por imágenes que los transportaban lejos de allí: paisajes coloridos, vidas urbanas o retratos de familiares. Imagino que la mayoría de esas piezas estarán ahora en la basura, pero también habrá algunas que hayan sobrevivido y ahora estén colgadas en las paredes de la casa de algún familiar. Tal vez hasta les sirvan de inspiración cuando, como personajes anónimos, comiencen una nueva vida.

Aquella mañana se había incorporado un alumno nuevo a las clases. Su nombre era José Ramón, pero todos lo llamaban Tolo. Creo que venía de *atolondrado*. Era un muchacho tímido de facciones finas que rondaría la veintena. Llevaba poco en el trullo, un par de meses a lo sumo, y aquella era su primera vez entre rejas. Según me enteré más tarde, lo habían condenado por matar a dos personas. Las atropelló cuando conducía bajo los efectos de un cóctel explosivo de drogas y alcohol. No tenía mucho dinero para un buen abogado y se la cargó con todo el equipo. No hacía falta ser muy hábil para adivinar que durante sus primeras semanas había pasado más tiempo llorando que durmiendo. Era tal su fragilidad que el médico de la prisión había recomendado que le aplicaran provisionalmente el protocolo de prevención de suicidios. Carne de cañón para tipos como Romero.

—¿Has pensado ya sobre qué vas a pintar?

Tolo buscó en el interior de los bolsillos de la sudadera que llevaba puesta, una de esas grises con el nombre de una universidad escrito en el pecho, y sacó un papel plegado en cuatro, una imagen que había recortado de una revista.

Cogí la hoja manoseada y sonreí. Era una fotografía de *La casa del ahorcado en Auvers-sur-Oise*, la primera obra que vendió Paul Cézanne, padre de la pintura moderna y, sin embargo, artista ignorado en vida. Una composición de líneas complejas y pincelada granulada en la que el impresionista jugaba con planos estrechos para presentarnos un pueblo abandonado a la caída del sol. Una pieza que reflejaba la soledad de manera magistral y que estaba influenciada por su amigo Pissarro. Le venía como anillo al dedo.

—¿Vas a copiar un Cézanne? Es un poco difícil para empezar... Una obra compleja.

—No puedo dejar de mirarlo —respondió con timidez bajando la vista hacia sus zapatos.

Me giré hacia la clase y pregunté en voz alta, sin referirme a nadie en concreto:

—¿Para qué pintáis?

Mis alumnos se miraron los unos a los otros. Nadie sabía qué responder.

—¿Para entretenernos? —dijo Ioan, un rumano bajito de piel morena que siempre dibujaba mujeres desnudas. Tenía una memoria prodigiosa, un buen historial de *affaires* y buena clientela en El Dueso. El erotismo siempre vende bien, sobre todo cuando es natural y salvaje.

—¡Pintamos para esto! —exclamé mientras les mostraba la imagen que había escogido el nuevo y la golpeaba con el dedo índice—. ¡Para hacer sentir! Paul Cézanne decía que una obra de arte que no surge de una emoción no es arte ¡Tenéis que contagiar vuestros sentimientos, como una maldita enfermedad!

Todos me miraban expectantes. Tolo, ruborizado.

—El mayor fracaso de un artista es no lograr transmitir nada con su obra. Da igual la corriente, da igual el motivo, da igual la complejidad...: el resultado final tiene que traducirse en un golpe en el alma del observador. Un buen derechazo que le haga perder la noción del tiempo frente a ella.

»¡Pero, ojo! Cada persona tiene una sensibilidad. Hay cuadros en grandes museos sobre los que la gente vomitaría, obras que la gente piensa que son una gran estafa, pero esas piezas están ahí porque alguna vez hicieron sentir miedo, amor, inquietud, odio, paz, desasosiego... Valoramos el arte por su composición, su técnica, su estilo... Pero todo eso, sin sentimiento, no es nada. ¡Nada! La pintura es poesía muda y la poesía pintura ciega. No me lo he inventado yo, lo decía un tal Leonardo Da Vinci.

»Cézanne, en esta pieza, nos hace sentir la soledad como nadie. Puede que no sean tan famosa como *Los jugadores de cartas*, la obra que pintó hasta en cinco ocasiones y durante un tiempo fue la más valiosa del mundo, pero para mí es la más impresionante.

Todos asintieron.

—¿Sabes al reto al que te enfrentas, Tolo? —pregunté al chico—. Puedes intentar copiar este cuadro, pero solo será una buena copia si consigues transmitir emociones. ¿Estás dispuesto a ello? ¿Serás capaz de dibujar la soledad?

El chico, cabizbajo, meditó su respuesta durante unos segundos.

—Sí. Estoy dispuesto —su voz, por primera vez, sonó decidida. Rotunda.

Aquella tarde el taller de pintura finalizó un poco antes de lo estipulado. Como cada primer jueves de mes, tenía comunicación oral y necesitaba algo de tiempo para arreglarme un poco. Creo que mis alumnos lo notaron, ya que estaba un poco más tenso de lo habitual. En prisión, cuando hay visita, todo el mundo está un poco alterado. Es una sensación extraña, un dulce nerviosismo similar al de un adolescente ante su primer encuentro con la chica que le ha robado el corazón.

Tenía que acicalarme, así que subí al *chabolo*, mi hogar, una pequeña habitación alargada con mobiliario robusto y funcional donde compartía litera, baño y escritorio con Agustí

Cuatrodedos Graells. Cuatrodedos era un chanchullero que había entrado y salido de prisión tantas veces que no las podía ni contar. Timador compulsivo, había participado en varios robos y lo habían detenido por tráfico de todo tipo de sustancias. No era el peor compañero de celda que me podía haber tocado. Pecaba de charlatán, lo cual en ocasiones resultaba molesto, pero era mejor compartir piso con un estafador que con alguien más violento. Me lavé la cara, me puse ropa limpia y, cuando estuve listo, bajé a la zona de visitas.

Tuve que esperar un par de minutos sentado en el pequeño cubículo antes de ver entrar a Isla a través del grueso cristal que separaba a los hombres libres de los presos, a los «buenos» de los «malos». No fui el único que se percató de su aparición. Como era habitual cada vez que entraba en la sala, todas las miradas fueron para ella. Rubia, de facciones delicadas y piel transparente, Isla era la definición de belleza, pero lo que más atraía a todo el mundo era esa especie de magnetismo que la convertía en un ser tan misterioso como hermoso. Era común que los días siguientes a sus visitas algunos reclusos se acercaran para preguntarme quién era aquella mujer. No eran los únicos, los *jichos*, que es como dentro nos referimos a los funcionarios de prisiones, también la miraban con deseo. No entendían cómo un chino entrado en años como yo, flaco, bajito y poca cosa tenía una relación tan estrecha con una mujer así. Aquello, lejos de ufanarme, me suponía un dilema. Las visitas de Isla siempre me alegraban, ¡cómo no! Ella era prácticamente la única conexión que tenía con el mundo exterior, pero a menudo también me atormentaban. Sufría por si su generosidad al venir a visitarme pudiera causarle alguna vez algún perjuicio. Aquel sitio no era lugar para alguien como ella.

Cuando Isla me vio, esperando en mi *box*, sonrió y alzó la mano en señal de saludo. Estaba acostumbrada a las miradas indiscretas, así que avanzó con decisión y se sentó en la silla de plástico que había frente a mí. Tan cerca y tan lejos.

—No tengo mucho tiempo. —Su mirada traslucía pesar por regatearme unos minutos. Sabía que sus visitas me hacían muy dichoso—. ¿Cómo estás?

—Estaría mejor en tu lado del cristal —respondí con una sonrisa.

Ella se contagió.

—Pero no te preocupes —continué tratando de aligerar su apuro—: este viejo tiene suficiente con que hayas venido hasta aquí.

Conversamos un poco sobre las novedades en su vida, sobre cómo le iban las cosas. Yo le hablé de las clases de pintura y de aquel alumno que quería copiar a Cézanne. Le conté también que estaba trabajando en una obra nueva y que esperaba que algún día ella pudiera verla.

—Tengo la sensación de que será mi último cuadro —le confesé.

Ella restó importancia a mi comentario diciéndome que seguro que me equivocaba. Me quejé de lo horrible que era el té del economato y le insistí en que no tenía de qué preocuparse por eso, que ya me las apañaba yo para que no me faltara de nada. Ella me dijo que me había traído algo de ropa para el invierno. Lo de siempre: pantalones, camisetas gruesas y jerséis. Todo de color negro, el único color con el que siempre he vestido, aunque, en realidad, el negro es la ausencia de color. Se llevaría la de verano aprovechando que estábamos en fecha de entrada y salida de paquetes. Y en ese vaivén de comentarios superfluos que me hacía olvidar momentáneamente los muros que me separaban de ella, el tiempo pasó deprisa.

Al cabo de un rato, cuando observé que miraba su reloj de pulsera de refilón, supe que se aproximaba el momento de la despedida.

—¿Cómo está él? —pregunté.

No quería que se marchara sin hablar, aunque fuera durante unos pocos minutos, de lo único realmente importante que había en nuestras vidas.

—Bien —me respondió. Una palabra que dice todo y no dice nada.

—Dile que se cuide… —dudé—, y que espero poder volver a verlo cuando salga de aquí.

—Él… Él te aprecia. Lo sabes, ¿no? Aunque no venga a visitarte.

—Lo sé, Isla.

Ella sonrió con amargura y apoyó la mano sobre el cristal. Yo hice lo mismo echando de menos sentir su piel cálida en lugar de aquel frío inerte. La vista acabó ahí. Todavía quedaban diez minutos del tiempo estipulado, pero me despedí de ella aduciendo que tenía cosas que hacer para evitarle el mal trago de que fuera ella quien dijera que se tenía que marchar. Se iría aliviada y yo retendría sus palabras para apaciguar mi alma durante los próximos días. Así eran los primeros jueves de mes.

Pasé el resto de la tarde paseando mi nostalgia por el patio, absorbiendo los rayos de sol que nos daba esa prórroga del verano y tratando de retener en mi memoria los minutos que acababa de pasar con Isla. Exprimiendo sus palabras y dejándolas fluir por mis venas.

A las ocho y media, tras la cena, justo después del cierre general de celdas, me dirigí al armario de cemento de mi *chabolo* y extraje del estante superior mi caja de pinturas y un lienzo montado en su bastidor que guardaba protegido con unos cartones. Cuatrodedos no dijo nada. Estaba acostumbrado a mis rutinas nocturnas y nunca se quejaba por mi afición a pintar de madrugada. Él era capaz de dormir a pierna suelta incluso en medio de una demolición. Coloqué el cuadro en una especie de atril casero que había confeccionado en el muro que separaba las literas del baño y lo contemplé. Hacía días que no trabajaba en él, pero, gracias al té de Darjeeling y a la visita de Isla, me había inundado por dentro una repentina necesidad de pintar.

Así soy yo. Así es Mu Zhao.

Capítulo 3

Una llamada a media noche

Tres mundos
Maurits Cornelis Escher

Se gira hacia mí un instante y veo su rostro: una hilera de perlas, dos hoyuelos diminutos y unos ojos que apenas se ven por el flequillo rubio que le cae sobre la frente. Esgrime una sonrisa de triunfo, una mueca de gloria que solo los más inocentes muestran sin complejos. Luego se gira y sigue pedaleando con empeño. En cada vuelta de rueda mueve las piernecitas con rapidez, pero sus movimientos todavía carecen de la cadencia necesaria para administrar el denuedo. A él le da igual, hoy es el héroe, hoy se despide para siempre de las ruedas de apoyo. Ahora es más rápido que mamá. Más rápido que sus amigos.

Su pedaleo mejora y poco a poco va ganando distancia. Yo lo sigo, al principio andando rápido y luego corriendo, mientras el pequeño va ganando terreno. Le digo que se detenga, primero ordenándoselo, luego rogándole, pero él no oye mis gritos. Concentrado en su hazaña, avanza por una calzada que se va estrechando cada vez más y más hasta convertirse en un camino angosto que se adentra en una arboleda. Lo he perdido de vista, pero intuyo el rumbo que ha tomado. La senda ha desaparecido y el bosque es cada vez más denso, cada vez más húmedo. De pronto soy consciente de que hace tiempo que no oigo nada, ni siquiera el sonido de mis propias pisadas. Cada vez me cuesta más seguir su pista. Aparto la maleza con las manos y escudriño el suelo en busca de las huellas. La posibilidad de que el niño haya podido avanzar por ese terreno tan inhóspito en bicicleta es casi nula; sin embargo, las marcas de los tacos sobre la tierra me animan a seguir en esa dirección. A decir verdad no es ánimo, es más bien desesperación. Mi única alternativa es continuar.

Grito su nombre, pero ni el silencio me responde. Entonces oigo un sonido, una especie de zumbido. A la turbadora espesura de troncos infinitos que se confunden con la niebla no le corresponde aquella monótona vibración del mundo exterior. Alzo la vista y examino con impotencia el desapacible paisaje que tengo ante mí. Trato de encontrarlo por última vez. El zumbido es cada vez mayor y cada vez soy más consciente de que el tiempo se agota. Por mucho que trate de alargar ese momento en que se mezclan sueño y realidad, el sonido del teléfono móvil devasta impasible el paisaje onírico al que trato de aferrarme.

Ángela se despertó con un sobresalto. Estaba empapada en sudor y el corazón le latía a cien por hora. Como siempre, experimentó una mezcla de tristeza y alivio por abandonar la pesadilla. Tristeza por fracasar en su misión y alivio por abandonarla. Aun así, era consciente de que tarde o temprano volvería a ella. Siempre volvía. Era su castigo, estaba condenada a vivir en dos mundos, como los espacios paradójicos que dibujaba Escher, el maestro neerlandés de los universos imposibles, el malabarista de la ilusión óptica. Dos mundos, uno real y otro irreal, que en ocasiones como aquella se fundían proporcionándole una profunda aflicción. Por eso, cuando sonreía, su sonrisa valía por dos.

Sin encender la luz, alargó la mano hacia la mesilla de noche y la palpó en busca del teléfono. Darío, tumbado boca abajo a su lado, roncaba plácidamente. Ni se había inmutado. Le asombraba la capacidad para dormir que tenían algunos hombres. Su amiga Virginia siempre decía que, en realidad, no dormían, que se hacían los dormidos. Su teoría se basaba en que, las primeras semanas tras el nacimiento de su primer hijo, su marido siempre se despertaba para hacerle compañía en la soporífera lactancia de media noche, pero luego esa costumbre desapareció. ¿Por qué? No era porque no se despertaran, era porque no querían levantarse. No querían ayudar y se hacían los dormidos. Virginia siempre estaba con ese tipo de cosas. A Ángela esas conversaciones le aburrían. Cuando llegaban los monólogos sobre bebés, niños y demás, ella se alejaba. Al principio desconectaba de la conversación y más adelante ponía cualquier excusa para no quedar con ellas. Con su trabajo lo tenía fácil. Al final las relaciones se enfriaban y la condición de madre terminaba por imponerse a la de amiga. Era algo natural, pero le daba pena. Como todo en esta vida, era cuestión de acostumbrarse. Acabó por no echarlas de menos. Se juntaba con otra gente y empezaba de nuevo. No le costaba. Además últimamente se daba la situación de que muchas de ellas volvían de su destierro en el planeta «familia feliz». Benditos divorcios.

—Darío. Chsst —dijo en voz casi imperceptible.

Nada. Como un tronco. O lo hacía muy bien o la teoría de su amiga Virginia era infundada. El teléfono seguía sonando. Reconoció el número de la pantalla: era del trabajo. Salió de la cama y el tacto frío de los pies descalzos sobre las baldosas de porcelana la transportó por un instante al bosque que acababa de abandonar en sus sueños. Una sensación de tristeza la embriagó. Intuía que las noticias que recibiría en aquella inoportuna llamada no iban a diferir mucho de su pesadilla. Se dirigió al baño contiguo a la habitación y descolgó el teléfono.

—Buenos días, Souza —la enérgica voz barrió los rescoldos que aún quedaban del sueño.

—Buenos días, mi comandante. ¿Sabe qué hora es?

—¡No me joda, Souza, que si la llamo a esta hora no es para invitarle a desayunar! Que yo llevo unas cuantas más despierto…

Sin duda se trataba de algo urgente. Su jefe, el comandante Balmaseda, no era de los que llamaban a las seis de la mañana por una menudencia cuando en un par de horas podía encontrarla en su despacho. No hacía falta tenerlo delante para saber que estaría sentado y apretándose la sien con la mano izquierda como si quisiera exprimirla. Siempre que estaba nervioso lo hacía. Lo conocía bien. Habían trabajado muchos años juntos. Ahora él tenía otras ocupaciones.

—Lo sé, lo sé… Dígame, ¿qué sucede?

—Un muerto *matao*. En un pueblecito de Cantabria.

La teniente Souza meditó unos segundos sus palabras antes de contestar. Sabía que aquella llamada a esas horas significaba hacer las maletas y salir pitando para hacerse cargo de un caso que, lo más seguro, sería como una inmensa bolsa de mierda con un detonador inestable. Sin embargo, algo le chirriaba. La Policía Judicial contaba con una unidad orgánica en cada zona que se encargaba de investigar los casos en su territorio, y solo recurrían a la Unidad Central Operativa, la UCO, cuando entraban en juego varias comandancias o cuando las cosas se ponían difíciles. Por lo general eso sucedía cuando la investigación estaba avanzaba. Solían ser casos jodidos y normalmente a los locales no les hacía ninguna gracia que un enterado de Madrid tuviera que ir a resolverles la papeleta.

—¿Y no se pueden encargar los de allí?

No podía verle la cara, sin embargo, intuía la sonrisa cínica dibujada en la boca de su jefe. Ahora venía la parte dulce, se lo conocía de memoria.

—Hay una puesta en escena. Una de esas que te gustan tanto… Y ya sabes que eso es solomillo para los buitres de la prensa. En cuanto se enteren, se armará la de San Quintín. Preferimos que lo lleve alguien de la UCO. Alguien con buena reputación. Alguien como tú.

El asunto debía de ser feo de verdad. El repentino cambio al tuteo y que su jefe le dorara la píldora a esas horas de la mañana confirmaban su teoría. Aquello olía a chamusquina.

—Ya veo: que, si hay problemas, se coma el marrón alguien de fuera.

Sabía que no había lugar para réplica. Era una orden. Además, a ningún investigador en su sano juicio le gustaba dejar pasar un caso jugoso, aunque estuviera enfangado y fuera en Sebastopol, y ella no era una excepción.

—Ya sabes que eres la mejor opción para este tipo de casos.

Lo de la «opción» no es que fuera un gran halago, pero sabía a lo que se refería. Los asesinatos «raritos» eran lo suyo. El primero le cayó de rebote, al poco tiempo de unirse a la UCO. Un ajuste de cuentas entre clanes de la mafia albanesa. Normalmente esa gente no se anda con remilgos y, cuando alguien les molesta, se deshacen del estorbo de la manera más literal. El mejor modo de evitar que la policía se entrometa en tus negocios al investigar un trivial asesinato es que el cuerpo no aparezca nunca, sobre todo cuando a nadie le importa una mierda el desaparecido. Fórmulas hay tantas como películas de gánsteres. La mayoría conocidas, aunque no por ello sencillas: disolver el cadáver en un barreño con ácido y luego deshacerse del caldo en alguna fosa séptica, sepultarlo con cemento en la solera de un edificio, trocear el cuerpo en pedazos tan pequeños que los perros o los cerdos no tengan problemas en devorarlos, etcétera. Pero en aquella ocasión parecía que los albaneses tenían especial interés en dar un mensaje contundente a alguien, así que se decantaron por una puesta en escena tan macabra como original: desmembrar a uno de los gerifaltes del clan rival y volver a ensamblar sus miembros de manera aleatoria. Como en el juguete ese que tiene forma de patata con huecos para que los niños armen el cuerpo. La idea era ingeniosa y el aviso quedó bien claro, pero tanto tejemaneje con el cadáver fue un nido de pistas para Criminalística, quienes enseguida encontraron varios hilos de los que tirar. Gracias a ello, la por entonces brigada Ángela Souza, pudo resolver el caso en tiempo récord, lo que dio lugar a la desarticulación del clan criminal. Para ella resultó un caso sencillo, los indicios eran evidentes y solo tuvo que poner uno detrás de otro para llegar hasta el artífice del plan, pero para la gente de su alrededor no todo resultaba tan obvio. Donde ella veía un camino claro, sus compañeros se topaban con las escaleras imposibles en blanco y negro que dibujó Escher en su litografía *Relatividad*, una obra en la que el arriba, el abajo, el dentro y el fuera solo dependen del observador. Desde entonces, al principio por gracia y más tarde, cuando demostró que aquello no había sido fruto de la casualidad, por deferencia, siempre que había un caso de ese estilo se lo ofrecían a ella.

—Adelánteme algo…

—Se trata de un pintor. De cuadros, no de brocha gorda. Lo mataron en su casa el martes por la tarde.

Se hizo un silencio. No le cuadraba. Era jueves de madrugada. Si había tanta urgencia por asignarle el caso, ¿cómo era que no le habían llamado al día siguiente? O, en todo caso, y dado que ya se habría levantado el cadáver, ¿por qué no se había esperado su jefe a comunicárselo tranquilamente cuando llegara a la oficina? La ausencia de preguntas era suficiente para que el comandante supiera lo que pasaba por la cabeza de la teniente Ángela Souza.

—No me preguntes por qué te avisamos ahora… Las órdenes vienen de arriba y a mí me han llamado hace una hora para pedirme que te mandara cagando leches.

Ángela se pellizcó la nariz inconscientemente, como cada vez que algo no le gustaba o se ponía nerviosa. El comandante continuó con sus explicaciones.

—Le clavaron las manos a una mesa, como si estuviera crucificado. Una especie de mensaje, tal vez una venganza. Pero lo mejor no es eso: en el lugar de los hechos había un cuadro y adivina quién era el protagonista…

—Pues no tengo ni idea, pero son las seis de la mañana así que le agradecería que se ahorrara la intriga…

El comandante resopló al otro lado del teléfono. Le gustaba contar las cosas a su manera, adornándolas.

—Él. El pintor. Era un retrato de su muerte. Por lo que me han dicho los de la Comandancia de Cantabria la puesta en escena era clavada. Je, je, clavada, como el muerto —Balmaseda se rio de su mal chiste.

—¿Lo pudo pintar él?

—No te adelanto nada porque no lo sé. Cuando vayas allí, ya lo averiguarás. Te he puesto un correo con el atestado que me han enviado los compañeros de la zona. Ha sucedido en un pueblo pequeño. Se llama... —Un sonido de papeles revueltos se oyó al otro lado de la línea telefónica—. Aquí lo tengo. Esles. ¿Lo conoces?

—Es la primera vez que lo oigo en mi vida.

Balmaseda no contestó. Sabía lo que significaba aquello. Su jefe no tenía más que decirle, el resto era cosa suya.

—Me visto y salgo. Mándeme la ubicación, por favor. Con suerte en cuatro horas estoy allí.

Intuyó una mueca de satisfacción al otro lado de la línea. El comandante sabía de sobra que su «chica», como a él le gustaba llamarla pese a que a ella le irritara ese *mix* condensado de machismo y posesión, saldría escopetada hacia allí. Ángela no era de las que dejaban a otros tomar la iniciativa en ese tipo de casos.

—Ya la tienes. Te la he enviado justo antes de llamarte. ¿Quieres llevarte a alguien? ¿Tal vez al sargento Argüelles? ¿A Molina?

—No, de momento no. Estaré uno o dos días por la zona para encauzar la investigación y a mi vuelta lo vemos. A Argüelles lo quiero concentrado en el caso Avogardo, y Molina está haciendo un curso de especialización. Además iré en moto.

Tirar millas en su Yamaha siempre era un pequeño placer. Se la había comprado hacía menos de un año y ya llevaba casi veinte mil kilómetros. Claro está que ella y Darío, con quien compartía afición por las motos, no tenían otras ataduras más que el trabajo y cada vez que tenían unos días libres se escapaban. Sin ir más lejos, las últimas vacaciones las habían pasado recorriendo Occitania, una región maravillosa. Balmaseda, su jefe, preferiría que fuera en vehículo oficial camuflado, como todo el mundo. También preferiría que fuese acompañada, que era lo habitual en la Guardia Civil, pero hacía tiempo que la había dejado por imposible. Su «chica» era así y él le permitía esas pequeñas excentricidades..., mientras resolviera los casos, claro está.

—Como quieras, Souza. Aunque ya sabes que no me gusta... Llamaré a Santander y diré que te espere alguien en Esles para que puedas hacer una inspección antes de que se levante el cordón.

—Gracias por pensar en mí tan temprano, mi comandante —dijo con cierto retintín antes de colgar sin dejar tiempo a réplicas.

Cantabria. Había estado allí una vez, de pequeña, en un campamento con el colegio. Caminatas por verdes valles, baños en el río y noches alrededor de una hoguera bajo un cielo estrellado. Seguro que esa vez sería distinto.

Abrió el grifo y metió la cara bajo el chorro de agua. Le gustaba lavarse la cara con agua fría. Luego se secó y volvió a la habitación. En silencio, encendiendo la linterna del móvil para no despertar a Darío, se dirigió al armario y eligió la ropa de manera mecánica. Principios de septiembre en el norte: de quince a veinte grados y algo de lluvia. Botas camperas, vaqueros ajustados, jersey negro de perlé y chaqueta de cuero. Estaría fuera un par de días, así que, por precaución, metió un par de mudas en una bolsa de viaje junto al neceser y los básicos.

Antes de salir de casa puso *jazz* y se tomó un café bien cargado: la jornada se antojaba ardua y era mejor estar preparada de antemano. Mientras lo hacía, sentada en una banqueta de la cocina, tomó unas notas en una libreta sobre el sueño que había tenido esa mañana. Era colorida, con diseño de Jordi Labanda en la portada. Ni sabía cuántas tenía ya en su colección. Todas llenas de sueños escritos con letra apretada.

Capítulo 4

Crucifixión

El desesperado
Gustave Courbet

La carretera se deslizaba sinuosamente entre prados de pasto salpicados de árboles y pequeñas construcciones aisladas. Lo hacía con suavidad, sin grandes sobresaltos, transformando imperceptiblemente el paisaje mientras se adentraba en el valle pasiego que antiguamente había pertenecido al señorío de los Garcilaso y al marqués de Santillana. Conforme avanzaba, la densidad de casas señoriales blasonadas, exuberantes jardines y casonas tradicionales iba en aumento. Se adentraba en el núcleo urbano. Un concepto que en aquel lugar cargado de sosiego, donde las piedras de las construcciones convivían en armonía con hayas, robles y castaños, parecía casi un insulto. Se respiraba una paz difícil de encontrar en el Madrid de las prisas y el aire viciado. Aun sin bajar de la moto, sin entrar en contacto con la realidad del mundo en el que se adentraba, era capaz de percibir que allí las prioridades no eran las mismas y que las agujas del reloj, a pesar de que al final del día llegaban al mismo destino, no se movían a la misma velocidad.

El navegador le chivó que a cien metros, donde la carretera parecía tropezar con una pequeña arboleda, estaba su destino. Ángela aminoró la velocidad y se hizo a la derecha. Apagó el motor y sacó la llave del contacto. No sabía el motivo, pero desde bien pequeña le gustaba llegar caminando a los sitios. Al final de la carretera, frente a la puerta de la casa que intuía como el lugar de los hechos, un joven guardia civil de uniforme consultaba su teléfono móvil apoyado en el lateral de un coche patrulla. Estaba tan abstraído que no se percató de su presencia hasta que ella llegó a su altura. Es sorprendente la capacidad de hipnosis que llega a tener el móvil en algunas personas. En aquel caso concreto, para más inri, lo hacía con un agente de servicio.

—Ejem. Buenos días. Soy la teniente Souza.

El guardia, sobresaltado, se irguió de un respingo.

—Teniente. Sí... eh... La estábamos esperando. Bueno, la estaba esperando —añadió torpemente el guardia—. Soy el agente Henry Ordóñez.

El súbito cambio en la pigmentación en su rostro y el titubeo en la voz lo delataban: le avergonzaba verse sorprendido.

> Henry Ordóñez. Unos veinticinco años, mediana altura, pecoso y con el pelo bermejo. Por sus venas corre sangre inglesa, sus rasgos lo delatan, y el sutil deje de su acento, aunque es muy ligero y cuesta distinguirlo camuflado en su castellano castizo, lo confirma. Seguramente se ha criado en la meseta y alguno de sus padres (por el apellido obviamente su madre) es de las islas. Es disciplinado, se ve en la pulcritud con la que viste y la vergüenza que ha mostrado al verse sorprendido. También es soñador, se ve en la mirada, para ello no se necesitan muchos más indicios.

—Lamento haberlo desconcentrado.

—Disculpe... Me ha pillado desprevenido.

—Desprevenido, ya —repitió Ángela con cierta sorna—. ¿Está solo?

—Sí. El sargento Fenollosa y la cabo Ayerbe han tenido que irse por la autopsia —se excusó Ordóñez—. Ha sido esta mañana.

Ángela a duras penas pudo ocultar el gesto de fastidio. Si hubiera tenido esa información, habría acudido directamente al Anatómico Forense en vez de a Esles. Aún no acababa de aterrizar y ya flotaba en el aire cierto tufo a desconfianza.

—¿Ha tenido buen viaje? —preguntó el guardia con tono conciliador.

—Bueno, no diré que ha sido divertido... Cuatro horitas —dijo Ángela señalando hacia la casa que había frente a ellos. Después del agotador viaje no estaba para conversaciones de cortesía.

—Sí, sí. Claro. Pasemos dentro. Imagino que querrá ver el lugar de los hechos cuanto antes.

La habitual comitiva en estos casos, dícese juez con o sin séquito, forense, funeraria y demás, ya había desfilado por el escenario del crimen la víspera. Ella, pese a ser la investigadora principal del caso, cerraba el cortejo, con lo que el «cuanto antes» le sonó a fórmula elegante para decir «y así levantamos el cordón y me vuelvo a mi casa de una vez». Seguramente los de Criminalística se habrían llevado ya todo lo interesante, todo lo que pudiera oler a pista, así que tenía por delante el reto de hurgar en los despojos y tratar de obrar el milagro en forma de indicio inesperado.

Ángela se dejó guiar por el guardia hacia el interior del palacete. Era imponente, como el resto de las casas que había podido atisbar en su paso por la carretera que atravesaba el pueblo. De planta rectangular y construido en piedra de sillería, el edificio constaba de dos naves. La primera, de tres alturas y dedicada a las estancias privadas, era más estrecha y contaba con un balcón con puertaventana en las dos plantas superiores y un amplio ventanal en la inferior. La segunda, que daba acceso a la zona común, tenía dos plantas a las que se accedía por una portalada con arquivoltas de madera tallada algo deteriorada. Sobre dicho acceso, al que se llegaba por un caminito de tierra, una piedra de armas certificaba que en sus buenos tiempos aquella casa había sido un lugar más importante de lo que lo era en ese momento.

A pesar de lo imponente de la estructura, se notaba que el tiempo le había ganado la partida a sus dueños. A la teniente Souza le bastó un rápido vistazo para percatarse de que no era la desidia sino la impotencia la que devoraba las entrañas de la vivienda. Las manchas de óxido en la verja de la entrada eran solo el preludio de la falta de mantenimiento general. La estructura, sólida y señorial, mostraba sus debilidades en los elementos menos resistentes, como las puertaventanas, en las que la madera resquebrajada y la pintura escamada a duras penas resistían los envites del tiempo montañés. El tejado escondía, bajo el romántico musgo, grietas que dejaban que el agua permeara los días de tormenta, y en el jardín las malas hierbas campaban a sus anchas y las ortigas ganaban la partida a las hortensias. Dentro de la estancia, sus sospechas iniciales se confirmaron: las paredes blancas habían olvidado lo que era una capa fresca de pintura y las manchas de humedad denotaban las heridas internas de las conducciones. El mobiliario era robusto y sencillo, algo que ella apreciaba, pero los materiales y la decoración indicaban que la elección de los muebles se debía más a una cuestión de supervivencia que de estilo.

Ordóñez le contó que aquel palacete pertenecía a un pintor, el muerto, que por lo visto no estaba en sus mejores tiempos. Según habían podido constatar, disfrutó de cierta popularidad en los años noventa, pero desde finales de esa década su producción artística había decaído. Por el momento no sabían mucho más, pero no había que ser muy listo para deducir que, con una vivienda así, en el pasado le tuvieron que ir muy bien las cosas.

El agente la condujo hasta el estudio ubicado en la planta alta: el taller de Beltrán Carbajosa, donde, según le apuntó, se había encontrado el cadáver. Se trataba de una estancia amplia de suelo ajedrezado, con muros albos y vigas de madera en el techo. La pared izquierda estaba cubierta por una extensa librería repleta de volúmenes de arte, un equipo de música y algunos útiles de trabajo que parecían olvidados. Una mesa de madera maciza que hacía las veces de escritorio y una silla eran todo el mobiliario. El resto de las paredes estaban desnudas. Quizá por eso, la luz que entraba por el ventanal que daba al jardín confería a la estancia una intensidad que contrastaba con el resto de la casa.

En el suelo todavía se podían ver las marcas de cera que delimitaban las cuadrículas que habían dibujado los de Criminalística. Se habían llevado los tubos de pintura, los pinceles y cualquier herramienta que pudiera aportar alguna pista al caso. Ángela se acercó a la librería y curioseó durante unos segundos los títulos de los tratados de arte: *La vida de los artistas*, de Vasari; *La historia del arte*, de Gombrich; *La obra gráfica de Da Vinci*; y otros indispensables que irían formando parte de sus lecturas los próximos días. Junto al mueble había una vieja lámina sujeta a la pared por unas chinchetas. Los bordes estaban curvados y en el marco amarillento que rodeaba la imagen había escritas unas anotaciones en lápiz. La teniente leyó en voz alta el nombre del cuadro, impreso en la parte inferior: *El taller del pintor*, de Gustave Courbet. Una alegoría de su vida, un cuadro que dejó sin palabras a Delacroix y que Hanner equiparó a un Velázquez. Le resultó curiosa la comparación del taller del genio francés —atiborrado de personajes de diferentes clases sociales, sus amigos a la derecha, sus enemigos a la izquierda y el artista en el centro trabajando— con el de Carbajosa: uno repleto de vida y el otro de muerte.

Henry, incómodo por el silencio, quiso aportar algo más de información.

—A la viuda la han trasladado al hospital de Sierrallana. Tuvo una crisis de ansiedad y al parecer se ha quedado ingresada. Un sobrino suyo iba a desplazarse para acompañarla —añadió el guardia tratando de justificar que la señora no iba a quedar desamparada—. Al final esto está casi más tranquilo que antes del aviso.

A la teniente Souza el chiste manido no le hizo gracia, se le notó enseguida. Como tampoco se la hacía el no haber formado parte de la comitiva. El intercambio de primeras impresiones es fundamental para entrar con buen pie en un caso. Además, estaba cansada, llevaba cuatro horas de carretera a la espalda después de una noche corta. No necesitaba ni chistes ni peroratas. Quería, o más bien necesitaba, echar un vistazo al lugar de los hechos, hacerse una composición de lugar y tratar de conseguir algún indicio que le proporcionara un as en la manga para entrar en la investigación con redaños. Ella sabía el motivo por el que era importante... No era la primera vez que jugaba fuera de casa y tenía muy claro que los «enterados» que venían de Madrid no siempre eran bien recibidos. De hecho, la ausencia del sargento Fenollosa era una clara señal de que su bienvenida no iba ser muy cálida. Por eso, si era capaz de descubrir alguna pista que al resto le hubiera pasado inadvertida, por pequeña que fuera, podría tener un poco de viento a favor. Con una brisa le valía.

—¿Dónde estaba el cadáver? —respondió secamente.

Henry, consciente de que el comentario no había sido muy afortunado, cambió de tercio y se centró directamente en los datos que le podía aportar a la recién llegada.

—Estaba sentado en aquella silla —dijo señalando a una butaca de madera que tenía el asiento remachado en terciopelo color burdeos—. Inclinado hacia delante, con el tronco apoyado sobre la mesa. Como si se estuviera dando una cabezada. Tenía los brazos extendidos, cada uno hacia una esquina, y las manos clavadas al tablero. Parecía una especie de ritual.

Ángela se acercó hacia el escritorio y deslizó sus manos por su pulida superficie. Era de nogal. Una buena mesa en comparación con el resto del mobiliario de la casa. Sus dedos recorrieron el borde y se detuvieron en los agujeros que habían hecho los clavos con los que habían crucificado a Beltrán Carbajosa. Luego se alejó un par de pasos del escritorio buscando una buena perspectiva de la escena.

Henry, desde el vano de la puerta, la observaba con atención.

—Crucificado en su despacho —reflexionó en voz alta—. ¿Quién lo encontró?

—Su mujer. Había ido a pasar la tarde con unas amigas y, cuando volvió, se encontró con… Pobrecilla, estaba hecha polvo.

Ángela asintió. Henry parecía afectado por el suceso. Ningún guardia civil era de piedra. Trabajar con la muerte no es agradable, pero se notaba a la legua que aquel era el primer caso de esas características para el joven agente. Un novato frente a la muerte.

—A primera vista no hemos encontrado más signos de violencia que lo de los clavos. Lo cual es extraño en una muerte así, ¿no cree? —continuó Henry tratando de aportar su granito de arena y llevar la comunicación con su superior a un terreno más cercano—. Las cerraduras y ventanas tampoco han sido forzadas, por lo que creemos que víctima y asesino debían de conocerse.

—Es una posibilidad, desde luego…

—Cuando le clavaron las manos a la mesa, ya estaba muerto. No hay muestras de forcejeo y las heridas no son mortales. Pudo morir por asfixia, envenenamiento o incluso de manera natural. Al menos eso es lo que nos ha adelantado el forense de guardia.

—Un ataque al corazón… Puede ser. ¿Cómo eran los clavos? —Ángela se acercó de nuevo a la mesa.

—Eran de forja. Antiguos. No es fácil encontrarlos en una ferretería normal y corriente, pero aquí los hay por todos lados. Los pudo sacar fácilmente de algún herraje antiguo.

—Sea como sea, pueden ser una buena pista. Y el cuadro, ¿dónde estaba exactamente?

—¡Ah, sí! El cuadro. Eso es lo más alucinante. Estaba allí —dijo señalando con el dedo hacia el rincón opuesto de la habitación, donde un caballete huero se apoyaba contra la pared.

La teniente Souza chascó la lengua con fastidio. Era una pena no poder verlo *in situ*. Como era lógico, se trataba de una de las principales pruebas, y los agentes de Criminalística lo tenían bajo custodia para poder hacer los análisis pertinentes.

—Le hice una foto, si quiere verla… —añadió el guardia mientras se rascaba levemente el cuello—, la tengo en el teléfono.

Aquello era una buena noticia. Por primera vez en toda la mañana Ángela se retiró la máscara de hielo y un sutil gesto de aprobación se dibujó en su rostro, cosa que Henry Ordóñez recibió con alivio. Apenas la conocía unos minutos y ya sabía que estar en el campo de batalla que se iba a formar entre ella y el sargento Fenollosa no iba a resultar placentero. A él y a su compañera Ayerbe les iba a tocar desempolvar los capotes. Aquel pequeño atisbo de sonrisa era un rayo de esperanza.

El cuadro, al menos por lo que pudo ver en el móvil del guardia, era de una factura exquisita. Con un realismo sobrecogedor, la escena reflejaba fielmente la composición de lugar que se había hecho Ángela. El rostro de Beltrán, de lado y apoyado sobre la mejilla izquierda, quedaba parcialmente tapado por su desordenado pelo grisáceo, y la mueca de su boca entreabierta reflejaba desesperación. Su último aliento no había sido placentero, desde luego. Llevaba puesta una camisa vaporosa, y sus brazos tostados por el sol se extendían sobre la mesa, como si se esforzara por llegar a sus límites. El dorso de las manos, cada una en una esquina, estaba perforado por un clavo antiguo de forja y un hilillo de sangre caía sobre la mesa formando un pequeño charco bajo ellas.

—¿No le parece increíble? Es tan real que parece un Courbet. ¿Sabe de quién le hablo? Fue un pintor francés. De los mejores, aunque un tanto arrogante. Dicen que una vez afirmó que nunca había visto un ángel, pero que, si le mostraban uno, lo pintaría. También decía que, si algún día dejara de escandalizar, dejaría también de existir.

Souza miró sorprendida a su compañero. La pasión en sus palabras reflejaba interés y conocimiento por la pintura. Le resultó llamativo también que precisamente se hubiera referido en su comparación al fundador del realismo, por quien Carbajosa sentía también admiración. Al menos así lo había intuido a tenor de la lámina que acababa de ver en su despacho. Recordaba un cuadro suyo que le causó gran impresión, *El desesperado*, un autorretrato febril en el que parece que el autor busque la ayuda del observador para escapar del lienzo. También era uno de sus pintores favoritos, no solo por sus cuadros, sino por su vena revolucionaria, por ser el primero en rechazar los arquetipos de la pintura y dedicar sus obras a la realidad cotidiana, ensalzar al trabajador como nuevo héroe, pintar desnudos alejándose de lo idílico y acercarse a lo vulgar.

—No soy una experta, pero coincido con usted en que esto no es obra de un principiante. Una pregunta: ¿diría que es un buen reflejo de… —hizo un aspaviento con la mano— lo que se encontraron aquí?

—Mejor que bueno. Solo mire las fotos que hay justo antes de las del cuadro —respondió solícito Henry.

Ángela repitió un gesto de conformidad. Otro punto para Ordóñez. El inoportuno comentario y su desliz con el móvil parecían desvanecerse. Las fotos que había tomado el guardia eran detalladas y de buena calidad. La similitud entre la pintura y la realidad era casi total. Obviamente había algunas pequeñas diferencias, pero nada que se alejara mucho del pasatiempo ese de encontrar las siete diferencias. La posición de las manos, el gesto de la boca, los detalles de la estancia... La reproducción era excelente.

—Una puesta en escena cuidadosamente estudiada...

—Sí. El hijo de puta lo ha hecho a conciencia.

A Ángela le sorprendió la dureza con la que Ordóñez había pronunciado sus palabras. Hasta el momento su comportamiento había sido más bien ¿tímido?, o quizá cauto. Había intuido su empatía con la víctima, pero no la rabia que se escondía en su interior. Era indudable que llevaba razón: el asesino era alguien con gran sangre fría. Era imposible que un cuadro con tanto trabajo detrás pudiera haberse realizado en las pocas horas en las que Jacinta se había ausentado de casa. Lo había pintado y luego, con alevosía, el homicida había recreado la escena según su propia obra. A primera vista podría parecer algo sencillo, pero no era así. Aquello acarreaba una gran complejidad: la decoración de la estancia, el orden, la ropa que llevaba puesta el interfecto, incluso el corte de pelo, la luz del día... Eran muchas las variables que había que tener en cuenta y conocer de antemano para poder reproducir la escena con un límite de tiempo relativamente pequeño. Sí, el asunto era bastante complejo. Era evidente que el asesino conocía a la víctima. La falta de violencia era una prueba bastante fiable, pero también el hecho de que conociera al dedillo tantos detalles sobre su apariencia y lugar de trabajo.

—Es raro lo de las manchas...

—¿A qué se refiere?

—Las manchas de sangre. Al estar la madera barnizada, lo normal es que se hubieran extendido rápidamente y hubieran rebasado el tablero hasta llegar al suelo. Tenga en cuenta que los clavos atravesaron el arco palmar. Sin embargo, según la foto, solo se formaron dos pequeños charcos. El asesino se debió molestar por que fuera así, pero ¿por qué?

—Imagino que es parte del montaje... ¿Qué está haciendo? —preguntó Ordóñez intrigado a la teniente, que se había alejado de él y se movía por la habitación mirando intermitentemente la pantalla del móvil y el escritorio.

—Un segundo. Trato de averiguar el punto exacto en que se pintó el cuadro.

Obedeciendo sus órdenes, Henry permaneció en silencio mientras observaba los movimientos de su nueva compañera. La teniente Souza irradiaba seguridad y energía. No podía ser de otra forma para ponerse al frente de la coordinación de investigaciones, la mayoría complejas, en una institución en la que ser mujer y mandar todavía era complicado. Tal vez por eso llevaba puesta de serie esa cara de mala leche. Sin embargo, por mucho que se escondiera tras esa coraza, resultaba difícil ocultar su lado más atractivo. Henry lo había percibido desde el primer momento, y verla moverse por aquella habitación le estaba creando una especie de dulce intranquilidad. Sus cejas pobladas y su mentón pronunciado eran dos características que *a priori* podrían resultar contrarias a los cánones de belleza femenina, pero combinados con sus ojos claros y su melena color caoba le conferían personalidad y una cierta belleza antigua.

Cuando por fin pareció encontrar el punto exacto, Ángela se entretuvo unos minutos en comparar visualmente la imagen con el escenario que tenía ante sí. Luego giró en redondo y se acercó a la ventana que tenía a sus espaldas. Una mueca de satisfacción se dibujó en su rostro. Fue un gesto efímero, pero a Henry no le pasó desapercibido. A continuación, sin pronunciar palabra, la teniente Souza continuó dando vueltas por la estancia revisando minuciosamente los escasos objetos que no se habían llevado los de Criminalística y tomando fotografías de cada rincón con su teléfono móvil. En determinado momento pareció darse por satisfecha y, sin más, le indicó a Henry que ya podían irse.

Los guardias salieron de la habitación y descendieron de nuevo a la planta baja. Fue en ese corto trayecto cuando Ángela cayó en la cuenta de algo curioso: salvo la lámina del taller, no había visto ni un solo cuadro colgado en toda la casa, pese a que había marcas en la pintura de la pared que revelaban que alguna vez los había habido. Algo extraño tratándose de la casa de un pintor.

—Disculpe, Henry, ¿sabe dónde está el baño?

Al guardia le descolocó un poco la pregunta y la afabilidad con la que la formuló.

—Hay uno ahí, junto a la cocina —dijo señalando hacia una puerta color marrón.

—¿Le importa si…?

—Claro que no. La esperaré aquí.

—No. No hace falta. Puede aguardar fuera, será solo un momento. —La mirada de la teniente no dejaba lugar a dudas. No era una sugerencia, era una orden.

El baño no desentonaba con el resto de la casa: azulejos antiguos, grifería de cobre y espejo picado. El decorado ideal para rodar una película sobre la posguerra. En realidad, Ángela no necesitaba usarlo, solo quería hacer una comprobación lejos de la vista de su colega. Sin interrupciones. Ganar una baza.

Examinó visualmente la estancia y curioseó en los cajones del mueble de baño. Encontró lo habitual: frascos medio vacíos, recambios, una maquinilla de afeitar… Nada destacable. Abrió el armarito metálico que había junto al espejo y hurgó en su interior. En el estante superior había varias cajas de medicamentos. Eso último era lo único que de verdad resultaba de interés. Uno a uno los miró y seleccionó tres, los únicos que no conocía. Los puso sobre la repisa de cristal que había sobre el lavabo, sacó el móvil del bolsillo y les hizo una foto. Luego tecleó su nombre en el buscador del teléfono móvil. El tercero era el bueno. Tenía lo que quería. Ahora sí que podía irse. Pero antes de hacerlo, la teniente se lavó las manos con la pastilla de jabón color verde blanquecino que había junto al lavabo. No pudo evitarlo.

Instintivamente se llevó las manos a la nariz. Aquel aroma a Heno de Pravia le recordaba su infancia. Hacía tiempo que quería olvidarse del jabón con dosificador y volver a las pastillas. Se prometió que, cuando volviera a Madrid, lo haría.

Capítulo 5

Una mosca y un café

Riot in the Gallery
Umberto Boccioni

Ángela salió del palacete de los Carbajosa y atravesó el descuidado jardín de la entrada. El camino estaba sin asfaltar y las huellas en el barro reseco evidenciaban la vorágine de la tarde anterior. Ahora todo estaba en calma. Fuera, junto al coche patrulla, Henry Ordóñez hablaba con un hombre espigado con barba rala que vestía vaqueros y una cazadora oscura. Tenía las manos en los bolsillos y se movía ligeramente hacia delante y hacia atrás sobre los talones, como un balancín. Por la familiaridad con la que se trataban no tenía pinta de ser un encuentro casual. Más bien le dio la impresión de que se conocían desde hacía tiempo y que el guardia no le tenía especial simpatía.

A muchos les sorprendía la capacidad que tenía la teniente Souza para sacar deducciones de una manera tan rápida y, generalmente, tan acertada. Un sexto sentido, un instinto innato, decían. Ella lo negaba. Simplemente era cuestión de observación. Los patrones siempre se repiten y el ser humano es cansino y poco original en su manera de actuar. Bastaba solo con practicar un poco para poder detectar estos patrones, y ella llevaba toda la vida haciéndolo. Lo que realmente le parecía increíble era que la mayoría de la gente no se esforzara por trabajar esa habilidad. Era extraordinariamente útil y podía emplearse en multitud de situaciones, desde tener contenta a la vecina hasta negociar con unos terroristas.

Ángela avanzó hacia ellos.

—Buenas tardes. Soy Luis Zambrano, de *El Diario Montañés* —la saludó el hombre de la chaqueta oscura con una exagerada sonrisa—. Me estaba comentando su compañero que está usted al cargo de la investigación. ¿Es eso cierto? ¿Tan grave es el asunto que mandan a alguien de Madrid?

Ordóñez miró con reprobación al periodista. La pregunta la ponía en evidencia.

> Luis Zambrano. Periodista. Alto, delgado y con ojos saltones de color ocre. Lleva tiempo en la profesión y le gusta ir por libre. Un lobo solitario de esos que los compañeros no tragan y el jefe respeta porque, aunque le toca las pelotas, tiene un olfato especial para las noticias. Solo eso puede explicar el motivo por el cual es el único reportero que todavía no se ha ido a su casa. Viste informal, como todos los lobos solitarios. Seguro de sí mismo y hábil gestor de recursos; no le ha importado poner en evidencia a Henry a pesar de ser una posible fuente de información, ya que sabe que es disciplinado y no le puede ofrecer mucho más. Por eso lo ha dejado a medio roer para ir directamente a por la presa mayor.

—Lo que le ha «comentado» mi compañero es cierto —respondió Ángela sin dar muestras de agravio por el desliz del guardia—. De momento lo único que le puedo decir es que acabo de llegar de un largo viaje y que ha sido mi primera toma de contacto con el caso.

—¿Y hay algo que le haya llamado la atención en esta «primera toma de contacto»? —preguntó remarcando las comillas con sus dedos en el aire.

—Por supuesto, pero, como comprenderá, lo único que le puedo decir es que hay un hombre muerto y vamos a hacer todo lo posible por averiguar qué ha sucedido.

—Piense que es un pueblo pequeño… La gente necesita saber si está a salvo. Al menos unas palabras para tranquilizarlos, ¿no cree?

—Nadie está más a salvo que lo estaba ayer —respondió la teniente con una sonrisa forzada—. Ahora, si me permite, me gustaría hablar con mi compañero.

Zambrano acompañó su mueca de resignación con un movimiento de cabeza en señal de saludo, dio media vuelta y se alejó de allí sin dejar de mirar la casa de los Carbajosa con el rabillo del ojo. No era él de los que se rendían a la primera.

—Volveremos a vernos, teniente Souza —espetó al viento mientras se marchaba.

—Lo siento, no debí decirle nada —se disculpó Henry algo apesadumbrado cuando el reportero se hubo alejado lo suficiente—. No es mal tipo…

—Es periodista. Hace su trabajo —atajó la teniente—, como nosotros. A todos nos ha pasado alguna vez, pero para la próxima mida sus palabras con la prensa. Al menos mientras trabaje conmigo.

A pesar de que en el fondo era un toque de atención, el tono en que Ángela pronunció sus palabras fue amable. La mujer de hielo parecía haberse derretido un poco.

—Gracias… ¿Quiere que le guíe hasta la comandancia? —se ofreció solícito el guardia.

A lo largo de los cuatrocientos kilómetros que había recorrido en las últimas horas, el Madrid bullicioso que había dejado atrás, nido de prisas y poder, se había ido disolviendo para quedar reducido a un bálsamo de quietud. La capital era como uno de esos cuadros de futuristas como Umberto Boccioni o Giacomo Balla: violentos, dinámicos, en continua evolución. De hecho, la ciudad, las máquinas y la vida cotidiana eran los temas preferidos de los futuristas italianos. Como *La calle ante la casa*, *Tumulto en la galería* o *Luz de la calle*, obras que plasmaban agresividad, color y movimiento en una imagen. Sus visiones eran ahora realidad. Aquel lugar, sin embargo, era todo lo contrario, estaba envuelto en una atmósfera que parecía sacada de otros tiempos. La mañana era agradable, olía a verde y una suave brisa hacía susurrar las hojas de los árboles. Aquello era música comparado con el incesante sonido a motor y cláxones a los que estaba acostumbrada. Se sentía bien, le gustaba la paz que respiraba. Así que, antes de irse y meterse en una oficina hasta Dios sabe qué hora, necesitaba deleitarse un poco en ese ambiente.

—Bien, pero, si le parece, primero me acompaña a tomar un café y comer algo. Llevo una buena tunda y necesito una dosis de cafeína. ¿Hay algún sitio que valga la pena por aquí?

—Eh... sí, claro —respondió el guardia con un ligero titubeo. Se sintió torpe. Aquello no se lo esperaba.

Se acomodaron en la terraza de un restaurante del pueblo, un edificio de dos alturas ubicado junto a una de las típicas casonas pasiegas. Construido sobre piedra y encalado en blanco, el inmueble destacaba por los coloridos geranios en tonos fucsia y carmesí que asomaban por la balaustrada de madera de su primera planta. La mayoría de los clientes estaban sentados en las mesas más alejadas de la entrada, en la zona más soleada, junto a un murete de piedra que separaba la terraza de la carretera. Ellos, por petición de Ángela, se acomodaron en la sombra, bajo el amplio toldo color jade que cubría la entrada al bar. Pidieron un par de cafés y la teniente lo acompañó con un trozo de quesada que apenas le duró un par de minutos en el plato. Era la primera vez que la probaba y le resultó exquisita.

Mientras almorzaban, Henry le contó que la historia de aquel pueblo se remontaba a principios del siglo IX, cuando Alfonso II ordenó la repoblación forzada de aquellas tierras ante la presión de la invasión musulmana. A pesar de ser una aldea modesta, había sido el lugar de nacimiento de numerosas personalidades ilustres, como el brigadier José Antonio Gutiérrez de la Concha, uno de los marinos más importantes de la historia de España o el actor de cine Ramón Pereda.

—¿Cómo sabe tanto sobre Esles? ¿Tiene familia aquí? —preguntó Ángela con curiosidad.

Tal vez ese fuera el motivo por el cual se le veía tan preocupado por la situación de la viuda. Quizá les unía algún vínculo.

—No. Si le soy sincero, no había estado aquí antes. Solo que... —pareció dudar— estaba curioseando un poco sobre el pueblo justo cuando ha llegado. Estoy estudiando Historia del Arte y me gusta saber este tipo de cosas.

Ángela asintió sin decir nada. Aquello explicaba su enajenamiento con el teléfono móvil en el momento de su encuentro. Le había chocado que un guardia disciplinado tuviera un descuido así, pero ahora veía que tenía una causa más o menos justificada. Eso también explicaba el entusiasmo con el que había hablado sobre la pintura que apareció en el lugar del crimen y su conocimiento de la obra de Courbet.

—Historia del Arte… Interesante.

—Estudio a distancia. Cada año me matriculo de unas cuantas asignaturas y voy tirando. —Ordóñez, buscando cercanía, se adentró en el terreno personal—. En realidad, empecé en Salamanca, yo soy de allí, pero luego las cosas se torcieron en casa y me tuve que buscar un oficio. Mi padre también es guardia, así que al final acabé en la Academia de Baeza.

—Así que es guardia civil por resignación, no por vocación.

La afirmación era capciosa y ella lo sabía. También intuía su reacción. El grado de sinceridad de Henry era lo que realmente le interesaba conocer.

—Me gusta lo que hago. Ahora bien, si tuviera la posibilidad de trabajar alguna vez en el mundo del arte, mi pasión, no lo dudaría.

Ángela asintió satisfecha por la manera en la que se había defendido.

—¿Quién dio el aviso del asesinato? —Era una obviedad, pero sintió que tenía que cambiar de tema.

—La mujer —respondió Henry—. Su mujer, quiero decir. Llamó a emergencias. Los compañeros del puesto de Santa María de Cayón fueron los que acudieron y enseguida se derivó a la Comandancia de Cantabria.

—Y ellos nos llamaron a nosotros…

Ángela permaneció pensativa unos segundos mientras doblaba concienzudamente el sobre de azúcar vacío que acababa de verter en el café.

—¿Sabe por qué razón el sargento Fenollosa no me ha informado de lo de la autopsia?

Soltó la pregunta así, a bocajarro. La teniente Souza no era de esa clase de personas que se esmera en buscar las palabras adecuadas para suavizar las preguntas que cuesta responder. Más bien lo contrario. Lo hacía a posta. La simple reacción ante una pregunta directa da más información que la respuesta en sí. De hecho, la cara de circunstancias de Henry, los segundos que tardó en responder y el café que derramó el agente accidentalmente al dejar la taza en la mesa le revelaron lo que ella intuía: que no era bienvenida.

—Imagino que no habrá sido a sabiendas. Ya sabe…: con tanto cambio en la cadena de mando…

Henry desvió la mirada, cogió una servilleta de papel y empapó con ella el café derramado sobre la mesa. Intuía hacia dónde derivaba la conversación y no le hacía ni pizca de gracia.

—Mire, Ordóñez, no he nacido ayer. Me imagino que no les sentará muy bien que envíen a alguien de la UCO para tratar estos asuntos. A todos nos gusta investigar un caso como este, pero usted, como yo, como Fenollosa, somos unos mandados. Le aseguro que a mí no me hace especial ilusión dejar mi casa y venir hasta el culo del mundo para intentar resolver un asesinato cuando aquí hay gente cualificada. Si estoy aquí es por algo…

—No considero que esto sea el culo del mundo.

Lo dijo inclinando levemente la barbilla hacia delante. Con orgullo retraído. Una señal que a Ángela no le pasó desapercibida. Tal vez sus palabras no habían sido las más acertadas. También le sorprendió su apego a la tierra montañesa siendo él de origen castellano.

—Tiene razón. Disculpe. Lo que quiero decir es que para mí es importante hacer entender al equipo que no soy un elemento hostil. Si estoy aquí es para ayudar.

—Lo sé, pero entienda que haya quienes consideren que para determinadas cosas no necesitamos ayuda. Y no hablo de mí precisamente…

Henry, inconscientemente, comenzó a rascarse el cuello con más ímpetu de lo habitual. Se notaba que estaba incómodo. La teniente Souza le estaba poniendo en un compromiso y él se estaba dejando llevar por una senda que solo le podía dirigir a un abismo.

Ángela se apiadó de él.

—Si no tuviera experiencia y capacidad para resolver este tipo de casos, no me hubieran enviado. Créame. Y, cambiando de tercio, ¿dice que aquí nació un actor? ¿Habré visto alguna de sus películas en el cine?

—Pues a no ser que ronde la centena no creo, la mayoría de sus films son de antes de la Guerra Civil.

Tras unos minutos de conversación intrascendente, los guardias decidieron que era hora de ponerse en marcha. Aún les quedaba bastante trabajo por hacer y no era cuestión de estar de cháchara mientras el asesino andaba suelto. Ángela pagó la cuenta y volvieron paseando hasta el palacete. Una vez allí se separaron. Cada uno había acudido a Esles en su vehículo, con lo que decidieron que Ángela seguiría a Ordóñez hasta la comandancia para ir más rápido. El trayecto duraría una media hora y, según le apuntó el agente, a esas horas no habría mucho tráfico.

De camino a la moto, Ángela vio que tenía dos llamadas perdidas. La primera era de Darío, luego le contestaría. Seguramente al levantarse habría visto que no estaba y ya se habría imaginado que la habían llamado para solucionar un marrón. Ni siquiera sabía que ella estaba a más de cuatrocientos kilómetros de Madrid. Tal vez debería haberle dejado una nota. Al menos un wasap. La otra era de su comandante. Esa no podía esperar, así que marcó el número en su teléfono.

—¡Souza! —retumbó la enérgica voz de su jefe—. ¿Qué tal por el norte?

—Bien. Un caso interesante… Aún estoy haciéndome una composición de lugar.

—Lo sé, lo sé… Te llamaba para decirte que el capitán Aguilar, el jefe de la Policía Judicial de Cantabria, quiere que pases a verlo nada más llegar. ¿Cómo ha ido el recibimiento?

—Digamos que de momento no ha habido recibimiento.

—¿Cómo? ¿No había nadie esperándote?

—Sí, un guardia, pero la caballería ya se había puesto en marcha. Si lo llego a saber, no me pego el madrugón.

—Bueno, bueno... Ya sabes lo que te espera. ¿Necesitas que te mande a alguien? Insisto...

Ángela meditó por unos instantes. Argüelles era siempre una buena opción. Trabajaba bien y era su hombre de confianza, pero le dificultaría entrar de lleno en el equipo. Además, había dejado unos cuantos casos abiertos en la capital y necesitaba que alguien estuviera al quite. Molina estaba con el curso de especialización y a Fuentes lo tenía comisionado. Si no era ninguno de esos tres, prefería trabajar sola.

—No. Por el momento no. Cuando regrese a Madrid, le digo.

—Perfecto. ¡Ah! ¿Te puedo pedir un pequeño favor? Cuando vuelvas, tráeme unas corbatas de Unquera, ya sabes que mi mujer es de por allí y la vuelven loca.

La teniente Souza sonrió para sus adentros. No era muy habitual que su jefe se preocupara tanto por menudencias. Ahora entendía el motivo de su llamada.

—Claro. Cuente con ellas, mi comandante.

Capítulo 6

Aterrizaje forzoso

El matrimonio Arnolfini
Jan van Eyck

Ángela golpeó dos veces la puerta con los nudillos y una voz grave la invitó a pasar. El despacho, ordenado, combinaba los típicos muebles baratos de la Administración con varios elementos que trataban sin éxito de darle un toque de distinción: un par de figuras de porcelana, unos banderines conmemorativos y algunas fotos con personalidades. En el centro, tras un escritorio parcialmente ocupado por un ordenador de sobremesa y unas gavetas repletas de expedientes, un hombre calvo de unos cincuenta y tantos se levantó al verla.

> Capitán Aguilar. Guardia de la vieja escuela. Orgulloso de su paso por el Cuerpo. La fotografía enmarcada en plata de la jura de bandera de su hijo basta para corroborarlo. Sabe manejarse a nivel político, lo demuestran los gestos de complicidad en las imágenes con personalidades que tiene colgadas en la pared. También con su equipo, esto se percibe nada más entrar en la comandancia. Es de los que exige, pero deja hacer, de los buenos.

Tras las presentaciones de rigor y un breve intercambio de opiniones sobre el estado de la carretera, una de esas banalidades que se suelen manosear en las conversaciones de cortesía, su interlocutor, el máximo responsable de la Policía Judicial de la Guardia Civil en Cantabria, se centró en el asunto que los ocupaba.

—Parece un asunto feo, ¿no?

—Es pronto para hacerse una composición de lugar fiable, pero sí, desde luego, estamos ante un asesinato poco corriente —respondió Ángela con cautela.

—Nos interesa que esto se resuelva cuanto antes. Órdenes de arriba —añadió el capitán señalando al techo y sin poder ocultar cierta incomodidad por sentirse presionado.

Era obvio que había cierto interés en el caso, de no ser así no la hubieran enviado a ella, pero era la segunda vez que escuchaba ese «órdenes de arriba»: primero al comandante y luego al hombre que tenía frente a ella. Aquello no era normal. Aquello era algo que no le gustaba.

Acto seguido, Aguilar abrió el cajón de su escritorio y sacó un ejemplar de *El Diario Montañés* publicado esa misma mañana. Se humedeció el dedo índice con la lengua y pasó varias páginas hasta llegar a la sección de sucesos. La noticia, de menos de media página, acompañada de una foto de la mansión que había visitado Ángela apenas un par de horas antes, narraba la muerte del pintor en «extrañas circunstancias» para posteriormente explicar su decadente carrera artística y establecer teorías conspiratorias sobre la relación entre ambos hechos. El artículo, de dudoso rigor periodístico, lo firmaba Luis Zambrano.

—Lo he conocido esta mañana. A Zambrano.

—Cuídese de él. Es una mosca cojonera —añadió dando dos golpes con el dedo índice sobre el periódico—. Gracias a Dios no ha dicho nada del cuadro... Aún está verde, pero tarde o temprano se enterará. Ese se entera de todo.

—Es su trabajo, ¿no? Y el nuestro resolver los casos para que lo que publique sean nuestras victorias.

El capitán hizo un gesto de aprobación. Esa era la actitud que siempre buscaba en su equipo. Al principio había tenido sus dudas. Dejar el caso en manos de la central siempre era una decisión delicada, pero el expediente de Ángela y la insistencia de «los de arriba» le habían terminado por convencer. Esperaba no tener que arrepentirse.

—Pues entonces no la entretengo más. Fenollosa y sus hombres le ayudarán con todo lo que necesite.

—Eso espero —respondió Ángela arrepintiéndose de sus palabras casi al mismo instante que las pronunciaba.

—¿Cómo? ¿A qué se refiere? —Aguilar frunció el ceño—. ¿Duda de su colaboración?

—Por supuesto que no. Estoy segura de que serán unos profesionales de primera. Ya conozco a Henry Ordóñez y estoy deseando conocer al resto del equipo…

—Espere un segundo. Ya entiendo… Fenollosa no estaba en Esles cuando llegó, ¿es así?

—Estaba en la autopsia. Es su deber.

—Hasta su llegada…

Aguilar cruzó las manos y apoyó la barbilla sobre ellas. Su rictus era serio. Sopesaba sus palabras.

—Fenollosa es un buen hombre. Dele tiempo. A nadie le gusta que vengan de fuera para hacer el trabajo, por complicado que sea.

—Descuide, sabré gestionarlo.

Omitió decirle que era lo habitual en las operaciones que coordinaba fuera de Madrid. Que el hecho de su juventud y, sobre todo, su sexo hacían que su presencia se considerara una injerencia de manera recurrente. Que estaba hasta las narices, por ser fina, de esa situación, pero que no le quedaba otra que tragar con ella.

—Estoy seguro de ello. Por cierto, antes de que se me olvide, la jueza instructora del caso es Elvira del Real. Doña Elvira —puntualizó Aguilar—. Ya tendrá tiempo de conocerla —añadió a la vez que le extendía una tarjeta de visita color crema—. En cuanto tenga algo, llámela. Le gusta estar encima del caso.

Una vez pronunciadas estas palabras, el capitán se levantó de la silla dando por concluida la reunión. Le dijo que su puerta estaba siempre abierta y se ofreció a acompañarla hasta las dependencias del grupo de homicidios, invitación que Ángela declinó. No quería robarle más tiempo ni escolta en las presentaciones. Ella sola se bastaba.

La oficina del equipo de Fenollosa estaba en la misma planta, al fondo de un largo pasillo con despachos y salas de reuniones a ambos lados. Más que una oficina propiamente dicha, la dependencia consistía en una sala alargada donde una veintena de puestos de trabajo se disponían en dos filas. Uno de esos sitios modernos e impersonales en los que cada trabajador puede identificar su mesa por las fotos familiares, alguna postal que alguien mandó hace tiempo o una planta artificial. Al final de la estancia, en una pequeña mesa circular, Henry Ordóñez estaba reunido con una mujer y un hombre. El último, de edad más avanzada, les explicaba algo con cierta vehemencia. Era el sargento Fenollosa.

El primero en percatarse de la presencia de Ángela fue el guardia pelirrojo, quien de inmediato saltó de la silla como si esta tuviera un resorte. Sus acompañantes, algo sorprendidos por la reacción de su compañero, alzaron la vista hacia donde estaba ella y, cuando intuyeron de quién se trataba, se levantaron. La mujer con elegancia y el hombre con cautela.

> Salvador Fenollosa. Cincuenta y pocos, aunque aparenta más. Piel lechosa, nariz nubia y pelo cano ondulado. Tiene aspecto cansado, de desgastado por la vida. Hombre de familia, el anillo matrimonial en su mano izquierda ha visto muchas primaveras y las minúsculas manchas de grasa y papilla en su camisa revelan que la batalla para él comienza mucho antes de llegar a la oficina. Su traje es barato, al igual que la marca de after shave que usa para tratar de camuflar el olor a tabaco. Seguramente trata infructuosamente de ocultar el vicio a su mujer y a sus hijos. Además del pequeño, el de las papillas, debe tener por lo menos dos más. Las calidades de las pulseritas veraniegas que asoman en el puño de su camisa son muy variopintas. Es puntual, por eso es el único que mira con cierto fastidio el reloj de pulsera cuando Ordóñez se levanta de la silla.

—Eh... Teniente Souza —saludó torpemente Henry—. Le presento al sargento Fenollosa y a la cabo Ayerbe.

El primer contacto con una persona es clave para adivinar lo que esconde. Con ese primer gesto vaciamos inconscientemente nuestra personalidad y, si quien lo recibe está entrenado para ello, puede retratarnos fácilmente. Ángela lo estaba, por eso, cuando estrechó la piel gélida de Fenollosa, evidenció desconfianza. Siempre había detestado los apretones de mano carentes de energía, como aquel: le parecían propios de hombres pusilánimes. No quería que el desplante de aquella mañana supusiera un prejuicio, pero no pudo evitar sentir una ligera decepción por verse abocada a trabajar con él. La impresión que le causó la mujer fue, en cambio, totalmente opuesta. La cabo Ayerbe la sorprendió con dos besos espontáneos en la mejilla. Dos besos que a Ángela le parecieron más cercanos de lo normal y que sintió como viejos conocidos.

> Belén Ayerbe. Pelo oscuro, ojos color caramelo y una sonrisa tan bonita que entran ganas de besarla. Las ligeras patas de gallo, combatidas con cremas milagrosas de venta en supermercados, traslucen una vida que ha sido parecida a una montaña rusa. Las arrugas que conforman su surco nasogeniano la delatan como una amante de la vida. Uñas pintadas color amaranto, traje de rebajas y decisión en la mirada. Sin anillo, desde hace poco, hay cosas que se ven a la primera. Una mujer valiente, decidida. ¡Ah!, y amante de la tecnología, el reloj inteligente y el portátil HP de última generación que tiene delante no se pueden camuflar.

Tramitadas las presentaciones y los comentarios superfluos de rigor, Henry acercó solícito una silla para que Ángela se pudiera unir al equipo y Fenollosa comenzó a resumirle, en un tono que emanaba cierta desgana, los hechos que habían acontecido desde la llamada a emergencias por parte de Jacinta de Rozas.

Todo apuntaba a que el asesino conocía muy bien a la víctima. Los accesos no habían sido forzados y la ausencia de marcas de violencia, más allá del propio asesinato y la macabra puesta en escena, parecía indicar que el homicida había entrado en la vivienda con su consentimiento. Por supuesto, a estas alturas, todo eran suposiciones y debían esperar al análisis minucioso de las muestras tomadas por los compañeros de Criminalística antes de descartar otras teorías. La principal pista, el cuadro, avalaba esta hipótesis. Un trabajo con ese nivel de detalle no llevaba poco tiempo, por lo que el asesino debía de haber estado en la escena del crimen con anterioridad.

En el informe preliminar de la autopsia, el forense había certificado que la muerte se produjo en la tarde del martes por una parada cardiorrespiratoria y *a priori* descartaba la asfixia. Se habían tomado muestras de los tejidos para poder realizar un análisis toxicológico, ya que sospechaba que era más que probable que la parada cardíaca se hubiera debido a un envenenamiento. En cualquier caso, los resultados definitivos no estarían disponibles hasta un par de semanas más tarde. No tenían ningún indicio claro sobre el veneno que el asesino podría haber empleado y eso significaba tener que estudiar un amplio espectro de productos. Además, dadas las limitaciones del laboratorio, tenían que enviar las muestras a Madrid o Barcelona, lo cual alargaba significativamente el proceso. En cuanto al hisopado subungueal, también era negativo, no se habían encontrado restos de piel u otros signos de violencia bajo las uñas de la víctima.

—¿Y qué hay de la mujer? —preguntó Ángela—, ¿pudo ser ella?

—No creo —respondió Fenollosa con tono cortante—. Según las estimaciones del forense, a la hora en que se produjo la muerte Jacinta estaba en Torrelavega con sus amigas. Todavía no hemos empezado con los interrogatorios, pero seguro que tiene testigos. Las amigas, el conductor del autobús... No se puede descartar y obviamente la investigaremos, pero no centraría en ella los esfuerzos.

—Ha sufrido una crisis de ansiedad y todavía no hemos podido tomarle declaración formal —apuntó Belén—. Estaba hecha un flan, pero pude hablar con ella un rato cuando llegamos. No se imaginaba qué hijo de puta, y estas son palabras mías, había sido capaz hacer algo así. Según ella, Beltrán era un buen hombre y no tenía enemigos. No creo que fuera ella.

—A falta de lo que encuentren los compañeros de Criminalística está claro que el cuadro es nuestra principal baza —concluyó Fenollosa—, pero no dejemos que nos ciegue. Es un asesinato y, como tal, tenemos que seguir el procedimiento.

—Me gustaría verlo cuanto antes —dijo Ángela—. El cuadro.

—Cuando acabe la reunión, si lo desea, podemos bajar al depósito y que se lo enseñen los de las batas —dijo Fenollosa con cierto desdén—. La idea es enviarlo también a Madrid, o al menos eso es lo que me han dicho. Aquí no contamos con medios para realizar un análisis exhaustivo.

—Apretaré para que le den prioridad. Por las fotos que me ha mostrado Ordóñez creo que es una fuente importante de pistas —añadió Ángela—. Algunas de ellas muy evidentes.

—¿Como cuáles? —preguntó curioso Henry.

—Para empezar, si no me equivoco, parece que el cuadro fue pintado a finales de otoño o principios de invierno. Lo que no solo confirma que el asesino y la víctima se conocían con anterioridad, sino que, además, nos acota el periodo de tiempo en el que ambos debieron tener un contacto continuado.

—¿Cómo diablos sabe eso? —preguntó Ayerbe.

Aunque un poco arriesgado, aquel era su primer as en la manga, pero de algún modo tenía que romper la barrera de entrada con la que la había recibido Fenollosa y hacerse con el equipo cuanto antes.

—Por la luz. Las sombras que se proyectan en el cuadro indican que, cuando fue pintado, los rayos del sol incidían directamente sobre la mesa en la que han crucificado a Carbajosa. Si tenemos en cuenta que la única ventana de la habitación da al sur, significa que tuvo que ser pintado cuando el sol va más bajo; esto es, desde finales de octubre a finales de febrero. —Ángela repartió una mirada entre sus nuevos compañeros antes de continuar.

El razonamiento sorprendió a todos. Eso sí, con distintos matices. Los rostros de los guardias de menor rango denotaban cierta sorpresa, tal vez incluso una prudente admiración, mientras que el de Fenollosa no podía esconder su escepticismo.

—Vaya ojo… —dijo Belén.

—¿Y si se hubiera apoyado de luz artificial? —argumentó el sargento de manera quisquillosa—. No pongo en duda que sea usted una experta en arte y pueda hacer esa determinación tan rotunda con un simple vistazo a una imagen tomada con un teléfono móvil, pero yo creo que deberíamos, por lo menos, contrastar su opinión.

Ángela trató de apagar el amargo calor que le corría por las venas, pero no pudo evitar enrojecerse un poco y rascarse inconscientemente la punta de la nariz. Aquella observación ponía en evidencia su teoría y lo peor de todo era que el sargento tenía algo de razón. Había sido osado por su parte exponerla así, de buenas a primeras, sabiendo que estaba cogida con pinzas, pero ella siempre había confiado en su intuición para esas cosas. Si tuviéramos que dividir a los investigadores en dos grandes grupos, podríamos poner en un lado a los que se ciñen a la prueba y al método, minuciosos trabajadores que huyen del riesgo y basan todo su trabajo en la objetividad; y en el otro a los que se dejan llevar por el instinto, una especie de sexto sentido que se desarrolla de manera natural al adentrarse de manera continua en la maldad humana. Fenollosa pertenecía al primer grupo y Ángela, sin lugar a dudas, al segundo. Eran como el agua y el aceite.

—Esperemos a lo que nos puedan decir esos especialistas que usted dice —respondió la teniente—, pero creo que no me equivoco.

—¿Y si lo hubiera pintado él? El cuadro…—intervino Henry tratando de romper el incómodo silencio que reinaba tras la contundente respuesta de Ángela.

—¿A quién te refieres?

—A Beltrán. Antes de morir. ¿Y si quisiera quitarse la vida y hubiera decidido ilustrar su propia muerte? Está claro que él mismo no pudo clavarse las manos sobre la mesa y hacer desaparecer el martillo, pero pudo pintar la pieza y pedir ayuda a alguien para que recreara la situación.

Todos quedaron unos segundos pensativos reflexionando sobre la teoría de Henry. No era ninguna tontería. Al fin y al cabo, él era pintor y quizá, fruto de ese ego propio de los artistas, había decidido despedirse del mundo retratando su propia muerte. Siniestro, sí, pero también impactante.

—No lo veo descabellado —dijo Fenollosa entrecerrando los ojos—. Un adiós a lo grande…

Una discreta sonrisa de triunfo se dibujó en el rostro de Ángela. El primer as en la manga había fallado estrepitosamente y ahora una insinuación de Henry le ponía el segundo en bandeja.

—Eso solo sería posible en el caso de que Beltrán pudiera pintar, cosa bastante improbable dado su estado de salud…

—¿Su estado de salud? ¿A qué se refiere? —replicó Fenollosa impaciente tamborileando sobre la mesa.

—¿No les ha informado el forense? Beltrán sufría ELA —replicó la teniente con una desmedida mueca de falsa sorpresa.

—¿Qué? —preguntó Henry.

—ELA, esclerosis lateral amiotrófica. Una enfermedad degenerativa —respondió Belén de inmediato—. Lo que tenía Stephen Hawking, el científico.

—Pero si ese hombre no se podía ni mover, ¿cómo iba a tener Beltrán esa enfermedad? —preguntó Henry con curiosidad.

—No te enteras Ordi —replicó Belén—. Él fue un caso atípico. Vivió cincuenta y cinco años con la enfermedad, pero lo habitual, una vez detectada, es que mueras en poco más de un año. La enfermedad ataca a las células nerviosas del cerebro y a la médula espinal. Sería casi imposible que una persona afectada fuera capaz de pintar un cuadro así.

—¿Cómo sabes tú eso? —Henry la miró con sorpresa.

—Me gustan sus libros…

—¿Y cómo sabe que Carbajosa sufría ELA? —interrumpió Fenollosa sin poder ocultar cierto fastidio por ver la facilidad con la que la enterada de Madrid se sacaba una nueva pista de la chistera—. ¿También es experta en medicina? Que yo sepa esa información no está reflejada en el análisis preliminar de la autopsia.

—Lo estará en el final. Husmeando en su botiquín vi que tenía una remesa de un medicamento llamado Edaravone. Me llamó la atención y busqué en internet para qué servía. Es un producto que retrasa los síntomas de la ELA. No se comercializa todavía en España, pero se puede conseguir en otros países, como por ejemplo en Francia. La enfermedad debía ser incipiente, ya que de otro modo dudo que su mujer le hubiera dejado solo en casa sin ayuda, pero, en cualquier caso, el simple hecho de estar medicándose es suficiente para saber que le resultaría tremendamente complicado pintar.

—También pudo ser ese el motivo que lo llevara a suicidarse… —añadió Henry resistiéndose a abandonar su teoría—. Quizá pintó el cuadro antes de que los síntomas de la enfermedad fueran más graves. ¡Espera! Tal vez hasta puede que haya un mensaje de despedida oculto en la pintura. Hay muchos casos similares en el mundo del arte, como, por ejemplo, el homenaje que pintó Van Eyck a la familia Arnolfini.

Belén suspiró. Desde que había comenzado aquel caso su compañero no paraba de hacer comentarios sobre pintores, cuadros y la madre que los parió.

—Arnolfini… El cuadro está repleto de detalles intencionados, y hay muchas teorías y elucubraciones sobre el significado de estos y qué pretendía con ellos el padre de la pintura al óleo. Hay referencias al amor, la fidelidad y la riqueza, pero lo más curioso de todo es el espejo que hay en el centro del cuadro, en el que puedes ver la perspectiva del pintor, y la inscripción en la que afirma que él mismo, Van Eyck, estuvo allí. Puede que Beltrán nos quisiera decir también algo así…

—Déjese de fantasías, Henry —protestó Fenollosa—. No estamos aquí para que nos cuentes leyendas ni nos ilustres con la vida de Moby Dick o como se llame.

—Sea como sea, su muerte guarda relación con el cuadro —atajó Ángela—. Deberíamos empezar por ahí…

—Lo que hay que hacer ahora es esperar a los resultados definitivos de la autopsia y las pruebas de criminalística. Todo lo demás son especulaciones. —Fenollosa era recalcitrante con el procedimiento—. Tenemos que concentrar los esfuerzos en reconstruir la línea de vida de Carbajosa en sus últimos días. A quién vio, con quién habló por teléfono, etcétera. Averiguar si tenía deudas, problemas económicos o de otro tipo. Ordóñez, tú habla con los vecinos…

—¡Esas especulaciones son las que nos harán ganar tiempo mientras esperamos los resultados! —interrumpió la teniente Souza con la voz más alta de lo normal.

Todos quedaron en silencio. Ángela miró uno a uno a sus nuevos compañeros. Los ojos de Henry mostraban sorpresa; los de Belén, inquietud; y los de Fenollosa, rabia.

Se dio cuenta de su error. Estaba cansada. Como cada vez que le sobrevenían las pesadillas, había dormido mal, había sido un viaje largo y el tío con el que tenía que trabajar le parecía un auténtico cretino. Además, para colmo, las elucubraciones que había puesto sobre la mesa y de las que tan convencida estaba al principio no eran tan sólidas como intuía. Desde luego, no podía haber empezado aquel caso de peor manera. Enfrentarse a Fenollosa de manera directa no era el camino.

—Me refiero a que no podemos ignorar la principal prueba que tenemos: el cuadro —añadió en un tono más sosegado—. Si le parece, yo me centraré en averiguar todo lo que podamos sobre la pintura y usted, Fenollosa, organice a su equipo para que sigan el procedimiento habitual. Llamaré a la jueza Elvira para conseguir una autorización para rastrear el teléfono de Carbajosa y hurgar en sus cuentas.

Y sin más, deseando huir de una batalla estéril, la teniente se puso en pie.

—A principios de la semana que viene deberíamos tener algo. Ahora, si me disculpan, bajaré a hablar con los de Criminalística y gestionaré personalmente el envío de la pieza a Madrid.

—¿Se va? —preguntó dubitativo Ordóñez.

—No va a ser un caso sencillo y tengo que dejar un par de asuntos cerrados en la capital. Volveré en dos o tres días; de todos modos, estaremos en continuo contacto. Mientras llegan los resultados del laboratorio, vayan trabajando en lo que indica el sargento.

Henry, que se había dado cuenta de cómo había decaído su energía, le dedicó una mirada lacónica y Belén una sonrisa que la acompañaría todo el camino de vuelta a casa. Fenollosa, por su parte, ahorrándose una mueca triunfal por la temprana retirada de la enterada de Madrid, continuó repartiendo instrucciones. Unas instrucciones que ella misma había repetido hasta la saciedad en cada caso en el que había trabajado y que solo funcionaban si se engranaban bien con un sexto sentido que el tiempo, la sangre y la ponzoña de trabajar día a día con el mal despertaba en los mejores investigadores.

***

El laboratorio de Criminalística estaba en la parte baja de uno de los anodinos edificios de ladrillo *caravista* que conformaban el entramado de construcciones de la comandancia. Era una zona amplia y generosamente alumbrada que parecía más un instituto que las dependencias de la Guardia Civil.

Una vez se hubo identificado, el responsable del laboratorio, el brigada Vives, la acompañó hasta el almacén donde estaban depositadas todas las pruebas del caso que le ocupaba. Allí, repartidas en varias estanterías, se amontonaban, numeradas y ordenadas por tipología en diversos contendores, decenas de bolsitas de plástico que albergaban pinceles, paletas, documentos y elementos varios. Por el camino Ángela le preguntó por los clavos y el encargado del laboratorio le indicó que estaban trabajando con ellos. Era una de sus principales bazas, ya que se trataba de una de las piezas del escenario del crimen que el asesino tenía que haber, sí o sí, manipulado.

—A ver si tenemos suerte —dijo Vives sin mucho convencimiento—. Son demasiado *pequeñucos* como para poder obtener una huella dactilar… Como mínimo podremos averiguar el tipo de herramienta que empleó para clavarlos.

Al igual que ella, el responsable del laboratorio le confesó que la pista en la que tenían más esperanzas depositadas era el cuadro. Según le contó, habían intentado obtener alguna huella dactilar completa en el bastidor, pero no habían tenido suerte. Por otro lado, podían trabajar para averiguar algo sobre su origen, pero, al ser un soporte corriente de madera de pino, llevaría tiempo y no sería tarea fácil. Lo que sí que habían podido determinar, y eso era algo interesante, era que la pieza había sido terminada relativamente hacía poco tiempo.

—Esto los sabemos gracias a que está pintado al óleo y con esa técnica la mayoría de los colores se fijan en poco tiempo, excepto el blanco, que tarda más. Hasta un mes puede llegar a tardar en secarse. Lo llamativo es que este patrón no se repite en todas las zonas claras, sino solo en algunas, sobre todo en el rostro del muerto —añadió.

Mucho más no podían hacer allí. Según le dijo no contaban con los medios necesarios para poder hacer un análisis en profundidad de la pintura. Para ello tendrían que hacer una estratigrafía a la pieza. Un ensayo que, según le explicó Vives, consistía en coger un trocito pequeño del cuadro, aproximadamente del tamaño de un grano de arroz, y analizar las diferentes capas de pintura. A partir de ahí, con técnicas analíticas más sofisticadas y empleando microscopios muy potentes, podrían determinar el número de capas que tenía el cuadro e incluso la composición química de las pinturas empleadas. También, si tenían suerte, podrían detectar algún material que les proporcionara pistas adicionales sobre dónde se había pintado el cuadro.

—Es posible que se haya impregnado alguna partícula del ambiente en la pintura y que nos de alguna pista: restos de polvo, polen o similar. Pero eso solo si tenemos mucha suerte —puntualizó el guardia.

Ángela escuchaba atentamente las explicaciones de Vives. Le gustaban ese tipo de personas, las que eran capaces de ofrecer información útil bajando al nivel de detalle adecuado para ilustrar sin aburrir. Las que eran tan sabias como humildes.

—Espero que no se demoren mucho con los análisis en Madrid…

La teniente Souza sabía a qué se refería el brigada. Era difícil marcar las prioridades desde la distancia. A ella también le interesaba acelerar el proceso. Si por ella fuera, incluso se lo llevaría ella misma, pero eso era inviable, pondría en riesgo la cadena de custodia de la prueba y la invalidaría frente a un tribunal.

—Tocaré las teclas necesarias. Conozco desde hace tiempo al director del SECRIM. Me debe un favorcillo y tal vez sea el momento de reclamárselo.

—Eso sería fantástico —dijo Vives levantando los pulgares—. Acompáñeme, creo que estará deseando verlo, ¿no?

Ángela asintió y siguió a Vives hasta el fondo del almacén. El brigada se encaramó a una escalera y extrajo de lo alto de una de las estanterías una caja de cartón de grandes dimensiones. Ayudado por Ángela, la depositó sobre una amplia mesa de trabajo y con cuidado retiró el envoltorio de protección.

El cuadro, tal como había podido observar Ángela en el teléfono móvil de Henry, era de una factura exquisita. No era experta en pintura, pero sabía distinguir la majestuosidad de un buen trazo, la composición y el nivel de detalle que se escapa al ojo de un profano, pero que deleita al artista. No es fácil pintar la muerte de manera eficaz, trasladando el sufrimiento, la angustia y la resignación del último aliento al espectador de modo que este la sienta en las entrañas. En la mayoría de las ocasiones, el público la observa con curiosidad, cuando no con indiferencia, valorando la técnica pictórica y el grado de realismo de la escena. Sin implicarse. Sin embargo, aquel cuadro tenía algo especial, algo que lo hacía diferente. Observando la mirada de Beltrán, sus retorcidas facciones, el suplicio en sus extremidades, había sentido dolor. Un dolor íntimo y sobrecogedor que no había experimentado nunca antes con una obra de arte.

—A usted también le pasa, ¿no? —preguntó Vives sacándola de su abstracción.

No hacía falta que le detallara el qué. Sabía perfectamente a lo que se refería. Lo acababa de experimentar en lo más hondo de su ser.

—Sí.

Sin atreverse a tocar la pintura, sus ojos se fijaron en la esquina inferior del cuadro. Allí, en letras minúsculas y con trazo fino figuraba el nombre del artista.

—Marat —pronunció en voz baja.

Capítulo 7

Zhao Mu

Cielo azul
Wassily Kandinsky

Zhao Mu. A diferencia de lo que sucede en Occidente, en mi tierra el apellido siempre se escribe delante del nombre de pila, así que, aunque la mayoría de gente piense que me llamo Zhao, en realidad me llamo Mu. Otra característica del idioma chino es que todos los nombres tienen un significado. Zhao significa 'que ve por arriba y más allá de todo' y Mu, aparte de ser un nombre propio también significa 'madera' o 'árbol'. Así que la versión romántica de mi nombre sería 'árbol que ve por arriba y más allá de todo'. Si mi apellido no hubiera sido Zhao, seguramente mis padres hubieran buscado otro nombre diferente al de leño, madera o tronco, pero, visto así, en conjunto, les pareció elegante. Todo ese romanticismo lo echó por tierra un funcionario de la oficina de extranjería el día que fui a solicitar mi permiso de residencia y, ajeno a mi cultura, me cambió el nombre por el apellido. A partir de ese día me convertí en Zhao para todo el mundo, de apellido Mu. Por suerte esa palabra también se utiliza para hacer referencia a algo 'excelente', así que al final tampoco salí tan mal parado por el pequeño gran desliz. Aquello fue a principios de los ochenta, al poco de llegar a Madrid. Por aquel entonces yo tendría unos veinticinco años con lo que al final llevo más tiempo siendo Zhao que Mu.

A menudo recuerdo con nostalgia mis primeros años en este país. Era una época en la que nadie juzgaba a nadie. La gente, al menos en los círculos en los que yo me movía, solo se dedicaba a experimentar, bien fuera con pintura, música, política o drogas. Al final todo era lo mismo: una especie de catarsis de libertad donde una sociedad que no sabía andar sola comenzaba a dar sus primeros pasos sin saber bien hacia dónde dirigirse. A nadie le importaba quién era yo o por qué estaba en España. Yo era Zhao o *el Chino*: un tipo bajito de color amarillo que siempre iba cargado con un diccionario bilingüe. Así que mis amigos no supieron el motivo por el cual había huido de China hasta que no se lo conté cuatro o cinco años más tarde, una noche de borrachera en el piso de Olvido, una chica mexicana muy simpática con cara angelical y aspecto transgresor.

—Chino, ¿tú por qué te viniste a España? —me preguntó Santiago, al que también llamaban el Filósofo, tras expulsar una bocanada de humo por la boca.

Eran tiempos distintos, un período en la que cada uno seguía su instinto de manera individual, aunque en el fondo siempre había una especie de unión invisible entre todos aquellos que nos empeñábamos en ser diferentes. En mi caso, y hasta que me pude desenvolver bien con el idioma y la cultura, siempre tuve cerca a alguien que me apadrinó. Tal vez fuera porque yo también resultaba exótico: un chino fuera de un restaurante no era algo muy común a principio de los ochenta. Ahora las cosas han cambiado y somos cientos de miles los compatriotas que vivimos aquí. Ya no se nos ve como devoradores de arroz tres delicias y rollitos primavera o encargados de tiendas baratas; tenemos negocios y empezamos a ser tan respetados como temidos. También he de reconocer que ese amparo o protección, a diferencia de la amistad, era efímero e interesado. Convivías con tu mentor de manera estrecha durante un tiempo y luego, en cuanto aparecía alguien más interesante, el primero desaparecía. Sin facturas. Sin reclamos. Salvando las distancias, me gusta comparar esa especie de unión con Der Blaue Reiter ('El Jinete Azul'), el grupo de expresionistas fundado por Kandinsky que veía el arte como el punto de unión entre la experiencia y la espiritualidad. Cada uno lo expresaba a su modo, pero todos partían de una definición común: color, siluetas cambiantes y un constante juego con la percepción.

Aún mantengo contacto con unos cuantos amigos de aquel entonces. Algunos se hicieron famosos y sigo disfrutando de sus canciones, sus libros o sus películas, la esencia de una época dorada. Muchos murieron presos en el vicio de la experiencia. A otros los perdí la pista y solo el azar los pondrá frente a mí algún día.

—Porque no quería seguir allí —respondí.

—Venga, no seas como Enrique. Enróllate más y no te las des de fino.

Alguien se rio mientras señalaba con la cabeza hacia una esquina de la habitación, donde Enrique, medio inconsciente, viajaba a un lugar que solo él conocía mientras el polvo fino cabalgaba por sus venas. Santiago era así, siempre tenía una ocurrencia o un doble sentido a mano.

—Vine huyendo —aclaré.

—¿Huyendo? ¿De qué? —La palabra huir siempre resulta atractiva en una conversación.

—Huyendo de no ser nadie. En mi ciudad, Wenzhou, las cosas son muy diferentes… Cuando yo era niño, en mi barrio no teníamos electricidad ni gas para cocinar. Tampoco teníamos agua corriente; había que ir a un pozo a por ella. —Animado por sus miradas continué—: Mi padre es un humilde maestro de escuela y mi madre nunca ha trabajado. No tengo hermanos y desde niño solo he tenido un amor en mi vida: la pintura. A ellos al principio les hacía gracia y enseñaban orgullosos mis dibujos a los vecinos, pero, cuando acabé la escuela y les dije que quería ganarme la vida como artista, no se lo tomaron muy bien. Yo soy su único hijo y tenían muchas esperanzas puestas en mí. En una república socialista ser pintor es una quimera, algo imposible. Así que solo me quedó una opción. Huir de allí.

»Trabajé duro durante cuatro años. Día y noche, sin decir nunca a nada que no. Sin gastar ni un mísero yuan. Vestí cuatro años la misma ropa, regateé dinero a la comida e hice cosas que me avergüenza contar para poder ahorrar lo suficiente para marcharme. Para cumplir el sueño de pintar, de ser alguien.

Mis palabras calaron hondo en los que estaban allí escuchándome. Tanto que hasta el *whisky* y las drogas quedaron momentáneamente en un segundo plano.

—El día que conseguí el último yuan para comprar el billete de avión fui a casa de mis padres y me despedí de ellos. Fue la última vez que los vi. Luego caminé hasta el aeropuerto, seis horas andando, no me podía permitir ir en autobús. Tenía exactamente ahorrado el precio del billete más dos monedas que llevaba en el bolsillo. Solo llevaba conmigo una bolsa de tela con mis pinceles, el diccionario y mi documentación. Ese día dejé mi hogar y me vine a Madrid.

Tras unos segundos de silencio, Santiago levantó la copa.

—¡Por el Chino!

—¡Por Zhao! —exclamaron todos deseosos de dejar de lado las historias tristes y continuar con la jarana.

Cuando recuerdo los motivos que me trajeron aquí, la supervivencia de los primeros años y todo lo que sucedió hasta acabar en prisión, me doy cuenta de que he vivido intensamente. He tenido aciertos y he cometido errores, pero siempre he sido coherente conmigo mismo. Cada paso que he dado en esta vida ha servido para forjar mi carácter y acercarme al futuro que idealicé el día que aterricé en este país. Si la muerte me traicionara y viniese a buscarme sin avisar, solo me arrepentiría de una cosa: no haber podido desvelar el nombre de la persona que truncó mi carrera e hizo que acabara mis últimos días privado de libertad.

El sonido de la apertura de puertas me sacó de mis ensoñaciones. Eran las nueve y media y aquel día no tenía que impartir clases, por lo que tenía toda la mañana para mí. Me levanté de la *piltra* y salí de la celda. A pesar de que hacía un sol radiante, y eso es algo que no hay que desaprovechar bajo ningún concepto cuando uno está encerrado en el norte, me sentía un poco nostálgico. El cielo azul y su quietud me trajeron a la memoria la imagen de una obra de Kandinsky. Ese cuadro en el que coloridos seres abstractos parecen flotar en un universo donde todos quieren ser tan distintos que se confunden. Me recordó a mis antiguos camaradas, a mis jinetes azules. Necesitaba ampararme en la soledad, así que, huyendo de la compañía, me acerqué a la biblioteca para coger prestado algo que leer.

Cuando me vio llegar, Elvis, el interno que tenía destino en la biblioteca, me saludó con júbilo. Siempre se alegraba de verme.

—*Sao* —le costaba horrores pronunciar la zeta—, ¿te busco un libro de arte?

Era un buen chico, de Santa Rosa de Cabal, en Colombia. Estaba allí porque se la habían jugado, como a casi todos. Lo pillaron entrando en el entonces llamado aeropuerto de Barajas con cinco kilos de coca escondidos bajo la ropa. No era la primera vez que hacía de mula, así que le cayó una buena condena. Todavía le quedaban unos cuantos años a la sombra.

—Gracias, Elvis, hoy prefiero leer la prensa. ¿Está libre el periódico?

El colombiano sonrió y me tendió un ejemplar de *El Diario Montañés*. Era pronto, todavía no estaba muy manoseado. Me gustaba leerlo así, planchadito, como solía hacer los domingos por la mañana en la cafetería que había junto a mi estudio. La regentaba una mujer mayor, de Burgos, y siempre tenía una cajita de té exclusivo preparada para mí.

Con el diario bajo el brazo me dirigí a la sala de lectura. Me senté en una mesa y fui pasando las hojas con parsimonia. Las páginas del panorama político me las salté, seguían siendo aburridas: un montón de hombres trajeados mintiendo sin pudor. Nada de lo que dijeran tenía que ver conmigo. Ojeé la sección internacional por si hablaban de mi país y acabé en sucesos. Entonces vi una noticia que me llamó la atención.

Hallan a un pintor muerto en extrañas circunstancias.

> El artista Beltrán Carbajosa fue hallado muerto por su mujer en su casa. Todo indica que se trata de un asesinato. Ocurrió en Esles, el pasado martes…

La noticia, firmada por un tal Luis Zambrano, continuaba narrando en un tono que pecaba de sensacionalista cómo Jacinta de Rozas, su viuda, halló el cadáver y cómo la Guardia Civil no había querido clarificar los hechos por el momento. También se preguntaba si aquel era un suceso aislado o si la comarca de los Valles Pasiegos y sus habitantes se encontraba en peligro inminente. El artículo terminaba formulando un puñado de suposiciones infundadas y sandeces de esas que avivan el morbo. Mis ojos leían, pero mis neuronas se alejaban de aquellas letras.

Cuando acabé de leer la noticia, me quedé un rato inmóvil, sin pasar de página. Tenía el cuerpo petrificado, aunque mi mente marchaba a la velocidad de la luz.

Yo conocí a ese hombre, a Beltrán Carbajosa. No solo lo conocí, sino que durante una época de mi vida fue casi como un hermano para mí. Él fue una de esas personas que me ayudó cuando llegué a España, uno de mis mentores. Me atrevería a decir que el más importante de todos. Luego las cosas se torcieron, tuvimos nuestras desavenencias y con el paso del tiempo nos alejamos. Ahora estaba muerto. Y lo peor de todo es que, aunque la noticia estuviera vacía de contenido, estaba seguro de conocer el motivo por el cual lo habían asesinado.

—Marat —lo dije en voz tan baja que dudo si pronuncié aquel maldito nombre o solo retumbó en mi cabeza.

Tuve un escalofrío. Había llegado el momento. Fue entonces cuando comencé a escribir esta historia.

Capítulo 8

El molino de mareas

La tormenta
Edvard Munch

El breve paso de Ángela por la capital fue más práctico que dulce. A los reproches de Darío por no haber contestado a sus llamadas se sumaron los de su jefe por haberse olvidado de las corbatas de Unquera que había prometido a su mujer. A los segundos no les dio demasiada importancia, pero los primeros le supusieron un quebradero de cabeza. Entendía perfectamente la decepción de Darío al verse relegado por enésima vez a un lugar secundario en su complejo mundo a pesar de que ella le había advertido desde los primeros compases de su relación que siempre sería libre. Ella sabía, por experiencia, que para la mayoría de los hombres era difícil asumir que el paso del tiempo no jugaba a su favor. Siempre pensaban que lo conseguirían, que ellos no sucumbirían donde lo hicieron otros y serían capaces de retenerla. Se equivocaban. Su corazón era difícil de domar, pero ese no era el único obstáculo. Para Ángela su trabajo era su pasión, su necesidad, su modo de vida, y nadie ni nada podía desmontar sus prioridades.

No tenía familia, al menos entendida como el resto de los mortales la entendemos, y las esporádicas relaciones de pareja que mantenía le bastaban para satisfacer sus necesidades básicas. Eso no significaba que no supiera lo que era el amor, incluso lo que es enamorarse. Alguna vez había caído en esa trampa, hacía ya mucho tiempo, pero había sido tan intenso el dolor que había experimentado que no estaba dispuesta a repetir, al menos conscientemente. Así que, sin abandonarlo, había aprendido a gestionar el amor de manera alquímica, inhumana, imponiendo el raciocinio a cualquier tipo de sentimiento. Tenía un frasco de amor para sus amigos, en el que los principales ingredientes eran el entretenimiento y la complicidad, pero en el que escaseaba el tiempo. Tenía un frasco de amor para sus compañeros de trabajo, con grandes dosis de fidelidad pero algo rácano en intimidad. Y uno para sus parejas, en los que sexo y compañía coagulaban necesariamente con diversión. Pero en todos ellos, aunque parezca inconcebible a los que saben lo que es amar de verdad, gobernaba la razón y no el corazón. Ángela era honesta consigo misma y con los demás, por eso al comienzo de cada relación advertía a sus parejas que ella era así y que no iba a cambiar. Que enamorarse de ella era una pérdida de tiempo. El problema radicaba en que el pecado del optimismo suele atacar en la efervescencia de un nuevo amorío haciéndonos pensar que cualquier tara de la persona a la que amamos será arrasada con el tiempo. Pero en este caso era tan fuerte la convicción que era imposible demolerla. Así, Darío, al igual que otros que antes habían ocupado su lugar, veía como el podio del subcampeón no era efímero y se lamentaba inútilmente buscando un ascenso imposible a lo más alto; y eso a ella, que tenía bastantes otras cosas en las que pensar, le suponía un dolor de cabeza.

—Cariño… —le dijo por no llamarle amor—. No es que no haya querido llamarte, es que, joder, no he podido.

—Y ahora te vuelves a ir… ¿Por cuánto tiempo?

—Dos o tres semanas. No sé, lo que sea necesario. Oye, ¿por qué no te vienes un par de días allí? ¿Así conoces aquello?

La oferta iba en serio. A ella le gustaría que alguna vez aceptara, pero él siempre declinaba. Bueno, siempre no, la primera vez la aceptó. Quizá por eso renunciaba a repetir. Ella había ido a echar un cable a los compañeros de la Comandancia de Málaga y lo invitó a acompañarla el fin de semana para poder disfrutar de un par de días de sol y playa, cosa que él aceptó gustoso. Llegó el viernes por la tarde y, cuando se fue, el domingo por la noche, podía contar con los dedos de una mano las horas que habían pasado juntos. No volvió a repetir.

Y así, con un beso agrio en los labios, se despidió de Darío. Si podía, si el trabajo le dejaba, intentaría ser ella la que se escapara alguna noche a dormir a Madrid. Si quería que le durara un poco más que el último novio, y tenía la intención de que así fuera, tenía que poner de su parte.

La moto rugió y Ángela volvió a la carretera.

Durante el trayecto hizo un repaso mental de lo que había averiguado hasta el momento. Primero estaba lo del cuadro. Analizar en profundidad una pintura no era tarea fácil. Para empezar había que tomar muestras de tamaño milimétrico de diferentes partes del lienzo y luego analizarlas con técnicas de estratigrafía, microscopía o análisis con rayos ultravioleta e infrarrojos. Así se podría determinar el tipo de pintura empleado, la secuencia de capas que había seguido el pintor y otras características de la pieza. Solo ese trabajo llevaría por lo menos un par de semanas. El problema era que, además, algunos de esos resultados no servían de nada si no se comparaban con muestras de otras pinturas. Otro tipo de pruebas, tales como el análisis del propio lienzo o el bastidor, podrían dar alguna pista en caso de encontrar trazas de algún material poco común o larvas de algún insecto. Esos detalles eran interesantes, pero pocas veces determinantes. Resumiendo: si no tenían algo sólido, las expectativas iniciales no eran muy halagüeñas. Al menos se volvía con algo de su paso por Madrid: los especialistas del Grupo de Patrimonio Histórico le habían corroborado que el cuadro había sido pintado en diferentes fases y finalizado a lo sumo un par de semanas antes. En cierta manera aquello refrendaba el análisis de la luz con el que se la había jugado con Fenollosa. Se podía haber pintado gran parte de la obra en invierno y haber sido finalizada en el lugar del crimen. Sea como fuere, el asesino lo había hecho de manera muy discreta, una fea costumbre de los que se dedican al oficio de matar.

En cuanto al nombre que figuraba en la rúbrica, por lo que había podido averiguar consultando diferentes bases de datos y registros de pinacotecas, no había ningún pintor conocido que firmara con el nombre de Marat. Le había llevado bastantes horas de trabajo averiguarlo, las que le quedaban libres tras organizar la faena que dejaba en manos de Argüelles, las que había robado a Darío. Así que, o bien era un artista desconocido que quería darse a conocer de una manera tan macabra como arriesgada o, lo más probable, firmaba con un seudónimo. ¿Por qué ese precisamente? De momento era una incógnita, pero también un nuevo cabo del que tirar.

También tuvo tiempo para pensar en el niño rubio que se colaba en sus sueños. La primera noche que pasó en casa volvió a aparecérsele. La observaba desde la ventana de uno de los palacetes de Esles. Era similar al de Carbajosa, pero, como suele suceder en los viajes oníricos, en realidad era muy diferente. Ella entraba en la casa y recorría todas las habitaciones buscándolo. Todas estaban vacías y, a diferencia del palacete que había visitado días antes, las paredes estaban repletas de cuadros. Eran obras tristes y angustiosas, de trazo curvo y colores fuertes. Recordaban a las obras de Munch, el prosector de almas. De hecho eran suyas. *La tormenta*, *Madonna*... Se despertó justo en el momento en el que abría la última puerta y descubría las ventanas de un balcón abiertas de par en par que se mecían con la brisa. El resto del sueño se almacenaba ahora encerrado en las hojas de una de sus libretas, condensado en letras que se apretaban las unas contra las otras, como si tuvieran miedo de que cupiese alguna más.

Y así, entre cavilaciones, curvas y kilómetros que iban desapareciendo a su espalda, el cielo despejado de Madrid se encapotaba y frente a ella aparecía un nuevo destino que esperaba que fuera tan efímero como todos los que comenzaba a olvidar.

***

Cuando Ángela entró en la sala donde se ubicaba el grupo de homicidios, Fenollosa y sus dos compañeros la esperaban en la misma mesa en la que ella los había dejado unos días atrás. Si no fuera porque no llevaban la misma ropa y porque aquel día, a diferencia de la semana anterior, llovía, pensaría que no se habían movido de allí. Eso le hizo sentir un poco culpable. Ella era la jefa del operativo y apenas había estado unas horas en donde se suponía que debía estar, en el lugar del crimen. Eso no significaba que no hubiera estado pendiente. Había hablado un par de veces con la jueza Del Real, quien, por cierto, le había causado una grata impresión: la primera, para pedirle las autorizaciones necesarias para rastrear el teléfono de Beltrán Carbajosa y los movimientos de sus cuentas bancarias; la segunda, esa misma mañana, para concertar una cita con ella. También había hablado en sendas ocasiones con Fenollosa para conocer de primera mano cómo avanzaban las tareas que marcaba el procedimiento en ese tipo de casos. El sargento, parco en palabras y nulo en entusiasmo, la informó de que por el momento no habían dado con ningún indicio que señalara un claro sospechoso. Ella, por su parte, además de coordinar con Argüelles, su mano derecha, los pasos que tenían que dar en un par de investigaciones que llevaban abiertas y terminar unas diligencias que arrastraba desde hacía varias semanas, había estado trabajando en lo del cuadro. A decir verdad, en los escasos tres días y medio que había pasado en Madrid no había parado casi ni un minuto. Solo se concedió un respiro para cenar un día con Darío por Malasaña y tomarse un café rápido con una amiga a la que hacía tiempo que no veía. Aun así, se sentía culpable, era algo que no podía controlar. Las personas que la conocían bien, que no eran demasiadas, le decían que se exigía demasiado, que la vida no había que tomársela como una obligación continua. Ella ya lo sabía. Lo sabía y lo sufría porque no lo podía controlar. El sentimiento de culpa la corroía por dentro cada vez que demoraba responsabilidades, cada vez que dedicaba tiempo a cualquier cosa que no tuviera utilidad, cada vez que no se exigía al máximo. No sabía a ciencia cierta en qué momento ese veneno había comenzado a expandirse por su ser, pero creía saber cuál era el motivo: el mismo por el que apuntaba metódicamente sus pesadillas en las libretas que siempre llevaba consigo y espiaba rostros anónimos las noches de insomnio.

—Buenos días, teniente. La estábamos esperando.

Ángela se sorprendió de que fuera el sargento Fenollosa el primero en levantarse para recibirla. Tampoco es que fuera un saludo efusivo, pero al menos parecía que había dejado olvidada el hacha de guerra en el cajón. Los saludos de sus otros dos compañeros fueron más naturales. El de Henry, pese a haber sido con el único con quien había quebrantado ligeramente la barrera profesional gracias a ese café en Esles y la confesión temprana de sus ambiciones, un poco azaroso. Parecía que ella aún le imponía cierto respeto. El de Belén, cercano. Al igual que la vez anterior, los dos besos que le plantó no eran los mismos que se dan a un desconocido. Al igual que la vez anterior, le hicieron sentirse bien.

Henry los puso al corriente de lo que había podido averiguar. Hasta el momento, tal y como le había adelantado Fenollosa, no había indicios que sirvieran para señalar a ningún sospechoso. Beltrán era un hombre gris, sin excesivos amigos pero menos enemigos. No tenía problemas con nadie y todo el mundo lo describía como una persona reservada y educada, dos términos que se emplean para retratar a alguien con quien apenas cruzas unas palabras por pura cortesía, generalmente sobre el tiempo. Su mujer, al igual que el forense, había confirmado lo de su enfermedad y como esta sería un impedimento si hubiera decidido volver a la pintura. Y dijo «si hubiera» porque hacía años que el pintor no ejercía. Por eso aquella fatídica tarde, cuando volvió a casa y oyó música en el estudio, como en los viejos tiempos, un rayo de esperanza había alimentado someramente su ilusión.

Los ingresos del matrimonio eran escasos. Se limitaban a sobrevivir. Eso era lo único extraño en la pareja, que, a pesar de su situación económica, seguían siendo los dueños de aquel palacete en el que había sido hallado muerto el pintor. La soberbia de querer ser sobresalientes y mantener el estatus que un día llegaron a alcanzar los había hecho esclavos de unas piedras que, como bestias insaciables, demandaban sus peculios, sus denuedos y sus vidas. Aun así, gracias a las rentas obtenidas en un pasado más halagüeño, habían sabido sortear cual funámbulos el vacío de la ruina. Sus cartillas de ahorro, con cifras tan modestas que no valía la pena ni describirlas, no daban pie a pensar que tras su muerte se escondiera un interés económico. Por lo que Henry había averiguado, no tenían deudas, aunque eso es algo que nunca se puede saber al cien por cien, ya que muchas veces estas nadan en el lado turbio de la vida que a nadie le gusta airear. De todos modos había dos aspectos que reforzaban esta teoría: el primero era el timorato nivel de gasto que tenía la pareja, reflejado en los movimientos de sus cuentas y en las posesiones que encontraron en la casa; el segundo, y no menos importante, las declaraciones de sus conocidos, que, como en toda población de tamaño reducido, pueden diseccionar con márgenes de error imperceptibles el tren de vida de cada uno de sus vecinos. Podríamos decir que Beltrán era un pintor venido a menos que se resistía a deshacerse del bien que lo arrastraba poco a poco hacia la pobreza.

—Resulta llamativo que en cierto momento de su vida ganara suficiente dinero como para comprarse ese *casoplón* y luego cayera en desgracia —concluyó Ordoñez—. No es normal que un pintor se devalúe tanto en tan poco tiempo.

—¿Cuándo dejó de pintar exactamente? —se interesó Ángela.

—Según he podido averiguar, a los tres o cuatro años después de comprar la propiedad. A mediados de los noventa. Al menos profesionalmente.

—¿Y sabemos el motivo?

—Su mujer nos ha confesado que él siempre mantuvo que fue porque perdió la inspiración, pero que ella cree que hubo algo más.

—Interesante —intervino Fenollosa tamborileando en la mesa—. Habrá que indagar más sobre qué pasó en esa época, quién compró sus cuadros, por cuánto los adquirió y todo eso. Aunque ha pasado mucho tiempo, puede que nos ponga sobre la pista de alguno de esos enemigos que supuestamente no tenía…

La teniente Souza iba a añadir algo, pero en ese instante la cabo Ayerbe, que había permanecido en silencio hasta el momento, tomó la palabra.

—Creo que por ahí podemos rascar algo… Por lo que he podido averiguar, los últimos días de Beltrán fueron bastante sosos. Apenas salió de su casa y si lo hizo fue en compañía de su mujer. Solo hubo algo que se salió de lo común, un paréntesis en su rutina: un par de semanas antes de su muerte visitó a un comerciante de arte llamado Lorenzo Castro. He estado preguntando y he averiguado que fue su marchante de arte hacia finales de los años ochenta y principios de los noventa.

—En los últimos años de su carrera… Esto se pone interesante.

—Es más —continuó Belén—, según parece, debieron tener una buena bronca porque horas más tarde entró en un bar del pueblo y se bebió cuatro chupitos seguidos de orujo de Potes. Un paisano me dijo que le llamó la atención porque no frecuentaba el bar y, cuando iba, solía ser bastante reservado, pero ese día estaba muy cabreado y se desquitó de lo lindo.

—¿Cree que puede ser nuestro hombre?

—Materialmente no. Ya lo he comprobado. En la fecha del asesinato, Lorenzo Castro estaba en un encuentro internacional de arte en Berlín —añadió Belén señalando con el dedo a su inseparable ordenador.

—¿Qué sabemos de él?

—Es un habitual de la alta sociedad santanderina. Un *pijales*. No hay sarao de la alta alcurnia al que no esté invitado. Entre su círculo de amistades está la familia que controla uno de los bancos más importantes del país, empresarios, políticos y una lista de personajes que parece sacada del *Hola*. Además, y esto sí que es fuerte, está casado en segundas nupcias con Johari Biya.

—¿Johari qué? —A la teniente nunca le habían interesado los cotilleos.

—¡Rediós! ¿No la conoce? Pertenece a una importante familia africana, pero se ha criado en España —añadió Belén girando la pantalla de su portátil y mostrándole una imagen de una esbelta africana elegantemente vestida y con el cráneo rapado al cero—. Para su edad está cañón. Hace unos años no había revista que se preciara que no le dedicara una portada.

—Gracias, Belén. Buen trabajo los dos. —El cumplido cayó bien, no era algo habitual en su equipo—. Iré personalmente a visitarla. Si quiere, puede venir conmigo, Fenollosa.

El sargento asintió. Por supuesto que iría, no quería quedarse en segunda fila bajo ningún concepto.

La siguiente media hora la dedicaron a organizar el trabajo de los siguientes días y revisar la información que valía la pena. Ángela había quedado con la jueza Elvira del Real esa misma semana y quería causarle una buena impresión. Sabía por experiencia que los jueces valoraban el orden en ese tipo de cosas y, a pesar de que su estilo era más bien anárquico, siempre se esforzaba en tener satisfecho a quien ejercía la autoridad máxima en la investigación.

Una vez concluida la reunión, cada cual volvió a sus quehaceres.

—Henry, acompaña a la teniente a la mesa que antes ocupaba Martínez. Se ha jubilado y está libre —aclaró Fenollosa—. Se puede instalar allí durante estos días.

El guardia asintió y guio a Ángela hasta un escritorio que quedaba al extremo de la sala, junto a la ventana. No era mal sitio, apartado y con luz, aunque las vistas no fuera nada del otro mundo. Por el camino, Ordóñez le explicó todo lo que tenía que saber de la oficina, quizá entreteniéndose más de la cuenta en detalles sin importancia. La teniente lo escuchó paciente durante unos minutos y luego le interrumpió para pedirle que le trajera todos los informes de los interrogatorios. Quería revisarlos uno a uno.

Henry asintió. Captó la indirecta: ella tenía bastante trabajo por delante y él también. Había un asesino suelto y no tenían tiempo que perder.

***

Quedaba poca gente en la oficina cuando Ángela apagó su portátil. Por la noche seguiría trabajando, pero antes tenía que buscar alojamiento. Había ido tan de cabeza en Madrid que ni se había preocupado de buscar el hotel. Siempre le pasaba lo mismo.

Belén, que no había dejado de levantar intermitentemente la vista hacia su escritorio en toda la tarde, cuando la vio recoger, se acercó hacia ella y le leyó la mente. O puede que tal vez llevara toda la tarde esperando para leérsela.

—¿Ya tienes visto algún sitio para quedarte?

—A decir verdad, no. Miré un par de opciones, pero no entraban en presupuesto —mintió.

—¡Uff! Si tienes que ajustarte a la miseria que marca la normativa, mejor búscate un *camping* —dijo su nueva compañera con aires melodramáticos—. Pero puede que sea tu día de suerte, tengo una tía que tiene una *casuca* en un barrio a las afueras. Normalmente la alquila solo a conocidos y se le acaba de quedar libre.

—A las afueras… —repitió Ángela sin mucho entusiasmo.

—Es un sitio *flaman*. Muy bonito, me refiero. Un antiguo molino de mareas cerca de la playa de la Maruca. Si quieres, te llevo y lo vemos. Estoy segura de que te va a encantar…

No perdía nada por echarle un vistazo, así que aceptó.

Cuando salieron de la comandancia, los procelosos nubarrones que habían ido formándose a lo largo de la mañana habían comenzado a descargar con violencia. Belén se ofreció a llevarla en coche y Ángela aceptó. Más tarde, cuando amainara, podría volver a por la moto.

A lo largo del trayecto la cabo le contó que en alguna ocasión su tía ya había alquilado el molino a algún compañero desplazado, con lo que no tendría ningún problema burocrático en ese sentido, y le entretuvo explicándole el funcionamiento de los molinos de mareas.

—Antiguamente había muchos más por toda la costa, pero ahora solo quedan un puñado —dijo con cierta melancolía.

También le habló de la Maruca, de su castillo y su playa, un lugar que a primera vista desencantaba, pero del que era imposible no enamorarse cuando se conocía a fondo. Ángela apenas intervino, le gustaba escucharla. Pese a no conocerla apenas, aquella mujer le transmitía algo especial. Era como si la conociera de antes, de mucho tiempo atrás, como si tuviera la necesidad de estar cerca de ella. De hecho, en los últimos días se había sorprendido en un par de ocasiones pensando en ella. Era algo que no le había sucedido antes y que era difícil de explicar.

Conforme se acercaban al molino las palabras de Belén se hacían realidad. La carretera, tan estrecha que a duras penas daba para que un turismo se cruzara con un peatón, serpenteaba entre muros de piedra de mampostería tras los que se erigían pequeñas casas de veraneo parapetadas tras generosas matas de hortensias. La arquitectura de aquellas construcciones nada tenía que ver con la elegante Esles o la señorial Santander. Casas levantadas con ladrillo *caravista*, cemento, azulejo, madera o chapa se daban cita en una oda a la anarquía constructiva. Sin ningún tipo de urbanización, aquellas viviendas de pescadores eran fruto de un colonialismo generado por herencias que habían dividido la tierra en cientos de parcelas únicas en cuanto a forma y dimensiones. Solo había un elemento común en todas ellas: el prado, que, tocado por la varita mágica del clima norteño, lucía de color verde intenso. Del mismo modo que las construcciones, estos gozaban también de su propia desorganización, dando lugar a una combinación única de plantas y ganado en cada parcela. No había ni un solo vecino que no se aprovisionara de los huevos de sus propias gallinas, bebiera la leche de sus vacas y ovejas o tuviera un caballo a su disposición para dar un paseo por la costa. Esa combinación entre la belleza salvaje y la espantosa huella del hombre conferían al barrio de Corbanera un encanto especial. Un encanto que lucía hasta en los días grises como aquel. Un encanto que dejaba de ser curioso para convertirse en pasión cuando se llegaba a lo alto de sus colinas y el enjambre de casas se deslizaba por una suave ladera hasta perecer en el mar Cantábrico. Allí, en el vértice de la ría de San Pedro del Mar, salpicada por decenas de pequeñas embarcaciones de colores y gobernada por la estatua de un marinero de piedra, estaba el molino de mareas.

En medio del temporal, en un lugar en el que nunca había estado y con Belén a su lado, a Ángela le vino a la mente una imagen de *La tormenta*, una de las pinturas de Munch que había aparecido en sus sueños. La pieza era una alegoría a la necesidad de adentrarse en lo desconocido. Ella era como la mujer vestida de blanco en el cuadro, la que se separa del grupo de personas horrorizadas y se aleja de la seguridad del hogar en búsqueda de un camino diferente. Quizá era un mensaje de su subconsciente. Quizá su destino era salir de la rutina, rumbo a lo nuevo.

Belén detuvo el coche en un callejón muy empinado que moría en un estrecho puente que cruzaba la ría y salió para abrir la cancela de metal que daba acceso a la propiedad. Cuando entró de nuevo en el coche, llevaba el pelo húmedo y olía a lluvia.

—Jarrea de lo lindo.

—Me gusta el agua.

La cabo respondió con un guiño y maniobró para encarar el coche hacia la rampa de acceso. Rodeada por un murete de piedra, a la casa se llegaba por un camino de cemento que atravesaba un prado. Allí, una apacible yegua color chocolate observaba a las dos mujeres sin inmutarse por el mal tiempo. Intramuros, la parcela se dividía en cuatro secciones: un porche que hacía las veces de garaje, un pequeño corral en el que hacía tiempo que no había gallinas, un jardín gobernado por una higuera de copa generosa y la vivienda, una construcción de dos alturas encalada en blanco que mostraba los signos de la erosión causada por la indomable brisa marina. Por dentro todo era más austero y práctico de lo que se adivinaba por fuera, pero a ella no le importó. Las vistas de la ría desde la cocina fue el argumento definitivo para hacer de aquel lugar su hogar para los siguientes días.

—A primera vista parece un sitio sin mucha clase. Me refiero al pueblo —puntualizó Belén—, pero pronto verás que es fácil enamorarse de esta *tierruca.*

—Bueno, serán solo unos días y, con el trabajo que tenemos por delante, dudo mucho que me dé tiempo a conocerlo en profundidad.

Belén sonrió. Tenía una sonrisa preciosa, de esas que hacen que te olvides de todo. Labios frescos, adornados sutilmente con carmín, y dientes de catálogo. Fue menos de medio segundo el lapso de tiempo que Ángela se quedó mirando su boca, pero fue tiempo suficiente para que su compañera se percatara.

—Pues, si te interesa, puedes instalarte ya... Hablaré con mi tía para que lo organice todo.

—Sí. Me quedaré aquí —respondió la teniente resolutivamente tratando de diluir la debilidad que había dejado entrever un momento antes.

Tras darle unas indicaciones sobre la casa y explicarle dónde podía encontrar los servicios básicos en el centro del pueblo, las dos mujeres se despidieron.

—¿Quieres que pase a recogerte más tarde y vamos a la comandancia para que puedas recuperar la moto? —se ofreció Belén.

—No te preocupes. Aprovecharé para instalarme tranquilamente y conocer un poco la zona. Cuando el tiempo se relaje, tomaré un taxi e iré a por ella.

—¿En serio? No me cuesta nada.

—En serio. Gracias.

Lo prefería... Además serviría para mantener un poco las distancias.

Una vez sola, acompañada del último disco del incombustible Tony Bennet, Ángela deshizo su maleta. Mientras lo hacía, sus ojos se fijaron en un jersey fino de color mostaza que como un polizón se había colado entre su ropa. Se lo acercó a la cara y aspiró su aroma. La fragancia a jabón de Marsella había borrado cualquier vestigio del olor corporal de Darío, su dueño. Recordó los primeros meses de su relación y cómo le gustaba la manera en la que olía su pareja, su olor virgen, sin perfume, desodorante ni ningún otro producto químico. Hacía tiempo que no lo olía de esa manera, que no le pedía que se acostara junto a ella para no hacer otra cosa más que sentir su piel y dejarse llevar más tarde por los caminos conocidos y desconocidos que solían acompañar a ese ritual de contacto íntimo. Ya no recordaba ese aroma, hacía tiempo que se había escondido tras el perfume de marcas comerciales. Ya no se dejaban llevar por la deriva. Su relación se había convertido en una amistad carente de emociones.

Mecánicamente sacó el teléfono móvil del interior de la chaqueta y marcó su número. No le telefoneaba porque le debiera unas cuantas llamadas perdidas y wasaps sin contestar, no le llamaba porque tuviera interés en contarle algo sobre el lugar en el que se acababa de instalar, ni sus primeras impresiones sobre el caso o sus compañeros. No sabía por qué le llamaba. Ni siquiera sabía si quería llamarle. En el fondo del pozo de su subconsciente deseaba que tras los monótonos timbres de espera apareciera una voz diferente, la voz de la mujer que acababa de marcharse. Antes de que contestara, colgó. Aquello no estaba bien.

Capítulo 9

El marchante

Las espigadoras
Jean-François Millet

El sendero de tierra se abría paso de manera salvaje y caía como un torrente ocre entre los montículos que lindaban con la costa. A su derecha, ya de vuelta a casa, la masa grisácea del mar Cantábrico se hacía la remolona. Aquel día no le apetecía levantarse para volver al trabajo en el que llevaba empleada millones de años: golpear los acantilados de la Costa Quebrada para esculpir sobre ellos un paisaje del que se enamore el hombre. Los amantes del surf tendrían que esperar.

A pesar de la débil llovizna, Ángela había salido a correr temprano para explorar la costa de la que tanto y tan bien le había hablado su compañera la tarde anterior. Su intención cuando se había puesto en marcha era reflexionar sobre el caso. La noche anterior se había quedado hasta tarde revisando los testimonios de las personas cercanas a Carbajosa y había un par de ellos que le gustaría repasar. Pero se había encontrado con un camino irregular, repleto de piedras y largas rampas resbaladizas que demandaban toda su atención. Al final no hay mal que por bien no venga y los casi ocho kilómetros del recorrido había estado tan concentrada en pensar dónde ponía los pies que la carrera le había supuesto un merecido descanso mental. El olor a mar y tierra mojada tenían efecto balsámico.

Apenas se cruzó con nadie en toda la senda litoral, tan solo con unos paisanos cubiertos por un poncho impermeable cargando con tridentes unas algas de color rojizo en un remolque oxidado. Recogían la caloca, le explicaría Belén más tarde, un alga que crecía en las zonas expuestas a fuerte oleaje y que era muy apreciada por las farmacéuticas. Fue en el camino de vuelta. Eran dos hombres de aspecto duro y rostro ajado por el sol. La miraron de reojo cuando pasó junto a ellos y, una vez se hubo alejado unos metros, pudo intuir un comentario poco agradable sobre ella. Apretó el paso, más por asco que por miedo. Mucho más agradable fue la mirada de curiosidad de Gaseosa, la yegua que pastaba en el prado junto a su casa, cuando llegó al molino de mareas. Le inspiró ternura, quizá por eso nada más llegar llamó a Darío. A esas horas debía estar a punto de entrar a trabajar. Fue una conversación dulce, la llamada que él se merecía y que ella le debía desde días atrás. Los beneficios del deporte matutino extendían sus brazos cientos de kilómetros hasta alcanzar a su chico. Hablaron de las cosas rutinarias que se tiene que contar una pareja que convive sin grandes emociones. Ella le habló del molino y de su paseo junto a los acantilados; él, del trabajo y de lo que la echaba de menos. Al final él se despidió con un beso y ella con un «Te llamo esta noche» que no cumplió. Luego se duchó con agua fría, como le gustaba hacer tras el deporte y, dado que aún quedaba casi una hora para su cita con Fenollosa, se acercó a uno de los bares que hay frente a la playa de la Maruca a desayunar. Café con leche, tostadas con aceite y diario en papel, un lujo que necesitaba como el respirar. Un día feliz que comenzaba sin pesadillas.

Las primeras páginas del periódico se las sabía de memoria. La enésima promesa que el Gobierno no cumplía y el consiguiente contrataque de la oposición. Estaba hasta el gorro de la clase política: demandas imposibles y promesas incumplibles. Nada nuevo. Las pasó por encima, solo leyendo los titulares, hasta llegar a los sucesos. Esa parte, que en realidad hacía años que había dejado de ser una sección propiamente dicha, era la que más le interesaba. Por deformación profesional, no por morbo. Entonces vio un artículo que no la dejó indiferente. Ocupaba media página, lo firmaba Luis Zambrano y le amargó el desayuno. El titular rezaba: «El asesino de los cuadros», y la noticia explicaba, en un tono más propio de la prensa amarilla que de un reputado rotativo como *El Diario Montañés*, la aparición de un cuadro en el que se reproducía la macabra muerte de Beltrán Carbajosa. A la fantasiosa recreación del descubrimiento de la obra de arte en el lugar del crimen la acompañaban una serie de conjeturas sobre el motivo por el cual la Policía Judicial de la Guardia Civil había ocultado a la prensa esta información tan relevante. Un poco más adelante, el periodista, al que ella había defendido «por hacer su trabajo» frente al capitán Aguilar, la señalaba con nombre y apellidos como la enviada de Madrid para resolver el caso e ironizaba sobre su insuficiente presencia en Cantabria. Una imagen en la que ella salía del palacete de Carbajosa remataba la noticia.

Aquel cretino la estaba jodiendo bien. La investigación no había avanzado mucho, era cierto, pero lo último que necesitaban era esa combinación de sensacionalismo y crítica sobre la actuación de la Benemérita, señalándola a ella personalmente y, para más inri, aireando la principal pista del caso. Era la gota que colmaba el vaso.

Se dejó media tostada, pagó y se fue. Adiós al día feliz.

***

Lorenzo Castro, el marchante de arte con quien Beltrán había trabajado desde mediados de los ochenta hasta bien entrados los noventa, tenía el despacho en un edificio de piedra blanca y balcones señoriales frente a la dársena de Molnedo, o Puerto Chico, como normalmente la llamaba todo el mundo, una de las zonas más selectas de la ciudad. A pesar de que llegó diez minutos antes de la hora acordada, Fenollosa ya estaba allí, resguardado de la lluvia bajo un saliente. Llevaba puesta una gabardina clara que acentuaba su aspecto poco saludable, y fumaba tabaco rubio aspirando el humo con impaciencia. Bajo el brazo, doblado, asomaba un ejemplar de *El Diario Montañés* de aquella mañana. Cuando la vio, alzó la mano en señal de saludo. Una mueca de ironía, tan ligera que no llegaba a sonrisa, revelaba que había leído la noticia y que, si bien no le hacía mucha gracia que Zambrano aireara todo aquello, parecía que no le importaba tanto que aquel pozal de mierda hubiera caído de manera exclusiva sobre su nueva compañera.

Ángela no hizo ningún comentario, prefería no darle el gusto. Al menos tan temprano.

—Buenos días, sargento. Ha llegado usted pronto.

—Buenos días, teniente. Me gusta la disciplina y eso implica ser puntual.

Fenollosa tiró la colilla al suelo y la pisó meditabundo. No le hacía gracia ser él quien tuviera que advertirla, pero las órdenes eran órdenes.

—Antes de entrar me gustaría informarle… —Le costaba encontrar las palabras—. El señor Castro es, además de un comerciante de arte, una personalidad en la sociedad santanderina.

—¿Y qué me quiere decir con eso?

—Como comprenderá, no le quiero decir que no hagamos nuestro trabajo como manda el reglamento. —El sargento carraspeó incómodo—. Lo que pretendo decirle es que debemos ser cuidadosos. Castro tiene amigos muy poderosos y un desliz puede acarrearnos problemas.

La teniente lo miró con reserva. Era un comentario que no se esperaba. Había calado al sargento Fenollosa desde el principio: guardia recto, de la vieja escuela, de esos que no llevan bien que una mujer más joven que él venga de la capital para decirle qué tiene que hacer y cómo lo tiene que hacer. Pero, como tal, llevaba el procedimiento tatuado en la sangre y no era de esos que se detiene a pensar en qué es y qué no es lo políticamente correcto.

Ángela obvió su advertencia con una frase que no era propia de ella.

—¿Sabe qué…? Me importa una mierda. Vamos dentro.

El edificio, fiel a su fachada, era elegante. Vestíbulo espacioso decorado con dos butacones y un refinado aparador del siglo XIX; amplias escaleras de mármol grisáceo algo desgastado por el paso del tiempo; y ascensor antiguo con camarín de madera noble protegido por una elegante celosía de hierro forjado. El bufete del señor Castro estaba en la tercera planta. Cuando llegaron, tras identificarse, un sonriente recepcionista les indicó que lo siguieran y los guio a través de un pasillo decorado con escenas campesinas como las que inmortalizaban los realistas Millet y Breton para mostrar su contraposición a la sociedad industrial: imágenes de gente humilde, de la vida y del trabajo en el campo. Ángela no pudo evitar detenerse frente a una de ellas, una copia casi perfecta de *El final del trabajo*. Le resultó curioso que un hombre como Castro hubiera escogido esas imágenes para decorar su opulenta oficina.

Al llegar al final del corredor, el recepcionista abrió una puerta de cristal ahumado y les pidió por favor que pasaran:

—Don Lorenzo los está esperando.

El despacho del empresario era amplio y de diseño clásico. Sobre el suelo de parqué color claro resaltaban los muebles de madera noble y el imponente escritorio. En las paredes de la habitación había colgadas varias pinturas con motivos africanos, seguramente fruto de la influencia de su esposa, lo cual le confería a la estancia un carácter exótico. Hubo una que le llamó especialmente la atención: un cuadro en el que la figura de un baobab se confundía con la de una anciana clamando al cielo. Un sofá y dos butacas a juego servían de zona de reuniones en el área más próxima a las ventanas, sobre una amplia alfombra color hueso. Allí, un hombre de gran envergadura daba unas instrucciones a otro más menudo que llevaba puestas unas gafas de pasta y que asentía con reverencia a cada palabra de su interlocutor. Un tercer hombre, corpulento, con mirada dura y rostro castigado por la viruela, consultaba el móvil indiferente a los dos primeros sentado en otra silla.

El de gran envergadura es el jefe, Lorenzo Castro. Metro noventa y calvo como una bola de billar. Ojos grises y mirada hierática. El lujo que atesora en su despacho y en su manera de vestir es llamativo para tratarse de un marchante de arte. Para llegar a ese estatus social hay que ser inteligente y tener pocos escrúpulos. Su voz nasal y potente y sus órdenes despóticas

> dejan claro que solo está contento cuando las cosas salen como a él le gusta. Es mejor ser precavido con él.

El rechoncho era su abogado, no cabía la menor duda. Ángela era capaz de identificar a un abogado entre un millar de personas.

> Rafael Melchor, el abogado. Sumiso. Bien pagado. Sabe quién es su jefe y lo que tiene que hacer para agradarle. La manera de apretar los dientes y los gestos nerviosos de la mano evidencian que no está de acuerdo con todo lo que le dice, pero sigue asintiendo mecánicamente las órdenes de Castro. Su traje es caro, con clase, y lleva gafas de Tom Ford. Llama la atención una malformación que tiene en la oreja derecha y que hace que esta adopte la forma de una flor marchita plegada sobre sí misma.

Lorenzo Castro dio las gracias al recepcionista al tiempo que el hombrecillo de la oreja deformada recogía sus cosas y salía del despacho. Luego se dirigió hacia el escritorio de madera e invitó a los guardias a que se sentaran en las dos sillas que había frente a él.

El otro hombre, el corpulento, seguía inmutable, concentrado en su teléfono móvil.

—Buenos días, agentes. Disculpen por la espera —dijo dirigiéndose a Fenollosa—. Mi asistente me informó de su visita y la verdad es que me tienen intrigado con tanto secretismo. Si me hubieran adelantado qué es lo que desean de mí, tal vez este encuentro habría sido más productivo para todos.

—Buenos días. Soy la teniente Souza y este es mi compañero, el sargento Fenollosa —respondió Ángela en nombre de los dos.

—¡Vaya! Así que usted es la superior. —El deje de sorpresa molestó a ambos. A Ángela por ser la enésima vez que veía que su condición de mujer al mando seguía sin aceptarse de manera natural y a Fenollosa por la humillación que sobrevenía de la ironía de su interlocutor—. Y dígame, ¿a qué se debe el honor de su visita?

Antes de contestar Ángela miró hacia el grandullón que seguía mirando el móvil. Castro se percató de la mirada.

—No se preocupen por Noel. Es de confianza. Lo que me tengan que decir lo pueden decir en su presencia.

El tipo ni se inmutó. Ni un ademán. Ni un saludo.

> Noel. Guardaespaldas de Castro. Su rostro castigado por la viruela y su indiferencia le confieren un aspecto amenazador. Su vida no ha sido un lecho de rosas, se ve a la legua que está curtido en más de una batalla. Parece ajeno a la conversación, pero los pulsos en la vena del cuello demuestran que está al quite de todo lo que sucede. Es el perro fiel de su amo y haría cualquier cosa por él.

—Muy bien. Como usted quiera —continuó Ángela—. Estamos aquí por el asesinato de Beltrán Carbajosa.

—Beltrán Carbajosa... —repitió Lorenzo entrecerrando los ojos y en una voz tan baja que parecía que se había perdido en un viaje en el tiempo. Luego se recompuso—. Sí. Beltrán. Lo leí en las noticias. Una pena. Lo que no entiendo es en qué puedo ayudarlos.

—Se trata de un interrogatorio rutinario. —Ángela miró a su compañero de soslayo. Esto es lo que él quería, ¿no? Prudencia—. Tenemos entendido que tuvo negocios con usted.

—Efectivamente. Gestioné la venta de algunas de sus piezas. Eso fue allá por los años noventa, si no recuerdo mal. Ha llovido mucho desde entonces.

—¿Y en todo este tiempo no ha vuelto a trabajar con él?

Lorenzo sonrió de un modo sibilino. Parecía divertirle la pregunta de Ángela.

—¿Es este el tipo de ardides que se gasta ahora la Guardia Civil? Un poco inocente, ¿no cree? —su gesto divertido vino acompañado de una mirada de complicidad hacia Fenollosa. Le molestaba que fuera ella quien llevara las riendas. A los dos les molestaba—. De sobra saben que vino a visitarme hace unas semanas, de otro modo no estarían aquí.

—Bien, entonces no tendrá inconveniente en detallarnos el motivo de su visita.

—Vino a pedirme ayuda. Necesitaba dinero y se le había ocurrido que tal vez podría ayudarle a vender alguno de sus viejos cuadros. Según me dijo, todavía conservaba unos cuantos de los buenos tiempos.

—Desestimó la oferta, ¿no es así? —preguntó Ángela.

Castro se apoyó en el respaldo de su butacón de piel y sonrió cínicamente al tiempo que abría las palmas de las manos como queriendo mostrar algo evidente.

—Por supuesto, soy un empresario, no una oenegé. Si tenía problemas económicos, que hubiera vendido su casa, pero sus cuadros… ¡Por Dios! No valen ni el lienzo sobre el que están pintados.

—¿Considera que no era un buen pintor? —Ángela mostró extrañeza—. Entonces no entiendo por qué fue su socio durante tantos años.

—¿Sabe qué? Pintar bien no te hace artista. Él creía que tenía talento, pero se equivocaba. La gente compraba su pintura porque estaba de moda, porque yo la puse de moda. Pero las cosas cambian. No supo escuchar, no se dejó aconsejar y acabó siendo un miserable por el resto de su vida.

A Ángela no le gustaron las duras palabras con las que aquel déspota tildó a su antiguo socio. Miró a Fenollosa de reojo y pudo ver como este entrecruzaba las manos y movía los dedos amarillentos por el tabaco con nerviosismo. Se le notaba incómodo.

—Veo que no le guarda mucho aprecio.

—Si a lo que se refiere es a si me alegro por su muerte, la respuesta es no. Que no quisiera hacer negocios con él, que considere que su obcecación lo llevó a la ruina es una cosa, pero desear su muerte otra bien distinta. Si le digo la verdad, su muerte me resulta… ¿Cómo diría? Indiferente. Sí, eso es, indiferente.

—¿Le dijo que estaba enfermo? —preguntó Ángela sin ocultar cierto desprecio—. Sufría una enfermedad terminal.

—No. No lo sabía, pero eso no cambia mucho las cosas. ¿No cree?

—Como antiguo colaborador suyo, ¿se le ocurre algún motivo por el que alguien pudiera tener algo en contra del señor Carbajosa? —Fenollosa intervino por primera vez.

—Así, a bote pronto, no.

—Junto al cadáver encontraron un cuadro. Un cuadro que recreaba el asesinato —apuntó la teniente Souza—. Tal vez eso le diga algo.

Lorenzo Castro se removió incómodo en la silla y su gesto, jactancioso hasta el momento, viró a serio. Ángela leyó preocupación en su mirada, un gesto típico de quien se siente cercado; pero también vio sorpresa, la sorpresa genuina de quien recibe una información totalmente inesperada. El interpretar señales era su especialidad, sin embargo, la doble reacción de aquel hombre le había desconcertado. Faltaba saber si actuaba con naturalidad o si, enterado por la prensa de aquel detalle, trataba de engañarla con una reacción teatralmente bien trabajada.

—Vaya. Eso sí que es interesante. ¿Podría ver la pintura?

—Como parte del sumario, ese cuadro es de carácter…

No le dio tiempo a decir «confidencial». Antes de que Fenollosa concluyera la frase Ángela ya había puesto su móvil con la fotografía en la pantalla sobre el escritorio. Sabía que al sargento, paladín del procedimiento, el saltarse a la torera los principios de confidencialidad le iba a sentar como una patada entre las ingles, pero necesitaba escrutar la reacción de Lorenzo con algo que realmente le pudiera pillar desprevenido. Aquella era su oportunidad y le bastó una décima de segundo para corroborar que no era tan buen actor y que la aparición de aquella pieza más que sorprenderle le preocupaba.

—¿Cree que lo pudo pintar él?

El marchante se limitó a negar con la cabeza. Su gesto era serio.

Fenollosa apretaba los puños con fuerza.

El guardaespaldas levantó la vista por primera vez.

—¿Y sabe quién lo pudo pintar?

—No, pero he de reconocer que es bueno. —Lorenzo escrutaba concentrado la imagen en el teléfono móvil. Tras su reacción inicial parecía haberse recompuesto y de nuevo volvía a mostrar la misma seguridad que al inicio de la conversación.

—Lo firma un tal Marat… ¿Lo conoce?

No necesitó oír su contestación para saber que mentiría. El lapso de tiempo que se demoró en responder y el ruido que hizo el guardaespaldas al removerse en el sillón fueron prueba suficiente.

—No.

—¿Está seguro? Tal vez no haya sido su cliente, pero…

—Seguro. No lo había oído en mi vida. Tal vez si me dejaran echar un vistazo al original…

Estaba claro que allí no había nada que rascar. Insistir de nuevo solo serviría para exacerbar más aún a su compañero, cuyos nudillos estaban adquiriendo un color púrpura preocupante.

—Me temo que no es posible —Ángela no pudo ocultar una pequeña mueca de satisfacción—: la pintura es parte del sumario y no se la podemos mostrar.

***

—Le advertí. Vamos a tener problemas.

Las protestas de Fenollosa eran ásperas pero contenidas. Si Ángela no fuera una oficial de mayor rango, seguramente hubiera sido bastante más contundente en sus quejas. Seguramente le hubiera mandado a la mierda. A decir verdad, seguramente ni lo habría hecho porque la reunión con Lorenzo Castro hubiera sido totalmente distinta a como ella la había planteado.

Apenas hacía cinco minutos que habían abandonado las instalaciones del marchante de arte y los dos guardias caminaban por el paseo Pereda en dirección al aparcamiento del puerto deportivo. La lluvia había cesado y el suelo mojado reflejaba alegre los primeros rayos de sol en los últimos días.

—Mentía. Ese hombre sabe algo.

—Puede que no diga todo lo que sabe, pero con este tipo de personas hay que ir con pies de plomo. —Fenollosa dio una enérgica calada a su cigarro—. No tenemos ningún indicio que le apunte como culpable, y lo sabe. ¡Por Dios, si es el marchante de casi todos los artistas de la ciudad! ¿A qué santo venía eso?

Ángela discrepaba, tenía su instinto, que para ella valía más que cualquier pista. Ese sexto sentido que le había llevado a ser lo que era, a que continuamente le endosaran los casos más complejos a lo largo y ancho del territorio nacional. A estar en Santander en lugar de Madrid. Estaba claro que eso no era suficiente delante de un juez, tampoco para los investigadores que se ceñían al procedimiento como un tren a sus railes; pero para ella eran una senda, una vía de entrada en una jungla de pequeños detalles que, analizados con mimo, acaban señalando al culpable. Su instinto nunca le había fallado, al menos por el momento.

El final de la visita a Lorenzo Castro, desde el punto de vista de la investigación, había resultado totalmente estéril, pero sirvió para que el marchante recuperara la prepotencia con la que los había recibido. Y Ángela, en quien ya había germinado la semilla de la duda, utilizó los rescoldos de la conversación para insinuarle que no se fiaba de él y amenazarle con que pronto se volverían a ver.

—Ya sabe a qué venía… Quería ponerlo nervioso.

El sargento no contestó. Se limitó a dar una nueva calada al cigarro y tragarse, junto al humo, las ganas que tenía de decirle a Ángela todo lo que pensaba sobre ella y su manera de llevar el caso. Las palabras que había utilizado para poner nervioso a Castro habían sido las mismas que hubiera empleado cualquier chantajista para poner nervioso a un vulgar criminal, a un don nadie. Él mismo había advertido a la teniente Souza sobre la capacidad de influencia que tenía Castro y la necesidad de ser cautos con él, pero ella había preferido desoír sus consejos.

—Tal vez me haya pasado un poco de la raya —añadió Ángela adivinando los pensamientos de su compañero—. Él ha sido el primero en provocarnos, ¿o acaso crees que no estaba al tanto de quiénes éramos y nuestros cargos? Pero tranquilo, que, al fin y al cabo, el papel de la poli mala lo he hecho yo.

El resto del trayecto hasta el aparcamiento ambos permanecieron en un incómodo silencio. Cada paso ausente de palabras era un ladrillo más en el muro invisible que estaban levantando entre ellos. Una vez allí se separaron, Fenollosa se dirigió a su coche y Souza a su moto. Él tenía que volver a la comandancia y ella al lugar del crimen.

***

El palacete de doña Jacinta de Rozas lucía menos imponente que la imagen mental que guardaba de él. Tal vez fuera porque el crimen siempre engalana el escenario en el que se comete; o por la pequeña decepción que se llevó la primera vez que se adentró en él y descubrió el abandono que escondía en sus entrañas; o tal vez simplemente fuera que la rutina es un virus para la belleza.

La teniente Souza atravesó el salvaje jardín por el pequeño camino de tierra que seguía sin asfaltar y, tras comprobar que el timbre no funcionaba, golpeó la puerta con los nudillos. Las puertaventanas de la parte superior estaban cerradas, pero las de la parte inferior estaban abiertas, con los visillos entornados. La dueña estaba en casa.

Una voz aguda sonó débil al otro lado de la puerta.

—Ya voy, ya voy.

Luego, una mujer abrió con el pasador puesto y se asomó por la rendija que dejaba el marco de la puerta. Era menuda, con la piel arrugada y el pelo nacarado.

—¿Qué quiere?

—Soy la teniente Souza. Estoy investigando la muerte de Beltrán. ¿Me deja pasar? Serán solo unos minutos.

La viuda de Carbajosa la invitó a sentarse en una mesa camilla que había en la parte más luminosa del comedor y, pese a que Ángela se negó tres o cuatro veces, preparó algo de café y sacó unos sobaos pasiegos para acompañarlo. Mientras organizaba el improvisado tentempié, la teniente observó con discreción la habitación en la que apenas se había detenido unos días atrás. Las paredes estaban manchadas y el hueco que habían dejado los cuadros tiempo atrás era evidente. El mobiliario era robusto pero antiguo y cualquier recuerdo de que allí había vivido un pintor se había desvanecido. Una casa humilde con un envoltorio señorial.

—Usted dirá —dijo mientras vertía el oscuro contenido de una tetera de porcelana sobre dos tazas con motivos florales. Olía a quemado.

—Le seré sincera. —La experiencia le decía que no era bueno jugar con las expectativas de «sus clientes»—. Aún estamos lejos de atrapar al asesino de su marido, por eso cualquier dato que nos pueda proporcionar, por insignificante que parezca, puede ser relevante.

Doña Jacinta afirmó con resignación. La teniente vio docilidad. Aquella mujer le diría lo que fuera por saber la verdad sobre la muerte de su marido.

—Sé que a Beltrán no le iban muy bien las cosas... Como pintor, me refiero. Sin embargo, es obvio que en otro tiempo su trabajo estaba muy bien valorado. —Una mirada alrededor de la estancia le bastó para hacerle saber a qué se refería.

—Él es... era muy bueno. —La tristeza se asomó a sus ojos—. Hubo un tiempo en el que la gente se peleaba por sus cuadros. Fueron unos años muy dichosos... Se pasaba el día pintando y, cuando no lo hacía, era porque estaba en Madrid, en Londres, en París... Pero luego todo se vino abajo. El público y la crítica le dieron la espalda y cayó en desgracia.

—Hay cosas que son inexplicables...

Ángela obvió decirle que la vida era así, que Castro había denostado su trabajo y que, si la gente no estaba interesada en pagar el precio por el que pretendía vender sus obras, seguramente sería porque no lo valían.

—Sin embargo, hubo un momento de su vida en el que ganó mucho dinero... —continuó Ángela. Ahora venía la parte complicada—. Tanto como para comprarse una casa tan majestuosa como este palacete. Necesito que me diga la verdad, Jacinta. Tenga en cuenta que es por el bien de su marido.

La mujer bajó la mirada. Intuía a dónde quería llegar la investigadora con su advertencia.

—¿Cree usted que su marido pudo tener algún otro tipo de negocio, más allá de la pintura, con Lorenzo Castro?

La viuda del pintor dio un trago a su bebida. Dejó la taza sobre el platillo a juego y se vertió un poco más de café antes de contestar.

—No estoy segura... Siempre sospeché que era mucho dinero para tratarse solo de cuadros. Aunque lo valían —se justificó—, eran muy buenos.

—Estoy segura de ello. ¿Y sabe qué tipo de negocios se traían entre manos?

—No he dicho que los tuviera —respondió con recelo—, solo le he dicho que me parecía mucho dinero. Eso fue hace mucho tiempo y, sea como sea, a él ya no se lo podemos preguntar. Quizá debería hablar con Castro.

La teniente Souza no le dijo que ya lo había hecho. Sabía que aquella mujer daría lo que fuera por comprender lo que le había sucedido a su Beltrán y no ocultaría sus pecados por ello. Ángela conocía la verdad tan bien como la mentira y sabía que Jacinta estaba siendo honesta. Es cierto que sospechaba que su marido hizo algo turbio en el pasado, pero no había querido saber nada de ello. Ni entonces ni ahora. Así que dedicó los cinco minutos siguientes a terminarse aquella poción venenosa a la que la mujer llamaba café y borrar cualquier vestigio de desconfianza que hubiera podido sembrar. Tarde o temprano tendría que volver a ella y necesitaba que la viera como una aliada.

***

En el camino de vuelta al molino de mareas, en lugar de tomar la ruta más directa, Ángela optó por la menos transitada. Quizá era un poco más larga, pero también más bonita. Lo hizo por dos motivos: porque necesitaba pensar y porque era el primer día de buen tiempo desde que se había instalado en la Maruca. Una necesidad y un placer complementarios.

Justo antes de montar en la moto había recibido una llamada. Era su contacto en el Grupo de Patrimonio Histórico. Le había enviado un correo electrónico con toda la información, pero quería adelantarle en primera persona lo que tenía hasta el momento, ya que había tres detalles que le podían resultar de interés para la investigación.

El primero era que el pintor era diestro, lo sabían gracias a los trazos en la pintura, lo cual descartaba entre un ocho y un trece por cien de los artistas. Hubiera sido mejor si hubiera sido zurdo, pero al menos era algo.

El segundo era que el pintor del cuadro había empleado tres tipos de pintura diferentes. Dos de ellas, óleo Rembrandt y Titan, eran marcas bastante extendidas en el mercado y de gran calidad, pero la tercera, Lorinelli, era muy poco frecuente y con una más que limitada distribución. Aquella información resultaba muy interesante, aunque por sí sola no podía ser usada para señalar a un posible sospechoso; en primer lugar, porque para encontrar a un artista que usara esa misma combinación de marcas de pintura habría que analizar miles de cuadros y, en segundo, porque nada garantizaba que hubiera empleado también esa combinación de productos en elaboraciones anteriores. Aun así, la información era útil para poder, en determinado momento, servir como elemento de criba.

La tercera y más interesante es que habían recuperado un pelo que se había desprendido del pincel y había quedado incrustado en la pintura. No había sido tarea fácil, pero finalmente lo habían podido extraer, limpiar y enviar a los compañeros de laboratorio para su análisis. Era de pelo de marta, pero no de marta kolinsky, que suele ser lo habitual, sino de un tipo de marta originaria del norte de Escocia. Solo había un fabricante de pinceles que utilizaba este tipo de pelo, Nature Crafts Ltd., y este no tenía distribución en España. Aquella última noticia era realmente buena. Si era cierto que se trataba de un producto tan específico, sin duda alguna aquel era un cable del que tirar.

El trayecto, sumida en sus pensamientos y acompañada de un paisaje totalmente ajeno al panorama habitual de hierro, cristal y hormigón que era su ciudad, se le hizo corto. La brisa del mar, el sosiego de aquellas colinas y el fulgor del mar reflejando los rayos del sol eran la mejor terapia para curarse de su deprimente compañero. Para cuando llegó a su destino, la teniente Souza ya sabía cuáles serían sus próximos pasos.

Nada más aparcar en el molino de mareas extrajo su teléfono de la chaqueta y marcó un número.

—¿Teniente Souza?

—Hola, Henry. Tú hablabas inglés, ¿no? Necesito que averigües algo.

Capítulo 10

Ángela *jazz*

Ventana abierta
Henri Matisse

A pesar de su escondite en el molino de mareas, las pesadillas habían logrado dar de nuevo con Ángela. En algún momento, a lo largo de esos días que llevaba desplazada en el norte, había pensado en ellas. Sin echarlas de menos, más bien con curiosidad, como si fueran ajenas. Tal vez había sido la distancia, quizá la protección del marinero de piedra que vigilaba la bahía frente a la Maruca o puede que tal vez ellas hubieran quedado también encerradas en un lienzo, como los pecados que perseguía. La cuestión es que aquel niño de la bicicleta parecía haberle perdido la pista. Pero se equivocaba. Volvieron. Y aprovecharon para hacerlo la madrugada del único día libre que se había tomado desde que regresó a Santander. Por eso estaba despierta.

A las siete de la mañana de un sábado no hay mucho más que hacer que disfrutar del amanecer. Siempre es un bonito espectáculo, aunque, para ser honestos, Ángela hubiera preferido continuar acariciando los suaves brazos de Morfeo en la cama. El problema era que sabía que le resultaría imposible volver a conciliar el sueño. Nunca lo podía hacer después de las pesadillas. En aquella ocasión, el niño rubio de pelo desordenado pedaleaba en su bicicleta por la senda litoral que recorría de este a oeste la Costa Quebrada. De Santander a Liencres. Era un sendero abrupto que acompañaba al mar Cantábrico en sus incursiones a lo largo de la ribera, pequeñas victorias en forma de lenguas de agua que habían ganado la partida a los acantilados. A pesar del fragoso camino y de su corta edad, cinco o seis años, el niño avanzaba rápido. Más rápido que ella. Desoyendo sus gritos camuflados con el ruido del mar golpeando la roca. La angustia, al igual que otras veces, crecía en el pecho de Ángela de manera proporcional a la distancia que los separaba hasta explotar en el momento en el que lo perdía de vista. Luego venía la tristeza. La culpabilidad. Luego ya no podía volver a dormir.

Los acordes del piano de Dave Brubeck inundaban la cocina. Dio un sorbo al café y buscó con la mirada al pescador de piedra. Las luces del alba comenzaban a resaltar el desgastado color azufre de su poncho de piedra. No le vendría mal una nueva capa de pintura. Estaban en bajamar y las pequeñas barcas de pesca, presas por la arena, esperaban desperdigadas a que llegara de nuevo ese extraño turno de trabajo marcado por las mareas. Como en *La ventana abierta*, el cuadro de Matisse donde el fauvista jugaba con los colores y sus pinceladas cortas para hacernos viajar hasta la ventana de su apartamento en Collioure.

A lo lejos todavía podían observarse las luces de algunas linternas, eran caloqueros haciendo acopio de la preciada alga. Según le había dicho Belén, aquella era la mejor época del año para extraer la caloca. Por san Cipriano, los días de marea fuerte. Cuando se retiraba el mar, casi un centenar de portugueses comandados por los caciques locales se adentraban en la costa para arrancarla con sus *palaganchos*, una especie de tridentes con grandes púas. Esa era la más valiosa, la mejor pagada, mucho más que la que el mar arrastraba hasta la orilla sin ayuda del hombre. Luego la cargaban, arrastrando jaulas artesanales o mediante *tirolinas*, en desvencijados Land Rover para llevarla a secar a los prados que habían alquilado con ese fin. Familias enteras subsistían gracias a ese oscuro negocio. Un trabajo sin horarios ni facturas.

Desde su llegada a Cantabria, Ángela apenas había tenido tiempo para sí misma. Había exprimido cada minuto del día en la investigación. Además de la intervención en una serie de interrogatorios de los que no había sacado nada en claro y de la visita a Lorenzo Castro, se había dedicado a analizar los resultados finales de la autopsia, las pistas que les habían proporcionado los compañeros de Criminalística y un sinfín de tareas burocráticas. También se había empapado en pintura tratando de buscar algún sentido a las pistas que habían podido recabar y que no señalaban a ningún lugar. Y, para rematar la faena, la noche anterior la había pasado organizando toda aquella información para poder presentársela a la jueza Elvira del Real el lunes por la mañana. Tenía ganas de conocerla. Había hablado con ella un par de veces y le había causado una grata impresión.

Elvira del Real. Cincuenta y largos. Pelo corto a lo chico, tintado platino, y traje de corte elegante. Al menos así aparece en su perfil público. El timbre de voz y la manera de dirigir las conversaciones denotan seguridad en sí misma y autoridad. Sin ser avasalladora, sin aires de grandeza. Eminentemente práctica, no le interesan los detalles del proceso de la investigación, solo los resultados. No le gusta perder el tiempo, pero hace una excepción con la gente que le parece interesante, por eso en lugar de quedar en su despacho quiere quedar a tomar un café. Casada, sin hijos y amante del mar, algo que se intuye por el color de la piel y las arrugas.

El único tiempo libre que había tenido Ángela lo había dedicado a las carreras matutinas. En cierta ocasión Belén se había ofrecido para tomar algo con ella por el centro y enseñarle la ciudad, pero Ángela había declinado la invitación. No es que no le apeteciera, todo lo contrario, desde que la había conocido había experimentado un incomprensible magnetismo hacia ella. Algo así como lo que debía sentir el viejo Matisse por su cuidadora Lydia Delectorskaya, a quien usó de modelo en sus últimos años de vida. Siempre le había parecido mágico el modo en el que el pintor la miraba a través del pincel, especialmente en el cuadro de *Mujer con abrigo púrpura*, en el que se aprecia la belleza de sus movimientos y curvas sin necesidad de mostrar su rostro. Precisamente por eso tenía miedo a estar con ella a solas. Así que ese fin de semana había decidido que lo dedicaría a conocer los rincones de la ciudad. A sus anchas. Al principio la idea era que Darío hubiera bajado de Madrid para pasar el fin de semana con ella. Habían pasado la semana jugando al gato y al ratón con esa posibilidad. Que si sí, que si no, que si tengo una reunión, que si la cancelo, que si al final no puedo. No le importaba. De hecho, casi que se alegraba de estar sola.

El segundo sorbo del café se lo dedicó a él. A Darío. A él y al motivo por el cual no lo echaba de menos. Su relación era un calco de las últimas que había tenido. Un amigo común, una atracción fisicoquímica potenciada por el alcohol, una noche de sexo improvisado. Luego llegaban las citas, las cenas en sitios caros, la alternancia de dormitorios, ahora el tuyo ahora el mío, el sexo salvaje, el sexo exploratorio, el sexo refinado. Tras la montaña rusa de los primeros meses, campo de cultivo de endorfinas y pasión, llegaba el valle, esa planicie en las que las cosas avanzaban imperceptiblemente hacia la nada. Primero un cepillo de dientes y una muda en su casa, luego las cenas con su grupo de amigos, el trueque de una noche de sexo integral por una serie de Netflix, la rutina, la desidia, la ablación de la pasión. Su relación había llegado a ese punto en el que el amor funciona en piloto automático y solo la determinación de una de las partes por dar un volantazo y cambiar de dirección puede salvarla de una colisión anunciada. Ella lo sabía. Lo había pensado en más de una ocasión, pero no había tomado los mandos. Ni siquiera sabía si quería que Darío lo hiciera.

El tercer y último trago de café se lo dedicó a Fenollosa. Era un buen investigador, estaba segura, pero eso no era suficiente para estar a gusto trabajando con él. Demasiadas confrontaciones en poco más de diez días. Demasiado recelo. Era un guardia chapado a la antigua, de los que ven en el manual un catecismo y piensan que la psicología y las habilidades transversales son solo elementos complementarios. De esos a los que les toca las narices que les manden a un enterado de Madrid. De esos a los que, si, para colmo, el enterado es mujer y más joven, lo que les toca y bien tocados son más bien los huevos. Sin embargo, estaba obligada a llevarse bien con él. Utilizaba a su equipo y él era quien conocía mejor el terreno. No era prescindible. Ojalá tuviera a su Argüelles para echarle una mano…, pero no, traerse a su mano derecha solo serviría para aumentar la ponzoña. Tenía que suavizar la relación, darle algo de protagonismo al sargento, dejarle jugar a ser el jefe en lo que al procedimiento se refiere y hacer marcha ella con lo suyo. Dios, le jodía tanto hacerlo…

Tras el desayuno hizo algo de tiempo y luego fue a dar una vuelta por Santander. No le apetecía conducir, así que cogió el autobús. Se apeó en la playa del Sardinero, cerca del Gran Casino, y fue caminando a lo largo del paseo que transcurre paralelo a la avenida de la Reina Victoria. Lucía el sol, lo cual era un alivio tras la semana de intervalos de lluvia fina y cielo encapotado. Cientos de *chanis*, como llamaban allí a los santanderinos, disfrutaban de uno de los últimos días de playa, practicando surf, jugando a las palas o tomando el sol. Al llegar al final de la playa del Camello, dejó a su izquierda la península de la Magdalena y enfiló el tramo de avenida que sirve de refugio para la alta sociedad santanderina. Protegidos por altos muros, más de una docena de palacetes disfrutaban de la privacidad y vistas exclusivas que proporcionaba aquel rincón de la ciudad. Lorenzo Castro seguramente habría visitado la mayoría. ¿Quién sabe?, incluso quizá en alguno de los lujosos salones de esos palacios hubiera colgado un Marat original de la pared. Desde allí continuó el paseo hacia la zona de Puerto Chico, donde apenas unos días antes había interrogado a Castro, y, tras una parada estratégica en el Bar del Puerto para tomarse unas gambas con gabardina, se adentró hacia el centro, donde se detuvo en una librería para comprar unos ejemplares de pintura, algo que se estaba convirtiendo en una obsesión para ella. Cuanto más supiera de esa disciplina, más fácil le resultaría entender lo que buscaba. Antes de salir de la librería preguntó a una de las dependientas si conocía alguna tienda de artes plásticas por allí cerca. Sí que la había: Milo, no muy lejos de allí.

Milo era uno de esos negocios atemporales capaces de transportarlo a uno a la infancia nada más franquear sus puertas, y que, inexplicablemente, aún resistía el envite de las grandes cadenas y la venta por internet. Tras un escaparate discreto y un rótulo pintado a mano, el local era alargado y con escasa iluminación. Dentro, ingentes cantidades de material de dibujo y artes plásticas se amontonaba en expositores y estanterías peleando por un poquito de protagonismo; por ser los elegidos y escapar hacia un lugar con más luz en el que sus propietarios obraran el milagro de convertirlos en algo bello y digno de admirar. Lo que no sabían era que la proximidad a un colegio de los jesuitas había dictado sentencia y que estaban condenados a convertirse en manualidades de tres al cuarto, que las alabanzas serían efímeras (durarían justo hasta la hora de la cena) y que tras dos o tres días serían enterrados en el contenedor azul.

En el interior de la tienda, un hombre de mediana edad y pelo cano atendía a una mujer que no se decidía sobre qué marca de acuarelas era la más adecuada para las obras maestras de su hija de siete años. Era el dueño, no cabía duda. Las casi imperceptibles muestras de impaciencia y las miradas de soslayo con las que seguía a Ángela mientras curioseaba por la tienda, más por miedo a perder una clienta que por un posible hurto, lo corroboraban.

Cuando la mujer se marchó, con la caja de acuarelas más completa de la tienda, la teniente Souza se dirigió hacia el mostrador y le preguntó al dueño por las tres marcas de pintura que le habían dado los compañeros del Grupo de Patrimonio Histórico. Tenía algunos tubos de Rembrandt y Titan extrafino, le podía conseguir los colores que quisiera en dos o tres días, pero no conocía la marca Lorinelli. Nunca la había oído. Era la tercera respuesta similar que Ángela recibía. Parecía que nadie sabía nada de esa marca de pintura en Santander. Al día siguiente esperaba tener por parte de Henry una lista de todas las tiendas que la comercializaban en España. A lo mejor ampliando el radio de busca tenía más suerte.

Salió de la tienda para continuar su paseo y justo en ese momento recibió un wasap. Precisamente de Henry. Era una foto.

Una imagen de un hombre joven, moreno, con barba densa y ojos azul cobalto.

«Está bueno. Seguro de sí mismo», pensó.

Un mensaje acompañaba a la fotografía: «Creo que tenemos a nuestro hombre. Se llama Miguel Rocamora. Es cliente habitual de Nature Crafts y hace unos meses compró una remesa de pinceles de pelo de marta».

Capítulo 11

La clase

Newton
William Blake

La primera vez que entré en prisión fue por falsificar un cuadro, concretamente uno de Bernardo Ferrándiz, el maestro de lo cotidiano, una obra con una luminosidad fastuosa y un trazo soberbio. Tanto es así que copiarla me llevó casi un mes de trabajo. Tenía que ser muy estricto con los detalles, ya que el comprador estaba dispuesto a pagar más de un millón de euros y, como es normal, había pedido un análisis minucioso de la pintura a Fogerty & Cook Ltd., una prestigiosa firma que se dedicaba a valorar obras de arte. Realicé un trabajo intachable y todavía hoy, diez años más tarde, creo que la copia era perfecta. El problema es que la reproducción es solo una pequeña parte de la falsificación y, para que el engaño sea completo, esta tiene que ir acompañada de un sinfín de elementos creíbles a su alrededor. Uno de los más obvios es el paso del tiempo. Hay que hacer parecer que un cuadro pintado pocas semanas atrás parezca una obra maestra del siglo XIX, y para eso no existen cremas milagrosas. Para solucionar este pequeño inconveniente la gente con la que trabajaba solía recurrir al horneado de la pintura a baja temperatura, como si fuera un estofado. Yo, por mi parte, también tenía que contribuir a ese «falso envejecimiento» empleando materiales sincrónicos a la época en la que se pintó el original o, en su defecto, como solía ocurrir, imitándolos a base de pigmentos y compuestos químicos. Otro detalle a tener en cuenta es la firma del autor, a menudo esta cambia con el paso del tiempo, con lo que se hace necesario estudiar su trazo en el momento en el que se supone que se creó la obra. Luego está la cuestión del lienzo y el bastidor. No valen unos de Ikea, hay que conseguir telas y madera antigua, o manipularlas para que realmente lo parezcan. Y fue en esa parte donde todo el proyecto se fue al garete, donde los avispados tasadores de Fogerty & Cook descubrieron el truco de magia gracias a las larvas de un minúsculo insecto en la madera del bastidor; un resto biológico cuya supervivencia era imposible si realmente hubieran pasado casi doscientos años.

El comprador, un hombre que me constaba que no tenía escrúpulos con otros tipos de negocios, podría haber finiquitado nuestro intento de engaño de una manera más elegante, de acorde a las leyes de la calle. Una paliza, un chantaje o cualquier otro método que nos sirviera de escarnio a nosotros y que fuera beneficioso para él. En lugar de eso, puede que para dárselas de honorable, avisó a la policía y continuó con la farsa hasta el final, hasta que no tuvimos escapatoria. Nos cayeron cuatro años, el máximo con el que está penado el delito de estafa, y al final cumplimos dos y medio. Bendito Código Penal.

Cumplí mi condena en el centro penitenciario de Picassent, en Valencia y, cuando salí, centré mis esfuerzos en tareas mucho más monótonas: impartir clases de pintura y copiar cuadros por encargo. ¿Quién no ha querido tener en su casa un Renoir, un Sorolla, un Velázquez…? Yo, por un módico precio, se los copiaba; eso sí, siempre esforzándome en no hacerlos perfectos. Fueron años anodinos en los que veía como poco a poco me estancaba. Me sentía como un barco varado en la arena. ¿Era esa la vida que quería? ¿Dónde habían quedado mis sueños?

Cuando dejé mi tierra y me vine a España, solo tenía una ilusión: la pintura. Era mi amor, mi pasión, y quería vivir de ella. Al final lo conseguí, pero de una manera muy lejana a como me imaginaba cuando era un niño. Los primeros años, a principios de los ochenta, fueron muy intensos y siempre los recordaré con nostalgia. Pronto me granjeé la simpatía de mucha gente, seguramente por ser «un tipo distinto», lo que me dio alas para poder exponer mis obras y embarcarme en proyectos con otros artistas. Pero, ahora que lo veo con perspectiva, creo que desaproveché mi oportunidad. Mientras otros se dejaban llevar por aquel torbellino intelectual, yo anhelaba la perfección. En lugar de sumarme a aquel desquiciado experimento de probar cada día algo nuevo, me obsesioné con la técnica, el detalle, la textura, el color… No exploté mi creatividad y, para cuando me di cuenta del error que había cometido, ya no había marcha atrás. Luego llegó el día en que todo se derrumbó, pero eso ya es otra historia.

Necesitaba sentirme vivo. Así que lo volví a hacer. Solo que, en lugar de actuar a lo grande, lo hicimos a pequeña escala. Me asocié con unos tipos y montamos una empresa que se dedicaba a valorar cuadros para inexpertos: gente que heredaba pinturas o inversores noveles en el mundo del arte. El botín era menos suculento, pero el engaño resultaba mucho más fácil. El método era sencillo. Tras firmar todos los papeles necesarios, nos llevábamos el cuadro para examinarlo. Si no tenía gran valor, hacíamos la tasación y devolvíamos el original a su dueño. Si tenía cierto valor, hacíamos una copia, dábamos el cambiazo y nos quedábamos el original. Todo fue viento en popa durante un par de años, hasta que alguien nos la jugó.

No sé cómo se percataron de lo que estábamos haciendo, pero nos pagaron con nuestra misma moneda. Una señora vino a vernos poco antes de verano para que tasáramos una obra de arte. Había heredado una propiedad de un familiar lejano que vivía en Inglaterra y en ella había, entre muchas otras cosas, una pieza que parecía buena. Cuando vimos las primeras imágenes, nos frotamos las manos, era un cuadro esotérico, seguramente de principios del siglo XIX. Pero la sorpresa llegó cuando descubrimos, por la firma, que se trataba de un Blake. El cuadro recordaba vagamente a una de sus pinturas: *Newton*. William Blake odiaba a Isaac Newton, igual que a todos esos científicos y materialistas que lo basaban todo en la física y la química. Le repugnaban por dejar de lado el mundo místico y espiritual. Por eso lo pintó desnudo en una pose antinatural, sentado bajo el mar y absorto en sus teorías en lugar de contemplar el hermoso paisaje marino que lo rodeaba. El hallazgo de aquella pintura era el bombazo que habíamos estado esperando. Reproduje la pieza con esmero y creo que quedó casi perfecta. La sorpresa llegó el día que fuimos a entregar la copia a su dueña. Debí haber sospechado algo porque hubo algunos detalles que me llamaron la atención, pero imagino que la oportunidad me deslumbró. En la casa donde hicimos la entrega había dos hombres con ella. Eran guardias civiles del Grupo de Patrimonio Histórico. Nos habían vuelto a pillar, pero lo peor estaba aún por llegar. Cuando devolvimos el supuesto Blake original, los expertos del cuerpo de seguridad llevaron a cabo unos análisis avanzados en la pintura y nos comunicaron que aquel también era falso. Nos acusaban de habernos quedado con el original y nos reclamaban su valor. Nos la colaron. Nos engañaron con nuestro propio engaño. Esa vez la condena fue mayor, seis años por reincidencia y devolver el valor de un cuadro que no existía y no podríamos pagar jamás. La Junta de Tratamiento me clasificó en el segundo grado y, gracias a mi relación con Isla, me permitieron seleccionar el centro penitenciario de El Dueso, donde volví a impartir clases de pintura. Hacía tiempo que la mala suerte me perseguía...

Salí de mi ensoñación. Mis alumnos estaban tan concentrados en sus pinturas que ni se habían percatado de que llevaba varios minutos paseando entre ellos, presente en cuerpo y ausente en alma, como Newton en el cuadro. Tal vez mis cavilaciones me hacían invisible.

—Los maestros clásicos pintaban con la técnica de las siete capas —exclamé para captar su atención—. Ese método requiere mucha paciencia, ya que cada capa se tiene que secar completamente antes de comenzar con la siguiente. Vosotros tenéis todo el tiempo del mundo, así que no pequéis de impaciencia.

Fratelli, un interno alto y desgarbado, atendía resignado. Había echado a perder el trabajo de unas semanas por la premura de terminar antes de que el óleo se secara. Últimamente lo veía distraído, como si los *chupitos*, como llamaban los presos a la metadona, no bastaran para calmar su nerviosismo. Esperaba por su bien que no se metiera de nuevo en un lío.

Seguí repasando las pinturas de mis discípulos. Ninguno expondría en el Louvre, eso ya lo intuía; aun así, se veían pequeños progresos. Más bien minúsculos progresos. Solo uno de ellos era capaz de levantarme el ánimo. Era pronto para vaticinar si tendría alguna oportunidad en un mundo tan cínico y cruel como el del arte, desde luego; con todo, para el poco tiempo que llevaba con nosotros, no se le daba nada mal.

—¿Has visto lo que estás consiguiendo?

Tolo miró alternativamente el lienzo y la hoja de papel que tenía sujeta al atril con una chincheta. Aún distaba de ser una buena copia, pero *La casa del ahorcado en Auvers-sur-Oise* comenzaba a coger forma.

—No sé si algún día conseguiré hacer algo tan bueno.

Le di dos golpecitos en la espalda. Nunca se lo dije, pero, gracias a ese cuadro, gracias a la rotundidad con la que me había dicho que estaba dispuesto a copiar la obra de Paul Cézanne, aquel muchacho se había librado de un encuentro muy desagradable. Me había costado una reproducción casi perfecta del *Joven desnudo junto al mar*, de Hippolyte Flandrin, una pieza magnífica que ahora colgaba en la celda de Romero. Esa vez el dueño del *tigre* no había conseguido lo que quería, se había llevado algo mejor.

—Si te lo propones, en esta vida puedes conseguir lo que quieras —dije para animarlo—. Pero, para subir a la cima de una montaña, el primer paso que hay que dar es salir de la cama.

—Eh, esa es buena —dijo Fratelli—. ¿De quién es?

—Mía —respondí a la vez que daba dos palmadas fuertes para llamar la atención de mis alumnos—. ¡Limpiamos los pinceles y recogemos! La clase ha terminado.

Miré el reloj. Aún quedaban veinte minutos para la hora de la visita. Tenía que subir, preparar la ropa y asearme un poco. Aquel era un día especial. Me moría de ganas de ver a Isla.

Capítulo 12

Un té con doña Elvira

Partida de ajedrez
Sofonisba Anguissola

La jueza Elvira del Real y la teniente Ángela Souza se encontraron en la Bombi, un clásico de Santander. A esa hora de la mañana la mayor parte de la clientela bebía cerveza y conversaba animadamente a la vista de las decenas de fotografías de famosos que empapelaban la pared. Los platos de bonito con tomate, maganos encebollados y *chamarucas* adornaban la barra, y el alegre sonido del descorche de las botellas de vino animaba a unirse al aperitivo. Ellas, huyendo del bullicio, se sentaron al fondo, en una mesita parapetada por un panel de madera junto a las escaleras, una mesa reservada para comer, pero que el dueño, por deferencia y amistad hacia la magistrada, les permitió usar durante el poco más de una hora que duró la reunión.

La jueza pidió un té y Ángela, por no desentonar, un café solo. Ni marisco ni cerveza.

El inicio de la conversación fue banal, protocolario, de tanteo. Que si se había instalado, que si el recibimiento había sido bueno y cosas así. Fueron cinco minutos justos. Los cinco minutos que doña Elvira necesitó para evaluar a su brazo ejecutor en la investigación, que coincidieron exactamente con los cinco que Ángela necesitó para ratificar que la imagen mental que se había hecho sobre la magistrada a partir de sus conversaciones telefónicas era casi exacta.

—El capitán Aguilar ya la habrá puesto al corriente de lo que preocupa el caso en las altas esferas…

—Sí y, a decir verdad, es algo que me intriga. Es un asesinato feo, curioso, pero, al fin y al cabo, uno más entre muchos. Beltrán Carbajosa no era un hombre… —dudó sobre qué palabra emplear: *¿importante*?, ¿que todos los hombres no somos igual de importantes?— muy conocido. No entiendo el motivo por el que este caso sea más relevante que otros.

—Sé por dónde va, querida, y si le sirve de consuelo, yo tampoco lo entiendo. —Mirada franca. Decía la verdad—. Intereses políticos seguramente. Solo le puedo decir que yo también he recibido una llamada «de arriba» interesándose por cómo avanza la investigación e insinuando que el que haya saltado lo del cuadro a la prensa no ha gustado mucho.

Ángela intuyó en su mirada que compartían la misma preocupación.

—De todos modos —continuó la jueza—, lo mejor es que lo vea como una oportunidad. Una oportunidad para pedir los recursos que necesite, para que le den prioridad, para resolver el caso y volver cuanto antes a Madrid.

La jueza removió el té con una cucharilla, dio un sorbo y se secó los labios con la servilleta.

—Y dígame, querida, ¿qué tenemos hasta el momento?

—Tenemos algunos nombres y vías de investigación abiertas, pero nos faltan pruebas que los señalen como culpables. De momento —puntualizó—. Los resultados del laboratorio anatómico forense y el informe definitivo de la autopsia confirman que la muerte de Carbajosa se produjo por una parada cardiorrespiratoria. En los análisis se han detectado trazas de cianuro y una elevada cantidad de oxígeno en sangre, con lo que podemos afirmar que fue envenenado. Seguramente el asesino abusó de la confianza de la víctima para administrarle el veneno y, una vez muerto, se encargó de la puesta en escena. No hay marcas de violencia física más allá de las producidas por los clavos en las manos.

—Así que víctima y asesino se conocían.

—Eso parece. Hay varias evidencias: el asesino, o asesina, había estado antes en el lugar del crimen, de otro modo no hubiera podido pintar el cuadro con semejante nivel de detalle; tampoco hay señales que nos lleven a pensar que entrara en la vivienda en contra de la voluntad de Carbajosa. Desgraciadamente, cerca del palacete no hay cámaras de seguridad que nos puedan ayudar a identificarlo.

»Sea quien sea, sabe muy bien lo que está haciendo —continuó Ángela—. Los del laboratorio de Criminalística han analizado todas las pruebas que recogieron de la escena del crimen y no han dado con nada que nos sirva. El exceso de sangre en el escritorio de Carbajosa fue limpiado con agua oxigenada y detergente, para ello el asesino empleó una bayeta. Hemos podido extraer un par de microfibras y muestras de los productos que utilizó. Son muy extendidos y difíciles de trazar. Tampoco hemos encontrado ni una sola huella dactilar útil. Algunas parciales y dos o tres completas en el bastidor del cuadro, pero no creemos que estas últimas nos sirvan. No están en la base de datos y, por su posición y repetición, todo nos lleva a pensar que pueden proceder de la tienda donde fue comprado o de cualquier manipulador intermedio.

»Del martillo y los clavos tampoco hemos podido sacar nada en claro. Según el análisis de las deformaciones producidas por la herramienta en la cabeza de las puntas y las partículas de material que hemos podido extraer, se empleó un mazo normal y corriente. Los clavos salieron de un almacén que hay en la parte inferior de la vivienda. Hemos hallado varios similares en el sótano. Seguramente el autor sabía dónde los podía encontrar, lo que confirma la teoría de que conocía bien la casa. También hemos podido aislar trazas de nitrilo en uno de los clavos. Corresponden a guantes desechables convencionales. Todo está perfectamente calculado. Parece obra de un profesional.

»Nuestra principal baza es la pintura, pero seguimos trabajando en las dos vías —concluyó—: Fenollosa siguiendo el rastro del asesino, y yo, por mi parte, del cuadro.

—Pensé que formaban un solo equipo… —añadió la jueza Elvira con una sutil ironía.

—Y lo formamos. Solo que cada uno se centra en una parte de la investigación.

—Es un hombre complicado…, pero un buen agente.

Era difícil borrar con una excusa tan barata la mueca de satisfacción de la jueza por haber encontrado una fisura en el equipo. La teniente Souza lo vio de inmediato. No era maldad lo que se escondía tras esa mirada, era más bien astucia. Le había puesto en bandeja una oportunidad para vaciar algo de presión sobre aquella grieta y hacer que las investigaciones fueran más deprisa. La conversación que compartían era, en cierto modo, como la partida de ajedrez entre mujeres que plasmó Sofonisba Anguissola, la primera pintora de éxito universal. La magistral obra esconde un juego de miradas entre las jóvenes protagonistas del retrato: la criada observa a la pequeña, quien a su vez ríe ante la sorpresa de la mediana, que mira como la mayor gana la partida y busca el beneplácito del observador. La teniente Souza también buscaba la aprobación de la magistrada sin perder la partida.

—Y dígame, querida, ¿quién es entonces su principal sospechoso? ¿Quién cree que pintó el cuadro?

—Los del Grupo de Patrimonio Histórico, en colaboración con el SECRIM, han podido aislar un pelo que se desprendió del pincel. Por lo visto es muy particular y solo unos pocos pintores…

—Eso no es lo que le he preguntado —interrumpió Elvira.

No le importaban las pesquisas. La jueza quería un nombre y, si Fenollosa no lo tenía, esperaba que ella sí. Ángela estuvo a punto de protestar, pero se reprimió. Hacía tiempo que había aprendido a ser hermética. La jueza Elvira compartía con ella ese sexto sentido para leer lo que no estaba escrito y entender lo que no se decía. Quizá por eso habían congeniado. Las palabras sobraban.

—De momento tenemos un nombre: Miguel Rocamora. Es uno de los pocos artistas en España que utilizan ese material. Esta misma tarde voy a verlo.

La magistrada asintió sin mucho convencimiento.

—Tenemos otra vía —añadió la teniente Souza con cautela, consciente de que ninguno de los dos clavos ardiendo a los que podía aferrarse eran lo bastante sólidos como para contentar a doña Elvira—. En la línea de vida de Carbajosa no hay ninguna irrupción relevante. Nada que se salga de lo normal, ningún móvil aparente... Salvo una discusión que tuvo con Lorenzo Castro, el marchante de arte.

—Lorenzo Castro... Lo conozco. ¿Trabajaba con él?

—Lo había hecho en el pasado.

Elvira quedó unos segundos en silencio.

—Confío en su intuición. Siga los dos caminos, pero asegúrese de conseguir pruebas consistentes. Lorenzo es una persona muy respetada, no solo en el ámbito artístico y, si va a ir contra él, asegúrese de tener las espaldas bien cubiertas.

Era ya la hora de comer cuando doña Elvira dio por finalizada la reunión. No surgió por parte de la magistrada ningún ofrecimiento para que almorzaran juntas y Ángela tampoco lo insinuó. Era su jefa y seguramente tendría otros compromisos más importantes. Así que, como hacía un buen día y el taller de trabajo de Miguel Rocamora no quedaba lejos de allí, decidió darse un capricho y comer por la zona. Le habían hablado bien de Mazón, una antigua bodega del centro que aún conservaba su identidad, y no le costó encontrarla. El ambiente nada tenía que ver con el del restaurante del que acababa de salir. El bullicio de los comensales y el incesante ruido de platos y tintinear de cubiertos le daban un carácter más terrenal, más mundano. Era como si hubiera salido de un yate para meterse en un galeón, pero se sentía más a gusto allí. Ese lugar iba más con su estilo.

Se acercó a la barra y pidió una caña.

—¡Que sean dos! —dijo una voz a su espalda.

Ángela se giró con sorpresa. No tenía muchos conocidos en la ciudad.

—¡Belén! ¿Qué haces tú aquí?

La cabo sonrió y se quitó las gafas de sol de aviador que solía llevar siempre que no estaba entre las cuatro paredes de la oficina.

—Pues creo que lo mismo que tú. He venido a comer... ¡Qué casualidad, ¿no?!

No era una casualidad, lo leyó en sus ojos, pero no le importó. No hubiera podido encontrar mejor compañía.

El camarero puso las dos cañas sobre la barra y les comenzó a cantar un interminable listado de raciones. Las mujeres miraron a su alrededor, todo tenía buena pinta. Pidieron rabas, ensalada de bacalao y un plato de croquetas de sepia, y se instalaron en una de las mesas de madera que quedaban bajo unos enormes toneles. Nada más sentarse, sin que Ángela se lo preguntara, la cabo Ayerbe le confesó el motivo por el cual estaba en el centro. No quería que su superior en la investigación del caso Carbajosa pensara que estaba ociosa. Acababa de salir de una gestoría cercana de interrogar a un abogado de medio pelo por un caso de chantaje que estaban investigando. Hacía tiempo que estaban estancados, pero a Fenollosa le había dado ahora por meterles prisa.

—¿Y has sacado algo en claro?

—¡Qué va! Sabemos que ese tipo esconde algo, pero no hay por dónde pillarlo.

—Tal vez deberías usar sus propios medios. Averiguar algo que pueda ponerlo en una situación comprometida y forzarlo a colaborar.

—No está en el procedimiento… —replicó Belén.

—Pero es efectivo y a veces hay que improvisar para avanzar.

Belén la miró con dudas. Aquel tipo de estrategia no era muy habitual que digamos en el grupo de homicidios al que pertenecía.

—Tengo un amigo que me puede ayudar en esas cosas… A conseguir información, me refiero. Aunque el sargento siempre dice que…

—Fenollosa es estricto con los métodos —añadió la teniente Souza. Andaba en terreno pantanoso; con todo, creía que podía confiar en ella—. Y eso está muy bien, pero a veces no es suficiente para hacer justicia.

Belén asintió. Sabía a lo que se refería. Ella también era una mujer de acción y también le desesperaba el exacerbado puntillismo de su jefe con el procedimiento. La teniente era como ella: directa, decidida. Quizá fue eso lo que le animó a dar un giro inesperado a la conversación.

—Solía venir a este sitio con mi exmarido —dejó caer la cabo Ayerbe antes de dar el último trago a la caña. Ángela apenas había empezado con la suya—. Nos divorciamos hace tres años. Fue todo muy pacífico —puntualizó—, por los niños sobre todo...

Había oído esa misma historia varias veces, pero le extrañaba que su compañera, subordinada en aquel caso, se la soltara sin venir a cuento. Tal vez necesitaba desahogarse. Aún estaba tratando de averiguar el motivo cuando Belén abrió la cartera y le enseñó una foto suya junto a una pareja de niños en la playa. Sus manos temblaban un poco, se notaba que estaba nerviosa.

—¿Por qué fue?

A Ángela la pregunta le salió de manera espontánea. No era habitual en ella el ponerse a indagar sobre la vida de los demás, y mucho menos en un asunto como ese. Quizá fue el subconsciente, que tenía ganas de saber más de aquella mujer que tanto le intrigaba.

Belén sonrió. Una sonrisa tan bonita como la que le había enseñado la primera vez, pero tintada de melancolía. El camarero llegó con la ensalada y una nueva caña para Ayerbe.

—Es difícil de explicar...

Ojos abajo y hacia la derecha: piensa lo que va a decir. Viene en el manual de lenguaje no verbal.

—¿A ti no te ha pasado nunca que de repente te das cuenta de que hay algo en tu vida que no está bien..., de que no eres como los demás creen que eres, de que te estás engañando a ti misma por complacerlos?

—No entiendo bien a qué te refieres...

—Un día me desperté por la mañana y me di cuenta de que no era feliz. Amaba a mis hijos, a mi marido, tenía un trabajo que me gustaba, vivía en el barrio que quería..., pero no era feliz. Me faltaba algo. Me faltaba otro tipo de amor.

Ángela se pellizcó suavemente la nariz. Sabía lo que Belén quería, pero no podía, decir. Era la primera vez que se encontraba en una situación así. Lo más extraño era que no se sentía incómoda del todo.

—Me costó mucho, pero al final tomé la decisión más acertada. Elegí ser feliz.

—¿Y encontraste el amor que buscabas?

Belén la miró fijamente a los ojos durante unos segundos.

—Todavía no.

Ángela dio un largo trago a su cerveza y le indicó al camarero con la mano que le trajera otra. La necesitaba.

Capítulo 13

La antigua fábrica de ahumados

La esposa de Lot
Anselm Kiefer

—Hola... ¿Hay alguien?

La puerta estaba entreabierta y una música distorsionada por el eco sonaba al final del pasillo. Era angosto, con paredes blancas y sin ningún tipo de decoración. Ángela avanzó hacia la música. Sin decisión, sintiéndose culpable. No por colarse en aquel lugar sin permiso, no. Aquello podía suponerle un problema, pero no culpabilidad. Tenía una premonición: lo que iba a encontrar al fondo del corredor iba a trastocarlo todo. A veces se extrañaba de sus propios sentimientos y de cómo la asaltaban sin ton ni son, sin ningún tipo de lógica. La euforia y la tristeza la visitaban regularmente: la primera por sorpresa, fugaz, la tocaba con su varita mágica y luego desaparecía; la segunda serena, como una molesta visita que aparece en el peor momento y que retrasa su marcha. A fuerza de recibirlas había aprendido a someterlas. Sin embargo, había otros, como la culpa anticipada, con los que era más difícil lidiar.

Las instrucciones que le había dado el navegador la habían llevado hasta una pequeña nave en Sotileza, una antigua zona industrial colonizada por pescadores a mediados del siglo pasado y que ahora conformaba un extraño *mix* en el que cohabitaban restaurantes, edificios monótonos y naves industriales. La construcción, de ladrillo compacto y vigas de acero remachadas, había sido en su día una fábrica de salazones. Así lo indicaban los azulejos desgastados que ocupaban la parte superior del muelle de carga: Ahumados Maliaño. No había ninguna referencia a Miguel Rocamora, ni a que aquello fuera un taller artístico.

Con la duda de si se encontraba en el lugar adecuado, Ángela fue dando la vuelta al edificio hasta que dio con una puerta metálica algo oxidada por la continua exposición al salitre. La puerta estaba entreabierta y junto a ella había un timbre. Llamó. Volvió a llamar dos, tres veces, pero nadie contestaba, así que entró. Fue entonces cuando se percató de que se oía música al final del pasillo.

—Hola... ¿Hay alguien ahí?

No hubo respuesta, así que siguió avanzando. Cuando llegó al final del corredor, atravesó una segunda puerta de paso y accedió a lo que en su día debió de ser el corazón de la fábrica. Era un espacio diáfano y luminoso, con paredes encaladas y grandes claraboyas en el techo. Varias mesas de madera, estanterías y palés configuraban tres o cuatro zonas de trabajo diferenciadas y en uno de los extremos había un cubo de dos alturas, las antiguas oficinas, que parecía ser el único espacio con cierta privacidad. Olía a pintura y brea y el *Black holes and revelations,* de Muse, retumbaba en un estéreo que había junto a la zona de trabajo más alejada de la puerta. Allí, un hombre con el torso desnudo y una mascarilla sobre la nariz y la boca perfilaba con los dedos un lienzo de grandes dimensiones subido a un taburete de madera. El cuadro, en tonos grises y azules, representaba una especie de elefante de piedra que se adentraba en el mar. Le llamó la atención la fuerza que desprendía. Se daba un aire a las obras del controvertido Anselm Kiefer, obras complejas, de pinceladas violentas y materiales de lo más variopintos que ahondan en los temas tabú de la historia alemana: el sufrimiento, lo que la historia nos enseña. Pinturas solemnes que trascienden a su contenido. Como esa pintura en la que el neoexpresionista germano mostraba unos raíles vacíos, símbolo de la muerte de millones de judíos en los campos de concentración, y la titulaba *La esposa de Lot*, la mujer del personaje bíblico convertida en estatua de sal por volver la vista atrás para ver la destrucción de Sodoma y Gomorra.

El hombre, que no se había percatado de su presencia, seguía ensimismado en su tarea. Sus movimientos eran firmes y dinámicos. Armoniosos. Había belleza en su manera de trabajar. Le recordó a las esculturas del arte clásico griego y su exaltación de la belleza física.

Ángela se acercó hasta el equipo y apagó la música. No sabría explicar por qué actuó de esa manera tan cercana, tan poco profesional, pero le salió del alma. De algún modo intuyó que, si quería sacar algo de Miguel Rocamora, tenía que ser atrevida, transgresora. Sí, eso también lo había visto en la pieza del elefante: transgresión.

El pintor se giró hacia ella extrañado. Se quitó la máscara, se limpió las manos en el pecho, bajó del taburete y se acercó hacia ella. Los restos de pintura azul extendidos sobre su torso parecían las plumas de un pájaro.

—¿Por qué la has apagado? ¿No te gusta Muse?

> Miguel Rocamora. Treinta y largos. Es guapo. No, mejor, está bueno. Moreno, barba densa, ojos azul cobalto y cuerpo fibroso, moldeado por el surf (esto es evidente gracias a las tablas que hay apoyadas en la escalera que conduce a la parte alta de cubo). Solo sus dientes, montados, muestran algo de descuido por su imagen. Le gusta sentirse diferente, original. El lugar en el que tiene su taller, su controvertida vida y sus cuadros lo demuestran, aunque todo eso lo sabía antes de llegar, está en internet. Pero hay más, es arrogante y le divierte jugar con la ironía, ha bastado una frase para confirmarlo. También tiene miedos, y seguro que no son solo al dentista.

—He llamado. La puerta estaba abierta…

—Siempre está abierta para los que se atreven a entrar.

—¿Sea quien sea?

—Sea quien sea, pero sobre todo si es alguien como tú.

Ángela no pudo evitar soltar una sonora carcajada. ¿Estaba tonteando con ella? ¡Cómo le iba a cambiar la cara cuando le dijera que era guardia civil! Le divertía la situación, así que ¿por qué no jugar un poco más?

—Es muy bonito… —lo dijo bajando la vista hacia el pájaro azul de su pecho—. El cuadro.

Miguel se fijó en las manchas de pintura acrílica y sonrió maliciosamente.

—Gracias. Aún le falta algún retoque, pero creo que consigue transmitir lo que busco. El choque entre dos naturalezas salvajes que se funden en una sola.

—¿El elefante y el mar?

—La piedra y el agua.

—¿Por qué un elefante?

—¿Por qué no…? También podría haber sido otro animal, tal vez un pájaro azul.

La situación le divertía. A decir verdad parecía divertirles a ambos. Pero había llegado el momento de ponerle punto final, y qué mejor manera de hacer naufragar el tonteo del pintor que regodeándose en la satisfacción de ir un paso por delante. Dejó que pasaran un par de segundos antes de contestar. Un par de segundos en los que teatralizó el deseo con su mirada. Cabeza baja, mirada alta, un sutil movimiento del labio inferior y *voilà*, la antesala perfecta de una seducción.

—Todavía no me he presentado. Soy la teniente Souza, de la Unidad Central de Operaciones de la Guardia Civil.

—Sé quién eres. Vi tu foto el otro día en la prensa.

Aquello la descolocó, y lo hizo de tal manera que no pudo esconder una expresión más seria de la que le habría gustado mostrar. Algo que para su escarnio pareció divertir bastante a Miguel Rocamora. Ángela no iba por delante, sino en segunda posición. Era él quien había estado jugando todo el rato con ella.

—Entonces sabrá por qué estoy aquí.

—Lo cierto es que no. Lo único que sé es lo que pone en la prensa: que está investigando el asesinato de Beltrán Carbajosa, pero no sé qué tiene que ver eso conmigo…

—¿Lo conocía?

Miguel tardó unos segundos en responder, justo el tiempo que necesitó para limpiarse el pecho con un trapo humedecido en agua. El pájaro azul se desvaneció.

—Sí, pero apenas teníamos relación. Este es un sitio pequeño y todos los artistas nos conocemos, aunque él hacía muchos años que estaba fuera del circuito artístico.

Según había podido averiguar la teniente, Carbajosa había dejado de pintar a mediados de los noventa, y Miguel rondaba los treinta y pico. Era fácil que tuviera razón. Sin embargo, ese «apenas» y la demora en su respuesta dejaban patente que en algún momento habían tenido algún tipo de relación. Una rendija en la que indagar.

—¿Se acuerda de cuándo fue la última vez que habló con él?

—Casualmente hace no mucho. Coincidimos hará un mes en el despacho de Lorenzo Castro.

Ángela amagó una sonrisa por la conexión que acababa de establecer.

—Fue un encuentro breve —continuó Miguel. Un Miguel más serio, menos seductor—. Yo salía de una reunión para planificar mi próxima exposición y él entraba. Conversamos apenas unos minutos. Ya sabe...: que si qué tal todo, que a ver si se animaba a volver a pintar y cosas por el estilo. Tenía pinta de preocupado.

—¿Preocupado? ¿Por qué?

—No sé. Como ya te he dicho, fue una conversación trivial y tampoco tengo, tenía, tanta confianza para preguntarle. Pero, por favor... —dijo alzando las manos—, tutéame. Al menos mientras no vistas de uniforme.

Los dos sospechosos y Beltrán Carbajosa se cruzan el mismo día. El mismo día en el que, según la línea de vida que había confeccionado Henry, este último tiene un altercado con el marchante. Demasiada casualidad. Pero por ahora, a falta de más pruebas, era eso: una casualidad. Algo en lo que hurgar.

—Como quieras... Y dime, ¿tienes mucha relación con Lorenzo Castro?

—Claro. Es el marchante más importante de la zona. A decir verdad, lo es de la mayoría de pintores de la ciudad. Al menos de los que valemos la pena.

Aquello era algo sobre lo que ya le había advertido Fenollosa tras su encuentro. El mero hecho de que el despacho de Castro ejerciera casi un monopolio de la representación de artistas en la región lo situaba sí o sí en el punto de mira. Cualquier sospechoso conectaría con él, al igual que él conectaba con Beltrán. Basar sus hipótesis en esa relación no se sostendría ante ningún juez. Aun así, Ángela intuía que era una pieza clave, que sabía algo. Su reacción cuando vio el nombre de Marat lo había delatado.

Marat: no podía quitarse ese nombre de la cabeza. Por mucho que había buscado, no había dado con ningún registro de ese pintor. Ni en internet, ni en museos, ni en galerías... Los últimos días había pasado horas y horas revisando cuadros de artistas contemporáneos, buscando alguien que pintara como él, que fuera capaz de expresar la muerte de manera tan real, tan tenebrosa como la que ella había visto en la pintura que acompañó a Beltrán Carbajosa en su último aliento. Pero no había podido encontrar, ni de lejos, nada tan bueno. ¿Quién era ese hombre que había ocultado tanto su talento?

—¿Por casualidad te suena un artista que firma los cuadros como Marat?

—Marat... —Mirada hacia arriba. Trata de recordar—. No, no lo conozco. ¿Quieres comprar una pieza suya? Aunque aquí tengo algunos que seguro que son mejores...

No mentía en cuanto a lo de conocerlo. Al menos eso le pareció a Ángela. Era un sobrado, eso también le pareció.

—Gracias por la oferta, quizá en otra ocasión.

—Un momento. —Miguel pareció caer en la cuenta de algo—. ¿Es el autor del cuadro que hallaron en el despacho de Carbajosa?

—Eso es algo confidencial.

La respuesta era un mero formalismo; sin embargo, Miguel esbozó una sonrisa ante el desliz de la teniente.

—Tal vez si preguntas en alguna galería de arte...

—Ya lo he hecho y no he encontrado nada.

—Mmm... Entonces tendrás que hablar con un especialista.

—Tenemos una unidad en la Guardia Civil que se dedica al patrimonio artístico —respondió Ángela con cierta desidia—. También he hablado con ellos.

—Me refiero a un especialista de verdad. Alguien que conozca los cuadros más allá de sus nombres. Alguien que haya vivido dentro de ellos.

—¿Existe alguien así? Suena poético.

En lugar de contestar, el pintor se dirigió a una de las estanterías y rebuscó en una cajita de plástico con decoración colorida.

—Un momento, creo que por aquí… ¡Aquí está! —dijo tendiéndole una tarjeta de visita—. Este es el hombre que te puede ayudar a encontrar a tu pintor desconocido.

La tarjeta era de cartón rugoso, color jengibre, y solo tenía escrito un nombre en bolígrafo seguido de una serie de dígitos.

—Zhao Mu —leyó en alto—. Este número no es un teléfono, ¿cómo puedo localizarlo?

Miguel estalló en una genuina carcajada. Unas lagrimillas asomaron en los bordes de sus ojos.

—No tiene teléfono porque no puedes llamarlo. Pero no te preocupes, puedes encontrarlo fácilmente. Está en la prisión de El Dueso. Ese es su número de preso.

—¿El especialista que me recomiendas está en la cárcel?

—Veo que eres muy sagaz.

—¿Por qué motivo?

—Falsificación. Ya te digo, si quieres alguien que te encuentre a un artista, habla con el que mejor los conoce.

Ángela se guardó la tarjeta en el bolsillo trasero del pantalón. Era el momento de ir al grano. Esta vez no la iba a pillar desprevenida.

—En la pintura encontramos un pelo. Un pelo de pincel —puntualizó—. Era de marta de Escocia, de la marca Nature Crafts. Tengo entendido que no hay muchos artistas que usen ese material.

—Estás en lo cierto y es algo que no comprendo. Yo soy uno de ellos, dan un resultado espectacular. Mira, en realidad, casi que me alegro de ser uno de los pocos que conoce su secreto.

—A decir verdad, eres el único artista de Cantabria que trabaja con esa marca, lo cual te pone en una situación muy incómoda…

Miguel la miró fijamente. Sus ojos, de un azul que recordaba a las profundidades del mar, trataban de colarse en sus pensamientos.

—Acompáñame.

Ángela obedeció y se dejó guiar hasta una de las zonas de trabajo. Sobre una mesa construida con palés de madera había varios tubos desperdigados, frascos con pinceles y una paleta blanca de metacrilato con restos de pintura. Al lado, sobre un caballete, había un lienzo de tamaño medio con pruebas de color.

Miguel vertió el contenido de uno de los tubos sobre la paleta, tomó un pincel y se lo entregó a Ángela. Ella lo cogió y, antes de que pudiera preguntar para qué se lo daba, él se situó en su costado, tomó su mano y la guio hacia la paleta. Untó con suavidad un poco de pintura y luego la dirigió al cuadro. Ángela se estremeció. Sentía su respiración cerca, su olor corporal. Sabía que debía separarse de él, pero se dejaba hacer. La mano de Miguel era fuerte y Ángela notó la ligera presión de sus dedos sobre la muñeca. Ambas manos bailaban juntas un vals sobre el lienzo. Fueron solo seis o siete segundos, el tiempo necesario para dibujar algo parecido a una espiral, pero a ella le pareció mucho más. En el último tramo él soltó su mano, que acabó sola con el trazo. La música se había detenido.

—Es el mejor pincel que hay en el mundo. Por eso lo utilizo.

Sin decir nada, igual que se lo había entregado, Miguel cogió el pincel de su mano, lo enjuagó y lo secó con un paño. Luego estiró fuertemente de uno de los pelos arrancándolo de la virola y con sumo cuidado lo introdujo en la capa de pintura que la teniente acababa de extender sobre el lienzo.

—Esto lo puede hacer cualquiera. Lo que es difícil es que un pelo se desprenda de un pincel de alta calidad de manera natural. Puedes pensar que he sido yo quien ha pintado esa pieza o que hay alguien que está interesado en involucrarme de algún modo.

Lo dijo serio. Entregándose a su investigación.

—Sabes que, si el pelo de este pincel es igual al que encontramos en el cuadro, lo podemos determinar sin margen de error, ¿no?

—Lo sé, por eso te lo doy.

Ángela no dijo nada. Le creía. No por la humedad en sus bragas tras el numerito del cuadro, sino porque vio en sus ojos la verdad. Aun así, era lo único que tenía y no se iba a rendir fácilmente.

***

La tarde se hizo larga. Tras la visita al pintor le costó concentrarse en el trabajo más de lo normal, pero aún tenía bastante por hacer. La falta de pruebas evidentes hacía que tuviera que escarbar en montañas de testimonios, cuadros, datos e información alrededor de los principales señalados a lo largo de esos días: Carbajosa, Castro, Rocamora... Eran los nombres en los que fijar la vista, pero no eran los únicos, había más.

En cierto momento, para cambiar de tarea y darles un respiro a sus ojos, enrojecidos por la luz del ordenador, buscó en su chaqueta y sacó del bolsillo un pincel. Lo había «tomado prestado» del taller de Miguel, antes incluso de que este hiciera el numerito del cuadro. La podía haber engañado dándole un pelo de un pincel de otro lote, por eso se había anticipado y había cogido la prueba directamente. Mejor pedir perdón que pedir permiso. Esa era una de sus máximas.

Lo metió en un sobre acolchado, dentro de una bolsita de plástico, y escribió en el envoltorio la dirección de su contacto en el grupo de Patrimonio. Al día siguiente a primera hora saldría hacia Madrid. Con suerte en un par de días tendría los resultados.

En un pequeño pero continuo goteo, los compañeros de la sala donde se ubicaba el grupo de homicidios fueron desapareciendo. También lo hizo el sol, dando lugar primero a un cielo púrpura y luego negro salpicado de cientos de estrellas. Cuando se quedó sola, subió el volumen de la música en su portátil. El *Kind of Blue*, de Miles Davis, el mejor disco de *jazz* de todos los tiempos. Era como no estar sola. Le gustaba trabajar así, a sus anchas, cuando no había nadie.

Un par de horas más tarde, cuando sus energías empezaron a flaquear, la teniente se recostó en la silla y puso los pies sobre la mesa. Sacó del bolsillo trasero de su pantalón la tarjeta de visita que le había dado Zhao y jugueteó con ella. La luz del flexo era cálida y, pese a que tuviese ganas de irse a casa, se resistía a hacerlo antes de que la última canción del trompetista estadounidense dejase de sonar.

Zhao Mu (2017001431)

De pronto una imagen le vino a la mente, la de esa lámina de Courbet que Carbajosa tenía colgada en su estudio: *El taller del pintor*. En ella, en uno de los bordes, también había unos números escritos en lápiz. ¿Y sí...?

La teniente Souza se incorporó y buscó en su teléfono móvil las fotografías que había tomado del estudio. Si la mente a esas horas no le jugaba una mala pasada, creía haber hecho una instantánea de la lámina.

Efectivamente, ¡la tenía!, y en ella aparecía la misma serie de dígitos. ¡Bingo!

Hizo una comprobación en el ordenador y luego lo apagó con una mueca de triunfo. Los últimos acordes sonaron. Ahora sí que podía volver al molino de mareas.

Capítulo 14

Por la mañana

Muerte y vida

Gustav Klimt

El ritmo de la respiración acompasa sus pasos mientras huye por un prado infinito. No quiere mirar hacia atrás porque sabe que eso reducirá la distancia con sus perseguidores: los dos hombres de manos toscas y mirada salvaje que había junto al todoterreno destartalado. La majada gana altura poco a poco, con una ligera pendiente que hace que sus pasos sean más cortos, más pesados. Sin querer, resbala y cae al suelo en medio de un lecho viscoso de color púrpura. Huele a mar, a alga. Intenta levantarse, pero no puede. Sabe que los dos hombres están cerca, oye sus palabras soeces aproximarse y siente miedo. Pavor. En ese momento el viento aúlla y todo cambia. Sus perseguidores no están. Las algas no están. Un pájaro de color azul baja desde el cielo y se introduce en ella poseyéndola con una fuerza sobrehumana. Por todos sus poros, por sus partes más íntimas. Es algo que no puede explicar porque no ha sentido nunca nada igual. Luego todo queda en calma. Abre los ojos y frente a ella hay un cuadro. En él sale Darío, sin rostro, con las manos manchadas de color azul.

Ángela cerró la libreta de diseño de Misspink que había comprado por internet. Le gustaba que sus sueños tuvieran un envoltorio bonito, quizá porque la mayoría de veces eran pesadillas. Aunque este no sabía cómo clasificarlo, ya que el final había sido extrañamente dulce. Hacía casi veinte años que los apuntaba cada día, nada más despertarse, antes de que se sublimaran. Se lo había recomendado el psicólogo en los años duros, cuando ocurrió todo aquello, y no había abandonado la costumbre desde entonces. No podía. No quería. Era la manera de recordar que aún tenía una deuda pendiente con su pasado. Siempre tenía una de sus libretas de sueños en la mesita de noche. Cuando las terminaba, cuando ya no cabían más letras apretadas, las numeraba y las guardaba en un altillo que tenía en casa exclusivamente para ese fin. Las dejaba allí para no volver a abrirlas jamás.

La que sí que leía a menudo era la otra libreta, la de la investigación. Esa era más sobria, una Moleskine de color negro con goma. En ella apuntaba la primera impresión que le causaba cada persona con la que entablaba algún tipo de relación. Le servía de entrenamiento para saber, con el paso del tiempo, si esa primera impresión era acertada o no. Casi nunca fallaba. Ya llevaba unos cuantos nombres apuntados desde que había comenzado con el caso y a tres de ellos los vería en poco menos de una hora. Tenía que darse prisa si quería llegar a tiempo a la reunión.

***

Belén empujó a los niños dentro del coche y les pidió que se abrocharan el cinturón. El despertador no había sonado a la hora y, para colmo, esa mañana los mellizos se habían levantado revoltosos. Ahora tocaba correr para llegar a la escuela. Odiaba las prisas; aun así, tenía que lidiar con ellas semana sí, semana no.

El colegio quedaba a mitad de camino entre su casa y la comandancia. Normalmente solían ir andando, pero aquella mañana parecía haberse convertido en una carrera de obstáculos. Vestirse, desayunar, preparar los almuerzos... Decidió coger el coche. Craso error. No había contado con el tráfico en hora punta. Llegaban tarde y, para más inri, el chico le había dicho que con su padre siempre llegaban a tiempo. A ella le jodía, aunque sabía que no lo hacían con mala intención.

Le gustaría haberse podido pintar un poco, pero no le había dado tiempo. Lo bueno de las prisas es que te hacen funcionar como un autómata. Si hubiera podido desayunar tranquilamente, leyendo la prensa en la tableta, como a ella le gustaba; si hubiera podido arreglarse un poco e ir paseando al colegio…, entonces habría tenido más tiempo para pensar en Ángela y en la conversación que habían mantenido un par de días antes, cuando la siguió hasta bodegas Mazón. Aún no se creía que se hubiera atrevido a decirle lo que le dijo, a insinuarse como lo hizo. ¿Qué diablos le había pasado? ¿Se había vuelto loca? Desde el primer momento que la vio, desde que Henry saltó de la silla para presentársela, supo que aquella mujer iba a jugar un papel importante en su vida. Fue un presentimiento… No, fue un olor. El olor de la atracción. Los Ayerbe sabían oler el amor, al menos así se lo había dicho su abuela desde pequeñita. Y, desde que la conoció, Belén estaba embriagada de Ángela.

El claxon de un coche sonó a sus espaldas. Un tipo con gafas de sol gesticulaba ostentosamente.

—¡Mamá! Venga… —dijo Gus.

Arrancó el coche justo para cruzar el semáforo en ámbar y ver por el retrovisor como el hombre de las gafas de sol se quedaba atrás atascado, maldiciéndola. Sonrió y, a modo de despedida, le extendió el dedo corazón de la mano izquierda.

***

Henry llevaba despierto desde las seis de la mañana. No solía dormir mucho, seis o siete horas a lo sumo. No porque pensara que dormir era perder el tiempo, no. ¡Ojalá pudiera dormir más! Era porque su cuerpo era como una máquina y no podía escapar de un reloj biológico programado desde la Gran Bretaña. Normalmente aprovechaba las horas que ganaba al día para sus estudios, pero, desde que había comenzado con aquel trabajo, su obsesión era la pintura. Sobre todo, la relacionada con la muerte. El caso de Carbajosa y el descubrimiento de Marat le habían fascinado de tal manera que no se le ocurría mejor pasatiempo que indagar sobre cómo los artistas de distintas épocas habían tratado de transmitir con sus pinceles el sufrimiento de la agonía.

Con la habitación a oscuras, solo iluminada por un pequeño flexo y el incómodo resplandor de la pantalla del ordenador, Henry buceaba en internet en búsqueda de pinturas y leyendas sobre la muerte. Había multitud de ellas: *El triunfo de la muerte,* de Pieter Brueghel, *el Viejo*; *San Francisco de Borja y el moribundo impenitente*, de Goya; y hasta una que unía a dos de los colombianos más famosos de todos los tiempos, *La muerte de Pablo Escobar*, de Botero. Pero si había uno que era capaz de cautivarle, este era el cuadro que tenía ahora mismo ante los ojos: *Muerte y vida* de Gustav Klimt. En él la muerte observaba con sonrisa macabra la vida caótica amontonada. Ocho años tardó el simbolista austríaco en terminar esa magistral obra en la que los vivos se arremolinan en su mundo, negándose a mirar a su destino, y solo una anciana, en el centro de la imagen, rodeada de la inocencia de quien se cree inmortal, parece resignada al futuro inevitable. Aquellas eran solo algunas de las piezas más famosas, pero había muchas más; muchas pinturas que escondían una historia tenebrosa tanto delante como detrás del lienzo. Encontrar la perfección de la muerte significaría encontrar a Marat, algo que comenzaba a obsesionarle.

Miró el reloj. Era la hora de ponerse en marcha. Si se daba prisa, podría pasar por el bar que quedaba cerca de la comandancia y comprar algo para desayunar.

Apagó el ordenador. Esa noche seguiría buscando.

***

Fenollosa encendió el cigarro nada más salir del ascensor y atravesó el patio hacia el portalón de la entrada.

Algún vecino había hecho una pintada en el mural del zaguán, unos azulejos que representaban una imagen tradicional de pesca. ¿Qué culpa tenían aquellas inocentes pescadoras…? ¿Qué culpa tenía el procaz adolescente que las había mancillado…? ¿Qué culpa tenían sus padres…? «Puto mundo», murmuró. Él tampoco era un ejemplo, estaba prohibido fumar en el edificio y se lo saltaba siempre a la torera.

Salió a la calle, arrugó la cajetilla de tabaco vacía y la tiró al suelo. Tenía que pasar por el estanco antes de volver a casa. Menos mal que solía guardar un paquete de emergencia en la guantera del coche. Lo tenía aparcado al girar la esquina, en la calle de las mierdas. No se llamaba así, pero así la habían bautizado sus hijos la tercera vez que volvió a casa con una impregnada en la suela del zapato. Si por él fuera, prohibiría los perros en la ciudad. Bueno, a los dueños de los perros, que ya tenían bastante los animales con soportarlos.

Dio la última calada antes de subir al coche. Aún le quedaba cigarro, así que aspiró con fuerza tratando de consumir al máximo la mezcla de nicotina y alquitrán. Margarita no le dejaba fumar en el coche. A decir verdad, no le dejaba fumar, a secas, por eso lo hacía a escondidas; aunque ella lo supiera. No era tonta su mujer. Desgraciada sí, pero tonta no.

El Opel Astra del 97 era una bestia inmortal. No había quien la tumbara, pero últimamente le estaba costando más de la cuenta arrancar. A la primera, no; a la segunda, sí. El coche tosió y se puso en marcha. En breve lo dejaría tirado y se tendría que comprar otro. Prefería no pensarlo… con Margarita en paro ni se sabe ya cuánto tiempo, el mayor que empezaba la carrera, el mediano un bandarra y el pequeño aún con pañales. Con las hipotecas, la de la casa y la del maldito chalet, que en mala hora se lo habían comprado. ¿Un coche? De segunda mano en todo caso.

De su casa a la comandancia había veinte minutos. Veinte minutos para seguir quejándose de su vida. En aquella ocasión, al igual que las últimas, se los dedicó a la enterada de Madrid. Su llegada le había caído como un jarro de agua fría. No, como una patada en los huevos. Llevaba más años que longanizas resolviendo todo tipo de casos de mierda y ahora, para una vez que tenía ante sí uno importante, un caso en el que «los de arriba» se dieran cuenta de una vez por todas de su valía, va y le traían a una chiquita de Madrid para que se encargara. Como si él no pudiera, como si él no supiera. Explicaciones, ninguna. Palmadas en la espalda, una, la del capitán. Lo que no sabía es si llevaba cuchillo o iba a secas.

No le gustaba la situación, pero es que además la enterada se las traía. Que si la intuición, que si las habilidades transversales, que si la psicología...: ¡paparruchas! Para resolver un asesinato hay que seguir unos pasos concretos. Hay un procedimiento. Y ese procedimiento no es algo que esté ahí para no hacerle caso. No es un cuaderno de instrucciones de un televisor. Eso se ha trabajado durante años... por los mejores... para tener una guía fiable sobre cómo actuar. Un guardia civil sin el procedimiento es como un excursionista en la niebla, no puede hacer nada más que dar vueltas. ¡Qué sabía ella! Tenía que haber estado con él en los años duros, cuando estuvo destinado en Guipúzcoa y tenía que agacharse debajo del coche antes de arrancarlo. El puto Opel Astra. Lo conocía casi más por debajo que por dentro. Además, por si fuera poco, estaba lo otro. Le metían a una enterada de Madrid para que investigara el caso y encima le tocaba el marrón de tener que estar informando a hurtadillas sobre cada paso que daba. ¡Si no se fiaban de la teniente Souza, que no la mandaran, pero que a él lo dejaran en paz! En fin... Se los estaban tocando bien tocados, pero así era ese trabajo. Su deber era obedecer a quien estuviera más arriba de la cadena. Lo ponía en el procedimiento.

***

La reunión de equipo estaba programada para las nueve en punto. A esa hora, los cuatro guardias civiles se sentaron en la mesa redonda que ya se había convertido en el punto neurálgico del caso Carbajosa. Uno de ellos había tenido la delicadeza de traer unos vasos de papel, cruasanes y un termo de café. Todo un detalle con los compañeros.

Pese a que la información había fluido de manera constante y todos estaban al tanto de los avances en la investigación, llevaban días sin hacer una puesta en común. Cada uno había estado trabajando en diferentes vías tratando de pulir al máximo las piezas del puzle que no eran capaces de encajar. Ahora tocaba tener una visión de conjunto.

Los primeros en hablar fueron Belén y Henry. Habían entrevistado a todo el mundo, revisado llamadas, buscado hasta debajo de las piedras, pero no habían podido sacar nada en claro. Nadie había visto nada. Nadie podía señalar a nadie que tuviera algo en contra de Beltrán, salvo el pequeño incidente con Lorenzo Castro, del cual ya se habían encargado infructuosamente sus jefes. Respecto a la pareja, su economía no era boyante, estaba claro, pero tampoco tenía grandes deudas y todo parecía bastante rutinario a su alrededor. Ni un solo móvil para el asesinato. El trabajo de los de Criminalística en la escena del crimen también había sido baldío. Y, para colmo, tampoco había cámaras cuyo contenido pudieran revisar para tratar de identificar quién visitó a Carbajosa ese día. Solo tenían el cuadro.

Henry había tratado infructuosamente que doña Jacinta hiciera memoria sobre las visitas que había tenido su marido el invierno anterior, cuando, según sus estimaciones, se había pintado la pieza, pero la señora no recordaba ningún encuentro que se saliera de lo común. Aquello podía significar dos cosas. La primera era que el asesino fuera de su círculo cercano, algo que se antojaba difícil, sobre todo porque los cuatro o cinco amigos íntimos de la familia contaban con una coartada sólida el día de los hechos. La segunda, la que más convencía al joven guardia, era que las visitas preparatorias que Marat hizo a Beltrán coincidieran con los días de merienda de su viuda, los martes. También había una última posibilidad: que el asesino hubiera fotografiado a hurtadillas la casa con anterioridad y hubiera reproducido el cuadro a tenor de estas imágenes. Era factible, pero chocaba con el hecho de que él y Carbajosa se conocieran y supiera tantos detalles sobre sus rutinas.

Lo único que sabían era que buscaban a un profesional. Un profesional de la pintura y de la muerte. La manera en la que había actuado, sin dejar ni una sola huella; el lugar y momento en el que había decidido atacar a su víctima, cuando estaba solo en su casa, lejos de las miradas de sus vecinos y del control de las cámaras de seguridad lo confirmaban. Una persona que, para más inri, tenía o había tenido relación con la víctima.

Los agentes también contemplaban la posibilidad de que la enfermedad que padecía Carbajosa hubiera puesto su vida en modo cuenta atrás. Tal vez el asesinato tenía como objetivo ahorrarle el suplicio de una agonía prolongada. El uso de cianuro para envenenarlo cuadraba con aquella teoría. Una muerte rápida, aunque no exenta de sufrimiento. Tres o cuatro minutos muy intensos, había dicho el forense, pero mucho menos dolorosa que si hubiera sido crucificado en vida. Estaba claro que era una puesta en escena, una señal. Pero… ¿Por qué? ¿Para quién?

—Sigo pensando que la única pieza que no encaja en los últimos días de Carbajosa es Lorenzo Castro —dijo Ángela cuando sus compañeros concluyeron su exposición. La discusión entre el marchante y el pintor seguía chirriándole.

—Creo que en esa piedra ya hemos tropezado… —intervino Fenollosa molesto.

—Tenemos su testimonio, pero no le creo. Me parece que nos oculta algo y por eso voy a pedir una autorización a la jueza Elvira del Real para estudiar sus cuentas —anunció Ángela—. Necesitamos saber qué tipo de relación económica tuvieron él y Carbajosa, y si realmente sus negocios finalizaron a finales de los noventa.

—¡Eso no tiene ningún sentido! —explotó Fenollosa—. No tenemos más que una discusión entre ellos dos. Del Real nunca le dará la autorización. Lo único que vamos a conseguir es molestar a alguien que luego puede ponernos las cosas difíciles…

—Eso ya lo veremos.

—¿Y qué hay del cuadro? —intervino la cabo Ayerbe tratando de sortear el enfrentamiento entre sus compañeros.

Ángela carraspeó antes de tomar la palabra. Era su turno y, muy a su pesar, ella tampoco había hecho grandes avances. Henry había intentado elaborar un listado con todos los comercios que trabajaban la marca de pintura Lorinelli, la más rara de las tres que había utilizado Marat en el cuadro, pero no había sido fácil. Resultaba extrañamente sospechoso que alguien que había tomado tantas precauciones en el lugar del crimen hubiera usado una marca de óleo a sabiendas de que los investigadores la rastrearían. Aquello le olía a chamusquina.

La otra pista que tenían, la del pelo del pincel, le había llevado directamente hasta Miguel Rocamora. La teniente Souza narró su encuentro con el pintor obviando ciertos detalles que no consideraba de especial interés para sus compañeros.

—Se mostró colaborador. Tenía varios pinceles de la marca Nature Crafts e incluso me dio una muestra de uno de ellos para que pudiéramos comprobar si se trata del mismo lote.

—Si fuera el asesino, ¿de verdad cree que le iba a dar un pelo del pincel que le fuera a inculpar? —dijo Fenollosa con cierto retintín.

—No, por eso le robé otro pincel de la misma marca.

El sargento se removió en su silla y golpeó sutilmente la mesa con los dedos.

—¡Vaya! Cleptomanía. Imagino que sabrá que en un juicio no sería una prueba válida.

—Por supuesto, conozco mi trabajo, pero nos servirá para saber si compró más de un lote de pinceles de esa marca y quiso engañarme. Lo envié por correo urgente a Madrid y la prueba ha salido negativa. Así que no creo que Rocamora sea nuestro hombre. Además, también me fijé en que las marcas de óleo que tiene en su estudio son distintas a las que buscamos —concluyó.

—¿Y solo por eso ya lo descarta? —preguntó Fenollosa con cierto fastidio ante la cargante costumbre de la teniente por allanar el camino en una dirección para, repentinamente, tomar la contraria.

—También porque es zurdo, y quien pintó la pieza de Carbajosa es diestro.

No hacía falta detallar cómo se había dado cuenta, nada más llegar, cuando lo sorprendió retocando el enorme lienzo del elefante de piedra avanzando hacia el mar; ni cómo había corroborado su sospecha cuando él tomó su mano y la guio por el cuadro.

—Lo que sí que creo es que hay alguien interesado en que sospechemos de Miguel.

Henry asintió convencido; Fenollosa, molesto; y Belén no pudo ocultar un destello de incomodidad al notar la familiaridad con la que su teniente se había referido al artista. Ángela se dio cuenta y, sin motivo, se sintió culpable por algo que no debía.

—Rocamora —Ángela corrigió su familiaridad— me habló de un hombre que puede ayudarnos. Su nombre es Zhao. Zhao Mu. Según él es la única persona que puede llevarnos hasta Marat. Solo hay un problemilla…

—¿Cuál?

—Está en prisión.

—¡Esta sí que es buena! —Fenollosa golpeo la palma de la mano sobre la mesa—. Así que el principal sospechoso nos pone en manos de un caco para solucionar el caso. ¡Ja, ja, ja! Disculpa que me ría «mi teniente» pero es que es la primera vez que veo algo así.

—Mañana iré a reunirme con él. —La paciencia de Ángela estaba en reserva.

Fenollosa hizo un aspaviento con las manos. Un gesto que venía a decir, «Haz lo que quieras. Pierde el tiempo. Yo seguiré trabajando para encontrar al asesino».

—Y usted vendrá conmigo Fenollosa.

El sargento no protestó en voz alta, el tono rojizo que adquirió su cara habló por él. Ángela se permitió la licencia de esbozar una pequeña sonrisa. Henry miró hacia otro lado y la cabo Ayerbe comenzó a buscar algo con mucho interés en el ordenador.

—¿Sabe que significan estos números? —continuó la teniente a la vez que ponía sobre la mesa la tarjeta de vistita que le había proporcionado Miguel Rocamora.

Zhao Mu (2017001431)

Todos miraron la tarjeta.

—Es el número de preso de Zhao Mu. Un número que casualmente coincide con las cifras que Carbajosa había apuntado en lápiz en la única lámina que tenía colgada en su despacho.

Ángela sacó la fotografía impresa con el detalle de la lámina y la puso junto a la tarjeta. Sus tres compañeros certificaron la coincidencia.

—¡Rediós! —exclamó Belén—. Eso significa que Carbajosa también conocía al tal Zhao.

—Efectivamente, y no solo eso; según he podido averiguar, lo visitó en prisión hace poco más de medio año.

—Al menos la visita a El Dueso no será un castigo —musitó Fenollosa.

Capítulo 15

El Dueso

La muerte de Marat
Jacques-Louis David

Hoy no he soñado. Ni con el niño de la bicicleta ni con el pájaro azul.

***

La zona de visitas de la prisión es un lugar poco discreto, imagino que por eso los guardias del centro penitenciario organizaron mi encuentro con la teniente Souza y Fenollosa en una sala privada. Se trataba de un despacho triste, sin ventanas, con moqueta plástica color gris y paredes a juego. El escaso mobiliario de la sala de reuniones, que a mí me parecía más bien una sala para interrogatorios, consistía en una mesa de melamina rodeada por cuatro sillas de aluminio. La luz era blanca, abundante, molesta a los ojos.

Cuando entré allí, la teniente Souza y el sargento Fenollosa me estaban esperando acompañados por el Pinganillo, un *jicho*, funcionario de prisiones para los que no manejan el argot carcelario. Tenía fama de ser los oídos del director en las zonas comunes, de ahí el mote. Era la primera vez que los veía y por sus caras de hastío me imaginé que debían llevar un rato largo esperando. *Mea culpa*, no me había dado mucha prisa por acudir a la llamada de los guardias.

Fenollosa era un tipo gris con piel lechosa que apestaba a una mezcla de tabaco y *after shave* barato. Tenía cara de amargado.

La teniente Souza, por su parte, era menuda y de cuerpo atlético. Su pelo era de color caoba y tenía el mentón anguloso, los ojos claros y las cejas pobladas. No era el canon de belleza de una mujer, pero tenía algo que la hacía atractiva. No dejó de observarme ni un solo segundo. Me dio la sensación de que era capaz de adivinar mis pensamientos. Tiempo después supe que lo hacía, que cada vez que veía a una persona por primera vez jugaba a hacerse una composición mental de cómo era. Luego lo apuntaba en una libretita que llevaba siempre con ella. Una Moleskine de color negro. Esto es lo que apuntó sobre mí:

> Zhao Mu. Asiático, más concretamente chino. Sesenta y pico años. Rostro despejado y nariz gruesa. A primera vista recuerda a Xi Jinping solo que más flaco, más bajito y con canas. Un hombre sencillo por fuera, al menos en su modo de vestir y moverse, y firme por dentro; se puede leer la convicción en su rostro. Pese a estar preso es fácil adivinar que vive en armonía consigo mismo, las arrugas de la felicidad son difíciles de ocultar. No se arrepiente del delito que ha cometido y asume el precio que tiene que pagar. Consumidor de té, las manchas en sus dientes son inconfundibles. Pinta: los imperceptibles restos de pintura en sus dedos le delatan.

Cuando lo leí, tiempo después, me quedé sin palabras. ¿Xi Jinping? ¿En serio que me parecía al entonces presidente de China? Yo creo que no. En lo demás, dio en el clavo como si me conociera de toda la vida.

Sin pronunciar palabra, no era de los que hablaban mucho, el *jicho* me quitó las esposas y se retiró a una esquina de la sala.

—Tienen treinta minutos —dijo. A mí me quedaba un poco más allí dentro, casi un año.

—Señor Mu, estamos investigando el asesinato de Beltrán Carbajosa —comenzó Ángela—. Sabemos que lo visitó a principios de marzo. Cualquier cosa que le dijera puede ser relevante para la investigación, por ese motivo nos gustaría que nos contara todo lo que recuerde de aquel día. Sobre qué hablaron.

No tenían una orden del juez para hacer un interrogatorio oficial, si no, me habrían informado, por lo que nada de lo que les dijera tendría validez en un juicio. Debían de estar muy desesperados. Daba igual, de todos modos, no tenía nada que ocultar, así que me desnudé delante de aquellos guardias. No literalmente, claro. Soy un poco vergonzoso para eso.

—Hacía mucho tiempo que no veía a Carbajosa. Años... No me lo dijo, pero creo que vino a despedirse.

Supongo que les sorprendió lo bien que hablo castellano. La gente aún se sorprende, como si todos los chinos tuviéramos que pronunciar la letra erre como si fuera la ele o hablar como los indios. Hablo perfectamente el español, al igual que el chino y el inglés, lengua esta última que, por cierto, los españoles hablan tan bien como ellos piensan que los chinos hablan el español.

—¿Despedirse? ¿Cree que temía por su vida? —intervino Fenollosa—. ¿Que corría peligro?

—Estaba enfermo. Sabía que iba a morir.

¿En serio que aquel hombre gris era guardia civil? Si estaban investigándolo, debían conocer la enfermedad de mi amigo.

—Pero no falleció de muerte natural —intervino de nuevo el sargento. Su voz sonaba agresiva, como si le disgustara hablar conmigo.

—No creo que ser asesinado entrara en sus planes —respondí con un sutil tono de retintín—. Como le he dicho, habían transcurrido muchos años desde nuestro último encuentro. Más de una década. Me sorprendió tanto la visita de Beltrán como la suya, por eso creo que vino a despedirse. Estaba muy abatido, más que por su enfermedad, la cual aceptaba como acepto yo mi condena, por haber dejado que el tiempo y la distancia hubiera corroído nuestra amistad.

»Hablamos de nuestras vidas. De cuando llegué a España. De cuando los dos pintábamos. De los buenos tiempos. Durante una época de nuestras vidas fuimos uña y carne, aunque de eso ya hace mucho tiempo. Creo que en realidad vino para intentar avivar esa amistad, aunque ya era demasiado tarde. La vida se le escapaba de las manos... Luego se fue y supe que no iba a volver a verlo nunca más.

—¿Qué pasó entre ustedes? ¿Por qué se alejaron? —me preguntó la teniente Souza con voz amable.

Sí. Prefería hablar con ella. Mucho mejor.

—Es difícil de explicar... —Entorné los ojos. Siempre lo hago cuando recuerdo un tiempo que queda lejano en mi memoria—. Llegué a España en el 81, poco antes del intento de golpe de Estado. Por aquella época, en plena transición, todo bullía. Todas las disciplinas artísticas vivían algo que no se ha repetido. Había una perenne explosión de creatividad, de libertad, de transgresión. Daba igual si eras buen artista o no: si querías serlo, ese era el sitio en el que había que estar. A mí me pilló por casualidad, no tenía ni idea de lo que estaba sucediendo aquí hasta que aterricé en Madrid. De inmediato me di cuenta de la fortuna que había tenido al coger aquel avión.

»A pesar de no saber ni una palabra de español, comencé a frecuentar los círculos artísticos y fue entonces cuando conocí a Beltrán. Al principio solo éramos dos artistas que se respetaban. Cada uno admiraba el trabajo del otro, aunque nuestros estilos eran diferentes. Beltrán se dedicaba al expresionismo abstracto, que tuvo un efecto tardío en España, mientras que yo experimentaba en el realismo social. Vivimos una época muy bonita, muy creativa..., pero a finales de los ochenta todo cambió.

»Beltrán pronto comenzó a destacar. Sus trabajos tenían algo diferente. Jugaba con las texturas y los colores de manera magistral. Su forma de aplicarlos sobre el lienzo era muy especial. Hay quien no entendía su arte, quien lo tachaba de grotesco, pero éramos muchos los que veíamos genialidad en su capacidad de transmitir sensaciones a partir de un caos de color. Los cuadros de Beltrán eran intimidad, desasosiego, música para los ojos. Era arriesgado y fresco, pero tenía un problema: carecía de proyección. Al cabo de un tiempo sus piezas comenzaron a parecer copias de sí mismas y su magia se convirtió en tedio. Quizá piensen que no esté bien por mi parte criticarlo ahora que no se pueda defender, pero no me siento mal por ello. A él se lo dije en innumerables ocasiones: las buenas ideas no te hacen un buen pintor, hay que cuidar la técnica, trabajar duro, evolucionar… Luego nuestros caminos se separaron. Comenzamos a frecuentar círculos diferentes y la relación poco a poco se fue enfriando.

—Entiendo que a usted no le fue tan bien.

Las preguntas de la teniente Souza mostraban un interés sincero.

—Acierta usted. No, no me fue tan bien. Al contrario que Beltrán yo era un obseso de la técnica. Trabajaba día y noche por perfeccionarla. ¡Ja! Ustedes siempre dicen que los chinos trabajamos mucho. Lo ven como algo peligroso, pero para nosotros es una necesidad. El problema es que en el arte, para triunfar, no solo basta con tener tesón, hay que tener imaginación y yo nunca he ido sobrado de ella. Al principio me frustró, pero el tiempo me ha hecho asumir cuál es mi rol en este mundo.

»En fin, mi dominio de la técnica era tal que pronto fui capaz de replicar cualquier cosa que me pusieran delante. Así que me dediqué a explotar lo que mejor sabía hacer. Al principio dando clases, enseñando a otra gente a pintar. Pero eso no era suficiente para vivir como quería, así que también empecé a copiar cuadros.

—Y terminó aquí…

—Exactamente. La primera condena fue de cuatro años por copiar un Ferrándiz. La segunda seis, por reincidente. Esa vez fue un Blake. Era una pieza compleja, con gran nivel de detalle.

—¿Sabe por qué Carbajosa dejó de pintar? —interrumpió Fenollosa. Parecía que al sargento no le importaba tanto mi vida.

—Su pintura pasó de moda… Dejó de gustar y, como le he dicho, no tenía recursos para hacer otra cosa. A todos nos sorprendió que no se reinventara. Es curioso, ¿no?, que tratándose de una persona tan creativa de pronto su imaginación se secara como un árbol sin savia.

Por los leves signos de afirmación, ellos debían de pensar lo mismo.

—¿Usted trabajó también para Lorenzo Castro? —La teniente volvió a coger el testigo.

—No. Nunca he trabajado con él, aunque lo conozco. Todo el mundo lo conoce.

—Me da la impresión de que no es santo de su devoción.

Sonreí. ¿Tanto se me notaba? Había hecho un esfuerzo por ocultar la antipatía que le tenía a ese hombre, sin embargo la teniente Souza se dio cuenta de inmediato de que Castro no era precisamente «mi mejor amigo». Fue la primera vez que me percaté de que aquella mujer tenía un don. Un don para leer el alma.

Se hizo un momento de silencio. El Pinganillo miró el reloj. Según mis cálculos habían pasado diez minutos. Era el momento de formular mi pregunta, algo que llevaba esperando desde que había irrumpido en la habitación.

—He leído en la prensa lo del cuadro. ¿Hay alguna posibilidad…?

—¿… de darle un vistazo? —se anticipó Ángela.

La teniente Souza miró a Fenollosa y este negó ligeramente con la cabeza, pero ella, ignorando su negativa, sacó de su mochila una funda de plástico con la imagen de un cuadro y la puso sobre la mesa.

La cogí entre las manos y en ese instante mi vida cambió.

La pintura que tenía ante mí era una obra de arte magistral. Se notaba a primera vista pese a ser una fotografía. Era de un realismo asombroso, con destellos de luz propios del neoclasicismo y sublime en la calidad de los detalles. Se veía clásica y actual al mismo tiempo. Todo estaba elaborado con una tremenda sutileza, pero si había algo que sobresalía era el rostro de Carbajosa. Su expresión, sus ojos… Era como si lo tuviera delante de mí en su último estertor. Me estremecí. Sentí la muerte cerca, recorriendo las venas de óleo y tela en la imagen que tenía frente a mí. Abandonándola y penetrándome a través de las retinas, de las fosas nasales, de los poros. Corroyéndome por dentro con una profunda sensación de pesar. De tristeza. Como si esa muerte fuera también el final de una parte de mi ser. Me sentí parte de ese cuadro. Experimenté en persona el dolor de mi amigo, pero también me sentí afortunado. Afortunado por poder volver a respirar ese arte perfecto. Afortunado por volver a ver una obra del mejor artista que ha existido en todos los tiempos. Afortunado por volver a estar frente a una obra de Marat.

Hay un dicho popular que reza que la cara es el espejo del alma. Para la teniente Souza aquello, más que un dicho, era una religión. Creo que supo exactamente cómo me sentía.

—No es la primera vez que ve un cuadro de Marat, ¿verdad?

El sargento Fenollosa se removió en su silla, inquieto. El funcionario de prisiones bostezó y volvió a mirar el reloj.

—No sabe cuántas noches he soñado con volver a ver una obra suya.

Retiré los ojos de la imagen y la volví a depositar sobre la mesa.

—¿Quién es?

—¿Marat? Nadie lo sabe… Es un fantasma, un misterio, una leyenda… Hay un cuadro, *La muerte de Marat*, de Jacques-Louis David. Está en los Museos Reales de Bellas Artes de Bélgica. Representa la muerte del líder revolucionario Jean Paul Marat durante el reinado del Terror de la Revolución francesa.

Ángela me invitó a continuar.

—Imagino que ya conocen la historia: Marat fue asesinado mientras trabajaba en su bañera por una mujer llamada Charlotte Corday. Corday era girondina y consideraba al político jacobino como una bestia, un cáncer para el país. Un 13 de julio entró en casa de Marat para facilitarle un listado de traidores a la patria que debían ser ejecutados en la guillotina, una fea costumbre que tenían los franceses por aquellos tiempos, pero solo era una excusa para matarlo. Al final fue ella quien lo ejecutó a él con un cuchillo que había escondido entre su ropa.

»El cuadro esconde muchos secretos, ya que David, el autor, era íntimo amigo de Marat y quiso hacer de la pintura un homenaje. Para empezar, el pintor visitó al político la víspera del asesinato y recordaba tan bien el mobiliario de la habitación que pudo reflejarlo de memoria. Algo que, por lo que he entendido, pudo también suceder en el caso de Carbajosa. En el momento en el que se produjo el asesinato, había mucha gente en la habitación; de hecho la detención de Corday fue inmediata y la herida fue bastante escandalosa. Sin embargo, en la pintura, a pesar de ser muy realista, apenas hay sangre. Es como en los cuadros de Jesucristo, se minimiza la sangre para magnificar al héroe. Como en la pieza de Carbajosa, en la que también se ha limpiado. Los críticos lo llaman una «terrible bella mentira». Pero lo más curioso es el papel que aparece en la mano de Marat, en ella hay una carta en la que la propia Corday se condena a sí misma. Seguramente es el mejor retrato de la muerte que hay colgado en las paredes de un museo.

»Al final de la transición, en algunos círculos artísticos se rumoreaba que había una corriente de pintores que sentía tanto fervor por esa obra que buscaban superar al maestro, pintar la muerte de una manera tan real que trascendiera al propio lienzo. Que contagiara el dolor y la aflicción. Solo uno lo consiguió. Se hacía llamar Marat, como el personaje de la obra.

»Yo al principio pensé que era una quimera. Una invención de algún artista por hacerse notar. Si buscan sus cuadros, nunca los podrán encontrar. No están en los museos, ni en las galerías, ni en ningún registro o base de datos. Los que existen, si los hay, están colgados en los despachos más inaccesibles de las personas más poderosas, en cajas de seguridad, en paredes que no se pueden ver… Porque, para que el último suspiro de una persona se transforme en óleo, hace falta que la muerte sea real. Detrás de cada cuadro hay un asesinato, y hay que pagar por la pieza, sí, pero también por la culpa que este guarda.

—Sin embargo, usted ha dicho que ya había visto antes un cuadro suyo —interrumpió Fenollosa.

—Así es. Fue hace ya casi treinta años. Un encargo extraño. Me pidieron que falsificara una pintura. Era el cuadro de una mujer muerta. No debía preguntar nada, solo copiarlo. Para ello debía acudir todos los días a un local, una antigua galería de arte que ahora es una tienda de una cadena de supermercados. La pieza no podía salir de allí y tampoco la podía tocar. Me dijeron que me pagarían muy bien, pero solo tenía dos semanas para hacer el trabajo.

»La primera vez que vi el cuadro, me quedé maravillado. Lo firmaba Marat. La sensación que experimenté al ver el rostro de aquella mujer fue la misma que he sentido hoy. Solo que por aquel entonces era más joven y sentimental. Les juro que hasta se me escaparon unas lágrimas.

—¿Cómo era el cuadro? —Ángela me formuló la pregunta con afecto, como si supiera exactamente cómo me sentía. En aquel momento supe que nuestra relación trascendería más allá de la aventura que estábamos a punto de comenzar tras los pasos de Marat.

—Era un cuadro de una muerte triste. Una mujer de la calle flotando en una acequia. Más bien era como una cloaca, un sitio lúgubre y oscuro. Aun así, me llamó la atención porque en las paredes, pintadas con grafitis, había flores de varios colores. Era como si se tratara de un entierro. La mujer estaba tumbada hacia arriba, con la boca abierta, y en la mano derecha sujetaba una rosa roja. Tenía una marca púrpura en el cuello, la habían estrangulado.

Me detuve un momento rememorando la imagen. Aún tenía pesadillas de vez en cuando con aquella mujer.

—Hay algo más… Recuerdo sus ojos, los tenía abiertos. La mirada era una mezcla de paz y miedo. Paz por encontrar por fin un refugio a una vida llena de culpa y miedo a que los suyos conocieran su pecado.

Los cuatro quedamos en silencio. Hasta el Pinganillo me miraba con otros ojos. Ángela cogió la fotografía y la metió de nuevo en la mochila. Fue ella la que retomó la conversación unos segundos más tarde.

—¿Para quién lo copió?

—No lo sé. Ha pasado mucho tiempo… Ni siquiera recuerdo quién me hizo el encargo. Solo sé que no lo pude terminar. No pude copiar el cuadro. Fue por aquel entonces cuando descubrí que, por muy buen falsificador que fuera, tenía un límite. También supe que ese límite, tarde o temprano, haría que me pillaran. Que acabaría entre rejas.

—¿Cómo puede ser que no recuerde quién le encargó copiar un cuadro que le ha marcado tanto? —preguntó Fenollosa golpeando la mesa con el dedo índice.

La teniente asintió apoyando a su compañero. Ella tampoco me creía.

—Da igual si lo recuerdo o no. La cuestión es que ahora está muerto.

—Beltrán… —sentenció Souza.

Asentí. Me levanté de la silla y le hice una señal al Pinganillo, que hacía tiempo que no miraba el reloj pese a que la hora ya había pasado.

—Gracias a él supe que Marat existía. Y esto es todo lo que les puedo decir. Al menos por el momento...

—¿Cómo que por el momento? —Ángela también se levantó.

Estaba claro que me necesitaban, pero yo también quería algo a cambio. Soy un falsificador, ¡por Dios!, no un asesino. Mi único delito había sido pintar la obra de otro. ¿Cuánta gente ve películas sin pagar, copia música que no ha comprado, se descarga libros que no tiene tiempo ni de leer? ¿En qué se diferenciaba mi delito del suyo? ¿En que yo ganaba más? También trabajaba más. Había pasado más tiempo entre rejas del que me merecía y todavía me faltan meses para salir. Si querían que los ayudara, tenían que pagar por ello. Llevaba años deseando volver a seguir la pista de Marat y por fin había llegado la ocasión. Era él quien debía estar en prisión y no yo.

Jugué mis cartas.

—Sinceramente, resulta difícil ayudarles desde aquí. Sin más información, sin poder ver la pintura... Yo podría trabajar con ustedes para averiguar qué hay tras los códigos que ha dejado el asesino en sus cuadros. La crucifixión de Beltrán, al igual que las flores en la pieza de la mujer estrangulada... No es casual, es una pista, como la carta que sostenía el auténtico Marat en el cuadro de David. Son detalles que esconden un motivo, una razón por la que esas personas han muerto. Si quieren contar conmigo, tendrán que sacarme de aquí.

Aquello no se lo esperaban.

—Dudo que encuentren a otra persona que haya visto antes la obra de Marat. Y, si él ha vuelto, pueden estar seguros de que volverá a matar.

***

Uno de los defectos de Ángela era su tremenda impaciencia cuando llegaba la hora de comer. Era algo que no podía remediar.

La falta de glucosa afectaba a su capacidad de razonar, devastaba su empatía y la transformaba en un ser huraño. Como el doctor Jekyll y Mr. Hyde, como el increíble Hulk, la teniente Souza tenía un botón que no se podía pulsar, el del hambre. Y, cuando salieron del centro penitenciario, eran casi las tres de la tarde y ese botón estaba al límite. El sargento Fenollosa no estaba por la labor de almorzar con su compañera, cosa que esta agradeció en silencio. Así que la teniente aprovechó la ocasión para acercarse al puerto de Santoña, quizá el mejor lugar del mundo para degustar unas buenas anchoas, y buscar un sitio donde comer. Le hubiera gustado hacerlo al sol en una terraza, pero, tras la breve tregua que les había dado el viento del sur, había vuelto el gallego, y con él la lluvia, por lo que no le quedó más opción que refugiarse en el primer bar que encontró. Era un sitio sin *glamour*, de esos con mesas de metal y mantel de hule a cuadros, donde el camarero canta los platos sin necesidad de que estén escritos en ningún lado; de esos en los que todo es bueno y barato pero no bonito. Se dejó aconsejar. Pidió unas anchoas y marmita. De beber, vino de la casa. Todo exquisito, no le defraudó. Disfrutó tanto de la comida que solo cuando acabó el café y la quesada, un capricho que había descubierto en aquella tierra y al cual no se podía resistir, se acordó del teléfono móvil que estaba silenciado en el fondo de la mochila.

Tenía cuatro llamadas perdidas de Darío.

Hacía dos días que no hablaban. Dos días en los que no había pensado en él ni una sola vez. Se sintió culpable. Tenía mucho trabajo, el caso se estaba complicando, la relación con Fenollosa era un quebradero de cabeza…: todo eran excusas. Excusas que podía emplear frente a él pero que no le servían a ella. Había terminado su café, tenía algo de tiempo antes de volver a la comandancia, pero, aun así, sus dedos paseaban por la superficie del teléfono móvil sin decidirse a pulsar el icono verde con forma de teléfono. ¿Lo quería? Tuvo que meditar la respuesta. Sí, lo quería. El problema era cómo lo quería.

El teléfono sonó y disolvió sus divagaciones. No, no era él de nuevo. Su dignidad tenía ese límite de cuatro llamadas que permanecían presas en su teléfono. Era la jueza Elvira del Real.

—Buenas tardes, querida, ¿qué tal por Santoña?

¿Cómo diablos podía haberse enterado tan rápido? Daba igual, desde su llegada a Cantabria tenía claro que sus movimientos pasaban por todo menos por desapercibidos.

—Fenollosa y yo —quería dejarle claro que «trabajaban en equipo», aunque seguro que ya lo sabría— hemos tenido una reunión muy interesante esta mañana con un preso llamado Zhao Mu. Por la información que nos ha dado, podemos pensar que la persona a la que estamos buscando no es la primera vez que actúa...

—¿Cómo?

—Según nos ha dicho Zhao, hubo al menos un asesinato más que responde al mismo *modus operandi* que en el caso Carbajosa. Obviamente, tenemos que comprobarlo...; fue hace muchos años. Lo único que sabemos a ciencia cierta es que Zhao y Carbajosa lo sabían y que, poco antes de su muerte, el primero habló con el segundo.

Ángela trasladó a la jueza lo más relevante del interrogatorio y la informó de que ya había llamado a un compañero suyo en Madrid para que buscara toda la información disponible relativa al caso de la joven asesinada. Era mentira, pero lo iba a hacer. Su siguiente llamada sería a Argüelles. Si había alguien en quien podía confiar la teniente era en él, su mano derecha.

Con cautela, también le insinuó la posibilidad que les había propuesto: una reducción de condena a cambio de colaborar en el caso. No era propio de una investigadora de su nivel plantear algo así, pero lo hizo. Por primera vez en toda la investigación habían dado con alguien capaz de echar algo de luz sobre el caso y, más importante aún, su sexto sentido le decía que era lo que debía hacer. Si lo que les había contado era cierto, la visita a El Dueso había sido más efectiva que las dos semanas de infructuosa búsqueda de pistas que llevaban.

—Ese hombre sabe más cosas de las que nos ha contado. Lo he oído de sus labios, pero también lo he visto en sus ojos.

—Verificad la información y a partir de ahí hablaremos...

Era una buena noticia, no porque no diera carpetazo a la posibilidad, sino porque ratificaba su confianza en Ángela.

—De todos modos, querida, le llamaba por otro asunto…

El tono en el que pronunció la palabra «asunto» no auguraba buenas noticias.

—No puedo autorizar el registro de las cuentas de Lorenzo Castro.

Antes siquiera de que Souza pudiera protestar, la jueza continuó.

—No tenemos ninguna prueba que implique a Castro. Una discusión no es motivo suficiente para pedir una auditoría de sus cuentas desde… ¿cuándo? ¿Los últimos treinta años? Ni siquiera está obligado a mantenerlas por ley. Es imposible.

—De acuerdo, doña Elvira —dijo resignada. Sabía que la justificación de la jueza era inapelable. Era obvio que con la auditoría no podrían remontarse tanto tiempo atrás, pero el solo hecho de llevarla a cabo podría servir para hostigar al marchante y ver si había algún movimiento extraño a través del cual se le pudiera vincular con Carbajosa—. La mantendré al corriente de los avances en la investigación.

Ángela colgó. Fuera la lluvia se había cogido. El sirimiri con el que había amanecido el día había dado paso a un torrente de agua orquestado con rayos y truenos. No podía coger la moto, no le quedaba más opción que esperar. Pidió un segundo café y un nuevo trozo de quesada y trasladó la investigación a su teléfono móvil.

Tecleó el nombre de Lorenzo Castro. Unas cuantas entradas le valieron para confirmar que no había evento social en Cantabria donde no estuviera el empresario. Una página la llevó a otra y, al final, por casualidad, acabó enterándose de que esa misma semana inauguraba una nueva exposición de pintura en el Centro Botín. Aquella era la ocasión ideal para hacerle una visita sorpresa.

En cuanto amainó un poco, Ángela pagó la cuenta y se marchó del restaurante en dirección al aparcamiento donde tenía la moto. Tenía previsto llamar a Darío de camino, se lo debía, pero al final llamó a Argüelles. Necesitaba que le buscara información sobre un asesinato: una mujer que había sido estrangulada y cuyo cuerpo apareció en una alcantarilla o un lugar parecido. Hacía mucho tiempo, unos treinta años. No le podía dar más pistas.

Estaba tan concentrada hablando con su compañero que no se dio cuenta de que detrás de ella, a unos cincuenta metros de distancia, un hombre con traje oscuro la seguía. Estaba empapado, el aguacero lo había pillado por sorpresa, aun así, no se había refugiado para no perderla de vista. Llevaba una mochila al hombro y la cabeza cubierta por una gorra. No tenía nada de particular, tan solo una pequeña cojera al andar.

CAPÍTULO 16

EL PRELUDIO DE LA MUERTE

Lamentación sobre Cristo muerto
ANDREA MANTEGNA

Rasgó el envoltorio, extrajo la mochila y la puso sobre la cama. Era negra, de deporte, bastante compacta. Un compartimento principal amplio para meter las herramientas y un par de bolsillos laterales para los accesorios. La había comprado esa misma tarde en un centro comercial que había cerca del aeropuerto. En metálico, como siempre. Luego repasó la lista mentalmente. No faltaba nada.

Había extendido sobre el colchón un plástico de esos que sirven para proteger los muebles de la pintura y a continuación había ido colocando encima todo lo que necesitaba. Las cosas grandes a un lado, las pequeñas en otro y la ropa al fondo, sobre la almohada. Lo más importante lo había dejado en el centro: un tubo de plástico que albergaba en su interior un lienzo del número 40, de un metro por ochenta y un centímetros. Todo estaba perfectamente envuelto, perfectamente aséptico. Era importante que fuera así. La pulcritud y la meticulosidad eran dos cualidades fundamentales en el oficio de matar. No esperaba perder nada durante la operación, nunca lo había hecho, pero sabía que, si algún día cometía un desliz, tenía que poner las cosas difíciles. Era su cortafuegos. La Guardia Civil contaba con buenos profesionales y técnicas muy avanzadas, y cualquier desliz, cualquier rastro que dejara, era como introducir una bala en el cargador y ponerse a jugar a la ruleta rusa. Cuantas más pistas, más fácil es que te descubran.

Lo había comprado todo en diferentes locales, normalmente grandes almacenes. En días diferentes, en horas diferentes, con ropa diferente. Había arrancado las etiquetas y eliminado con esmero cualquier referencia que pudiera servir para identificar el lote del producto. Había limpiado las herramientas con una bayeta y un producto de limpieza de los que se puede encontrar en cualquier droguería. Alicates, cable de acero, bridas, dos cuchillos bien afilados, un montón de barritas energéticas, pintura... Todo había sido cuidadosamente repasado.

Miró por la ventana. Seguía lloviendo. Iban ya ¿cuatro, cinco días? Es lo que tenía el norte. Por eso estaba todo tan verde, por eso destilaba vida.

La calle estaba desierta. El único vestigio de vida humana era el empleado de la tienda de chinos que había al final de la vía que, acodado con desgana en la puerta, fumaba un cigarrillo. No recordaba haber visto entrar a nadie en aquella tienda. Un mal sitio para un negocio..., a no ser que tu negocio funcione precisamente por estar en un mal sitio. Por eso había alquilado ese piso, un tercero con dos habitaciones y baño, de origen. Un piso de mierda en un pueblo de mierda. Uno de esos pueblos de las afueras en los que nadie quiere vivir. Nadie le buscaría allí. Lo había alquilado con nombre falso, cosa que al casero parecía no importarle, sobre todo cuando le pagó tres meses por adelantado en billetes de cincuenta euros. Los muebles y la decoración era otra de las cosas que al casero tampoco parecía importarle. Dios, qué ganas tenía de volver a casa.

Volvió la vista a la cama. ¿Serían suficientes barritas energéticas? Sin quitarse los guantes de nitrilo, fue metiendo cada elemento en la mochila siguiendo un estricto orden. No era cuestión de perder el tiempo luego rebuscando en el interior de la bolsa. Cuando lo tuvo todo preparado, metió la mochila en una bolsa de basura grande. Hizo lo mismo con la ropa. Negra, cómoda, casi toda comprada en Carrefour, Decathlon y tiendas por el estilo, siguiendo las mismas reglas.

Todo estaba preparado. Pronto volvería a matar.

Tuvo un escalofrío. No era de miedo, tampoco de emoción. Era producto de una sensación que resultaba difícil de explicar a quien no la ha experimentado. Matar a una persona no era como ir a dar un paseo por el centro o a tomarse unos huevos fritos. La mayoría de la gente corriente, la que nunca ha matado, tiende a pensar que, antes de actuar, un asesino está tranquilo y si no lo está es porque le produce cierta excitación el hecho de quitar una vida, de ostentar el poder de la justicia divina. En verdad no es así. Un asesino antes de matar solo piensa en el motivo por el que lo hace. Justifica sus actos.

No era la primera vez que mataba y seguramente tampoco sería la última. La muerte solo era un instrumento. Un instrumento a su servicio para alcanzar un objetivo mayor. Siempre lo era... ¿O no? ¿Acaso el soldado que mata en una batalla no lo hace por ganar la guerra? Siempre hay un porqué: una creencia, un orgullo, un despecho, lujuria... Incluso los locos encuentran la paz o el tormento que andan buscando cuando quitan una vida. Su motivo no era menos importante que esos.

Pero ahora tocaba descansar. Le dolía la pierna. Aquella maldita humedad era un martirio.

***

El representante de la compañía Nature Crafts Ltd. era un tipo de cara ancha y pelo desordenado. Vestía traje de chaqueta barato, demasiado holgado, y llevaba un maletín de cuero que recordaba a los comerciales del siglo pasado. Estaba en Bilbao por puro azar, una oportunidad que no podían desperdiciar, así que la teniente Souza organizó una reunión entre él y Henry en una cafetería del centro comercial Zubiarte, cerca del Guggenheim. Al ser un día entre semana no había mucha gente y sonaba de fondo música de *jazz* remezclada. Menos mal que Ángela no estaba allí. Era muy purista con el *jazz*. Se le romperían los tímpanos.

Henry y el comercial se instalaron en una de las mesas más alejadas del bullicio y pidieron un par de cafés.

—Vendemos a mucha gente en Europa. —A pesar de su marcado acento escocés, su español era bueno—. Normalmente a mayoristas, pero en España no tenemos distribución. Es casi imposible saber quién compró esos pinceles. Alguna vez hemos recibido un pedido directamente en nuestras oficinas. No es nuestro negocio, pero, si el pintor es bueno, nos viene bien para promocionarnos...

—Según nos informaron sus compañeros de la central, en los últimos meses Rocamora es el único artista español que les ha hecho este tipo de pedidos...

—Si se lo han dicho, así será. De todos modos eso no quita para que cualquiera pueda comprar nuestros productos de forma anónima en múltiples tiendas y centros comerciales de Francia, Alemania o el Reino Unido. Sin ir más lejos, en Harrods.

Henry asintió. Aquel era un callejón sin salida. La pista del pelo de marta atrapado en el cuadro de Carbajosa no los llevaría a ningún lado. Siempre les quedaría la duda de si realmente fue un accidente o si el que lo hizo, tal y como sospechaba Ángela, tenía la intención de implicar a Miguel Rocamora. Las instrucciones de su jefa al respecto habían sido claras: si no podemos avanzar por esa vía, la dejaremos aparcada.

Tras un rato más de conversación infructuosa, los dos hombres se despidieron y Ordóñez volvió a su casa. Durante la hora y pico que duró el trayecto no pudo dejar de darle vueltas a todo el asunto de los cuadros, Marat y lo que le había sucedido un par de noches atrás.

Fue poco antes de acostarse, cuando su madre ya dormía. Bajó al sótano y rebuscó entre los trastos que había almacenados en el baúl en el que conservaban los recuerdos de su padre. Siempre le dolía hurgar entre sus cosas. A pesar de que habían pasado ya cuatro años desde que aquella maldita enfermedad se lo había llevado por delante, su recuerdo en casa todavía estaba muy vivo. Por eso lo hacía cuando su madre dormía: para que ella no sufriera. Sacó la caja de pinturas y la abrió. Le habría gustado usarla, pintar como todos esos virtuosos del pincel a los que perseguía en sus estudios y ahora en el trabajo. Ser capaz de emocionar con una imagen. Crear personajes ficticios que vivieran para siempre. Luego la cerró... El problema era que no sabía por e empezar.

***

La visita de la teniente Souza causó un efecto inesperado en mi tranquila existencia. Removió mi espíritu y me hizo sentir la necesidad de salir de El Dueso.

Mentiría si dijera que me gusta estar en prisión, todo el mundo quiere ser libre, pero esta necesidad varía en función de cada individuo. Por ejemplo, no es lo mismo estar encerrado en un centro penitenciario mientras tus hijos se hacen mayores y se olvidan de ti, que si sabes que la has cagado de tal manera que, en cuanto pongas un pie en la calle, unos tipos de Europa del Este van a jugar al fútbol con tu cabeza. Mi caso no era ni el primero ni el segundo. Soy una de esas personas que tienen claro cuál es su objetivo en la vida y, para mí, avanzar hacia ese objetivo es lo más importante. Mi existencia sin mi objetivo no es nada, no significa nada. Cada paso que doy hacia él es una recompensa tan grande que me hace olvidar todo lo superficial, hasta la privación de la libertad. No pido que me entiendan porque esto solo es comprensible por unos pocos, por aquellos que, como yo, saben que viven por y para conseguir una meta.

En una ocasión alguien me preguntó qué misión puede ser tan importante como para sacrificar una vida entera... La respuesta es infinita: ¿no sacrifica un padre su vida por la de sus hijos?, ¿no sacrifica un soldado su vida por un ideal?, ¿un cura por su fe? La prioridad de mi vida es pintar, reflejar el mundo tal como lo percibo. Simple y llanamente. Puede que a muchos les parezca una nimiedad, algo por lo que no vale la pena pagar un precio tan caro como la libertad, pero, para mí, el poder transformar pigmentos en belleza, en sentimiento, me parece algo tan mágico que da sentido a mi vida.

Muchos de mis compañeros encontraban en las paredes del centro penitenciario un muro que oprimía su vida y sus anhelos;

sin embargo, para mí, El Dueso no era más que un lugar en el que podía seguir pintando. No era el lugar que hubiera elegido voluntariamente para pasar los últimos cuatro años de mi vida, por supuesto, pero no me impedía disfrutar de mi pasión. No obstante, tras la visita de los guardias civiles, mi manera indulgente de ver la privación de libertad había cambiado radicalmente. El cuadro que me mostró Ángela, la evidencia del retorno de Marat, removió mis cimientos y despertó en mí la imperiosa necesidad de salir de allí. Aquel era el mejor pintor de todos los tiempos y yo necesitaba desenmascararlo. El primer encuentro con Marat me había dejado una profunda huella. El cuadro de aquella chica me había demostrado que era mucho menos de lo que yo me creía, que mi trabajo aún distaba mucho de la perfección. Ahora, tres décadas más tarde, el destino me brindaba una nueva oportunidad. Y, para ello, mi mejor aliada era Ángela Souza.

Una voz sonó al final del pasillo: «Abran celdas». Eran las cuatro y media, la hora del patio. Me levanté de la cama y me puse las zapatillas, unas deportivas de color negro que seguramente ya habrían pasado de moda. Tenía una hora para encontrar a la joven de las cloacas. Así es como había bautizado a la mujer del cuadro tras reavivar su imagen en la conversación con los dos guardias civiles. Había solicitado un permiso especial para poder emplear uno de los ordenadores de la biblioteca con la excusa de que necesitaba buscar información sobre un cuadro para las clases de pintura que impartía a otros presos. Tenía que ser puntual. El acceso a internet es un lujo que los internos no tenemos a no ser que sea para acceder a un curso reglado de Instituciones Penitenciarias. Solo en casos muy extraordinarios, vigilados siempre por un funcionario, podíamos conectarnos a esa autopista (comarcal en el caso de la prisión) que permite viajar libremente por allí donde la imaginación ni se atreve a llegar. Nervioso por la oportunidad que tenía ante mí, salí de la celda y me apresuré para llegar cuanto antes a la biblioteca.

El ordenador que me tocó era uno de esos cacharros que por modelo podrían formar parte de un museo sobre historia de la tecnología, pero que por estado de conservación no lo querría ni un chatarrero. El teclado, originariamente blanco, ahora era color hueso y el ratón estaba tan sucio que parecía una rata. Luego tendría que lavarme bien las manos. No tenía mucho tiempo para remilgos, había mucha información por recabar, así que abrí el explorador y me puse a teclear todas las cosas que me venían a la cabeza y podían ser significativas para encontrar un cuadro que se asemejara a la muchacha que había pintado años atrás. La alcantarilla, la joven, la rosa, las flores...

La pista me la había dado la teniente Souza al mostrarme la foto. Sabía, porque así lo decía la leyenda, que Marat pintaba la muerte y que solía incluir algún indicio sobre el motivo de esta en la propia obra. Así lo había hecho Jacques-Louis David, el gran maestro del neoclásico, en *La muerte de Marat*. Lo que Ángela no sabía era que el cuadro de Beltrán crucificado estaba inspirado en la *Lamentación sobre Cristo muerto*, una pieza pintada a finales del siglo XV por Andrea Mantegna y que había tenido la suerte de ver años atrás en la Pinacoteca de Brera, en Milán. La camisa blanca y vaporosa que llevaba puesta, los agujeros en sus manos, las lágrimas piadosas de su esposa... La de Carbajosa no era una reproducción fidedigna de la pintura de Mantegna, ni mucho menos, pero eran demasiados elementos comunes entre los dos cuadros para que pasaran desapercibidos a un especialista en arte. La falta de sangre en las heridas, el aura de heroísmo y redención de la crucifixión, los gestos, las posturas.

Los primeros intentos fueron infructuosos. Había una cantante de reguetón que se hacía llamar Cloaca y que me hizo perder bastante tiempo, pero poco a poco fui depurando la búsqueda hasta que por fin apareció lo que andaba buscando. Amplié la imagen. En ella, Ofelia, la amada de Hamlet, yacía en medio de un riachuelo con la boca y los ojos entreabiertos. El paisaje era mucho más bucólico que el de la alcantarilla que había representado Marat en su pintura, pero había bastantes similitudes:

las flores en la orilla y en la mano, el vestido, el color rojizo del pelo… Sin duda alguna el maestro de la muerte se había inspirado en la obra *Ofelia,* de John Everett Millais, un cuadro que ahora albergaba el museo Tate Britain de Londres.

No había leído la obra de Shakespeare y sigo sin haberlo hecho, pero me bastó una búsqueda rápida para enterarme de que Ofelia, la amada de Hamlet, murió al caer de un árbol al que había subido para coger una flor. Parecía obvio qué significaba la crucifixión de Beltrán Carbajosa: el sacrificio de un hombre por salvar a sus seguidores. Tras la muerte llegaba la resurrección. Marat emergía de sus cenizas tras casi tres décadas de olvido. ¿Cuál sería la flor por la que Ofelia, la joven de las cloacas, había pagado con su vida?

Apunté todos esos datos en una libreta poco antes de que el funcionario encargado de la biblioteca me indicara que mi tiempo ya había pasado. Detrás, un recluso con sobrepeso esperaba su turno. Me despedí dándole las gracias y luego bajé al patio.

Era miércoles y no había clases. Necesitaba pensar.

Capítulo 17

La exposición

Nighthawks
Edward Hopper

La noche era agradable. Noche clara de luna llena y brisa fresca, de rebeca. Parecía que el tiempo había decidido darse un respiro y dejar aparcada la incesante lluvia fina de los últimos días para regalar a los amantes del arte una plácida última noche del verano. Ángela lo agradeció. El único vestido que había metido en su maleta, un *midi* azabache con espalda al aire, no toleraba el frío, y comprarse uno para la ocasión no entraba en sus planes. Por culpa del vestido había tenido que olvidarse de la moto, así que había tomado un taxi desde la Maruca al Muelle Calderón. En su decisión de dejar aparcada la moto en detrimento del transporte público también habían influido los zapatos, esos instrumentos de tortura de diez centímetros de tacón de aguja que hacían que cada paso fuera un desafío a la gravedad.

Se veía extraña, como cada vez que se vestía de forma elegante. Darío, por poner solo el nombre de su última pareja, le decía que estaba preciosa, que con un poco de rímel, pintalabios y un traje bonito parecía otra persona. A Ángela a veces le molestaba el comentario. ¿Quería decir que si no se vestía para ir a la ópera o una boda no estaba guapa? Él se defendía. No era eso; se trataba simplemente de que, acostumbrado a verla con pantalones vaqueros, botas camperas y una funda de pistola escondida bajo la chaqueta de cuero, el verla tan femenina le causaba impresión. Le gustaba su Ángela, la inconformista, la de los ojos claros que escrutaban incesantemente a todo el que se pusiera a tiro, la que no sonreía, pero, si lo hacía, valía por dos. Eso sí, también le gustaba cuando se disfrazaba de princesa. Quizá fuera porque, desprovista de su coraza de hierro, la veía más vulnerable y él se sentía más protector. Así al menos lo interpretaba ella. No solo por sus miradas y su actitud primaria al ir en su compañía, esforzándose por mostrarla como un trofeo. Esa actitud estaba tan extendida a su alrededor que la indultaba por defecto. Lo veía cuando llegaban a casa y hacían el amor. Él era más apasionado, más lujurioso. Le apretaba las nalgas con más fuerza, jadeaba más y sus movimientos eran más rudos, menos monótonos... A ella eso le gustaba, aunque él se corriera antes.

Le gustaría que Darío la viera, que estuviera esperándola en el molino de mareas para cuando ella volviera, que la tomara de esa manera. Luego le mandaría una foto con el móvil. Algo provocativo. Un pequeño castigo por no haber venido a visitarla.

Horas antes había tenido dudas, ya que desconocía el código de vestimenta en la inauguración de una exposición de arte. Quizá su atuendo era demasiado elegante para la ocasión, pero, en cuanto bajó del taxi, se dio cuenta de que había acertado. Varios hombres de etiqueta y mujeres ataviadas con trajes que debían valer su sueldo anual se aproximaban conversando animosamente hacia la entrada principal, donde una gigantesca lona anunciaba la inauguración de la exposición promovida por Lorenzo Castro: «Pintores de nuestra tierra». Había tenido la oportunidad de ver el Centro Botín de lejos en un par de ocasiones que había pasado junto los jardines de Pereda, pero no se había detenido a contemplarlo. Era un edificio moderno compuesto por dos cuerpos aéreos de color blanco que se elevaban sobre columnas de distinto grosor y quedaban parcialmente suspendidos sobre el mar. Sus frentes acristalados, las pasarelas que recorrían los diferentes espacios y las suaves curvas de sus volúmenes le daban un aspecto vanguardista y elegante. El arquitecto que lo había diseñado, Renzo Piano, había sabido sacarle partido al entorno privilegiado donde la Fundación Botín había erigido aquel baluarte de la cultura. Era un lugar con clase, con magia.

Al fondo, tras el monumento, la luna llena brillaba sobre el mar como una inmensa bola color hueso. Le vino a la mente *Boy and Moon*, la ilustración de Hopper, esa escena surrealista en la que un niño se despierta y ve como su habitación se ha convertido en un lago sobre el que cae la luna. Sin ver el rostro del muchacho intuyes su sorpresa y su duda sobre si está despierto o está viviendo un sueño. Así se sentía Ángela mientras se acercaba del Centro Botín: aquel no era su mundo.

La teniente Souza se dirigió hacia la entrada con paso decidido. Al llegar allí, un guardia de seguridad que parecía un armario ropero enfundado en un traje de chaqueta le abrió la puerta sin decir nada. Definitivamente su camuflaje era perfecto. El vestido azabache de espalda descubierta le permitió entrar en la enorme pecera de cultura y moverse a sus anchas sin tener que dar explicaciones. Y eso es lo que tenía que hacer, nadar como un pececito hasta encontrar a un tiburón. Hasta encontrar a Lorenzo Castro.

Era la primera vez que acudía a un evento similar. Desconocía si siempre era igual, pero, desde luego, aquello parecía más una boda que una reunión artística. El suelo estaba cubierto con una moqueta roja y repartidas por la sala había varias mesas altas con bandejas de canapés. Sonaba música *chill-out*, una versión de un clásico de Sarah Vaughan que hubiera hecho que esta se removiera en su tumba, y una docena de camareros se paseaban con bandejas repletas de copas de vino y cava siguiendo trayectorias inescrutables. En la planta del edificio que albergaba la exposición habría no menos de trescientas personas, todas elegantemente vestidas, a las que habría que sumar las que estuvieran desperdigadas por la planta inferior y demás estancias. En total, unas cuatrocientas. En las paredes, como no podía ser de otro modo, diversas obras de arte iluminadas cuidadosamente se ofrecían a los invitados.

Tintineo de vasos, conversaciones, música de fondo. Ángela cogió una copa de vino blanco y deambuló por la sala en busca de su objetivo. Todo a su alrededor parecía tan ficticio, tan lejos de su mundo, que le resultó extraño que nadie la observara como si fuera una intrusa de otra galaxia. No pudo evitar fijarse en las obras expuestas, pero, a diferencia del resto, que se deleitaban en la composición, la luz o el motivo, ella observaba los cuadros buscando a Marat, buscando indicios que la llevaran a pensar que tras los trazos de color se escondía alguien que firmaba con otro nombre cuando pintaba la muerte.

—Teniente Souza, es un placer verla por aquí.

La voz de Lorenzo Castro sonó a su espalda. Aquello le fastidió. No esperaba que fuera el tiburón quien la encontrara a ella. Se recompuso rápidamente y se giró.

—No recuerdo haberla visto en la lista de invitados... —La exagerada alharaca que acompañó a su frase sirvió para acentuar la satisfacción que le producía tenerla allí, en su territorio.

—Ya ve, al final parece que le estoy cogiendo gustillo a esto del arte.

—¡Vaya! Eso es fantástico. Ya que no es capaz de atrapar al asesino de Beltrán Carbajosa, al menos se va a llevar algo positivo de su visita a nuestra *tierruca.*

Touché! Ángela, pese a su entrenamiento, no pudo evitar que las mejillas le adquirieran un tono rojizo. El comentario hacía que le hirviera la sangre.

—No se preocupe. Estoy segura de que pronto encontraré al asesino de su amigo. A decir verdad, se sorprendería de lo cerca que estoy...

—¿Del asesino o de encontrarlo? —La situación parecía divertir al empresario.

—De ambas cosas señor Castro. De ambas cosas...

—¡Por Dios, teniente Souza! ¿Insinúa usted que el asesino es uno de nuestros invitados? —respondió Lorenzo Castro con sorna, alzando ligeramente la voz.

Varias personas se giraron hacia ellos y luego volvieron a sus corrillos cuchicheando en voz baja.

—Indicaré a los encargados de la seguridad que se anden con ojo —añadió el marchante.

En ese instante, una mujer con la piel color ébano y el pelo rapado al cero se acercó a Lorenzo Castro y le susurró algo al oído. Era alta, elegante, labios carnosos y ojos color esmeralda. Enseguida la reconoció. Era Johari Biya.

> Johari Biya. Bella, a pesar del paso del tiempo. No se conforma con ser un icono del pasado, necesita resaltar, pero lo hace de un modo maduro, rodeando su figura de cierto misticismo. Su pelo rapado al cero y las joyas exóticas que adornan su cuerpo son muestra de ello. Es capaz de domar a un hombre tan soberbio como Castro, que parece rendido a sus pies, con tan solo un susurro suyo. Resulta difícil determinar quién es el estandarte de la relación. Arcana. Inescrutable.

—Enseguida, cariño —le dijo el empresario con voz melosa a la recién llegada.

—Lo siento, teniente Souza. El deber me llama… Considérese mi invitada a la exposición. ¡Ah!, y si está interesada en llevarse algún cuadro, no dude en decírmelo. Le haré un descuento. No debe de ser fácil para una guardia civil el pagar algo así.

Y sin decir más tomó a su mujer por la cintura y se dirigió hacia un grupo de personas que conversaban a pocos metros de ella.

Ángela se llevó instintivamente la mano a la aleta de la nariz y se dio un ligero pellizco. El empresario la había humillado, pero aquella era una guerra que no acababa con esa batalla. Estaba convencida de que Castro estaba implicado de algún modo en la muerte de Carbajosa y no iba a parar hasta poder demostrarlo.

Se bebió la copa de un trago y atravesó la sala en dirección a las escaleras. Allí no tenía mucho más que hacer. Fue entonces cuando lo vio. Sobre un lienzo de unos cinco metros cuadrados, una roca con forma de elefante se adentraba en el mar batiéndose contra unas olas que intentaban engullirla. No era la primera vez que lo veía, pero allí, bajo aquellos focos cenitales, el cuadro resultaba aún más poderoso que la primera vez que lo contempló. Sus prisas se desvanecieron. Se acercó a un par de metros de la pieza y la estudió con detenimiento. Los surcos en la roca, las gotas de agua que impregnaban la atmósfera, las briznas de hierba que rompían la dominancia de gris y azul…

Era tan real… tan real como el cuadro que le robaba el sueño. Pero, al contrario que la obra de Marat, esta desprendía vida.

Ángela giró sobre sus talones y sin moverse buscó entre la muchedumbre. Enseguida lo vio. Miguel Rocamora reía en un corrillo de personas mostrando su inconfundible hilera de dientes imperfectos. Agarrada de su brazo, había una mujer.

¿Amiga? De Miguel. Alta, piel cerámica y pelo rubio. Extranjera, sin duda, seguramente del este de Europa. Era modelo a fuerza de belleza y constancia. La posición de la barbilla, el vaivén de la sonrisa y la gracilidad de los movimientos demostraban que había interiorizado a base de trabajo los cánones de elegancia artificial que se venden en la televisión. No era tonta ni frívola, unos pocos segundos le bastaron para ver que sonreía a los comentarios que le hacían gracia, pero no se contagiaba de las risas sin motivo.

La delicadeza con la que Miguel le pasó la mano por la espalda en cierto momento cortó en seco la composición de lugar que se estaba haciendo de aquella mujer. No podía llamarlo celos, no tenía motivos para tenerlos. Que Rocamora estaba bueno estaba claro, pero de ahí a que le supiera mal haber descubierto que tenía pareja había un trecho. Primero la irracional atracción hacia Belén y ahora aquello… Ángela zarandeó la cabeza. ¿Qué le estaba sucediendo? No lo sabía y tampoco tuvo tiempo para pensarlo, cuando volvió a levantar la vista, Miguel le estaba haciendo un gesto con la mano.

Dudó. ¿Había sido un saludo de cortesía o un «Espera, no te muevas»? Parecía que lo segundo, ya que tras la señal el pintor le dijo algo a su acompañante al oído y se separó de ella para acercarse hasta donde estaba Ángela.

—¿Te gusta cómo ha quedado?

—Sí. Es impresionante.

—Creía que no me iba a dar tiempo a acabarlo para la exposición, pero, ya ves, tuve un momento de inspiración.

—Así que eso de que a los artistas os llega la inspiración de repente es cierto…

—Totalmente. En mi caso coincidió con tu visita al estudio.

Ángela bajó la mirada. Se sintió incómoda. Una cosa era el tonteo arrogante con el que la había recibido en su estudio, pero allí, delante de su pareja… ¿A qué venía eso? Pero lo peor no era el desconcierto, lo peor era que aquel hombre la había desarmado en apenas unos segundos. Era la segunda vez que lo veía y la segunda vez que lo conseguía. ¿Dónde había quedado su entrenamiento para ocultar los sentimientos? Parecía que en el norte perdía su efecto, como Superman con la kryptonita.

Rocamora sonrió divertido. Al igual que unos días atrás, saboreaba la satisfacción de jugar con ella y ganar la partida.

Un camarero paso a su lado y Miguel cogió dos copas de vino al vuelo.

—Brindemos —dijo tendiéndole una de ellas.

—Por el éxito de tus cuadros. —Ángela, recompuesta, alzó la copa.

—Por eso y por que atrapes a tu asesino.

Le miró a los ojos, pero no pudo determinar si se trataba de un desafío o una nueva bravuconería. Antes de que pudiera tantearlo, la mujer de pelo blondo, su acompañante, se acercó hasta donde ellos estaban.

—Miguel, tenemos que saludar a nuestros anfitriones.

Tenía acento del este. No se había equivocado en su deducción.

—Sí, sí… Vamos enseguida.

Dudó un instante.

—Isla, esta es Ángela. La teniente Ángela Souza, de la Guardia Civil. Ángela, ella es Isla.

—¡Ah!, vaya…, la Guardia Civil —lo dijo con sorpresa. Con la misma sorpresa que si le hubiera dicho que era astronauta o trabajadora del metal—. ¿Hay algún problema?

—No, no… —intervino Miguel con tono divertido—. Está aquí como aficionada al arte. De hecho, es una de las pocas personas que ha visto *El elefante de piedra* antes de la exposición.

A Isla ese comentario no pareció hacerle mucha gracia.

—Es un cuadro realmente interesante —afirmó con cierta teatralidad Ángela, a quien empezaba a sobrarle conversación.

—Todo lo que hace Miguel es interesante —dijo tomándolo del brazo—. Sus pinturas también.

Tras unos tensos segundos, la recién llegada ojeó con preocupación al grupo de personas con las que antes estaban reunidos. Miguel se percató de su impaciencia y, justo en ese instante, desde el techo comenzó a llover una especie de confeti con forma de estrellitas doradas, y una estridente música electrónica retumbó por toda la sala. «A partir de este momento se pueden realizar ofertas por las pinturas expuestas», anunció un locutor con pinta de presentador de Eurovisión. A su lado un DJ que parecía haber aterrizado directamente desde Ibiza miraba los platos de mezcla mientras daba cabezazos al ritmo de la música.

Una estrellita cayó sobre el hombro de Ángela, y Miguel la cogió.

—Veo que las estrellas se atraen.

Isla petrificó a la teniente con una mirada gélida y arrastró a Miguel a su lado. Parecía que no iba a dejar que se librara del compromiso en el que tanto insistía.

—Tenemos que saludar a unas personas, Ángela, espero que disfrutes de la exposición.

La teniente Souza se despidió con un gesto condimentado con algo de alivio. Luego, por no marcharse corriendo, se dedicó a ojear el resto de los cuadros de la exposición. Era muy variopinta. Había pinturas abstractas, neo-geo, hiperrealistas, etcétera. Un mosaico de maneras de expresarse con el lienzo y el pincel. Multitud de pintores con diferentes estilos, pero ninguno tan bueno como Miguel Rocamora. Al menos para ella. Cuando pensó que aquello ya no daba más de sí, bajó las escaleras y salió del edificio para coger un taxi.

En la puerta de la exposición un par de pequeños grupos de invitados se arriesgaban a una pulmonía a cambio de fumarse un cigarrillo. Ángela los dejó atrás y avanzó hacia el extremo del parque. La calle estaba desierta y apenas había tráfico. Oteó al horizonte, pero no vio ninguna luz verde. Ni rastro de un taxi. El centro quedaba a pocas manzanas, así que decidió ir andando hacia allí para ver si tenía más oportunidades de encontrar uno, pero sin darse cuenta tomó mal una bifurcación y poco a poco se fue alejando de su destino. Hasta que no llevaba un buen rato caminando no se percató de que se había desviado de su trayectoria.

Tenía los pies doloridos por los diabólicos tacones y cada vez parecía que estaba más lejos de encontrar un maldito taxi. Se paró a pensar. Se dio cuenta de que se había desorientado. Al final de la calle, en un bar que hacía esquina, cuatro personas consumían la noche en soledad. Le vino a la imagen de *Nighthawks*, la icónica pintura de Hopper en la que el americano representa la melancolía y el sosiego de una noche de verano en la ciudad. Cruzó por delante de la cristalera y continuó. Para llegar al centro lo mejor sería atajar subiendo hacia el norte. Aquellas calles eran más estrechas y la iluminación dejaba bastante que desear, aun así, dar media vuelta y desandar el camino le parecía una tortura innecesaria para sus pies. «¿Por qué demonios no habré cogido la moto?», maldijo en voz baja.

En la primera bocacalle que encontró giró a la derecha y tomó un ramal que subía por una cuesta. Era empinada, *pindia* como decían allí. De pronto se estremeció. Algo no estaba bien. El sonido de sus tacones, el eco monótono que le venía acompañando durante los últimos minutos, parecía haber encontrado compañía. Se giró. Al fondo de la calle, acompasado al ritmo de sus pasos una sombra caminaba tras ella.

No era una mujer cobarde, aun así, apretó el paso: hay situaciones que es mejor evitar. El problema era que encaramada en aquellos zancos no podía moverse muy deprisa. Inconscientemente se llevó la mano al costado derecho. No, allí no estaba su pistola, ni su chaqueta. Maldijo el momento en el que había decidido vestirse con elegancia. Si quería avanzar más rápido tenía que quitarse los zapatos, pero eso suponía detenerse. No era buena idea. Repasó mentalmente las clases de defensa personal de la academia. Si era uno solo y lo sorprendía tal vez pudiera inmovilizarlo. Se giró levemente hacia atrás, pero no vio a nadie. ¿Le estaría jugando el subconsciente una mala pasada?

Cruzó de acera. Alguien al final de la calle hizo lo mismo.

Los pasos volvían a oírse, ahora más nítidos. No había lugar a dudas: la estaba persiguiendo. Aceleró la marcha buscando con la mirada un sitio en el que resguardarse, tratando de llegar cuanto antes al final de la calle. Aún le quedaban cincuenta metros. Sin detenerse buscó el teléfono móvil en el bolso. Podía llamar a alguien para alertarle de lo que estaba pasando. Veinte metros. El sonido de los pasos estaba cada vez más cerca. No quería volverse y no le daba tiempo a andar desbloqueando el móvil. Cerró el puño con fuerza y se concentró en el sonido a su espalda. Acertar en el primer golpe era fundamental.

El repique de las pisadas se hizo más fuerte, ya no estaba solo, venía acompañado de roce de tejidos y la respiración propia de quien hace un esfuerzo. Un esfuerzo por alcanzarla, por cazar a su víctima.

Tres, dos, uno… Ángela se giró repentinamente lanzando un violento puñetazo al aire. La sombra a sus espaldas lo esquivó. Parecía que de algún modo se lo esperaba. Ángela reaccionó y le lanzó una patada. Iba directa a la entrepierna, pero falló y le dio en el muslo. Eso no se lo esperaba.

—¡Joder! ¡Vaya patada!

Su perseguidor se encogió y levantó la mano hacia ella indicándole que no le golpeara.

—¿Miguel? ¿Eres tú?

Ángela no salía de su asombro. El miedo inicial se había transformado en duda para virar rápidamente a desconcierto.

Miguel Rocamora, encorvado, la miraba con una cara que estaba a mitad de camino entre el dolor y la diversión.

—Me tienes que dar el teléfono de tu instructor de lucha libre…

—¡Joder! ¡Me has asustado! ¿Por qué no me has dicho que eras tú?

—Si no me ha dado tiempo ni a alcanzarte… Cuando te has ido, he salido a buscarte. Me ha extrañado que te dirigieras hacia aquí, por eso te he seguido. No quería que te pasara nada.

Ángela lo miró de arriba abajo. No había peligro. El pulso, disparado hacía unos segundos por el subidón de adrenalina, volvía a la normalidad acompañado de una risa floja.

—Al que casi le pasa algo es a ti.

—Sí, menos mal que no has acertado.

Los dos rieron.

—¿Y por qué has salido a buscarme? —Ángela dejó las risas aparcadas a un lado.

—Para invitarte a un café.

—¿Un café? A las doce de la noche.

—Vaya..., es cierto, pues entonces tendrá que ser una copa.

Ángela se frotó los ojos. ¿Seguía en un sueño, como el niño de la luna, o le estaba sucediendo todo aquello realmente?

—¿Y tu pareja?

—¿Qué pareja? —contestó Miguel divertido. Llevaba esperando esa pregunta desde que había salido en su búsqueda—. ¿Te refieres a Isla? ¡Oh, no, no! Isla es solo una vieja amiga.

—No parece tan vieja...

—Pero sí tan amiga.

No hacía falta que le diera explicaciones. Miguel no mentía, y los gestos y miradas de la mujer rubia tampoco. Puede que ahora fuera solo una amiga, pero estaba segura de que eso no había sido siempre así. Tan segura como de que no le haría ninguna gracia enterarse de que ahora estaban ellos dos solos en aquella calle oscura.

—Se ha ido a casa. No le gusta trasnochar —añadió él intuyendo sus dudas.

—Veo que a ti sí.

—Siempre que haya un buen motivo...

—¿Y cuál es ese buen motivo?

—Una copa con una guardia civil que no está de servicio me parece uno de los mejores motivos del mundo. Sobre todo, si es tan guapa como tú.

Ángela se ruborizó. El pintor volvía a la carga con ese jueguecito.

Dudó. La cuestión era que no tenía nada que perder y tal vez pudiera sacar algo para el caso... Excusas. Estaba bueno y le apetecía esa copa.

Capítulo 18

La casa de la playa

El gato helecho
Remedios Varo

El complejo Peñamar lo componían una docena de apartamentos de lujo encaramados en lo alto de una colina a las afueras de Liencres. A simple vista no parecía que valieran lo que sus propietarios habían pagado por ellos. Eran todos uniformes, de color claro y líneas rectas. El secreto de su precio estaba escondido en la parte posterior, donde los amplios ventanales y ostentosas terrazas competían por ver quién lucía el mobiliario más vanguardista. Desde allí, una pasarela de uso exclusivo para los vecinos conectaba con una escalinata que salvaba los treinta metros de desnivel entre las viviendas y una pequeña cala escondida a la que solo se podía acceder en bajamar. El acero, vidrio y ladrillo no era excesivamente caro, lo que era realmente valioso era poder gobernar desde aquella atalaya el fastuoso paisaje de roca y mar, el tener uno de los parajes más bellos de Costa Quebrada a sus pies.

Aquel fue el lugar escogido por Marat para volver a matar.

Ángela no necesitó recordar el número de la vivienda para saber que había llegado a su destino. Las intermitentes luces del SAMU y los dos coches patrulla anunciaban el lugar de la fiesta. Aparcó la Yamaha a cincuenta metros de la entrada, se quitó el casco y se acercó caminando hasta la entrada del complejo. Le dolía la cabeza. Ojalá se hubiera ido a dormir antes. Ojalá se hubiera tomado una copa en lugar de tres.

El aviso había llegado poco antes de las ocho de la mañana, cuando un vecino de la urbanización llamó a emergencias para alertar sobre un supuesto asesinato. Como cada mañana, a pesar de la amenaza de tormenta, había salido a nadar y, al cruzar la pasarela que daba acceso a la playa, lo había visto a través del ventanal. El hombre, sentado en una silla y maniatado, estaba inconsciente en medio de un charco de sangre.

La teniente Souza se acercó hasta el grupo de agentes de uniforme que conversaban en la entrada del complejo. A un par de ellos los conocía de vista de la comandancia.

—Tendrá que darse prisa en resolver este asunto —dijo alguien a sus espaldas—. Aún no tiene un sospechoso claro y ya van dos muertos.

Fenollosa parecía haber sacado de nuevo el hacha de guerra. No daba tregua ni los buenos días. Ángela no respondió. No le apetecía. Sobre todo después del comentario de su compañero, en presencia de otros agentes, excluyéndose del equipo. ¿No tiene o no tenemos sospechoso? ¿Ahora la investigación era solo cosa suya? Valiente gilipollas. Ilusa de ella, había pensado que el cambio de actitud del sargento en los últimos días era perenne. Pero aquello no era lo único que la ponía de mala leche. El capitán Aguilar le había llamado para informarla del suceso a primera hora. Liencres no quedaba lejos del molino de mareas, apenas a diez kilómetros, y consideraba que había sido lo suficientemente rápida para llegar de los primeros. Sin embargo, parecía que Fenollosa llevaba ya un buen rato allí. ¿Quién le había avisado? ¿Cómo era posible que estuviera en el lugar del crimen antes que ella?

—Buenos días, Souza. —El brigada Vives, el responsable del laboratorio de Criminalística, le tendió la mano.

La mano amiga ayudó a disipar sus reticencias y centrarse en lo que había venido hacer.

—¿Hay otro…?

—¿Cuadro? Sí. También lo firma Marat —añadió reproduciendo una rúbrica en el aire.

Lo había sospechado, de no ser así, no la habrían llamado a ella. La confirmación de Vives era el motivo por el cual no había tardado ni veinte minutos en llegar al lugar del crimen. Ahora tocaba esperar. Los de Criminalística, tal y como dictaba el procedimiento, habían dividido la estancia en cuadrículas numeradas, marcadas con tiza en el suelo, y peinaban una a una en búsqueda de pistas que guardaban en distintos recipientes en función de su tipología. Un pelo, un objeto que pueda contener una huella, un documento... cualquier cosa que pudiera servir para obtener información sobre lo sucedido. Hasta que no acabaran su trabajo no podría ver el cuadro con detenimiento. Era una tarea lenta, podía llevar horas, por lo que disponía de tiempo suficiente para husmear un poco.

—¿Puedo asomarme? —preguntó Ángela.

—Si no queda más remedio... —respondió Vives sin mucho convencimiento—. Vaya con cuidado.

La advertencia sobraba. Había pasado muchas veces por aquel proceso y sabía de sobra que bajo ningún concepto podía entrar en una zona que no estuviera despejada. Las primeras cuadrículas de la habitación estaban limpias, así que, pese a que a los astronautas, como muchas veces se referían a los compañeros de Criminalística cuando iban ataviados con los monos blancos de polietileno, no les hiciera mucha gracia que invadieran su espacio de trabajo, Ángela se coló en el salón comedor de la vivienda donde habían hallado al muerto.

La estancia era amplia, un cuadrado perfecto de unos cuarenta metros cuadrados con paredes blancas, decoración colonial y una amplia cristalera al fondo. La vista, espectacular: mar color plomo, preludio de tormenta, ribeteado en blanco por el continuo vaivén de las olas y su aciaga lucha contra las rocas milenarias. Pero lo que de verdad interesaba a Ángela era lo que había en medio de la estancia. Sentado en una silla y con las manos atadas en la espalda con bridas de plástico, el muerto tenía la cabeza anormalmente echada hacia atrás. En el cuello se podía ver un corte profundo, seguramente hecho con un cuchillo, y su camisa y chaqueta estaban tintadas de sangre reseca. El rostro había perdido vitalidad, degradando el color tostado de su piel, y ni aun muerto había dejado de llevar sus gafas de pasta rectangulares.

Lo reconoció de inmediato por la oreja en forma de flor marchita. Era Rafael Melchor, el sumiso abogado de Lorenzo Castro.

Otra postura teatral. Otra muerte retratada. Otra obra de arte. A pocos metros del cadáver, una pintura sobre un caballete reflejaba la dolorosa escena que había frente al lienzo. A pesar de no mostrar totalmente la expresión del difunto, dado que la cabeza la tenía volcada hacia atrás, el cuadro generaba la misma sensación de desasosiego que la pintura de la muerte de Beltrán Carbajosa. El porte elegante de quien espera el sueño eterno como a una cita importante. La figura anárquica de la sangre en la pechera. El impoluto brillo de los zapatos, solo ultrajado por el crúor. Sin duda era obra de la misma persona.

Estaba demasiado lejos para poder distinguir la firma del cuadro y el detalle de una especie de figura color cacahuete que el muerto tenía en la boca. Le picaba la curiosidad por saber qué era aquello, pero no quería importunar más a los compañeros de Criminalística, así que abandonó la estancia principal y se dirigió a la habitación contigua. Era el momento de indagar un poco sobre la vida de Melchor.

La habitación del abogado, hombre sin familia ni aficiones destacables, resultó ser tan aburrida como uno se imagina. Un armario ropero lleno de trajes que parecían sacados de una fotocopiadora, cinturones y zapatos de cuero. Varios relojes, libros de título infumable y cosas similares. El baño era un exceso de pulcritud y la cocina parecía que aún estaba por estrenar. Solo el despacho, una pequeña habitación con un escritorio, ordenador y varias estanterías con archivadores cuidadosamente ordenados, parecía que podía ofrecerle algo interesante.

Los títulos con los que estaban etiquetados los archivadores no eran nada sugerentes. Nada que le llamara la atención. Entonces se acercó al escritorio y vio la lucecita verde del ordenador. Estaba encendido. ¿Y si...? Ángela movió el ratón con cautela y una imagen de un cuadro de William Turner, el genio de los paisajes, apareció en la pantalla. El sistema no estaba protegido, algo raro tratándose de un abogado, o quizá era simplemente que la fortuna le sonreía. Sea como fuere, aquel ordenador le estaba invitando a entrar.

Respiró hondo, aquello no estaba bien. No era como se tenían que hacer las cosas, no entraba en lo que dictaba el procedimiento, pero tener algo tan cerca y no cogerlo se le antojaba que a la larga podría ser un error imperdonable, sobre todo teniendo en cuenta las continuas anomalías en el tratamiento de la información que rodeaban al caso. Obedeció a su instinto. Necesitaba llevar la delantera.

El disco duro contenía infinidad de carpetas, demasiada información para la llave USB azul que siempre llevaba encima. Debía ser selectiva y escoger bien qué copiar. Más tarde podría pedirle a la jueza que autorizara un registro del ordenador de la víctima, sería la única forma de conseguir que lo que hubiera allí dentro pudiera ser empleado como prueba en un futuro juicio. Abrió el buscador y tecleó un nombre: Lorenzo Castro. Había más de una centena de documentos que contenían ese nombre, todos en la misma carpeta. Si había calculado bien, cabría todo. Introdujo la llave en la ranura del USB y comenzó a copiar la información.

El ordenador iba lento, desesperantemente lento y, si entraba algún compañero en la habitación, le resultaría difícil justificar lo que estaba haciendo. Aquello le estaba poniendo de los nervios. «Venga, venga», murmuró. Los archivos saltaban de una carpeta a otra y la barra que indicaba el avance de la tarea se iba llenando.

De pronto oyó un ruido a sus espaldas y el corazón le dio un vuelco. Giró la cabeza hacia el lugar de donde provenía el sonido. Falsa alarma. De detrás de una papelera salió un gato blanco con manchas rubias. Se desperezó y bostezó con somnolencia. Parecía que la muerte de su dueño no iba con él. Luego, curioso, se acercó donde estaba Ángela y de un salto se situó junto al ordenador. Tom, rezaba una chapa metálica en su collar.

—Casi me matas del susto, Tom —dijo Ángela en un susurro mientras le rascaba la cabeza.

El animal se tumbó junto a la pantalla observando con desidia cómo los documentos continuaban volando de una carpeta a otra. Cuando se acabó de copiar el último archivo, la teniente Souza expulsó la memoria externa y se la metió en el bolsillo. Acarició el lomo de Tom y apagó el ordenador. Esgrimió una mueca de satisfacción y sintió cosquilleo de la felicidad efímera por salir airosa de un delito. Esa misma noche la revisaría.

El despacho de Rafael Melchor parecía no ofrecerle mucho más. Lo mejor era salir de allí, así que cerró la puerta con cuidado y se dirigió de nuevo a la entrada del complejo. Los coches patrulla y el del SAMU seguían allí, desquiciando al cielo gris con sus luces intermitentes, pero el ambiente era más relajado que al principio y los conductores de los vehículos parecían enzarzados en una discusión sobre fútbol. La eterna discusión sobre si Messi era mejor que Maradona o no… ¡Como si no estuviera claro que solo había un dios del fútbol!

—¿Quién de todos ustedes llegó primero? —preguntó dirigiéndose al que parecía llevar la voz cantante.

—Fui yo, mi teniente —respondió un agente de nariz chata y tez tostada.

—He observado que la casa tiene sistema de seguridad. ¿Saben si saltó la alarma en algún momento? ¿Han podido comprobar si había alguna puerta o ventana abierta?

—Que nosotros sepamos, no hubo ninguna incidencia con la alarma —dijo encogiéndose de hombros—. En cuanto a las puertas y ventanas, estaban todas cerradas. Yo mismo lo comprobé.

Ángela asintió. La puerta era acorazada y no presentaba signos de violencia, por lo que todo indicaba que Rafael Melchor había dejado pasar al asesino en casa voluntariamente. Que lo conocía, como en el caso de Carbajosa. Sin embargo, aquella opción le chirriaba por un motivo: las urbanizaciones como aquella solían estar bien vigiladas, así que sería relativamente sencillo dar con alguna cámara de seguridad que hubiera captado a quienes hubieran entrado y salido del complejo las horas anteriores y posteriores al asesinato. Eso era fácil de deducir, tanto para ella como para el asesino. ¿Por qué se iba a arriesgar de esa manera si había sido tan cauto hasta el momento?

Habría que revisar las imágenes de las cámaras de la urbanización, por supuesto, pero tenía el presentimiento de que sería un esfuerzo baldío. Le diría a Fenollosa que se encargara él, que para eso estaba tan enamorado de las reglas, y ella se dedicaría a lo menos obvio. Lo más probable es que este pusiera a Belén a trabajar en eso. Be-lén. Le gustaba cómo sonaba cuando remarcaba la ele. Hacía dos días que no hablaba con ella, y no sabía explicar bien el motivo, pero tenía ganas de verla.

También había otra opción: que el asesino hubiera sorprendido a Melchor entrando por la pasarela trasera, la que conectaba las terrazas vecinas. Por lo que había podido observar, a esta solo se podía acceder desde la playa, subiendo una empinada escalera que acababa cerca de la orilla. La idea de que el asesino pudiera haber llegado hasta allí por mar en una barca o similar le parecía bastante improbable, pero quizá había encontrado un modo alternativo de acceder hasta la pasarela y desde allí entrar en la casa sorprendiendo a Melchor.

Tras dar las gracias, Ángela se alejó del grupo de guardias. Estos retomaron la conversación y ella comenzó a bordear la urbanización en busca de la alternativa menos obvia. Los lindes del complejo estaban delimitados por un hotel al este y un barranco al oeste. Si el asesino quería pasar desapercibido, lo más normal era que hubiera evitado el hotel, así que se dirigió hacia el oeste. Desde allí, *a priori*, no era fácil alcanzar las escalinatas que daban acceso a la pasarela. Pero Ángela era lo suficientemente tenaz para descomponer el «a priori» y encontrar un lugar de acceso entre dos rocas, una grieta por donde colarse en el castillo. Había que salvar un pequeño paso que no estaba exento de riesgo, treinta metros de caída en vertical, pero, superado el escollo, se podía descender fácilmente por unas piedras hasta un pequeño corredor de tierra de unos cinco metros de longitud desde donde se podía alcanzar la barandilla de la escalera. Ángela bajó por las rocas y, al llegar al caminito de tierra, se detuvo. La lluvia de los últimos días había humedecido la tierra formando varios tramos fangosos y, si alguien había pasado por allí, obligatoriamente tenía que haber dejado alguna huella. Se agachó en la zona más embarrada y miró con detenimiento. Efectivamente, por allí había pasado alguien hacía poco, pero resultaba imposible determinar mucho más. De pronto algo llamó su atención: una pequeña mota brillante en el suelo. La teniente Souza con cuidado sacó unas pinzas de su chaqueta y cogió del barro una especie de confeti. Era una estrellita dorada. Una estrellita idéntica a las miles que habían inundado la exposición del Centro Botín la víspera, cuando comenzó la puja. Una señal inequívoca de que el asesino había estado a pocos metros de ella la noche anterior y que había empleado esa vía, bien para entrar o bien para huir de la casa. La guardó cuidadosamente en un pedazo de papel que dobló en cuatro y la metió en el bolsillo de su chaqueta.

Tras inspeccionar la zona durante un rato y ver que no había nada más que llamara su atención, subió por las escaleras de madera hacia la pasarela que comunicaba con la terraza. Allí, justo bajo el balcón de Melchor, había varias colillas. Se agachó, cogió una de ellas y la deshizo con las manos. Eran restos de un cigarro de tabaco de liar aderezado con trocitos de hojas color verdoso. Se llevó una brizna de hierba a la nariz y la olió. Marihuana. Nunca lo hubiera dicho de Rafael Melchor.

Cuando volvió a la entrada del complejo Peñamar, los hombres de Vives estaban acabando de despejar la zona y la jueza Elvira del Real acababa de llegar acompañada del secretario judicial para levantar el cadáver. Vestía elegante, un traje *beige* de tubo, funcional y recto, como ella. Junto a la jueza estaba Fenollosa. Una ligera mueca de satisfacción en su mortecino rostro delataba el placer que le producía haber sido él quien hubiera dado la primicia sobre todo lo acontecido a la magistrada. A Ángela le pareció penoso que se relamiera por tan insignificante recompensa.

—Buenos días, querida. Según parece, tenemos un asesino en serie.

Su rostro mostraba inquietud. A pesar de sus años en el cargo, era la primera vez que se enfrentaba a un asesino múltiple. En caso de éxito sería una buena medalla en su carrera hacia el Tribunal Superior de Justicia, pero eso sería si lo atrapaban... En aquel momento, el criminal andaba suelto, y era responsabilidad suya y del equipo de la Policía Judicial el pararle los pies. La vida de otros inocentes pesaba sobre sus hombros y de momento los avances eran bastante limitados. Le gustaba Ángela, le parecía bien que la hubieran mandado desde Madrid como refuerzo, pero le preocupaba lo verde que estaba la investigación.

—Fenollosa ya me ha puesto al corriente de lo más relevante. Todo indica que víctima y asesino se conocían, y tenemos un nuevo cuadro de Marat… No hay duda de que los dos asesinatos son obra de la misma persona.

—Que haya un segundo muerto no es una buena noticia, pero multiplicará las pistas. Todo debería ir más rápido a partir de ahora…

—Eso no será difícil —Fenollosa metió la puntilla.

—Lo único que espero es que no haya un tercero —añadió la jueza Del Real. Su tono era conciliador a la par que firme—. Sé que están haciendo todo lo que pueden, pero deberán redoblar sus esfuerzos.

No quería una guerra y exigía resultados.

—Disculpen —intervino providencial Vives—. Déjenme que les presente al doctor Plasencia, el forense de guardia.

El médico, menudo, con tonsura y rostro orondo, saludó a los presentes y, acto seguido, sin prolegómenos, los informó sobre sus primeras teorías. Las pruebas preliminares no dejaban lugar a la imaginación: Rafael Melchor había muerto desangrado por un corte en la yugular. En el análisis visual del cráneo había identificado un golpe en la parte posterior de la cabeza, en la zona occipital. El golpe había sido realizado con un objeto contundente y seguramente habría provocado el desvanecimiento de la víctima, si no lesiones peores. Luego, inconsciente, lo había atado a la silla con unas bridas de plástico para posteriormente degollarlo. El tajo había provocado una gran pérdida de sangre y la víctima había muerto en pocos segundos.

—Hay dos cosas que me llaman la atención —continuó el forense sin poder reprimir el júbilo que le producía tropezar con algo diferente a lo que normalmente estaba acostumbrado en el trabajo—. La primera es que el ángulo en el que está la cabeza es anormalmente obtuso, lo cual indica que el asesino la ha forzado hacia atrás.

—¿Con qué fin? —preguntó la jueza.

El forense alzó uno de sus dedos regordetes. Le gustaba mantener la intriga. De hecho, su primera observación no era más que un preludio a la segunda.

—La herida es lo suficientemente profunda como para causar la muerte, por lo que no creo que lo hiciera para facilitar el desangrado. Más bien creo, y he aquí la segunda cosa, que fue para poder poner «eso» en su boca —añadió señalando a una caja de metacrilato que Vives, parte invitada sin mucho entusiasmo al numerito, puso encima de una mesita auxiliar que había junto a ellos.

Todas las miradas se concentraron en la cajita transparente que acababa de extraer el brigada. En su interior había una especie de masa filamentosa de color pardo poco más grande que una pelota de golf.

—¿Qué demonios es? —preguntó Fenollosa.

—Ni idea —dijo Vives.

—Es un *cordyceps* —intervino Ángela.

Las miradas de curiosidad de todos los presentes la animaron a continuar su explicación.

—Una especie de hongo parásito. Se aloja en el interior de su víctima, normalmente un insecto, y se desarrolla invadiendo y reemplazando los tejidos del huésped. Deforma su cuerpo y hace que le salgan estomas en el tronco o en las extremidades, por las que luego suelta sus esporas. Algo así como lo que sucede en la película *Alien*. Es tan infecto que actúa mientras el insecto está vivo y en algunas ocasiones incluso condiciona el comportamiento del animal para que muera en el lugar que al *cordyceps* le es más conveniente para liberar sus esporas y garantizar el contagio a otros insectos.

—¿Y cómo sabe eso? —preguntó de nuevo Vives.

—Me gustan los documentales de naturaleza —respondió la teniente encogiéndose de hombros—. Soy fan de La 2.

—Y hay algo más… —el forense retomó la palabra—. Al retirar los *¿cordyceps* ha dicho?, hemos podido comprobar que a Melchor le faltaba un diente. Todo indica que le fue arrancado una vez muerto.

Todos quedaron callados por unos instantes. La presencia de aquella «cosa repugnante» era cuanto menos llamativa, y lo del diente, un sinsentido.

—Se trata de un nuevo mensaje. Ya lo dijo el pintor... —murmuró Ángela—, Marat deja una pista en cada cuadro.

—¿Qué pintor? —preguntó el doctor Plasencia.

—¡Oh, no! Vamos... —Fenollosa protestó—. ¿En serio se ha creído lo que nos contó el chino? Es obvio que solo pretende aprovechar la situación para salir de la cárcel.

—Si eso sirve para evitar que haya más asesinatos... —respondió Ángela mirando directamente a la jueza Elvira del Real—. Está en su mano, señoría.

La magistrada dirigió una mirada severa a la teniente Souza. Tenía razón, pero no le gustaba que le pusieran entre la espada y la pared.

—Una cosa más, doctor Plasencia —intervino Vives de nuevo al rescate—, ¿podría decirnos sobre qué hora se produjo la muerte?

El forense meditó unos segundos.

—Es difícil saberlo con exactitud, pero por el estado de rigidez cadavérica, los hematomas y la sangre podríamos establecerla aproximadamente a medianoche.

Ángela sintió cierto alivio. A esa hora Miguel estaba con ella, con lo que el joven pintor, tal como había intuido días atrás, no podía haber sido el verdugo. Esperaba que no tuviera que emplearla a ella como coartada, sería una situación bastante embarazosa. Pero no era lo único, aquel dato también descartaba a Castro, quien a esas horas estaba rodeado de multitud de gente en la exposición. Aquello le gustó menos.

Tras unos minutos más de conversación, el forense dio por concluido su trabajo y se procedió al levantamiento del cadáver por parte de la jueza. Llegaba el turno de la funeraria. Los agentes de Criminalística estaban acabando de cargar las últimas pruebas en los vehículos oficiales, por lo que el brigada Vives también se despidió. Su trabajo allí había terminado.

—¿Le importa si paso a ver el cuadro esta tarde? —preguntó Ángela al responsable de Criminalística antes de que se fuera.

—Pasa cuando quieras, Ángela. Será un placer. Lo tendremos que enviar a Madrid… —añadió sin atreverse a pedir el favor.

—No se preocupe que volveré a hablar con mi compañero de Patrimonio… ¡Prioridad absoluta!

Cuando se despidió de todo el mundo, la teniente Souza atravesó la casa para ir a la entrada principal. Su trabajo allí había concluido. Comenzaba ahora el largo proceso de tratar de averiguar cómo fueron los últimos días de Melchor y quién o quiénes podían tener un motivo para matarle. Por el pasillo se encontró con Tom, el gato que casi la mata de un susto un rato antes, que con ojos felinos y un maullido lastimero trató de decirle en el lenguaje de los gatos un: «¿Y ahora qué pasa conmigo?».

Ángela se agachó hasta su altura y le acarició el lomo. Ella no era Remedios Varo, la surrealista de sangre española y corazón mexicano a la que le apasionaban los gatos.

—Lo siento, Tom, pero no puedo llevarte conmigo —le susurró. Le daba pena, pero no podía quedarse con todas las mascotas que abandonaban sus dueños.

Conforme se acercaba al cordón policial, pudo ver que ya eran varios los curiosos y vecinos que se habían percatado del suceso. Ávidos de morbo, grababan disimuladamente las idas y venidas de los agentes con sus teléfonos móviles. No eran los únicos, allí también estaban congregados los medios de prensa, disparando sus *flashes* y tratando de pescar una entrevista. De inmediato reconoció a Luis Zambrano entre ellos. Este también la vio. Se giró hacia ella y gritó más alto que los demás.

—¿Esta vez también hay cuadro, teniente Souza? ¿Ha vuelto a actuar Marat?

Capítulo 19

Un teléfono que no para de sonar

Sueño causado por el vuelo de una abeja alrededor de una granada un segundo antes del despertar
Salvador Dalí

Ángela dejó el ejemplar de *El Diario Montañés* sobre la mesa y dio un bocado a la tostada. La rebanada de pan bañada en aceite 565 MSNM le ayudó a digerir un poco el reportaje que Luis Zambrano publicaba en el periódico de la mañana. Volvía a ponerla en un apuro. «El pintor de la muerte actúa de nuevo», «¿Quién será su próxima víctima?», «La capacidad de la Benemérita queda en entredicho», eran solo algunas de las joyitas que el reportero les regalaba en forma de buenos días. No le hacía gracia, desde luego, pero esta vez se lo tomó con más calma que la anterior. Quizá el cansancio acumulado acentuara su posición nihilista ante determinados chismorreos.

Untó el trozo de tostada que le quedaba en el plato bañado en aceite y sal, y dio un nuevo bocado. Los últimos días habían sido como una montaña rusa. El caso de Marat se complicaba, la relación con Fenollosa era cada vez más árida y Miguel Rocamora y Belén Ordóñez jugaban un partido de tenis con sus sentimientos mientras ella dejaba que su historia con Darío naufragara. Y, para colmo, había pasado la noche en vela.

El niño rubio había vuelto a visitarla. En aquella ocasión sus recuerdos estaban borrosos y no era capaz de traducir el viaje onírico en palabras. Solo había sido capaz de retener el último segundo de su pesadilla. Ese segundo antes de despertar que Dalí representó magistralmente en uno de sus paranoicos cuadros. A diferencia de la obra del genio catalán, en la que su mujer está a punto de despertarse tras una sucesión de eventos tan surrealistas que solo son posibles en un sueño, en su ilusión todo se desvanecía cuando estaba a punto de tocar al niño con la mano. Allí no había elefantes, ni abejas, ni granadas, ni tigre, ni peces, ni bayoneta... Solo una muchedumbre en un aeropuerto en el que Ángela trataba de identificar al muchacho. Ahora, ese recuerdo permanecía encerrado junto a muchos otros en una libreta.

Bostezó. Necesitaba otro café.

Se levantó de la mesa y fue hacia la cocina. Puso la cafetera italiana en el fuego y se quedó en pie junto a la ventana esperando a que llegara el sonido del agua hirviendo. Las primeras luces de la mañana teñían de dorado las aguas tranquilas de la ensenada, y las barcazas, ensalzadas por la pleamar, bailaban jubilosas el amanecer de un día sin lluvia. En una de ellas, un pescador ultimaba los preparativos antes de adentrarse en la mar. Era grueso, con barba. Le recordó a un hombre de los muchos que vio la noche anterior. Uno de los miles de rostros anónimos que pasaron por la pantalla de su ordenador.

Hacía tiempo que no buscaba. La última vez había sido poco antes de llegar a Cantabria. Quizá la brisa del mar había curado su necesidad de seguir haciéndolo. No. Aquello era como una droga, puedes alejarte de ella, pero siempre te tienta para que vuelvas a su lado. No existe otra cura que no sea no repetir. Solo había tres o cuatro personas que conocieran su secreto, o su manía, según se mire. Cuando se sentía sola, cuando no podía dormir, Ángela buscaba a un hombre. Al hombre que había trastocado su vida, que le robaba el sueño y le hacía tener las pesadillas que luego apuntaba metódicamente en sus libretas de diseño. «La escritura es terapéutica», le había dicho la psicóloga. Había épocas de su vida en que lo hacía todas las noches, había años en los que no lo había hecho, pero al final siempre caía en la tentación. ¿Acaso era un pecado remover el pasado?

Buscar a alguien que no sabes cómo es ni dónde está es una tarea compleja, necesita método y un buen lugar donde apostarse. Ángela lo hacía en la base de datos de tránsito del aeropuerto

Adolfo Suárez de Madrid-Barajas. Un amigo de un amigo le había presentado a alguien que le había conseguido un acceso. Era ilegal, pero seguro. Peligroso, pero necesario. Una especie de ventana cibernética que se activaba con un programa de ordenador. Todo pirata. Conectada a la base de datos, podía ver los rostros de todas las personas que pasaban por la terminal 2. Las probabilidades de encontrar al hombre que buscaba con aquel método eran ínfimas, pero era una estrategia como otra cualquiera. Su hombre debería tomar un vuelo o aterrizar en España uno de los días en que los que ella se conectara, debería hacerlo en el aeropuerto de la capital y, encima, después de muchos años sin verlo, ella tendría que reconocerlo. Era como buscar una aguja en un pajar, pero Ángela necesitaba encontrar esa aguja. Necesitaba hacerlo para poder volver a dormir en paz, para alcanzar el equilibrio que le permitiera ser la misma persona de noche y de día. En el trabajo y en su vida personal.

El ruido del café bullendo en la Bialetti la sacó de sus ensoñaciones. Apagó el fuego y vertió la bebida en un tazón con un poco de leche. Dio un trago y se sentó de nuevo a la mesa, donde la Moleskine negra esperaba abierta junto a un bolígrafo con el que garabatearla.

La muerte del abogado había borrado de un plumazo algunas de las teorías que habían barajado hasta el momento. En primer lugar, tal y como ella afirmó desde el inicio de la investigación, Beltrán no podía ser Marat. Ángela había argumentado este hecho basándose en la enfermedad terminal del pintor; con todo, ahora tenían una evidencia irrefutable. Por otro lado, Miguel y Lorenzo, sus dos principales sospechosos, quedaban descartados a no ser que tuvieran superpoderes. Ambos habían estado la noche anterior en la exposición de pintura y tenían una coartada bastante sólida. Había testigos que habían visto a Lorenzo en todo momento hasta que finalizó la fiesta posterior a la exposición, alrededor de las tres de la mañana. La coartada de Miguel Rocamora era ella.

Las similitudes entre los dos asesinatos eran obvias, pero había pequeños matices que le llamaban la atención. En ambos casos había recurrido a la violencia; sin embargo, había tratado a sus víctimas de manera desigual. En el primer asesinato, Carbajosa fue envenenado para luego, una vez muerto, hacer la puesta en escena; en el segundo, en cambio, a pesar del golpe recibido en la cabeza, la víctima murió desangrada por el corte en la yugular. Una muerte mucho más angustiosa. ¿Había infligido un castigo diferente a cada uno de ellos por algún motivo en concreto? Luego estaba lo de las señales… La crucifixión sin duda alguna significaba sacrificio y los *cordyceps*, al tratarse de un parásito, podrían señalar que Melchor se había aprovechado de algún modo de alguien. ¿De Castro? ¿De Carbajosa quizá? Tenía sentido. El asesino había sido más benevolente con el mártir que con el pecador. Por otra parte, estaba lo que yo le había contado. Marat no era un perturbado que sintiera de repente la necesidad de matar. Ya lo había hecho tiempo atrás, al menos en una ocasión, con aquella muchacha de las alcantarillas. Había salido airoso de su crimen y ahora, mucho tiempo después, volvía actuar.

Todas las hipótesis llevaban a Ángela al mismo camino. Todos los actores de la trama tenían algo que los unía. Más bien algo que los debió unir en el pasado, solo así se podía explicar la implicación de Carbajosa, retirado del mundo de la pintura hacía años. De algún modo ese «algo» había resurgido y seguramente ese era el motivo por el cual Marat había vuelto y ellos habían pagado con sus vidas. También estaba la posibilidad de que alguien se hubiera enterado de la leyenda de Marat y que utilizara esa vieja historia para matar en su nombre… Era una posibilidad, pero su instinto le decía que siguiera la primera opción. De momento tenían varias piezas del puzle, pero faltaba una visión de conjunto.

Había otra cosa que le preocupaba. Más bien otra persona. Desde el principio había sospechado que Lorenzo Castro tenía algo que ver con el asesinato del pintor; sin embargo, resultaba evidente que él no había podido ser el artífice. Aun así, tampoco era descartable que tuviera algo que ver con todo lo que estaba sucediendo. El empresario era la intersección entre Beltrán

Carbajosa y Rafael Melchor, y en ese cruce de caminos podía ser tanto víctima como sospechoso. Su trabajo ahora era protegerlo mientras averiguaba qué papel jugaba en toda esa historia.

Cogió el teléfono y buscó el contacto de Belén.

Por un momento dudó. Desde la última reunión de coordinación no había hablado con ella. Eso fue justo el día después de su insinuación. La halagaba lo que le había dicho, incluso diría que la excitaba. Había algo en ella que la atraía irracionalmente. Por mucho que quisiera evitarlo, no podía alejarla de su mente, no podía frenar las ganas que tenía de estar cerca de ella. El problema era… ¿Cuál era el problema? El problema era que no podía ser y punto. Ella era su jefa en aquel caso y tenía que mantener cierta distancia.

Su dedo, indeciso, se movió arriba y debajo de la letra be en su agenda para finalmente pulsar el iconito verde con forma de teléfono.

—¡Ángela! ¿Qué tal?

—Buenos días, cabo Ayerbe.

Los dos segundos en los que ninguna habló dijeron mucho. A un lado de la línea, sorpresa, tristeza; al otro pesar, resignación.

—Necesito que me haga un favor —Ángela trató de suavizar su tono de voz sin acortar la distancia—. Necesito que me averigüe todo lo que pueda sobre la relación que tenía Rafael Melchor con Beltrán Carbajosa y Lorenzo Castro.

—Con el último será fácil, trabajaban juntos. Con el primero…

—Si fuera fácil, no se lo encargaría —la severidad de sus palabras pesaba a ambas—. ¿No me dijo que tenía un amigo que era capaz de sacar información de debajo de las piedras? Melchor trabajaba con Castro desde hacía más de treinta años. No sé lo que buscamos, pero indague todo lo que pueda, sobre todo durante la década de los ochenta y los noventa. Transacciones económicas, patrimonio… hurgue en todo lo que pueda oler a chamusquina.

La teniente Souza intuyó una lacónica sonrisa al otro lado del teléfono.

—Tranquila, teniente, tendrá lo que necesita.

Ángela estaba a punto de colgar. Dudó de nuevo.

—¡Ah! Una última cosa, Belén… Gracias. Por todo.

Se arrepintió de sus palabras casi al mismo tiempo que las pronunciaba. Los mensajes confusos son el peor remedio para la esperanza. Si de verdad quería poner tierra de por medio con ella, debía mantener las distancias. Otra cosa es que no quisiera, pero eso quedaba para su subconsciente.

***

La mesa de trabajo de la teniente Souza estaba sepultada bajo un montón de documentos. Por un lado, apilados en una gaveta color salmón, estaban todos los atestados del caso Carbajosa y en el extremo opuesto, en un color caqui, los del caso Melchor. En medio, repartidos a ambos lados del ordenador, todos los que servían para unirlos.

Era obvio que los dos asesinatos eran obra de la misma persona. La firma en los cuadros y la puesta en escena presentaban inequívocas similitudes. Era en los pequeños detalles donde la teniente trataba de concentrar sus esfuerzos, como en la estrellita dorada que demostraba que el asesino estuvo en la inauguración de la exposición de Castro. Ya había solicitado a los servicios de seguridad del Centro Botín un listado de todos los asistentes al evento y ahora tocaba la ardua tarea de comprobar quiénes, de entre todos ellos, eran capaces de pintar una obra semejante. Una vez depurado el listado, también tendrían que comprobar en qué momento abandonaron la fiesta los principales sospechosos y si tenían una coartada sólida a la hora que se produjo el asesinato. Era un trabajo complejo, pero no veía otra forma de abordarlo.

No podía olvidarse tampoco de la información que había copiado en casa de Melchor y que esperaba a ser abierta en la llave USB de color azul que tenía junto al ordenador. Aún no había tenido tiempo para bucear en ella.

Su teléfono sonó. Una leve vibración y luego el tono que viene configurado por defecto en los terminales.

—Buenos días, querida.

—Buenos días, doña Elvira, precisamente estaba pensando en llamarla. Necesito una orden de registro de la casa de Rafael Melchor. Pensamos que entre su documentación puede haber pistas que señalen al asesino.

—¿Creen que tras su muerte hay algún interés legal o económico? —Su voz dejaba entrever que necesitaba algo más para convencerla.

—No estamos seguros —la teniente Souza pulió su argumento—. Los dos muertos estaban relacionados con el mundo de la pintura. Si somos capaces de encontrar alguna colaboración que ambos tuvieran en el pasado, tal vez podamos encontrar un móvil que conecte los dos asesinatos.

Silencio. Una respiración pesada al otro lado de la línea. Necesitaba un golpe de gracia. Si no, la información que había copiado no le serviría de nada.

—Estamos ante un asesino múltiple y el tiempo corre en nuestra contra…

—Está bien. El secretario judicial se encargará de tramitarla. En cuanto la tenga lista, le llamará.

Ángela cerró el puño con rabia. Le alegraba tanto haber conseguido la orden como haber sabido pulsar las teclas adecuadas para ello.

—En realidad, querida, yo le llamaba por otro asunto —añadió la magistrada—. Para informarla de que ya puede pasar a por su regalito.

—¿Disculpe? No la entiendo…

—Lo que me pidió… Ya está hecho. He hablado con el juez de vigilancia penitenciaria de El Dueso y ha aceptado otorgar a Zhao Mu el tercer grado a cambio de la colaboración en el caso.

La magistrada obvió decirle a Ángela que mi comportamiento los últimos años había sido ejemplar y que hacía tiempo que había solicitado una revisión de condena sobre la cual era bastante optimista. Quizá la jueza Elvira del Real solo acelerara un proceso que ya estaba en marcha, o tal vez realmente les deba mi libertad a esas dos mujeres, lo cierto es que esa llamada, de la cual yo me enteré horas más tarde, ponía fin a mis años entre rejas.

—Es una noticia estupenda. ¿Cuándo saldrá?

—Esta misma tarde. Por eso le llamaba. Debería de presentarse en el centro penitenciario antes de las seis para establecer las normas de la colaboración.

—Allí estaré. Muchas gracias por todo, doña Elvira.

—Démelas con un sospechoso, querida. O mejor con un culpable —dijo a modo de despedida.

Nada más dejar el móvil sobre la mesa, este vibró de nuevo. Tenía dos mensajes. Dos llamadas perdidas mientras hablaba con la jueza, una de Darío y la otra de un número desconocido. Cuando Ángela vio el nombre de su pareja en la pantalla, se sintió culpable. Hacía tiempo que le debía una llamada. No podía dejarlo pasar más. Buscó su número, pero, justo en ese instante, el teléfono sonó de nuevo. Era el número desconocido.

—Sí ¿Dígame?

—¿Conoces la Radio? Es donde hacen las mejores rabas encebolladas de todo Santander.

La pregunta la pilló tan desprevenida como la llamada. Reconoció la voz. Miguel Rocamora era un pozo sin fondo de sorpresas.

—¡Vaya! Y yo que creía que era un invento de Marconi...

—¿Marconi? ¿Estás de broma? ¡Fue Tesla! De todos modos, si quieres, lo discutimos en la comida. Tenemos mesa a las dos. Normalmente no reservan, pero el dueño es amigo mío.

—¿Y si no puedo ir?

—Entonces llamaré a la siguiente de la lista.

Ángela sonrió. Le hacía gracia su descaro.

—Pobre chica. Me da pena. Lo haré solo por evitarle el suplicio de comer contigo.

—Una mujer caritativa... Me gusta. Nos vemos allí. Sé puntual.

El teléfono no le había dado tregua y aún tenía que revisar la información que había copiado en el ordenador de Melchor antes de su cita con el pintor. Necesitaba concentrarse, así que puso el teléfono en silencio y lo guardó en el cajón de su escritorio.

Metió la llave USB azul en la ranura del ordenador y la abrió con el explorador.

La mayoría de los archivos que había copiado del ordenador de Melchor eran documentos de tipo legal y fiscal: declaraciones, escritos y textos similares. No tenía tiempo de revisarlos todos en profundidad, así que fue abriéndolos aleatoriamente para ver si había algo en su contenido que le llamara la atención.

Cuando la cabeza comenzaba a demandar una nueva dosis de cafeína y la cuenta atrás para su cita entraba en números rojos, por fin encontró algo que parecía interesante. Era un archivo protegido con contraseña, lo que significaba que su dueño no quería que nadie, ni tan siquiera por error, tuviera acceso a él. Hizo varios intentos para abrirlo: combinaciones con el nombre de Melchor, números significativos, etcétera. Todas fueron en balde. Aquel documento estaba blindado. Por un momento pensó en enviarlo a algún compañero de delitos telemáticos, pero luego cambió de idea. En cuanto recibiera la orden de registro de la jueza, podría acceder a esa información de manera legal. Solo así podría ser admitida como prueba en un juicio. Tenía que ser paciente y esperar un par de días. Al menos sabía que allí había algo.

Dos menos cuarto. La hora de irse y ni siquiera había comenzado con todo lo que se había propuesto hacer para aquel día. Maldito tiempo insaciable. Tenía que haber declinado la invitación de Miguel, era lo más sensato, pero lo cierto es que tenía ganas de volver a verlo. Apagó el portátil, cogió el casco de la moto y la mochila, y salió de casa dejando olvidado en el cajón el móvil y las cuatro nuevas llamadas perdidas de Darío.

***

Miguel se estaba tomando una cerveza en la terraza de la Radio cuando vio llegar a Ángela. La teniente se quitó el casco y se arregló un poco el pelo para deshacerse del molde. Llevaba puesta una chaqueta de cuero color chocolate, vaqueros ajustados y unas botas Camper. Le sentaba bien ese aspecto roquero.

Luego se giró hacia él y lo saludó llevándose un dedo a la sien. Él sonrió. Si alguien le pidiera que dibujara a una mujer hermosa, seguramente no se parecería en nada a Ángela, pero era precisamente esa ausencia de cánones de belleza lo que la hacía tremendamente atractiva. Su manera de ser, insolente como él, era la guinda del pastel. Ese era el motivo por el que desde su primer encuentro en el taller había sentido algo por ella. Deseo. Respondió a su saludo pidiendo al camarero una cerveza para la recién llegada y se levantó para recibirla. Lo tenía todo estudiado, le había estado dando vueltas al encuentro desde que habían hablado por teléfono, a decir verdad, incluso antes.

Ángela cruzó al trote el paseo General Dávila y, cuando llegó a su altura, se acercó para darle dos besos, pero Miguel la sorprendió con uno solo. Un beso perfectamente equidistante entre sus orejas. Sucedió tan rápido y la pilló tan por sorpresa que no dijo nada. Fue un beso tan natural, tan fugaz, que no daba lugar a la incomodidad. Por un instante se quedaron congelados, y en silencio los dos se hicieron la misma pregunta: «¿Por qué no ha durado más?». En ese momento el camarero puso una cerveza fría encima de la mesa.

Miguel Rocamora no mentía acerca de las rabas encebolladas de aquel sitio. Estaban exquisitas y la ración era abundante. En Madrid un plato de calamares semejante costaba más que una hipoteca. Acompañaron las rabas con unas *charamucas* y un San Martín para compartir. Para beber, un albariño. Y, mientras disfrutaban de la comida, hablaron de arte y del mar.

—El mar es uno de los motivos que me impulsaron a pintar —dijo en cierto momento Miguel.

—Solo he visto uno de tus cuadros —mintió Ángela, que lo había investigado a fondo—: *El elefante de piedra,* pero he de decir que me impresionó. Resultaba tan espiritual y tan real a la vez...

—No fuiste a la única a quien le gustó —respondió el pintor guiñándole un ojo—. Se vendió el mismo día de la exposición.

—Me alegro mucho por ti.

Ángela se esforzó por recordar el numerito que había escrito bajo el cuadro en el folleto de la exposición. Si no recordaba mal, se acercaba a los cinco dígitos. Si de verdad aquel hombre ganaba tanto dinero con sus pinturas, lo sabía disimular muy bien. Los vaqueros raídos y el suéter de cuello vuelto no parecían el atuendo habitual para una persona con tanto dinero.

—¿Y en qué estás trabajando ahora?

—Mmm... Es sorpresa. —Miguel enarcó las cejas y dio un trago a la copa de vino—. Pronto lo sabrás.

—Espero que no sea en el escenario de un crimen.

Miguel estalló en una carcajada.

—¿De verdad? ¿Sigo siendo sospechoso? Te recuerdo que anteanoche estuvimos bebiéndonos Santander hasta las tres.

Ángela lo recordaba. Habían estado en el Papanao, el Ventilador y por lo menos un par de sitios más. No recordaba nítidamente lo que había bebido, pero sí lo mucho que se había reído. Levantó la copa de vino y brindó con él.

—A la salud de la última noche.

—Por la gente que sabe disfrutar de la vida.

Ángela esbozó una triste sonrisa. A decir verdad, aquella comida, junto a sus carreras matutinas y el sábado que había dedicado a conocer la ciudad, habían sido sus únicos momentos libres desde que había llegado. «Disfrutar de la vida»... Ella era más bien de las de complicarse la vida.

La teniente Souza dejó la copa de vino sobre la mesa y se echó un poco hacia delante.

—Tengo una idea. Juguemos a algo... Imagina que el asesino de los cuadros hubiera estado con nosotros en la exposición. ¿Quién crees que podría ser?

Miguel se rascó la barba con la mano izquierda y miró hacia arriba. Pensaba.

—Sé que yo no fui... ¿Qué tal Lorenzo Castro? Nuestro anfitrión.

—Hay testigos que dicen que estuvo allí hasta el final de la fiesta y el asesinato se cometió hacia las doce de la noche. Una lástima.

—¿Una lástima? ¿Te gustaría que fuera él? —dijo entre sorprendido y divertido.

—No puede ser él.

—Pero…

—Está en el centro de todo. Trabajó con Beltrán y con Melchor.

—Y conmigo, y con todos los pintores de Cantabria.

Ángela menó la cabeza. No podía decirle mucho más. No podía hablarle de su sexto sentido y de cómo estaba casi segura de que no se equivocaba.

—¿Y qué me dices de Isla? —preguntó Miguel—. Se fue poco después de nuestro encuentro. Eso fue antes de medianoche…

—¿Crees que pudo ser ella? —preguntó la teniente con asombro.

—¡Ja, ja, ja! —Miguel rio tan a gusto que hasta unas lagrimillas asomaron en la comisura de sus ojos—. Isla no sería capaz ni de matar a una mosca.

—¿Se te ocurre alguien más?

—Eduardo Echeverría sería capaz de matar a alguien, pero me parece que los cuadros que se encontraron en el lugar del crimen no son cubistas. Paco Gradolí se hubiera desmayado solo por ver brotar la sangre del cuello de Melchor. También Pau Klein, trabaja el hiperrealismo, pero sería tan quisquilloso con la puesta en escena que le habrías pillado antes de que pudiera siquiera empezar la pieza.

—Olvídalo. Creo que así no vamos a poder culpar a nadie… —dijo Ángela dando un nuevo trago a su copa de vino.

—Me temo que no. ¿Quieres que pidamos postre?

—Me has leído el pensamiento. ¿Una quesada?

Y, con esa tentación dulce, Rocamora abandonó el juego y Ángela la oportunidad de obtener algo de información que le sirviera para allanar su camino en la investigación de los asesinatos de Marat.

***

Resulta complicado explicar la sensación que tiene un recluso en el momento que atraviesa la última puerta que lo separa de la libertad. Ese muro que lo ha aislado durante años del resto de los humanos buenos, de los que no pueden contaminar al resto de

Homo sapiens la enfermedad de la maldad. Resulta complicado de explicar porque es un cóctel de sensaciones: euforia, alegría, miedo, vértigo… Son solo algunas de las que identifiqué la primera vez que salí del presidio. Pero, al igual que sucede con los vinos buenos, hay muchos más matices que están ahí y no se pueden describir. Pensaba que la segunda vez sería diferente a la primera, pero me equivoqué. Con la primera bocanada que respiré fuera de la cárcel, a pesar de que el aire era el mismo que unos metros atrás, mis pulmones se llenaron de esperanza. No por salir, sino por dar el primer paso para desenmascarar a Marat, algo que me había quitado el sueño los últimos treinta años de mi vida.

La teniente Souza me esperaba a unos cincuenta metros de la puerta, apoyada en el lateral de la puerta de un taxi. Me saludó con la mano y me hizo un gesto para que me acercara hacia ella.

—¿Sienta bien la libertad?

—Estupendamente. Casi tan bien como un buen té.

—Yo he cumplido con mi parte del trato… Es un hombre libre. Ahora le toca a usted cumplir con la suya.

—No me llames de usted. No soy tan viejo y, además, acabo de salir de la cárcel.

—Como quieras, Zhao. ¿Entras? —Ángela abrió la puerta del coche.

Obedecí. Subimos al coche y me pidió que le indicara al taxista a dónde quería que me llevara. Yo me reí.

—No tengo ni idea de dónde ir.

—No sé. ¿No tienes ningún familiar al que visitar? ¿Ningún antojo? —preguntó la teniente divertida por la situación—. Mira que mañana por la mañana empiezas a trabajar en el caso…

—¿Te gusta el té? —respondí.

—Sí, supongo.

—¿Te tomarías uno con este viejo? Sé dónde preparan el mejor té de todo Santander. Bueno, espero que siga abierto…

—Vamos a Santander —indicó Ángela al taxista.

Capítulo 20

Una de cal y dos de arena

La hora del baño
Joaquín Sorolla

El agua es el mejor remedio para el fuego y casualmente la teniente Souza estaba que ardía y tenía frente a ella una playa desierta.

Que hubiera acabado en aquel lugar era una pura cuestión de azar. Había salido precipitadamente de la comandancia enfurecida por cómo había transcurrido la reunión con la responsable del equipo de investigación tecnológica, y había conducido la Yamaha sin rumbo fijo hasta llegar a aquella playa. Necesitaba aire en la cara, liberar adrenalina y calmarse. Los cruces aleatorios la llevaron a Soto de la Marina y, cuando vio el letrero que señalizaba el término de la población, se acordó de que días atrás, en una de sus carreras matutinas, había descubierto allí una playa que tenía muy buena pinta. Se trataba de una gran explanada de arena dorada encajonada entre dos montañas reverdecidas por las lluvias de los últimos días. Un lugar ideal para, como se decía en aquella tierra, *darse un col*, sumergir el cuerpo y reiniciar el cerebro.

Ni se lo había pensado, había dejado la moto aparcada junto al chiringuito de la parte alta de la playa y se había adentrado en la arena hasta llegar a unos veinte metros de la orilla. Estaba sola, únicamente unas gaviotas la observaban fijamente desde lo alto de un peñasco que emergía del mar en el centro de la bahía. Olía a algas y salitre, y las olas lamían los guijarros supervivientes de la orilla con un vaivén monótono que generaba un sonido que invitaba a olvidarse de los problemas. Ángela se quitó las botas y los calcetines. La arena estaba fría y húmeda. Se quitó el pantalón, le siguió la chaqueta y la camiseta. La única ropa que le quedaba eran unas braguitas brasileñas color cereza. Avanzó con paso decidido y se metió en el agua.

El mar norteño la recibió sin cortesías, cerrando todos los poros de su piel, pero, en cuanto el cuerpo se acostumbró, le pareció más benevolente. Tampoco es que estuviera mucho tiempo dentro, no era masoquista, veinte o treinta brazadas mar adentro y unas pocas más hasta la orilla. Lo suficiente como para no tener frío al salir y que su cabreo se disolviera con el agua salada. Por un momento se sintió como una de esas mujeres que pintaba Sorolla, el maestro de la luz, en la orilla del mar. Pero en lugar de en el levante, en el norte. En lugar de vestida, desnuda. A Ángela le encantaban sus cuadros. Es más, en alguna ocasión incluso le habían dicho que se parecía a la mujer morena que aparecía en *Paseo a orillas del mar*. Sin el moño, claro.

Cuando salió del agua, se envolvió en la chaqueta para protegerse del aire, se sentó en la arena y trató de pensar con calma en lo que había sucedido aquella mañana.

La jueza Elvira había autorizado el registro en la casa de Rafael Melchor y entre las pertenencias que se habían requisado destacaba el ordenador que este tenía en el despacho. Aquel aparato y su contenido oficializaban una de las pruebas que más intrigaba a la teniente Souza, el archivo protegido con contraseña al que no había podido acceder. Ángela llegó a primera hora de la mañana a la comandancia y subió directamente a la planta en la que estaban las dependencias de delitos telemáticos. La recibió Gloria Zaera, la responsable del equipo, una mujer enjuta y arisca que parecía que había nacido con un perpetuo mal día. En una conversación, que pareció más una partida de póker que una charla entre colegas, la teniente Souza le insinuó que en el ordenador debía haber un documento encriptado con contraseña, pero Gloria le dijo que no habían encontrado nada así. Ángela no quería decirle que de manera ilegal y saltándose el procedimiento había tenido acceso al contenido del ordenador de Melchor unos días antes, así que fue dando rodeos por todos los caminos posibles para que la agente le diese lo que quería. La paciencia de esta se fue agotando y comenzó un tira y afloja que terminó cuando Zaera, sin llegar a los malos modales, le dijo en pocas palabras que se largara de allí y que ya no tenían más que hablar.

No le gustaron las formas, no le gustó la falta de colaboración, pero mucho menos el saber que había desaparecido una prueba por arte de magia. ¿Qué había sucedido? Ella había copiado parte del disco duro del ordenador de Melchor y sabía perfectamente lo que contenía. Tan solo había dos explicaciones posibles: o el equipo de Zaera era tan incompetente que no era capaz de encontrarlo o alguien había eliminado este archivo intencionadamente, lo que significaría que su investigación estaba sufriendo un boicot.

Para colmo, nada más salir del despacho de Zaera, había recibido una llamada de Darío. Le había cogido el teléfono, no podía dejar de responderle por enésima vez, pero había sido un error. La conversación, poco apasionada al principio, se había convertido en un cúmulo de reproches por parte de él y una defensa demasiado agresiva por la suya. No había acabado bien… y lo peor era que ella sabía que el motivo no era Darío. El motivo era que la llamada que quería responder era la del hombre del que no sabía nada desde hacía un par de días: de Miguel Rocamora. Y eso le hacía sentirse culpable. Muy culpable.

Al cabo de unos minutos, cuando volvió a entrar en calor, la teniente se quitó la chaqueta y se vistió de nuevo. Era hora de ponerse en marcha. No había comido todavía. Se compraría un bocadillo en el chiringuito y aprovecharía para repasar las notas de los interrogatorios que su equipo había hecho a las personas del entorno de Melchor. Por lo que había visto hasta el momento, era un hombre tan tímido como astuto. Sobre todo en las finanzas.

Todavía le quedaba una hora para su cita en el Centro Botín.

***

Henry bostezó al mismo tiempo que se frotaba los ojos con la palma de la mano. Aquella parte del trabajo era la que más detestaba.

Ni sabía el tiempo que llevaba sentado delante del ordenador. Había comido allí mismo unos canelones que su madre le había guardado en un táper, y solo se había levantado de la silla tres o cuatro veces para ir a orinar y beber agua. Le dolía la espalda horrores.

Una mujer apareció en el monitor y Henry cambió el modo de avance rápido por el normal. Era rubia y caminaba por la calle hablando por teléfono. La imagen era en blanco y negro y estaba distorsionada por el objetivo ojo de pez de la cámara de seguridad. La mujer subió por la calzada y giró justo antes de la bocacalle que llevaba al complejo Peñamar. Se había desviado. Tampoco era ella. Henry volvió a pulsar el botón de avance rápido. En la parte inferior de la pantalla pudo ver que aún quedaban dos horas de cinta. Dos horas de infierno.

—¿Qué, se te han acabado las palomitas?

Henry se giró. Belén había dejado un par de vasos de cartón sobre la mesa y se estaba quitando el abrigo.

—¡Puf! Esto no se acaba nunca... Me va a dar algo.

—Anda toma, te he traído un café —dijo su compañera pasándole uno de los vasos.

—Gracias, Belén. Eres un sol.

—Eso díselo a mi ex, Ordi.

La recién llegada dio un largo trago a su café y se sentó a su lado.

—¿Ha habido suerte?

Ordóñez abandonó la pantalla congelada de su ordenador, ahora sin rastro de la mujer de pelo dorado, y giró la silla para enfrentarse a su compañera.

—No. Llevo *nosecuántas* horas aquí sentado y no he visto nada interesante. Me he tragado todas las imágenes de las cámaras de seguridad de la gasolinera, la tienda de deportes y el cajero automático, y nada de nada. He podido contar hasta quince personas diferentes que entraron y salieron del complejo, pero todos son vecinos. Está contrastado. Aún me queda por visionar un par de horas —dijo el guardia llevándose los dedos en forma de pistola a la sien.

Belén emitió un chasquido. Sabía que no iban a encontrar nada. La investigación estaba gafada.

Los agentes habían logrado identificar tres cámaras de seguridad que cubrían la entrada de la urbanización Peñamar desde las calles adyacentes. El asesino obligatoriamente tenía que haber empleado alguno de esos accesos para entrar o salir a la casa de Rafael Melchor. Sin embargo, de momento, no había ni rastro de él. Parecía que una vez más les llevaba delantera.

—¿Qué franja temporal has empleado?

—Desde doce horas antes del homicidio hasta que llegaron los primeros agentes. Tuvo que entrar y salir forzosamente en esa franja horaria.

El agente Ordóñez abrió el cajón del escritorio, sacó un plano de la zona y lo extendió sobre el teclado del ordenador.

—Las cámaras estaban aquí, aquí y aquí —dijo golpeando tres puntos del mapa—. Todas las entradas directas al complejo están cubiertas.

—¿Y si hubiera entrado por la *playuca*? —preguntó Belén señalando un área de color marrón y cian que representaba el acantilado que quedaba tras la casa.

—¿De veras crees que pudo llegar por mar? —No se había planteado la posibilidad. La zona era escarpada y de difícil acceso—. Es jugarse la vida... Además, los primeros guardias que llegaron nos aseguraron que la puerta de la terraza estaba cerrada. No podría haber entrado en la vivienda.

—No sé, Ordi. Yo no descartaría nada...

Belén observó el plano con detenimiento recorriendo con la yema de los dedos el perímetro del complejo, estudiando cada recoveco. En realidad, no se trataba de un mapa propiamente dicho, sino de una imagen aérea de la zona.

—Fíjate en este edificio —dijo señalando una construcción un poco más pequeña que quedaba entre la urbanización Peñamar y el hotel, al lado opuesto del barranco—. La pasarela de madera que conecta las terrazas de la urbanización se prolonga también hasta este bloque de viviendas.

—El edificio Amayuelas. Es menos exclusivo y un poco más pequeño. Cuatro adosados, si no recuerdo mal.

—¿Se accede por la misma calle que al complejo Peñamar?

—Sí, aunque también se puede llegar a él desde el hotel. —Henry se rascó el cuello. Había pasado por alto el pequeño pero importante detalle de la conexión entre las viviendas.

—Pide las cámaras del hotel. Tenemos que estudiar todas las posibilidades, por remotas que sean.

—Está bien, lo haré esta mañana sin falta —respondió Henry un poco contrariado por el desliz que había tenido—. ¿Y tú? ¿Has tenido más suerte?

—Tampoco mucha. He estado reconstruyendo los últimos días de Melchor y no he encontrado nada extraño. Nada fuera de la rutina. He preguntado a sus familiares y amigos, hemos revisado llamadas, movimientos bancarios y nada. También nos tocará retroceder en el tiempo.

—Tendremos que pedir un DeLorean, como el de *Regreso al futuro*. —Ordóñez era un fanático de las películas ochenteras—. ¿Y las llamadas?

—Lo mismo. He revisado todas las llamadas que entraron y salieron en la zona del complejo por teléfono móvil. Es una zona aislada y el asesinato fue a medianoche, con lo que no había demasiados registros. No hay nada sospechoso.

—El asesino es como una sombra. Parece de película de ciencia ficción, ¿no te parece?

—Nadie es de ciencia ficción. Ese tipo es de carne y hueso, como tú y como yo. Cometerá un error y nosotros estaremos ahí para cuando eso suceda. Eso si no lo cogemos antes…

—Ya, pero ¿no crees que tiene algo de romántico? La historia de Marat, los cuadros…

—¡Rediós, Henry! Hablas como si te pareciera un héroe. Es un *jarcia* hijo de puta que ha matado a dos personas, y nosotros —dijo golpeándose el pecho con el dedo índice— lo meteremos entre rejas.

Henry calló. Estrujó el vaso de cartón, ya vacío, y lo tiró a la papelera.

—Tengo la sensación de que la muerte de Carbajosa y la de Melchor estaban planificadas desde hacía tiempo —dijo el guardia—. Desde hacía mucho tiempo.

—Yo también… —La cabo dudó antes de seguir—. Hay algo que me llama la atención. Se supone que un abogado que trabaja como autónomo, por muy bueno que sea, tiene unos ingresos limitados; sin embargo, por lo que he podido averiguar, este tenía bastante pasta. Según he podido contrastar en los archivos, tiene siete u ocho casas y varios coches de lujo. Mucho más de lo que parece razonable, ¿no crees? Estoy intentando averiguar cómo consiguió tanto dinero…

—¿Puedes hacerlo?

—Legalmente… Digamos que con mis medios no, pero sí con otros que están a mi alcance.

Henry se encogió de hombros.

—Ten cuidado con lo que haces Belén.

Fue una advertencia amistosa, más que por lo que le pudiera pasar, por cómo se lo tomaría su jefe, el inspector Fenollosa. No le gustaba salirse del camino.

***

El Centro Botín lucía menos elegante pero más resplandeciente. El reflejo de la luz del sol sobre las inmaculadas cubiertas de las dos secciones aéreas contrastaba con el azul de un cielo que parecía haber desterrado a las nubes para siempre. El bullicio de los turistas buscando el mejor encuadre del edificio con sus teléfonos móviles y los paseos de jubilados y desocupados no tenía nada que ver con los trajes elegantes de días atrás. El mismo espacio y dos mundos diferentes. El día y la noche.

Ángela aparcó la moto junto al Hotel Bahía y atravesó los jardines de Pereda hasta llegar a la puerta del edificio. Había telefoneado pocas horas antes para concertar una cita con Fulgencio Mares, el responsable de la seguridad del centro de exposiciones, quien había accedido a recibirla sin dilación. Tras el desagradable incidente de la desaparición del archivo en el ordenador de Rafael Melchor, esperaba tener más suerte aquella tarde. Preguntó por él en el mostrador de recepción y solo tuvo que esperar un par de minutos para ver aparecer a Mares. Era un hombre grande, con abundante pelo y ojos pequeños y, a tenor de la lentitud de sus movimientos, *a priori* nadie pensaría que se dedicaba a garantizar la seguridad de aquel edificio. Le recordó a un perezoso. Bajo el brazo llevaba una carpetilla de papel con unos folios sujetos por un clip.

—Buenas tardes, teniente Souza.

Ángela lo saludó con una sonrisa de circunstancias. No le hizo falta ni un segundo para darse cuenta de que el responsable de la seguridad del Centro Botín había oído hablar de ella y conocía perfectamente el motivo de su estancia en la capital cántabra. Las indiscreciones de Luis Zambrano eran un antídoto contra su anonimato.

—Muchas gracias por recibirme tan rápido, señor Mares.

—Le he traído lo que me ha pedido —se apresuró a decir mientras le extendía la carpeta de papel que parecía diminuta entre sus grandes manos—. Aquí tiene el listado de todos los asistentes a la ceremonia inaugural de la exposición «Pintores de nuestra tierra». Están, por un lado, los artistas que exhibían sus obras y, por otro lado, los asistentes. Todos los que hicieron el registro, claro. Como bien sabe, hubo gente que entró sin invitación…

—Entiendo. —Ángela resopló una sonrisa.

—También le he adjuntado un cedé con las grabaciones de las cámaras de seguridad. No sé si le serán de utilidad, ya que hay varias situadas en diferentes estancias; con todo, no tenemos registros de las exteriores. Se borran diariamente si no hay ningún altercado. —Fulgencio consultó la hora en su reloj de pulsera, parecía que tenía algo de prisa—. No sé si desea algo más.

—No, gracias. Si necesitara algo más, se lo haría saber.

—Perfecto, pues ahora, si me disculpa, tengo que…

—Vaya, vaya, no lo distraigo más.

Fulgencio Mares le tendió la mano y Ángela se la estrechó. Era firme, una mano de esas capaces de romperte los huesos solo con un desliz de fuerza.

—Una pregunta —añadió él sin soltársela—. ¿Cree que estuvo en la exposición?

—¿A quién se refiere?

—Al asesino. Simple curiosidad.

Ángela meditó su respuesta unos segundos. Mares no había hecho la pregunta por puro azar.

—Si estuvo en la exposición, le aseguro que lo atraparemos.

El responsable de la seguridad emitió una inclasificable mueca de agradecimiento por la respuesta y desapareció con la misma parsimonia con la que había aparecido.

Una vez fuera del edificio, Ángela tomó asiento en una de las mesitas que había junto al parque infantil de los jardines de Pereda, justo frente al Centro Botín. Necesitaba cafeína y ordenar sus ideas. Pidió un cruasán y un mediano, una mezcla entre cortado y café con leche servido en vaso de cristal, y comenzó a tomar notas de la conversación con Mares y sus próximos pasos. Tenía que revisar el listado y hablar con el resto del equipo para averiguar si había novedades en los interrogatorios o si habían podido averiguar algo interesante en el visionado de las cámaras. Se sentía un poco culpable por ocultarles el descubrimiento de la pequeña estrellita dorada que había encontrado en la parte trasera de la casa de Melchor. Lo normal era que les hubiera informado de sus sospechas cuanto antes, pero en aquella investigación había algo que le rechinaba. Demasiadas filtraciones, demasiado recelo… No confiaba en Fenollosa y, a pesar de que Henry y Belén le parecían dos profesionales de primera, prefería no tener que comprometerlos con aquella información. Prefería aguardar al resultado de las cámaras de seguridad.

El sol, que comenzaba a considerarse un regalo en esa época del año, animaba a pasar la tarde al aire libre y, por alguna extraña circunstancia, parecía que todos los santanderinos habían elegido ese parque. Los gritos y el ir y venir de los chiquillos no creaban el mejor entorno para concentrarse, así que, una vez hecho el resumen, recogió las cosas y pagó su bebida. Justo estaba a punto de marcharse cuando un hombre se le acercó. Tenía el pelo cano y vestía de manera antigua. Le resultaba extrañamente familiar.

—¿Es usted la inspectora?

Entonces cayó. Aquel era el dueño de la papelería Milo, una de las últimas en las que había estado indagando sobre las pinturas que había empleado Marat.

—La teniente Souza. Usted es el propietario de la tienda de artes plásticas, ¿me equivoco?

—Sí. Qué casualidad… Me hubiera gustado poder ponerme en contacto con usted antes, pero no recordaba su nombre. ¡Souza! Eso es, como el apellido de Sócrates, el futbolista brasileño. En fin, lo que quería decirle es que poco después de que usted me preguntara por esa pintura…

—Lorinelli.

—¡Eso, Lorinelli! Encontré una anotación que había hecho mi señora en la libreta que empleamos para los encargos. Un pedido de tubos de óleo de esa misma marca. Me extrañó porque la primera vez que había oído hablar de esa pintura fue cuando usted vino a visitarme. Le pregunté a mi mujer y me dijo que semanas atrás un hombre había venido a la tienda preguntado por ella. Imaginé que le interesaría saberlo.

—Muchas gracias, es una información muy importante. —La teniente Souza a duras penas podía controlar su entusiasmo ante el golpe de suerte que acababa de tener—. ¿Y sabe por casualidad su nombre? ¿O su aspecto físico?

—Me temo que no. No dejó ni nombre ni teléfono, y nunca más volvió por la tienda… Pero mi mujer se fijó en algo, aquel hombre no tenía pinta de ser de aquí. Tenía cara de bruto. ¡Ah!, y también se acuerda de que sufría una pequeña cojera.

Capítulo 21

Los cuadros también hablan

La última cena
Leonardo Da Vinci

La muerte violenta, en la mayoría de sus versiones, suele ser burda y carente de clase. Improvisada, excesivamente tintada de rojo y con un caos innecesario a su alrededor. Un ajuste de cuentas, una reyerta en un callejón oscuro o el crepúsculo en el campo de batalla nos dejan escenas dantescas y desordenadas donde la prisa por alejarse del cadáver prima sobre la poética visión que todos tenemos sobre nuestro último acto en el teatro de la vida. Sin embargo, un asesinato también puede ser refinado en su presentación y ejecución. Como una obra de arte. Al menos esa fue la sensación que tuve cuando conocí el detalle de los informes del asesinato de Rafael Melchor.

Tras un par de días en los que me costó desprenderme de la rutina a la que me había acostumbrado en prisión y que dediqué a redescubrir la ciudad que había comenzado a olvidar, tocaba pagar el precio de mi libertad. Había caminado sin pensar hasta dónde podía llegar, había saciado mi sed con los mejores tés que pude encontrar y había comido de verdad, como nos gusta a los que vivimos en el linde con el mar. Pero también había comenzado a trabajar en el caso de Marat, y he de reconocer que eso último fue lo que me resultó más estimulante de mi nueva situación. La teniente Souza había sido muy generosa dándome un pequeño pero necesario permiso para que me aclimatara a la vida de la gente corriente. «Un par de días», me dijo, pero no habían pasado ni treinta horas cuando vino a verme con un listado de pintores y un encargo: averiguar quiénes eran capaces de pintar como él, como Marat. También me dijo que me presentara al día siguiente en la Comandancia de la Guardia Civil. Había novedades sobre el caso y quería que participara en la reunión de coordinación que tenía programada.

Llegué al edificio de la calle Campogiro, un monótono conjunto de bloques de ladrillo blanco y pardo, hacia las nueve de la mañana. Me registré en la entrada y, escoltado por multitud de miradas curiosas, seguí las indicaciones que me dieron hasta llegar a la alargada sala donde se encontraba reunido el grupo de homicidios. Al fondo, en una mesa circular, estaban Ángela Souza y el sargento Fenollosa acompañados por dos agentes que me presentaron como Henry Ordóñez y Belén Ayerbe. La bienvenida fue tibia, entiendo que por los recelos que causa a los agentes de la seguridad del Estado que de un día para otro un malhechor pasase a formar parte de su equipo de trabajo. Y si empleo el término *tibio* es porque la teniente Souza parecía bastante optimista con mi incorporación al grupo, lo que contrarrestaba en parte la glacial mirada que me dedicó Fenollosa, quien, sin muchos prolegómenos, resumió la pila de atestados que había sobre la mesa.

El informe forense confirmaba que Rafael Melchor había muerto desangrado. El asesino le había asestado un golpe en la nuca con un objeto contundente, todo indicaba una porra de goma dura, y luego lo había maniatado a la silla con unas bridas de plástico de las que se pueden encontrar en cualquier ferretería. El abogado permaneció inconsciente durante al menos un par de horas, tiempo que el asesino empleó en limpiar cualquier resto que hubiera podido dejar en la escena del crimen. Los técnicos del laboratorio habían podido identificar al menos dos productos de limpieza diferentes, ambos de uso corriente. Cuando tuvo lista la puesta en escena, antes de quitarle la vida, despertó a Melchor haciéndole inhalar sales de amonio. Se detectaron trazas de ese compuesto en sus fosas nasales. Curiosamente, también se habían encontrado trazas de marihuana en la sangre, lo cual, junto con la pequeña bolsita de la droga que los de Criminalística habían hallado escondida en una cajita de madera en su armario, confirmaba el pequeño vicio que tenía el abogado de fumarse un porro para conciliar mejor el sueño. No se había encontrado el arma homicida, pero sí restos de sangre en el desagüe de uno de los lavabos.

—Marat quería que estuviera consciente mientras le cortaba el cuello. Quería que Melchor sufriera —puntualizó Fenollosa.

Los agentes no pudieron ocultar un gesto de reprobación al llegar a ese punto. Asesinar a un ser humano es un acto perverso, pero el ensañarse en su muerte de una manera tan despiadada es repulsivo. La bestia a la que se enfrentaban carecía de escrúpulos.

—Puede que lo hiciera solo por el cuadro —dijo Henry—. Sabemos que es un purista.

—Tiene sentido —intervine—. El objetivo de Marat es pintar la muerte de la manera más real posible, hacer que transcienda del cuadro. Experimentar ese sufrimiento de primera mano quizá le ayuda a inspirarse.

Todas las miradas se volvieron hacia mí. Era la primera vez que tomaba la palabra. No me sentía cómodo y mi idea inicial era limitarme a responder a las preguntas que me hicieran sin implicarme demasiado, pero no me pude reprimir.

Fenollosa tamborileó sobre la mesa con impaciencia y continuó con su resumen.

—Empleó un arma afilada y tensó la cabeza de Melchor hacia atrás para que el corte se extendiera... Es bastante improbable que le cercenara la yugular y pintara la pieza al mismo tiempo.

Aquel hombre no entendía. Lo que quería Marat era respirar su último aliento, retenerlo en su memoria para poder recrearlo luego... Los verdaderos artistas no necesitan los ojos para expresarse.

—Luego le arrancó un diente, no sabemos por qué, y montó el numerito del cuadro y lo de los gusanos —Fenollosa continuó su exposición sin entusiasmo—. Según hemos podido averiguar, lo que Melchor tenía en la boca eran *Cordyceps sinensis*. Se trata de una especie de hongo que crece como parásito en el interior de algunos insectos. Es de origen chino, de las montañas del Tíbet. Allí es muy apreciado como remedio medicinal y en Europa cuenta cada vez con más adeptos. El hongo germina como larva viviente y literalmente revienta a su huésped, que queda momificado cuando el parásito sale de él.

—¡Rediós! ¡Qué asco! Es como una peli gore —dijo Belén, la única que no había estado presente en el levantamiento del cadáver.

Ángela suspiró con pesadez, todo aquello ya lo había anticipado ella.

—Pero lo más llamativo de todo es —continuó el sargento— que el asesino pasó varias horas en casa de la víctima, moviéndose a su antojo y manipulando el cadáver para recrear la escena. Aun así, los compañeros de Criminalística, al igual que en el caso de Carbajosa, no han podido obtener ni una sola huella. Ni una sola pista que nos ayude a identificarlo.

Ángela se incorporó hacia la mesa y se pellizcó ligeramente la nariz. Me pareció que iba a decir algo, pero se calló.

—Esto no es obra de un *amateur*. Nos enfrentamos a un profesional. Marat —al sargento le costó pronunciar el nombre— nos está poniendo en evidencia.

—¿Qué hay de la pintura? —preguntó Belén—. ¿Hay alguna novedad de Madrid?

—Sí, y me temo que no son buenas noticias... —respondió Ángela levantándose de la silla—. Al igual que la vez anterior, no se ha encontrado ni una sola huella en el bastidor, y los materiales que utilizó para pintar el cuadro son exactamente los mismos: el mismo tipo de lienzo, soporte, y las mismas marcas de pintura; incluido el óleo Lorinelli, que parece que nadie más emplea. El asunto del pelo del pincel que encontramos en el primer cuadro también es un callejón sin salida. Nuestro hombre es tan cuidadoso matando como pintando, y por eso está aquí Zhao, porque tal vez la clave para resolver el asesinato no esté en la química o en la biología, sino en la pintura.

Mientras decía eso, la teniente Souza avanzó hacia uno de los armarios que servían de separador físico entre las diferentes secciones de la sala, lo abrió y sacó una caja de cartón de aproximadamente un metro cuadrado. La puso sobre la mesa y la rasgó por uno de los laterales. Luego, con sumo cuidado, extrajo una pintura envuelta en plástico acolchado. Cuando retiró el envoltorio, un hormigueo recorrió todo mi cuerpo, desde los dedos de los pies hasta la coronilla. Frente a mí tenía uno de los mejores cuadros que jamás se hayan pintado. Una pieza que solo unos cuantos privilegiados teníamos la oportunidad de haber visto.

Tuve que contener las manos para no levantarlas y tratar de acariciarlo. Los trazos eran finos y armoniosos, y los empastes parecían haber sido calculados matemáticamente. El cuadro representaba a un hombre, Rafael Melchor, sentado en una silla y con la cabeza hacia atrás. Apenas se le podía ver el rostro entero, pero la mueca que se intuía en los labios y el ojo con la mirada perdida en la que una lágrima parecía cristalizar eran suficiente para contagiar desesperación, sufrimiento, angustia. Abajo, a la derecha, solo una palabra: Marat.

—Es hermoso —dije en un hilo de voz—. Hay muy poca gente que sea capaz de hacer algo así.

—Es repulsivo —contradijo Fenollosa con sequedad.

Me hubiera encantado decirle en aquel mismo instante que era un ignorante. Que si no hay emoción, no hay arte. Que el causar amor, asco, desazón, inquietud, tristeza, paz o cualquier otro sentimiento era el objetivo de un artista. Con las palabras, los sonidos, las imágenes o las formas. Pero me callé y me limité a cumplir mi papel en aquella reunión.

—Si hay algo que caracteriza los cuadros de Marat, al menos por la leyenda de su origen y por las pinturas que he podido ver, es que emula la obra de otros artistas para recrear la muerte de la víctima. Es como un juego. En el caso de Carbajosa, la pieza está inspirada en la *Lamentación sobre Cristo muerto*, de Andrea Mantegna. Beltrán tenía las manos fijadas a la mesa con clavos de forja. Fue crucificado, como el Jesucristo del cuadro, lo cual puede indicar que se sacrificó por salvar a alguien... o también que su muerte sirve para resucitarlo como Marat. Por supuesto son suposiciones, pero tal vez tenga un significado.

»Hay muchos casos similares de secretos escondidos en la pintura. Quizá una de las más famosas, por el halo de misterio que hay a su alrededor, es *La última cena*, de Leonardo Da Vinci. El músico italiano Giovanni Maria Pala descubrió que esconde una melodía compuesta con notas musicales que se forman según la disposición de los panes y las manos de los apóstoles. También hay conjeturas sobre la simbología de algunos de sus personajes. Incluso una investigadora del Vaticano afirmó haber descubierto en la pieza un acertijo matemático en el que se data la fecha del fin del mundo en el 21 de marzo de 4006. Si les interesan los misterios y mensajes ocultos, aquí tienen el cuadro perfecto para ello.

Los guardias me seguían con una mezcla de escepticismo y asombro.

—Es cierto. También leí en un artículo que la posición de los apóstoles está relacionada con el sistema solar y los signos del Zodíaco —añadió Henry—. Otro apunte curioso es que el menaje que aparece en la pintura es el mismo que se utilizaba en el refectorio de Santa Maria delle Grazie. Da Vinci la representó como si esa cena ocurriera en la misma iglesia en la que se expone la obra.

—Déjate de chorradas, Ordóñez —reprendió Fenollosa.

—El caso de Melchor es más complejo —continué—, pero, viendo la posición de la cabeza y pensando en los *cordyceps* como parásitos letales, me viene a la cabeza la pintura de Zdzisław Beksiński. Un pintor polaco. Sus cuadros, que él mismo bautizaba como realismo fantástico, suelen ser imágenes propias de una pesadilla. Si no recuerdo mal, una de sus obras representa una procesión de cadáveres que entran en la boca de un ser que los devora. No tiene título, ninguna de sus obras lo tiene. Es muy tétrica y fuera de su concepción dista bastante del cuadro que tenemos delante. Sin embargo, hay un pequeño detalle por el cual creo que Marat se ha inspirado en esta obra, y es que a Melchor le falta un diente, al igual que sucede en la pieza de Beksiński. Si Carbajosa murió para resucitar a Marat, Melchor murió víctima de su avaricia. Se alimentó del trabajo de los demás, como los *cordyceps* hacen con sus víctimas, y ahora Marat se alimenta con su muerte.

»Esto son suposiciones, por supuesto, pero lo que parece claro es que el pintor quiere que sepamos el pecado que han cometido las víctimas y el motivo por el que los ejecuta. Por eso se inspira en un cuadro sobre la muerte. Por eso no elige a sus víctimas al azar.

—Y en este caso los dos están relacionados con el negocio del arte. Con lo que parece que además puede tratarse de una venganza —concluyó Souza.

Ángela, que no se había sentado desde que desembaló el cuadro, se dirigió a una pequeña pizarra que había junto a la mesa de reuniones y escribió los nombres de las víctimas.

—Ambos hicieron mucho dinero y tienen puntos de conexión en el pasado —intervino Belén—. Según he podido averiguar, Melchor tiene bastante pasta para tratarse de un picapleitos. Ocho casas, coches de lujo, títulos accionariales... En los últimos años ha recibido pagos regulares de Lorenzo Castro, y no son *pequeñucos*. Gana bastante más que cualquiera de nosotros, lo cual es fácil, pero fue a principios de los noventa cuando hizo dinero de verdad.

—Justo en el mismo periodo en el que Carbajosa adquirió el palacete de Esles.

—Exactamente. Pero eso no es todo... Lo más curioso es que el pelotazo no fue por su trabajo como abogado, sino por una serie de negocios que hizo en Costa de Marfil.

—¡El país de origen de Johari Biya, la esposa de Castro! —exclamó Henry.

—Y os puedo asegurar que los negocios fueron turbios.

—¿Y se puede saber de dónde has sacado esa información? —preguntó Fenollosa, que, apalancado en la cautela, se resistía a contagiarse del optimismo del grupo.

—Sé que no le va a gustar, he estado indagando por mi cuenta...

La cabo parecía que les había pillado el gustillo a los atajos. Un par de buenos contactos y una sonrisa capaz de derretir a las piedras le estaban allanando el camino.

—Ya se lo he dicho en más de una ocasión, Ayerbe. Esa información no servirá en un juicio si no está obtenida por los cauces legales.

—Ya lo sé, pero…

—¡Ni peros ni leches, Belén!

—Tiene razón Fenollosa —intervino Ángela—. No nos servirá en un juicio, pero nos pone en el camino y vuelve a señalar a Castro.

—¡Y dale con Castro! Ya fuimos a visitarlo. Es inocente y tiene coartada en los dos asesinatos.

La teniente Souza no estaba dispuesta a dar su brazo a torcer.

—No sabemos el motivo de Marat para asesinar a Carbajosa y Melchor, pero parece evidente que la conexión entre ellos dos se remonta a la década de los noventa, casualmente cuando los dos hicieron dinero de manera bastante…, digamos, oscura, y Castro y su mujer estaban por medio.

—Tal vez no sea el autor de los crímenes —me atreví a intervenir, dejando de ser mero espectador de la partida de tenis que estaban jugando Souza y Fenollosa—, pero puede que sea la siguiente víctima.

Un rayo de ira se dibujó en los ojos de Fenollosa.

—Pero… ¿por qué tiene que estar aquí este chino opinando? ¿Lo ha sacado de la cárcel para que nos dé lecciones?

Fenollosa se levantó de la silla. Sacó del bolsillo interior de su chaqueta un paquete de tabaco y se dirigió a la salida. Necesitaba fumarse un par de cigarrillos como mínimo para poder calmarse. El resto del equipo lo siguieron con la mirada y, solo cuando desapareció por el fondo del pasillo, Ángela continuó con la reunión. Como si no hubiera sucedido nada.

—¿Qué más nos puede decir sobre la pintura?

—Lo han pintado en diferentes fases… La pintura al óleo requiere realizar varias capas durante distintas sesiones. Se pinta primero una fina, aguarrasada y, dependiendo de los tonos de interés y la profundidad que se le desee conferir, se incorporan más empastes. Se hace una composición general del cuadro y luego se trabajan los pequeños detalles, en este caso la sangre, la mirada, las manos, etcétera.

Ángela puso una imagen sobre la mesa: una fotografía tomada desde el mismo ángulo en el que se encontraba la pintura.

Marcados en círculos gules había una serie de detalles. Un jarrón que aparecía en la pintura y los investigadores no habían podido encontrar en la casa, objetos cambiados de sitio y otras pequeñas diferencias entre el cuadro y la escena del crimen.

—Concuerda con lo que nos dices. Todo indica que el asesino trabajó en la pieza con antelación y luego, en el lugar del crimen y una vez perpetrado el asesinato, perfiló los últimos retoques. Igual que en el caso de Carbajosa. Las diferencias temporales no pudieron ser muy grandes, ya que los cambios en el escenario son mínimos.

—El cuadro es el guion para cometer el asesinato… —dijo Henry, el más sensible ante todo lo que significaba esa obra de arte.

—¡Exacto! —añadí—. La muerte está inspirada en una pintura y el asesino la adapta a un entorno que ya conoce. Luego, cuando mata a la víctima, da los últimos retoques. Fíjense aquí, en la cabeza de Melchor. El nivel de detalle es muy grande, pero solo se aprecian un par de capas en las que el autor perfila los detalles. Con algún tipo de ayuda para secar rápido, material secante o secador, pudo concluirlo en unas pocas horas.

—¿Es sencillo? —me preguntó Belén.

—¿Sencillo? ¿Ese nivel de detalle con solo dos capas? Es un genio. Es algo fuera de lo normal.

***

—¿Tiene un momento?

Brigada Román Vives, un profesional como la copa de un pino. No tiene más pretensiones que hacer bien su trabajo y ayudar a los compañeros a hacer lo mismo. Sabe mover su conocimiento en todas direcciones, como una onda, para que cualquiera que lo escuche pueda entender lo que dice y saque provecho de sus palabras. Campechano. A pesar de su posición, se puede tomar un café con un coronel o un bedel. Físicamente recuerda a Danny De Vito, ya de mayor. Honesto, se ve en sus ojos. Si hay alguien en esa comandancia en quien se puede confiar sin tapujos es en él.

Vives levantó la vista del microscopio y vio a Ángela apoyada en una de las columnas del laboratorio. No sabía cuánto tiempo llevaba allí observándolo. Un rato largo, a decir por su postura. Había sido sigilosa como un gato, o tal vez no tanto, la verdad es que, cuando se enfrascaba en el trabajo, parecía que para el brigada no existía nada a su alrededor que no estuviera bajo una lupa, en un tubo o en una placa Petri.

—¡Souza! Bienvenida al inframundo. ¿Qué te trae por aquí?

Ángela esbozó una sonrisa. Le había caído bien ese hombre desde su primer encuentro.

—Quería pedirle un favor.

—Para eso estamos aquí.

La teniente sacó un papel plegado y lo desdobló con cuidado sobre la bancada de trabajo del laboratorio. Dentro había una pequeña estrella dorada.

—Se trata de esto, lo encontré cerca de la casa de Melchor. Es una especie de confeti. Me gustaría que lo analizara.

—Mmm. —El brigada la miró con curiosidad—. Está un poco sucia, pero veré lo que puedo sacar.

Vives tomó la estrellita dorada con unas pinzas y la depositó sobre una de las placas que había en la mesa. Luego se quedó pensando unos segundos.

—No se fía de alguien. ¿Es así?

Con aquel hombre no valían las excusas. Si le había costado hacerle la pregunta es que ponderaba los pros y los contras de formularla. Imaginó que seguramente él habría pasado antes por una situación similar. Si quería que le hiciera el favor, tenía que ser honesta.

—Si le soy sincera, no sé lo que pensar. Ha habido varias filtraciones a la prensa, las noticias van demasiado rápido… Creo que hay mucha gente interesada en esta investigación y necesito tomar ventaja.

—No se preocupe. Lo analizaré y le diré si hay algo que me llama la atención. Solo a usted.

—Gracias, Román. Hay algo más…

El brigada la miró condescendiente. Confiaba en ella.

—No tiene usted por qué preocuparse, Souza. Encontramos la pista en el lugar del crimen.

Capítulo 22

El cojo

La portuguesa

Robert Delaunay

—¿Así que es aquí donde vives?

—El subsidio de los exconvictos no da para mucho más —contesté mientras dejaba la bandeja sobre la mesa.

Ángela me miró con difidencia. Que hubiera acabado en prisión dos veces por delitos de falsificación no significaba que fuera tan malo como para que me pillaran cada vez que delinquiera. Un cuadro bien colocado puede dar mucho dinero y, si son bastantes más y uno no es muy despilfarrador... La teniente era observadora y lo suficientemente lista como para darse cuenta de que, a pesar de la magnitud de piso (sesenta metros cuadrados), de la decoración (propia de los años setenta) y del barrio, mi situación no era tan deprimente como me empeñaba en aparentar. Los detalles me delataban. Uno de ellos era el té de la marca Silver Needle que comencé a verter sobre una de las dos tazas de porcelana que había sobre la bandeja. Era un té exclusivo, solo brotes, recolectado en primavera en el norte de la provincia china de Fujian, con un sabor delicado y sabroso. La hierba ideal para una tarde de domingo.

Aquella invitación era una promesa que le había hecho a la teniente el día que salí de El Dueso y descubrí que en el local donde antes servían el mejor té de Santander ahora había una tienda de ropa.

—Y... aparte de colaborar con nosotros en la investigación de Marat, ¿qué planes tienes?

—De momento hacerme a la vida fuera de la cárcel y disfrutar de los pequeños placeres cotidianos.

—¿Como el té?

—Entre otros. Hay miles… Como salir a la calle y caminar por donde me apetezca, entrar en tiendas, cruzarme con personas del sexo opuesto o, sí, poder tomar un té tan exquisito como este. Por cierto, ¿quieres acompañarlo con un poco de quesada?

—Mmm… Es mi perdición —respondió Ángela al tiempo que soplaba la superficie de la taza y luego bebía un pequeño sorbo.

—La mayoría de la gente no es consciente de lo que significa vivir privado de la libertad —dije mientras me levantaba a por el dulce pasiego y cortaba un generoso trozo para mi invitada—. Considera la cárcel como un castigo cuya unidad de medida es el número de años que pasas fuera de circulación. Uno no se puede imaginar el precio de esa condena hasta que no la experimenta en sus propias carnes.

—¿Crees que no es justo que se paguen los delitos con la prisión?

—Yo no he dicho eso… Solo digo que lo que a algunos les parece poco no lo es tanto.

—Las condenas son disuasorias.

—Depende de para quién. No creo que alguien que viva de lo que roba deje de hacerlo por el tiempo que va a pasar dentro. Tampoco creo que la cárcel cure las ganas de delinquir.

—Entonces, ¿tú volverías a falsificar un cuadro?

—¿Lo pregunta Ángela, la que se está tomando un Silver Needle en mi casa, o la teniente Souza?

—Lo pregunto yo.

Me reí. Me gustaba ese punto de descaro ambiguo que tenía.

—En ese caso te responderé que solo lo haría si lo necesitara. ¿Sabías que el gran Miguel Ángel estafó al papa Julio II vendiéndole esculturas como si fueran griegas cuando en realidad las había esculpido él? Picasso también decía, cuando le preguntaban sobre una pieza de la que no estaba orgulloso, que no era suya, que él también pintaba Picassos falsos. El engaño está al servicio de la necesidad.

—Puede que algún día te pida que copies un cuadro para mí.

—Vaya... Esto se pone interesante. ¿Y en qué cuadro estás pensando?

—Me gusta mucho *La portuguesa*, de Delaunay.

Me sorprendió gratamente su elección: Robert Delaunay, uno de los pioneros del arte abstracto. Para mí era el mejor representante del orfismo, una tendencia colorista del cubismo parisino que exalta el color y la luz. Uno de mis pintores preferidos. Desde que conocí a Ángela supe que sintonizaba con ella y creo que el sentimiento era recíproco. De no ser así, en ese momento hubiera seguido entre rejas en lugar de estar disfrutando de un maravilloso té. Que fuera la única persona en el mundo que pudiera ayudarle a cazar a Marat era importante, desde luego, pero seguro que no era lo único.

—No te saldrá barato. Imagino que querrás factura y todo eso, ¿no? Tendré que estudiar cómo se tramitan esos asuntos legales... —Me encogí de hombros con una sonrisa—. ¿Es muy difícil?

—¡Vaya! Pensé que me lo regalarías. Es lo mínimo después de sacarte de la cárcel. Y hablando de pintura, ¿has podido avanzar con el listado?

Tal como intuí, el motivo por el cual la teniente Souza había venido a visitarme no era por pura cortesía. Necesitaba que la ayudara a identificar, entre un listado de pintores, si alguno era capaz de pintar tan bien como Marat. Según me dijo, lo había obtenido de una exposición que Lorenzo Castro había organizado unos días antes de que saliera de prisión y quería que lo filtrara. Necesitaba resultados.

Di el último sorbo a mi taza de té y me vertí un poco más de la tetera. La quesada hacía rato que se había terminado. Luego me levanté y fui hasta el cajón de la cómoda donde guardaba el documento que me había proporcionado.

—He estado indagando... Algunos tienen cuadros que podría haberlos pintado un niño de guardería, pero la mayoría son muy buenos.

Los conocía a casi todos. Conocía sus obras, sus virtudes y sus defectos. Estaba convencido de que ninguno de ellos era tan bueno como para copiar a Marat, pero devolverle el listado y decirle que era una pérdida de tiempo me pareció que sería una deslealtad hacia su confianza. Así que había descartado a todos aquellos que jamás podrían acercarse ni un poquito a la excelencia y había seleccionado a un puñado de ellos, los que podían mirarla de lejos.

—Aquí tienes mi selección.

Ella cogió los folios y revisó el resultado.

—Solo has dejado siete nombres sin tachar. Tres hombres y cuatro mujeres...

—Efectivamente.

—Uno de ellos es Miguel Rocamora. —Ángela se rascó la punta de la nariz.

—Es uno de los mejores.

La teniente Souza asintió. Me pareció vislumbrar cierta duda en su mirada, como si algo que creía imposible comenzara a dejar de parecérselo.

—¿Conoces a algún pintor cojo? —me preguntó de pronto, como si estuviéramos en otra conversación.

—¿Cojo? A Toulouse-Lautrec... ¿Sabías que se quedó cojo después de romperse las dos piernas al caer de un caballo cuando era pequeño? Bueno, también influyo en eso una enfermedad congénita que afectaba a los huesos. Era un tipo curioso. Criticaba a los impresionistas por dedicarse a pintar paisajes en lugar de hacer como él, mezclándose con el pueblo para dibujarlo. Se podría decir que fue el primer cronista social del hedonismo. Tuvo una vida intensa. Vivió durante un tiempo en un burdel y murió en un hospital mental donde se dedicó a pintar escenas circenses.

—Gracias por la información, pero me refiero a alguno más actual —interrumpió Ángela.

—Mmm. —Me sorprendió la pregunta. No sabía a qué venía—. Diría que no, ¿por qué?

—Por nada, simple curiosidad.

No me lo creí. Ángela no era de las que disparaban preguntas al azar, pero tampoco podía poner en duda su palabra, así que opté por una salida cortés. Seguir con las curiosidades.

—Hay decenas de anécdotas en el mundo de la pintura. Dalí se inspiró en el queso Camembert para pintar sus famosos relojes blandos; Rembrandt demostró su valía a un burgomaestre que dudaba de ella pintando una moneda en el suelo y haciéndole creer que era real; Picasso se inspiró en Cezánne, el Greco y el arte tribal africano para pintar *Las señoritas de Aviñón*, el primer cuadro cubista…

Durante unos minutos me explayé detallándole algunas de esas curiosidades. Hacía rato que había dejado su taza vacía sobre la bandeja y yo dejé también la mía. La última. Creo que bebí más de un litro aquella tarde. Luego, cuando vi que perdía su atención, dejé que mi voz se apagara. Estuvimos un rato en silencio. Un silencio cómodo, una no conversación de esas que puedes mantener con un amigo sin que moleste, que duró hasta que sonó el timbre de su teléfono. Ángela lo sacó del bolsillo interno de la chaqueta y miró la pantalla. No sé quién sería; con todo, me pareció que la llamada le importunó. Por un momento pensé que iba a responder, pero luego lo silenció y lo guardó de nuevo.

—¿Quieres un poco más de té?

—No, gracias. Estaba delicioso.

—Es uno de los mejores tés del mundo. Tiene que estarlo.

***

Maiques, Cabanes, Micó, Marco, López, Lluch y Rocamora eran los siete pintores que Zhao no había tachado de la lista. Todos tenían coartada: Rocamora por razones obvias; Cabanes y López estaban fuera de España en las fechas en las que murió Carbajosa; Lluch había llegado hacía poco de tierras levantinas y no tenía conexión con el entorno de Castro; Maiques y Marco fueron vistas en la fiesta de la inauguración hasta bien entrada la noche, y Micó era zurda. Las esperanzas que tenía puestas en que le facilitara un sospechoso de entre los asistentes a la exposición «Pintores de nuestra tierra» se había desvanecido. Aun así, tenía una prueba irrefutable de que Marat había estado en la inauguración: la estrellita dorada que había encontrado en la parte trasera de la vivienda de Melchor. Ángela había estado dándole vueltas a ese asunto y solo encontraba tres explicaciones lógicas: la primera era que yo hubiera menospreciado la calidad de alguno de los pintores; la segunda era que, al igual que ella, el asesino hubiera estado en la exposición pero sin acreditarse, para comprobarlo habría que revisar las grabaciones que el responsable de seguridad le había facilitado en un cedé y verificar a todas las personas que salían en ellas, una verdadera locura teniendo en cuenta que allí había más de cuatrocientas personas y el evento había durado varias horas; la última, la más plausible, era que no hubiera reconocido a Marat entre los artistas del listado porque este fuera ignorado por el gran público. En ese caso, ¿cómo es que estaba invitado al evento? Solo había una persona que lo podía saber y Ángela estaba, en ese preciso instante, subiendo a su despacho.

Al igual que la vez anterior, la elegante puerta de madera del entresuelo, la planta donde Lorenzo Castro tenía la oficina, estaba entreabierta. El recepcionista, enfundado en un discreto traje azul marino, la recibió con una trabajada sonrisa.

—Buenas tardes, ¿qué desea?

—Buenas tardes. Vengo a ver al señor Castro.

Ángela pasó por delante del mostrador sin detenerse y avanzó decidida por el pasillo desoyendo las voces de «Oiga, oiga» del estupefacto recepcionista, a quien no le dio tiempo a reaccionar antes de que la responsable de la investigación abriera la puerta del despacho de Lorenzo de par en par.

El marchante estaba sentado en la zona próxima a las ventanas, en uno de esos cómodos butacones que quedaban justo bajo el cuadro de la mujer africana y el baobab que tanto le había llamado la atención en su anterior visita. Sentado a su lado estaba su guardaespaldas, si es que esa era su función, ese tipo corpulento con el rostro marcado por la viruela que se había pasado la reunión anterior jugueteando con el móvil. No lo había vuelto a ver desde aquel día. Ambos la miraron con sorpresa.

El guardaespaldas se irguió y la miró amenazadoramente. Lorenzo, desconcertado por la repentina irrupción de Ángela, le hizo una seña para que se sentara, a la que el «perro» obedeció de inmediato. En ese instante, el recepcionista, con claros signos de apuro, se asomó por la puerta.

—Disculpe, señor Castro. Le he dicho que esperara, pero ha entrado como una exhalación.

—No te preocupes, Paolo. Ya me encargo yo…

—¿Quiere que les traiga algo de beber?

—No es necesario. La teniente Souza se irá enseguida.

El recepcionista, todavía con cierto rubor en las mejillas, se retiró aliviado por la indolencia con la que se había tomado su jefe el desliz.

Castro se levantó del sillón y se alisó el pantalón mientras meditaba sus palabras. Las visitas por sorpresa no eran de su agrado, y menos si eran como esa.

—Veo que lo de presentarse en lugares donde no ha sido invitada se está convirtiendo en una costumbre, teniente Souza.

—Tengo unas preguntas que hacerle…

—Pues llame a mi asistente y que le concierte una cita conmigo. Como hace todo el mundo.

Si lo hubiera hecho como todo el mundo, no lo tendría donde quería. En tensión, cabreado, con menor control de sus gestos y sus palabras.

—Tengo motivos para creer que el asesino de Carbajosa y Melchor estuvo en la inauguración de la exposición que organizó en el Centro Botín.

—Enhorabuena. Entonces estará más cerca de averiguar quién es.

—Y por eso he venido a verlo, porque creo que de alguna manera usted puede ayudarme a descubrir su identidad.

—No veo cómo…

—En primer lugar, confirmándome que todos los pintores estaban acreditados y, en segundo, diciéndome si alguno de ellos sufre una cojera crónica.

La irrupción de una persona interesada en la misma marca de óleo que había usado Marat en sus cuadros era uno de los pocos indicios a los que podía aferrarse. Se había entrevistado con la mujer del propietario de la tienda de pintura y le había confirmado que aquel hombre tenía una cojera ostensible, que no parecía el fruto de una lesión pasajera. Si ese hombre había estado en la exposición, si la estrellita que había descubierto podía conectar esos dos hechos de alguna manera, tendría un cabo del que tirar.

Lorenzo y su guardaespaldas intercambiaron una fugaz mirada. Fue muy breve, pero no pasó desapercibida para Ángela. En ocasiones los ojos dicen más que las palabras. Había leído confusión, sabían algo que ella desconocía.

—Que yo sepa, no.

—¿Está seguro? ¿Puede hacer memoria?

—Oiga, conozco a muchos pintores y no puedo estar al tanto de los problemas de salud de cada uno de ellos. Si le he dicho que no, es que no.

No parecía que Castro fuera a cambiar de opinión por mucho que insistiera, así que decidió buscar una alternativa.

—No sé si sabe que la persona que asesinó a Melchor pintó un cuadro. Como en el caso de Carbajosa…

—Por supuesto que lo sé. Toda la ciudad lo sabe. ¿Usted no lee los reportajes de Luis Zambrano? —añadió con malicia—. En nuestra anterior visita me enseñó la pieza…

—Sí, pero me temo que en esta no lo voy a hacer.

—¡Ja, ja, ja! ¿Por quién me toma, Souza? —dijo con aire despectivo—. No hace falta que me enseñe algo que ya he visto.

El cuadro era secreto de sumario. Era imposible que Castro lo hubiera visto. A no ser que hubiera habido una filtración, algo que, tal y como avanzaba la investigación, no le extrañaba. Ángela decidió cambiar de estrategia.

—Creo que lo tiene más cerca de usted de lo que piensa. Melchor trabajaba para usted, y Carbajosa también lo había hecho en el pasado. Tal vez si me explicara qué negocio los unía a los tres…

—¿Insinúa que yo tengo algo que ver con la persona que los mató? —Su piel había adquirido un tono más rojizo que lo habitual y una vena se le marcaba en la frente.

—Lo único que digo es que todo lo que hemos averiguado en relación con los asesinatos acaba llevándonos a usted.

—Quizá sea porque todo lo que tiene que ver con pintura en esta ciudad tiene que ver conmigo. ¡Todo! —La paciencia de Castro parecía haberse agotado—. Deje de jugar a la investigadora metomentodo y haga de una vez su trabajo. ¡¿A qué coño ha venido?!

El hombre de las marcas en la cara se puso de nuevo en pie y se llevó las manos al cinturón. Castro, fuera de sí, continuó increpándola.

—¡Han matado a Carbajosa, que fue colaborador mío! ¡Han matado a Rafael Melchor, mi abogado desde hacía treinta años, alguien como de la familia para mí! Sabe de sobra que yo no he podido ser y, aun así, como es tan ineficiente que no sabe ni a quién buscar, viene a tocarme las pelotas y decirme que si el asesino estuvo en mi fiesta, que si he visto su cuadro y *nosequé* mierdas más. ¡Se presenta aquí porque no tiene nada para citarme en la comandancia! ¡Se presenta aquí para ver si puede arañar algo que me pueda poner en un compromiso y así tener alguien a quien señalar en sus comiditas en la Bombi con la jueza Del Real!

¿Cómo podía saber Castro cuándo y dónde se había reunido con la jueza? Aquella era la enésima prueba de que no podía confiar ni en su sombra.

—¿Sabe qué…? —dijo con rabia bajando el tono de voz—. Hay alguien que está más preocupado que usted por que atrapen a ese asesino, teniente Souza. Ese alguien soy yo. ¿Se ha parado a pensar quién puede ser la siguiente víctima? Dice que todos los caminos conducen a mí… Pues espero que haga su trabajo y no tenga que acabar yo retratado en uno de los malditos cuadros del tal Marat. Y ahora, si me disculpa, ¡váyase de aquí!

Ángela ya tenía lo que había venido a buscar. El miedo y la ira que había visto en Castro habían borrado parte de sus dudas. Aquel hombre era inocente de las muertes de Carbajosa y Melchor, pero sabía más de lo que decía. Aquel hombre era consciente de que el asesino era alguien próximo, pero no sabía quién era.

Se despidió con un saludo de cabeza, sin dar las gracias ni pedir perdón. Atravesó el pasillo que vigilaban las escenas campesinas de Millet y Breton, y pasó por delante del recepcionista sin decir nada. No se le escapó la mirada de antipatía que este le dirigió. Osar molestar a su don Lorenzo era el mayor pecado que un humano podía cometer.

Cuando se quedaron solos, Lorenzo Castro se sirvió un *whisky* en un grueso vaso de cristal. Luego se dejó caer sobre el sillón y se aflojó el nudo de la corbata.

—¡Mierda!

—¿Qué quiere que haga, jefe?

—Manda a alguien que la vigile… Y a ti te quiero cerca. Esto no es una puta casualidad. Alguien sabe lo del club Marat y, si esa zorra no se pone las pilas, el próximo puedo ser yo.

—¿Y con el chino?

—Zhao Mu… —lo dijo bajito, como si no quisiera que nadie más que ellos dos oyera mi nombre—. La muy puta lo ha sacado de la cárcel para que la ayude… No me gusta que ese desgraciado ande por ahí suelto, pero es el único que puede enterarse de qué es lo que está pasando. Encárgate de él.

Capítulo 23

El acantilado

El caminante sobre el mar de nubes

Caspar David Friedrich

El panel informativo que había leído poco antes de salir se refería al paseo geológico de la Costa Quebrada como un sendero único para disfrutar de la naturaleza. Sus detalladas explicaciones sobre flora, fauna y patrimonio arquitectónico daban a entender que los veinte kilómetros de recorrido serían accesibles para todos los públicos. Sin embargo, en apenas cien metros las promesas del cartel caían en el olvido y la senda se convertía en un camino tortuoso de piedra y tierra que jugaba al escondite con quienes pretendían seguirla. Y aquello, para una persona coja como él, no era ninguna broma.

Hacía rato que se había desnortado y en su intento de zigzaguear la línea costera había tenido que saltar un par de vallas para el ganado. Había seguido la senda hasta un prado repleto de vacas tudancas y, una vez allí, intuyendo la única vía posible, había atravesado un bardal hasta alcanzar la explanada donde estaba el minúsculo santuario, al borde de un acantilado. Imaginaba que no serían muchos los que llegaran hasta lo alto de aquella atalaya desde donde se divisaba el mar a ambos lados. A su derecha, Puente del Diablo; y a su izquierda, La Congria. Se respiraba paz. Una paz a la que no estaba acostumbrado. Se sentía como Friedrich, el pintor romántico de los paisajes sublimes, en esa imagen épica en la que se retrató a sí mismo contemplando un mar de nubes, como un explorador adentrándose en lo desconocido.

La ruta que había seguido hasta allí era la más bonita, pero no la más sencilla, ya que, tras haber superado todos los obstáculos, para alcanzar la pequeña construcción se dio cuenta de que había un camino más accesible. A unos cien metros había un campo de futbol y unas edificaciones semiabandonadas. Eso significaba que se podía llegar por carretera. Gruñó. No le hacía gracia. Se sentó sobre una roca y estiró la pierna derecha. Estaba acostumbrado a convivir con el dolor, pero de vez en cuando necesitaba descansar. Hacía muchos años que arrastraba aquella lesión que le impedía moverse con normalidad; aun así, nunca había dejado que su cojera lo condicionara. Tampoco lo había hecho unos días antes, cuando se encargó del asunto del abogado.

Oyó un ruido de coche a lo lejos. El sonido del motor poco a poco se desvaneció, y se quedó solo con el viento. Sin quererlo, le vino a la cabeza la primera vez que mató. Recordó que aquel día, antes de apretar el gatillo, por arte de magia cesaron todos los ruidos a su alrededor y se quedó también solo con el viento. Lo tenía grabado en la mente, como si acabara de suceder: la brisa, el dedo tenso en el percutor, la temperatura del metal, el chasquido y la explosión. Aquello había sido mucho tiempo atrás, mucho antes de que se convirtiera en un asesino. Por aquel entonces era un mandado. No llevaba ni tres días en Vukovar cuando se estrenó. Le dijeron que lo tenía que hacer y lo hizo. Recordaba que cerró los ojos al disparar y que nada más hacerlo pidió perdón en silencio.

al apoyo de personas influentes, se convirtió en un grupo paramilitar con cerca de diez mil soldados. Él fue uno de ellos, uno de los conmilitones de Željko, o Arkan, como todos lo llamaban. Un tigre de Arkan. Nunca se lo había confesado a nadie. Entre sus camaradas aquello se consideraba un signo de debilidad. Y la debilidad es la muerte.

Su víctima era un enemigo del pueblo. Al menos eso fue lo que le dijeron. Era un hombre chato, con bigote y uniforme croata. Aún conservaba el dibujo que había hecho de su adversario caído en la libreta que siempre llevaba encima. Al resto ya no los recordaba. Al resto de aquella época, claro. Fueron tantos… Se unió a la Guardia Voluntaria Serbia más por afinidad futbolística que por afinidad política. Él siempre había sido hincha del Estrella Roja. No era de los fans más radicales, pero su primo y varios de sus amigos sí que lo eran. Eran del Delije, uno de los grupos ultras más radicales de Belgrado. Željko Ražnatović, uno de los líderes de la hinchada, era íntimo de su primo y pronto lo convenció para unirse a su recién creada Guardia Voluntaria Serbia. Lo que comenzó siendo un grupo de patriotas nacionalistas de apenas unas decenas de hombres, gracias A lo largo de aquellos años aprendió a matar. Participó en las guerras de Croacia y Bosnia. También en otras guerras internas que apenas unos cuantos conocen. Hizo cosas de las que más tarde se arrepentiría, y muchas más que jamás saldrían de sus labios, que quedarán como cicatrices en el alma... Pero eso era el pasado. En ese momento tenía un objetivo mucho más importante, mucho más enriquecedor.

Los recuerdos le estaban haciendo perder el tiempo. Se levantó de la roca en la que se había aposentado y caminó hasta quedar en pie junto al acantilado. Bajo él, a tan solo un paso, una caída de sesenta metros. Un paso más y todo habría terminado. Desaparecería para siempre. No. Aún no había llegado su hora. Además, había quedado a cenar al día siguiente con la chica. Sería una falta de respeto no acudir a su cita por el simple hecho de suicidarse. Le prepararía su adaptación española del *srpski djuveč*, un guiso de verdura, carne y arroz, que primero freía y luego cocinaba al horno. De postre su especialidad, *baklava*, en su pueblo no había quien preparara los *baklava* como él. Seguro que no la defraudaría.

Aquel era un buen sitio. Dio de nuevo un par de pasos atrás, se quitó la mochila color negro y luego se agachó en el suelo. Ahora tocaba ponerse a trabajar.

Miró al cielo, cielo proceloso, sería mejor darse prisa. Amenazaba tormenta.

***

Ángela apoyaba la cabeza sobre el cristal de la ventana del autobús. Estaba frío pero su monótona vibración le resultaba placentera. Tenía un poco de sueño y aquel continuo temblor era como una canción de cuna. Al otro lado, niños con botas de agua, hombres con paraguas y prisas. Inconscientemente comenzó un viaje por las últimas horas.

La noche anterior, durante el rato que estuvo conectada, habían pasado alrededor de treinta y cinco mil pasajeros por el aeropuerto Adolfo Suárez Madrid-Barajas. Eso suponía que tenía menos de medio segundo por cara. Obviamente había muchas que descartaba automáticamente por razones de sexo, edad, raza o apariencia, pero había otras que tenía que estudiar con detenimiento. Resultaba agotador. Al final del visionado, Ángela tenía los ojos secos y dolores en la espalda por pasar tantas horas en la misma posición. Pero lo peor no era eso. Lo peor era la frustración de no encontrar a la persona que buscaba. Pensar que tal vez había viajado el día anterior o lo haría el día siguiente y que solo una casualidad podría hacer que tropezase con ella. Pensar que tal vez nunca la encontraría porque a lo mejor ya estaba muerta. En ocasiones hasta dudaba sobre si todas aquellas personas existían de verdad o eran como las imágenes de los cuadros hiperrealistas de Antonio López, Johanes Muller Franken o Alyssa Monks; creadas con dominio excelso de la técnica para hacer dudar al observador de si contempla una fotografía o una pintura.

Pasar horas y horas delante de la pantalla buscando un fantasma no era algo que hiciera por diversión. Era una especie de necesidad, pero también una especie de castigo. No estaba contenta con el trascurso de la reunión con Castro y se flagelaba con el pasado. Había confirmado su inocencia y corroborado su implicación de alguna manera en la historia de Marat, pero no había sido capaz de encontrar un cabo de donde seguir tirando en el caso. Solo tenía una sospecha basada en una conjetura: la de que un hombre con cojera buscaba la misma marca de pintura que Marat había empleado en sus cuadros. Sabía también que el asesino había estado en la inauguración de la exposición; que era diestro con el pincel y un asesino profesional; que, atendiendo a la época en la que había pintado a la muchacha de las cloacas, debía sobrepasar la cincuentena. Eso si se trataba de la misma persona, claro. Un puñado de pistas dispersas y a todas luces insuficientes para justificar el casi mes que llevaba en Cantabria. Su instinto le decía que la clave para resolver el caso era desentramar la confusa red de relaciones que conectaba todos los nombres que tenía hasta el momento. Carbajosa y Melchor habían trabajado con Castro. Juntos habían hecho bastante dinero y había alguien que no estaba interesado en que se supiera más de esos negocios, alguien con poder, solo así se explicaba la desaparición del archivo codificado en el ordenador del abogado. Miguel también había trabajado con Castro, y Marat había tratado de implicarlo en el caso con aquella hebra de pincel oculta en el cuadro. A lo mejor su nombre también estaba en la lista negra del pintor de la muerte. Si era capaz de desentramar la red, podría llegar al epicentro: a Marat.

Cuando llegó a su parada, la teniente Souza abandonó sus pensamientos y se apeó. Había amanecido diluviando y le pareció buena idea dejar la moto en favor del autobús. Abrió el paraguas y avanzó sorteando los charcos lo más arrimada posible a las fachadas de los edificios. Parecía que el cielo también se había cabreado y había borrado de un plumazo el sol de los últimos días. La comandancia quedaba a cuatro calles de allí. Ángela avanzaba mirando al asfalto para evitar meter los pies en un charco. Mojarse los pies significaba frío el resto del día. Siempre se concentraba en el suelo cuando llovía. De vez en cuando levantaba la vista para ubicarse y no tropezar con nadie. Fue una de esas veces cuando una imagen captó su atención. Tras un escaparate salpicado por infinidad de gotas de agua, un montón de periódicos esperaban su turno para ser leídos; el de más arriba mostraba en portada dos imágenes que conocía a la perfección.

La teniente Souza entró en el quisco, dejó el dinero que costaba *El Diario Montañés* sobre el mostrador y cogió un ejemplar.

Los cuadros de las muertes de Beltrán Carbajosa y Rafael Melchor salen a la luz.

El titular venía acompañado con dos fotografías en color de los cuadros de Marat y un poco más abajo una entradilla firmada por Luis Zambrano. El periodista se preguntaba sobre el valor que podían alcanzar en el mercado semejantes obras de arte y fantaseaba con la idea de que algún día estuvieran expuestos en un museo.

Aún no había digerido la noticia cuando el teléfono empezó a sonar. Reconoció de inmediato el número de la pantalla. Intuía que no se trataba de una llamada de cortesía. Salió de la tienda para evitar indiscreciones y, resguardada de la lluvia bajo el toldo del quiosco, descolgó.

—¡Souza!

—Buenos días, mi comandante.

—¡Llevo toda la noche cagándome en su puta calavera! ¡Pero qué cojones es eso de presentarte en casa de un tipo que conoce a mi jefe, al jefe de mi jefe y quién sabe si hasta al Rey para amenazarlo sin una puta prueba!

—Fue en su oficina.

—¡Me cago en todo lo que se menea, Souza! ¡Como si fue un puticlub!

—Mi comandante…

—Mira, Ángela —la voz sonó más contenida. Ella lo visualizó en su despacho, exprimiéndose la frente con su mano izquierda—, llevas casi un mes allí y aún no has resuelto la papeleta. Confío en ti, pero…

—Fue usted quien me mandó.

—Fui yo porque me lo pidieron desde arriba, porque pensaba que en un par de semanas te tendría aquí de nuevo… Y ya van dos muertos y, a no ser que me hayas estado ocultando algo, me parece que la investigación no va muy bien. Tenerte allí es mucho dinero y aquí en Madrid también tienes trabajo por hacer.

—Estoy coordinada con Argüelles en todos los asuntos de Madrid. Sabe perfectamente que hablamos a diario.

—Argüelles… ¡Argüelles es un santo! —los decibelios del comandante volvieron a dispararse—. Va desbordado de cojones, pero no te lo dice porque eres como su diosa o algo así.

—Deme dos semanas más. Dos semanas y tendrá el caso resuelto. Le doy mi palabra.

—¿Dos semanas? ¡No me joda, Souza! Si en tres días no tiene algo que me convenza, se vuelve para aquí cagando hostias.

Colgó.

Hacía tiempo que no lo veía tan cabreado. Y eso que todavía no le había llegado la noticia que tenía entre las manos. Era un minúsculo pero importante golpe de suerte; de otra manera, seguro que en ese momento estaría yendo a recoger sus cosas para volver a casa.

Ángela sintió humedad en los pies y miró al suelo. Estaba en medio de un charco.

***

La cortina de agua golpeaba violentamente las ventanas de la comandancia. Cada vez llovía más. Dentro, a pesar de que en realidad no hacía tanto frío, Ángela no se había quitado la chaqueta. Puede que fuera la humedad de los pies que subía a través de los huesos con un efecto imposible de capilaridad. En la alargada sala había más guardias que de costumbre, parecía que el diluvio disuadía a la mayoría y solo los que tenían operativos inexcusables habían salido a la calle. A pesar de eso, reinaba un extraño silencio, como si estuvieran en una biblioteca. Los teléfonos habían muerto y solamente se oía, como telón de fondo de la lluvia, el repiqueteo de los teclados del ordenador. Era como si eludieran el ruido para evitar que sus superiores supieran que estaban allí, o tal vez, más romántico, como si quisieran disfrutar del hipnótico sonido de las gotas de agua al caer.

Ángela, concentrada como todos, garabateaba en su Moleskine una serie de nombres. La lista de aquellos en los que no sabía si confiar. En el levantamiento del cadáver de Melchor habían participado bastantes agentes, con lo que cualquiera podía haber tomado una foto del cuadro para filtrarla a la prensa. Zambrano era una comadreja y seguro que era capaz de ofrecer algún favor a cambio de la imagen. Al principio, la teniente había fantaseado con la idea de presionar al periodista para averiguar su fuente, pero luego se había quitado la idea de la cabeza. Sería perder el tiempo. Los tipos como él saben la importancia que tiene la lealtad, sobre todo si se está tratando con la Benemérita. Pero la imagen del cuadro no era la única filtración, había habido más y casi todas reducían la lista a un puñado de nombres.

A la cabo Ayerbe podía descartarla, no estuvo el día del levantamiento del cadáver de Rafael Melchor, y tendría muy mala pata que no hubiera uno, sino dos topos. Por un momento levantó la vista y la observó, un par de mesas atrás, tecleando algo concienzudamente en el ordenador. Se había recogido el pelo con un lápiz y se mordía el labio inferior ligeramente mientras escribía. Resultaba muy sensual. Apartó la vista. Sabía que había sido un poco dura levantando el muro invisible entre las dos a partir de la comida en Puerto Chico, a partir de su insinuación. Ojalá no hubiera tenido que hacerlo.

Continuó la lista con Henry. Su carácter no le hacía el candidato ideal para ser un traidor, pero su pasión por la pintura y el arte podían hacerle flaquear. De quien más desconfiaba era del sargento Fenollosa, a quien rodeó con un círculo. Luego estaban sus superiores, el capitán Aguilar, el comandante Balmaseda, la jueza Del Real…: todos estaban al corriente de la investigación y parecía que el poder de Castro se extendía como una mancha de aceite en el mar.

Dejó el bolígrafo sobre la mesa y se recostó en la silla. Tenía que ser extremadamente cuidadosa. Lo mejor sería poner una trampa, solo así podría descubrir al traidor.

Capítulo 24

El mejor regalo de cumpleaños

Amapolas

Claude Monet

El cuadro representaba un camino, un sendero de tierra que serpenteaba por unas lomas cubiertas de hierba y flores de muchos colores hasta perderse en el horizonte. Era de líneas curvas, trazos cortos y colores vivos. Recordaba al juego con la luz de los impresionistas como Monet o Pisarro, obras que son capaces de abstraer con el color de tal manera que el pintor puede hacer desaparecer a las personas como por arte de magia. Como la mujer y el niño que nadie ve sobre la colina en la pintura titulada Amapolas.

Miró a ambos lados. La sala del museo en que se encontraba era interminable. Más bien parecía un pasillo ancho sin principio ni final. Las paredes eran de un blanco inmaculado y aproximadamente cada tres o cuatro metros había una pieza colgada a cada lado de la sala. Todas del mismo tamaño. Todas con el mismo marco color dorado. Todas similares, pero con matices que hacían que cada obra fuera única.

Estaba sola. No sabía cuánto tiempo llevaba allí.

De repente le pareció que algo se movía en el cuadro. Fue como un reflejo que surgió de la nada y desapareció por el sendero que apuntaba en dirección al siguiente cuadro. Avanzó unos metros hasta toparse de nuevo con ese camino en un nuevo marco. En aquel se veía una casa abandonada al fondo de una de las colinas. Cerca de ella creyó ver algo, un niño rubio montado en una bicicleta. Se acercó a la pinturas para observarlo mejor y entonces se dio cuenta de que las piernas del chiquillo se movían; mientras él pedaleaba, la bicicleta iba avanzando por el interminable camino hasta llegar al fondo y desaparecer. Fue hasta el siguiente cuadro. El niño avanzaba por la pintura sin hacer caso a sus sollozos.

«Detente, por favor… ¡Detente!», gritó. El suelo estaba mojado y sentía la humedad en los pies. Eran sus lágrimas. Nunca te mojes los pies, le dijo una vez alguien. La tristeza aumentaba con cada pedalada del niño, con cada camino que se acababa, con cada camino que comenzaba en el siguiente cuadro. Era una tristeza pesada, inmensa. Comenzó a correr hacia el final del pasillo. Necesitaba averiguar a dónde llevaba ese camino. Al final, en la última pieza, solo había una imagen: un retrato de Darío.

***

—Cumpleaños feliz, cumpleaños feliz, te deseamos todos… cumpleaños feliz.

La improvisada celebración con la que la recibieron sus compañeros la pilló totalmente por sorpresa. No sabía cómo se habían enterado de que era su aniversario; así y todo, tampoco importaba.

Ángela los había convocado a primera hora en comandancia para hacer una puesta en común de los avances en la investigación y organizar el trabajo de los siguientes días. El ultimátum del comandante no iba en broma y su prestigio estaba en juego. Para cuando la teniente llegó, sus tres compañeros ya la estaban esperando. Le ocultaban algo, lo pudo ver en la mirada de complicidad que se cruzaron Henry y Belén. Hasta Fenollosa parecía menos estirado de lo habitual. Al igual que las últimas veces, uno de ellos se había molestado en llevar un termo con café, pastas y unos cuantos vasos de papel.

La teniente Souza colgó la chaqueta en el perchero y, nada más tomar asiento, Belén se excusó para volver al cabo de unos instantes con una pequeña tarta de chocolate con una llameante vela en forma de interrogante. Entonces los tres se arrancaron a cantar, al principio de manera contenida y al final más alto. Desafinaban más que un gallo en un matadero, pero le echaban ganas, al menos los dos más jóvenes. Ángela sopló la vela y agradeció el detalle a sus compañeros con una sonrisa de las que guardaba para las ocasiones especiales. Un pequeño paquetito cuadrado apareció en la mesa por arte de magia.

—¡Venga! ¡Ábrelo! —instó Belén, la artífice de aquella íntima celebración.

La teniente rasgó el papel. Dentro había una libreta de Mariscal: un colorido dibujo que representaba una cala ibicenca. Era el mejor regalo que le podían hacer, esa misma tarde la estrenaría. Había tomado unas notas sobre el extraño sueño con el que se había despertado, pero quería explayarse más. En realidad, lo necesitaba.

—Muchas gracias, chicos. Sois un encanto.

Belén y Henry sonrieron agradecidos. Fenollosa miró para otro lado. Una cosa era tener que cantar la dichosa cancioncita y dejar de comprarse un par de paquetes de tabaco para poner lo del regalito y otra bien diferente jugar a las sonrisitas. Si no fuera por la insistencia de la cabo Ayerbe, no hubiera regalado ni un felicidades. Pero en fin, todo fuera por tenerla contenta y no tener que soportar luego sus reproches.

—Y ese no es el mejor regalo. Nos hemos dejado la vista con los vídeos de seguridad que recogieron las cámaras que había alrededor del complejo Peñamar y… —añadió Henry haciéndose de rogar.

—¿Y qué? ¡Venga, no me tengas en vilo! —La sonrisa de Ángela se desvaneció y volvió a lucir su habitual rictus serio de trabajo—. ¿Alguna novedad?

—Al principio estábamos desesperados. Revisamos las grabaciones que cubrían la entrada a la vivienda de Melchor con un margen de hasta doce horas antes del asesinato, pero no fuimos capaces de dar con ningún sospechoso. Hubo personas que entraron y salieron del complejo. Casi todas eran vecinos o gente conocida por estos. Nada anormal. Entonces la cabo Ayerbe sugirió que revisáramos también las cámaras del hotel que hay un poco más arriba. El asesino no pudo entrar por ahí al complejo Peñamar, pero sí al edificio Amayuela, que está conectado a través de la pasarela de madera por la que se accede desde las terrazas de ambas viviendas a la playa.

—Según confirmaron los primeros agentes en llegar al lugar del crimen, la *puertuca* de la terraza estaba cerrada, por eso, *a priori*, descartamos esa posibilidad —interrumpió Belén para echar un capote a su compañero—. Pues bien, resulta que gracias a las cámaras del hotel hemos descubierto que hubo una persona que nadie ha podido identificar que entró en el edificio Amayuela la mañana del crimen y salió de él pocas horas después del asesinato. Henry y yo estuvimos interrogando a varios propietarios ayer por la tarde y nadie sabe quién es. Pero eso no es todo, una de las vecinas nos dijo que el mismo día del asesinato oyó ruidos en el apartamento colindante, el número 3. En ese apartamento no vive nadie desde hace años, así que al principio pensó que se trataba de un ladrón y estuvo a punto de llamar a la policía. Luego los ruidos cesaron y pensó que debían haber sido imaginaciones suyas.

La cabo giró la pantalla del ordenador de modo que todos la pudieran ver y puso en marcha un vídeo. En él se veía a un hombre de aspecto corpulento recorrer la calle a la que enfocaba la cámara de la entrada del hotel y adentrarse en un bloque de apartamentos. La imagen no era muy buena y se veía distorsionada por el angular. Para más inri, el hombre llevaba la cabeza cubierta con una gorra, con lo que era imposible verle la cara. Solo había un detalle que llamaba la atención y que podría servir para localizarlo: sufría una ostensible cojera en su pierna derecha.

—Hemos ido a echar un vistazo. La puerta no estaba forzada, pero creemos que se escondió allí las horas previas al asesinato.

—¡La cojera! —exclamó Ángela—. Hace unos días el dueño de una tienda de pinturas del centro me dijo que un hombre había preguntado por la marca de óleo Lorinelli. También se fijó en que tenía una lesión en la pierna derecha.

Fenollosa frunció el ceño y comenzó a tamborilear en la mesa.

—Entonces, ¡este es nuestro hombre! —dijo la cabo Ayerbe mientras dejaba la imagen congelada en la pantalla.

Los cuatro guardias se acercaron a la pantalla y escudriñaron la imagen durante unos minutos. Resultaba difícil sacar nada en claro más allá de la cojera y su corpulencia. Ángela fue la primera en volver a sentarse. Rumiaba una duda: aún no sabía cómo compartir con sus compañeros la información que les había ocultado.

—¿Y cómo es posible entonces que sorprendiera a Melchor? —preguntó Fenollosa. Le faltaba una pieza del puzle y los años de experiencia le decían que aquella no era la única información que la teniente se guardaba.

—Sorprendió a Melchor en la terraza —dijo Ángela.

Todos se giraron hacia ella.

—Rafael Melchor acostumbraba a fumar un cigarrillo de marihuana en la terraza antes de acostarse —aclaró—. Descubrí un par de colillas en la parte posterior de su casa la mañana del levantamiento del cadáver. El análisis de sangre de la autopsia confirma su pequeño vicio. Marat lo sabía, por eso aguardó escondido en el apartamento de Amayuela hasta que llegó el momento. Entonces salió y lo sorprendió en la terraza. Le golpeó con la porra en la cabeza y luego lo arrastró hasta la casa para perpetrar el crimen.

»Sin embargo, hay algo que no me cuadra. Ese día también descubrí que es posible llegar a la casa de Melchor descolgándose por unas rocas que hay junto al acantilado. Por allí se puede acceder a la pasarela de madera. En ese trayecto encontré una estrellita de color dorado, una especie de confeti idéntico al que hubo en la fiesta de la exposición de pintura de Castro esa misma noche. Vives la tiene en el laboratorio, por si puede rascar algo. Lo cual me crea una duda: si el asesino entró y salió por el edificio contiguo al complejo Peñamar, ¿cómo diablos llegó la estrellita hasta allí?

Tres aplausos secos sonaron.

—¡Bravo! ¡Increíble! Un trabajo magnífico. —Fenollosa miró con descrédito a Ángela—. El público aplaude, teniente.

Porque somos eso, ¿no? Su público. Nos oculta pistas, desprecia el procedimiento, nos incita a emplear métodos que no serán admitidos por los jueces... Es todo un ejemplo a seguir.

Luego se levantó de la silla y cogió su gabardina del perchero.

—Sabe lo que le digo... Que esto no es el lejano oeste. Puede que tengamos nuestras diferencias; aun así, formamos un equipo. Al menos eso es lo que yo creía hasta ahora. Y vosotros —dijo señalando a Henry y Belén—, seguid jugando a su juego, pero luego no os lamentéis cuando la veáis ponerse las medallas. Se irá cubierta de gloria y vosotros volveréis a la calle lamentándoos. Eso en el caso de que logre coger al asesino, cosa que, al paso que va, veo muy difícil.

»¡Disfrutad de la tarta! —exclamó mientras se alejaba por el pasillo.

***

Cuando salieron de la reunión, Ángela tenía dos llamadas perdidas y un wasap de Darío. Era escueto, solo decía «Felicidades». Al principio pensó en llamarlo, pero luego se enzarzó respondiéndole con un largo mensaje en el que se justificaba por haber estado tan desconectada los últimos días y no haberle devuelto las llamadas. Le decía que estaba muy ocupada con la investigación y que apenas tenía tiempo para nada. También le decía que tenía ganas de verlo y que aquella noche se sentiría muy sola lejos de él. Cuando por fin lo tuvo escrito, lo leyó hasta tres veces y luego lo borró. Así no. Tenía que hablar con él, pero no era el lugar ni el momento. Al final fue tan escueta como él. «Luego te llamo». Sin carita sonriente. Sin emoticonos.

—Ángela.

La risueña voz de Belén sonó a sus espaldas justo en el momento que enviaba el mensaje.

—¿Te ha gustado la libreta?

—Mucho. Me habéis calado.

—Nos tienes a todos intrigados con lo que escribes en ellas. ¿Cosas del caso? ¿Una novela?

La teniente Souza respondió con una sonrisa a medias. Prefería no compartir ese tipo de intimidades.

—Y cuenta, qué, ¿vas a hacer algo especial para celebrarlo? —preguntó Belén.

—La verdad es que no tenía nada pensado…

Los últimos dos cumpleaños los había celebrado con Darío. Cena en un restaurante japonés de esos que hay que reservar con un mes de antelación, copa en un local de moda y noche romántica en la que se habían explorado más de lo habitual. El anterior, si no se equivocaba, la había pillado de viaje con una amiga. Sí, hace tres años, cuando se fue con Virginia a Estambul. Eran buenos recuerdos. Los días grandes hay que celebrarlos.

A Ángela se le ocurrió algo, tal vez era una locura pero… ¡qué más daba! Era su cumpleaños y quería, necesitaba, pasarlo bien.

—¿Tienes algo que hacer esta noche? ¿Te apetece que cenemos juntas?

A pesar de que era su especialidad, no supo cómo interpretar la expresión de Belén. No le faltaban ganas de decirle que sí, que le encantaría estar con ella y no solo para cenar, que si estaba segura de lo que le estaba pidiendo y de que sus caminos fueran en la misma dirección… Pero su proposición llegaba tarde, aquella noche tenía otro compromiso.

—Me encantaría, pero la verdad es que ya he quedado.

—¡Ah, vale! —Ángela mal disimuló su chasco—. No pasa nada. Otro día, si eso.

—Claro. Otro día.

Tras un gesto incómodo de despedida, Ángela siguió con la mirada a la cabo Ayerbe hasta que esta se perdió por el final del pasillo. Se la veía contenta, un poco más que de costumbre. Debía ser duro trabajar en la Guardia Civil y sacar adelante al mismo tiempo a dos chiquillos. Sin horarios fijos y con un sueldo irrisorio. Sin embargo, aquella mujer estaba siempre feliz. Ella, por el contrario, era libre de hacer lo que quisiera, tenía un trabajo bien reconocido que le encantaba y, a pesar de ello, se pasaba la vida angustiada. Tuvo una ligera sensación de envidia. ¿Con quién tendría la cita? Estaba tan resplandeciente…

¿Sería con un hombre o una mujer? Le habría gustado que la hubiera acompañado aquella noche. Podría haber sido su regalo de cumpleaños. Podía haber probado algo distinto.

—¡Teniente Souza! Esta vez soy yo quien la pillo en su mundo.

—Vives, ¿cómo está? —Ángela se recompuso y saludó con afecto a su compañero.

—Muy bien. Oye, qué luz hay por aquí arriba. Vaya envidia para los que vivimos en la cueva.

A Ángela le hizo gracia la escenificación que hizo Román imitando a un hombre de las cavernas. Aquel hombre era genial, era capaz de sacarle una sonrisa en un momento triste, tras una bronca de su jefe o tras una interminable discusión con Fenollosa. Ojalá lo tuviera a él por compañero y no al sargento rancio.

—No me deje hacer más el ridículo, por favor —dijo con un falso mohín—. Tome, le traía esto.

La teniente Souza hojeó el atestado que le había entregado su compañero.

—Son los resultados del análisis de la estrellita que encontró junto a la casa de Melchor.

—¿Ácido hialurónico? —leyó con curiosidad Ángela.

—Sí, y arginina, betaína, glicerina… Se trata de residuos de un producto de belleza. Más concretamente una crema para la piel de mujer. Lo que no le puedo decir es cómo ha llegado hasta allí.

—¿Por qué de mujer?

—Así lo anuncia la marca del producto…

El resultado sorprendió a Ángela. Seguramente la estrellita había caído sobre la piel del asesino y se había impregnado con el producto. La explicación era lógica, pero lo que no le cuadraba era que esa pista señalara a una mujer. Todos los indicios que tenía hasta el momento apuntaban a un hombre de constitución corpulenta que sufría una ostensible cojera en la pierna derecha. ¿Qué significaba aquello?

***

Ángela llegó al molino de mareas cuando la luz del ocaso comenzaba a teñir de ámbar la desembocadura de la ría de San Pedro del Mar. A esa hora parecía que el agua y la tierra habían firmado las paces y el marinero de piedra miraba imperturbable hacia el este atento para avisar a las embarcaciones que yacían quietas a sus pies en el caso de que las olas decidieran volver para despertarlas. Aquel pescador junto al mar habría sido una buena inspiración para las series de Monet, esos cuadros en los que el impresionista representaba el mismo objeto en diferentes momentos haciéndole perder importancia para otorgársela a la luz y el color.

Junto a la casa, Gaseosa, cansada dar vueltas al pequeño prado en el que estaba confinada, asomó la cabeza por encima del muro buscando un poco de compañía. Su nueva vecina acercó la mano para acariciar la barba de la yegua.

—Tú también estás sola, ¿eh, bonita? —dijo en voz baja la teniente mientras acariciaba las crines que caían por el costado de su cuello.

La yegua bufó y apartó la cabeza como si no estuviera de acuerdo con su comentario. Luego dio media vuelta y se dirigió con paso cansado hacia el centro del prado, donde se recostó.

—Tú te lo pierdes. Te iba a invitar a cenar.

—Entonces tendré que traer algo más de comida —dijo una voz a su espalda.

Ángela se giró. Miguel estaba sentado a unos pocos metros de ella, en una pequeña piedra que quedaba junto al muro de mampostería que daba acceso al molino. Cuando sus miradas se cruzaron, él se alzó. Llevaba una botella de vino en una mano y una bolsa de papel en la otra.

—He comprado algo de marisco ahí atrás —dijo señalando al vivero que quedaba a espaldas de su casa, junto a un estrecho puente que salvaba el tramo marginal de la ría—. Digo yo que habrá que celebrar tu cumpleaños.

Ángela sonrió con afecto. Aquel hombre nunca se cansaba de sorprenderla.

—¿Tú? Creí que ya te habías olvidado de mí.

—Eso es imposible. En serio —su voz sonó a excusa—, he estado bastante ocupado estos últimos días, pero te lo compensaré. —Agitó la bolsa en el aire—. Esta cena la vas a recordar siempre.

—¿Y cómo sabes que no tengo otro compromiso?

—¿Lo tienes?

Ángela amagó una sonrisa y señaló hacia el portón metálico.

—Anda, entra…

Se instalaron en la cocina acompañados por el *The Black Saint and the Sinner Lady*, de Charles Mingus, y una copa de vino tinto. Miguel cocinaba y ella lo observaba mientras hablaban de la vida y del mar. No se lo dijo, prefería no alimentar su ego, pero le pareció que se manejaba con los fogones tan bien como con el pincel. Se movía de manera armónica y precisa controlando todo lo que sucedía a su alrededor. Parecía que toda la cocina obedecía sus órdenes, que lo idolatraba.

Cuando todo estuvo listo, se sentaron a la mesa del comedor. Mantel de lino, copas de cristal fino y tres velas gruesas dispuestas sobre una pletina de bronce. El marisco, aliñado ligeramente con una vinagreta cuya composición dijo el cocinero que era secreta, estaba en su punto, y la selección de verduras de temporada que había comprado por la mañana en el mercado no se quedaba atrás en sabor. Una cena perfecta.

El tono canalla de la conversación en su encuentro junto a la letárgica Gaseosa viró a ameno el rato que compartieron copa de vino y fogones, y a cómplice durante la cena. Las chanzas y gallardías de Miguel se disolvieron como una pastilla efervescente y volvió a mostrar su lado más natural. Y Ángela, sin aflojar del todo la galga por su posible vinculación en el caso, se sintió relajada por primera vez en mucho tiempo. Hablaron de sus vidas, de lo diferentes que eran: él atado a un pincel y ella a una pistola; él creando y ella persiguiendo criminales; él junto al mar y ella en la meseta.

—Qué curiosa es la vida… —Miguel dio un trago de vino mientras buscaba las palabras más poéticas—. Es como un enjambre de senderos en el que todos salimos del mismo punto y todos llegamos al mismo punto, pero en cada bifurcación que tomamos forjamos nuestro propio camino. Un camino único para cada uno.

—Y tú y yo hemos tomado bifurcaciones muy diferentes.

—Desde luego, pero míranos, sendos caminos nos han traído hasta aquí. A ti y a mí. Hoy.

—No ha sido por azar… —Ángela levantó la copa hacia él—. Tú sabías cómo llegar hasta mi casa.

—Sí, y tú podías no haber estado, o estar acompañada.

Ángela se sintió un poco culpable. Aquello era cierto. Debía estar con otra persona, pero quería estar donde estaba.

—Quizá en otra vida nuestros caminos nunca se habrían cruzado, pero en esta lo han hecho. Yo no creo en el azar, pero sí en el destino. La última bifurcación que hemos tomado, cada uno en su camino, llegaba a esta mesa. A esta copa de vino —añadió Miguel.

—Por la última bifurcación —brindó ella.

—Por la siguiente —dijo él alzando la copa.

Los dos se miraron en silencio mientras saboreaban el cuerpo escarlata del Tierra de León. Sus ojos parecían estar soldados con una jarcia invisible y la luz de las velas hacía titilar en sus caras los tonos cálidos del fuego. Miguel se levantó y se acercó hacia ella. Le tomó la mano y la despojó de su voluntad. Sus labios se buscaron. Al principio con sutileza, uniéndose y separándose en un baile inconexo. Luego con ardor. Sus dientes y sus lenguas no tardaron en tomar partida, conjugando innumerables formas de besarse, explorando texturas y humedades. Y mientras sus manos buscaban la piel y el vello del otro, los gemidos y susurros componían la banda sonora de su complacencia.

La ropa sobraba, así que se deshicieron de ella. Él buscó sus senos con las manos y los asió con fuerza, apretándolos lo suficiente para que ella se estremeciera de placer, y ella buscó en su entrepierna la manera de liberar la presión que lo oprimía. Se besaron hasta quedarse sin aliento, se palparon hasta conocerse a ciegas. Luego ella le agarró del pene y lo guio hasta la cama. Se quitaron las pocas prendas que aún sobrevivían a su pasión, hasta quedar solo vestidos con su piel. Entonces ella se sentó sobre él. Hacía rato que el *jazz* había cesado, y su piel estaba erizada. Por el frío, por el placer. Miguel quiso decir algo, pero ella le puso el dedo en la boca, cerró los ojos y comenzó a moverse lentamente. Eso fue solo el principio. Ahora sí, tomaban juntos la misma bifurcación.

Capítulo 25

Alfil blanco por dama negra

La gran ola de Kanagawa
Katsushika Hokusai

Cuando Ángela abrió los ojos, hacía rato que el sol había comenzado su periplo diario. ¿Qué hora era? Debía ser tarde. Aún sin incorporarse, se desperezó y dio un largo bostezo. La sesión de sexo había sido extensa y realmente gratificante. La noche apacible y las pesadillas respetuosas. Hacía tiempo que no dormía tan bien.

Las cortinas estaban entornadas y por ellas se colaba un solitario rayo de luz haciendo destellar multitud de motas de polvo. Alargó la mano y palpó el otro lado de la cama. Miguel no estaba, pero todavía podía notar su calor. Se incorporó. Al fondo, en la silla que había junto a la puerta, estaba perfectamente doblada la ropa que había ido perdiendo la noche anterior. Esbozó una sonrisa. Tenía ganas de más.

Cogió el móvil de la mesita de noche. Las nueve y media. Hacía que no se levantaba a esa hora más de una década. Pulsó al icono del wasap y vio que tenía multitud de mensajes sin leer. La mayoría felicitaciones por su cumpleaños en los diversos grupos a los que alguna vez alguien la había añadido. No los contestaría, hacía tiempo que había optado por responder solo a mensajes individuales. Las felicitaciones en masa le parecían cumplidos carentes de sentimiento y amistad, puros formalismos. «Ya nadie llama para saber cómo estás», solía quejarse a su amiga Virginia. Odiaba el papel deshumanizador de la tecnología. Algunos mensajes sueltos de los amigos de verdad, un par de familiares y otro de Darío. Abrió el último y una amarga culpa apagó la alegría con la que se había levantado. El mensaje no contenía ninguna letra, solo un emoticono, el de la cara triste con una lagrimilla. Aquel dibujito infantil decía más que cualquier texto que le pudiera haber escrito. Tenía que hablar con él. No podía dejarlo pasar durante más tiempo.

En ese momento la puerta de su habitación se abrió de par en par.

—El desayuno está listo.

—Miguel… Pensaba que te habías ido.

El pintor hizo un gesto apremiándola a que se levantara y lo acompañara a la cocina.

—¿Te gustaría que me hubiera ido? ¿Y dejar que desayunaras lo que tienes en la nevera? No permitiré que mueras de hambre.

—No. Es solo que… —No era el mejor momento para dar explicaciones—. Está bien. Me visto y voy.

—No hace falta que te vistas si no quieres.

En la mirada del pintor se congregaron la diversión, la ironía y la lujuria.

—No voy a ser la única Eva de la casa.

Miguel hizo ademán de quitarse la camiseta negra que llevaba puesta. No recordaba habérsela visto la noche anterior. Y ella respondió con una señal inequívoca sobre su preferencia de comer vestida.

—Hace un día radiante, casi tanto como tú —piropeó el pintor nada más tomar asiento.

Sobre el banco de la cocina había dos tazones de café con leche, zumo de naranja, una *gallofa*, fuet y un tomate cortado por la mitad. Ella no tenía nada de eso en casa. Su despensa parecía la de un pobre en época de hambruna, así que imaginó que Miguel debía llevar bastante tiempo despierto. El suficiente al menos como para ir a cambiarse y comprar el desayuno. Sin embargo, ella hubiera jurado unos pocos minutos antes que su lado de la cama aún estaba caliente.

Fuera, según pudo ver por el amplio ventanal de la cocina que daba a la bahía de la Maruca, las barquitas de los marineros se movían rítmicamente a merced del viento y el pescador de piedra miraba imperturbable al horizonte mientras la pleamar amenazaba con mojarle las botas.

Ángela no respondió al comentario y dio un sorbo al café. Él hizo lo mismo.

—¿Has descansado bien? —dijo al cabo de un rato.

El silencio de la teniente parecía haber mermado el júbilo con el que la había recibido aquella mañana.

—Sí. Hacía tiempo que no dormía tan profundamente.

—Me alegro. Tenía miedo de no haberte cansado lo suficiente.

Ángela sonrió sin alegría.

Él estuvo a punto de decir algo, pero se calló. La magia de la noche anterior, los besos y caricias sin medida, los susurros cómplices y obscenos parecían haber desaparecido con el alba. Miguel no llegaba a entender por qué. Estaba convencido de que la teniente no era una de esas mujeres timoratas que salen del convento una noche de desenfreno para volver pías y cargadas de remordimiento a su clausura al día siguiente. La noche que habían pasado juntos no era la de encuentro casual en una discoteca, no era una de despecho, había sido una noche de pasión. Madura y deseada. ¿Qué coño había pasado para que ahora estuviese tan distante?

El desayuno transcurrió lento e incómodo, ninguno se terminó la comida y, aunque los dos querían volver al desvío que habían tomado tras el último beso de la noche anterior, no sabían cómo hacerlo.

Una llamada al timbre de la puerta le sirvió a Miguel como excusa perfecta para despedirse.

—Bueno, yo me tengo que ir… Tengo que hacer un par de papeleos y esta tarde tengo bastante trabajo —dijo mientras se levantaba de la mesa.

Se dieron un beso. Dos, mejor dicho, uno en cada mejilla. Uno de esos besos en los que no sabes dónde poner la cara ni los labios. Ninguno de los dos se atrevió a decir hasta luego o hasta cuando se volvieran a ver.

Ding, dong. El timbre volvió a sonar y Ángela abrió la puerta.

—Discúlpame por presentarme sin avisar.

Ángela parecía un poco confusa. Imagino que mi visita la pilló totalmente por sorpresa. No me había dicho dónde vivía y, para colmo, había abierto el portón metálico de la entrada y atravesado el jardín hasta la vivienda sin pedir permiso. Ahora que lo pienso, se podría incluso considerar un allanamiento de morada. En mi defensa diré que en los muros que circunvalaban el jardín no encontré ningún timbre, que la puerta estaba entreabierta y que el único ser vivo que había por los alrededores era una yegua color chocolate que pastaba mansamente en el prado que quedaba junto a la casa.

—Zhao…

—Te he traído un regalo —añadí entregándole un paquete rectangular de grandes dimensiones envuelto en papel de estraza.

El contenido era fácil de adivinar, se trataba de un cuadro. Ella lo cogió con sorpresa y me respondió un «Gracias» menos efusivo de lo que me esperaba. Luego, viendo que no cruzaba el umbral de la puerta, hizo un ademán invitándome a entrar.

La estancia era mucho menos romántica por dentro que por fuera. Tras los gruesos muros de piedra encalada del molino de mareas uno se esperaba una casa tradicional y acogedora, una de esas con vigas de madera en el techo y adornada con motivos marineros; por el contrario, la estancia que hacía las veces de recibidor, comedor y sala de estar me pareció desprovista de cualquier tipo de encanto.

—Yo me voy ya —dijo una voz que me resultó conocida.

Entonces Miguel Rocamora apareció en el salón.

Había pasado mucho tiempo desde la última vez que lo había visto. Exactamente desde el día anterior a mi último ingreso en prisión. Si a la teniente Souza le había sorprendido mi visita, eso quedó en nada comparado con el estupor que me causó encontrarme allí con el joven pintor. Se había dejado barba y estaba más flaco, más en forma para ser exacto, pero no había perdido esa mirada desafiante tan característica.

Aquel encuentro casual apenas duró unos segundos, pero tardaría días en explicar todos los recuerdos que se agolparon en mi mente durante ese exiguo lapso de tiempo. Recuerdos y también sentimientos que creía tener olvidados.

—Miguel, creo que ya conoces a Zhao.

Rocamora me miró circunspecto. Se notaba que él también estaba incómodo por el encuentro.

—Sí... Hace ya mucho tiempo. ¿Cómo está, señor Mu? —dijo tendiéndome la mano.

—Bien, ¿y usted?

—No me puedo quejar. —Su mano, hasta el momento suspendida en el aire, se escondió en el bolsillo de la chaqueta—. Bueno, Ángela, hablamos en otro momento.

Miguel salió de la casa cerrando la puerta con cuidado, como si quisiera asegurarse de que estuviera bien atrancada. Entonces Ángela me escudriñó con la mirada. La tensión del encuentro no le había pasado desapercibida. El lenguaje no verbal era su especialidad y aquellos segundos en los que solo se habían pronunciado unas timoratas palabras de cortesía para ella habían sido una verbena de comunicación.

—Bueno... ¿No lo abres? —dije señalando al paquete que le había entregado. No se me ocurría una mejor manera de disipar la tensión que se había generado un momento antes.

Ángela rasgó el paquete liberando los vivos colores que contenía. Era una réplica de *La portuguesa*, el cuadro de Robert Delaunay que le había prometido que copiaría para ella. La reproducción era bastante exacta, aunque el lienzo fuera un poco más pequeño que el de la obra original.

—Gracias... —dijo sin dejar de contemplar el cuadro—. Es... es precioso. No tenías que haberte molestado.

Fue la primera vez que la vi sonreír con sinceridad. No con los labios, con los ojos. Me gusta sentir la alegría flotando a mi alrededor, pero a la vez me produce vergüenza. Debe de ser porque soy triste por dentro. A la teniente Souza le pasaba lo mismo, creo, porque tras un sucinto gesto de agradecimiento los dos acordamos tácitamente cambiar de asunto.

—Bueno, no estoy aquí solo por esto. Me dijiste que te avisara si descubría algo relacionado con Marat.

—Me imagino... —dijo mirando el reloj de la pared.

Ambos sabíamos que podía haber esperado un poco para explicarle lo que había averiguado y regalarle el cuadro. Quedaba poco más de una hora para que se iniciara el registro en el apartamento número 3 del edificio Amayuela, donde creían que se había ocultado el asesino las horas previas a la muerte de Melchor. La jueza Del Real había cursado la orden y, tras localizar a los propietarios, una pareja vasca que había heredado el apartamento años atrás y solo lo usaba esporádicamente, los agentes habían concertado una cita aquella misma mañana para entrar en la vivienda. Sin embargo, las ganas de entregárselo me habían hecho acudir antes.

—¿Recuerdas la lista que me facilitaste, la de participantes en la inauguración de la exposición de «Pintores de nuestra tierra»?

—Sí, claro.

—El otro día, cuando te di los nombres de los artistas que considero que tienen calidad suficiente para intentar pintar un cuadro como los de Marat, me quedé con una duda. El listado de participantes estaba dividido en dos: expositores y visitantes. A los del primer grupo los conocía a casi todos y de ahí salieron los nombres que te di. Del segundo me sonaba mucha gente, pero obviamente no conocía a todo el mundo. ¿Y si había entre los asistentes alguien capacitado para pintar como Marat, pero no estaba en la lista de virtuosos que participaban en la exposición? Al fin y al cabo, esta estaba limitada a pintores cántabros. Así que ayer por la tarde me dediqué a investigarlos. La mayoría eran empresarios, políticos o gente de la farándula, pero también había aficionados a la pintura. Pude ver las obras de varios de ellos. La gente cuelga cualquier cosa en las redes sociales. Te sorprendería ver la cantidad de cuadros basura que hay con comentarios hipócritas de amigos... «¡Qué preciosidad!», «¡Deberías llevarlo a una galería!». ¡Ja, ja, ja! Ni para limpiarme los zapatos los usaba yo... En fin, hubo una artista que me llamó la atención. Tenía talento de verdad.

—¿De quién se trata? —Ángela no pudo ocultar su curiosidad.

—De Johari Biya.

—¿La mujer de Castro?

—Efectivamente. Tiene un don para la pintura.

A Ángela le vino de inmediato a la mente la imagen sobrecogedora de la pieza que gobernaba la zona de reuniones del despacho del empresario. Aquella imagen de una mujer africana de edad avanzada que parecía un baobab mirando al cielo con los brazos extendidos. Pidiendo auxilio, rogando a la lluvia. Si ese cuadro era suyo, de verdad tenía talento. Por otro lado, estaba el misterio, aún sin resolver, de la estrellita dorada que apuntaba a una mujer y la implicación de su familia en aquellos movimientos bancarios. Una sombra de sospecha se cernía sobre la mujer de Castro, lo que no sabía era cómo encajarla.

***

Aitor y Edurne Beloki abrieron la puerta del apartamento. Habían acudido a la llamada de la Guardia Civil tan pronto como habían podido organizarse. Según contaron, el apartamento pertenecía a una tía que había muerto un par de años atrás. Estaban pensando en venderlo, aunque aún no se habían puesto manos a la obra. Solo iban dos o tres veces al año, normalmente en los meses de junio y julio. Les gustaba hacer surf y aquel era un lugar tranquilo para practicarlo.

La posibilidad de que el asesino de los cuadros, como la prensa se refería a Marat, se hubiera escondido en su casa les daba escalofríos. Parecían impresionados por el despliegue de medios que había alrededor de la urbanización. A decir verdad, a mí también me llamó la atención que por un simple registro se hubieran congregado allí tres coches patrulla con las luces azules destellando.

Ángela, Henry y yo llegamos juntos. El guardia había pasado por el molino de mareas para recogernos, ya que apenas estábamos a diez kilómetros de distancia del lugar de los hechos. La teniente había insistido en que fuéramos en su moto, pero yo me negué rotundamente a subir de paquete. Tenía pánico a las motos desde que alquilé una y me caí tres veces en tan solo unas pocas horas.

La cabo Ayerbe se aproximó hacia donde estábamos nada más vernos. Llevaba puestas unas gafas de sol de aviador y una sonrisita de felicidad indisimulada.

—¿Qué tal ayer, Belén?

—Muy bien. No te puedo repetir el nombre de ningún plato que probamos porque eran todos impronunciables, pero la velada fue muy agradable.

En ese momento Vives, el guardia regordete que tanto me recordaba al abogado de *La guerra de los Rose,* se acercó hasta nosotros acompañado por Fenollosa. Sus hombres habían comenzado el registro de la vivienda.

—Parece que entró haciendo *bumping.* Eso explica que no haya muestras de que la cerradura haya sido forzada —indicó imitando unos golpes con el puño.

—Así que, además de saber pintar y matar, también sabe robar —añadió Fenollosa a la vez que expulsaba una bocanada de humo por la boca. Aquel hombre no paraba de fumar, parecía una chimenea—. Será mejor que entremos.

La vivienda de los Beloki era escueta en mobiliario, lo cual facilitaba el registro. Parecía más un piso de estudiantes que una vivienda de lujo. Cuando entramos, los agentes de Criminalística estaban rastreando la casa concienzudamente en busca de cualquier pista que pudiera ayudar a recabar información sobre el asesino. Era la primera vez que estaba en un registro de esas características y, hasta ese momento, tenía una imagen hollywoodiense de ese tipo de actuaciones bien distinta. Me imaginaba a un montón de agentes entrando en la casa y poniéndolo todo patas arriba mientras sacaban cajas y cajas de cartón repletas de pruebas que cargaban en una furgoneta; en cambio, aquellos expertos trabajaban de un modo muy distinto, diseccionando minuciosamente cada sección de la casa. También pensaba que era un proceso rápido, algo en lo que me volví a equivocar, ya que se prolongó durante varias horas. Aburrido por no tener mucho que aportar y preso de un transporte público que no llegaba hasta allí, en determinado momento salí a la terraza a respirar el aire fresco. Sin pensarlo, saqué las dos monedas que llevaba siempre en el bolsillo y las coloqué sobre la balaustrada. Una junto a otra. Me quedé mirándolas, pensando cuándo las tendría que utilizar, cuándo me sacarían de un apuro.

Las vistas desde aquella terraza eran magníficas. El gran azul se extendía hacia el infinito, y las olas, encrespadas por el viento, lo ribeteaban de colores blancos. Dos o tres grandes rocas resistían impasibles el asedio de las olas, conscientes de que en pocos cientos o miles de años sucumbirían como lo había hecho el resto de sus acompañantes en tiempos pasados. Me vino a la mente *La gran ola de Kanagawa*, la emblemática ilustración de Hokusai, uno de los máximos representantes de la escuela Ukiyo-e o «pinturas del mundo flotante». Esa ola con garras que engulle una barcaza ante la imperturbable mirada del monte Fuji. La imagen visual de la estampa derivó en el recuerdo de la primera vez que vi el mar, en el puerto de Wenzhou. Podía rememorar aquel día con claridad. Tendría yo ocho o nueve años. En la bahía flotaban cientos de pequeñas embarcaciones de colores, y junto al muelle los pescadores reparaban las redes para volver a faenar. Olía a pescado y gasolina. Mi padre se quitó la camisa y saltó al agua para darse un baño. Recuerdo verlo flotando, haciéndome señas para que lo siguiera. Yo no me atreví. Tenía miedo a ahogarme.... Nunca he aprendido a nadar. Cuántas veces he pensado en lo que me hubiera gustado saltar al agua junto a él...

Seguía yo en mis ensoñaciones cuando Henry salió a mi encuentro. El registro llegaba a su fin.

—¿Qué tal ha ido?

—No tenemos gran cosa. Si pasó tantas horas aquí, debió de comer, beber y hacer sus necesidades en la casa; sin embargo, los hombres de Vives han intentado obtener huellas o restos y no han encontrado nada. Tampoco éramos muy optimistas —dijo Henry con resignación—. Hasta ahora el asesino ha sido muy escrupuloso y era consciente de que lo rastrearíamos hasta aquí.

—Al menos tenéis una imagen suya y sabéis que cojea. No creo que haya muchos pintores con esas características... Siento no haber sido de gran ayuda hasta el momento —añadí—. Cada vez me cuesta más imaginarme quién pudo ser.

Henry se encogió de hombros y se apoyó en la barandilla a mi lado. Los dos nos quedamos mirando el mar por unos instantes. De alguna manera, aunque no hubiéramos intimado, me sentía cómodo con el joven guardia. Tenía una sensibilidad por el arte que estaba lejos del alcance de sus compañeros, y eso me bastaba para tenerle simpatía.

—Yo... Quería pedirle un favor —dijo sin mirarme—. Sé que usted da clases de pintura...

Asentí.

—¿Me podría enseñar a pintar? —añadió con cierto rubor.

Justo en ese instante, antes de poder responderle que me encantaría, la teniente Souza salió a nuestro encuentro.

—¡Son dos! —exclamó— Dos personas. ¡Lo sabía! ¡Lo sabía!

—¿Cómo? ¿A qué te refieres? —pregunté confuso por sus palabras.

Ángela a duras penas podía contener la emoción. Era la primera vez que la veía así, tan humana. En una aturullada explicación nos contó que durante el registro se había dado cuenta de que en la casa había un teléfono fijo y que, a pesar de ser un terminal bastante viejo, tenía línea. Una breve comprobación a través de un compañero que tenía mano con la empresa de telefonía le había bastado para averiguar que los Beloki hicieron una llamada la noche que mataron a Melchor. Ellos no estaban en Cantabria ese día, así que solo la pudo hacer el cojo. Llamó al pintor para informarle de que todo estaba preparado y que era su turno.

—Y adivinad qué...: han rastreado la llamada y el terminal al que se hizo, un número de prepago, se encontraba en ese momento en los alrededores del Centro Botín. ¡Llamó a Marat! No es una, sino dos personas. Marat se encarga de pintar la muerte, pero no es un asesino, no ejecuta a sus víctimas. El asesino es el cojo. Trabajan juntos.

Nuestras caras de estupefacción la animaron a seguir con las explicaciones.

—Como os dije ayer, el día del levantamiento del cadáver de Melchor encontré una estrellita dorada que me pareció que provenía de la inauguración de la exposición en el Centro Botín. No me cuadraba que estuviera allí si el asesino había entrado y salido por el mismo sitio. Ahora lo veo claro. El cojo se escondió en el apartamento de los Beloki y esperó a que Melchor saliera a fumar para sorprenderlo. Una vez lo tuvo inconsciente y amarrado a la silla, llamó a la pintora para decirle que ya podía venir. Acabarían con la víctima en su presencia para que pudiera rematar el cuadro como a ella le gusta. Usted mismo lo dijo —Ángela me señaló al pecho—: solo es posible pintar la muerte de manera magistral si se está frente a ella.

—¿Ha dicho pintora? ¿Cree que se trata de Johari? —preguntó Henry. Parecía que Ángela lo había puesto al día de mis averiguaciones.

—De momento no tenemos ninguna prueba que la señale directamente… Está lo de que es una buena pintora y los restos de crema que encontramos en la estrellita, pero no es suficiente. Digamos que lo de pintora es una forma de hablar… —La teniente contenía con falsa prudencia las ganas de acusarla. Había apuntado sus dardos hacia ella, ser la mujer de Castro la hacía la candidata ideal—. En cuanto podamos confirmar si fue ella la que compró ese número de prepago, lo sabremos.

—Y entonces —inquirió de nuevo el guardia—, ¿por qué no salió junto al cojo por la puerta?

—Cuando acabaron el trabajo, se separaron y cada uno huyó por donde había venido. Él por la vivienda de los Beloki en el complejo Amayuela, y ella por la pasarela de madera hacia el paso que hay entre las rocas del acantilado. Lo hicieron por un motivo simple: engañarnos.

»Sabían que nosotros buscaríamos en las cámaras de seguridad hasta dar con el asesino, así que decidieron seguir haciéndonos creer que se trata de una única persona. Eso es lo que nos ha traído de cabeza hasta el momento. Les ha puesto en bandeja la coartada y ha hecho que persiguiéramos un perfil inexistente: alguien capaz de matar tan bien como pinta. Era su ventaja. Es brillante, para salvar a la dama negra, sacrificaban el alfil blanco.

—¿Y por qué se ha sacrificado él en lugar de ella? —volvió a preguntar Henry aún algo confuso.

La respuesta era clara y Ángela la conocía tan bien como yo.

—Porque solo hay una persona capaz de pintar como Marat. Además —dijo restándole importancia con la mano—, resulta mucho más complicado buscar a un cojo que a alguien como Johari.

En ese momento mi mente era como un torbellino de ideas que rebotaban contra los muros de la cabeza. Que Marat no fuera solo un pintor, sino la alianza entre un verdugo y un artista era un paso de gigante hacia el descubrimiento de su identidad. Marat era la mezcla entre Charlotte Corday, la asesina, y Jacques-Louis David, el pintor. ¡Qué ironía! Cada vez estaba más cerca de él y una sensación de vértigo me inundaba. Había vivido toda mi vida para ese momento.

Al mismo tiempo que la teniente terminaba de explicarnos sus suposiciones, el resto del equipo salía del apartamento. El trabajo allí había finalizado. Por sus rostros optimistas y las palmaditas en la espalda que recibí cuando pasaron por mi lado, supe que todos estaban al tanto de las novedades. Solo Fenollosa parecía preocupado. Me di cuenta porque nada más salir llamó a Belén para decirle algo en un aparte y luego, sin tan siquiera encenderse un pitillo, se marchó a toda prisa.

***

Había sido un día intenso, pero a Ángela todavía le quedaba una cosa por hacer antes de irse a dormir. La tarea más difícil. Había estado días postergando aquella llamada y había llegado el momento de enfrentarse a ella. Darío era un buen hombre y no se merecía que ella lo relegara a ser el plan B sin tan siquiera darle una explicación. El problema era que no sabía cómo enfrentarse a esa conversación.

Puso un disco de Sonny Rollins en los altavoces que tenía conectados a su teléfono y se sirvió un Flor de Caña con dos hielos. El denso sonido del saxofón inundó el salón. Buscó su contacto en el teléfono y lo estuvo mirando un largo rato mientras pensaba en lo que le iba a decir.

Se acordó del día en que se conocieron. Su amiga Virginia le había organizado una cita a ciegas que volvió a resultar otro fiasco, una cena con un tipo petulante demasiado esforzado por impresionarla. La noche hubiera resultado un completo desastre si Manuel (no recordaba bien si ese era su nombre) no se hubiese empeñado en llevarla a un bar de copas por La Latina y se hubiera encontrado allí con un viejo amigo, Darío. Enseguida congeniaron. Perdieron a Manuel y se encontraron ellos dos. Aquella noche se enrollaron e hicieron el amor de manera espontánea, con instinto animal. Un instinto que luego aprendieron a domar. Se acordó también de los primeros meses. Lo mucho que se reían, los planes improvisados, la vez que follaron (porque aquella vez no hicieron el amor) en los baños de un centro comercial. Las escapaditas a Londres y Berlín, y otras anécdotas que quedarían para siempre ligadas a su hombre con nombre de poeta. Luego vino la rutina, la maldita rutina que transforma poco a poco la jungla de la pasión en un erial. El resto era historia.

Había dejado a muchos tipos, pero en aquella ocasión le costaba. La verdad era que la historia de Darío había sido una buena historia. Sin embargo, aquel trabajo en Cantabria lo había removido todo. Era como si el caso de Marat la hubiera secuestrado de su anterior vida. ¿Cuál había sido el motivo? ¿De verdad era su trabajo lo que había minado la relación con aquel hombre? Con aquel buen hombre. La irrupción de Belén en su vida había hecho que se tambalearan sus cimientos y Miguel los había demolido. La atracción que sentía hacia ellos era real, pero ¿eran ellos los culpables de su zozobra o lo era ella? Sus preguntas buscaban argumentos que justificaran su decisión, pero en el fondo sabía que, como siempre, ella era la única responsable. Que una vez más se había vuelto a meter en la espiral de autodestrucción que generaba cuando las cosas le empezaban a ir bien.

Finalmente marcó el teléfono de Darío y salió al jardín. Necesitaba estar al aire libre.

La brisa era fresca y en el cielo parecía que todas las estrellas del universo habían decidido salir a pasear. El viento había amainado y solo se oía el susurro de las olas meciendo los guijarros en la orilla.

Un tono, dos tonos, tres tonos.

—Hola, Ángela.

Su voz sonaba distante. Casi nunca la llamaba por su nombre. Él siempre le decía Angi.

—Darío… Lo siento. Lo siento, te tenía que haber llamado antes, pero…

—Da igual, Ángela. No lo quiero saber.

Se hizo un silencio. Ella cerró los ojos y respiró hondo. Había disparado su arma contra un hombre en más de una ocasión, se había enfrentado a criminales, se había metido en el fango más asqueroso de la raza humana… ¡¿Por qué le costaba tanto terminar una relación?!

—También te libro de que pases por el mal trago de ser tú quien me lo diga —continuó Darío—. Sé que lo nuestro ha terminado.

—Pensaba…

—Ángela —interrumpió—. Da igual. Se acabó. Tal vez si hubiera podido hablar contigo hace unos días las cosas serían diferentes, pero me he cansado de esperar… Porque creo que hace tiempo que no hay nada que esperar.

Sonaba fatigado. Había amor bajo esa voz, pero un amor muy lejano a la pasión, al amor con mayúsculas. Se rendía a seguir manteniendo aquella cáustica relación.

Una lágrima rodó por la mejilla de Ángela. No recordaba la última vez que había llorado. Darío se despedía mostrando lo hombre que era. Por un momento ella pensó en que tal vez se había equivocado, pero por ahora lo mejor era que cada uno tomara su camino. El tiempo curaría las heridas. Casi siempre lo hacía.

—Tienes razón. Te agradezco todo lo que has hecho por mí.

—Por cierto. Ayer te llamé, además de para felicitarte por tu cumpleaños, para decirte que hace unos días te llegó una carta a casa —su voz sonaba quebrada. Las despedidas son más fáciles cuando se habla de detalles materiales.

A Ángela le picó la curiosidad. A ella también le venía bien tomar el desvío de la banalidad. Hacía años que no recibía una carta.

—¿De quién era?

—De un tal Jacques-Louis David. No lo conozco. Según el matasellos, viene de Bruselas.

La teniente Souza se estremeció. Jacques-Louis David era el autor de *La muerte de Marat*, el cuadro que se albergaba en los Museos Reales de Bellas Artes de Bélgica.

—¿La puedes abrir? ¿Me puedes decir qué hay dentro? —Le resultaba difícil ocultar la emoción.

—Ángela, hace días que me he ido de tu casa. Si quieres leerla, tendrás que ser tú quien vaya a por ella.

Capítulo 26

Madrid

Sueño de una tarde dominical en la Alameda Central
Diego Rivera

La luz del alba la alcanzó en Reinosa, cerca del nacimiento del Ebro. Había leído en algún sitio que en realidad las aguas del segundo río más grande de España brotaban en el circo del pico Tres Mares, pero la tradición mandaba más que la geografía, y los estudios científicos no habían logrado desbancar a la Fuentona de Fontibre, con sus chopos, fresnos y la pequeña estatua de la Virgen del Pilar, como lugar de peregrinación turística para conocer su manantial.

Era sábado y apenas había tráfico. Ángela aceleró y se movió de lado a lado de la carretera innecesariamente. Le gustaba la sensación de libertad que producía viajar en moto. Rimaba con ella. Si todo iba bien, en tres horas y media estaría en casa. Hacía más de un mes que no pasaba por allí. Había estado tan enfrascada en el caso que ni había echado de menos su hogar. Los últimos días habían sido especialmente duros. Cuando su jefe concedía un ultimátum, la cosa iba en serio, nada de amenazas triviales. Le había dado tres días para tener avances significativos y ella había salvado el *match-point* sobre la bocina. El progreso en la investigación durante los últimos días y, sobre todo, el haber descubierto que eran dos personas valía por una prórroga extra. «Un par de semanas. Ni un día más», le había conminado en su última conversación. Evitó decirle que la sospechosa era Johari Biya, la mujer de Castro, Balmaseda tampoco se lo preguntó. Bastantes quebraderos de cabeza le había dado el señalar al empresario sin tener pruebas sólidas para ahora hacerlo con su mujer. Había pedido a Henry que la vigilara, y a Belén que averiguara todo sobre ella. La africana era la clave, el punto débil del tándem de asesinos y donde tenían que poner los esfuerzos. El hombre de la cojera era otro cantar. Era como una sombra. Había actuado con escrupulosa precisión en los dos asesinatos, sin dejar ni una sola pista, sin cometer ni un solo fallo. Algo en su interior le decía que para llegar hasta él tenía que indagar más sobre el cuadro que había pintado Zhao años atrás: el de la mujer en las cloacas. Esperaba que el encuentro con Argüelles, con quien había quedado a comer, sirviera para aclarar algo. Pero el verdadero motivo para gastar su día libre en un viaje de cuatrocientos cincuenta kilómetros y otros tantos de vuelta estaba en el recibidor de su casa. La carta que había recibido de Bélgica estaba sin duda alguna relacionada con el caso. Que alguien hubiera usado el nombre de Jacques-Louis David, el pintor más influyente del arte francés del siglo XIX y autor de *La muerte de Marat*, era un reclamo para que descubriera su contenido cuanto antes. Le intrigaba el motivo por el cual se la habían enviado a su casa en Madrid y no a la comandancia o al molino de mareas. Era también preocupante que quien se la hubiera enviado conociera su dirección.

El cuentakilómetros de la motocicleta avanzaba y las verdes colinas montañesas se deshacían en un paisaje dominado por los dormidos campos de cereal. Burgos, Aranda del Duero y por fin Madrid. El Madrid siempre bullicioso que creía haber olvidado en la paz del norte. A pesar de que no llevaba mucho tiempo fuera, cuando llegó a la ciudad se sintió extraña. Como si aquel no fuera su sitio. Como si no lo hubiera sido nunca. Se adentró en el barrio de Quintana, su barrio, y tuvo la sensación de que las calles y los comercios eran parte de un decorado, de un mundo al que había pertenecido en el pasado. En ese momento supo que ya no quería vivir allí, lejos del mar y del monte. En cuanto acabara con aquel caso, pediría un traslado.

Cuando abrió la puerta de casa, vio la carta sobre el aparador de la entrada. La cogió y avanzó por el pasillo. Quería abrirla, pero antes necesitaba confirmar lo que le había dicho Darío. Recorrió las habitaciones en silencio comprobando las pruebas de su marcha. Sus libros favoritos ya no estaban en la librería, su parte del armario estaba vacía y en el vaso para los cepillos de dientes del baño solo había uno. Se había ido. La había dejado. Se sintió triste, pero también aliviada por no tener que seguir jugando con sus sentimientos. Luego se dirigió al comedor, se dejó caer en el sofá y se quedó mirando la carta unos instantes. La letra de la persona que la había escrito era bonita, trabajada. En la esquina superior izquierda había un sello que representaba la Maison du Roi de la Grand Place, uno de los edificios más emblemáticos de Bruselas. El procedimiento en esos casos era llevar la carta a analizar por si contenía alguna sustancia tóxica o suponía un peligro potencial. Ella no lo hizo; rasgó el sobre y sacó el contenido con unas pinzas. Necesitaba conservar el papel para llevárselo luego a Vives por si podía rescatar alguna huella. Dentro había un papel del tamaño de media cuartilla con una palabra escrita.

TorMentadenieve

La teniente Souza esbozó una sucinta sonrisa. Aquel era el nombre del cuadro de William Turner que Rafael Melchor tenía como salvapantallas de su ordenador. ¡Qué ironía! El nombre de la pieza contenía también el de su mascota, Tom, aquel simpático gato blanco con manchas rubias.

En la despensa tenía una botella de vino. Sabía que no se la acabaría y que lo que no se bebiera se echaría a perder; aun así, la abrió. Puso en el tocadiscos un vinilo de Louis Armstrong y se quedó pensando en el nombre de aquel cuadro. Aquella pieza tenía un significado especial para el abogado y ahora para ella. Solo se le ocurría un motivo por el que alguien le podía haber enviado la tarjeta con esa palabra. Una cosa para la que podía servir.

Sacó de la mochila su ordenador portátil y metió la llave USB color azul que siempre llevaba encima. Buscó el archivo que no había podido abrir días antes, el que había obtenido de manera furtiva en casa del abogado y, cuando le pidió la contraseña, tecleó la palabra que había encontrado en el sobre. Lo hizo con tranquilidad, sabiendo que lo iba a conseguir. Al hacerlo, un documento con gran cantidad de datos apareció en la pantalla de su ordenador. Se trataba de un extenso listado de transacciones bancarias.

***

—El primer paso para pintar un cuadro es la preparación de los materiales. Esto incluye los tubos de pintura, pinceles de diferentes tipos y tamaños, paleta, médiums, escobillas, trementina y demás. A la hora de escoger un pincel para pintar al óleo siempre recomiendo pinceles de cerdas naturales como los de marta, oreja de buey o poni, por ejemplo. Está claro que estos son mucho más caros que los de fibra sintética, pero el resultado es mucho mejor. En cuanto al lienzo, hay telas de algodón, lino, mixtas, con más o menos grano, cruce de tela... Todo dependerá del tipo de resultado final que esperes. Paleta, yo siempre uso de metacrilato, blanca: es cómoda para hacer las mezclas y fácil de limpiar. Pinturas hay para todos los gustos, mis preferidas son óleo Rembrandt, Amsterdam y Titan extrafino.

»Se supone que cuando preparas el material es porque ya sabes lo que quieres pintar. Yo personalmente prefiero motivos que inspiren desasosiego. Suelo partir de una idea propia, un concepto, y volcar mi imaginación sobre ella. Para empezar lo más sencillo es inspirarse en la naturaleza. Sé creativa, encuentra un hilo conductor para tu obra: los colores, la composición, la luz...

Su voz sonaba monótona, como si fuera una grabación de un curso por correspondencia. Si ella hubiera tenido una profesora así, se hubiera ido de clase, sin dudarlo, pero en esos tiempos los jóvenes tragaban con todo.

—También te recomiendo que antes de ponerte a pintar hagas varios bocetos. Define bien tu idea, ya que esta condicionará la elección del material.

—¿Y cómo sabré que elijo bien?

—Guíate por tu intuición. Es lo mejor. Piensa en un ángulo insólito, centra la escena en un detalle… Lo importante es que durante el proceso no pierdas de vista el sentimiento que quieras despertar en el observador, has de ser coherente con tu obra y contigo misma. El siguiente paso es desarrollar un diseño limpio; esto es, pasar tu idea al lienzo. Te recomiendo usar un carboncillo. Luego lo repasaremos con un pincel con pintura diluida y eliminaremos los restos de carboncillo con un trapo para evitar manchas. Resalta los principales elementos de la composición y las áreas oscuras para que luego te sea más fácil jugar con la luz.

»A continuación haremos lo que se llama la "media mancha", una fina capa con pintura aguarrasada que nos permitirá entonar el cuadro y definir los claros y oscuros. Te ayudará a conseguir profundidad y dar volumen a los elementos. Elije bien los colores. No te dejes seducir por los colores vivos y vibrantes, ya que pueden conducirte a un resultado artificial e ingenuo. Más tarde nos dedicaremos a intensificar el brillo y dar los retoques necesarios para crear luminosidad.

La joven asintió a su maestra. Frente a ella, un lienzo huero, y a su lado un set de tubos de óleo mucho más caro de lo que necesitaba. Era su primer día de clase y no resaltaba por ser muy extrovertida, así que titubeó un poco antes de atreverse a preguntar algo que le preocupaba desde mucho antes del principio de la explicación.

—Johari, ¿y si no se me ocurre nada que pintar?

—Si quieres, para empezar puedes intentar copiar una fotografía o incluso alguno de mis cuadros.

La chica miró con atención a las paredes del taller. La que un día fue la belleza de ébano tenía un don especial para la pintura. Era una lástima que siempre, pese a la insistencia de su marido, se hubiera negado a exponer sus piezas. Aquel era un placer íntimo, le solía decir. Le gustaba pintar, pero no necesitaba comerciar con su arte. La muchacha se sentía privilegiada por estar allí, por tenerla a ella como maestra. Había accedido a darle clases porque su padre era uno de los mejores clientes del marido de Johari Biya, el señor Castro. Por eso se sentía una estúpida por haber acudido allí sin ninguna idea en la cabeza.

Al final señaló uno de ellos. Era un cuadro colorido en el que un hombre elegantemente vestido sostenía por el brazo el esqueleto de una mujer. Parecía que ambos escrutaban al observador tratando de turbarlo. A su alrededor, varias personas elegantemente vestidas miraban en otras direcciones evitando interrumpir esa línea invisible que dividía ficción y realidad.

—Es una adaptación que hice de un mural de Diego Rivera: *Sueño de una tarde dominical en la Alameda Central*. En la pintura original, el propio Rivera se autorretrata como un niño y se rodea de personajes mexicanos históricos, entre ellos, por supuesto, Frida Kahlo. Me parece muy difícil para empezar. —Johari no pudo reprimir un gesto de incomodidad. Aquel cuadro, además de complejo, tenía un significado muy especial para ella.

—Lo sé, pero es que no puedo dejar de mirarlo desde que he entrado en esta habitación. Es como si se me hubiera metido dentro.

—Suele suceder… ¿Y qué tal si empiezas copiando uno de Frida Kahlo, su pareja? El de *Viva la vida*, su último cuadro, es una pieza accesible.

***

Fenollosa mataba el tiempo paseando por el barrio de San Francisco mientras esperaba a que terminara el partido de baloncesto de su hijo mediano. Cuando era más pequeño, le gustaba ver los encuentros y animar con los demás padres. Por aquel entonces, cada vez que el chaval anotaba miraba hacia la grada buscando su complicidad y al terminar el partido almorzaban juntos. «El almuerzo del *crack*», lo llamaban. Mientras compartían un bocadillo de jamón y una Coca Cola, escuchaba sin descanso las mejores jugadas del partido una y otra vez. Asintiendo con sorpresa disimulada, como si no hubiera estado allí para verlo. Luego, cuando llegó la adolescencia, pasó de espectador a taxista. «Papá, es que, si estás ahí, me desconcentro», «¡Por tu culpa no he anotado!» y un sinfín de comentarios similares hicieron que dejara de acudir a los encuentros. Se levantaba temprano, le preparaba el desayuno y lo llevaba al polideportivo de turno. Mientras el chico jugaba, él paseaba. Se fumaba unos cuantos cigarrillos y pensaba en sus cosas. Era el único momento que tenía durante la semana para esas cavilaciones.

Aquel era uno de esos momentos. Recorría las calles sin rumbo fijo, despreocupado, calculando cuánto quedaba para que acabara el último cuarto, cuando vio algo que le llamó la atención. Más bien fue alguien lo que le llamó la atención. Era el pintor que habían tenido en el punto de mira al principio de la investigación, Miguel Rocamora. Llevaba puesta una chaqueta gris y un colorido fular bergamota anudado al cuello. Caminaba por la acera opuesta en dirección a él. Le pareció que no lo había visto o, si lo había hecho, no lo había reconocido. Antes de que se llegaran a cruzar, el artista se metió en una cafetería. Guiado por su instinto, curioso innato, Fenollosa se acercó hasta la puerta del local y observó lo que hacía. El pintor avanzó hacia el fondo del restaurante y se sentó en una mesa donde había otro hombre. Desde su posición no podía ver bien de quién se trataba, ya que este quedaba parcialmente oculto por una columna. No se atrevía a acercarse más por temor a ser descubierto. Lo que sí que pudo ver bien fue lo que sucedió.

El encuentro entre los dos hombres fue breve pero intenso. Al principio, nada más sentarse, Miguel atendía a lo que le decía su interlocutor. Por la circunspección en la cara le pareció que al pintor no debía gustarle lo que estaba oyendo. Fueron dos o tres minutos. Luego el pintor se levantó y se dirigió a su acompañante con gesto airado, señalándolo varias veces con el dedo, parecía que lo estaba amenazando. En ese momento el otro hombre se levantó de su asiento, dejó un billete sobre la mesa y se dirigió hacia la salida dando la espalda a Rocamora. Fue entonces cuando Fenollosa pudo ver su rostro. Era el chino. Era Zhao. Era yo.

***

Ángela se encontró con Argüelles en la terraza del restaurante del campo de golf Negralejo. Enseguida lo distinguió, nada más llegar, entre todos los afortunados que pasaban el domingo en aquel oasis verde de la capital. Su barba de tres días, su pelo rapado al cero y, sobre todo, la chaqueta a cuadros de colores imposibles lo hacían inconfundible. Estaba leyendo una novela de Nacho López sentado en una de las mesitas de la terraza. Sobre la mesa había una caña y un plato de aceitunas. ¡Cómo le gustaba cuidarse a su amigo!

—¿Es buena la novela?

El sargento levantó la vista y sonrió a su amiga, que también era su jefa.

—Sí, te transporta a la juventud desde un punto de vista muy interesante. Pero, adelante, siéntate. ¿Quieres algo?

No le dio tiempo a responder. Argüelles se giró hacia el camarero y le indicó que por favor trajeran otra cerveza y un pincho de tortilla. Sabía prevenir los ataques de hambre de la teniente. Él era así; lo primero era lo primero. Hacía años que a los dos les unía una buena amistad, desde el curso para sargento que hicieron juntos en la Academia de Baeza. Dicen que los polos opuestos se atraen y en este caso, aunque se tratara únicamente de una amistad, la teoría se podía confirmar. Argüelles era padre de familia numerosa y estaba casado con una mujer de familia pudiente (pasar los fines de semana en el golf no entraba dentro de las actividades que un sargento se podía permitir con su sueldo). Cumplía bien con su trabajo, pero también sabía desconectar. Era un maestro en el arte de vivir la vida. Ángela, por el contrario, tenía una vida solitaria y difícil. Siempre luchando contra su pasado, siempre destruyendo inconscientemente todo lo que le podía hacer feliz. Su único refugio era su trabajo. Lo amaba tanto como lo necesitaba.

—¿Qué tal todo por allí arriba? Tienes al jefe calentito…

—La investigación no va tan bien como me gustaría —Ángela dio un trago a la cerveza—, pero, si te he de ser sincera, me está viniendo bien el cambio de aires. Me siento… No sé…

—¿Más feliz?

—¡Ja, ja, ja! Tampoco te pases... —Ángela sonrió lacónicamente y pensó en Belén, en Henry, en Miguel—. Bueno, puede que un poco sí.

—Me alegro mucho por ti.

—Argüelles, muchas gracias por ocuparte de todo mientras estoy en este caso.

Ángela sabía que su compañero estaba lidiando con varios marrones grandes por su culpa. Entre ellos el caso Avogardo, un complicado galimatías. Pero, como siempre, lo hacía sin un reproche.

—Hoy por ti, mañana por mí.

—No te quiero agobiar, pero ¿has podido averiguar algo del asesinato de aquella chica que apareció en las alcantarillas?

—Sabía que me ibas a preguntar por eso —respondió el sargento— y tengo buenas y malas noticias. La mala noticia es que por mucho que he buscado no he encontrado nada. He consultado todos los expedientes de asesinatos violentos de mujeres desde mediados de los ochenta a mediados de los noventa. Los que investigamos en la Guardia Civil y los de la Policía Nacional. No hay nada parecido. Y esto me lleva a, por decirlo de alguna manera, la buena noticia: o a tu pintor le engañaron y copió un cuadro que era ficción, o alguien se encargó de que el cuerpo de esa chica no apareciera nunca. Tal vez tu asesino se ha protegido hasta ahora haciendo desaparecer los cuerpos de sus víctimas.

Ángela asintió. Le había estado dando vueltas al asunto durante algún tiempo. Tener el cuadro de un asesinato es como tener una bomba de relojería. Es una evidencia de que de un modo u otro eres cómplice o formas parte de él. Si la leyenda de Marat era cierta, ¿no sería lógico que los cadáveres de los cuadros que pintaba no aparecieran nunca? Aquella mujer podía ser que engrosara la lista de más de diez mil desaparecidos que había en España. La pieza era el reflejo de la muerte, pero el dueño del cuadro no querría implicarse en ella. Eso explicaba que Marat hubiera podido actuar durante años sin que nadie hubiera sabido de su existencia. Ahora, no obstante, por alguna extraña razón, había cambiado su *modus operandi* y quería que todo el mundo conociese su obra.

—Puede que tengas razón. Puede que Marat lleve años asesinando a inocentes y vendiendo sus cuadros en un mercado que desconocemos por completo. Y creo que la clave de todo está en este documento.

Ángela sacó de su mochila unos papeles y los puso encima de la mesa. Se trataba de un complejo listado de letras y números.

—Mira esto —dijo señalando una fila marcada en color lima.

HYB-301187(DSD)-1850000-BCS

—Aún no estoy segura del todo de qué significa, pero creo que BCS son las siglas de Beltrán Carbajosa Sánchez y 301187 es una fecha, las secuencias numéricas lo confirman. Beltrán Carbajosa Sánchez recibió una transferencia de alguien llamado HYB de 1 850 000 pesetas. Creo que significa eso. Una compañera de la Comandancia de Cantabria lo está confirmando. También está esta: HYB-080893 (CMS) 856000-RMZ. RMZ, Rafael Melchor Zamora. Hay decenas, y muchas de ellas salen o entran a alguien cuyas siglas son HYB.

—¿Y las siglas entre paréntesis?

—No lo sé. Confiaba en que, si encontrabas la identidad de Ofelia, tal vez podría verificar mi sospecha.

—¿Que se trata de la identidad del muerto?

—Podría ser... Creo que detrás de cada movimiento bancario hay una obra de Marat. Hay un asesinato.

Capítulo 27

Boom

Tormenta de nieve
William Turner

—Buenos días, querida.

La llamada de la jueza Elvira del Real pilló a Ángela en la puerta de la sucursal bancaria donde Beltrán Carbajosa tenía sus ahorros. Había concertado una cita con el director del banco y la difunta del pintor para cotejar los movimientos en sus cuentas desde mediados de los ochenta a principios de los noventa, el periodo de tiempo en el que las siglas BCS aparecían regularmente en el documento que había conseguido extraer del ordenador de Melchor. Había tenido suerte, Beltrán era un hombre conservador de esos que no cambian nunca de banco ni de compañía telefónica, y su esposa, Jacinta, estaba autorizada en todas ellas.

La teniente era consciente de que el archivo con todas aquellas transferencias no era una prueba válida en juicio. Lo había obtenido de manera ilegal y en el registro oficial del ordenador del abogado aquel archivo había desaparecido misteriosamente en manos del equipo de Gloria Zaera o, lo que sería más preocupante, antes de que llegara a ella. Por eso se había esforzado tanto en convencer a Jacinta de Rozas para que la acompañara aquella mañana. Su testimonio como apoderada podía ser clave si daba con la identidad de la persona que había transferido todo aquel dinero, alguien cuyas siglas respondían a HYB.

—Buenos días, doña Elvira. Tengo buenas noticias. Hemos descubierto que el asesino no es una única persona sino un tándem. Un asesino profesional y una artista. Tenemos información sobre la apariencia física del primero y motivos para pensar que Marat es una mujer.

—Me alegro de que las investigaciones vayan bien. Ya sabe que hay mucha presión sobre el caso.

La ausencia de emoción en su felicitación le hizo pensar que la jueza ya estaba al tanto de esa información.

—También estamos investigando una serie de transacciones bancarias en las que se vieron beneficiadas varias personas en la década de los ochenta, entre ellos Rafael Melchor y Beltrán Carbajosa. Creo que están relacionadas con sus muertes.

Se hizo un silencio. Aquella información sí que la pillaba por sorpresa.

—¿Cree o está segura? Los ochenta pasaron hace mucho tiempo.

—Estoy segura. Tan segura como de que Marat es responsable de más muertes de las que nos imaginamos.

—Lo que dice es muy grave, querida. Hay que acabar con esta pesadilla de una vez por todas —su voz sonaba preocupada—. ¿Tiene pruebas?

—En ello estoy. —Algo en su interior le decía que debía ser cauta. Argüelles era la única persona que estaba al corriente de lo que había averiguado y de momento lo mejor era que siguiese siendo así—. La informaré a su debido tiempo.

—Una última cosa, querida. En realidad, le llamaba para avisarle sobre algo que transciende a sus investigaciones, pero que es preocupante. El abogado del único heredero de Rafael Melchor, un sobrino que no pareció muy compungido por su fallecimiento, nos ha solicitado formalmente que le devolvamos el cuadro de la muerte de su tío. De momento he denegado su petición por tratarse de una potencial prueba para la investigación, pero no se puede alargar la situación durante mucho tiempo.

—¿El cuadro? ¿Por qué motivo?

—Porque alguien le ha ofrecido una suculenta cantidad de dinero por él. Estamos hablando de más dinero del que usted o yo ganaremos nunca.

—¿Sabe quién ha sido?

El primer nombre que le vino a Ángela a la cabeza fue el de Lorenzo Castro. Él había mostrado mucho interés por las dos piezas de Marat y, como buen oportunista, podría estar interesado en hacer negocio con ellas. Sin embargo, sería muy osado por su parte jugársela en un movimiento así sabiendo que el nombre de su familia estaba bajo sospecha.

—Un marchante italiano, pero parece que no es el único interesado. Según el abogado del sobrino de Melchor, antes recibió un par de ofertas más. El arte va ligado al morbo y lo que ha hecho Marat convierte sus obras en únicas. La publicidad que le ha dado al caso Luis Zambrano es una bomba de relojería. En cuanto se publicaron las primeras imágenes de los cuadros en el periódico, se despertó el interés de comerciantes de arte y coleccionistas de media Europa, y mucho me temo que esto puede incitarle a volver a actuar.

Cuando acabó la conversación, Ángela entró en la sucursal del banco. La noticia que le había dado la jueza era preocupante. No solo porque haría que aumentara, aún más si cabe, la presión que tenía para resolver el caso, sino también por la nueva dimensión que tomaba.

El director del banco recibió a Jacinta de Rozas y a la teniente Souza en su oficina. Una pecera de cristal con mobiliario insulso y sin ningún tipo de decoración. Desde el primer momento se mostró condescendiente con la viuda y colaborador con la Policía Judicial. Había preparado en un archivador toda la información relativa a las cuentas de Carbajosa y subrayado con marcador fosforescente todas las operaciones que superaban el millón de pesetas, los seis mil euros actuales.

—Actualmente está todo informatizado, pero para comprobar los movimientos de aquella época tenemos que remitirnos a los archivos. Tienen suerte de que aún conservemos esta información, lo normal sería habernos deshecho de ella.

Aquel hombrecillo de sonrisa permanente estaba ahora muy orgulloso de la labor oscura que había supuesto convencer a empleados, jefes y colegas de la necesidad de mantener el archivo en papel a pesar de estar inmersos en la era digital y no estar obligados a conservarlo.

Ángela sacó una copia impresa del listado de movimientos que había obtenido del ordenador de Melchor y cotejó la información que el banquero había dejado sobre la mesa. Doña Jacinta miraba nerviosa, sin decir nada. Realmente no sabía bien qué era lo que estaba sucediendo allí. La teniente le había pedido que la acompañara al banco para comprobar unos datos, y ella había accedido sin más. Según le dijo, era algo importante para poder descubrir quién había matado a su marido.

Tras un rato rebuscando en los papeles, el primer movimiento que identificó fue el que le había enseñado a su compañero el fin de semana anterior. Una transferencia a favor de Beltrán Carbajosa por valor de 1 850 000 pesetas recibida el 30 de noviembre de 1987. ¡Bingo! Aquel solo fue el primero de los doce movimientos bancarios que tenía en su lista a favor de Beltrán Carbajosa. Todos coincidían en fechas e importes, y cada uno de ellos supuso un peldaño en la escalera de su moral. Ahora estaba en el buen camino. Pero la sorpresa final estaba por llegar.

—Todas las transferencias fueron emitidas por un nombre cuyas iniciales son HYB. ¿Me podría decir a quién corresponden esas iniciales?

El director del banco cogió el archivador con la información y la miró minuciosamente. Luego abrió un cajón de su escritorio y consultó otro volumen de tamaño similar.

—Las transacciones eran internacionales. Venían de Costa de Marfil. HYB son las iniciales de Henri Yao Biya.

Ángela dio una palmada en la mesa y se puso en pie. El banquero y Jacinta la miraron con sorpresa.

—¡Henri Yao Biya era el padre de Johari Biya! —exclamó. Aquello confirmaba que la africana estaba implicada en todo aquel asunto.

Cuando salieron del banco, la cabeza de la teniente Souza era un hervidero. Si, tal como creía, Johari era quien pintaba los cuadros de Marat, ¿por qué razón era su padre quien pagaba a Carbajosa, Melchor y tantas otras personas? También era cierto que muchas de las transacciones salían de España con destino Costa de Marfil. Sin duda alguna aquel viaje transcontinental de las pesetas debía de ser una estratagema para blanquear dinero, un cabo del que tenía que seguir tirando. La buena noticia era que las sospechas sobre la mujer de Castro se confirmaban. Aun así, necesitaba algo más para incriminarla. Que su padre pagara tres décadas atrás a Carbajosa grandes cantidades de dinero no era prueba suficiente para inculparla, y la prueba de la estrellita no era nada contundente.

—¿Ha resultado útil?

La inocente pregunta de la viuda sacó a Ángela de sus pensamientos.

—Sí, mucho, doña Jacinta. Gracias a esta información, ahora estamos más cerca de descubrir quién mató a su marido.

—Dios la oiga. Espero que puedan detener pronto a esa bestia —contestó persignándose.

Se despidieron en la puerta del banco, pero, antes de que cada una tomara su camino, la teniente le hizo una última pregunta.

—Doña Jacinta, sé que es un asunto privado y no tiene que contestarme si no quiere... ¿Alguien le ha hecho una oferta por el cuadro que se encontró en el despacho de su marido?

La anciana se ruborizó. No hizo falta que le contestara, Ángela se anticipó a su respuesta.

—Aguante. No lo venda a cualquier precio. Creo que esa pintura puede acabar de una vez con todos sus problemas económicos.

***

La teniente Souza pasó el resto del día tratando de organizar la información que había obtenido del ordenador de Melchor gracias al anónimo benefactor que le había enviado la carta. ¿Quién podría ser? Alguien implicado en el caso, desde luego, pero ¿cómo sabía que ella tenía esa información? Por más vueltas que le daba no podía encontrar una explicación. La dimensión del caso se extendía más allá de las fronteras del asesinato de Carbajosa y

Melchor, más allá de su comprensión. Se sentía como ese barco de vapor zarandeado por el mar en el cuadro de Turner *Tormenta de nieve*. En algún lugar había leído que el artista británico se había atado al mástil de un navío durante varias horas para experimentar lo que deseaba expresar con sus pinceles. Por eso era el mejor a la hora de reflejar la violencia de la naturaleza. Tal vez ella debía intentar algo similar en su investigación.

La codificación numérica era sencilla, se trataba de ingresos y salidas de dinero y las fechas en las que estas se habían realizado. Lo que le estaba resultando un verdadero quebradero de cabeza era averiguar las personas que habían participado en ese laberinto de operaciones. Había apuntado todas las iniciales en una lista y buscado metódicamente a quién podían corresponder. Para ello había cotejado esas iniciales con el listado de participantes en la exposición que Castro había organizado sobre los pintores cántabros, con listados de artistas de la época, personas relacionadas con el caso, etcétera. De momento, de las cerca de cincuenta iniciales que aparecían en el documento, solo había podido identificar tres nombres: Beltrán Carbajosa Sánchez (BCS), Rafael Melchor Zamora (RMZ) y Henri Yao Biya (HYB). Y estaba casi segura de otros tres. Dos de ellos eran empresarios habituales en el círculo de los negocios de Lorenzo Castro: MAR, Marcelino Arcángel Rubio; y EBS, Esteban Ballester Santamaría. La última era Johari Akissi Biya, a quien creía que correspondían las iniciales JAB. Al igual que su padre, Johari era de etnia *baoulé*, por lo que su nombre de pila se acompañaba por un segundo nombre que correspondía al día de la semana en el que nació. Henri era Yao porque nació en viernes y Johari era Akissi porque nació en lunes. Su curiosidad también la llevó a averiguar que ella, que había nacido en sábado, si hubiera sido *baoulé*, se llamaría Ángela Affoue Souza.

Se había tomado un café y dos tés. Estos últimos cortesía mía: un té negro de Yorkshire, un básico que no puede faltar en ninguna despensa, y un Panda Dung Tea, una joya china que se fertiliza con estiércol de oso panda. Había escuchado cinco discos de *jazz*: *A Love Supreme*, de John Coltrane; *Bird & Diz*, de Charlie y Dizzy Gillespie; *Time Out*, de The Dave Brubeck Quartet (dos veces); y *Something Else*, de Cannonball Aderley. Y, como única comida sólida en el día, se había hecho un sándwich mixto con mostaza. Hacía rato que el sol la había abandonado y había dado paso a una noche sin estrellas en la que las gotas de lluvia campaban a sus anchas. Era una de esas lluvias finas del norte. Orvallo, sirimiri, calabobos: como la quieran llamar. La casa estaba fría y la mortecina luz de la cocina, donde había instalado su improvisado centro de operaciones, hacía que le escocieran los ojos. Salvo por las averiguaciones que había hecho en el banco, no podría catalogar aquel día como divertido ni fructífero. Se sintió sola. Pero todo puede cambiar con una canción.

Hey look a-here. Just wait and see.

La melodía se vio interrumpida por un «ding, dong» en la entrada. Era tarde y Ángela no esperaba a nadie. Se levantó, fue hacia la puerta y la abrió. En el umbral estaba Miguel. Vestía unos vaqueros rotos por las rodillas y el mismo jersey de cuello vuelto que llevaba puesto el día que comieron juntos. Traía un ramo de flores en la mano y estaba empapado.

Ninguno de los dos dijo nada. Él dio un paso hacia delante y ella se lanzó contra él. Se fundieron en un abrazo y sus lenguas se buscaron prolongando la humedad del ambiente. Ángela hundió los dedos en su pelo y momentáneamente abandonó su boca para frotar su mejilla contra su barba perlada por la lluvia. Luego sus labios volvieron a encontrarse. Con furia, con pasión, con los ojos abiertos. Sus lenguas bailaban una danza húmeda en que los dientes, deseosos por participar, salían de su escondite esporádicamente para morder sin herir los labios del otro. Sin dejar de besarse, Ángela lo hizo pasar dentro de la casa y cerró la puerta con el pie. No quería separarse ni un segundo de él, no podía dejar de explorar el cuerpo de su amante. En cuanto encontró una ranura, pasó sus manos por debajo del jersey y acarició con ímpetu los músculos de su espalda. Eran fuertes, tersos. No se pudo resistir a arañarlos.

Miguel, que al principio se había concentrado en atraerla hacia él con pasión y sujetarla por la cintura mientras sus cuerpos se contoneaban, buscó su entrepierna. Pudo notar las palpitaciones y la humedad en sus mallas. Aprovechó la debilidad del tejido para hundir sus dedos en ella. Ángela gimió animándolo a subirlos y buscar su piel. No llevaba sujetador, con lo que pudo alcanzar sus pechos fácilmente. Sus pezones estaban duros, a punto para consumirlos, así que se despidió momentáneamente de su lengua para buscarlos.

En una danza improvisada que duró los siete minutos que tardaron en recorrer los escasos diez metros que separaban la puerta de la casa de la cama fueron perdiendo toda la ropa que llevaban puesta. Ángela le ordenó que se tumbara y se sentó a horcajadas encima de él. Sus cuerpos estaban listos para ensamblarse. Puso las manos sobre su pecho y comenzó a moverse rítmicamente mientras sus jadeos se iban haciendo cada vez más profundos. Fue un amor pasional, húmedo y sudoroso. Un amor en el que cambiaron de postura tantas veces como la imaginación les dejó. Un amor que tras un respiro se convirtió en otro y en otro. Un amor que duró hasta que salió el sol.

***

La carretera, si es que se podía otorgar ese apelativo a la sucesión de angostos caminos asfaltados que conducían a la costa norte del barrio de Cueto, terminaba en una pequeña explanada entre el campo municipal de fútbol y los acantilados del Puente del Diablo. La noche era fría y hacía horas que una fina lluvia se había instalado en ella. No hacía tiempo para estar fuera de casa, pero en parte gracias a ello el aparcamiento estaba casi desierto y podían tener un poco más de intimidad.

Javier aparcó el coche cerca de unos contenedores, apagó las luces y echó el asiento del piloto hacia atrás. Cristina, que había pasado todo el trayecto manoseando su entrepierna no tardó ni un segundo es ponerse encima de él y empezar a besarlo. Habían quedado a cenar en casa de María, una amiga común, con la excusa de acabar un trabajo de Derecho Constitucional que tenían que entregar la semana siguiente. Unas *pizzas* y cuatro o cinco folios ramplones más tarde, lo suficiente para surfear un aprobado, Cristina dijo que sus padres le habían dicho que no volviera tarde y Javier, que no vivía lejos, se había ofrecido a llevarla. La jugada había salido redonda y su amiga, la anfitriona, que estaba perdidamente enamorada de Javier, en ningún momento sospechó que a sus amigos el trabajo se la traía al pairo y lo que en realidad querían era aprovechar la noche del lunes con un buen polvo.

La penumbra los amparaba y la fogosidad hizo que subiera la temperatura lo suficiente como para que se empañara el cristal. Sus movimientos de adolescentes en celo eran torpes y demasiado apasionados. Solo existía él para ella y ella para él. Tan ocupados estaban consumiéndose que no se percataron de una sombra que trajinaba un pesado bulto a unos cientos de metros de su coche.

Saciaron su pasión al segundo envite y tras una pequeña prórroga de besos Javier sacó un cigarrillo mezclado con marihuana que llevaba preparado para la ocasión en la guantera. En la oscuridad de la noche, recostados ya cada uno en su asiento, lo encendió, le dio dos caladas y se lo pasó a ella. Fumaron en silencio, con parsimonia. Solo se oía el repiqueteo de la lluvia en el cristal y el sonido del papel consumiéndose. ¿Se podía tener más en esta vida?

—¿Has visto eso? —dijo de pronto Cristina.

El chico tardó unos segundos en contestar. Su mente iba despacio y sus ojos tenían un aspecto denso, quizá se había pasado un poco con el aliño.

—¿El qué?

—Allí, junto a aquella caseta.

A unos trescientos metros en dirección a la ensenada de La Congria se erigía el Panteón del Inglés, una pequeña ermita de piedra blanca sobre un acantilado a la que solo se podía llegar por un angosto sendero. Una luz, como la de un foco o una linterna potente, se desplazó un par de veces y luego se apagó. Por lo inhóspito del lugar y el tiempo, era extraño que hubiera alguien allí a esas horas.

—No sé, será alguien dando una vuelta.

Javier sujetó la colilla con los labios y trató de encender el mechero sobre ella. Estaba más interesado en tratar de apurar el último par de caladas del porro que en averiguar qué hacía un chalado a la intemperie a esas horas de la noche y con la que estaba cayendo. El problema era que, cuando a Cristina se le metía algo entre ceja y ceja, era bastante insistente.

—Ve a ver qué sucede.

—¿Qué? ¿Que vaya a ver el qué?

—Allí. A la caseta esa. ¿Y si es alguien que necesita ayuda?

El chico enarcó las cejas y ella hizo ademán de bajarse del coche para ir personalmente a comprobar que sucedía.

—Está bien… Está bien… —dijo mientras cogía la chaqueta del asiento trasero y abría la puerta.

—Eres un encanto, Javi.

Javier cerró la puerta del coche y maldijo en voz baja a Cristina. Tenía que haberse tirado a María, que la tenía a huevo y encima estaba sola en casa. Si no fuera porque era nadadora: nada por delante y nada por detrás… Se rio de su propia gracia, el canuto comenzaba a hacerle efecto. Empezó a caminar por el sendero hacia el Panteón del Inglés y se detuvo a mitad camino.

«Mierda». Se había empapado las zapatillas. Se giró hacia el coche e hizo un ademán de «Allí no hay nada que ver, me vuelvo», pero Cristina, desde la ventanilla, le replicó con un gesto inequívoco que se apresurara en ir hacia la ermita. Estaba claro que, si no iba, no volvía a mojar.

Empuñando el móvil a modo de linterna, Javier recorrió el trayecto maldiciendo su mala suerte. Cuando llegó al panteón, la piedra blanca se reflejó con el haz de luz. Efectivamente allí no había nada que ver. Giró sobre sus pasos para volver y entonces algo llamó su atención. Era un bulto blanquecino a unos pocos metros de allí, cerca del acantilado.

Con cuidado de no resbalar, se aproximó y alumbró con la linterna. Le hubiera gustado gritar pero la voz no salió de su garganta. En el suelo, sobre un lecho de algo que parecían plumas, había una mujer desnuda. Estaba muerta.

Capítulo 28

El Panteón del Inglés

El lamento por Ícaro
Herbert Draper

Ángela aparcó la moto en un pequeño descampado expuesto al mar que había en la parte trasera del campo de fútbol de Cueto. Había un trajín inusual a esas horas y las luces intermitentes de los coches patrulla turbaban la luz violácea del alba. A pesar de las horas, un puñado de vecinos curiosos se arremolinaban tras la cinta de balizamiento; una banda de plástico atada entre dos postes de madera que había montado la primera patrulla en llegar para acordonar la zona. Junto a ella había varios vehículos, una ambulancia del SAMU, dos coches patrulla y los automóviles del resto de los integrantes de Criminalística.

El Panteón del Inglés se encontraba en una zona abierta a la que se podía acceder caminando desde diferentes puntos, por lo que, para evitar la contaminación del escenario, los agentes se habían tenido que distribuir en pequeños grupos creando un perímetro de seguridad de varios cientos de metros. Dentro, unos cuantos hombres ataviados con trajes blancos buscaban el rastro que había dejado el asesino. Aquel lugar no quedaba lejos del molino de mareas, menos de tres kilómetros caminando por la senda litoral que comunicaba la playa de la Maruca con el faro de Cabo Mayor.

—¡Souza! Por aquí —exclamó Vives nada más verla mientras levantaba el precinto verdiblanco de seguridad.

La teniente sorteó a las dos docenas de curiosos y pasó bajo la baliza.

—Estamos peinando la zona —el responsable del laboratorio de Criminalística acompañó sus palabras con un exagerado movimiento de brazos—. El cadáver lo encontró una pareja de jóvenes allí, junto a aquella especie de ermita.

—El Panteón del Inglés.

—¿Lo conoce?

Ángela miró hacia la pequeña edificación de piedra blanca que se erigía sobre una manta de hierba junto al acantilado. Era de dimensiones pequeñas, una construcción con tejado a dos aguas coronado con una cruz al que se accedía por una escalinata. Lo había mandado construir un poeta que se ganaba la vida como telégrafo en memoria de un amigo que murió mientras montaba a caballo. No era un sepulcro, ni un lugar de culto, simplemente era un monumento a la amistad. Tanto su ubicación como el mensaje que encerraba lo hacían hermoso.

—Sí, paso por aquí a menudo. Siempre que salgo a correr. Hay días que voy hacia el faro —Ángela señaló al faro de Cabo Mayor— y otras hacia el oeste, hacia Liencres.

—Donde hallaron el cuerpo de Rafael Melchor... —dijo Vives pensativo.

—Sí. Parece que Marat tiene querencia a la Costa Quebrada.

—Será una casualidad.

—Lo sea o no, no me gusta nada. Resulta inquietante.

Desde que había recibido la llamada, media hora antes, había estado dándole vueltas al hecho de que el asesino hubiera escogido precisamente aquel lugar para su puesta en escena. A poca distancia de donde ella vivía. ¿Se trataba de una mera coincidencia, de una broma macabra o había algo más?

El olor a tabaco rubio a sus espaldas anunció la llegada de Fenollosa. Le desagradó el tufo a nicotina a esas horas en un sitio tan puro y virgen.

—Otro cadáver, y ya van tres —dijo con cierto retintín—. ¿Sigue sospechando de Castro, teniente?

Ángela arrugó la frente y apretó los puños. El comentario sobraba, él era tan parte de la investigación como ella. Vives, al quite de que lo mejor era actuar o largarse de allí, tomó la opción de hacer de pacificador e hizo una señal a ambos.

—La zona donde está la víctima está limpia. Si queréis, podemos acercarnos.

Los tres guardias recorrieron los casi trescientos metros que separaban el aparcamiento del panteón por un sendero que atravesaba el prado junto a los acantilados. La hierba estaba húmeda por la lluvia, que había cesado tan solo unas horas antes, así que los tres acabaron con los zapatos empapados.

—El agua no ayuda —dijo Vives tratando de romper el incómodo silencio que se había instaurado—. No es lo mejor para encontrar pistas.

—Es buena para las huellas —dijo Fenollosa.

—¡Bah, no crea! Creemos que vino por allá.

El responsable del laboratorio de Criminalística señaló tierra adentro, hacia una edificación solitaria donde acababa uno de los numerosos estrechos caminos que, como un laberinto, recorrían la población costera. El acceso desde aquella casa al panteón no estaba dibujado, se trataba más bien de una sucesión de prados separados por pequeños muros de piedra seca.

Fenollosa exhaló una bocanada de humo, tiró el cigarro al suelo y lo aplastó con el pie.

—¿Y por qué cree que no tomó este camino? —dijo señalando el sendero en el que se encontraban—. Es más corto.

—El cadáver lo descubrieron una pareja de estudiantes. Vete a saber lo que andarían haciendo aquí a esas horas de la noche. —Vives hizo un ademán que no llegaba a ser obsceno—. El chico dijo que vieron una luz y que por eso se acercaron, pero, cuando llegó aquí, ya no había nadie. Bueno, nadie con vida. Si es cierto lo que dice, lo lógico es que el asesino se aproximara y huyese por aquella zona.

En el panteón, un par de hombres de Vives ataviados con el mono de polietileno conversaban con el forense de guardia, un médico joven de pelo hirsuto y barba lampiña. Junto a ellos, sobre un lecho blanco, Johari Biya yacía boca arriba semidesnuda.

Dejaba de ser la principal sospechosa. Tenía la piel de color gris y los labios lívidos, solo el verla daba frío. El cuero cabelludo estaba perlado por diminutas gotas de agua y una marca púrpura rodeaba su cuello. La diva, la reina de las revistas de antaño, ahora parecía más mortal que nunca.

—¿Eso son plumas? —preguntó Fenollosa agachándose junto al cadáver.

Alrededor y bajo la mujer había una masa blanquecina compactada por la lluvia.

—Sí. Hemos tomado algunas muestras. Parecen de pato.

—Un nuevo mensaje —murmuró la teniente Souza—. Lo que me extraña...

—Está dentro del panteón —se adelantó Vives, que ya sabía lo que andaba buscando Ángela desde que había llegado a la escena del crimen.

Los agentes rodearon el panteón en busca de la entrada. Protegida del mar por su orientación y de los vándalos por unas rejas de hierro castigadas por la humedad y la sal, el pequeño habitáculo era un rectángulo de unos cinco metros cuadrados desprovisto de cualquier mobiliario. En el centro había un caballete. Sobre él, cubierto con un plástico fino pero totalmente transparente, había un cuadro que representaba la escena que acababan de contemplar.

La verja se abrió con un chirrido metálico, Ángela entró y se acercó a la pintura para contemplarla de cerca. La firmaba Marat, como no podía ser de otra manera, y era, si cabe, de más bella factura que las anteriores. La piel de Biya todavía conservaba su color ébano, y sus manos parecía que aún podían moverse. Las plumas, lejos de parecer la masa informe que acababan de ver, parecían tan livianas que daba la sensación de que en cualquier momento iban a salir volando. Pero lo que más le llamó la atención fueron los ojos, que miraban hacia el cielo perdidos, tal vez buscando una explicación de qué le estaba sucediendo.

—Lo habrá puesto ahí dentro para protegerlo de la lluvia —Vives justificó lo obvio.

—La entrada suele estar cerrada con un candado —observó Ángela—. ¿Lo han encontrado?

—Sí, es una de las pistas que tenemos para analizar. Lamentablemente no hemos podido encontrar muchas más. Entre el *jarreo* que cayó anoche y que el asesino se mueve como un fantasma…

Ángela asintió sin decir nada mientras tomaba unas fotografías de ciertos detalles de la pintura con su teléfono móvil. Luego se agachó y observó con detenimiento el caballete de madera sobre el que estaba el cuadro. Esgrimió una mueca y se incorporó.

—Ha llegado la jueza —dijo Henry asomándose a la entrada.

Los guardias salieron. Fuera, doña Elvira, envuelta en un elegante impermeable de cuadros escoceses y botas de agua a juego, observaba con el semblante serio el cuerpo de Johari.

—Estoy muy preocupada —dijo a modo de saludo—. ¿Saben quién es?

—Sí, la mujer de Lorenzo Castro.

—La cosa se está poniendo muy seria, querida, y no me da respuestas.

La teniente Souza tragó saliva. Había superado el *match-point* de su jefe y logrado una prórroga de dos semanas más para concluir la investigación, pero ahora la que parecía que iba a utilizarla como escudo era la magistrada. Agradeció en silencio no haber cometido el error de decirle días atrás que aquella mujer era su principal sospechosa.

—Tenemos una imagen del asesino, doña Elvira, y estamos cerrando el cerco. Confíe en mí. Vamos a cazarlo.

Fenollosa miró al suelo y jugueteó moviendo unos guijarros con el pie. Estaba unos pasos detrás del grupo y, afortunadamente, Ángela fue la única que se percató de su sonrisita cínica de incredulidad.

—¿Qué hay de la víctima? —preguntó la jueza al forense de guardia.

—Según las pruebas preliminares, la mujer murió ayer, aproximadamente entre las seis y las ocho de la tarde. Estrangulada, seguramente con un cable flexible o similar. De eso no hay duda, las marcas alrededor del cuello son inconfundibles.

—Es como si le quisieran haber puesto alas —dijo Vives.

—Me llaman la atención las cuerdas —continuó el forense señalando a dos finas sirgas que rodeaban las muñecas de la mujer y la sujetaban a una especie de estructura en forma de abanico cubierto por plumas de pato—. Hay laceraciones y síntomas de forcejeo, lo que nos lleva a pensar que la mujer estaba viva cuando la ataron a este armatoste.

—Ayer estaba lloviendo; sin embargo, Marat necesitaba verla sufrir para poder pintar el cuadro, por lo que seguramente cometió el asesinato en un sitio cercano. Acabó la pintura y luego la trajo hasta aquí, al escenario que había trabajado previamente —apuntó Ángela.

—Efectivamente. Hemos encontrado varios restos de plumas en el trayecto que viene de aquella casa. —Vives señaló de nuevo a la solitaria vivienda—. Sin embargo, no hay huellas que nos hagan pensar que la arrastrara, con lo que solo pudo hacerlo cargando con ella a cuestas.

—Se trata de un hombre fuerte —murmuró Ángela pensativa. Algo hervía en su cabeza—. Pero no tiene sentido…

—¿Y por qué cree que actuó así en lugar de acceder por el camino más fácil? —preguntó la jueza—, la explanada donde hemos dejado los coches.

—Para protegerse. El camino que lleva hasta el campo de fútbol está mucho más transitado y, según he podido observar, hay, por lo menos, una cámara de seguridad. Sin embargo, el resto de los accesos a la costa es una maraña de pequeñas carreteras sin ningún tipo de vigilancia. Resultaba mucho más seguro acceder por allí —respondió presto Fenollosa.

—Creo que tratan de engañarnos de nuevo.

Todos se volvieron hacia Ángela.

—Por lo que sabemos, el asesino no actúa solo, sino que son dos personas. Aun así, traer desde aquella casa el caballete, el cuadro y el cadáver, de noche, lloviendo y sufriendo además uno de ellos una ostensible cojera me parece un despropósito teniendo otras alternativas.

Todos los presentes evaluaron las palabras de Ángela. Era cierto que el terreno era abrupto y cargar con todo aquello no parecía *a priori* sencillo.

—Pero encontramos restos de plumas —protestó Vives.

—Sí, varias, por lo que me ha dicho. ¿No resulta algo extraño que alguien que hasta el momento ha sido tan precavido deje no una, sino varias pistas por el camino? Creo que ese rastro es una argucia para despistarnos.

»La clave está en el caballete. Por lo que he podido observar, pese a la lluvia que cayó anoche, está completamente seco, lo que significa que o bien lo trajeron antes de que lloviera, algo improbable, ya que hubiesen corrido el riesgo de ser descubiertos, o bien lo trajeron cubierto de algún modo. Pero eso no es lo único: si observan atentamente las patas del atril, verán que en una de ellas hay adheridas unas hebras de caloca. Creo que llegaron hasta el panteón con un vehículo todoterreno, uno de esos que circulan por la costa para cargar algas.

Todos sabían a qué se refería. Desde principios de julio a mediados de noviembre la Costa Quebrada se llenaba de caloqueros, paisanos y gente venida de otras tierras que para ganarse un sobresueldo recogían la caloca, un alga de color rojizo muy apreciada por la industria farmacéutica. El alga se extraía por arrastre del mar y se cargaba en robustos todoterrenos para transportarla tierra adentro, donde se amontonaba para secarla.

—Este terreno es un laberinto de prados, muros derruidos y rocas. Los únicos vehículos que pueden llegar hasta aquí son los cuatro por cuatro de los caloqueros. Creo que el asesino y su cómplice debieron venir en uno de ellos. Seguramente por aquella zona. —Ángela señaló un área despejada de piedras que quedaba a unos cincuenta metros en dirección suroeste. Fuera del perímetro.

A una señal de Vives, dos agentes se acercaron a la dirección en la que apuntaba la teniente y, tras explorar la zona detenidamente, uno de ellos exclamó:

—¡Aquí, sí, hay huellas de coche!

El responsable del laboratorio, animado, dio unos golpecitos a Ángela en la espalda y Fenollosa aprovechó la ocasión para desaparecer.

—Henry —ordenó la teniente—. Hay que interrogar a todos los propietarios de vehículos de ese estilo que trabajan con la caloca en la zona. Poneos cuanto antes.

—Está bien, querida —la jueza Elvira remarcó su «querida»—. Le doy un voto de confianza. No me defraude.

***

El laboratorio de Criminalística era bastante más amplio de lo que me pensaba. Al decirme Ángela que estaba ubicado en los bajos de la comandancia, yo me lo imaginaba como un lúgubre almacén donde se amontonaban pruebas y objetos relacionados con toda clase de crímenes: un recinto con estanterías interminables en el que unos hombres con bata analizaban muestras minuciosamente bajo la luz amarillenta de bombillas incandescentes. Nada más lejos de la realidad. El laboratorio consistía en tres salas bien diferenciadas: la primera, la más parecida a lo que dictaba mi imaginación, era un almacén perfectamente organizado donde cada prueba permanecía referenciada en su contenedor; la segunda, una oficina con cuatro puestos de trabajo donde los agentes registraban la información; y la tercera, la más interesante, un laboratorio con amplias bancadas inmaculadas y equipamiento científico para hacer las determinaciones básicas. Allí nos recibió el brigada Román Vives, un guardia civil que, al igual que Ángela, estaba hecho de una pasta especial. A pesar de que era un exconvicto y de que no formaba parte del equipo, aquel hombre esférico me trató de tú a tú desde el primer momento. Sin distancias ni aires de superioridad. Solo por eso aún le guardo afecto.

Mientras nos guiaba a la sección donde estaban las pruebas del caso Marat, le contó a la teniente Souza que habían dado prioridad al análisis de las encontradas en el Panteón del Inglés frente a otras de otros casos que tenían abiertos.

—No te puedes quejar de cómo te tratamos, ¡eh! —le dijo.

Una vez allí, sacó de una estantería una caja de cartón del tamaño de un lienzo del cincuenta. Dentro, embalado en plástico de burbujas, había una pieza que extrajo con sumo cuidado y depositó en una estantería bien iluminada.

Al principio no dije nada. Fascinado como estaba, no podía articular palabra. Al igual que las anteriores veces, el cuadro de Marat cautivó mi alma. Su trazo era exquisito y la elección de colores hacía palidecer a la naturaleza. Cada relieve, cada sombra, cada cambio de tonalidad era una lección de sutileza. Lo primero que hice fue fijarme en los pequeños detalles, las briznas de hierba que parecían agitarse con el viento, la rugosidad de la piedra en aquella especie de ermita, la estratégica dispersión de los guijos por el suelo… Cada detalle en sí era una obra de arte. Luego estaba la mujer… Los poros de su cuerpo desprendían un sufrimiento épico, como el de la pintura neoclásica, un sufrimiento que era capaz de abandonar el óleo, colarse dentro del observador y, como la ponzoña, destruirlo por dentro. Quería alargar las manos y tocarlo, surcar el trazo de la firma de Marat con los dedos, pero me contuve. No porque tuviera miedo de estropear una prueba, sino porque tenía miedo de acercarme demasiado a él.

—Es muy triste —fueron mis primeras palabras.

—Sí —dijo Vives—. No sé cómo consigue transmitir un sentimiento así.

—Y también es diferente de los otros que he visto hasta ahora.

Los dos guardias se giraron hacia mí intrigados. Si me habían llevado hasta allí no era por obsequiarme con un *tour* privado por los bajos de la comandancia. Querían mi opinión sobre la pintura. Exigían el pago por mi libertad.

—La pintura está fresca, todavía se puede aspirar su aroma a óleo, y hay una menor complejidad en la última capa, lo cual quiere decir que lo terminó pocas horas después del crimen. Si se fijan, estos detalles se limitan a la expresión de los ojos, la boca y algunos elementos en las manos. Una obra tan compleja lleva mucho tiempo, con lo que seguramente el cuadro estaba completo a falta de estos últimos retoques, al igual que en las piezas anteriores. No obstante, hay una cosa que me llama la atención... Según me dijo Ángela, la noche que encontraron el cuerpo había llovido, ¿no es así?

—Efectivamente —respondieron a la vez.

—Como hemos visto, el día del asesinato el cuadro estaba en su mayoría terminado; sin embargo, fíjense en que las gotas de lluvia están presentes en la hierba y en determinadas zonas del cuerpo de Johari.

Los dos guardias se asomaron a la lupa que sostenía en la mano y que fui moviendo por determinadas partes del cuadro en las que se veían dibujadas minúsculas lágrimas de agua.

—Estas gotas fueron pintadas mucho antes de la noche del crimen. Sabemos que Marat no improvisa y que es un perfeccionista, por lo que o bien es también adivino y sabía que la noche del asesinato de Johari iba a llover, o bien lo tenía todo planificado y esperó al día propicio para cometer el asesinato.

—Algo que requiere de una paciencia y una premeditación extraordinarias —apuntó Ángela.

—Algo propio de un autor que ama tanto a su obra que es capaz de arriesgarse hasta el límite con tal de que esta resplandezca. Su pintura está por encima de la vida de sus víctimas, pero también por encima de su libertad y la de su socio. Se arriesga a que lo cojamos, pero no cede a mostrar un cuadro si nosotros, su público, no lo vemos en el contexto idóneo.

—Un narcisista.

—Un genio —puntualicé.

En ese instante, una imagen me vino de pronto a la mente. Saqué el teléfono móvil del bolsillo, un trasto de tamaño poco más grande que un naipe, y tecleé un nombre en el navegador. La velocidad no era su fuerte y la respuesta se hizo esperar.

—¡Aquí está! —exclamé a la vez que giraba la pantalla hacia ellos—. *El lamento por Ícaro*, de Herbert Draper.

El cuadro mostraba a Ícaro, el ser de la mitología griega que, para escapar de la isla de Creta, donde su padre había construido el laberinto, confeccionó unas alas con plumas de pájaros. Su plan era atravesar el mar hasta tierra firme imitando a las aves, pero, desoyendo los consejos de su padre, Dédalo, que le advirtió que no debía volar muy alto, quiso alcanzar el sol. Conforme se acercaba al astro rey, la cera con la que había soldado las plumas de sus alas se fue derritiendo, hasta que al final se quedó sin ellas y murió ahogado al caer en el mar. En la pieza de Draper, el cuerpo de Ícaro yacía sobre sus plumas en una roca sobre el mar acompañado de dos ninfas que lloraban su muerte. El autor decía de su cuadro que con él quería homenajear a los héroes prerrafaelistas y simbolistas, que vivían rápido y morían jóvenes dejando atrás un cuerpo hermoso. Un mito que se repitió años atrás con artistas como James Dean o el club de los veintisiete.

—Hay muchas similitudes. El acantilado en el que estamos, el color tostado de la piel de Ícaro, el mar, las cuerdas con las que sujetan sus alas los dos, la desnudez…

—A Ícaro le perdió la ambición, al igual que a Johari Biya —sentenció Ángela.

Los tres quedamos en silencio. Había una conexión entre los cuadros y las muertes. Marat estaba castigando a sus víctimas por algún motivo. ¿Cuál? Si fuéramos capaces de adivinarlo, podríamos adelantarnos a sus movimientos.

Un ruido en la entrada nos hizo girarnos a todos. Belén Ayerbe, la compañera de Ángela, esa chica que a primera vista aparentaba modosita, pero que tenía una energía vital inagotable, apareció en el umbral de la puerta agitando un periódico en la mano.

—¡Ángela! Tienes que ver esto… Nos la han vuelto a jugar.

En el ejemplar de *El Diario Montañés*, ocupando casi toda la portada, había una imagen del cuadro de Marat que teníamos ante nosotros. «¿Quién será el siguiente?», rezaba en grandes letras el artículo firmado por Luis Zambrano.

Capítulo 29

Isla

El nacimiento de Venus

Sandro Botticelli

Ángela se acabó el tazón de café con leche al mismo tiempo que los primeros rayos del sol iluminaban al marinero de piedra que vigilaba su bahía. Recogió los restos del desayuno con sigilo y dejó la nota que había escrito en un trozo de papel junto a la cafetera. No era una carta de amor, más bien un par de instrucciones prácticas y un «Te echaré de menos» a su manera, aun así, se sintió extraña, nunca había sido muy afín a ese tipo de melindres. Volvió a la habitación a hurtadillas a coger algo que no necesitaba y durante unos segundos se quedó en pie observando a Miguel. Yacía boca abajo en la cama y su cuerpo se movía cadencioso en cada respiración acompañado por ronquidos casi imperceptibles en cada ir y venir. Estaba desnudo, así habían dormido las tres últimas noches, y las curvas de sus músculos la llamaban como las sirenas a Ulises. Estuvo tentada de tocarlo, despertarlo para hacer por última vez el amor, saciar el deseo que había prendido en su interior y no podía apagar, pero se contuvo. Esa noche, cuando regresara a casa, volvería a no dormir.

Hacía días que no soñaba con el niño rubio del flequillo y había aparcado la necesidad de buscar rasgos olvidados en caras desconocidas. No era capaz de recordar la última vez que había experimentado un estado de paz semejante. Ni Darío ni ninguna de sus anteriores parejas había sido capaz de acallar esa angustia con la que se había acostumbrado a vivir. Por primera vez en mucho tiempo vivía el presente con plenitud, y todo gracias a aquel hombre de cuerpo neoclásico. Ni tan siquiera la investigación del caso Marat, su principal obsesión en aquel momento, era capaz de hacer zozobrar la calma que había encontrado.

Le hubiera gustado quedarse contemplándolo hasta que despertara, pero tenía que ir a la comandancia. Aquella mañana había convocado una reunión de coordinación con el equipo para revisar los atestados que les había proporcionado Vives y organizar el trabajo de los próximos días. Se avecinaban momentos clave para cerrar el cerco sobre Marat. Salió de la habitación con cautela y se marchó al trabajo.

Nada más entrar en la comandancia, Ángela se topó de bruces con el capitán Aguilar. Hacía tiempo que no se cruzaba con él. A pesar de eso, sabía por su jefe que el máximo responsable de la Policía Judicial de Cantabria estaba al tanto de todo lo que concernía al caso. Tal y como había intuido en su primera reunión, casi ya dos meses atrás, el capitán era de los que exigían pero dejaban hacer. Y en aquel momento le tocaba exigir.

—Souza, estoy preocupado.

Aguilar acompañó su comentario con una refriega en la parte alta de su frente. La teniente ya se había fijado anteriormente en aquel gesto, algo que corroboraba que su inquietud no era baladí.

—Ayer recibí una llamada de Lorenzo Castro. Está destrozado. La… Nos culpa de actuar con desidia. De la muerte de su mujer.

—Mi capitán, sabe que hacemos todo lo que podemos. Es un caso difícil. Todos lamentamos la muerte de Johari Biya y estamos trabajando para que…

—Lo sé, Ángela, pero no es suficiente —la voz de Aguilar sonó comprensiva pero firme—. Castro ha pedido su cabeza y le aseguro que si de mí dependiera no tendría otra alternativa más que dársela. Por suerte, esta decisión se toma en Madrid y su jefe, el comandante Balmaseda, se ha negado a retirarla del caso.

Ángela agradeció de nuevo en silencio la prórroga que le había dado su jefe. Dos semanas, de las que apenas quedaban diez días. Afortunadamente su sospecha inicial sobre Johari

Biya no había trascendido. Si se hubiese precipitado y hubiera cometido el desliz de señalar a la última víctima como culpable, seguramente en ese momento estaría recibiendo un chorreo monumental en el despacho de Balmaseda o persiguiendo cazadores furtivos en la sierra de Guadarrama.

—Le prometo, mi capitán, que este caso estará cerrado en breve.

—Eso espero Souza... Eso espero... —Aguilar se detuvo unos instantes para buscar las palabras exactas con las que quería formular su siguiente pregunta—. ¿Qué es eso del chino que está colaborando con usted?

—Es un especialista. Conoce la pintura de Marat porque la copió años atrás y nos está siendo de gran utilidad para entender cómo actúa y acotar la búsqueda.

—No me gusta, Souza, es poco profesional, y a Castro tampoco. Hágase un favor, deshágase de él y cíñase al procedimiento. Será lo mejor para todos.

El origen de aquellas últimas palabras no pasó desapercibido para Ángela, quien se despidió de su superior con los dientes apretados. Su compañero seguía sembrando cizaña. El optimismo con el que había comenzado el día se desvaneció al tiempo que Aguilar le daba la espalda y ella seguía su camino en dirección a las dependencias del grupo de homicidios.

—Buenos días. ¿Dónde está Fenollosa?

Belén y Henry esperaban a sus superiores conversando con una taza de café. Él vestía deportivo y ella llevaba un atuendo ceñido. Ángela no pudo evitar fijarse en sus curvas, tenía algo de tripa, pero no le restaba sensualidad. Los labios que tanto le habían llamado la atención la primera vez que se vieron estaban pintados de carmín. Últimamente se estaba arreglando más de lo normal. ¿Con quién estaría viéndose? No era asunto suyo, además ella ya estaba viviendo un bonito romance. Con todo, tuvo una ligera sensación de desazón; a su subconsciente no le gustaba la idea de haber pasado a un segundo plano ni en esas circunstancias. Era una atracción incomprensible, sí, pero hay cosas que no se pueden llegar a entender hasta que no te inundan por dentro.

—No lo sé, pero es raro que no haya venido —respondió Henry—. El sargento suele ser bastante puntual.

—En ese caso empezaremos sin él. —No tuvo que pronunciar el «mejor» en voz alta para que el resto del equipo lo intuyera—. Ayer por la tarde me reuní con Vives y las noticias no son buenas. Al igual que en las anteriores veces, el asesino ha sido escrupuloso hasta en el más mínimo detalle. No hemos podido hallar ninguna huella dactilar en el candado, ni en el atril, ni en el cuadro y, para colmo, la lluvia no ha ayudado a la hora de encontrar pruebas. El escenario del crimen estaba limpio como una patena.

»El informe de la autopsia tampoco ayuda a despejar dudas. Ayer estuve en el Instituto Anatómico Forense, donde el médico certificó que Johari Biya murió por estrangulamiento. El asesino empleó el cable de un cargador de teléfono móvil, se han podido extraer trazas del material plástico que lo recubre. Es un producto tan común que resulta prácticamente imposible de rastrear. En el hisopado subungueal tampoco se han encontrado rastros que puedan servir para identificar al asesino, tan solo restos de tierra y pintura.

Belén y Henry asintieron circunspectos. Ambos eran conscientes de que el tiempo corría en su contra. Ángela continuó.

—Por otro lado, sabemos que el teléfono con tarjeta prepago con el que Marat hizo la llamada a la casa de los Beloki fue comprado en un locutorio en Astillero. Usaron un carnet de identidad robado. Es algo habitual. —Ángela esgrimió un gesto de reproche—. Al tendero, con que paguen y le enseñen un documento válido, le basta. Ni siquiera se molestó en estudiar la foto detenidamente.

—¿Y el cuadro? ¿Le han dicho ya algo los de Madrid? —preguntó Henry.

—Sí. Tampoco han encontrado ninguna huella dactilar ni resto relevante. Lo único realmente interesante han sido los resultados del estudio estratigráfico. A diferencia de los cuadros anteriores, el pintor en esta ocasión solo empleó dos marcas de óleo: Rembrandt y Titan. Esta vez no empleó Lorinelli.

—¿Y a qué crees que se debe este cambio?

—No lo sé, pero según el propietario de la tienda de pintura que nos puso sobre la pista del cojo, este quiso hacer un pedido de esa marca de pintura. Puede que simplemente se le acabara.

—Y...

—Nunca volvió a la tienda —la teniente Souza se anticipó a la pregunta de Belén—. En el momento en que lo haga, seremos los primeros en enterarnos. Por otra parte sabemos que la mayor parte del cuadro se pintó con anterioridad al homicidio y únicamente los detalles de la expresión facial fueron concluidos momentos antes del asesinato.

—No entiendo por qué se arriesga tanto...

—Según Zhao, esos últimos retoques son la esencia de la pintura —intervino Ordóñez—. Lo que de alguna manera traslada la agonía de la víctima a los ojos del espectador.

—¡Rediós, Ordi, eres tan friki como él!

—Es una pena que no esté aquí.

Henry también apreciaba mis aportaciones, los dos compartíamos tácitamente devoción por la obra de Marat. A menudo, tras las reuniones del equipo, nos quedábamos conversando sobre arte y pintura. La curiosidad de aquel chico era maná para un artista. La tarde anterior, sin ir más lejos, habíamos estado conversando sobre las similitudes entre la pintura de Draper, la de Marat y *El nacimiento de Venus*, de Boticelli, su obra favorita según me confesó. La había visto por primera vez en el viaje fin de curso de los Maristas a Florencia y desde entonces había vuelto en tres ocasiones a la Galería de los Uffizi para poder volver a contemplarla. Aquella pieza era muy especial, una obra revolucionaria para su tiempo, ya que presentaba un desnudo sin tapujos en una obra no religiosa y volvía la vista a la mitología grecorromana. Pero, además, al igual que muchos otros cuadros, escondía una historia de amor, la del noble Giuliano de Medici por la bella Simonetta Vespucci, quien murió a los 23 años por una tuberculosis. Era tal el interés de Ordóñez por la pintura que incluso habíamos quedado en que le daría un par de lecciones sobre cómo empezar a trabajar una pieza. Lo básico para comenzar a explotar su vena artística.

—Lo importante de todo esto es que sabemos que Marat y su socio tuvieron que acabar de pintar el cuadro en un lugar que no debe distar mucho del Panteón del Inglés —continuó la teniente.

—Ya, pero eso es como buscar una aguja en un pajar —protestó Belén—. A propósito de lo de «su socio», ¿seguimos trabajando con la hipótesis de que son un hombre y una mujer?

—La verdad, no sé qué pensar —respondió Ángela—. Al principio creí que se trataba de una mujer por los restos químicos que encontramos en la estrellita dorada cerca de casa de Melchor. La aparición de Johari refrendó la sospecha, pero ahora tengo mis dudas. Y, hablando de Johari, ¿qué habéis podido averiguar sobre ella?

Belén dirigió la vista a su inseparable ordenador portátil y repasó las notas que había tomado.

—No mucho, la verdad, su entorno es bastante inaccesible. Que sepamos, no tenía muchas relaciones más allá de su marido, un círculo de amigos íntimo y un par de muchachas a las que impartía clases particulares de pintura. Hemos hablado con todos ellos y ninguno notó nada especial en los últimos días. Ninguna llamada extraña, ninguna cita relevante. Nada.

»Lo único que sabemos es que el día de los hechos quedó a comer con una amiga y luego tomó un taxi. Pagó con tarjeta y, gracias a ello, hemos podido localizar al conductor, que nos ha confirmado que la dejó en la puerta de su casa. “Es difícil no acordarse de una mujer así”, nos dijo, por lo que no hay error. El taxista tiene coartada, ya que acto seguido cogió a un cliente que también vio cómo la mujer bajaba en esa dirección. Luego ya no se supo más de ella hasta que la encontramos muerta.

—Y Castro, ¿no la echó de menos en todo el día?

—No. Estaba de viaje en Madrid. Lo he corroborado. Le resultó extraño que no llamara por la noche antes de acostarse. Solía hacerlo. Eso es todo.

—¿Habéis visto si hay cámaras que pudieran captar lo que sucedió en la puerta de su casa?

—No hay nada. El matrimonio… Castro vive en una zona residencial bastante discreta.

Ángela se pellizcó la aleta de la nariz. Esperaba que Belén hubiera sacado algo más, pero estaba claro que Marat y su socio lo tenían todo estudiado. La cuenta atrás de la prórroga que le había dado su jefe no se detenía y seguían yendo por detrás. Si quería avanzar en el caso, tenía que jugar la baza que se había reservado aunque no fuese una prueba válida en un juicio. Si no la había usado hasta ese momento era por desconfianza. Alguien sabía la información que Melchor ocultaba en su ordenador. Alguien con capacidad y poder suficiente como para destruir aquel documento. Sabía que ni Henry ni Belén podían ser el topo. El primero era un simple agente y nunca podría haber accedido a las pruebas de criminalística y la segunda no estuvo presente el día que se levantó al cadáver del abogado. De quien más desconfiaba era de Fenollosa, pero por suerte no estaba en aquella reunión.

—Os tengo que hablar de algo —comenzó—. Es una información que no podéis compartir con nadie…

A continuación la teniente Souza los puso al corriente de la copia de los archivos del ordenador en casa de Melchor, el incidente con el gato, la visita al banco, las averiguaciones de Argüelles y el nuevo cariz que tomaba el caso que estaban investigando.

—Biya es una de sus víctimas, pero, al igual que Melchor y Carbajosa, era partícipe en todos esos movimientos de dinero que hubo entre mediados de los ochenta y principios de los noventa. De algún modo todos ellos estaban implicados en un negocio turbio y mucho me temo que tenía que ver con Marat. Tenemos constancia de que actuó al menos en una ocasión en aquella época…

—*Ofelia* —apuntó Henry.

—Exacto. Si estamos en lo cierto, por algún motivo que desconocemos Marat, tras años de silencio, ha vuelto para vengarse de los que tiempo atrás fueron sus socios.

—En la lista hay más de cincuenta nombres —dijo Belén alarmada—. Como quiera vengarse de todos, vamos a tener que ampliar el cementerio.

—De nosotros depende que no llegue al siguiente. De momento he puesto vigilancia a los otros dos nombres que creo haber identificado en la lista: Marcelino Arcángel Rubio y Esteban Ballester Santamaría. A diferencia de los fallecidos, estos son empresarios y no están relacionados con el mundo del arte. Tal vez Marat sea más selectivo con unos que con otros.

—Hay otra cosa que me llama la atención —intervino Henry un tanto dubitativo—. ¿Quién le está ayudando y por qué?

—He pensado mucho en ello… —respondió Ángela—. Tiene que ser alguien cercano al abogado, pero, por más vueltas que le doy, no se me ocurre quién.

—¿Castro?

—No creo, el archivo implica a su mujer.

Aquello era un callejón sin salida, así que la teniente decidió probar suerte por otro de los laberínticos caminos de la investigación.

—¿Qué hay de los chavales que descubrieron el cuerpo?

—Eran una pareja de estudiantes que estaban *de folleteo* —dijo Belén—. Según sus declaraciones, él salió del coche porque vieron una luz, se acercó hasta allí y descubrió el cuerpo de Johari. A lo mejor los sorprendieron ultimando los detalles de la puesta en escena, o tal vez el todoterreno encendió las luces en un momento dado para ver algún accidente del terreno. Sea como sea, los chicos no vieron nada que valga la pena. Les he dado mi teléfono por si de repente se acuerdan de algo, aunque lo dudo mucho.

—¿Y los caloqueros, Henry?

—He localizado a media docena. Ninguno reconoce haber salido la noche del asesinato ni haber prestado su cuatro por cuatro, pero no me fío. De momento sigo investigando.

—Seguir investigando ya no vale, Henry. Necesitamos algo pronto. Mejor hoy que mañana. Llévatelos a la comandancia. Presiónales. Nadie que no conozca bien el terreno pudo llegar hasta el Panteón del Inglés de noche y con lluvia.

Las mejillas del agente se encendieron. Había captado el mensaje y haría todo lo posible por cumplirlo nada más salir de la reunión.

***

Hay horas en las que los lugares se olvidan de ser mundanos para ser mágicos. En las marismas de Santoña esa hora llega poco antes del ocaso, cuando la bahía se tiñe de plata dibujando infinitos ríos entre los matorrales. Cuando los somormujos, los cormoranes y las garzas buscan refugio para descansar. Cuando huele a poniente y a marjal. A esa hora, el coche de Fenollosa cruzaba la ría de Argoños en dirección al centro penitenciario de El Dueso.

Mientras conducía, pensaba en su hijo el mediano: el bandarra. Esperaba no tener que ir a visitarlo nunca allí. El verano anterior lo había pillado jactándose con sus amiguetes de haber robado una torre de vigilancia de la Cruz Roja en la playa. Fue por hacerle la gracia a un colega que pasaba el verano trabajando de socorrista. La broma transcendió a la prensa, para orgullo del lerdo de su hijo, que no se le ocurrió otra cosa que airearlo en las redes sociales. Al final, gracias a un par de favorcillos que le tocó pedir, la cosa acabó en nada. Pero sabía que esa no era la única gamberrada del verano. Había más, mucho peores, de las que por suerte o por desgracia no se enteraba.

Sumido en sus pensamientos, el sargento llegó hasta al penal, donde había concertado una cita con el responsable del Departamento de Comunicaciones. Le sabía mal actuar a hurtadillas de sus compañeros, pero en aquella ocasión creía que era lo mejor. No le gustaba nada cómo se estaba llevando el caso. Se encontraba incómodo desde el primer momento, cuando su jefe, el capitán Aguilar, le pidió estar informado de cada movimiento que se diera en la investigación. Él pensaba que se trataba de una maniobra para que no se volviera a ningunear la actuación de la Comandancia desde Madrid, pero la cosa había ido más allá y las filtraciones a la prensa habían sido continuas. El capitán podía ser un estratega, pero su profesionalidad era intachable, por eso le extrañaba todo aquello. Él también respondía a órdenes y la grieta quizá estaba más arriba. Sea como sea, se veía en la responsabilidad de actuar. Por otro lado, estaba lo de Souza, la enterada de Madrid. Parecía que los tenía abducidos, sobre todo a Belén. No es que él tuviera nada en contra de la teniente, a tenor de su expediente era una buena profesional, pero no compartía sus métodos. La investigación del asesino de los cuadros, el caso Marat como solía decir ella, estaba resultando un rotundo fracaso. «Van ya tres muertos y la mejor idea que ha tenido es sacar al chino de la cárcel para que la ayude. ¿Ayudarla a qué?», murmuró.

Precisamente ese era el motivo de su visita a El Dueso: averiguar algo sobre mí. Testigo casual de mi desagradable encuentro con Miguel Rocamora, el sargento Fenollosa no había parado de darle vueltas al motivo por el cual el joven artista y yo nos habíamos citado en una cafetería alejada del centro. Tampoco se le olvidaba que había sido el propio Rocamora quien le había propuesto a la teniente Souza que se entrevistara conmigo si querían averiguar quién era Marat. Yo no le gustaba, nunca lo había hecho por ser el protegido de Ángela, pero también por ser una anomalía en el procedimiento. Había algo que le chirriaba. Por eso necesitaba averiguarlo todo sobre mí.

Aparcó en el *parking* reservado para las visitas, bajó del coche y se encendió un pitillo. Aún quedaban unos minutos para su cita. Le gustaba ser puntual, estar a la hora. Nada de antes ni después, por eso siempre se esforzaba por llegar a los sitios con el margen de tiempo suficiente para fumarse un par de cigarrillos. Lo hizo con parsimonia, apoyado sobre el capó del coche, meditando sobre el camino por el que debía conducir la conversación y las objeciones que podría tener su interlocutor. Cuando dio la última calada, tiró la colilla al suelo y la aplastó con el pie. El graznido de un ave sonó en la lejanía. Miró el reloj. No le hubiera importado quedarse un rato más allí, pero era la hora.

Gonzalo Cortés, el responsable del Departamento de Comunicaciones de la prisión, recibió a Fenollosa en su despacho, una estancia austera con vistas al recinto y un par de puestos de trabajo. El escritorio del funcionario estaba impoluto, ni un solo papel sobre la mesa. Si no estuviera sentado tras la silla, se podría decir que allí no había trabajado nadie en años. El otro, sin embargo, parecía que tuviera vida propia pese a estar vacío. La pantalla del ordenador estaba llena de notas adhesivas de colorines y entre los montones de expedientes apilados en la mesa se podía ver un cactus y un montón de muñequitos y recuerdos de viajes.

—Coja una silla —dijo señalando al otro puesto de trabajo—. Mi compañera está de baja maternal.

El sargento Fenollosa obedeció al funcionario de prisiones. Era moreno, con nariz afilada y calva mate. Rondaría los cuarenta. Le dio la sensación de que ni amaba ni odiaba su trabajo, de que estaba allí porque necesitaba el dinero.

—Tal y como le he adelantado por teléfono, el motivo de mi visita es pedirle cierta información sobre Zhao Mu —Fenollosa fue directo al grano. Ni tenía mucho tiempo ni quería robárselo a Cortés.

—Mu. Tengo entendido que redujo su condena por colaborar con ustedes. ¿No querrá devolvérnoslo ahora? —dijo con chanza.

—No, solo quería indagar un poco sobre él. Ya sabe, uno tiene que saber a quién tiene en su equipo —El sargento quiso que sus palabras sonaran a compadreo pero no lo logró. No era su estilo.

El funcionario escrutó al investigador con la mirada. No sabía bien a qué venía esa visita, pero tampoco consideraba que darle esa información *off the record* supusiera ningún problema. Para eso estaban los compañeros: para ayudarse cuando uno lo necesitaba. Sobre todo teniendo en cuenta que el hombre que tenía enfrente era guardia civil y uno nunca sabe cuándo puede necesitar un favor de la Benemérita.

—No es un mal tipo. Algo raro, eso sí, pero quién no lo es... Ojalá todos los internos fueran como él. No causaba problemas y pasaba desapercibido. Además, impartía clases de pintura a unos pocos reclusos.

—Sobre todo me interesan las comunicaciones orales y los vis a vis que tuvo —aclaró. No había ido hasta allí para que le contaran mi vida—. Tengo entendido que Beltrán Carbajosa lo visitó antes de morir. Estamos investigando su asesinato.

—Carbajosa, ¿no es ese el de los cuadros, del que hablan tanto en los periódicos?

—El mismo. —El sargento hizo un gesto con la mano restando importancia.

Cortés asintió, le hubiera gustado que el sargento se estirara y le diera alguna primicia, pero tuvo claro que no iba a ser así.

—Voy a ver —dijo y luego se demoró unos segundos consultando algo en la pantalla de su ordenador. Fenollosa, mientras tanto, tamborileaba nervioso sobre la mesa.

—No recibía muchas visitas. Solo la chica, un par de veces su abogado y la vez que vino Carbajosa. Todo comunicaciones orales, ningún vis a vis.

El sargento disimuló un gesto de fastidio. Esperaba oír el nombre de Miguel Rocamora. Sin embargo, le llamó la atención la familiaridad con la que el funcionario había pronunciado lo de «la chica».

—¿Qué chica?

—Había una joven que lo visitaba a menudo. —Cortés se acercó un poco a la pantalla para leer el nombre—. Isla Dalic. Estaba como un tren, una rubia de revista. Cada vez que venía se armaba un buen revuelo. Recuerdo que hasta alguno de los compañeros le robaba fotos y las metía en el grupo de wasap.

El funcionario se cortó. Quizá estaba hablando más de la cuenta. A Fenollosa no pareció importarle la indiscreción.

—¿Sabe de qué se conocían?

—No, pero parecía que estaban muy unidos. Es curioso —dijo volviendo de nuevo a la pantalla—, me acabo de dar cuenta de que siempre lo visitaba el primer jueves de cada mes. Solo faltó una vez, precisamente el mes que vino a visitarlo Carbajosa.

Capítulo 30

El sepelio

La muerte atrapa a una mujer
Käthe Kollwitz

Los escalones irregulares descienden sin cesar clavándose en la roca y serpenteando la montaña en busca del mar. Es un camino sin fin donde cada peldaño es distinto al anterior. En las zonas más angostas y de mayor desnivel, una vieja maroma anclada a la pared por argollas metálicas sirve de ayuda a los menos hábiles. Al final de la escalera el mar color turquesa enaltece un pequeño faro encaramado a una roca. El faro del Caballo lo llaman los turistas, el faro de la muerte lo llamaban los reclusos que cavaron a base de sudor y sangre los 763 escalones que hay que bajar para llegar hasta él.

He llegado hasta allí persiguiendo al esquivo niño rubio que se cuela cada noche en mis sueños. Desciendo los últimos peldaños. Ahora no tiene escapatoria: el único camino de entrada es el de salida. El sol brilla con brío y la liviana brisa impregna mi piel de salitre. En la pequeña explanada de cemento solo hay un lugar protegido de las miradas: el interior del faro. Me aproximo con cuidado temerosa de darle caza por fin, tras tantos sueños, tras tantas infructuosas persecuciones. Abro la pequeña puerta de madera pintada en color glauco, descascarillada por las inclemencias del tiempo, y atravieso el umbral. Dentro todo es penumbra. Tan solo un rayo de luz se cuela a través de un ventanuco situado en la parte alta de la recámara e ilumina un caballete de madera sobre el que hay una pintura. Me acerco hacia el cuadro despacio, olvidándome de buscar al niño, hasta situarme enfrente. Con un trazo exquisito la pintura representa a una mujer besando a un hombre. Ella es Belén y él un hombre sin rostro que se hace llamar Marat.

Ángela se despertó de un sobresalto, empapada en sudor, intentando retener en la memoria los rasgos de Marat, tratando de exterminar el dolor sordo que le producía la traición de Belén. Se dio cuenta de que era una pesadilla, la primera en mucho tiempo. Respiró hondo. Miguel dormía a su lado.

***

—¿Por qué crees que lo hace?

Ángela abandonó el país lejano al que le había llevado su imaginación y se giró hacia mí. Soplaba gallego y el mar golpeaba con fuerza las rocas sobre las que se elevaba el Centro de Interpretación del Litoral. El cielo, color plomo, a duras penas aguantaba el peso del agua que arrastraba tierra adentro. Un día desapacible necesitaba de medidas urgentes, así que la teniente Souza me había convocado para una reunión de seguimiento, en lugar de en su casa o la comandancia, en uno de los restaurantes de la Maruca, uno con grandes ventanales desde los que se divisaba toda la ensenada, unas vistas que habían secuestrado a la teniente durante unos minutos llevándosela de viaje a un lugar al que yo nunca tendría acceso.

—¿Marat? Por llamar la atención. Como todos. —Ángela meditó un poco más su respuesta, parecía que no se había desembarazado del todo de sus ensoñaciones—. Sin embargo, no es un psicópata al uso. Los protagonistas son sus cuadros, no él.

—Eso mismo pienso yo. Creo que mata para que todo el mundo conozca su obra. Para ser inmortal.

El argumento de la inmortalidad era suficientemente fuerte para que la teniente no buscara cómo rebatirlo. ¿Hay algún objetivo vital más importante que ese, que ganar la batalla al tiempo, vencer a nuestra efímera vida? Prorrogar su nombre hacia el futuro, sin restricciones ni límites. Es el sueño por el que los valientes luchan toda su vida.

—Creo que hay muchas más maneras menos sanguinarias de darse a conocer.

—Sí, pero no son únicas. —Di un trago al brebaje inmundo que en la carta anunciaban como té. Al menos estaba caliente—. Hay artistas que mueren sin saber que sus obras han sido maestras, escritores cuyos libros languidecen perdidos en el rincón más recóndito de una librería, músicos que no se explican cómo sus melodías son pisoteadas por discos comerciales sin ningún valor. Marat quiere asegurarse de que todo el mundo conozca su trabajo.

—¿Quieres decir que sus asesinatos son un simple acto de publicidad? Me parece macabro. Además le saldrá muy caro.

—Sí, pero es efectivo. Tú misma me has dicho que ya hay galeristas y coleccionistas privados interesados en los cuadros de Carbajosa y Melchor.

Ángela frunció el ceño. Veía por dónde quería ir.

—Hay una cosa que no me cuadra. Imagina que tienes razón. ¿No sería lógico que antes de recurrir a esa publicidad, llamémosla desesperada, hubiera intentado darse a conocer por otros medios? Me refiero a que lo normal es que antes de actuar de ese modo hubiera contactado con galeristas, marchantes, participado en exposiciones... No es normal que su primera opción sea dedicarse a matar.

—En eso tienes razón. Tal vez lo intentó, pero fracasó. Optó por otro camino, cambió su nombre y por eso nadie más conoce su obra, porque, desde que firma como Marat, está prohibida.

Ángela miró hacia el mar y no dijo nada. Ella había llegado a esa misma conclusión unos días antes, cuando se reunió con Argüelles en el club de golf. Nadie puede airear pruebas de un crimen sin verse implicado en él. Si la obra de Marat existía, si todo aquello era más que una simple leyenda, sus pinturas estaban condenadas al ostracismo.

—Tenemos que contemplar dos posibilidades. La primera es que sea un enfermo que, inspirado en la leyenda de Marat, quiera lanzar su carrera artística usando el seudónimo del pintor. Su carrera fracasó y se agarra a esa desesperada manera de conquistar el éxito.

—Pero yo vi su obra en el pasado y te puedo garantizar que era real… —protesté.

—Te creo, y por eso creo que es más factible la segunda. Marat, años después, despechado por su anonimato, por algún motivo vuelve a actuar. Pero cambia su *modus operandi*, quiere que sus pinturas las conozca todo el mundo, hacerse, ¿cómo has dicho?, inmortal. —La teniente Souza se pellizcó ligeramente la aleta de la nariz. Su mente había tomado carrerilla—. Y la mejor manera de hacerlo es vengarse de los que se aprovecharon de él en aquellos tiempos. Empieza con el eslabón más débil, no sabe si le va a salir bien. El primer asesinato es el de Carbajosa, que ya estaba condenado a muerte por su enfermedad. Algo relativamente fácil y, aunque de dudosa moral, con un precio de autoculpabilidad relativamente bajo.

—Y luego, animado por la repercusión en los medios, decide continuar —añadí—. Le siguen Melchor y Johari.

—Que también sacaron tajada de su talento… Tengo que averiguar qué hay detrás de esos movimientos bancarios, es la clave para atrapar a Marat —dijo en un susurro que parecía dedicado más para ella misma que para mí.

—¿Y qué hay del asesino?

—Parece obvio que Marat no actúa solo, pero sin lugar a dudas es el jefe. Desconocemos el motivo que puede unirlos a los dos, pero son inseparables. Si atrapamos a uno, atrapamos al otro.

Durante unos minutos nos quedamos en silencio, masticando las elucubraciones de la teniente Souza. Era retorcido, pero tenía sentido, nadie se pone a «matar en pandilla» a no ser que tenga una razón de peso. Una alianza para el éxito y la venganza.

—Zhao —su voz viró a grave—, necesito que averigües quién pintó ese cuadro. Tienes la lista de invitados, las siglas de los que participaron en las operaciones bancarias, sabes que Marat fracasó en los ochenta y su estilo. Es el precio de tu libertad. Si no pagas, te la tendré que quitar.

***

Nunca le habían gustado los entierros, esa mezcla de dolor y morbo donde unos sufren y otros agradecen en silencio no ocupar lugar en las primeras filas del sepelio. Evocaba el de su madre con profundo pesar, no tanto por su pérdida, que también, sino por las miradas lastimeras que la rodeaban. Podía sentir su propia fragilidad reflejada en la retina de todas aquellas personas a las que apenas conocía. Recordaba cómo el odio latía en su corazón tras las apresuradas muestras de cariño. Un beso o un abrazo por cumplir para luego cuchichear lejos de ella: «Pobrecilla, tan pequeña y ya huérfana», «Primero lo de su hermano y ahora esto», «Qué va a ser de ella». Frases leídas en labios ajenos que denostaban una compasión efímera sobre la niña indefensa que dejó atrás. Su psicólogo le dijo, mucho tiempo después, que no tenía que avergonzarse por cómo se había sentido aquel día; que era lógico que la gente se preocupara más por su situación que por su pérdida. Qué sabría él...

Unos años atrás, en un viaje que hizo con su amiga Virginia a Nueva York, vio un cuadro que le impresionó: *La muerte atrapa a una mujer*, de Käthe Kollwitz. Era un dibujo en blanco y negro. Atemporal. Parecía más un boceto que una obra terminada. En él, la muerte, poderosa, agarraba por el cuello a una mujer. Esta gritaba en silencio, sin defenderse, protegiendo al bebé que llevaba en brazos. Le impresionó tanto que pensó que nunca había visto una pintura que transmitiera tanto con tan poco. Le recordó a su madre y a todas esas mujeres muertas que había visto en su trabajo. Ese día enterraban a otra, a Johari Biya.

A pesar de que lo normal hubiera sido conservar el cadáver durante un tiempo prudencial en el Anatómico Forense, la jueza Elvira del Real, presionada por Castro, había autorizado el entierro de Biya nada más concluir la autopsia. No era ella de las que soliera acudir a los entierros de las víctimas de sus casos, pero en aquella ocasión, dadas las dimensiones que estaba tomando, había acordado con Fenollosa que lo mejor sería personarse allí. No estaba de más controlar quién acudía, y cuatro ojos ven más que dos. Deberían, eso sí, insistió tanto el sargento como la jueza, ser discretos. Lorenzo Castro estaba muy afectado con la muerte de su esposa y había pedido su cabeza. Bajo ningún concepto le podían dar alas a su petición.

Ángela aparcó la Yamaha cerca de la puerta del cementerio de Ciriego, un elegante camposanto repleto de monumentos de bella factura junto del mar. Aquella mañana el mármol blanco de los panteones lucía de manera especial y los nubarrones color plomo habían barrido el color celeste del cielo. Presagiaba tormenta.

El sargento Fenollosa la estaba esperando absorto en sus pensamientos mientras jugueteaba a remover unos guijarros con el pie. Cuando alzó la vista y vio a su compañera aproximarse, la saludó con un gesto vago.

—No vino ayer a la reunión —espetó Ángela a modo de saludo.

—Lo siento —sonó a hueco—. Debí llamarla. Tenía unos asuntos que resolver.

Ángela no le respondió. Estaba harta de lidiar con su compañero. Hasta le venía bien que no acudiera a las reuniones.

La ceremonia cristiana había comenzado media hora antes en la ermita de la Virgen del Mar, una capilla situada en lo alto de una pequeña península a la que, con la marea alta, como era el caso aquel día, solo se podía acceder a través de un puente. Eso les daba a ellos unos minutos de margen para buscar una ubicación en la que pudieran controlar discretamente a los asistentes al entierro. Tras intercambiar un par de opiniones, decidieron apostarse junto a un panteón de mármol blanco desde donde se divisaba la fosa abierta en la que los operarios ultimaban los preparativos.

No tuvieron que esperar mucho para ver entrar el coche fúnebre seguido de la comitiva. En primera línea marchaba un Lorenzo Castro abatido. Parecía mucho más vulnerable que el arrogante hombre de negocios con el que se habían enfrentado en varias ocasiones. Junto a él, varios familiares y su inseparable guardaespaldas. No pudo evitar fijarse en su forma de caminar. En algún momento había pensado que el asesino podría ser aquel grandullón de rostro castigado por la viruela, pero, para su disgusto, no sufría ningún tipo de cojera. Tras la avanzadilla venía un séquito variopinto de políticos, artistas, personajes de la alta sociedad y anónimos. Se movían lánguidamente, mimetizándose con el pesar del primero. La mayoría, previsora, venía preparada para la tormenta, ataviada con paraguas y gruesos chaquetones. Poco a poco se fueron congregando todos junto al foso excavado en la tierra, donde un sacerdote comenzó a recitar una oración.

Una gruesa gota de agua cayó junto a los pies de la teniente. Luego otra y luego otra. Los asistentes al funeral comenzaron a sacar sus paraguas y, aunque la distancia no les permitía a los guardias civiles oír con claridad sus palabras, les pareció que el cura imprimió algo más de ritmo a sus letanías.

Fenollosa se limitaba a mirar al horizonte con semblante preocupado, como si estuviera barruntando algo, y Ángela paseaba la mirada entre los presentes en el entierro, analizando cada rostro, tratando de descubrir a Marat entre ellos. De pronto la teniente Souza vio algo que llamó su atención. Un hombre corpulento los observaba en la distancia. Llevaba una gorra puesta y la lluvia no ayudaba para distinguirlo claramente, pero era obvio que su mirada no estaba en la tumba, con la de todos los demás, sino en sus figuras. No encajaba allí y su instinto le dijo que aquel era el tipo al que buscaban. Sintiéndose observado el hombre dio media vuelta y se alejó de la comitiva. Fue entonces cuando la teniente se percató de que sufría una leve cojera en la pierna derecha.

Sin correr, para no llamar demasiado la atención, la teniente Souza fue rodeando el séquito buscando el camino más corto entre lápidas y panteones. Tenía que atraparlo. El cojo, sabiéndose vigilado, hizo lo propio en dirección opuesta, buscando la parte más septentrional del cementerio, donde varios edificios alargados albergaban los nichos de los menos pudientes. A pesar de su lesión, el hombre se movía razonablemente rápido y, al encontrarse a espaldas de los allí congregados, su vía de escape era más corta que el trayecto que tenía que recorrer la investigadora.

Ángela lo seguía con la mirada, acelerando el paso a cada metro, y una vez hubo salido del campo de visión de los asistentes al entierro comenzó su persecución. Fue en ese instante, al verla correr a unos setenta metros frente a él, cuando Fenollosa se dio cuenta de lo que estaba sucediendo. Masculló una blasfemia y siguió los pasos de su compañera.

El sospechoso parecía sufrir con cada paso que daba, aun así, alentado por sus perseguidores se movía deprisa. Era robusto y vestía pantalón negro y una casaca verde oliva. Temeroso quizá por verse reconocido, o tal vez por evitar perder unas centésimas de segundo, corría hacia delante sin girarse en ningún momento. La lluvia era cada vez más espesa y se empezaban a formar charcos bajo las flores marchitas que el viento había arrancado de las tumbas. El suelo mojado se había convertido en una trampa peligrosa. Aun así, no había tiempo para los titubeos; el asesino lo sabía, así que se apresuró hacia el laberinto de bloques que había al final del camposanto y se metió por uno de los angostos pasillos que servían para dividirlos. Ángela lo perdió de vista momentáneamente.

Mientras que la parte central y sur del cementerio de Ciriego albergaba las criptas y mausoleos señoriales, los edificios para los nichos ocupaban la mayor parte del ala norte y oeste formando un enjambre de construcciones rectangulares separadas por corredores estrechos. La teniente Souza llegó a una de ellas, por donde había desaparecido el cojo, y se precipitó por él esperando poder dar con el asesino en el siguiente cruce. La siguiente bifurcación también estaba desierta. Entonces oyó unos pasos a su izquierda y, sin tiempo que perder, a ciegas, se dirigió hacia ellos lo más rápido que pudo.

Lejos de toda lógica, las pisadas iban en su dirección en lugar de huir.

—¿Por dónde ha ido? —Fenollosa, jadeante y completamente empapado por la lluvia, se topó con Ángela en el cruce.

—No lo sé. Estaba aquí hace un momento. Ve tú por la izquierda y yo iré por la derecha.

Los agentes se dividieron trazando una especie de ángulo recto en el que ella recorría los pasillos longitudinalmente y él transversalmente, como cuando se busca a alguien en el supermercado.

—¡Por aquí! —gritó Ángela un minuto más tarde.

El asesino salió de uno de los corredores y se dirigió tan rápido como le permitía su pierna mala hacia una caseta de obra que había junto al muro que delimitaba el cementerio en su zona norte. La teniente Souza, a sesenta o setenta metros de distancia, corrió en su dirección y Fenollosa apareció unos metros detrás. Lo tenían. No había escapatoria.

Viéndose acorralado, el hombre trepó a la parte superior de la caseta de obra valiéndose de unos bidones de plástico que había apilados junto a esta. Cuando llegó al techo del contenedor metálico, golpeó los barriles con fuerza y estos cayeron al suelo salpicando una gran cantidad de agua. Luego desapareció saltando al otro lado del muro del cementerio.

—Rápido, ¡ayúdame a subir!

El sargento Fenollosa intentó ayudar a Ángela a encaramarse a lo alto de la caseta metálica, pero sin el apoyo de los bidones no era posible. Tras un par de intentos infructuosos dedicaron el último esfuerzo a apilarlos para poder trepar a lo alto de la construcción tal y como lo había hecho un par de minutos antes el asesino. Para cuando lo consiguieron y la teniente Souza pudo subir a lo alto de la caseta, la explanada de pasto que había al otro lado de la tapia del cementerio estaba desierta. Su hombre había desaparecido en medio de la tormenta.

—¡Joder! Se nos ha escapado —dijo bajando de nuevo a tierra.

—¡Mierda, Souza! Si lo hubiéramos hecho juntos desde el principio, ahora lo tendríamos —protestó Fenollosa con un mal gesto.

—¿Qué me quiere decir?

—¡Que se puso a perseguirlo sin decirme nada! —El sargento apretaba los puños con furia—. Que, como de costumbre, usted va a la suya, que no cuenta con el equipo ni sigue el procedimiento…

—Tal vez si hubiera estado más atento, se hubiera enterado de lo que estaba sucediendo.

—No sé por qué cojones le habrán mandado desde Madrid, pero nos está haciendo quedar en ridículo a todos.

—Fenollosa… —lo dijo despacio, con rabia contenida—. Le recuerdo que soy su superior.

—Espero que por poco tiempo.

El sargento dio media vuelta y se alejó dejando a Ángela sola, lamiéndose las heridas.

Capítulo 31

¿Quién es esa mujer?

Pandora
Odilon Redon

Leggings imitación cuero, botas camperas y un jersey grueso de punto granate. Pelo suelto, alborozado, y carmín en los labios. Belén coqueteó con el espejo analizando cada gesto. Esperaba causar una buena impresión aquella noche.

Había dejado a los niños en casa de su madre, ya que confiaba en volver tarde y, si todo iba bien, acompañada. Tenía una botella de vino blanco en la nevera y había pasado gran parte de la tarde arreglando la casa. No quería espantarla en su primera visita, que pensara que su amante vivía en una casa de locos. La anterior cita había terminado en su apartamento, un espectacular ático frente al Sardinero. Nada que ver con su modesto pisito. Aparte de la ubicación, una de las mejores zonas de la ciudad, el estudio rezumaba elegancia hasta en el más mínimo detalle. Era como haberse colado en una revista. En cierto momento deseó incluso no volver a verse con ella con tal de no tener que devolverle la cortesía y llevarla a su casa. ¿Quién sabe?, quizá repitieran esa noche en el ático, pero, por si acaso, lo dejó todo lo más impecable que pudo.

Se habían conocido tan solo unas semanas antes, cuando, despechada por Ángela, decidió salir a conquistar la noche santanderina. Dio la casualidad de que Henry, el bueno de Henry, tenía unas invitaciones para una exposición de arte que inauguraban en el centro y no tenía con quién ir. Se lo comentó y ella se ofreció a acompañarlo. Era una buena ocasión para tomarse un par de copas de champán por la cara. No dejaba de sorprenderle la afición que a partir del caso le había cogido su compañero a lo de la pintura. Sabía que estaba estudiando Historia del Arte y que todo ese rollo le iba bastante, pero le parecía cansino salir del trabajo, todo el día hablando de cuadros y persiguiendo artistas, para irse por la noche a seguir regodeándose en la materia. En fin, a ella lo que le interesaba era la jarana y, bueno, era una manera como cualquier otra de comenzar la noche.

Henry no le dijo que esos eventos había que ir arreglada, así que, cuando llegó y se dio cuenta de que era la única persona que desentonaba, decidió dar media vuelta y largarse de allí. Estaba a punto de hacerlo cuando un camarero le ofreció una copa de champán. Belén se la bebió de un trago y se la devolvió antes de que este tuviera tiempo siquiera a darse la vuelta y continuar ofreciendo bebida a otros invitados. Fue entonces cuando se topó con ella. Era rubia, tan guapa como para obviarla, y la observaba divertida.

—¿Ya te vas? —le preguntó la mujer.

Belén se ruborizó, lo cual arrancó una agradable risotada en la recién llegada.

—¿Que no te gusta lo que ves?

Por un instante dudó del sentido de su pregunta.

—Creo que no entono mucho con todo esto.

—¿Por qué? —La mujer la escudriñó descaradamente de arriba abajo.

—Demasiado elegante. —Belén hizo un ademán señalándose la chaqueta de cuero, los vaqueros y las *martens* color fucsia que llevaba puestas.

—O quizá seas tú la única que encaja con todo esto… ¿Has visto los cuadros? —dijo al tiempo que cogía al vuelo dos copas de champán de la bandeja del mismo camarero, quien parecía no querer alejarse mucho.

Le sorprendió su respuesta y la naturalidad con que la pronunció. Parecía estar hastiada de toda esa gente.

Belén aceptó la copa que la mujer le tendió y se mimetizó con su brindis. Bebieron a la vez, sosteniéndose la mirada, y desde los escasos centímetros que las separaban pudo respirar su aroma a perfume de rosas. Era de los caros.

—La verdad es que ni me ha dado tiempo.

—Ven conmigo —dijo mientras le cogía la mano—. Te enseñaré mis favoritos.

***

Sus pinceladas eran irreverentes, descaradas. Si no me hubiera jurado hasta tres veces que era la primera vez que pintaba, no le hubiera creído. Aquel joven de pelo bermejo sin duda tenía talento.

La primera clase que le impartí fue teórica, los conceptos básicos de la pintura: colores, materiales, composición, etcétera. Tan solo llevábamos cinco minutos cuando me interrumpió. Todo eso ya lo había leído en los libros... Él necesitaba saber más. Me preguntó por la luz, por la creación de atmósferas, por detalles por los que muchos de mis alumnos más destacados nunca se habían interesado. La segunda clase tomó el pincel, mezcló los colores y me demostró que no le temblaba el pulso en el trazo. No fue una obra como tal lo que trabajamos, más bien maneras de expresarse y técnicas básicas para comenzar a pintar. La tercera me justificó que no era arrogante, sino valiente con el óleo. Se decantó por una composición complicada, de colores vivos y en la que el motivo principal era una mujer desnuda difuminada por la luz. Me recordó a *Pandora*, de Odilon Redon. En aquel cuadro el artista comparaba a la falsa diosa mitológica a la que Zeus le entregó una caja con todos los males con la Eva bíblica, rodeándola de un jardín colorido que recuerda al paraíso. Por supuesto que el boceto de Henry distaba años luz del cuadro del simbolista francés, pero ciertamente la postura recatada de la mujer, pálida como Isla, y el contraste del azul turquesa del cielo con las flores se daban un aire. Ahora, en una obra más personal y contundente, se autorretrataba en trazos rápidos cayendo del vacío al mar tras un rastro de sangre.

—Algo está cambiando en mí. No sé cómo expresarlo con palabras, pero creo que puedo pintarlo.

—Estás haciendo un gran trabajo —afirmé mientras recogía sus cosas.

—Gracias —respondió con timidez—. ¿La semana que viene continuamos?

Yo me encogí de hombros. Si él quería más, por mi parte no iba a ser. Me gustaba enseñar a quien demostraba interés. Por un instante me acordé de Tolo, el joven al que di clases de pintura en El Dueso, con aquel recorte de una revista con la imagen de *La casa del ahorcado en Auvers-sur-Oise.* ¿Qué habría sido de él? Las personas como él lo tienen difícil en un sitio como la cárcel.

—Como quieras. No me lo jures otra vez —respondí—, pero es que parece que lleves el arte en la sangre.

—Siempre me ha apasionado. —Henry dudó—. Me viene de familia.

—¿Padre o madre? —pregunté con interés.

—Padre. Era un apasionado de la pintura. Ojalá pudieras ver sus cuadros.

***

Hundido en el sofá del despacho, Lorenzo Castro agitaba mecánicamente un vaso de cristal fino donde los restos de dos hielos jugaban a perseguirse en el fondo. Era el segundo *whisky* que se tomaba y todavía no eran ni las doce del mediodía. Lucía barba de tres días, iba menos arreglado que de costumbre y su mirada, siempre altanera, estaba envuelta de tristeza.

Había llorado todo lo que se podía llorar y ahora solo le quedaba la rabia. Una rabia que le consumía por dentro. Una rabia que alimentaba el odio, la necesidad de que alguien pagara por lo que le había sucedido a su amor. Había ordenado a su ayudante que retirara todos los cuadros de Johari y los llevara a un desván que tenía en lo alto del edificio. No quería tenerlos cerca. Todos menos unos, el que ocultaba la caja fuerte, aquella especie de baobab cuyas ramas se entremezclaban con la figura de una mujer anciana rogando al cielo. Aun así, todo le recordaba a ella.

Dos golpes secos sonaron en la puerta y, ante la ausencia de respuesta, esta se entreabrió.

—¿Puedo pasar?

—Adelante. Siéntate conmigo.

Siempre leal, su inseparable compañero se aproximó en silencio hasta donde él estaba y se quedó en pie. Llevaba más de treinta años a su lado y apenas había cambiado. Más viejo, sí, con más cicatrices, pero seguía vistiendo esa anacrónica ropa de estilo militar que parecía hecha para infundir respeto, como su cara amenazante marcada por la viruela. Eran incontables las veces que se había manchado las manos por él, innumerables las veces que se había encargado de lo que nadie quería hacer. Su éxito, en gran medida, se había nutrido del trabajo sucio de su fiel servidor.

—¿Los viste en el entierro? —la voz de Castro sonó a veneno—. Hay que acabar con esto como sea.

Su hombre asintió. Sabía lo que había que hacer.

***

Mi presencia y la confianza que Ángela había depositado en mí le había molestado desde el principio, desde el mismo momento que la teniente había insinuado que podría ser de utilidad para descubrir la identidad de Marat, pero había tantas cosas que le importunaban que yo solo era una más en la larga lista. Una nimiedad. Sin embargo, desde que se enteró de que Miguel y yo nos conocíamos, su resquemor me había hecho escalar unas cuantas posiciones en la lista de «molestias». Para Fenollosa me había convertido en ese trocito de grasa que se queda entre los dientes y no hay manera de sacarlo de allí. Puedes tener mil cosas más importantes en las que pensar, pero se vuelve una obsesión hasta que no logras deshacerte de él.

Empezó por lo más sencillo: por Isla Dalic. Ella era una pieza que no encajaba en mi vida. El sargento lo sabía y por ese motivo desde su visita a El Dueso no paraba de darle vueltas a nuestra relación.

Averiguar quién era y a qué se dedicaba Isla le había llevado menos de diez segundos. Solo con teclear su nombre en el ordenador el buscador le había devuelto más de medio millón de referencias y cientos de fotografías. Pero más rápido y fiable que Google fue su hijo mediano, que en ese momento entró en casa y vio una imagen de la modelo en bikini en la pantalla del portátil de su padre.

—Isla Dalic. Vaya, papá, no sabía que te fuera ese rollo.

—Estoy trabajando —respondió Fenollosa secamente para acallar el tono socarrón de su hijo—. ¿Sabes quién es?

—¿Estás de broma? Tooodo el mundo sabe quién es.

El gesto ignorante en la mirada de su padre lo animó a seguir. Por fin había algo que él sabía y su viejo no.

—Es una de las mejores modelos que hay. Está to buena. Además creo que es española, aunque por el nombre parezca extranjera.

Luego el chaval se encogió de hombros y con un «Me voy a mi cuarto» desapareció del comedor. Fenollosa miró de reojo la chaqueta y la mochila del colegio que su hijo había dejado tiradas sobre el sofá y emitió un gruñido. Estaba por civilizar. Ya no sabía qué más podía hacer con aquel chico. El sábado anterior, sin ir más lejos, él y sus amigotes habían vuelto a hacer de las suyas. Llegó a las tantas de la madrugada con una bandeja llena de cactus que habían robado tras colarse en un colegio de monjas. ¿Cómo era posible que fuera así? ¿A quién había salido? Había educado a los dos, al mayor y a este, igual y, sin embargo, eran el día y la noche. Esperaba que el bebé saliera al primero. Fenollosa meneó la cabeza con resignación y volvió al ordenador.

Isla Dalic. Modelo. Rubia, piel pálida, rasgos elegantes y un halo misterioso a su alrededor.

Lo escribió dentro de un círculo en una cuartilla con un bolígrafo publicitario y luego lo unió con una flecha a mi nombre. A continuación, listó todas las conexiones que se le ocurrieron y que podían explicar un vínculo tan estrecho entre los dos:

familia, trabajo, amistad, negocios, deudas. Se quedó un rato mirando el papel, absorto. Por más vueltas que le daba, no veía una manera lógica de relacionarme con ella. Éramos como dos personas de dos mundos diferentes. El cigarro que había dejado en el cenicero se consumió poco a poco y pasó a engrosar el montón de colillas que había en el fondo. Ocho para ser exactos, cuatro por cada hora que llevaba el sargento trabajando en el caso aquella mañana. Miró el reloj. Quedaba una hora para que llegara Margarita. Sería mejor ventilar un poco. Le tenía prohibido fumar en casa. De pronto, guiado por su instinto, dibujó una línea que dividía en dos la flecha. Eso era. ¿Y si había alguien entre nosotros dos? Animado por su teoría, Fenollosa comenzó a buscar el eslabón que me conectaba con Isla, algo que solo le llevó dos cigarrillos más.

Desde nuestro primer encuentro en prisión, supe que aquel guardia era perro viejo. No se fiaba de nadie que no fuera él mismo, se veía en la mirada. De la misma manera que supe que Ángela era más capaz, que era mi principal baza para descubrir la identidad de Marat, también tuve la corazonada de que sería Fenollosa quien descubriría mi pequeño secreto, quien me haría perder la ventaja de ir un paso por delante. Lo que nunca llegué a pensar es que el azar, o tal vez su torpeza, me pondrían sobre aviso.

***

Las calles del centro de Suances estaban abarrotadas. Habíamos ido hasta allí para visitar a uno de los artistas que habían trabajado con Castro y que entraba dentro de la lista de posibles sospechosos. El pintor tenía su estudio en una pequeña nave cerca del faro y, aunque no teníamos muchas esperanzas de que fuera nuestro hombre, no podíamos obviarlo. Tras dar tres o cuatro vueltas sin ver ni un solo sitio en el que aparcar, la teniente Souza claudicó y se acercó hasta la barrera de uno de los aparcamientos privados que había cerca de la playa de Los Locos. Era la última alternativa. El *parking*, por ser generoso con la definición, era una parcela delimitada con balizas de señalización. En la entrada había un hombre tan ancho como alto sentado en una silla de plástico bajo una sombrilla publicitaria. Al ver que nos aproximábamos, se levantó con pesadez, perdonándonos la vida por molestarlo en su hora de no hacer nada, y se acercó hasta nosotros.

—Son 2 euros —nos dijo a modo de saludo mientras nos extendía un *ticket* impreso con el nombre del ayuntamiento.

Ángela rebuscó en su mochila y sacó la cartera. Luego, tras un chasquido de disgusto, le tendió una tarjeta de crédito. No llevaba suelto.

—¿Puedo pagar con tarjeta?

—No admitimos tarjetas. —El hombre meneó la cabeza. Hasta ese simple movimiento parecía costarle trabajo—. Tendrá que ir al cajero automático.

—Un momento —dije mientras hurgaba en uno de los bolsillos—, creo que llevo algo suelto.

Saqué un par de euros y se los di a Ángela, quien a su vez se los dio al vigilante. Este, con su mano regordeta, nos hizo un ademán para que pasáramos y aparcásemos donde quisiéramos.

—Siempre llevo dos monedas en el bolsillo —le expliqué—, por si hay una emergencia.

—Es una buena idea. Al menos hoy nos ha resultado útil.

Iba a contarle que lo aprendí de mi padre y que esa tarde, cuando llegara a casa, lo primero que haría sería volver a poner dos monedas de nuevo en mi bolsillo para no verme sorprendido en un aprieto similar. Pero justo en ese instante sonó su teléfono móvil. Era Fenollosa.

—Teniente Souza, ¿tiene un minuto? —Su voz a través del manos libres sonaba grave. Una mezcla de preocupación y duda.

Él no preguntó y ella no le informó de que viajaba a su lado. Aún estaba molesta por el enfrentamiento de la tarde anterior e imagino que no estaba para jolgorios. No le había exigido disculpas, pero tampoco se lo iba a poner fácil.

—¿Podemos hablar luego? Voy conduciendo.

—Está bien. Es importante. He descubierto algo que debería saber. ¿Podemos vernos esta tarde?

La teniente Souza titubeó, no tenía muchas ganas de encontrarse con él, pero en aquellos momentos el caso era la prioridad.

—Está bien. Nos vemos a las siete y media en el aparcamiento de la Ballena, junto al parque de Las Llamas.

Era un sitio relativamente cerca de su casa y donde resultaba sencillo aparcar. Sin cafés ni oficinas de por medio. Un encuentro rápido y práctico.

—Allí estaré.

Fenollosa colgó sin adioses ni alharacas. Era más bien austero en sus comunicaciones y más aún con la teniente. Ángela se pellizcó ligeramente la aleta derecha de la nariz. La llamada del sargento había conseguido preocuparla. ¿Qué era aquello tan importante que tenía que decirle?

Se concentró en la maniobra, cosa que agradecí, ya que le hubiera resultado fácil adivinar la turbación en mi rostro. Sabía lo que había descubierto. Tenía motivos para estar preocupado.

Capítulo 32

Un disparo

American Gothic
Grant Wood

El mar erosiona la piedra y a los hombres que viven a sus pies. El pescador que Henry tenía enfrente era un ejemplo vivo. Su cutis era como el cuero, duro y ennegrecido por el sol; sus ojos, pequeños y sitiados por las arrugas de tanto lidiar con el horizonte; y sus manos, sus herramientas, grandes y toscas. El carácter iba a la par, sereno y distante, pero capaz de virar a tormenta en cualquier momento. Escuchaba sus palabras en pie, apoyado en un *palagancho*, el artefacto que solían usar los caloqueros para trabajar el alga, pero su mente parecía estar lejos. Le recordaba al personaje del icónico cuadro del Grant Wood, ese inquietante granjero con su horca que parece que atraviesa con su mirada al espectador. En realidad, el pintor norteamericano tomó el modelo de su dentista, quien también debía de ser temible.

—Sabemos que esa noche alguien condujo su todoterreno hasta las playas de Cueto; sin embargo, su hija nos ha dicho que usted estaba en casa.

—Mi Piluca no les miente. Esa noche estaba en casa, y mi coche también. Se equivocan de auto.

Henry Ordóñez resopló. Tratar de encontrar la verdad en aquellos hombres era como meterse en un laberinto. Nada era del todo falso y nada era del todo cierto. El uniforme color oliva, que normalmente disuadía a todo el mundo, no era suficiente con ellos. Curtidos en la vida, aquella gente se regía por otras leyes. Quizá hubiera sido mejor que Fenollosa se hubiera encargado de los interrogatorios. Era duro y para sacar información era el mejor. El problema era que últimamente estaba desaparecido. En ocasiones como aquella siempre se preguntaba si estaba hecho para ese trabajo. No era la juventud, que también, la que creaba un abismo entre él y aquel tipo rudo que tenía delante. Simplemente eran de dos mundos diferentes. A él le apasionaba el arte, la música, la pintura..., y el hombre que lo escrutaba apoyado en su herramienta seguramente hacía años que no leía un libro.

—4537 BRM. Esa es su matrícula, ¿no?

El pescador respondió con un gesto que no llegaba a ser una afirmación y se restregó impaciente la mano en el costado.

—Tenemos un testigo que esa noche vio aparcado su coche junto a la puerta de la iglesia. —Se rascó el cuello. Hasta le ponía un poco nervioso jugar su baza—. ¿De verdad quiere que vayamos por esa vía? Solo tengo que levantar el teléfono para conseguir alguna de las grabaciones de las cámaras de seguridad que hay en la zona. La de la peluquería, la del cajero automático... ¿Sigo?

El hombre permaneció impasible.

—Yo le creo y creo a su hija, pero no hay ninguna denuncia interpuesta por robo de vehículo. Si no colabora, tendrá que ser el juez quien determine si conducía usted el coche o no. Estamos hablando de un asesinato... No se complique la vida ni se la complique a su hija.

La teniente Souza le había recomendado que buscara siempre el punto débil. «Todo el mundo tiene uno», le había dicho. El de ese hombre, sin lugar a dudas, era «su Piluca». Lo sabía por la forma en la que se refería a ella.

Un padre, por muy duro que sea, siempre tiene debilidad por sus hijas. El consejo fue efectivo. El pescador, tras sopesar sus palabras, meneó la cabeza a un lado y al otro, y confesó.

—El portugués. Se lo presté al portugués. João Fernandes se llama. Me dijo que me pagaría quinientos euros si se lo dejaba. —Se encogió de hombros—. No sabía para qué lo quería... Uno de sus líos, me imaginé. Le aseguro que no tengo nada que ver con ningún asesinato.

—¿Qué líos?

—No sé, ni quiero saber…

—Es importante. Le prometo que esto queda entre usted y yo. Si me ayuda, pasaré por alto lo del pago que le hizo y podrá quedarse el dinero.

El hombre miró hacia el suelo. Dudaba.

—Él tiene sus negocios y de vez en cuando necesita transporte. Ya sabe, trapicheos, algo de droga… Es *jarcia*, pero paga bien y aquí necesitamos el dinero. Vino a por el coche a eso de las siete de la tarde. Dijo que lo dejaría antes del amanecer en el *prao* que hay junto a la casa y allí estaba cuando llegué. Oiga, le juro que no sé en qué diablos anda metido…

—¿Dónde está el portugués ahora?

—No lo sé. —Parecía preocupado de verdad—. Nadie lo ha vuelto a ver desde aquella tarde.

***

El parque de la Vaguada de las Llamas era una amplia extensión verde encerrada entre el barrio de Cueto y la Universidad de Cantabria. El recinto contaba con varios parques infantiles, una cafetería y hasta una laguna artificial. En el extremo oeste, justo frente al estadio de El Sardinero, se erigía el Palacio de Deportes, una gigantesca estructura de acero a la que todos se referían como «la Ballena». La teniente Souza aparcó el vehículo camuflado cerca del acceso principal y, como habíamos llegado demasiado pronto a la cita con Fenollosa, me sugirió dar un paseo hasta la laguna para hacer tiempo. Yo acepté: aparte de que no tenía opción, me gusta pasear.

Comenzamos a andar en silencio. Los últimos rayos de sol doraban los edificios de los alrededores y los padres más rezagados arrastraban a sus hijos de vuelta a casa para hacer los deberes. Hacía fresco y algo de viento, lo suficiente para echar de menos un abrigo más grueso, el ambiente ideal para una conversación profunda.

—La felicidad —dije en cierto momento.

Ángela se giró hacia mí extrañada.

—¿Qué quieres decir?

—He estado dándole vueltas a por qué Marat se ha asociado con un asesino, a qué puede haber llevado a un artista a cometer un crimen tan atroz, y solo encuentro un motivo: su felicidad.

Ángela me miró extrañada invitándome a que me explicara.

—Marat está desesperado por que la gente conozca su obra, es el culmen de su vida. El sueño de cualquier artista es ser reconocido. Van Gogh, Vermeer, Gauguin, Seurat… son grandes nombres de la pintura, pero artistas fracasados en vida. ¿Cuánto hubieran dado por ver lo que son ahora? El reconocimiento, la inmortalidad… Ese es el objetivo vital de Marat. Solo si lo alcanza será feliz, por eso ha llegado a una situación tan extrema. Matar para triunfar. Lo demás no tiene importancia. Da igual que lo atrapemos o no. Una vez haya conseguido su objetivo, le dará igual morir o pasar el resto de su vida encerrado entre rejas. Puede que hasta se quite la vida, sería muy romántico.

—Creo que la felicidad se basa en otra cosa. No es solo el éxito.

—¿En qué? —pregunté curioso. No era muy común que la teniente desvelara sus pensamientos íntimos.

—El camino. —Ángela buscó sus palabras—. El tránsito por la vida. Se puede ser feliz sin llegar a ningún lado.

—Discrepo. Siempre se va en alguna dirección, aunque uno no la conozca. La felicidad puntual se alcanza con cada paso que das en la dirección correcta, y la felicidad completa, cuando alcanzas tus metas.

—¿Y qué hay de los que no tienen metas? ¿No pueden ser felices?

—Todos tenemos una meta. Ser un buen político, un artista reputado, una excelente profesional, un buen hombre o una buena madre… Piénsalo. Un padre es feliz cuando tiene un hijo, cuando da el primer paso o le sale el primer diente, pero el culmen de su felicidad es cuando deja de ser suyo, cuando es independiente y cumple con las expectativas que él tenía con su vida. Entonces se puede sentar por fin en su viejo sillón y decir: «Todo ha salido bien. ¡Objetivo cumplido!». La felicidad efímera existe porque hay un objetivo y cada paso que se da hacia él es motivo de satisfacción. La felicidad total es cuando se alcanza la meta. Lo que se siente entonces es diferente, es una realización. Quizá menos alegre, pero más duradera. La felicidad con mayúsculas.

—Yo no tengo hijos y no creo que los tenga nunca. ¿Significa eso que no seré feliz?

—Pero tienes un objetivo en la vida, ¿no?

Ángela sonrió con amargura. Fue entonces cuando me di cuenta de lo infeliz que era. Ella, como todos, tenía un objetivo. Uno que no era ser madre, ni buena persona, ni la mejor en su trabajo. Una meta que quedaba demasiado lejos y hacia la cual sus piernas ya no sabían cómo avanzar. Estuve tentado de preguntarle qué buscaba, pero no lo hice. Sabía que no me diría la verdad.

Seguimos caminando en silencio. El ruido del tráfico se perdía en la lejanía mientras mis palabras hacían mella en su conciencia.

El camino nos condujo hasta una plataforma poligonal de madera que se elevaba sobre los carrizos y lirios del humedal. Desde allí había una buena perspectiva de todo el parque. Rompimos el silencio con un comentario de poca importancia sobre la ciudad y luego volvimos en dirección al aparcamiento por una vía ancha de cemento. Estaba anocheciendo, aun así, enseguida distinguimos la silueta desgarbada de Fenollosa apoyada sobre un viejo Opel Astra color blanco.

Ángela lo saludó con la mano y él reveló un gesto de fastidio al verme junto a ella. Nuestras miradas se cruzaron. Los dos sabíamos que yo no estaba invitado a aquella cita y que mi presencia allí era un desesperado intento por retrasar la conversación que estaba a punto de tener con la teniente. Media hora antes, Ángela había insistido en acercarme a casa, si es que se puede llamar así al humilde piso donde me alojaba desde que había salido de prisión. Yo me había resistido. «Es pronto y no tengo nada que hacer. Mejor me quedo por El Sardinero y doy un paseo», le había dicho. La teniente no era tonta y estoy seguro de que presentía que mi empecinamiento en acudir con ella a la cita en la Ballena tenía algún motivo; con todo, no lo consideró lo suficientemente significativo como para negarse a que la acompañara.

Fenollosa avanzó hacia nosotros con paso decidido. En su mirada vi que mi presencia no iba a frenarle en su propósito. Su sonrisa mordaz indicaba que incluso se alegraba de poder ponerme entre la espada y la pared frente a su compañera. Un escalofrío me recorrió todo el cuerpo. Tenía que hacer algo y tenía que hacerlo ya.

Veinte metros de distancia. Mi cabeza bullía buscando alternativas.

—Souza, ¡aléjate de él! —ordenó.

Ángela nos miró a los dos alternativamente. No entendía lo que estaba sucediendo. Diez metros de distancia.

En ese momento se oyó el sonido agudo de unos neumáticos derrapando en la carretera y los tres nos giramos en dirección al ruido. Entre las dos filas de coches en que nos encontrábamos una moto se dirigía hacia nuestra posición a gran velocidad. El conductor vestía chaqueta de color negro y llevaba puesto un casco integral del mismo color. Algo no cuadraba, aquello no presagiaba nada bueno.

Resulta extraño pensar en los detalles en los que te fijas cuando estás ante el peligro. De ese momento recuerdo nítidamente la posición de sus piernas, el brillo metálico de las manetas de los frenos y las botas del conductor. Apenas fueron unos segundos de desconcierto, tal vez menos. El tiempo justo para percatarnos de que en su mano derecha llevaba un arma y que estaba apuntando hacia nosotros. Cinco metros.

Pese a que el motorista manejaba el vehículo con una sola mano, la motocicleta no se desvió ni un solo milímetro de su trayectoria. Ángela, en un acto reflejo, se llevó la mano hacia la parte interior de la chaqueta donde normalmente guardaba el arma reglamentaria. Yo, petrificado, veía cómo el cañón de su pistola avanzaba a toda velocidad hacia nuestra posición. Aquel hombre era un asesino profesional y, si nadie lo evitaba, uno de nosotros iba a morir.

Es curioso cómo nuestro cerebro es capaz de estirar el tiempo como un chicle. Un segundo de aburrimiento no dura lo mismo que un segundo de llanto o una carcajada. Pero si hay uno en nuestra vida más largo que ningún otro, ese es el último. En ese instante, mientras el conductor de la moto tensaba su dedo índice para apretar el gatillo, en mi cabeza se amontonaban miles de imágenes, sonidos y sabores, sensaciones. Mi infancia en Wenzhou, mi primera pintura hecha sobre un cartón, el día en que dejé China, las noches en el piso de Olvido, los años de libertad, el cuadro de Ofelia que cambió mi vida, la prisión, las consoladoras visitas de Isla, mi primer encuentro con Ángela y, por último, la visión de mi cuerpo sobre un charco de sangre en el suelo. Un metro.

Recuerdo perfectamente el estrépito de la pistola seguido del patinazo del caucho sobre el asfalto. El olor a pólvora y a goma quemada y a Fenollosa abalanzándose sobre nosotros justo en el instante en el que motorista apretaba el gatillo. Su repentina presencia hizo que el conductor zozobrara y tuviera que rectificar su posición mientras los tres caíamos al suelo. Era hábil, cualquier otro hubiera perdido el control y se hubiera golpeado contra alguno de los coches aparcados, pero él se rehízo y continuó su camino hacia el final de la calle.

Al extinto sonido del motor lo siguió el silencio. Un silencio profundo y anormal a esas horas del día. Fue entonces cuando noté una mancha húmeda sobre el tórax. En un movimiento instintivo me incorporé y miré mis manos teñidas de color rojo. Al principio me asusté. Sabía que no estaba herido, pues apenas sentía un ligero dolor en el costado por el golpe que me había dado al caer, así que miré hacia Ángela y Fenollosa. La teniente tenía una brecha en la sien de la que brotaba un reguero de sangre que apelmazaba su cabello.

—Ángela, ¿estás bien?

Abrió los ojos, turbios aún por el golpe recibido, y asintió. Hizo ademán de incorporarse, pero luego, con una mueca de dolor, volvió a tumbarse.

—¿Cómo está Salvador? —preguntó en un susurro.

Fenollosa yacía en el suelo junto a ella. Inmóvil, boca abajo. Lo agarré de un brazo y, haciendo palanca con las dos manos, conseguí voltearlo. Su camisa estaba tintada de color burdeos, y de un orificio de bala a la altura del estómago brotaba la misma sangre que había teñido mis manos.

A partir de ahí todo son destellos en mi cabeza. Recuerdo a una pareja de jóvenes bajando a toda prisa por el terraplén que separaba la carretera del aparcamiento, rescoldos de una llamada al 112, las luces intermitentes de la ambulancia, a un médico haciendo que siguiera el movimiento de su dedo índice con los ojos y a Belén Ayerbe, entre lágrimas, preguntándome qué había sucedido.

***

El sargento Argüelles era el único agente que quedaba en la sala. Eran las nueve de la noche y, salvo los compañeros que tenían operativo en la calle, todo el mundo se había ido a casa. Él también debería haberse ido hacía ya un rato largo, pero era demasiado fiel como para olvidarse de su amiga la teniente Souza. Ella le había salvado el culo en más de una ocasión y ahora le tocaba devolverle el favor. Se había subido a la oficina un bocadillo de calamares y una Coca-Cola *light* y, alumbrado únicamente por un flexo y la pantalla del ordenador, trataba de encontrar una lógica a los papeles que le había enviado Ángela.

HYB-301187(DSD)-1850000-BCS

Era solo una de las decenas de líneas sin sentido que llevaba días revisando. Según su compañera, las primeras tres letras correspondían a las iniciales de quien emitía la transferencia bancaria; las tres últimas, a quien la recibía; y los dígitos eran la fecha y el importe. El encargo que le había hecho la teniente, además de tratar de descifrar el máximo número de personas implicadas en las transacciones, algo que resultaba una quimera, era averiguar a qué correspondían las letras entre paréntesis. Todo indicaba que se trataba también de iniciales, pero ¿de quién? En una operación bancaria solo intervenían dos sujetos.

Argüelles mordió el bocadillo y una gruesa gota de mayonesa cayó sobre uno de los múltiples papeles que tenía desperdigados sobre las mesa.

—¡Mierda! —exclamó.

Abrió el cajón de su escritorio y cogió una toallita húmeda. Siempre tenía un paquete a mano. Le molestaba mucho que hubiera manchas en la mesa o que el teclado del ordenador estuviese sucio. Con los años se había hecho un poco maniático. Tomó una toallita y limpió con cuidado el documento. Pertenecía a unos expedientes que estuvo revisando unas semanas atrás, cuando su jefa (porque, además de amiga y compañera, Ángela también era su jefa) le había pedido que investigara la identidad de la muchacha que según ella aparecía en un cuadro que podía ser también obra de Marat. Entonces cayó en la cuenta. DSD: Desiré Santos Díez. Le vino de pronto a la mente. Ese era uno de los muchos nombres que había revisado en los interminables listados de causas por muerte no natural entre mediados de los ochenta y los noventa.

—Un momento —dijo en voz baja mientras tiraba la toallita a la papelera—. Y si…

Con los nervios propios de quien acaba de darse cuenta de algo que le puede cambiar la vida, el sargento Argüelles abrió en el ordenador el fichero en el que había consultado esa información y buscó las iniciales de la chica. Desiré Santos Díez había muerto en un incendio el 22 de noviembre de 1987, tan solo ocho días antes de que se hiciera la transferencia a Beltrán Carbajosa. ¿Quería decir algo o era una simple casualidad?

Buscó en la fila siguiente. HYB-120388 (LGT) 856000-JLM. Tan solo le llevó un par de minutos dar con una nueva víctima de accidente mortal. Luis Gallardo Tomás, muerto en accidente de tráfico el 5 de marzo de 1988. Siete días antes de la transferencia.

¡Lo tenía!

Una a una fue desgranando las combinaciones de letras. En algunos casos fueron dos semanas, en otros apenas un par de días, pero todos y cada uno de los nombres que aparecían entre paréntesis junto a las transacciones correspondían a un fallecido en accidente o causa similar. Aquello solo podía significar una cosa: Marat no era una leyenda y aquellas no eran sus primeras víctimas. Sus primeros asesinatos fueron perfectamente disfrazados de accidentes. Tan perfectamente que en todos los casos había logrado engañarlos. Delante de él tenía una bomba. Tenía que contárselo a Ángela de inmediato.

Sacó el móvil de la chaqueta y marcó su número, pero saltó el contestador. Su teléfono estaba apagado o fuera de cobertura.

Capítulo 33

Rabia

Las modelos
Georges Pierre Seurat

La jueza Elvira del Real removió con parsimonia el café con leche.

—Necesitamos que esto termine de una vez, querida.

Ella y la teniente Souza se habían reunido en la cafetería del club de tenis, a los pies de la península de la Magdalena, un lugar alegre y bullicioso que en aquella ocasión estaba más calmado de lo habitual. Tras una breve tregua de dos días, la lluvia había vuelto a aparecer. Era una llovizna fina y monótona, de esa que tiñe el cielo de gris pálido y secuestra los colores. Refugiadas tras los gruesos cristales de la cafetería, las dos mujeres compartían bebida y conversación. El encuentro lo sugirió la magistrada, quien, consciente del feo cariz que estaba tomando el asunto, necesitaba información de primera mano y, ya de paso, ejercer un poco más de presión sobre su operativo.

—Le aseguro que vamos a detener a quien lo ha hecho —respondió Ángela incómoda por el comentario—. Estamos haciendo lo imposible por resolver el caso.

—Tal vez eso no sea suficiente… El tiempo va pasando y mi sensación es que estamos lejos de atrapar al asesino. El problema es que además no soy la única que está preocupada por la ineficacia de la operación. Hay gente «más arriba» presionándome por sentar a alguien en el banquillo cuanto antes.

Ángela masticó su orgullo y lo engulló. Lo de la «ineficacia» había dolido. La jueza lo sabía, también era buena interpretando señales, quizá por eso había pronunciado la palabra en un tono más duro de lo habitual. Ese tipo de casos nunca iban rápidos. Marat llevaba treinta años matando, se enfrentaban a alguien muy inteligente y que no iba a dejarse atrapar fácilmente.

—Creo que no estamos tan lejos como parece. Sabemos que son dos personas, que una pinta y la otra mata, y tenemos una descripción aproximada del asesino. Incluso estuvimos a punto de atraparlo en el entierro de Castro.

—Pero no lo hicieron…

—Lo haremos pronto. También estamos tras la pista del portugués. Él nos llevará hasta Marat.

El registro en la casa de João Fernandes había tenido lugar el día siguiente al atentado contra Ángela y Fenollosa. Aparte de un plano detallado de cómo acceder hasta el Panteón del Inglés por diferentes vías de acceso, los agentes de la Guardia Civil habían encontrado el recibo de compra del número de teléfono prepago que usó Marat para llamar a casa de los Beloki. Aquello demostraba que el portugués había ayudado al cojo. Nada más conocer su implicación en el caso, la teniente había solicitado a la jueza una orden de búsqueda y captura. Esta había sido tramitada, pero los resultados seguían siendo infructuosos.

—A estas alturas puede estar ya en el fondo del mar —respondió la jueza con hastío—, o lo que es peor, plasmado en una nueva obra de Marat. Estamos ante un hombre sin escrúpulos, ha matado ya a tres personas y hay un agente que se debate entre la vida y la muerte por su culpa. «Estamos tras la pista» es algo que no nos sirve.

La investigadora asintió con pesar. Fenollosa se había salvado por puro milagro. Su pronóstico era grave; con todo, aquel hombre parecía que se aferraba a la vida con uñas y dientes. Gracias a la rapidez en el auxilio de los servicios de emergencias y a su testarudez, en esos momentos estaba en la Unidad de Cuidados Intensivos del Hospital Marqués de Valdecilla, pero fácilmente podría estar en uno de los nichos del cementerio por donde habían perseguido al cojo días atrás. Ángela rumió sus palabras antes de enmarañar más la madeja en la que se estaba convirtiendo el caso.

—Tengo motivos para pensar que el hombre que disparó a Fenollosa no es el asesino al que buscamos.

La jueza depositó la taza con cuidado en la mesa, se limpió los labios con una servilleta de papel y con un ademán le pidió que le explicara en qué se basaba su suposición.

—Todo sucedió muy rápido y no le puedo asegurar al cien por cien que esté en lo cierto. La cuestión es que hubo un momento en el que, cuando Fenollosa cruzó la calle hacia nosotros, el conductor tuvo que rehacer su trayectoria y para ello apoyó el pie derecho en tierra. Fue apenas un segundo, pero pondría la mano en el fuego que una persona con una cojera permanente es incapaz de tal maniobra.

—Entonces, ¿quién crees que fue?

—No lo sé. Pero creo saber el motivo.

Llegados a ese punto, la jueza estaba lista para recibir la noticia que tanto preocupaba a la teniente Souza.

—Fenollosa descubrió algo. Me llamó la mañana del tiroteo y por eso quedamos en el parque de la Vaguada de las Llamas. Era algo importante para la investigación, pero lamentablemente tendremos que esperar a que se recupere para saber de qué se trataba. —Aquel era un hilo del que debía tirar—. Sin embargo, el motorista no le apuntó a él, me apuntó a mí. El sargento me salvó la vida cuando se interpuso en la trayectoria de la bala.

»No dudo de su valor y le estaré siempre agradecida por hacerlo. Pero de algún modo creo que él sabía que mi vida corría peligro y que la única manera de atrapar a Marat y evitar más muertes era protegiéndome.

La magistrada seguía sus palabras con intriga. No sabía a dónde quería llegar la teniente. Con un «Mmm» la invitó a continuar.

—No sé cómo, pero creo que Fenollosa y el hombre que me quería matar se enteraron de que me había hecho con una información clave para el caso.

—¿Cómo? ¿Qué información es esa, querida? —La voz de la jueza sonaba más dulce ahora.

Ángela le contó todo lo que había descubierto sobre Marat. Su leyenda y los motivos que tenía para creer que era cierta. Le habló de la desaparición del archivo del ordenador de Melchor, de lo que había averiguado Argüelles y de las decenas de asesinatos que pensaba que se le podían atribuir al pintor. La jueza era la única capaz de dar un vuelco a la situación y abrir la caja de Pandora. Tan solo obvió un detalle, el de que alguien en la sombra los estaba ayudando.

—¿Y si todos esos accidentes fueran falsos, montajes para ocultar sus asesinatos? —concluyó Ángela—. ¿Y si Marat también pintó la muerte de esas personas por encargo? Tenemos los nombres de las víctimas, las fechas en las que fueron hechas las transferencias, los importes… Necesitamos su ayuda. Necesitamos, de algún modo, sacar a la luz toda esa información.

La jueza Elvira del Real frunció el ceño.

—¿Se da cuenta de lo que está diciendo? Según me ha dicho carece de la mayoría de los nombres de las personas que recibieron esas supuestas transferencias. Muchas de ellas fueron realizadas desde el extranjero por el padre de Johari Biya, una persona que hace años que está muerta y, para colmo, son delitos que en todo caso han prescrito.

»¿Se imagina lo que significaría volver a hurgar en la muerte de decenas de personas más de treinta años después? ¿Qué imagen daríamos? ¿Qué pensarían las familias sobre el trabajo que hicimos en su día? Y todo esto ¿basado en qué…? ¿En un archivo de ordenador que copió de manera ilegal y que no ha aparecido en los registros? —La magistrada meneó la cabeza—. Hágase un favor, Ángela. Céntrese en el caso. Busque al portugués, al motorista, al cojo, a Marat o quien quiera, pero detenga al asesino ya —conminó—. No haga que me arrepienta de haber intercedido por usted.

Dicho esto se levantó, dejó diez euros sobre la mesa y se marchó. Su paciencia con ella había llegado al límite.

***

Miguel estaba en el umbral de la puerta. Llevaba puesto un poncho color verde militar y las finas gotas de lluvia resbalaban por el tejido impermeable hasta las botas. Tenía la barba perlada por el agua y una sonrisa impropia para un día gris como aquel.

—Pasa, no te quedes ahí —dijo Ángela con voz alicaída—. ¿Quieres tomar algo caliente?

Sus visitas al molino de mareas se habían convertido en rutina a lo largo de los últimos días. Ambos sentían adicción a los besos del otro y, pese a que cada uno consumía la mayor parte del día y energía en su trabajo, él pintando y ella investigando, siempre encontraban un hueco para consumirse mutuamente.

—No. He venido a rescatarte. Vamos a dar un paseo.

Ángela se asomó al soportal y miró al cielo con una mueca exagerada. Dentro la temperatura era agradable y el *Brilliant Corners*, de Thelonius Monk, suplicaba que no aceptara la invitación.

—¿En serio? Hace un tiempo horrible.

—¡Cómo sois los de Madrid! Aquí en días como este hacemos barbacoas. Yo ya llevo tres horas de surf en el cuerpo.

Ella sonrió lacónicamente, todo un éxito teniendo en cuenta su estado de ánimo.

—Te vendrá bien, en serio. Dejarse empapar por la lluvia es el mejor remedio contra el desánimo. Por cierto, ¿cómo va tu herida? —dijo señalándole la ceja.

Ángela se llevó la mano a la sien, junto al ojo derecho. La brecha que se había hecho al caer al suelo en el atentado cicatrizaba poco a poco.

—En tres o cuatro días me quitan los puntos. Me quedará una bonita herida de guerra.

—¿Y tu compañero? —añadió en un tono más grave—. Parece que saldrá de esta, ¿no?

—Eso espero. Es un tipo duro.

No le preguntó cómo se había enterado. Hacía tiempo que se había dado cuenta de que las noticias allí viajaban a mayor velocidad que en el resto de los sitios, se extendían sin control pese a los diques que se pusieran. Sin añadir nada más, cogió un impermeable color mostaza que había en la entrada y se puso unas botas. Vestida así, parecía el pescador de piedra que la acompañaba cada mañana en sus desayunos.

—Anda, vamos.

El cielo estaba teñido de color gris, y la calle, vacía. Hasta Gaseosa, la yegua vecina, se había guarnecido bajo una techumbre de cemento que le servía de refugio los días de sol abrasador o lluvia desapacible. Miguel le tendió el brazo y ella se agarró de él, y así, juntos como uno solo, caminaron en dirección a la senda que bordeaba la costa en dirección a Santander.

Al llegar a la altura del Centro de Interpretación del Litoral la pareja se desvió para contemplar el mar desde la atalaya de madera que había sobre la cubierta del edificio. Junto a la rampa de acceso a la plataforma había una figura tallada en piedra, una especie de tótem con caras que evocaban máscaras antiguas.

—Me encanta esta escultura —dijo Ángela deteniéndose junto a ella—, me recuerda a mi vida.

Era una escultura de Molleda. Miguel observó los rostros grabados en piedra. La mayoría expresaban desasosiego, quizá por eso se identificaba con ellos. Sabía que había tenido una vida difícil. Él mismo había sido testigo mudo de sus angustias nocturnas. En más de una ocasión durante las últimas noches la había observado en silencio mientras se removía inquieta en la cama pronunciando palabras inconexas que sin significar nada expresaban sufrimiento.

—Háblame de ella… —dijo sereno—. De tu vida.

La teniente Souza dudó por un instante. No le gustaba remover su pasado, pero quizá porque ese hombre le estaba robando algo más que horas de sueño, quizá por lo bucólico del día, decidió abrir una rendija de su corazón.

—Mi padre murió de una enfermedad cuando yo era pequeña. Así que mi hermano y yo nos criamos con mi madre… —las palabras de Ángela sonaban a nostalgia y contrición—. Éramos muy distintas.

Habían dejado atrás la escultura de Molleda y avanzaban por el tortuoso camino que bordeaba los acantilados de la costa. A pesar de ser festivo, estaba casi desierto. Solo se encontraron unos cuantos adictos al surf, un pescador más interesado en huir del hogar que en lo que pudiera atrapar y un par de osados que, como ellos, no se amedrantaban ante el circuito de barro y piedra en el que se convertía el paseo litoral los días de lluvia. Miguel escuchaba en silencio dejando que ella desnudara su alma y tratando de entender a la mujer que compartía su cama.

—Fue una época difícil de mi vida. Ella trabajaba duro para mantenernos a los dos y yo me convertí en algo así como una madre adolescente para mi hermano. Siempre le recriminaba que no pasara más tiempo con nosotros. Discutíamos mucho. Imagino que no se lo puse fácil, dos hijos para ella sola, la pérdida de mi padre… Murió al poco tiempo, en un accidente. Siempre me arrepentiré de no decirle más a menudo lo mucho que la quería.

—¿Y tu hermano?

Las lágrimas de Ángela se confundían con las gotas de lluvia y el agua salada que arrastraba el viento.

—Eso es algo de lo que prefiero no hablar… Todavía no.

Miguel asintió. Se sentía un poco culpable por haber hurgado en su pasado, pero era algo que le atraía tanto como ella. Se había quedado prendado de su belleza antigua y esta estaba ligada a ese halo de tristeza que la rodeaba. La hacían diferente, frágil dentro una cáscara inquebrantable. De algún modo le recordaba a Julie, la musa de los impresionistas que retrataron Renoir, Manet y sobre todo Berthe Morisot, su madre. Recordaba lo mucho que le impresionó el retrato que esta última le hizo y tituló como *Julie Daydreaming*.

Durante un rato siguieron paseando en silencio, cogidos de la mano y, cuando reanudaron la conversación, dejaron pasar los temas tristes y conversaron sobre el mar y el paisaje que este labraba.

La lluvia difuminaba el paisaje costero, convirtiéndolo en una mezcla borrosa de colores que solo tenían sentido en su conjunto. En un símil pictórico, era como el puntillismo de Pierre Seurat o Paul Signac: diminutos puntos de colores puros que el ojo del espectador se encarga de mezclar en su cerebro. Un punto aislado no significa nada y tiene la interpretación que cada uno le quiera otorgar, pero todos juntos conforman algo hermoso.

De alguna manera era como la vida de Ángela, como la vida de todos, una suma de pequeños matices que forjan la personalidad.

—Mira, ¿lo reconoces?

Miguel señaló hacia una mole de roca que se adentraba en el mar.

Ella miró en la dirección a la que apuntaba con el dedo índice. Titubeó. Aquella forma le resultaba familiar.

—Es... ¿Es *El elefante de piedra*? ¿Tu cuadro?

—Efectivamente. Cuando era niño, mi padre acostumbraba a traerme a este lugar. Le encantaba pescar en la Costa Quebrada. Decía que aquí vivían escondidas las mejores lubinas. Cuando lo acompañaba, siempre llevaba mi libreta y mis lápices. Me imaginaba que las rocas tenían vida y las dibujaba. Supongo que a él le hubiera gustado más que me interesara por el cebo, las plomadas y los anzuelos. Creo que le defraudé.

—¿También eres huérfano?

—Solo de padre. —Dudó un momento—. Pero tuve un segundo padre. Él me enseñó a pintar.

—Háblame de él.

Miguel no contestó y perdió su mirada en el horizonte, donde mar y cielo se fundían. Ella admitió su silencio. Tenía curiosidad por conocer más sobre su vida, pero, al igual que él había sido respetuoso con su pasado, ella le correspondió.

—Hace frío. ¿Quieres comer algo? —dijo de pronto volviendo de su viaje y retomando su lado más jovial—. Conozco un sitio cerca de aquí donde tienen unos pinchos de primera.

—Lo estoy deseando. Ya sabes que, si no tengo la barriga llena, soy capaz de convertirme en un monstruo.

—Entonces será mejor que nos demos prisa.

Capítulo 34

La lección de Margarita

La torre de Babel
Pieter Brueghel, *el Viejo*

Margarita Lizarra apoyaba la palma de la mano sobre el grueso cristal, como si quisiera atravesarlo. Dentro su marido, el sargento Fenollosa, yacía inmóvil conectado a los goteros y equipos médicos de los que dependía su vida. La situación era crítica, le habían dicho, y en el caso de sobrevivir no podían asegurarle que volviera a ser el de antes. Habían pasado tres días desde el tiroteo y apenas había dormido unas horas en todo ese tiempo. Le costaba separarse de aquella jaula de cristal de la Unidad de Cuidados Intensivos, pero tenía tres hijos que atender, uno de ellos todavía un bebé, con lo que no había más remedio que multiplicarse cada día. Por suerte, contaba con su hermana, quien se había volcado en ayudarla encargándose de los chicos y le había puesto el hombro para que llorara hasta secarse por dentro.

Ángela la reconoció a pesar de no haberla visto con anterioridad. Resultaba fácil intuir su dolor.

—¿Margarita?

La mujer se giró hacia ella de manera mecánica, como si su mente no obedeciera a su cuerpo.

—Soy la teniente Souza —le costó presentarse, tenía un nudo en la garganta—. ¿Le apetece un café?

—Sí, me vendrá bien —dijo tendiéndole la mano.

Margarita Lizarra. Pelo rizado, teñido de un color dorado que apenas esconde sus canas. En su día debió ser guapa, pero el tiempo la ha castigado y ahora su aspecto no es una prioridad. Madre de tres hijos y responsable de que su vida funcione como un reloj. Santa, capaz de obrar varios milagros al día. Ella era yin del Fenollosa, no se puede concebir a una persona tan amarga sin alguien tan dulce que lo equilibrara.

Recorrieron juntas el pasillo del hospital hasta los ascensores y bajaron a la planta baja, donde estaba la cafetería. Un sitio de esos en los que se puede hacer de todo menos comer bien. Cuando llegaron, tomaron asiento y la teniente le pidió que esperara mientras iba a la barra a por dos cafés con leche.

—Es un buen hombre —disparó Margarita cuando Ángela le tendió su bebida—. Sé que tenían sus más y sus menos, él mismo me lo contó, pero quiero que sepa que Salvador es un buen hombre.

—Lo sé. Me salvó la vida. Esa bala era para mí.

La mujer asintió agradecida con un gesto en el que se mezclaban orgullo y tristeza. Una nueva lágrima rodó por su mejilla. Tomó una servilleta de papel y se la limpió con cuidado, como si quisiera que aquel pedazo de papel le sirviera para secarse una nueva al cabo de un rato.

—Le encantaba jugar con los niños. Cuando eran pequeños y volvía de trabajar, se los llevaba a la cama y allí les daba volteretas y les hacía cosquillas. «Jugar a hacer el loco», lo llamaban. Este es el pequeño. —La mujer le puso el teléfono móvil a diez centímetros de la cara y le enseñó una imagen de un niño rubio con gruesos mofletes. Necesitaba compartir—. Y este es el mediano con Tom, el gato.

Ángela miró con sorpresa la foto del gato blanco con manchas rubias que aparecía ahora en la pantalla junto a un adolescente con cara de pillo. Había visto ese animal antes.

—Lo adoptamos hace poco. Lo trajo a casa el día que asesinaron al abogado. Nos dijo que nadie lo quería y ese día se convirtió en uno más en la familia —se excusó.

Así que Fenollosa no era tan huraño como parecía... Le costaba imaginarse al sargento haciendo el saltimbanqui con sus hijos o llevándose al gato huérfano de Melchor en una caja de cartón de la escena del crimen. Tal vez se había equivocado con él.

—No se preocupe —dijo Ángela tomándole las manos—. Se recuperará. Ya verá, volverá para jugar con el pequeño como hizo con sus hermanos.

—Dios le oiga.

La teniente Souza tuvo un ligero remordimiento por no darle pie a seguir desahogándose con ella, pero el motivo de su visita era de carácter profesional.

—Salvador me llamó poco antes del accidente… Quería que nos viéramos. Tenía algo que decirme y sospecho que se trataba de algo importante en relación al caso, de otro modo me lo hubiera dicho al día siguiente en la comandancia.

La mujer asintió. Lo entendía. Separó sus manos de las de la teniente sin reproche.

—Necesito que haga memoria. ¿Le dijo algo en relación a la investigación o a sus movimientos los días anteriores al atentado?

—No sé, que yo recuerde no hubo nada que se saliera de lo corriente.

—La última semana ha faltado a un par de reuniones del equipo. También ha estado algo esquivo —añadió la teniente—. Por eso le pregunto. Si supiéramos dónde estuvo o con quién se vio, tal vez podríamos adivinar por qué se interpuso en la trayectoria de esa bala.

—Ojalá pudiera ayudarla —dijo con los ojos hinchados por las lágrimas—. Él era muy reservado con las cosas del trabajo.

—Tal vez haya una manera de hacerlo. —A Ángela se le ocurrió una idea—. ¿Tiene aquí su teléfono?

La mujer asintió de nuevo. Hurgó en el bolso y puso encima de la mesa un teléfono móvil de color negro. Tenía la pantalla quebrada, seguramente por el impacto al caer al suelo cuando recibió el disparo.

—Ocho, uno, dos, tres, cero —dijo mientras lo empujaba hacia Ángela—. Es la contraseña. La fecha de nacimiento de los chicos.

La teniente hizo una señal de agradecimiento y encendió el terminal. Al hacerlo vio la foto de un hombre sonriente en la playa junto a un par de zagales. Llevaba una camiseta celeste y un bañador de flores demasiado grande. Costaba reconocer a un Fenollosa tan colorido.

Consultó el historial de llamadas. Todos los números entrantes de la última semana estaban registrados en los contactos de su agenda. Su hijo, Margarita, la oficina, Belén... En los salientes, sin embargo, había dos desconocidos. Ángela cogió su teléfono y marcó esos números. El primero correspondía con una tintorería. Dijo que se había equivocado y colgó. Con el segundo tuvo menos suerte, tras cinco tonos saltó el contestador automático. No dejó mensaje y cruzó los dedos para que el dueño de ese número le devolviera la llamada. En el correo electrónico y servicio de mensajería tampoco había nada que llamara la atención. No era él muy activo con el teléfono. No recordaba habérselo visto nunca encima de la mesa durante las reuniones, como hacía todo el mundo. Entonces se le ocurrió consultar el navegador y recuperar el historial las últimas búsquedas de direcciones y desplazamientos que había realizado.

Ahí estaba, lo que andaba buscando. La mañana que no se había presentado a la reunión de equipo, Fenollosa había estado en centro penitenciario de El Dueso. Si quería seguir su rastro y averiguar lo mismo que él, aquel era el primer lugar al que tenía que acudir.

—¿Le importa si...?

—Quédeselo si quiere. Él no lo puede utilizar.

—Hasta que Salvador se recupere —dijo Ángela agitando levemente en el aire el teléfono de su compañero.

—Solo le pido un favor a cambio.

—Lo que quiera.

—Encuentre al que le ha hecho esto a mi marido.

***

El Mercado del Este estaba abarrotado. Daba la sensación de que muchos de los viandantes a los que había pillado por sorpresa la lluvia habían decidido resguardarse allí y, ya de paso, aprovechar para tomar el aperitivo. Las voces y los sonidos se mezclaban creando un ambiente confuso, como si fuera la torre de Babel. Tras deambular un rato entre las casetas de madera, por fin localicé a Ángela. Estaba sentada junto a un tonel que hacía las veces de mesa y tenía frente a ella una cerveza y un platillo con los restos de una ración de maganos.

—Hola, Zhao. Siéntate por favor.

Me llamó la atención la brusquedad con que lo dijo, normalmente la teniente solía ser amable conmigo. Pensé que estaba preocupada y no le di más importancia, imagino que trabajar en un caso como el de Marat debía parecerse a montar en una montaña rusa. Las emociones vienen y van en cada curva. Me quité la chaqueta, aún mojada, y me encaramé a una de esas incómodas banquetas altas que se han puesto tan de moda. Nada más hacerlo, un camarero cargado de platos y con cara de estresado apareció como un relámpago y me preguntó si quería algo. Miré a mi alrededor: carteles anunciando pinchos y tapas; gente con copas de vino en la mano; ruido de bar. No creí que tuvieran una gran selección de tés.

—No, gracias.

Desapareció sin más. La teniente Souza dio un trago a la cerveza, la dejó sobre la barrica y me hizo una señal para que hablara.

—Te he traído esto —dije mientras le tendía una cuartilla con varios nombres escritos—. Es la lista que me pediste. Pintores con talento vinculados a Cantabria, mayores de 16 años a mediados de los ochenta, diestros y que hayan fracasado en su vida como artistas.

Ángela leyó la lista con detenimiento sin poder esconder un leve mohín de frustración.

—Lo sé, las iniciales no coinciden con las del listado que me pasaste. Hay muchos pintores —me excusé— y buscar entre los que no triunfaron es como buscar una aguja en un pajar. El fracaso es un escondite grande, hay espacio para cualquiera que quiera ocultarse en él.

—¿Cómo has hecho la lista?

—He visitado unas cuantas galerías, normalmente guardan los porfolios de los pintores que les contactan para hacer exposiciones. También he preguntado en algunas escuelas de pintura.

La responsable de la investigación no dijo nada. Puso el trozo de papel sobre el barril y señaló el último nombre de la lista. Una mancha de grasa apareció en la parte superior de la hoja y se extendió lentamente hasta formar un círculo.

—¿Carbajosa? ¿Por qué lo has apuntado?

—Cumple con los requisitos que me diste. Además, su mujer ha vendido el cuadro. ¿No le resulta curioso? Él estaba enfermo de gravedad, muere de forma violenta y, gracias a eso, su esposa ingresa una cantidad de dinero mucho mayor a lo que hubiera cobrado con cualquier seguro. Sin contar que, en caso de suicidio, no hubiera cobrado nada.

—¿Jacinta ha vendido el cuadro?

Su asombro me sorprendió: pensé que estaría enterada.

—¿No lo sabías? Lo publica esta mañana el diario. Una noticia de Luis Zambrano. Un coleccionista privado ha pagado más de un millón de euros por la pieza de la muerte de Carbajosa. Al parecer, el sobrino de Melchor también ha recibido una buena oferta. Marat ha conseguido lo que pretendía —dije con cierta excitación.

—¿Te alegras por ello?

Me removí incómodo en el taburete. ¿A qué venía esa pregunta? ¿Dónde estaba la Ángela que yo conocía? Por un momento me pareció que trataba de acusarme.

—Ni me alegro ni me entristezco. Es la vida. Hagamos lo que hagamos, Marat ya ha conseguido su objetivo. Ha triunfado. Y Carbajosa, a pesar de ser su víctima, le ha dado a su mujer lo que necesitaba: holgura económica para poder seguir viviendo en el castillo.

La teniente asintió con cansancio. La carambola era redonda para Carbajosa; con todo, hacía tiempo que lo había eliminado de la lista de sospechosos. Él no pudo participar en los asesinatos de Melchor y Johari. Me supo mal, tal vez lo que le ofrecía no era lo que ella esperaba. Al menos de momento.

—Lo siento… No está siendo un buen día.

A nuestro alrededor la gente conversaba ajena a sus palabras. Unos riendo, otros compartiendo anécdotas del trabajo, algunos preocupados por cosas que tenían solución. Era dura la vida de la mujer que tenía enfrente, siempre nadando en la ponzoña, nunca con el suficiente agradecimiento. De sus acciones y pensamientos invisibles dependía la vida de otros. Tal vez aquel tipo con barba que reía a su lado cogiendo la mano de una niña al día siguiente tornaría su alegría en llanto por culpa de un malhechor, y era ella, la mujer triste e incógnita que tenía enfrente, la que podía cambiar el rumbo de su vida sin que él nunca lo llegara a saber. Tenía derecho a tener un mal día.

—Hay otra cosa. He descubierto algo en los cuadros que me llama la atención.

Ángela asintió en silencio y me invitó a continuar.

—Mira, fíjate en esto —dije mostrándole una imagen ampliada de una sección de la pieza que Marat había pintado en el asesinato de Carbajosa—. Si te fijas en la librería, todas las obras que aparecen tienen escrito el título en el lomo. Son inventados y están escritos en letras tan pequeñas que apenas se ven. He necesitado una lupa de aumento para poder leerlos. Es extraño que el pintor se haya molestado en un detalle tan insignificante, ¿no crees?

—Imagino que a todos los artistas os gusta hacer ese tipo de cosas, ¿no? Tengo un amigo novelista que esconde mensajes secretos en sus libros.

—Bueno..., cada uno tiene sus manías y precisamente es lo que estamos buscando. Como en el cuadro Jacques-Louis David o *Los proverbios flamencos*, de Pieter Brueghel, *el Viejo*. ¿Sabías que el maestro neerlandés escondió en esa pintura más de cien refranes? O *El jardín de las delicias*, el enigmático tríptico de El Bosco, en el que después de cinco siglos y miles de miradas se ha descubierto una partitura secreta tatuada en las nalgas de uno de sus personajes. En este caso creo que la clave está en el título de este libro —dije señalando uno en concreto.

La teniente Souza cogió la lupa que le tendí y se inclinó sobre la imagen.

—Zdzisław Beksiński —leyó en voz alta—. ¿No es ese…?

—Efectivamente, el pintor al que emulaba Marat cuando retrató el crimen del abogado. Al principio pensé que se trataba de una casualidad. Entonces me puse a indagar —dije con voz triunfal, esperaba que mi descubrimiento levantara el ánimo a la teniente— y esto es lo que encontré en el cuadro de la muerte de Rafael Melchor.

Saqué una nueva imagen de la carpetilla de plástico que llevaba conmigo. Era una ampliación de una sección de la pintura. En ella se veía una botella de licor sobre el aparador de la casa del abogado. En la etiqueta, bajo la expresión «vino tinto» se podía leer una marca inexistente: El lamento por Ícaro.

—¡Nos anuncia su próximo asesinato!

Asentí y antes de que pudiera decir nada más puse en sus manos la tercera fotografía que traía conmigo. En ella, mezclada entre el resto de las plumas, casi imperceptible si no se buscaba a conciencia, estaba escrito el título de una nueva obra de arte, *Raíces de árbol.*

—*Raíces de árbol…* ¡Vincent van Gogh!

Mi revelación había borrado la aflicción en el rictus de Ángela.

Capítulo 35

Tras los pasos de Fenollosa

Les amoureux
Marc Chagall

Los primeros rayos de luz se colaban por las rendijas de la persiana pintando la habitación con rayas doradas uniformes. Los sonidos amanecían y las paredes que habían sido testigo mudo de sus jadeos podían por fin descubrir a las amantes que habían hecho que desearan ser de carne y hueso. Belén fue la primera en despertarse. Perezosa, sin querer que ese sueño terminara, pasó la mano sobre la espalda desnuda de su acompañante sin atreverse a tocarla. Deseaba volver a acariciar su piel pálida, casi translucida, con las yemas de sus dedos, con el dorso de su mano, con la lengua. Volver a aspirarla. A aprendérsela de memoria. Pero también quería disfrutar de poder observarla así, tumbada, como si fuera una estatua de mármol.

En ocasiones como aquella podía entender la pasión que el arte provocaba en su compañero Henry. Normalmente la gente no dedica demasiado tiempo a observar lo hermoso. Todo va demasiado deprisa. Son miles las cosas que demandan nuestra atención y las prioridades se multiplican como los hongos tras la lluvia. La contemplación ha pasado a ser una palabra proscrita, el refugio de los desocupados. Sin embargo, de vez en cuando hay elementos capaces de secuestrar nuestra mirada y retenerla en una jaula invisible: un paisaje de otoño, el mar, el fuego en una chimenea o, como en aquella ocasión, el cuerpo humano. Son momentos que llenan de magia nuestras vidas y nos permiten abandonarnos a los pensamientos sin hoja de ruta preestablecida; al placer de observar sin mirar el reloj. Pero también son momentos efímeros, ya que el tiempo es envidioso y no permite que le robemos protagonismo.

Isla estiró los brazos y emitió un recatado bostezo. Luego se giró hacia ella y abrió los ojos. Ojos hinchados de noche corta. Sus miradas se engancharon durante unos segundos. Se contemplaron.

—¿Has dormido bien?

—Creo que han sido las mejores tres horas de sueño de mi vida.

Las dos sonrieron. Ninguna podía recordar todos los besos que se dieron. Fueron infinitos. Desbordantemente dulces. Se amaron de todas las formas que conocían, muchas de ellas no aptas para la imaginación, explorándose sin pudor ni restricciones. Si hubiera palabras para describir la velada perfecta, estas serían Belén e Isla.

La noche anterior habían cenado en un coqueto restaurante a las afueras y, tras un par de copas por el centro, habían acabado en casa de Belén. Ella hubiera preferido terminar en el ático de Isla a pesar de que esa semana los niños estaban con su padre, pero no había logrado convencerla para volver a ese ring de dos por dos con sábanas de seda y vistas al Sardinero. La modelo se había resistido. Era la cuarta noche que salían y ya le había dejado caer en más de una ocasión que le gustaría conocer su casa; no le importaba que fuera pequeña ni que estuviese llena de juguetes. Un suave beso en los labios y un susurro al oído chivándole lo que tenía pensado hacer con ella hasta la madrugada terminaron de convencerla.

—¿Quieres desayunar algo?

Isla se desperezó y recorrió la habitación con la mirada.

—Ya te dije que era pequeña —se excusó Belén.

—Con que tú estés dentro, me basta. ¿Son tus niños? —dijo cogiendo el retrato que había sobre la mesita de noche—. Son muy hermosos.

El marco era de madera, un regalo del amigo invisible que le habían hecho las pasadas navidades, y dentro había una fotografía de Gus y Olga. Sonreían señalándose el diente que les faltaba. La foto la había tomado el día que el Ratoncito Pérez vino a visitarlos por primera vez, casualmente a los dos el mismo día.

—Sí —respondió lacónicamente mientras le cogía el marco y lo volvía a depositar con suavidad sobre la mesita de noche.

Fue un gesto involuntario. La modelo no se percató, pero ella sí. Tenía que haber dejado que fuera Isla quien devolviera la imagen a su sitio, dar naturalidad a su presencia. Había un abismo en sus vidas y, aunque el amor que estaba viviendo era como el renacer de una flor marchita, todavía no sabía cómo encararlo para que se convirtiera en felicidad. Delante tenía a una mujer perfecta con una vida de película y ella era una guardia civil que salía a la calle todos los días para proteger al mundo y volvía a su casa con la energía justa para proteger a los suyos. ¿Qué futuro podrían tener juntas? ¿Cómo podría hacer comprender a sus hijos lo que sentía?

Se acercó hacia la modelo, que seguía recostada en la cama, y le dio un beso en los labios. Olía a rosas y a ella.

—¿Te apetece desayunar?

—Contigo sí.

—Prepararé café.

Belén se puso una bata y salió del cuarto percibiendo la mirada de su amante en sus curvas. Se sentía deseada, querida, como si fuera la protagonista de uno de los cuadros Marc Chagall, el pintor del amor.

***

Henry se recostó en la silla, emitió un «¡Mierda!» y lanzó el disco de las grabaciones sobre la mesa con hastío.

—¡Hey, hey, hey! Alguien tiene un mal día —dijo su compañera dejando un par de vasos de papel sobre la mesa.

Belén se quitó las gafas de sol de aviador y le regaló una de esas sonrisas que eran capaces de fundir el hierro. Últimamente estaba radiante. Había pasado un par de años malos con lo del divorcio y todo eso, pero ahora parecía que su suerte había cambiado. Se la veía feliz y él se alegraba. La apreciaba de verdad.

—Fuera hace un *ris* que corta el pis —dijo la cabo frotándose las manos—. Te he traído café.

Ordóñez levantó el pulgar y se contagió de su sonrisa.

—Gracias. Lo necesito, de veras…

La identificación del motorista que había disparado al sargento Fenollosa se estaba convirtiendo en un auténtico infierno. *A priori* no tenía por qué ser difícil. Había varias cámaras de tráfico que controlaban los accesos al aparcamiento de la Ballena y hubo varios testigos del tiroteo. Pero todo quedaba en nada cuando preguntaban si alguien recordaba la matrícula o cuando se remitían a las grabaciones que les habían proporcionado los compañeros de la DGT.

El DVD que acababa de descartar el guardia era el último de los cinco que había revisado minuciosamente, y el resultado había sido el mismo: nada. Había varias explicaciones para ello, una era la magia y los milagros, pero, por razones obvias, la descartaban; el resto corrían a cargo del ingenio del criminal. Podía haber llegado con bastante anterioridad y permanecer oculto durante un tiempo para evitar los intervalos de revisión de las cámaras de seguridad que emplean los guardias en esos casos. Podía haber empleado alguna vía secundaria no vigilada en su huida. O incluso podía haber ocultado la motocicleta en una de las múltiples camionetas que solían aparcar por la zona. Era un misterio. Era un desastre. Sin motocicleta, sin matrícula, no había sospechoso.

En cuanto a las declaraciones de los testigos, todos coincidían en algo: el conductor vestía completamente de negro y llevaba puesta una chaqueta de la marca Dainese, el triángulo encarnado en la espalda era inconfundible. Los guantes y el casco integral completaban su camuflaje perfecto. Un fantasma en una moto.

La bala que habían podido extraer los médicos del estómago de Fenollosa tampoco ayudaba a señalar a nadie. Según el informe de balística se trataba de un proyectil de calibre 9 milímetros disparado por una Beretta 92 FS, el mismo tipo de arma que utilizaba la Guardia Civil. Al parecer el arma estaba limpia, es decir, no había otra bala registrada en la base de datos en la que se vieran las mismas marcas ocasionadas por el rozamiento del proyectil con las paredes del cañón.

—Salvador está en coma en el hospital y nosotros no somos capaces de descubrir quién le ha disparado —dijo consternado.

—Tranquilo, Ordi, ya sabes que estas cosas no salen a la primera. Lo atraparemos. Estoy segura.

Henry sonrió sin fe. Su carrera en la Policía Judicial de la Guardia Civil era relativamente corta y aquel caso era el más complejo de todos en los que había participado. Era consciente de que había que trabajar con paciencia y persistencia, pero el atentado a su compañero le estaba superando. Llevaba tiempo dándole vueltas a si realmente aquello era lo suyo. No sabía, quizá necesitaba replantearse algunos aspectos de su vida. Quizá lo suyo no era empuñar una pistola y perseguir a criminales. En cualquier caso, no era el momento de decidir. Antes tenía que ayudar a Ángela a atrapar a Marat y vengar a Fenollosa.

—Eso espero... De momento lo único que tenemos son piezas sueltas de un puzle en una caja. El problema es que ninguna encaja.

—¡Caray! Qué poético te has vuelto. Se te está pegando del chino.

—Puede ser... A propósito de Zhao. He hablado con él —estuvo tentado de contarle lo de las clases de pintura, pero prefirió callar—. Sigue tratando de averiguar el significado que puede tener el mensaje en el cuadro de Johari.

—¿El de *Raíces de árbol*?

—El mismo. —A Ordóñez se le iluminaba la cara cada vez que hablaba de los cuadros—. Es una pintura de estilo abstracto en la que las raíces de un bosque de árboles azules se asemejan a partes del cuerpo humano. Hay un precedente a esa pintura, una serie de dibujos de raíces negras y retorcidas que Van Gogh envió a su hermano Theo y en las que expresaba su lucha con la vida. Pero hay un dato, sobre todo, que hace que esta pintura sea especial. Fue el último cuadro que pintó el artista holandés. La pieza que estaba pintando cuando se quitó la vida. ¿Y si fuera también el último cuadro de Marat?

***

Gonzalo Cortés salió de detrás del escritorio y tendió la mano a Ángela.

—La he visto en los periódicos —dijo a modo de saludo.

La teniente Souza respondió con una mueca de cortesía. No sabía cómo tomarse el comentario, últimamente parecía que todo el mundo la juzgaba. Estaba acostumbrada a pasar desapercibida en la gran ciudad y lo de ser advertida como una heroína o una villana no le gustaba nada. No era por la presión, que obviamente influía en su trabajo, era más bien por su apego al anonimato. Si por ella fuera, sería invisible y se materializaría únicamente delante de las personas que le importaban. Ese era el deseo que siempre pedía de pequeña, cuando jugaba con sus amigos a que tenía superpoderes.

El despacho del responsable del Departamento de Comunicaciones del centro penitenciario de El Dueso era una estancia funcional con dos escritorios. En una de las paredes colgaban una serie de fotografías de presos fugados. Ángela las miró instintivamente. Llevaba dos noches con ataques de insomnio, dos noches en las que se despertaba entre las tres y las cuatro de la mañana porque su mente no quería estar más tiempo apagada. La primera le dio cierto reparo volver a hacerlo, la segunda no; se conectó a la base de datos del aeropuerto y estuvo varias horas observando los registros de aquel día, buscando el fantasma que nunca dejaba de perseguirla, buscando a un niño rubio que se había hecho grande.

—Su compañero estuvo aquí hace un par de días. —El movimiento mecánico del apretón de manos la sacó de sus ensoñaciones.

—Sí, sí, por eso venía a verle. Necesito saber de qué hablaron.

Cortés volvió a su escritorio, se sentó e invitó a Ángela a hacer lo mismo. Era calvo, de tez oscura y nariz aguileña. Desde que entró en la habitación le dio la sensación de que su visita añadía algo de alegría a su monótono trabajo. Algo diferente al día a día, una anécdota que contar en el almuerzo al día siguiente.

—¿Tiene algo que ver con lo de…? Ejem, ya sabe, el tiroteo.

Dedos entrelazados y cuerpo hacia delante. Busca proximidad, de manera humana, quiere información. Ángela analizaba los gestos de manera mecánica, por defecto.

—No lo sé. Tengo mis dudas —respondió abriendo las palmas de las manos—, pero, según me dijo Fenollosa en nuestra última conversación, había dado con algo relevante. Creo que el origen de esa información está en lo que usted le contó. Por eso estoy aquí…

Cortés se echó de nuevo hacia atrás. Parecía que se quedaba sin chismes. Al menos podría contar en la comida dominical con sus cuñados que había participado en el famoso caso de los cuadros. «Secreto de sumario», les diría.

—El sargento Fenollosa vino a verme porque estaba interesado en conocer qué personas habían visitado a Zhao Mu durante su estancia en prisión. Aparte de su abogado, solo hubo dos personas más: una, como ya sabe, fue Carbajosa; y la otra una mujer, Isla Dalic. Lo visitaba religiosamente el primer jueves de cada mes.

Ángela se agarró del reposabrazos y una especie de vértigo la recorrió por dentro. Isla Dalic, ¿había oído bien? La imagen de Cortés comenzó a distorsionarse y su voz se oía lejana, deformada. Los sonidos más insignificantes que la rodeaban, antes descartados por su cerebro, tomaban protagonismo retumbando en su interior. De su piel manaba un sudor frío y el rostro de la chica de porcelana, la amiga de Miguel, comenzó a dar vueltas en su cabeza. Un cosquilleo la invadió desde los pies y, de pronto, todo se tornó oscuro.

—¡Ángela! ¡Ángela! ¿Está bien?

Abrió los ojos. Estaba tumbada en el suelo y a su lado Gonzalo Cortés y otra mujer, tan lívida como ella, la ayudaban a incorporarse.

—Tome. Beba un poco de agua —dijo Cortés—. Se ha desmayado.

—Sí, disculpen —dijo Ángela con voz débil y avergonzada—. No sé lo que me ha pasado… Nunca me había sucedido antes.

Entre los dos la ayudaron a levantarse y a sentarse de nuevo en la silla. Luego el funcionario de prisiones abrió una de las ventanas y la abanicó con la mano.

La brisa fresca le vino bien para recuperarse.

Isla Dalic. Eso es lo que había descubierto Fenollosa. Miguel Rocamora y Zhao tenían un nexo en común: la modelo rubia de piel transparente. La enigmática amiga del pintor. Pero ¿qué significaba ella en sus vidas? ¿Por qué le habían ocultado esa relación?

Una tremenda tristeza la invadió por dentro. Si todo aquello era cierto, si no se trataba de una mera coincidencia, significaba que las dos personas más importantes para ella en aquel momento la habían traicionado.

Capítulo 36

El jinete de las olas

The Waggon Tracks
Joan Miró

Los jinetes del mar aparecían y desaparecían entre las olas siguiendo trayectorias que no se agotaban nunca. Protegidos del frío con sus trajes de neopreno, sus coloridas tablas surcaban las paredes de agua bajo las crestas que se deshacían en partículas de espuma. El día estaba despejado y soplaba el viento del sur; aun así, solo un puñado de intrépidos disfrutaban de las condiciones perfectas para jugar con los picos en la playa de Valdearenas.

Ángela los observaba desde la lejanía apostada junto a un tronco caído a los pies de una de las grandes dunas de Liencres. Llevaba una gorra puesta y estaba envuelta en una toalla para protegerse del violento impacto de los granos de arena arrastrados por el viento. El sol brillaba sin oposición, sol de invierno, y la temperatura era agradable. Admiraba su pericia sobre las olas. En cierto modo siempre pensaba que aquel deporte se le habría dado bien, pero ya era demasiado tarde para comenzar a practicarlo. Le gustaba la armonía en los movimientos, la exigencia, la necesidad de concentrarse en el momento y la conexión con la naturaleza. Había pensado en pedirle a Miguel que la llevara algún día a practicar surf cuando todo terminara, cuando Marat estuviera entre rejas, pero ahora no sabía si eso sería posible.

Lo distinguió fácilmente entre la media docena de caballeros oscuros. Había un par con barba, pero su tabla color zanahoria, pintada por el mismo, lo hacía inconfundible.

Estaban en bajamar, lo que hacía que la playa, ya extensa de por sí, aumentara la distancia entre ellos. Resultaba inútil hacerle señas, así que la teniente Souza esperó sentada en la arena a que su hombre saliera del agua. Se distrajo con los vaivenes de los surfistas y con los nerviosos chorlitejos que andaban dando saltitos en los platos de agua que había dejado la marea, pero también tuvo tiempo para meditar sobre su relación y cómo esta se vería afectada por la mentira. Quería pensar que todo aquello era fruto de una casualidad, que mi conexión con Isla no tenía nada que ver con él, pero era guardia civil y, por experiencia, sabía que las casualidades no eran más que excepciones a la probabilidad. El día que se conocieron en su taller Miguel le recomendó que hablara conmigo. Él sabía que yo había copiado a Marat y que era la única persona que podía ayudarla. Daba igual que lo hiciera de buena fe, daba igual que gracias a mí ahora estuviera más cerca de desvelar su identidad. Lo hizo ocultando nuestra relación. Le mintió y, si lo había hecho una vez, podía hacerlo muchas más.

Cuando Miguel salió del agua, una hora más tarde, Ángela se puso en pie y se acercó a la orilla. Caminaba descalza, con los zapatos en la mano, sintiendo la humedad de la arena mojada en los pies. A pesar del frío, le gustaba esa sensación. Cuando él la vio llegar, su primer gesto fue de sorpresa, a continuación le mostró su amplia sonrisa de dientes heterogéneos. Tenía el rostro y el pelo mojado, y el neopreno brillaba por el reflejo del sol en las gotas de agua y minúsculas partículas de arena.

—Tenemos que hablar.

—¿Es serio? —respondió el pintor tratando de hallar alguna pista en su mirada.

—Me temo que sí.

Su alegría se tornó en turbación.

Miguel tenía aparcada su furgoneta, una California de las antiguas, en el aparcamiento más cercano a la playa, así que quedaron en verse un poco más tarde, cuando él se hubiera cambiado, en La Huerta, un bar cercano en el que ya había estado un par de veces antes. Un sitio de esos con terraza donde nunca faltaba buena música. Cuando llegó, Ángela lo estaba esperando con un vermut en una de las mesas de madera de la terraza. Sonaba Shabaka Hutchings, la banda londinense de *jazz,* y los rayos del sol acariciaban sus párpados. Sin saludar, tratando aún de averiguar el motivo de la conversación que le esperaba, pidió una cerveza en la barra y fue a sentarse junto a ella.

—¿Por qué me dijiste que el único que podía ayudarme a perseguir a Marat era Zhao? —preguntó Ángela a modo de saludo. Había estado dándole vueltas a cómo encarar la situación y al final había llegado a la conclusión de que lo mejor era disparar a quemarropa.

Miguel enarcó las cejas y la miró sorprendido.

—No entiendo... Ya te lo dije, porque es el mejor.

—No me hagas perder el tiempo, Miguel. Sé que entre tú y Zhao hay una relación mucho más profunda de lo que tratáis de hacerme creer. Lo noté cuando coincidisteis en el molino de mareas —la voz de la teniente, porque ahora no era «su Ángela» la que hablaba, sonaba formal. A interrogatorio—. Aquel día traté de engañarme a mí misma pensando que vuestra reacción había sido fruto de la sorpresa, pero ahora estoy segura de que hay algo más. También sé que tu amiga Isla lo visitaba a menudo cuando estaba en prisión. ¿Por qué? Respóndeme.

El pintor se acarició la barba y suspiró con la mirada perdida en el vaso de cerveza que tenía frente a él. Así que era eso. La había notado rara en la playa. Distante. No entendía a qué podía deberse. Pensó que tal vez se había disgustado por algo o que simplemente tenía un mal día. Ahora sabía el motivo.

A Miguel nunca le habían faltado amantes. Era atractivo, tenía una profesión interesante y sabía jugar sus bazas para estar siempre bien acompañado. Sin embargo, desde un punto de vista emocional, las últimas semanas habían sido las mejores en mucho tiempo. La teniente Souza había irrumpido en su vida de un modo casual y la había revolucionado. No podía decir que estaba enamorado porque no sabía bien en qué consistía eso. No tenía un corazón duro, pero sí libre. Podía afirmar, sin lugar a dudas, que era la mujer más interesante que había conocido en mucho tiempo. Que hacer el amor con ella no tenía nada que ver con follar y que nunca había follado mejor que con ella. Que aunque fuera seria, le hacía reír y que en más de una ocasión se había sorprendido pensando en ella.

—Nunca he pretendido engañarte…

Ángela lo miró con dureza, aquella respuesta no le servía.

—Una vez te conté que mi padre había muerto, pero que tuve otro padre, el que me enseñó a pintar: ese segundo padre fue Zhao. —Miguel extendió la mano hacia ella. Ángela permaneció inmutable—. Todos tenemos secretos que nos cuesta compartir, cosas que seríamos capaces de llorar ante un extraño, pero no podemos decir a quien queremos de verdad. Tú los tienes, Ángela, y yo también. Perdona si eso te lleva a pensar que he intentado engañarte. No era mi intención. Espero que mis explicaciones te ayuden a entenderme mejor.

»Mi padre murió para mí hace más de veinte años, cuando se negó a entender mi pasión. A él le hubiera gustado que fuera médico, abogado o ingeniero. Nunca comprendió mi amor por el arte, lo que significa para mí expresarme con la pintura. El hombre que tienes ante ti no es el niño que fui. De pequeño era un niño frágil e introvertido, disfrutaba de la soledad y era extremadamente sensible. No me gustaba jugar a lo mismo que otros niños, no me gustaba ni siquiera estar junto a ellos. A esas edades ser así es muy duro. Al principio eran solo burlas, algún empellón que otro, pero, conforme pasó el tiempo, cada vez era más complicado. Los empujones se convirtieron en palizas y los insultos en pintadas en la pared de mi casa y llamadas anónimas para humillarme. No había día que no volviera con una herida nueva a casa. Yo sufría en silencio, pero él no sabía hacerlo. Le frustraba que su único hijo fuera débil y lo pagaba con quien menos lo merecía. Al principio solo era yo, luego también mi madre. Recuerdo un día que mis padres me montaron en un tiovivo y se olvidaron de mí. No sé cuántas vueltas di allí solo… Al cabo de un rato, asustado por si me habían abandonado, me bajé y me fui por la calle a buscarlos. Llegué justo en el momento que él la abofeteaba en medio de la calle. Aquel día, con ocho años, decidí que aquel hombre no tenía nada que ver conmigo.

»Aquella bofetada fue la mayor herida que nadie me ha hecho nunca, pero también supuso un cambio. Me marcó, me hizo duro. La herida se cerró con una costra y apresó mi sensibilidad. Aprendí a defenderme, a cerrar los puños y golpear con rabia a quien se atrevía reírse de mí. Dejaron de hacerlo. Me convertí en un niño "normal". Pero, aunque la costra cicatrice, la sangre sigue moviéndose en el interior y el amor al arte, timorato al principio, se convirtió en un todo para mí y un signo de rebeldía contra mi padre. Con el paso de los años creció la distancia entre nosotros y en la adolescencia estalló una guerra.

»Nuestra relación era fría y las pocas concesiones que hacía en la batalla permanente en la que vivíamos eran para aliviar el dolor de mi madre, que veía como las personas que más había querido en su vida, una para bien y otra para mal, se alejaban. Ella siempre decía que él me amaba a su manera. Puede ser, a estas alturas ya no lo sé ni me importa. Mi madre decía que él solo deseaba que tuviera una "profesión digna" porque quería lo mejor para mí, pero yo creo que no soportaba que sus amigos se mofaran de mí por querer ser artista.

»Hubo un día que lo cambió todo. Mis resultados en el colegio no eran lo que él esperaba y tuvimos una buena bronca. Yo dije algo que no debí decir y el montó en cólera. La pelea terminó en un portazo y yo desapareciendo de casa un par de noches. Cuando volví a casa, todas mis pinturas y mis cuadros habían desaparecido. Tiempo después me enteré de que los había quemado. Cogí mis cosas y me largué de allí. Nunca he vuelto.

»Hay un cuadro de Miró que me encanta, *Los raíles del vagón*. No es muy conocido, de sus primeros años, cuando pintaba con cierto estilo naíf. Me recuerda a la gente que se aleja. El vagón que no está es el protagonista de la obra. Lo puedes intuir alejándose de ese paisaje rural, dejando su impronta en la arena para que el viento la borre. Así desapareció mi anterior vida.

A esas alturas Ángela había claudicado y sus manos se entrelazaban sobre la mesa. Conocía el cuadro. En cierto modo le daba pena pensar que algún día ella también sería como ese vagón.

—¿Y tu madre?

—Un par de meses más tarde fui a buscarla a la salida del trabajo. Apenas habían pasado unas semanas, pero parecía que para ella hubieran sido años. Estaba más vieja. —El brillo en los ojos de Miguel delataba la dureza del momento. Nunca se había desnudado así frente a nadie—. Estuvimos horas hablando. Nunca he sentido tanto amor como el abrazo que nos dimos cuando nos despedimos. Ella no tenía la culpa. Desde entonces nos dedicamos una tarde por semana. Sin relojes, sin excusas. Nunca, en más de veinte años, hemos faltado a la cita.

—El miércoles pasado, ¿no?

Ángela recordó que le había propuesto tomar unos pinchos a la salida del trabajo y él se había excusado. Tenía algo importante que hacer y no sabía a qué hora volvería.

Miguel afirmó con un gesto.

—Fue entonces cuando conocí a Zhao. Por aquel entonces él tenía una academia de bellas artes. Recuerdo que me presenté allí porque el local era muy cutre y pensé que era lo único que podría pagar con el poco dinero que mi madre me daba semanalmente a escondidas. Me acuerdo de que le pregunté cuánto costaban las clases de pintura y él me dijo que dependía. «¿De qué depende?», le volví a preguntar. Él me respondió que de lo que me tuviera que enseñar. A continuación me llevó ante un lienzo y me dio un pincel y los colores básicos. Me dijo que pintara lo que quisiera, puso el cartel de cerrado en la entrada y me dijo que se iba a comer.

»Tardó cuatro horas en volver, creo recordar.

—¿Y qué pintaste?

—A mi madre. Bueno —dijo con sonrisa pícara—, una versión propia de lo que significaba para mí. Es el único cuadro que nunca venderé.

»Le gustó. Me dijo que me enseñaría. Que sería su alumno. Yo estaba algo apurado, todo había ido muy rápido y ni siquiera había respondido a mi pregunta sobre cuánto me cobraría. Él me dijo que sus clases eran caras. Su precio era mi lealtad. A partir de ahí empezó una relación muy especial entre nosotros.

—¿Y qué hay de Isla?

La historia del pintor le conmovió. Ahora entendía el motivo por el cual me había ayudado indirectamente a salir de la cárcel. Me lo debía. Pero seguía teniendo muchas incógnitas. ¿Por qué no le había confesado abiertamente nuestra amistad cuando le dio mi tarjeta? ¿Por qué Miguel nunca me había visitado en prisión si estábamos tan unidos? ¿Cuál era el papel de la modelo en su vida?

—Zhao me ayudó a ser quien soy y se lo debo todo. Un día vino a mi casa con una niña…

—Isla.

Miguel afirmó. Sus ojos miraron hacia arriba. Buscaba las mejores palabras.

—Me pidió que la ayudara a llegar a ser quien es hoy en día. Cuando la conocí, era una chiquilla desgarbada y asustadiza. Era guapa, eso sí, de una manera anárquica y salvaje. No me dijo cómo hacerlo ni me pidió que fuera un padre, así que hice lo que me pareció más oportuno: ponerla en manos de quien podía pulir ese diamante en bruto, hacerla mi acompañante, promocionarla… Creo que no lo hice mal —levantó las manos justificándose—, hoy en día es una de las modelos más cotizadas.

»Sé que ambos tenían una relación muy especial. También sé que ella lo visitaba a menudo en prisión. De vez en cuando le preguntaba por él, por cómo estaba, de qué hablaban en sus visitas… pero ella era esquiva a mis preguntas. Guardaba silencio. Al principio no le daba importancia, pero hubo un día en que le insistí demasiado. Había bebido y me puse un poco vehemente. Ella me respondió algo que apenó: "De ti, Miguel. ¡Hablamos casi siempre de ti!".

»Hay algo que me has preguntado antes, el qué pasó entre nosotros…

Ángela asintió, era una de las cosas que más le intrigaba. Para entonces el camarero se había llevado los vasos y les había servido una nueva ronda. El sol comenzaba a desvanecerse tintando el cielo de color violeta, y el frío había echado al resto de clientes de la terraza. En cualquier otra situación, la pareja se hubiera resguardado dentro, como todos, pero estaban anclados a los bancos de madera, a su confesión.

—Creo que ya sabes el motivo por el que Zhao acabó en prisión. Engañó a quien no debía… Pues bien, fui yo quien lo puse en contacto con aquellos tipos —dijo Miguel con culpabilidad—, los que representaban a la inglesa a la que intentó timar con el cuadro de William Blake. Le fallé y él nunca me lo ha perdonado.

—Pero eso no fue culpa tuya —dijo la teniente extrañada mientras se pellizcaba ligeramente la nariz.

—Puede que tuviera parte de culpa. Quizá me confié demasiado. Nunca pensé que la cosa fuera a llegar tan lejos…

Ángela se echó hacia atrás y torció el gesto. Una traición maquillada de error. Miguel se seguía sintiendo culpable de aquello, no había duda. La mirada era más nítida que las palabras. Le había jurado lealtad y le había fallado una vez. No le fallaría una segunda a pesar de estar enfrentados. Aun con todo, formuló la esperada pregunta.

—Hay una cosa que no logro entender. Si estabais reñidos, ¿por qué me sugeriste que hablara con Zhao para investigar el caso de Carbajosa?

—Porque Isla me lo pidió… Me contó que una de las últimas veces que fue a verlo estaba raro, no dejaba de hablarle de la visita que le había hecho Beltrán y la historia de un cuadro que había pintado hacía muchos años. Estaba preocupada. Según me dijo, creía que estaba desvariando. También le advirtió de que la guardia civil vendría a hablar conmigo, no sé cómo lo supo, y le pidió que me dijera que si eso sucedía, os pusiera en contacto con él. Era lo último que me pedía, con ello habría saldado mi deuda.

Ángela meditó las palabras de Miguel. Le había ocultado parte de la verdad en su primera visita en el estudio. No era una gran mentira y era algo que podía pasar por alto si su relación no hubiera ido a más. El problema era que hubiera conservado el secreto durante todo ese tiempo. Eso le dolía. Por otra parte, era consciente de que ella había hecho algo parecido con sus compañeros. Aquel caso era como una partida de cartas en las que todos tratan de adivinar la mano del resto sin desvelar la suya. ¿Tenía entonces derecho moral para juzgarlo? Pero lo que realmente le había llamado la atención de su confesión era el detalle de que yo supiese que la guardia civil iba a sospechar de Miguel. Solo había una manera de saberlo y esa manera estaba directamente relacionada con el pelo del pincel que hallaron incrustado en la pintura de Beltrán Carbajosa.

—Miguel. Te hablo como teniente de la Guardia Civil. Piensa bien tu respuesta. ¿Crees que Zhao y Isla tienen algo que ver con Marat?

—¡Por Dios, Ángela! ¡¿Pero qué te sucede?! —sus palabras mostraban alarma, pero escondían duda—. Zhao estaba en la cárcel cuando asesinaron a Carbajosa y Melchor e Isla no sería capaz de matar ni a una mosca.

Entonces encontró la conexión que le faltaba. La pregunta a la que no podía responder.

—¿De qué se conocen Isla y Zhao?

—No lo sé. Nunca lo he sabido. Zhao no es de los que dan muchas explicaciones. Una vez le pregunté, tenía la misma duda que tú, y él me respondió que ella era lo mismo que yo. Que ella también era su hija.

Ángela frunció el ceño. Lo creía. Al igual que creía que indagar en mi relación con Isla era clave para entender mi obsesión con Marat.

—He sido honesto y me he desnudado ante ti. Te he contado mis secretos. Creo que es justo que tú también te desnudes. —Miguel no pudo reprimir una pícara sonrisa—. Metafóricamente hablando, claro. No quiero que cojas una pulmonía.

Ella sonrió lacónicamente.

—¿Qué quieres saber de mí?

—Cuéntame qué pasó con tu hermano.

Ángela dio un trago a su vermut y lo miró fijamente a los ojos. Ojos cobalto, ojos caramelo. Hacía años que no hablaba con nadie de lo que había sucedido. De hecho, solo había tres o cuatro personas que sabían el motivo por el cual sus sueños eran siempre pesadillas; el motivo por el que nunca sonreía de verdad, a secas, sin adjetivos; el porqué de su mirada siempre triste; su afición por buscar a un desconocido en los aeropuertos. Tan solo hacía unos días que conocía a Miguel, lo normal era que hubiera sido esquiva, pero algo en su interior levantó el freno de mano que llevaba siempre puesto.

—A mi padre lo mató el cáncer cuando yo era una niña. Mi hermano Antonio y yo nos criamos con mi madre. —Ángela miró hacia el cielo buscando allí las palabras que necesitaba para contar su historia—. No puedo culparla con la responsabilidad con la que me cargó. Ahora no. Pero digamos que para Antonio fui como una segunda madre. Era rubio como el sol y tenía una sonrisa que jamás he podido olvidar. Todos los días le preparaba el desayuno, lo llevaba al colegio y me encargaba de distraerlo hasta que ella llegaba de trabajar. Siempre tarde.

»Yo era una adolescente… —una lágrima rodó por su mejilla—. Solo tenía 15 años. Por aquel entonces vivíamos en el Saler, una pedanía de Valencia en el Parque Natural de la Albufera. Un lugar precioso al que no he querido volver, rodeado por el mar y el lago. Un lugar con una luz especial. Una luz que no hay en ningún otro sitio.

»Un día al salir del colegio fui a pasear con mi hermano a uno de los bosques que quedaban cerca de casa. Mi madre trabajaba, y me acompañó un *noviete* que tenía yo por entonces, Juan se llamaba. Recuerdo que Antonio había aprendido a ir en bici hacía poco tiempo y que estuvo insistiendo en que nos la lleváramos para poder practicar. Él subía y bajaba la carretera mientras nosotros nos dedicábamos a lo que se dedican dos adolescentes cuando no hay nadie que los vigile. —Su voz se quebró—. Él se alejaba, veía su cabecita rubia alejarse… y luego. Luego ya no lo volví a ver.

Tras unos segundos en lo que ni el viento se atrevió a romper el silencio, Ángela continuó.

—Nunca he vuelto a saber de él. —El presente justificaba su lucha—. A partir de ahí mi relación con mi madre no volvió a ser la misma. Nunca me lo dijo, pero yo notaba la condena en su mirada. Me hacía responsable de su desaparición. Al cabo de un tiempo nos mudamos a Madrid. Resultaba muy duro convivir con aquellos recuerdos de manera perenne. Comenzamos una buena vida, pero ella nunca se recuperó del golpe. Murió unos años más tarde.

»En cierta ocasión te dije que falleció en un accidente de tráfico… Te mentí. Ella… Ella se quitó la vida. Creo que no podía soportar lo que había pasado. No me podía perdonar ni se podía perdonar.

»El día que desapareció mi hermano decidí que sería policía o guardia civil, que nunca dejaría de buscarlo. Aún hoy sigo buscándolo. Porque sé que no está muerto; porque, si lo estuviera, lo sabría.

Ángela le contó cómo por las noches, cuando no podía dormir, se conectaba a la base de datos de pasajeros del aeropuerto y escudriñaba miles de caras en busca de una que le recordara a su hermano. Para ello empleaba un retrato robot, un dibujo de cómo podría ser él actualmente. Lo había confeccionado un especialista de la Guardia Civil al que cada cuatro o cinco años acudía para actualizarlo. Le dolía solo pensar en su próximo encuentro.

Cuando acabó de contar su historia, Ángela se limpió las lágrimas que hacía tiempo no se atrevían a salir de la comisura de los ojos. A él le hubiera gustado decirle algo para consolarla, pero hay historias para las que no existen palabras de aliento. La noche había borrado los colores del cielo, y el frío comenzaba a ser molesto; sin embargo, ninguno de los dos se movió de la mesa de madera. Los camareros de La Huerta, que con su ausencia parecían cómplices de sus confesiones, encendieron los farolillos que alumbraban el jardín.

***

Esa noche Ángela llegó sola a su casa. Hacía frío y tan solo el resplandor amarillento de las lúgubres farolas desafiaba el negro intenso del cielo. El viento y el ruido del mar golpeando las rocas aumentaban la sensación de soledad.

Aquel barrio parecía haberse peleado con el mundo. Hasta el pescador de piedra parecía esconderse en la oscuridad. Al acercarse al molino de mareas, la luz de la moto se encontró con Gaseosa, la sosegada yegua que vigilaba cada día sus idas y venidas. Al verla, relinchó, era la primera vez que le decía algo en todo ese tiempo. Ella contestó levantando la mano, como si de verdad se tratara de un saludo.

El camino de asfalto terminaba junto a la cancela de hierro forjado que daba acceso al jardín de la vivienda. Ángela bajó de la moto y se acercó hasta la puerta metálica para empujarla y poder entrar. En ese momento se dio cuenta de que algo no estaba bien. No solía cerrar con candado, pero sí con el cerrojo metálico que evitaba que el aire la abriera y cerrara dando violentos portazos. Sin embargo, pese a que juraría que había cerrado por la mañana, este estaba sin echar.

Con nervios, pero con la cabeza fría, la teniente apagó el motor de la moto, sacó la pistola de su cartuchera y atravesó el jardín hacia la casa con el mayor sigilo posible. No había luz en la vivienda y la farola que solía iluminar la pared externa por encima del muro de mampostería estaba fundida. Una pedrada, pudo deducir al fijarse en la lámpara destrozada. Conforme se acercó a la escalerilla de la entrada a la casa se dio cuenta de que la puerta principal también estaba abierta. El sonido del viento zarandeaba las hojas de la higuera y estas sonaban como un susurro diciéndole que se anduviera con ojo. Sus manos se tensaron y sujetó el arma con fuerza apuntando al frente.

La teniente Souza contó hasta tres antes de abrir la puerta con una violenta patada.

—¡¿Hay alguien ahí?! —gritó.

Silencio.

Palpó el interruptor que había junto a la puerta y encendió la luz. Todo estaba revuelto. Habían entrado a robar.

Capítulo 37

Destellos

El viejo pescador
Tivadar Kosztka Csontvary

La mañana estaba indecisa. El viento seco del sur no acababa de marcharse y la borrasca que avanzaba desde el oeste parecía que se entretenía un poco más de lo debido. Se notaba que el invierno se acercaba. La gente había sacado los abrigos y las bufandas, y pasaba más apresurada por la alameda de Oviedo. Eran pocos ya los árboles que conservaban las hojas, y las corrientes de aire jugaban a remover las que estaban en el suelo formando una alfombra marrón que iba y venía. Belén las observaba parapetada junto al gran ventanal de una cafetería. Le recordaban a su infancia, cuando ella y su hermana Lola jugaban en el pueblo a enterrarse bajo la hojarasca. Luego su padre, haciéndose el despistado, las buscaba por todas partes hasta que ellas emergían del montón de hojas secas gritando para darle un susto. Él hacía como si el sobresalto fuera tan grande que le daba un ataque al corazón, lo que ellas aprovechaban para volverse a esconder con la cómplice ayuda de su madre. Eran buenos tiempos aquellos.

La cabo Ayerbe recuperó la mirada que había dejado perdida al otro lado del cristal y se concentró en la pantalla del ordenador. No podía permitirse el lujo de dejarse ganar por la melancolía, tenía un doloroso trabajo que hacer.

Pocas horas antes, el grupo de homicidios se había reunido de urgencia en el rincón de la sala que ya se había convertido en su habitual centro de operaciones. Quedaban dos días para que terminara la prórroga que el comandante Balmaseda había concedido a la teniente Souza y acababan de encontrar un nuevo cabo del que tirar. La irrupción de Isla Dalic en la investigación se la debían a Fenollosa, y en su honor iban a exprimir esa vía al máximo. Sin embargo, la noticia de la aparición de la modelo no tuvo las mismas consecuencias para todos.

Cuando oyó su nombre, fue como si se helara por dentro. Isla, la misma Isla con la que soñaba al dormirse y besaba al despertarse, estaba implicada en el caso. Pensó en la última noche que habían pasado juntas, el sábado anterior. En lo increíble que le parecía que aquella diva casi dos décadas más joven hubiera encontrado la felicidad junto a ella. Recordó su piel erizada al acariciarse, sus pezones rosados, su pubis arqueándose... y se sintió idiota. ¡Cómo había podido ser tan ingenua! Ella, una madre de dos hijos, divorciada y cuarentona que vestía ropa barata. La decepción inicial dio paso a la lógica y su sangre se fue calentando hasta casi hervir. La había utilizado. Sabía que ella formaba parte del operativo, de alguna manera conocía su orientación sexual y se había aprovechado de ella. La había seducido para tenerla cerca, para controlarla. Se acordaba ahora de las preguntas inocentes cuando estaban juntas en la cama, después de haber hecho el amor: «¿Cómo van las cosas?», «¿Es cierto lo de los cuadros que publica Zambrano en el periódico?», comentarios ingenuos que solo buscaban averiguar de cuánto tiempo disponía Marat para volver a actuar.

La explicación de la teniente Souza sobre la relación entre Isla, Zhao y Miguel sonó dura en su interior. A jarrón roto. Belén podía tolerar muchas cosas, pero no la traición. Ya la había pasado por alto en alguna ocasión en el pasado, con su marido, pero entonces ella se escudaba en que a su manera ella también le estaba engañando. Pero ya no, eso se había acabado. La nueva Belén era diferente. Honesta consigo misma, honesta con todos, y demandaba lo mismo que ofrecía. La desconfianza es un árbol que crece rápido y cuyas raíces no se pueden acabar de arrancar nunca. Una vez brota, nunca muere, por eso en lugar de intentar sanarlo, hay que alejarse de él.

Consultar la información de Isla en la base de datos de la Guardia Civil había sido un mero trámite. La modelo estaba limpia y no tenía antecedentes. Aquella información era tan plana que no decía nada, así que siguió su instinto y fue hurgando en los datos sobre su vida privada.

La web y las redes sociales son una maraña de información de la que se puede sacar oro. Isla había sido una niña tímida y desgarbada. Un patito feo que perdió a su madre en un parto difícil. La familia, de origen balcánico, había llegado a España al terminar la guerra serbo-croata y, tras pasar por varias ciudades, se había instalado en el norte. Vivió con su padre hasta que a los 16 se emancipó. Para entonces ya comenzaba a despuntar como modelo. El resto era una vida que ya conocía. Por más vueltas que le daba, no lograba adivinar cómo aquella niña dulce, cisne pérfido, podía estar implicada en una serie de asesinatos.

La cabo Ayerbe se quedó con la mirada perdida en la pantalla, moviendo el cursor sobre el mapa de Serbia que acababa de abrir en el ordenador para averiguar la ubicación exacta de Novi Sad, su lugar de origen. Entonces tuvo un destello. Había encontrado gran cantidad de información en la red sobre la modelo, imágenes con fans, famosos, incluso pudo ver una en la que ella misma aparecía en un segundo plano, pero no había ninguna de su padre.

Volvió a la base de datos y tecleó su nombre: Karlo Dalic. La información del progenitor de la modelo era mucho más jugosa. Había estado varias veces en prisión: robo, tenencia de armas, agresiones… Incluso había sido juzgado dos veces por homicidio, aunque las dos se había librado de la cárcel. Una joya. Conforme se adentraba en la vida de aquel hombre, fue descubriendo que era capaz de todo lo que significara maldad. Su nombre también aparecía vinculado al juicio a varios tigres de Arkan, el grupo paramilitar que sembró el terror a principios de los noventa en la guerra de los Balcanes.

Era sorprendente cómo, a pesar del perfil delictivo de su progenitor, la modelo se había preservado de él. Su padre era una mancha en su vida que la prensa nunca había conocido, o tal vez nunca había podido airear. Por un momento se sintió tentada de llamar a Zambrano y mandarle toda aquella información. Él sabría cómo hundir a la que hasta hacía unas horas era su amante. No tendría que volverla a ver ni volver a hablar con ella por teléfono.

En un arrebato sacó su móvil del bolso y buscó el número del periodista. Fue entonces cuando vio que tenía varios wasaps de Isla. No se atrevía a contestarle. No sabía qué decirle. La rabia se fundía con la pena y la vergüenza. Le hubiera gustado ser más dura de lo que intentaba aparentar. Lo mejor era concentrarse en averiguar más cosas sobre aquel monstruo que la había criado, tal vez así pudiera entender todo mejor. No quería admitir que buscaba una excusa.

Le llevó casi una hora y dos cafés llegar al límite de la información accesible, pero quería más. Necesitaba más. Así que, siguiendo el consejo de Ángela, llamó a las puertas que le daban acceso a lo confidencial. Se acordó de su amigo Lucas, ese que nunca preguntaba nada y era capaz de proporcionarle la información que necesitara; eso sí, de tú a tú y sin validez frente a un juez. Luego, si valía la pena, ya vería la manera de conducirla al lado de la legalidad. Se conocían desde hacía tiempo y la vida los había unido de una manera tan absurda como enrevesada. Por aquel entonces ella estaba destinada en el Grupo de Delitos Telemáticos y necesitaban ayuda de un externo para poder detener a una red de delincuentes cibernéticos. Contrataron a Lucas, vino recomendado por alguien de la Policía Nacional y, según todos, y así lo demostró, era el mejor. Enseguida congeniaron y en un determinado momento ella le hizo un favor por el que él siempre le estaría agradecido, pero eso ya era otra historia.

Escribió un correo a la dirección que Lucas le había proporcionado para los casos de emergencia y pidió la cuenta. Ahora le tocaba esperar.

Inquieta por no saber qué hacer, más bien por no poder concentrarse hasta que le llegara la información que había pedido, se dedicó a pasear sin rumbo fijo por las calles. Le gustaba sentir el frío en la cara, la llegada de noviembre, ver a la gente embutirse en sus bufandas y caminar más rápido de lo normal. Había gente que lo odiaba, pero ella nunca podría vivir en un sitio sin invierno.

Llevaría media hora sumida en sus pensamientos cuando una vibración seguida de un pitido la alertó de que acababa de recibir un correo electrónico. Era de Lucas y la información que contenía ponía por fin a Marat contra las cuerdas. Karlo Dalic había coincidido con Zhao en el centro penitenciario de Picassent, pero eso no era todo. Había sido su compañero de celda durante más de dos años. Lo conocían como el cojo, por una lesión crónica que arrastraba en la pierna derecha. La imagen de un hombre con cara de no conocer la piedad acompañaba el mensaje.

Lo tenían.

Belén marcó el teléfono de la teniente Souza. Un tono, dos tonos, tres tonos. ¿Dónde diablos se había metido?

***

Mientras Belén deshacía su corazón en trocitos, Ángela seguía investigando a la persona que había estado más cerca de Marat: a mí. Mi implicación en el caso como su ayudante había sido tan casual que jamás se había preocupado en hurgar en mi pasado mucho más allá de lo que ponía en mi ficha policial y yo le había confesado entre tés y charlas amigables. Jamás se le había pasado por la cabeza que yo había sido quien había maquinado mi entrada en la investigación. En varias ocasiones le insinué la importancia que tenía para mí descubrir la identidad de Marat, sacar a la luz el nombre del artista que me había condenado al ostracismo, que todo el mundo viera con sus propios ojos el cuadro que nunca había podido copiar, pero ella nunca lo quiso ver. Podría haberme quedado aparte, observar la función desde el lado del espectador, seguir las noticias desde la sala de televisión de El Dueso y ver las imágenes de las piezas en los manoseados periódicos que Elvis tenía en la biblioteca del presidio. No, ese no era mi estilo, por nada del mundo me iba a quedar como un mero espectador en la ópera magna de mi vida.

Como buena investigadora, la teniente Souza decidió comenzar a investigar mi vida en el mismo punto en el que la suya se había cruzado con la mía. En la que había sido mi casa durante los últimos cuatro años. En la prisión de El Dueso.

En esta ocasión a Gonzalo Cortés, el funcionario de nariz aguileña responsable de comunicaciones, le acompañaba Santiago Hueso, el director, y el Pinganillo. La visita comenzó con una reunión formal y una revisión exhaustiva de mi expediente penitenciario. Visitas, comportamiento, compañeros de celda, rutinas y todo lo demás. No es que fuera un preso modelo, pero estaba adaptado, así que del grueso expediente en el que la mayoría eran documentos burocráticos no pudieron sacar apenas nada.

—¿Podría visitar su celda? —preguntó la teniente tratando de agarrarse a cualquier cosa que le ayudara a no irse en balde de aquella visita.

—No creo que pueda encontrar nada de interés de allí. Mu se llevó todo lo que tenía valor y el resto lo tiramos a la basura —respondió Pinganillo carente de cualquier tipo de emoción—. Ahora hay un nuevo *caco* ocupando su lugar.

—Tengo entendido que impartía clases de pintura… ¿Lo ha sustituido alguien?

—No —esa vez fue Cortés quien respondió—. Es una pena porque había algunos chicos que no lo hacían mal. Pero conservamos todo el material por si alguien se anima.

Una idea acudió a la mente de la teniente. Una conexión accidental entre dos cables de cobre olvidados que de pronto prenden una luz. No podía precipitarse, pero algo en su interior le decía que por fin, después de tanto tiempo, las piezas comenzaban a sentirse a gusto las unas encajadas en las otras.

—¿Podría echar un vistazo al material?

—No veo por qué no —dijo el director, quien, a tenor de las veces que había consultado el reloj en los últimos minutos parecía un poco impaciente por terminar la visita—. ¿La acompañáis? Yo tengo otra cita.

Los dos hombres asintieron. El señor Hueso se puso en pie, estrechó la mano de Ángela.

—Si necesita algo más, no dude en avisarme —dijo como despedida.

El acceso a los módulos de cumplimiento requería seguir unas normas bastante estrictas: permanecer acompañada en todo momento, portar una identificación específica y, por supuesto, dejar en la entrada cartera, arma y teléfono móvil. Fue al poco de dejar todo en una de las cajas de seguridad reservadas para los empleados y visitantes singulares cuando su teléfono comenzó a vibrar. Para entonces la teniente Souza, acompañada del Pinganillo, avanzaba por un ancho pasillo de paredes amarillentas y suelo pulido en dirección al área sociocultural. Allí estaba el aula que solía emplear en mis clases de pintura.

—Aquí es —dijo el funcionario de prisiones abriendo la puerta de una de las clases e invitando a la teniente a pasar.

Se trataba de un espacio de dimensiones modestas y estructura irregular. La sala era diáfana y al fondo, apilados, había varios caballetes, cuadros y cajas con utensilios. La luz era abundante, pero demasiado blanca. La típica luz fría que uno se imagina cuando piensa en talleres clandestinos. La teniente se aproximó a donde estaba el material y comenzó a ojearlo sin prisas. La mayoría de los cuadros estaban terriblemente acabados, pero había uno que no estaba mal, una copia de *La casa del ahorcado en Auvers-sur-Oise,* de Paul Cézanne. Los caballetes no le servían de nada, así que se fue directamente a las cajas en las que se amontonaban pinceles, médiums y tubos de óleo. Los pinceles eran vulgares, pinceles sintéticos que se pueden encontrar en cualquier tienda. Lo que realmente interesaba a Ángela estaba en otra caja. Se agachó y removió con las manos la anárquica amalgama de tubos. Entonces tomó uno entre los dedos y leyó: «Rojo cadmio. Lorinelli».

Su primera llamada al salir de El Dueso fue para Belén. Tenía siete llamadas perdidas suyas.

A esas horas yo ya sabía que todo había terminado. Karlo, atento a los movimientos de la investigadora, me había llamado para informarme de su visita a El Dueso. Si había alguien capaz de sacar oro de unos tubos de estaño, esa era ella.

A la teniente Souza todavía le quedaban unos cuantos cabos por atar: averiguar cómo saqué las pinturas de la cárcel, el tipo de acuerdos a los que había llegado con Karlo, cómo nos encargamos de Johari, etcétera. Detalles que a una mujer lista, como había demostrado ser, no le costaría sonsacarnos en un interrogatorio más o menos largo y hostil. A la jueza doña Elvira del Real le llevaría poco tiempo cursar la búsqueda de orden y captura, y nuestras imágenes se expandirían desde las comisarías y puestos de la Guardia Civil hasta las televisiones en cuestión de minutos.

Llegado ese momento, al criminal lo único que le queda por delante es la supervivencia. Imagino que la mayoría de los delincuentes en nuestra situación experimenta miedo, angustia, vértigo... La adrenalina se convierte en el motor de sus cuerpos y buscan a la desesperada un efugio que los ayude a aguantar en libertad el máximo tiempo posible. La vía es la clandestinidad a cualquier precio, ya que pueden perder mucho más de lo que pueden que ganar. Sin embargo, nuestro caso era muy diferente. No quiero decir con esto que no apreciara mi libertad, ni Karlo la suya, ambos habíamos estado entre rejas y sabíamos el valor que esta tiene. La diferencia era que nosotros habíamos alcanzado nuestra meta, nuestro objetivo vital. Y, cuando un hombre alcanza el motivo para el que vive, lo demás resulta intrascendente.

La obra de Marat, mi gran obra, condenada al ostracismo durante tantos años, por fin vería la luz. El escándalo haría que la cotización de mis pinturas se dispararse. De hecho, ya había empezado a hacerlo con los cuadros de Carbajosa y Melchor. Castro, podrido por el dinero, la catapultaría. Daba igual que los trazos de mi pincel estuvieran manchados de sangre, él tenía tanto que ganar como yo. A pesar de su dolor, compartíamos interés. Luego vendría el resto, aquellos que fueron sus cómplices en el pasado verían la oportunidad de agrandar sus fortunas al amparo del nombre de Marat. Así es el hombre: mísero, capaz de señalar al culpable con una mano mientras se beneficia con la otra de su maldad. A partir de ese momento, mi vida se convertía en una prórroga, un tiempo extra en el que solo me quedaba disfrutar de la victoria. En el momento que me atraparan perdería mi libertad, pero nadie jamás me podría quitar mi gran logro, alcanzar mi sueño: la inmortalidad.

Hay un cuadro de Kosztka Csontvary, «el pintor loco», que se llama *El viejo pescador*. Se trata del retrato de un viejo lobo de mar con el rostro marcado por el salitre. Un hombre que desprende misterio y sabiduría. Parece una pintura vulgar, más bien fea, sin personalidad, pero si se coloca un espejo en la mitad del lienzo, esta revela su secreto. Al lado derecho del viejo se ve a Dios y al izquierdo al diablo. Todos los hombres se sitúan en la línea que separa ambos lados del cuadro. Unos más a la derecha, otros más a la izquierda. Pero el tiempo hace que esa percepción varíe, que lentamente, generación tras generación, a los hombres se les juzgue por lo que crearon y no por lo que destruyeron. Hay héroes históricos que forjaron su leyenda con la sangre de inocentes, películas de cine inspiradas en villanos y asesinos, canciones que ensalzan criminales... El tiempo solo sirve para distorsionar el pasado. Puede que Zhao sea malvado, pero Marat pasará a la historia.

Karlo, por su parte, también había logrado su objetivo y, aunque menos pretencioso, también era importante. No soy yo quién para juzgar el límite en la ambición de cada persona. A pesar de que tendría que atravesar momentos difíciles, Isla quedaría libre de toda culpa y seguiría viviendo la vida que le había regalado. Así estaba planeado. Pagué por adelantado mi deuda con él. La hice ser quien es porque sabía que él era hombre de palabra y cumpliría como había cumplido.

Metí en una mochila los mejores pinceles, entre ellos el de pelo de marta de Escocia, una caricia para los lienzos, unos cuantos tubos de óleo, una muda y un par de cajas metálicas con té. Traté de eliminar cualquier prueba que sirviera para localizarme y salí de casa. Al final, la borrasca había ganado la partida al viento del sur y el cielo se teñía de un gris plomo amenazante.

Mi último recuerdo de aquella vida fue para Miguel, para Isla y para Karlo. Esperaba que les fuera bien. A partir de ese momento cada uno seguía su propio camino. Yo empezaría una nueva vida en mi tierra, pero antes me quedaba un largo camino por recorrer.

¡Qué iluso fui! Tan solo había dado diez pasos de esa nueva vida cuando noté un fuerte golpe en la espalda. A partir de ahí todo fue oscuridad.

Capítulo 38

A la hora de cenar

La visita
Félix Vallotton

Ding, dong.

La puerta se abrió y dejó escapar el calor del hogar. Belén estaba todavía sin arreglar y a su lado un niño y una niña castaños revoloteaban nerviosos. Ángela no sabría decir qué edad tenían. ¿Siete? ¿Nueve quizá? Le resultaba complicado calcular esas cosas.

—¡Anda, pasa! No te quedes ahí.

—Les he traído un detalle —dijo Ángela alargando una caja de cartón rectangular envuelta en papel de regalo.

Los niños, tras un fugaz «Gracias» se abalanzaron sobre ella, rasgaron el papel y luego desaparecieron por el fondo del pasillo en una ruidosa persecución para ver quién era el primero en estrenar el juguete. Por un momento, aún en el quicio de la puerta, se sintió como una intrusa. Una espectadora de una película que no tenía nada que ver con ella, como esas imágenes vanguardistas de los cuadros de Vallotton, planos y con colores complejos para asemejarlos al fotograma de un film, para hacer sentir al espectador que es un *voyeur* de la vida ajena.

—No tenías que haberte molestado.

—Es el «¿Quién es quién?» —apuntó Ángela, que no sabía si a la madre de las criaturas le había dado tiempo a ver de qué juego se trataba—. Por si también se aficionan a investigar…

Belén esgrimió una de sus mágicas sonrisas y la invitó a que la acompañara. Aquella mujer era digna de admirar. Ángela no se explicaba cómo era posible que se las apañara con un trabajo como el suyo encargándose de los mellizos semana sí, semana no.

El apartamento era pequeño pero coqueto, con suelo laminado color claro y vestido con muebles blancos de marca sueca. Desprendía calidez. No solo por la luz, sino también por los pequeños detalles y el olor a comida casera que llegaba desde la cocina. A pesar de que todo estaba bastante ordenado, no se podía ocultar que aquellas dos fierecillas hacía años que habían tomado el control: los letreros prohibiendo el paso a toda persona adulta a sus habitaciones, las manchas en las paredes de los pasillos y la siniestra presencia de restos de muñecos por toda la casa lo demostraban. La anfitriona le fue enseñando una a una todas las estancias explicando con detalle las ventajas e inconvenientes de cada rincón de la casa. La visita guiada terminó en el comedor, donde Henry, más elegante que de costumbre, esperaba sentado en el sofá con una cerveza en una mano y un platillo de aceitunas en la otra.

Hacía tiempo que la cabo se había empeñado en invitarlos a cenar un día a casa, pero con el curso de la investigación y el lamentable atentado contra Fenollosa no se habían dado las circunstancias propicias. Ahora que la investigación parecía encarrilada, se habían terminado las excusas.

—Está todo listo, solo me falta cambiarme —dijo Belén mientras servía dos copas de vino y le entregaba una a Ángela—. Enseguida estoy con vosotros.

La mesa estaba puesta para tres, por lo que al parecer ya estaban todos los invitados. Solo sobraba una silla, la del sargento.

—¿Cómo está? —preguntó la teniente cuando Belén se marchó a su habitación.

El guardia de pelo bermejo se rascó el cuello antes de responder.

—Fastidiada.

La cabo Ayerbe tardó un par de días en asimilar el duro golpe que supuso para ella la implicación de Isla en el caso Marat y la humillación de saberse utilizada. Fueron días de rostro serio y mandíbula apretada, fuerte, para masticar la vergüenza. Días de monosílabos en los que su sonrisa parecía haberse contagiado del color gris del cielo. Luego estalló. Fue en una reunión de equipo, en la mesa que solían ocupar al final de la sala. Estaban discutiendo sobre cómo podían haber llegado los dos primeros cuadros al escenario del crimen si los había pintado en El Dueso cuando ella comenzó a llorar. Al principio fue una lágrima suelta, luego un sollozo que salía del alma. Sus compañeros no sabían qué le sucedía y las preguntas al principio, palabras de consuelo más tarde, no llegaban a ningún lugar. La acompañaron a la calle y allí, bajo la fina llovizna que se mezclaba con sus lágrimas, Belén les contó todo. El motivo por el cual había sido infeliz tantos años, la inmensa calma que le había supuesto liberarse, su relación con Isla…

Ninguno sabría decir exactamente cuánto tiempo pasaron bajo el calabobos sin atreverse a interrumpirla. Los tres acabaron empapados, pero al menos su compañera se secó por dentro. Al final, con tristeza, asumió el engaño y se quedó con lo mejor que le había dado la modelo de piel marmórea. Todavía era pronto para saberlo, pero aquella relación le cambiaría la vida. Había dado un paso adelante en un mundo de zarzas. Hacía años que había asumido su sexualidad, pero lo había hecho de manera clandestina. No era fácil enfrentarse a ella en un entorno como la Guardia Civil, ni tampoco siendo madre de dos hijos. Demasiados dedos para señalar a su alrededor, demasiada carga adicional en su día a día. Los arañazos de aquella relación serían los últimos a escondidas.

Belén apareció de nuevo ligeramente maquillada y con un discreto pero elegante vestido negro. Estaba guapa. Era guapa, pese a los años, pese a las arrugas, pese a la brizna de tristeza que no desaparecía del todo en su mirada. Ojalá pronto volviera a brillar esa sonrisa con la que había hecho tambalearse a Ángela en sus primeros encuentros. Su copa de vino estaba vacía. Se sirvió otra. Necesitaba subirse a la nube.

Los niños vieron una película en su habitación, una de esas de los ochenta que ahora los padres nostálgicos vuelven a poner de moda, y los mayores pudieron cenar en relativa calma.

Belén había preparado una ensalada con frutos secos y cordero al horno, su especialidad, todo acompañado con un buen Ribera del Duero y del *The Great Pretender*, de Lester Bowie, un disco que la teniente le había prestado. Al principio charlaron un poco de lo que no se contaban en la oficina, pero, como solía suceder, al final la conversación derivó en el caso.

—¿Habéis visto la noticia de Zambrano hoy en el periódico? —dijo Henry.

Los últimos días parecía que el reportero había cesado en sus empeños de cargar contra los investigadores y se dedicaba a alimentar la curiosidad de los lectores con retazos de mi vida y la de mi socio; anécdotas sensacionalistas sobre mi trayectoria artística y el oscuro pasado criminal de Karlo.

—Por lo menos ayuda a alertar a la población. Toda ayuda es poca —respondió Ángela.

Nuestra desaparición y la falta de noticias del portugués tenían en jaque a la guardia civil. Señalar al culpable de los crímenes de la Costa Quebrada tenía mérito, pero este quedaba en nada si seguíamos libres.

—Parece increíble que se hayan evaporado de la noche a la mañana sin dejar ni rastro —protestó Belén—. Justo cuando hemos logrado incriminarlos.

—Ni siquiera Isla Dalic parece saber su paradero —añadió Henry.

Se hizo un incómodo silencio. No había sido muy hábil por parte de Ordóñez nombrar a la examante de Belén. Los interrogatorios a la modelo habían sido infructuosos. Ser hija de un criminal no te convierte en ello. Isla colaboró con la justicia y puso a disposición de los agentes toda la información que le pidieron sobre nuestros encuentros, pero esta no era suficiente para atraparme. En cuanto a la relación con su padre, según confesó, no era muy estrecha. Cada uno tenía su vida. Aun así, la guardia civil la vigilaba, por si acaso, él o yo tratábamos de ponernos en contacto con ella.

Tras unos segundos de silencio y un trago de vino, Ordóñez cambió el rumbo de la conversación.

—Por cierto, Ángela, ¿se sabe algo del robo en su piso?

—A estas alturas ya me puedes tutear, Henry.

El guardia se sonrojó, como en su primer encuentro con la teniente.

—No, pero creo que no se llevaron nada —respondió mientras se llevaba inconscientemente la mano al bolsillo pequeño del pantalón, donde guardaba la llave USB que contenía el archivo que había copiado en casa de Melchor.

Que ella supiera, solo había un puñado de personas que conocieran la existencia de aquel archivo. Argüelles, su jefe, doña Elvira y sus dos compañeros. Confiaba en todos ellos; sin embargo, la bala que le había disparado el motorista y el robo en su piso la obligaban a estar alerta. La información que guardaba en aquella llave podía ser muy peligrosa para mucha gente.

—Sea como sea… ¡Vaya susto! —dijo Belén—. Aunque hay que tenerlos bien puestos para entrar a robar a tu casa.

La comida se alargó una película más y otra botella de vino. Fue agradable para los tres y hubo momentos de recuerdo para el cuarto hombre, quien seguía ingresado debatiéndose entre la vida y la muerte. Ojalá pudieran haberse enterado antes de lo que había averiguado.

***

No puedo ver el rostro de mi contrincante, pero sé cuál es el premio: alcanzar al niño rubio que he perseguido toda mi vida. Frente a mí, un tablero con veinticuatro caras que he de bajar una a una. Una extraña versión del juego infantil del «¿Quién es quién?».

La primera pregunta es fácil: «¿Quién pintó *El Cristo amarillo*?». Paul Gauguin, para ello empleó la técnica del *cloisonné*. La segunda también: «¿A qué pintor se le conocía como el Españoleto por su baja estatura?». A José de Ribera, el setabense. La tercera se complica: «¿Quién fue el pintor manierista que pintaba el rostro humano a partir de plantas, flores, animales y otros objetos?». Creo recordar su nombre, Giuseppe Arcimboldo.

Una a una las fichas van cayendo. Eugène Delacroix pintó *La Libertad guiando al pueblo*; Francisco de Goya, *El 3 de mayo en Madrid*; y Diego Velázquez, *La rendición de Breda*. Seguramente los tres cuadros bélicos más épicos de la historia. *La consagración de la copla*, el cuadro de Julio Romero de Torres en el que la Iglesia se arrodilla ante el canto, se salvó de un incendio y recorrió medio mundo. El surrealista belga Magritte jugaba a condicionar la percepción de la realidad. Eran famosas sus pipas, manzanas verdes y su bombín. ¿Qué artista triunfó en todas las disciplinas en las que trabajó: pintura, arquitectura y escultura? Hay varios, pero el maestro de los maestros fue Miguel Ángel. Aún recuerdo la primera vez que contemplé la bóveda de la Capilla Sixtina.

Murillo, Durero, Rafael, Tiziano... Mis aciertos me sorprenden, jamás pensé que iba a profundizar tanto en el arte durante este viaje.

Quedan cinco fichas. No me había fijado en los pequeños cartoncillos en los que se dibujan sus caras hasta el momento. Son Zhao, Miguel Rocamora, Castro y una mujer. La pregunta es sobre la última. Fue violada por un amigo de su padre, el pintor Agostino Tassi. Ella le acusó en un juicio público y, tras ser puesta en duda su palabra y ser sometida a vejatorios reconocimientos ginecológicos, finalmente se le dio la razón. Fue una situación humillante, pero peor aún fue verse marginada tras el proceso por sus colegas artistas de la época.

El tiempo pasa... y las fichas comienzan a desvanecerse. «¡Artemisia Gentileschi!», grito en el último segundo. Demasiado tarde. Ya no queda nada. Estoy en medio de una niebla.

Ángela se despertó sobresaltada. Le dolía el cuello. Se había quedado dormida sentada en el sofá. Frente a ella, en el portátil, las imágenes de los rostros de los pasajeros del aeropuerto de Madrid seguían pasando por la pantalla. Eran las tres y dieciséis de la mañana.

***

Bastaron un par de días sin noticias mías ni de Karlo Dalic para que la jueza solicitara la orden de búsqueda y captura internacional. La Europol se unía a la caza. Nadie conocía nuestro paradero y la sospecha general era que nos habíamos fugado al extranjero. Las pruebas que nos señalaban como culpables de los asesinatos de Marat eran irrefutables y doña Elvira, «los de arriba», Castro y compañía podían dormir mejor. Sin pesadillas ni ansiolíticos. Pero había alguien para quien no todo resultaba tan obvio. Alguien que, a pesar de tener casi todas las piezas del puzle encajadas, seguía obstinada en averiguar por qué había dos o tres que no acababan de acoplar del todo. La teniente Ángela Souza no se daba nunca por satisfecha.

Karlo Dalic había llegado a España a mediados de los noventa; sin embargo, por lo que sabía, la actividad de Marat había comenzado a mediados de los ochenta, una década antes. Por otro lado, en el listado de operaciones bancarias que había encontrado en el ordenador de Melchor aparecía un extenso listado de nombres, había podido verificar algunos; con todo, aún faltaban muchos por identificar, ¿por qué era ella la única que seguía insistiendo en desvelarlos? Y luego estaba lo de los cuadros: ¿cómo podía haberlos sacado de la cárcel y rematarlos *in situ* en el lugar del crimen si estaba en prisión? Demasiadas incógnitas… Otra cosa a la que no cesaba de darle vueltas era a lo del motorista. Estaba segura de que el hombre que había disparado a Fenollosa no era Dalic. Cabos sueltos que solo parecían importarle a ella. Tanto sus superiores como la jueza que llevaba el caso estaban únicamente preocupados por meternos entre rejas; el resto, los flecos, carecía de importancia.

La humedad es el frío de peor calaña. Aquella mañana la neblina se había apoderado de la ciudad y, como en las escenas sombrías del Londres de Conan Doyle, no era posible ver más allá de una veintena de metros. Quizá por eso parecía que todo el mundo tenía prisa por cobijarse. Ángela caminaba embutida en un grueso chaquetón color negro con las manos en los bolsillos. El vaho de su respiración se confundía con la humedad de la atmósfera y el sonido de sus botas sobre el asfalto hacía rato que se había quedado solo. La soledad le trajo a la mente el recuerdo del miedo que pasó la noche que Miguel la sorprendió a la salida de la exposición en el Centro Botín. Parecía que habían pasado años desde entonces, y apenas habían sido unas semanas. Aquella tierra estaba secuestrándola, haciéndola parte de ella. Pensó en el pintor. No lo había vuelto a ver desde la tarde que fue a buscarlo a la playa de Liencres y tuvieron la conversación íntima en la que ambos se despojaron de los fantasmas del pasado. Aquella conversación los había humanizado, pero también había sacado a la luz un engaño, porque la mentira no es la única forma de faltar a la verdad, y eso había abierto una fisura que solo se podía cerrar con la distancia. Tenía ganas de follárselo, no lo podía negar, pero no de estar con él.

Sumida en sus pensamientos, la teniente llegó hasta el aparcamiento de la Ballena. La mancha parduzca de sangre en el asfalto había desaparecido casi por completo, pero, si se fijaba bien, aún podía situar el lugar exacto en el que había caído a tierra junto a Fenollosa. A esas horas había bastantes coches aparcados, pero ni un alma en la zona. Solo el ruido sordo de los vehículos que circulaban por la avenida que rodeaba el Palacio de Deportes contaminaba el escenario.

Abrió su libreta y releyó las notas que había tomado unos días atrás.

> Fenollosa está apoyado en el Opel Astra. Nos ve y avanza hacia nosotros. En su mirada hay algo extraño, como desconfianza. Entonces grita: «Souza, ¡aléjate de él!». En ese momento se oye el sonido de un derrape y aparece la moto con las luces apagadas. El conductor saca la pistola y nos apunta. No, la pistola ya estaba apuntándonos desde el momento que aparece el motorista. Intento reaccionar, busco mi arma, pero ya es demasiado tarde. El sargento se abalanza contra nosotros. Se oye un disparo y el conductor zozobra, aunque se rehace de inmediato. Luego todo es confuso.

Avanzó unos pasos. La marca de los neumáticos tras el giro brusco de la motocicleta todavía estaba dibujada en el asfalto. Sacó la mano en posición de pistolero y apuntó hacia la mancha de sangre. «Souza, ¡aléjate de él!», repitió en voz baja. Aléjate de Zhao. Él ya lo sabía. Sabía quién era Marat. Eso era lo que no cuadraba.

Que Fenollosa hubiera descubierto al pintor no parecía importar al motorista. Hubiera sido mucho más fácil acabar con él mientras esperaba en el aparcamiento. Además, nunca le apuntó a él directamente. La bala era para ella... A no ser que... «Souza, ¡aléjate de él!». La voz de Fenollosa volvió a retumbar clara en su interior. Tan clara como la había escuchado aquel día.

—Eso es... —dijo en voz baja como si el sargento pudiera oírla—. No me salvaste a mí. Salvaste a Zhao. Él es el único que conoce los nombres de esa lista. Él único que puede desenmascarar a quienes financiaron los crímenes de Marat.

La teniente sacó el teléfono del bolsillo interior de la chaqueta e hizo una llamada.

—Ordóñez, necesito que me hagas un favor. Necesito que vigiles a Castro.

—¿Castro? Creía que...

—Hazme caso, Henry, te lo explicaré todo.

Capítulo 39

Una cabaña en el bosque

Raíces de árbol
Vincent van Gogh

El Mercedes negro avanzaba por la carretera que ascendía al puerto de Alisas, un camino que ganaba altura poco a poco retorciéndose entre los prados desnudos. Según había oído, antiguamente aquellas lomas estaban cubiertas de alisos, pero la antigua fábrica de artillería y la actividad ganadera habían transformado por completo el paisaje. Era temprano y los primeros rayos de luz golpeaban los macizos calizos circundantes reflejando la piedra blanquecina. Pronto todo aquel paisaje se cubriría de blanco. La nieve lo haría todavía más inhóspito.

Hacía tiempo que habían dejado atrás la carretera principal y apenas se había cruzado con un par de coches en los últimos kilómetros, por lo que Henry tenía que prestar especial atención en mantener una distancia prudencial. Un par de curvas por lo menos, lo suficiente para poder seguir el coche de Castro sin ser visto. Tras más de veinticuatro horas de vigilancia, el marchante por fin había salido de su casa para dirigirse a un lugar que no era la oficina. Por fin había movimiento.

Un pitido en el teléfono móvil lo avisó de que se estaba quedando sin batería. «Mierda», masculló el guardia, justo en el peor momento. Había cometido la imprudencia de guardarse el cargador en la chaqueta y esta la había dejado en el asiento trasero. Sin quitar la vista de la carretera soltó una mano del volante y la alargó hacia atrás. El vehículo camuflado, un Seat León color metalizado, dio un bandazo. No llegaba. No era prudente. Ordóñez aminoró la velocidad y se acercó lo más que pudo al arcén hasta detenerse, luego, tan rápido como pudo, puso el teléfono a cargar y aceleró la marcha. Sabía que corría el riesgo de quedarse sin cobertura, así que marcó el teléfono de la teniente Souza y cruzó los dedos por no perder el coche de Castro ni quedarse sin señal.

Un tono, dos tonos, tres tonos.

—Henry, ¿alguna novedad?

—Sí, mi teniente. Estoy siguiendo a Castro por la CA-261 en dirección a Burgos. Estamos a la altura de... —el guardia miró el navegador— Asón, una vez pasado el puerto de Alisas.

Ángela, sin colgar, consultó la dirección en el ordenador. Era una ruta poco transitada y encajonada entre montañas. Un valle que se hundía junto al río del que tomaba el nombre. Un destino extraño para un hombre como el empresario. Aquel era el movimiento que estaba esperando.

—¿Sabes si va solo?

—Sí, lo he comprobado visualmente. En la ciudad, cuando el tráfico aún era denso.

—Escucha, Henry, no lo pierdas de vista. Ahora mismo mando a alguien para allá.

—Ha tomado un desvío hacia...

La respuesta del guardia sonó lejana y confusa por las interferencias.

—¡Mierda, Henry! ¿Estás ahí?

Un tono discontinuo fue la respuesta. Se había quedado sin cobertura.

La teniente Souza golpeó con fuerza la mano sobre el escritorio y la cabo Ayerbe se giró hacia ella sorprendida. Era la primera vez que veía una reacción así en Ángela. Apagó precipitadamente el ordenador y removió unos papeles sobre la mesa para buscar las llaves de su moto.

—¡Belén, llama al puesto más cercano a Asón y diles que pongan un control a la entrada y a la salida del valle! Tenemos que enterarnos de si Castro ha pasado por allí. Que me espere una patrulla a la entrada del pueblo, puede que necesite refuerzos.

¡Ah!, e intenta contactar con Henry, dile que voy para allá. No pares de llamarle hasta que te lo coja.

Y sin decir más la teniente cogió el casco de la moto y salió corriendo del despacho.

***

El sargento Crespo, el máximo responsable del puesto de Ramales de la Victoria, recibió a Ángela a la entrada de Asón. Una pequeña aldea de casas de piedra alejada de todo. La cabo Ayerbe lo había alertado de su llegada y le había expuesto brevemente los antecedentes del asunto. No había hecho falta una explicación muy detallada, a esas alturas todo el mundo había oído hablar del caso Marat. Quizá por eso, por sentirse partícipe de la investigación más mediática que había golpeado la región, Crespo puso de inmediato todos sus efectivos al servicio de la teniente.

—Buenos días, mi teniente —saludó Crespo, un hombre bajito con pelo plateado y patillas pronunciadas—. Hemos puesto controles a la entrada y a la salida del valle, tal y como nos solicitaron, pero ninguno de los dos coches que nos indicó su compañera ha pasado por allí. Tal vez cruzaron a Burgos antes de que llegáramos.

Se le notaba cierto fastidio ante la posibilidad de haber perdido a un sospechoso.

—Gracias, sargento. Necesito que sigan controlando los accesos. No hemos podido restablecer la comunicación con Ordóñez y, según nos informó, tomó una bifurcación poco después de cruzar el pueblo.

El guardia se quedó pensativo unos segundos.

—No hay muchos desvíos en la carretera, tan solo algún *caminuco* y un puñado de pistas forestales.

—Tienen que haber tomado alguno de ellos. —La investigadora se rascó la nariz—. Llévenme hasta allí. Tenemos que averiguar dónde se han metido, hasta el momento no he conocido a nadie capaz de hacer desaparecer un coche.

Tras un par de intentos baldíos, Ángela, Crespo y la pareja de agentes que los acompañaban se adentraron en un camino de tierra que serpenteaba en una arboleda de robles y hayas. Era un bosque espeso, teñido de rojo y pardo por el otoño, donde solitarios rayos de luz se colaban entre las copas de los árboles que comenzaban a clarear gracias al frío de los últimos días. El suelo, cubierto de hojarasca, estaba húmedo y dejaba entrever un rastro de neumáticos. Olía a musgo y a hoja rota, a soledad.

El coche patrulla avanzaba despacio mientras los guardias oteaban a ambos lados.

—¡Allí! —dijo de pronto uno de ellos señalando a un lado de la pista.

A unos doscientos metros, en una pequeña planicie que se formaba en un flanco del camino, había dos vehículos aparcados. Uno negro y uno plateado. El conductor del todoterreno de la Guardia Civil atravesó el coche en el camino para impedir la huida y apagó el motor. El resto de los agentes bajaron del vehículo con la mano cerca de la cintura, como en las películas del oeste. Un extraño silencio dominaba el bosque. Se palpaba la tensión.

—Ustedes quédense aquí —ordenó Ángela en voz baja a los dos guardias de menor rango—. Cortés, usted venga conmigo. Avanzaremos por el camino a ver si vemos algo.

La orden no pareció sentar muy bien a los dos agentes, uno más joven y otro más veterano. No eran muchas las emociones que se vivían en aquel rincón perdido y a todo el mundo le gusta estar en el centro de la noticia. Que la consigna llegase encima de una mujer que acababa de aparecer por su territorio tampoco ayudaba mucho. Con una mueca de fastidio los agentes miraron a su jefe, quien corroboró la orden con un gesto. La teniente Souza, hastiada de una situación tan repetida como incómoda, hizo una seña al sargento para que la siguiera en silencio.

Avanzaron por el bosque con la pistola en la mano siguiendo el rastro que los precedía. Buscando la sorpresa. Cada paso sonaba estrepitoso en su oído interno, al igual que el sonido de sus chaquetones rozando con las hojas de los arbustos que les cerraban el paso. Las huellas, marcadas por la humedad, se adentraban entre los árboles por un estrecho sendero. Llevaban poco más de trescientos metros cuando oyeron una rama crujir a su derecha. Souza y Cortés apuntaron hacia allí con su arma. Un hombre con el pelo bermejo salió de entre la maleza con las manos levantadas.

—Baje el arma. Es de los nuestros —susurró Ángela.

Henry les hizo una seña para que se acercaran hasta su posición y luego los guio en silencio unos metros más hasta llegar a unas rocas que quedaban en lo alto de una ladera.

—Ha entrado allí. —Henry se rascó el cuello.

Detrás de la roca, tras una pequeña quebrada de seis o siete metros de desnivel y pendiente no demasiado pronunciada, había un claro en el que se erigía una cabaña de piedra. Era de planta rectangular, dividida en dos estancias sin contar el cobertizo anexo para almacenar leña. Aquello suponía un contratiempo, ya que ambas secciones tenían una entrada propia, lo que los obligaba a dividirse en dos grupos. Ella en uno y sus dos compañeros en el otro. Por un momento valoró la posibilidad de dar marcha atrás y buscar a los hombres que se habían quedado en el coche patrulla, pero luego rechazó la idea. Si Lorenzo Castro estaba allí era porque quería terminar con aquel asunto de una vez por todas. Cada segundo contaba.

Mediante señas, la teniente Souza indicó a Cortés y a Henry que siguieran avanzando por el bosque hasta rodear el barranco por la parte más baja para aproximarse a la cabaña por el lado opuesto. Ella bajaría por la zona de rocas en la que estaban, así cubrirían los dos accesos. Los hombres asintieron, Ángela pudo leer la tensión en sus labios prietos y por sus miradas supo que nunca antes habían disparado contra un igual. Cuando llegó a la entrada, Ángela se detuvo y respiró hondo. Podía oír el latido de su corazón espoleado por la adrenalina, tensando sus músculos y preparándolos para la acción. Al otro lado de la puerta se oían unas voces. Una de ellas era la mía.

Contó hasta tres y golpeó la puerta con violencia mientras apuntaba hacia el interior de la vivienda.

***

Es curioso cómo la vida mezcla a la gente. Dicen que dos personas cualesquiera en el mundo se pueden conectar únicamente a través de seis grados, una cadena de conocidos con tan solo cinco intermediarios. Resulta complicado averiguar cuál es la ruta más corta entre el hombre más poderoso del mundo y un superviviente que huye del hambre en un cayuco, pero la hay. Karlo y yo nos conocimos en uno de esos intrincados caminos. Ambos teníamos un amigo en común y el azar nos puso juntos en una celda del módulo 24 de preventivos en el centro penitenciario de Picassent. El descubrimiento de nuestro nexo inició una amistad, y mi afición por pintar pronto se convirtió en la suya. No era un alumno aventajado, se le daba mejor matar, pero, paradojas del destino, acabamos siendo inseparables. Resulta complejo comprender los lazos que tejen la amistad. Un artista chino que se ganaba la vida engañando y un hombre al servicio del mal compartiendo confidencias y sueños. Supongo que la falta de libertad es el recipiente perfecto para crear estos cócteles. Fue así, en una de esas largas conversaciones cuando di con su punto débil: Isla. La adoraba, «Haría todo lo que fuese por ella… Hasta matar», me dijo una vez. Esas palabras me rondaron en la cabeza durante semanas y esas palabras fueron la semilla de la cual nació un plan. Una alianza entre nosotros. Yo protegería lo que él más quería, le daría a su hija la vida con la que siempre soñó, y él me ayudaría a resucitar a Marat. Él alcanzaría su objetivo vital como padre, y yo como artista.

Los dos habíamos cumplido nuestra promesa y ahora nos despedíamos para siempre.

Unté la punta de mi pincel redondo en el azul cerúleo que acababa de mezclar en la paleta y acabé de definir la raíz del árbol sobre el lienzo. Tan solo quedaban los últimos retoques para que la pintura fuera sublime. Una maraña de raíces se adentraba en las entrañas pardas de un bosque para apresar a un hombre desnudo de piel blanca. La composición era compleja. El cuerpo humano estaba en posición fetal de tal manera que el espectador podía debatirse entre si con mi obra trataba de expresar el renacer de la naturaleza a partir de aquel cadáver o si era una alegoría de la dependencia de ambos mundos. Era hermosa, la obra perfecta para despedirme. Hubiera preferido encontrarme en otra situación y, por supuesto, emplear pintura al óleo en vez de acrílica, pero en aquel caso las circunstancias mandaban. No me podía quejar, al menos cumplía con mi última voluntad: morir pintando.

Volví a untar el pincel y con mano firme tracé una nueva curva para perfilar la base del tronco. Luego miré hacia el agujero que tenía frente a mí y traté de imaginar cómo las raíces de aquel árbol que fluía en mi mente se enroscaban en las extremidades de Karlo. Él yacía inmóvil, un metro bajo tierra y con las piernas dobladas sobre su abdomen, en la fosa que había cavado él mismo horas antes frente al patio. El tono marmóreo de su piel contrastaba con el color oscuro de la tierra húmeda y los restos de sangre en el pecho. Dolía verlo tan frágil, aunque en el fondo sabía que su muerte había sido dulce y rápida. Dulce porque había cumplido su objetivo, y el resto de la vida que le esperaba, si la hubiera tenido, sería vivir en la angustia constante de la huida, lejos de su princesa. Rápida porque la mejor manera de deshacerse de un animal es hacerlo con un disparo. Castro lo sabía, por eso no había tentado a la suerte. Su supervivencia podía suponer la muerte.

—Ya está —dije mirándolo a los ojos—. He terminado.

Aquellas palabras eran mi adiós.

En mi plan inicial, aquel cuadro no iba a diferir mucho en cuanto a composición y color, pero sí en el motivo. La persona a quien tenía reservado el papel de protagonista, en un entorno similar, era Lorenzo Castro. Con su pieza, mi última obra, consumaría mi venganza. Luego revelaría mi identidad y todo el mundo sabría quién es Marat, el artista de la muerte. Mi trabajo, condenado al ostracismo años atrás por aquel marchante, saldría a la luz y mi nombre perduraría para siempre. A partir de ese momento viviría en clandestinidad.

Los planes tan elaborados no suelen ser perfectos y lo que parecía que iba viento en popa se torció en cuanto la teniente

Souza cruzó las puertas de El Dueso por segunda vez siguiendo los pasos de su agrio compañero. No me había defraudado, finalmente había acabado descubriéndome.

Lorenzo Castro se levantó de la vieja silla de madera en la que estaba sentado y se alisó la chaqueta con la mano. Se notaba que le incomodaba estar allí, con todo ese polvo y suciedad. Noel, su matón, lo hizo con más parsimonia, sin dejar de apuntarme con la Beretta 92 FS con la que había acabado con la vida de Karlo. Ahora me tocaba el turno a mí.

En ese momento un golpe seco se oyó en la entrada de la casa. Lo siguió un grito. Era Ángela que acudía a mi rescate.

A partir de aquel momento los recuerdos en mi cabeza se suceden lentos pero nítidos. Lorenzo mirando hacia la puerta y a Noel alternativamente. La tensión de los dedos del matón con el rostro picado por la viruela sobre el percutor de la pistola. El sonido de los otros dos agentes entrando por el patio. Y un estruendo, uno tan fuerte que parecía que con él se terminaba mi vida.

***

—Uno, dos, tres. —Ángela dio una patada al portón del refugio y entró apuntando con la pistola. Un crujido de la madera y el violento golpe que la puerta dio al chocar contra la pared precedió al manido—: ¡Guardia civil! ¡Manos arriba!

Las breves milésimas de segundo en las que mi cuerpo se quedó congelado, patidifuso, le fueron de gran utilidad a Noel. El perro tenía su arma lista y era hombre de acción, por lo que rápidamente la usó para defender a su amo. Yo estaba justo en el centro, en la línea de tiro, quizá por eso la teniente no fue la primera en apretar el gatillo.

Reaccioné de puro milagro y me lancé a tierra justo un instante antes de que el primer disparo retumbara en la habitación. Afortunadamente la bala fue a estallarse en el marco de la puerta. La teniente Souza, al ver que no tenía un tiro claro y que el guardaespaldas de Castro iba armado, intuitivamente se había hecho a un lado para protegerse, con tan mala suerte que tropezó y cayó al suelo. Reaccionó rápido, pero al dejar de apuntarle dio una nueva oportunidad a su enemigo, que ahora la tenía a su merced.

Entonces sonó el segundo disparo. Ángela y yo nos miramos. Aquel atronador ruido no provenía del arma que nos esperábamos. La pistola de Noel cayó al suelo y sus ojos se llenaron de incomprensión. Luego, tras unos segundos en los que todos buscábamos una explicación a lo que había sucedido, el perro de Castro se derrumbó. Una mancha encarnada se extendió por su pecho. Detrás de él, en el umbral de la puerta del patio, el guardia de pelo bermejo sostenía su arma firme con las dos manos. Era la primera vez que la usaba contra un hombre.

Fueron unos segundos de desconcierto, el tiempo suficiente para que Castro atravesara con grandes zancadas la cabaña y se escabullera por la puerta. Soldado que huye sirve para otra guerra, como solía decir un amigo mío.

Una vez fuera, el marchante escogió la ruta de huida más obvia, el terraplén que subía hacia el hayedo por donde los guardias habían accedido al refugio unos minutos atrás. Ángela, que se había incorporado, salió tras él.

Lorenzo, a pesar de no llevar la indumentaria más adecuada, se movía con rapidez y pudo alcanzar las rocas antes que la teniente. Eso le confería una pequeña ventaja, ya que mientras ella trepaba hasta allí, él quedaba fuera de su campo de visión. El marchante lo sabía, así que en lugar de optar por la senda que conducía directamente a los coches, la más expuesta, se adentró en la parte más densa del bosque, ladera abajo. Una zona en la que las hayas daban paso a vegetación de menor tamaño pero más tupida. Avanzaba con velocidad sorteando los árboles e ignorando las ramas que le laceraban el cuerpo en su desesperada huida. La supervivencia era su aliciente. Veinte metros atrás, Ángela lo seguía, más concentrada en darle alcance que en dispararle. Resultaba difícil entre la maleza. Henry, más rezagado, aún sin tiempo para asimilar que acababa de matar a un hombre, cerraba la comitiva.

—¡Detente, Castro! ¡No tienes dónde ir!

El marchante ignoró lo obvio y siguió corriendo. Podía oír los pasos y la jadeante respiración de la investigadora a sus espaldas. La distancia se reducía. Esquivó una rama de árbol que le venía a media altura y pudo ver por el rabillo del ojo que la tenía encima. En ese momento la pendiente se hacía más fuerte hasta convertirse en un terraplén que desembocaba en un riachuelo. Sin pensárselo dos veces, se precipitó hacia allí. Pero justo en ese instante Lorenzo notó un impacto en la espalda y cayó al suelo. La teniente, temiendo perderlo, se había lanzado con todas sus fuerzas contra él. Hombre y mujer rodaron unos metros por la ladera hasta llegar abajo del todo.

El terreno era abrupto y en la caída los dos recibieron golpes al chocar contra las rocas desnudas. Ángela se llevó la peor parte, ya que, además de las numerosas contusiones, se hizo un profundo corte en la pierna. Su aullido de dolor retumbó en el bosque. Cuando se detuvieron, junto a la orilla, Lorenzo se desembarazó de ella y se puso en pie. El arroyo le cortaba el paso, solo había dos alternativas, volver a trepar por la pendiente y encontrarse con Henry en el camino o tratar de atravesar el regato. No le dio tiempo a decidir: a pesar de su herida, Ángela también se había incorporado y se aproximaba hacia él.

Castro la miró con rabia y fue entonces cuando se dio cuenta de que iba desarmada. En la caída había perdido la pistola y ahora estaban en las mismas condiciones. El marchante tenía una oportunidad. Se agachó y cogió una gruesa rama que había a su lado, eso le daría ventaja en la pelea, pero para cuando se puso en pie ya era demasiado tarde. El puño de Ángela Souza se precipitó sobre su mentón. Nocaut lo llaman en boxeo.

Al mismo tiempo, en la cabaña, a unos cientos de metros, Cortés me ponía las esposas. Todo había terminado. Mientras lo hacía, yo contemplaba el lienzo agujereado por la bala que había disparado Noel. No recordaba haber llorado antes de adulto. No fue un llanto ni nada que se le pareciera, más bien fue como una repentina profunda tristeza. Me resultó extraña la sensación de notar aquella lágrima rodando por la mejilla. Quizá para algunos resulte inhumano que la derramara por una pintura y no por mi amigo ejecutado, pero de alguna manera aquel cuadro y su vida eran uno para mí. El arte es la manera que tengo de ver las cosas, e inmortalizar a Karlo en su último aliento significaba hacerle vivir para siempre. Así soy yo. Así era Marat.

Capítulo 40

Respuestas

Composición en rojo, amarillo, azul, blanco y negro
Piet Mondrian

Ángela entró en la habitación y puso una taza de plástico sobre la mesa. Se sentó frente a mí y se quedó en silencio. Me miraba fijamente, como si quisiera atravesar mi alma, como si quisiera conocer mis secretos antes de que yo se los contara. Agradecí su presencia. El zumbido monótono de las luces en el techo había sido mi única compañía hasta ese momento.

Al cabo de un rato señaló la taza.

—¿No bebe?

Asentí. Estoy seguro de que captó la gratitud en mi mirada. Alargué las manos hacia la taza y la rodeé. No estaba caliente del todo, pero se agradecía un poco de calor. No sé exactamente cuánto tiempo llevaba allí, sentado en esa silla, pero tenía los huesos entumecidos y un frío en el cuerpo que no me acababa de quitar. La sala de interrogatorios no era muy grande, un espacio cuadrangular de paredes blancas en el que solo había una mesa y tres sillas. En un extremo, la puerta, y en la pared contigua, el consabido espejo alargado desde donde los cuerpos de seguridad observaban lo que sucede dentro. Un guardia me había llevado hasta allí pocas horas antes y me había dicho que esperara. Obedecí, no podía hacer otra cosa. Me senté y no me moví de mi sitio. Siempre fui un alumno aplicado.

El té no era ninguna maravilla; con todo, tampoco estaba en condiciones de exigir. Al menos me servía para hidratarme, no había tomado nada desde el desayuno. Lo bebí en pequeños tragos, como si tuviese miedo de terminarlo. Mientras, la teniente Souza seguía observándome con los brazos cruzados. Cuando volví a dejar la taza vacía sobre la mesa, seguía igual, mirándome, sin decir nada. El ofrecimiento de la bebida habían sido las primeras palabras que me dirigía desde mi detención y no escondían un cambio en su actitud. Su voz sonaba más dura, más distante, y el tuteo formaba parte del pasado.

El prolongado silencio comenzó a resultarme espeso y cada vez me sentía más incómodo. No tenía ninguna prisa, ningún sitio donde ir, pero la presión invisible a la que me había expuesto comenzó a hacer efecto. Al cabo de un rato no pude más y empecé a responder a la pregunta que no me había formulado: ¿por qué?

—Beltrán Carbajosa fue la primera persona que me habló de Marat. Fue una noche de absenta y confesiones. Estábamos en su casa y habíamos bebido bastante. Al principio de la noche éramos unos cuantos, pero poco a poco todo el mundo había ido desapareciendo hasta dejarnos solos. Durante la velada uno de ellos, no recuerdo quién, sacó el tema de su leyenda. Todos la conocíamos, por supuesto, pero nadie le daba crédito. Luego las conversaciones derivaron hacia otras cuestiones. Sin embargo, cuando nos quedamos solos, Beltrán lo retomó y empezó a insistir en que él creía que toda aquella historia del hombre que pintaba la muerte era verdad. Por aquel entonces éramos buenos amigos y creo que no tenía ninguna razón para engañarme. Por eso, cuando me juró por tercera vez que ni mentía ni estaba loco, lo creí.

»La noche acabó como suelen terminar esas noches, sin recuerdos claros. Pero a partir de ese momento el runrún de aquella historia comenzó a dar vueltas en mi cabeza. La semilla de la duda había germinado. Unos días más tarde le llamé por teléfono. Quería hablar con él sin botellas por medio. Tenía que llegar al fondo de aquel juramento y averiguar el motivo por el cual él estaba tan convencido de que el mito era realidad.

»Nos vimos en un bar del centro. Fue allí cuando me confesó todo. Unos meses atrás había coincidido con un marchante de arte llamado Lorenzo Castro. Era de esta tierra. Eso fue mucho antes de que los dos nos mudáramos al norte —aclaré—. El marchante era un entusiasta de su obra y quería que hiciese un trabajo para él. Tenía un cliente importante que andaba buscando un cuadro muy especial. Algo que no podía pintar cualquiera. Llegados a este punto creo que es importante situarse en el ambiente en el que Beltrán y yo nos movíamos por aquella época. Eran años de libertad, extravagancia y transgresión. Todo lo diferente era bienvenido y cada artista buscaba su sitio intentando llegar más lejos que los demás. No quiero decir con esto que fueran años de una explosión artística excelsa. Visto con perspectiva, muchas de las cosas que hacíamos por aquel entonces eran basura, pero en los ochenta a nadie le importaba.

»El trabajo que quería encargarle era algo que nadie había hecho hasta el momento: pintar la muerte de una persona.

Ángela no pudo esconder un gesto de aversión.

—Sí, al principio yo también pensé lo mismo: aquello era repulsivo. Sobrepasaba una línea ética que no se debía cruzar. Me hubiera gustado levantarme e irme de allí, pero él insistió en explicarme el proyecto de Castro. Su idea era convertir el mito de Marat en realidad, pero no como lo teníamos idealizado. No se trataba de asesinar a alguien a sangre fría para pintarlo en su agonía, sino de retratar a alguien que ya estaba de alguna manera «condenado a muerte».

»Yo le dije que estaba loco y él me sorprendió con una oferta que cambió mi vida. En realidad, Castro no quería que fuera él quien lo hiciera, me quería a mí. Para recrear la muerte con veracidad no se necesita imaginación, sino realismo, y por aquel entonces yo era el mejor en eso. Y me atrevo a decir que a día de hoy lo sigo siendo. Al principio me negué, aquello era un sinsentido, pero el insistió. Me convertiría en un artista único. Recuerdo que me sentí tan ofendido que estuvimos varias semanas sin hablarnos.

—Pero al final lo hizo… —La teniente Souza se hizo hacia atrás en su silla.

—La ambición es un veneno muy dulce. La idea de salir de la mediocridad fue expandiéndose por mi cerebro y un día me presenté en su casa. «¿A qué te refieres con lo de condenado a muerte?», le dije nada más abrir la puerta.

»La primera vez fue un mendigo al que una enfermedad corroía por dentro. Un hombre invisible para la sociedad. Uno de esos montones de mantas que uno ve en un soportal las noches de lluvia, el hedor que nadie quiere respirar en un cajero. Todos pasamos por delante de alguno de ellos cada día y pensamos que su problema es ajeno a nuestras vidas. Tenía que retratarlo tirado en el suelo en un callejón. Moribundo, rodeado de inmundicia.

Un gesto de repugnancia se dibujó en la cara de la teniente. Me dolió. Aquella mueca no iba dirigida a la muerte injusta de un ser humano, iba dirigida a mí.

—La composición la decidía Castro —me excusé—. Al principio era muy estricto en eso.

—¿Ya lo conocía?

—Beltrán nos había presentado unas semanas antes. Organizó una reunión en su casa y el marchante me explicó el proyecto con sus propias palabras. Acordamos lo que ganaría y los detalles del trabajo. Drogaban a los modelos para hacer la puesta en escena. Lo fotografiaban todo y luego yo, con el material, pintaba el cuadro.

—Continúe —me ordenó la teniente.

—Finalicé el encargo, me pagaron y volví a mi vida. A los pocos días supe que aquel hombre había muerto. Lo encontraron en el callejón en el que lo había dibujado. Exactamente en la misma postura y rodeado de los mismos objetos. Aquel día me convertí en Marat. Tiempo después me enteré de que a los compradores les gustaba tener la obra antes de que se produjera la muerte. La sensación de poder era mayor y el precio se disparaba.

—Pero usted dijo que a Marat le gustaba terminar sus piezas en el lugar del crimen, que le inspiraba el sufrimiento de sus víctimas.

—Se equivoca. Usted lo interpretó así y yo me limité a no contradecirla.

»Los encargos continuaron y al tercer o cuarto cuadro empecé a firmar como Marat. Al principio eran indigentes y marginados. A los pocos días aparecían muertos emulando exactamente la obra de la que habían sido modelos. Solían ser escenas deprimentes, la crueldad cotidiana a la que se enfrentan los más desfavorecidos. Muerto de frío tras un exceso en la ingesta de alcohol, un accidente y cosas así. No tenían a nadie, por eso nadie se preguntaba nada. La policía científica confirmaba la muerte natural y ni tan siquiera había caso. Es triste decirlo, pero no todas las personas valen lo mismo.

»¿Sabía que hay bases de datos y fórmulas matemáticas para calcular la vida de una persona? No me miré así. Se emplean a menudo, desde compañías aseguradoras hasta organizaciones internacionales.

»Pronto empezaron a llegar trabajos diferentes. El primero fue un chaval de veintipocos años. Tenía problemas con las drogas. Según me dijeron, estaba muy colgado. Era el hijo de una familia bien. Su propio padre fue quien encargó el cuadro. Me pidieron imaginación, que me inspirara en la obra de un maestro de la pintura y que recreara su muerte. Lo hice, me inspiré en el *Automedonte con caballos de Aquiles*, de Regnault. A los pocos días encontraron al chico en los baños de un antro con una jeringuilla clavada en el brazo. No hubo investigación; un chaval más aplastado por el caballo, como el cuadro que había pintado. Aquella alegoría gusto a Lorenzo Castro, el muñidor de la trama, y a sus clientes. Así que pronto me comenzaron a llover más encargos de ese tipo. Un pariente con una enfermedad terminal, un caso de parálisis cerebral… El hecho de que estuvieran "condenados a muerte" con el tiempo dejó de ser tan importante.

»Yo me enteré mucho más tarde, pero mis pinturas interesaban mucho más de lo que yo me pensaba. Me pagaban bien, pero el negocio que tejieron era infinitamente más lucrativo de lo que yo me podía imaginar. Tras cada pintura se escondía una muerte, y ambas cosas eran muy cotizadas. Castro, con la ayuda de su esposa, Johari, y de Melchor, creó un sistema para mover el dinero que generaban mis cuadros de manera clandestina.

—¿Me está diciendo que hubo gente que hizo pintar y luego matar a sus propios familiares?

—Hijos, madres, esposas, amigos… Vivimos en una sociedad más enferma de lo que creemos. Cada día vemos en las noticias casos de pederastia, abusos sexuales, violaciones, maltrato... Castro se inventó otro tipo de morbo. Más refinado, más exclusivo. Un morbo único y desconocido hasta el momento. Y créame, hay mucha gente dispuesta a pagar por él.

Ángela miró de reojo al espejo de la habitación.

Sabía que aquello era mucho peor de lo que se había imaginado. No le podía recriminar la repulsa que le generaba toda aquella historia. Yo mismo había sufrido una sensación parecida al principio. Mucho más aguda, ya que en cierto modo me vi preso en ese negocio. Pero había que ser capaz de ver más allá del lado humano. La muerte de una persona es cruel, sin lugar a dudas, pero es solo una pequeña parte de lo que habíamos creado. Compramos ropa que se fabrica en régimen de esclavitud, abusamos del petróleo que producen países sin derechos humanos, basamos nuestra libertad en guerras civiles entre hermanos... Todos somos culpables de una muerte, aunque nos cueste reconocerlo. ¿Por qué no aplicar la misma regla al arte? ¿Por qué no mirar el cómputo global en lugar de unas pocas vidas que ya están condenadas?

—Pocos estilos pictóricos son más difíciles de comprender por los indoctos en el arte que el neoplasticismo. Resulta complejo crear emociones con líneas rectas de diferente grosor que atraviesan un fondo blanco creando rectángulos y cuadrados de diferentes dimensiones. Empleando solo colores puros. Para poder hacerlo, hay que saber que artistas como Mondrian nos quieren llevar con sus pinturas a un mundo metafísico. Representar la atemporalidad. La obra se extiende hasta el infinito y, sin un punto focal en el lienzo, los márgenes son tan importantes como el centro. Marat, al igual que el pintor holandés, había creado un estilo único donde la belleza del cuadro no radicaba solo en lo que el observador podía ver, sino también en todo el dolor que había a su alrededor. Era un estilo completamente nuevo, diferente. Un estilo pictórico en el que yo era el único representante. Pasaría a la historia, como Mondrian, como Courbet, como Matisse, como Picasso, como tantos otros que fueron los primeros.

—Pasará a la historia como el responsable de todos esos asesinatos.

Aquella acusación era injusta.

—Yo no maté a nadie.

—Pero encubrió a Castro y eso lo hace cómplice. Es un delito.

—En ninguno de los cuadros que pinté hubo un juicio por asesinato. Todas las muertes fueron accidentales. ¿Cómo me puede considerar cómplice de un asesinato si ni siquiera la policía lo consideró como tal?

Hacía días que la teniente Souza había descifrado los nombres de las víctimas gracias al archivo que encontró en el ordenador de Rafael Melchor. Había comprobado personalmente que en todos los casos habían sido muertes naturales o accidentales. Castro no era tonto, sabía muy bien lo que hacía. Cuidaba bien su negocio y a sus clientes. Por eso todas las piezas, todas las muertes que pinté durante aquella época, eran mucho más sórdidas y menos teatrales que las de mis últimos cuadros. La premisa era que parecieran un accidente. Por aquel entonces, a diferencia de lo que sucedió en los últimos crímenes de Marat, el éxito del proyecto se fundamentaba en el anonimato. Y esa fue precisamente la razón de que todo terminara.

—Todas esas personas… —lo dijo en voz alta sin dirigirse a mí. Hablaba para ella—. Sus familias deberían saber lo que sucedió…

—¿Con qué fin? —Sabía que se debatía en la misma duda en la que yo había caído años atrás—. ¿Remover el pasado? ¿Qué ganarían? Los muertos están muertos; yo, entre rejas; y su verdugo, en la tumba.

—Para conocer la verdad. Detrás de cada víctima hay alguien que ordenó asesinarlos, alguien que guarda un cuadro para rememorar su maldad.

—El precio de la verdad es muy alto y solo se puede pagar reavivando su dolor. Además, debo recordarle que, según la ley, todos esos crímenes han prescrito. ¿Para qué serviría destapar la caja de Pandora? ¿Venganza? ¿Qué haría usted en su caso? —El hablarle de usted a alguien que todavía consideraba mi amiga se me hacía extraño, aun así, me mantuve detrás de la barrera invisible que Ángela había marcado entre nosotros.

La teniente Souza masticó mis palabras. Aquella decisión no la tenía que tomar ella. Sería la jueza Elvira del Real la que tendría la última palabra. Su trabajo ahora era conocer la verdad. Hacerme declarar.

—¿Quién mató a todas esas personas? —su voz sonó dura.

—Ya le he dicho que no sé nada de asesinatos. Solo le puedo decir que el hombre de confianza de Castro en aquella época era el mismo que hace unas semanas. El hombre que Henry abatió.

Sin delatarlo le di el nombre que buscaba.

Ante el silencio de la teniente, que encajaba uno a uno los golpes de mis palabras, sabiéndose culpable de haberme concedido su confianza, decidí continuar mi confesión.

—El plan de Castro era ambicioso, pero tenía un fallo. Ese fallo era yo. Cada muerte que pintaba como Marat era mejor que la anterior. En ocasiones las pinturas llegaban a ser tan reales que era capaz de respirar en ellas el último aliento de la víctima. Estaba orgulloso de mi obra. Me había convertido en el auténtico pintor de la muerte, pero era un anónimo para el gran público. Y eso me corroía por dentro.

»He dedicado toda mi vida a ser un artista único y desde pequeño mi sueño ha sido ser inmortal, trascender a mi vejez. ¿De qué me servía ser el mejor si nadie lo sabía?

»En cierto momento le pedí a Castro que me ayudara a revertir la situación. Él mismo me hizo ver que era imposible. Darme a conocer significaba condenarnos a todos. Pero había más: el simple hecho de mostrarle mi ambición me convertía en una amenaza. Los dos lo sabíamos, por eso me protegí. Conservaba el registro de toda mi actividad: las fotografías que me proporcionaron, imágenes de los cuadros, los nombres de las víctimas. Sacar a la luz aquella información sería su fin. Hicimos un trato. Se terminarían los crímenes. Aguantaríamos hasta que el delito hubiera prescrito y luego buscaríamos la forma de dar a conocer a Marat. Él no tuvo más remedio que aceptar. Y así, en un frágil equilibrio, terminó todo.

»Fui un iluso. Castro no iba a dejar que mancillara su nombre así como así. Ni hace treinta años ni ahora. Su estrategia fue sencilla...: convertirme en alguien que no fuera de fiar. Como una serpiente que ataca sin ser vista, movió los hilos necesarios para impulsarme a ser un timador. Luego me tendió una trampa. ¿Quién iba a creer a un exconvicto cuyas únicas pruebas eran unas viejas fotografías y un puñado de documentos antiguos?

—Hasta ahora… —Ángela señaló repetidamente la mesa con el dedo índice.

—Hace unos meses Beltrán vino a verme. Cuando estaba en El Dueso —puntualicé—. Me sorprendió su visita. Hacía mucho tiempo que no sabía nada de él y nuestra amistad había zarpado hacia la nada tiempo atrás. Hablamos de todo un poco y, cuando la conversación se fue haciendo más tibia, me confesó el motivo de su visita. Estaba enfermo y sabía que moriría pronto. Si la enfermedad no lo mataba, lo haría él antes de convertirse en una carga para Jacinta. Me dio pena. Estaba desolado, ya no era el hombre que acostumbraba a ser.

»Castro se había enterado de su situación y se había puesto en contacto con él para encargarle un trabajo. Al marchante las cosas no le iban tan bien como aparentaba, y necesitaba dinero. Quería resucitar por segunda vez a Marat y exprimir nuevamente la gallina de los huevos de oro, pero para ello necesitaba un pintor, un "nuevo Zhao" de quien aprovecharse. Alguien joven y con talento. Él no se mancharía las manos, así que necesitaba que alguien hiciese el trabajo sucio. Y quién mejor que Carbajosa, que ya lo había hecho tres décadas atrás, cuando me reclutó. Estaba enfermo y sabía que aquel palacete arrastraría a su mujer a la ruina. "Míralo como una oportunidad", le dijo cuando fue a visitarlo a Esles un martes por la tarde. Beltrán se negó. Había cometido muchos pecados a lo largo de la vida y no quería volver a hacerlo en el descuento.

»El día que vino a verme a la cárcel me lo contó todo. "Hace años te traicioné. Eras un artista excepcional. Yo te envidiaba, por eso te entregué a él, pero no volveré a cometer el mismo error", me dijo. Se confesó ante mí y me desveló todo lo que Castro me había ocultado durante años. También me reveló que fue él el artífice del ardid por el cual estaba condenado a prisión. Para ello también utilizó a Miguel, mi hijo.

»La irrupción de un nuevo pintor de la muerte ponía en peligro toda mi obra. Mi trabajo dejaría de ser único. Por eso decidí contraatacar. Aquella visita sirvió para recuperar nuestra amistad y para reactivar un plan que llevaba años pergeñando: resucitar al auténtico Marat. Me puse en contacto con Karlo, con quien tiempo atrás tenía firmado un pacto, y le prometí a Beltrán esperar a que él estuviera preparado para ponerlo en marcha. Su muerte lo libraría del dolor y serviría para cubrir las deudas de su mujer.

—Entonces... ¿Beltrán se suicidó? —preguntó Ángela. Si era así, Henry había dado en el clavo nada más comenzar el caso.

—Él mismo me ayudó a componer el cuadro de su muerte —asentí—. Beltrán era un apasionado de Mantegna. Eligió una pieza sobre la muerte de Cristo por lo que esta simbolizaba. Además del sentido del sacrificio y la resurrección, algo que ya vimos en su día, hay un tercer motivo. En la época de los romanos la crucifixión estaba limitada a los esclavos y solo era aplicada a los hombres libres en caso de alta traición. Carbajosa traicionaba a su mujer quitándose la vida. Los síntomas de su enfermedad eran cada vez más graves y se negaba a continuar viviendo así, pese a que Jacinta siempre insistía en que lo acompañaría y cuidaría de él hasta el final.

»El resto creo que ya lo conocen...

La teniente Souza abrió la Moleskine negra que siempre la acompañaba en sus investigaciones y tomó unas notas. Yo permanecí frente a ella en silencio, observando cómo rellenaba con letra apretada la respuesta a algunas de las incógnitas del caso. Luego escribió una serie de nombres en una hoja en blanco. Todavía le quedaban algunas piezas del puzle por encajar.

—¿Cómo sacó de prisión los cuadros de Carbajosa y Melchor?

Yo permanecí en silencio. Pagaría por mis pecados, pero no arrastraría a nadie conmigo. La teniente Souza leyó la fidelidad en mis pupilas y apretó la tecla adecuada.

—Fue Isla, ¿no?

—Ella no tuvo nada que ver... Pueden investigarla si quieren. Estoy seguro de que en El Dueso conservan las grabaciones de sus visitas.

Sabía que no era así, pero la mejor manera de mentir es ofrecer la posibilidad de que te pillen. Las comunicaciones orales raramente se graban, salvo que seas un traficante de envergadura o pertenezcas a un clan criminal. No era mi caso. Ellos lo sabían, pero desconocían que yo también, por eso le di una respuesta creíble. Había hecho del interrogatorio una confesión diáfana, pero había detalles que la teniente Souza tendría que ganarse en una partida al póker donde la apuesta era la verdad.

—Saben de sobra —continué— que la puerta principal no es la única vía de acceso a un centro penitenciario. Hay otras clandestinas que se abren y se cierran para satisfacer los deseos más humanos de sus clientes. Digamos que empleé una de ellas para que los cuadros llegaran a Karlo. ¡Ah! He de confesar que no fue fácil ni barato.

—Pero había partes de la pintura que todavía estaban frescas...

Ángela no acababa de entender cómo me las había apañado para engañarlos. La viabilidad del plan pasaba por que mi nombre nunca entrara en la lista de los sospechosos. Estar en prisión cuando se cometieron los dos primeros crímenes era una buena coartada, pero que la pintura todavía estuviera fresca cuando encontraron los cuadros la hacía irrefutable.

—Es algo que me incomoda confesar... —Era cierto. Aquello había sido un sacrificio necesario para mi ego—. Las dos primeras pinturas fueron ligeramente rematadas por otras personas. La primera no es un misterio, ya se lo pueden imaginar, fue Beltrán. En la segunda necesité la ayuda de Karlo. Fue alumno mío durante una época y, aunque dista mucho de ser un gran pintor, no era manco. Tuve que arriesgarme a que fuera él quien la rematara. Era mi coartada.

—Por eso en la pieza de Carbajosa la pintura más fresca era en zonas más importantes, y en la de Melchor esta se limitaba a zonas residuales —dedujo Ángela.

—Efectivamente. Los *cordyceps* y algún detalle decorativo... No podía arriesgarme a que arruinara mi obra. El cuadro de Johari, como comprenderán, lo pinté enteramente yo. Creo que es el mejor.

Estaba muy orgulloso de mi interpretación de *El lamento por Ícaro*. Los escenarios al aire libre y los efectos del agua y las plumas habían sido algunos de los mayores retos de mi carrera artística. No es fácil jugar con los elementos caprichosos de la naturaleza.

—Nos hizo creer que había sido ella la cómplice de Karlo... ¿Por qué?

—Se refieren a la falsa pista de la estrellita dorada, ¿no? Fue idea de Karlo. Muy ingenioso, lo reconozco. Sabíamos a quién nos enfrentábamos y estábamos seguros de que tarde o temprano descubriría que Marat no actuaba solo. Hacerle creer que el asesino era una mujer nos daba algo de tiempo. Johari era la candidata ideal. Era hábil con el pincel, pero muy reservada con su obra. Además, ella era la siguiente en la lista, con lo que evitábamos el riesgo de que al final creyeran que Marat era ella.

»Imagino que se estarán preguntando cómo podía tener un contacto tan fluido con Karlo, ¿no? Voy a serles franco: utilizamos a Isla sin que ella lo supiera. Sus visitas solían coincidir con los días de entrada y salida de paquetes. Los días que los presos podemos enviar o recibir ropa, libros y cosas así. Cada vez que venía a visitarme, le pedía que me trajera o se llevara algunas prendas que ya no usaba, o los libros y revistas que ya había leído. Ella los llevaba a su casa y Karlo se encargaba de recogerlos a sus espaldas. Ella nunca estuvo al corriente. Solíamos intercambiar la información en pequeñas anotaciones escondidas en las costuras de la ropa. Frases corrientes que para nosotros tenían otro significado.

No sé si me creyeron o no, pero la tranquilidad de saber que no tenían pruebas contra ella y que el premio gordo lo tenían conmigo y con Castro me animó para despejar las incógnitas de nuestro sistema de mensajería.

—Hay algo que no entiendo. Si tan brillante era su plan, ¿por qué dejaron pistas? —La pregunta incomodaba a Ángela, si no hubiera sido por aquella carta con matasellos de Bélgica, nunca podría haber resuelto el caso a tiempo.

—Nos hubiera atrapado de todas formas. —Estaba seguro, de hecho, gracias a ello ahora estaba vivo—. La clave era que lo hicieran en el momento oportuno, cuando estábamos en boca de todos. Ni antes ni después. Una buena obra sin una buena publicidad está condenada a la oscuridad.

—Zambrano…

Me encogí de hombros. No hacía falta más que un gesto para confesarle que fuimos mi buen amigo Karlo y yo los que, de manera anónima, le hicimos llegar la información confidencial.

Ángela apuntó su nombre en la libreta que tenía frente a ella. Tendría que interrogarlo. Luego me miró a los ojos y formuló la pregunta que llevaba esperando desde que entré en aquella sala.

—¿Y Rocamora?

Me demoré unos segundos antes de responder.

—Creo que ya sabe lo importante que es Miguel para mí. Lo utilicé y puse en peligro su carrera. Podrían haberlo incriminado por el pelo de pincel que hallaron en el cuadro de Carbajosa. Él lo sabe y por eso me ha castigado. Es algo que me duele en el alma. Perder la confianza de «mi hijo» es una condena mucho mayor que la que me pueda aplicar cualquier juez —dije con gesto compungido—. Le hice saber a través de Isla que si alguna vez alguien preguntaba por Marat, me señalara como el hombre que había copiado sus cuadros. Fue lo único que hice. Pero él no es tonto y sabe diferenciar un pequeño embuste de una gran mentira.

La teniente Souza cerró la libreta con una goma y se puso en pie. Me dirigió una mirada de despedida. Una mirada que mostraba decepción, pero en la cual quedaba algún rescoldo de los buenos ratos que habíamos pasado juntos.

—Esta vez pasarás mucho tiempo en prisión, Zhao. Se acabó lo de beber buen té.

—Sabe que suelo guardar un par de monedas por si acaso —respondí con una arcana sonrisa—. Me las apañaré para conseguirlo.

En ese momento un hombre entró en la habitación. Era calvo, cincuenta y tantos. El turno de «poli bueno» había terminado. Ángela no había necesitado mucho para que le contara casi toda la verdad. Menos que lo que gasta la brisa de otoño en arrancar la hoja de un roble. Ahora llegaba el huracán tratando de arrancar mis secretos. Había cosas que no sabría responder porque se marcharon con Karlo, como el paradero del portugués o cómo entró en casa de los Beloki. En otras, como la información que tenía de los clientes de Castro o cómo saqué los cuadros, tendría que resistir. Se lo pondría difícil, como las raíces del roble.

—Ángela… —dije antes de que saliera.

La teniente se giró hacia mí en el umbral de la puerta.

—Soy un artista, no un asesino. Me limito a pintar y buscar un hueco en la historia del arte. No soy tan diferente de tu amigo el novelista, ese que deja mensajes ocultos en sus libros. Por cierto, dale recuerdos, me encantó conocerlo.

Aquellas fueron las últimas palabras que le dirigí. Nunca más volví a verla.

***

Mis palabras de despedida acompañaron a Ángela durante todo el camino de regreso al molino de mareas. Recordaba nuestra conversación en el mercado municipal y cómo le revelé que Marat siempre dejaba un mensaje encubierto en sus cuadros, como su amigo el novelista.

Ella sabía que no lo conocía y eso era lo que le extrañaba. Los recuerdos que le mandaba solo podían ser una argucia para llamar su atención, para que siguiera investigando sobre el sentido de aquellas claves ocultas en las pinturas. Pero ¿por qué no se lo había dicho abiertamente? ¿Qué me impedía hacerlo?

Mi confesión había borrado todas las incógnitas del caso Marat, y en la de Castro había quedado claro que fue Noel, cumpliendo sus órdenes, quien había disparado a Fenollosa para evitar que su oscuro pasado saliera a la luz. Fue también el matón quien entró en casa de Ángela para tratar de encontrar el archivo que había copiado del ordenador de Melchor. Pero lo que no lograba entender era cómo sabía Castro que ella había dado con esa información y cómo había podido desaparecer en el registro del ordenador que hizo el equipo de delitos informáticos. Alguien lo tuvo que ayudar desde dentro.

Cuando entró en casa, arrojó la mochila sobre la mesa y se dejó caer sobre el sillón orejero que había junto al sofá. Las últimas horas habían sido intensas. Tras el interrogatorio había pasado por la oficina en comandancia para organizar los atestados que enviaría a la jueza instructora del caso Marat antes de marcharse a Madrid. Su trabajo allí se terminaba.

Fijó la vista en la pared. Frente a ella, sobre el aparador en el que la tía de Belén guardaba bajo llave «la vajilla buena», estaba la réplica de *La portuguesa*, el cuadro de Delaunay que le había regalado unos días atrás. Desde que me apresaron estuvo dudando sobre qué hacer con él. Era un regalo, sí, pero siempre le traería a la mente mis delitos. Se quedó observándolo dejando que su mirada vagara por sus coloridos círculos. Un agave, la mujer, los platos... Siempre dudaba sobre qué significaba la figura de tonos índigo que había abajo. ¿Una cesta quizá?

Era tarde y estaba cansada, pero no se había olvidado de mis palabras. No era ella de las que dejaban un trabajo a medias. Puso un disco de Herbie Hancock, *Maiden Voyage*, se sirvió una copa de vino y se instaló en la cocina. Encendió el portátil y abrió las fotos del último cuadro que había pintado. Mi particular versión de *Raíces de árbol*. Agujero de bala incluido.

La teniente Souza jugó a acercarse y alejarse de la imagen explorando las diferentes secciones en busca de algo que, como las veces anteriores, indicase mis siguientes pasos. «¿De verdad te referías a esto?», dijo en voz baja. No tenía sentido. Yo sabía de sobra que la pieza de la muerte de Karlo era la última que iba a pintar, ¿por qué dejar un mensaje en ella si ya no habría más cuadros?

Entonces lo vio. Uno de los pelos de las raíces del árbol se retorcía sobre sí mismo formando una trabajada letra D. Movió la lupa hacia la derecha en busca de la siguiente letra. No tardó en encontrar una E. Lo tenía. Con los nervios de un niño en la noche de Reyes la teniente fue juntando una a una las letras hasta completar la frase completa: «Detrás de la mujer». Solo se podía referir a una mujer, a la portuguesa del cuadro.

Cuando descolgó el cuadro, le temblaban las manos. Lo giró y observó minuciosamente la parte trasera. A primera vista no había nada que llamara la atención. Encendió todas las luces y lo puso al trasluz por si había dibujado en él algo con material fino. Nada. No vio nada. Entonces recorrió con los dedos los bordes del bastidor de pino. De pronto notó algo, un pequeño bulto que se incrustaba hacia el lienzo en la parte inferior. Haciendo palanca, con cuidado de no rasgar la tela, descubrió un trocito de plástico negro. Allí había una minúscula tarjeta de memoria. La extrajo con cuidado y la introdujo en el ordenador. Tenía las manos heladas por los nervios.

El archivo que copió Karlo en el ordenador de Rafael Melchor estaba incompleto. Dosificar la información era clave para que Ángela averiguara poco a poco lo que había sucedido treinta años atrás. Una sospecha tiene que bullir lentamente para que un investigador la consuma ávidamente. Como los buenos guisos. Primero dejamos el cebo y luego esperamos unas semanas para darle el resto de la información, a través de aquella carta que hice que un amigo le enviara desde Bélgica. Así pudo darse cuenta de la importancia de ese hallazgo y de que había alguien muy interesado en que esos datos nunca salieran a la luz. Aquella fue nuestra trampa. La desaparición del archivo a manos de sus compañeros de delitos telemáticos hizo que dudara de ellos, pero también de sus superiores. Gracias a ello logramos que, tras mi detención, a la teniente Souza le siguiera faltando una pieza del puzle. En esos momentos la tenía frente a ella.

Ángela tardó más de dos horas en ver todas las fotos, las de las víctimas y las de los cuadros. Allí estaban los nombres de todos esos inocentes a los que había retratado Marat y que entre ella y Argüelles habían desvelado. También estaba la información detallada de los movimientos bancarios que habían enriquecido a Castro, Carbajosa, Melchor y Biya, entre otros. Y también, como guinda al pastel, la lista de todas las personas que habían consumido mis cuadros: los clientes del marchante, la información que le faltaba.

Tras cada nombre del listado se escondía un crimen, una ambición. Algo que la justicia no podría reparar, pero que la sociedad podía castigar. Por eso ninguna de esas personas dejaría jamás que esa información saliera a la luz. Cuando leyó el último nombre, lo entendió todo. Aquella era la última pieza del puzle. El motivo por el cual solo podía tener la visión de conjunto tras nuestra confesión, para que nadie le pudiera parar los pies. Para que se supiera la verdad si acabábamos entre rejas o en el fondo de un agujero. El último nombre era el de alguien que conocía a la perfección. La responsable del caso, doña Elvira del Real.

Capítulo 41

Dos veces adiós y un hasta luego

El columpio

Jean-Honore Fragonard

—Toc, toc. ¿Se puede?

La habitación era amplia y con abundante luz. Un cuadrado perfecto con tres paredes y una cristalera que daba a la calle. En el centro, una cama con ruedas, y en uno de los laterales, un sofá bajo de color azul eléctrico. Todo nuevo, bastante moderno para tratarse de un hospital. Eso sí, olía a enfermo y a productos químicos. A clínica.

Margarita se levantó como un resorte del butacón para acompañantes y se dirigió hacia ella. Fenollosa enarcó las cejas a modo de saludo. A pesar de llevar más de dos semanas ingresado y haberse paseado como un funámbulo por la delgada línea que separa la vida y la muerte, no tenía mala cara del todo. En realidad, su pinta era la de siempre. Esa era una de las ventajas que tenía ser escuálido y de piel lechosa, que nunca podía tener peor pinta que la que mostraba a diario. Lo habían trasladado a planta tres días atrás, justo la misma fecha en la que yo ingresaba de nuevo en mi hogar de los últimos años: en El Dueso.

—Ángela, gracias por venir. —La mujer del sargento y la teniente se saludaron con dos cariñosos besos.

Salvador Fenollosa seguía atentamente los movimientos de las dos mujeres desde la cama. Su esposa ya le había hablado de las visitas de Souza y de cómo esta se había interesado de manera continua por su estado de salud. También le había informado de los pormenores de sus conversaciones y de cómo, silenciosamente, se había creado una especie de afecto mutuo entre las dos. Llamarlo amistad sería demasiado osado.

Él no era de los de alharacas, grandes discursos ni palabras de agradecimiento. Souza tampoco. Ni los daba ni los esperaba. Así que aquellas cejas enarcadas con las que el sargento la había recibido y la mano que había levantado ella a modo de saludo les bastaba a ambos para juntar en dos gestos un «Gracias», un «Lo siento» y un «Todo olvidado».

—Os dejo solos —añadió Margarita—. Mi hermana se ha llevado al pequeño, y los mayores acaban de bajar a la cantina a comer algo. Así aprovecho y estoy un rato con ellos.

Ángela miró el reloj, era la hora de comer. Se podía quedar un rato y cubrirla. Esperaba que no se le hiciera demasiado largo, tenía miedo de no saber de qué hablar con su compañero. A decir verdad, no recordaba haber hablado antes con él de otra cosa que no fuera de trabajo.

—Está bien, tómate el tiempo que quieras.

La mujer cogió la chaqueta y el bolso, y se fue.

La responsable de la investigación se quedó en pie junto a la cama observando a Fenollosa. Llevaba puesto uno de esos pijamas hospitalarios de color triste, abierto por la espalda. De su mano salían un par de vías que lo conectaban a través de unos tubos transparentes a unos goteros. Junto a él había una mesita con una botella grande de agua, unas revistas y un pequeño librito: *Manual básico de historia de la pintura*. Esbozó una sonrisa. Henry ya había pasado por allí.

—Veo que al final lo resolvió —él fue el primero en disparar.

—Lo resolvimos. Solo tuve que seguir sus pasos…

El teniente hizo un ademán con la mano. Un «Bueno, era de esperar» sin palabras.

—Desconfió de Zhao desde el principio —añadió Ángela—. Si le hubiera hecho más caso, tal vez se hubiera evitado alguna muerte. Me siento un poco culpable…

—Usted lo hizo de Castro. Estamos en paz.

Fenollosa desvió la vista hacia la cristalera. La luz de la calle era fuerte y se colaba entre las lamas pintando la habitación con franjas de sol y sombra. Ella permanecció en pie, en silencio. Un silencio denso.

—No sé si yo hubiera sido capaz de salvarle la vida —dijo al cabo de un rato.

El sargento se giró hacia ella y la miró con gesto serio. Como si la reprendiera por algo.

—Por supuesto que lo habría hecho. Es una buena agente y no me cabe ninguna duda de que habría recibido esa bala por mí, como lo hice yo por Zhao.

Hay héroes cotidianos capaces de obrar milagros cada día. La mayoría son anónimos, no portan aureolas sobre sus cabezas ni aparecen en libros sagrados. Padres y madres que sacan a familias adelante con un sueldo mísero, capaces de llegar a todo sin nada; médicos que salvan vidas a diario; maestros que cambian la vida de sus alumnos; o voluntarios que emplean su tiempo libre en ayudar a los demás. Serían necesarias cientos de páginas para poder enumerarlos. Pero también hay muchos héroes y heroínas que no saben que lo son hasta que llega el momento de demostrarlo. Es una semilla que se lleva dentro y germina de manera tácita hasta que en un momento de emergencia florece abruptamente transformando a las personas. Fenollosa estaba seguro de que ella también portaba esa semilla.

Ángela volvió a su silencio. No tenía respuesta. Entonces se acordó del regalo. Metió la mano en la mochila y hurgó en ella hasta sacar un pequeño paquete.

—Tome, le he traído esto —dijo dejándolo sobre la mesa auxiliar.

Fenollosa lo miró con sorpresa y, tras un «Adelante» por parte de la teniente, rasgó el envoltorio de papel. Dentro había un teléfono móvil. Lo observó con curiosidad, como si nunca hubiese visto uno, y lo agitó hacia ella.

—No es de última generación, pero es mejor que el ladrillo ese que se le rompió el día del atentado. Lo hemos comprado entre todos —añadió. La situación le resultaba tan incómoda como a él se lo resultó unas semanas antes, cuando le regalaron la libreta de diseño. Ninguno de los dos sentía apego a esos sentimentalismos.

—Gracias, no tenían por qué molestarse.

—Venía a despedirme —continuó Ángela—. Mi tarea aquí ha concluido. Mañana a primera hora me vuelvo a Madrid.

El sargento miró hacia la ventana y tamborileó sobre la cama.

—¿Y qué sucede con el resto de los crímenes?

Ángela se pellizcó la aleta de la nariz. A ella también le asqueaba que todas las mentiras sobre los asesinatos que Marat cometió en los años ochenta y noventa quedaran enterrados en el pasado. Había decenas de personas con las manos manchadas de sangre y, para más inri, todos ellos verían cómo los cuadros que atestiguaban su pecado se revalorizaban con mi irrupción en el panorama artístico. Era algo a lo que la teniente Souza llevaba varios días dándole vueltas y, ahora, tras mucho meditarlo, tenía un plan. Por un momento estuvo tentada de compartirlo con su compañero, pero no lo hizo. Era mejor ser prudente.

—Esos asesinatos prescribieron hace tiempo. Zhao lo tenía todo calculado. No podemos hacer nada... A veces la justicia no funciona como a nosotros nos gustaría.

—Hijos de puta —lo dijo casi en un susurro, con la mirada perdida en los rayos de luz que se filtraban entre las lamas del ventanal.

—Bueno, ha sido un placer trabajar con usted. Si alguna vez necesita algo en Madrid... Un favor, lo que sea.

Él no contestó. Repitió uno de esos gestos que son capaces de expresar tanto con tan poco, un «Para mí también, aunque no me oigas decirlo». Ángela le dedicó una de sus lacónicas sonrisas y dio media vuelta hacia la salida.

—Souza —Fenollosa la llamó cuando estaba a punto de perderla de vista—. ¿Puedo pedirle un favor?

—Claro. —La teniente Souza se giró.

—Consígame un cigarrillo.

—Está ingresado y estamos en un hospital.

—¿Sabe qué...? Me importa una mierda.

Ángela sonrió, esta vez sin adjetivos.

***

La puerta metálica que daba acceso a la antigua fábrica de salazones estaba entornada, como en su primera visita. Junto a ella, unas maromas y un bidón de metal oxidado absorbían los últimos rayos de sol de la tarde. En aquella ocasión no había música y solo el graznido de una solitaria gaviota se atrevía a romper el silencio. Olía a puerto, un aroma que antes le resultaba extraño y ahora sabía que añoraría. Por un momento se imaginó a Henry a un lado, inmortalizando la estampa con óleo sobre lienzo, como últimamente le gustaba hacer en sus ratos libres. Empujó el postigo y este se abrió pesadamente, como si le costara abandonar la compañía del marco.

Ángela atravesó el angosto pasillo y al llegar al estudio se detuvo en el quicio de la puerta. Miguel esbozaba los primeros trazos de su nueva obra en un lienzo de grandes dimensiones. Estaba tan abstraído que no la oyó llegar. Era hermoso contemplarlo. Llevaba puesta una camiseta color gris y unos vaqueros, pero podía imaginar bajo la tela la piel que había consumido con tanta pasión.

En la parte opuesta de la nave, junto a la garita en la que guardaba las tablas de surf, había improvisado una mesa con unos palés. La cubría un mantel granate y a la vajilla la acompañaban dos velas gruesas sobre una palmatoria. Le había dicho que la invitaba a cenar, pero no había especificado el restaurante. La mesa desvelaba su sorpresa.

—No sabía que tuvieras una cocina en el estudio.

Miguel le regaló una sonrisa. Dejó el pincel que tenía en la mano junto a un taburete de madera y se limpió las manos con un trapo húmedo.

—Sería grotesco cocinar aquí. He encargado algo. ¿Te gusta la comida china?

Ángela frunció exageradamente el ceño. Se imaginaba una despedida más romántica. Él la vio venir y se anticipó a su reproche.

—No te dejes engañar por el título. La prepara un amigo que trabajó en el mejor restaurante de Shanghái. Te aseguro que no has probado nunca un *chow mein* como el que vas a probar esta noche. Además, estará bien acompañado —dijo señalando a una botella de Alabaster del 2014.

El joven pintor cumplió con su promesa gastronómica una vez más. Aquella comida no tenía nada que ver con el aceitoso arroz tres delicias que solía consumir en las guardias. Su amigo el chef había sido capaz de reinventar la comida oriental con productos de la tierra de manera soberbia. Según le contó Miguel, estaba a punto de abrir un nuevo restaurante en el que trabajaba ese concepto.

—En breve habrá que esperar semanas para poder comer allí —dijo—. Nosotros somos sus conejillos de indias.

La velada fue agradable. Acompañados de una recopilación de *jazz* que ni la teniente hubiera escogido mejor, bebieron vino, conversaron de pintura, de sus nuevos proyectos y, cómo no, del caso. Las palabras ayudaron a pulir las superficies rugosas que había en la grieta que se había formado entre ellos dos, pero hacía falta un pegamento muy potente para hacer que sus vidas pudieran ensamblarse de nuevo y funcionar como una sola. Para Ángela su trabajo era algo más que su manera de vivir, incluso que su pasión, era el eslabón que la unía a la vida. Su objetivo vital estaba atado a él. No solo por seguir buscando a su hermano, una tarea que había mermado durante su estancia en Cantabria, pero que nunca cesaría, sino también por evitar que otros tuvieran que sufrir una vida como la suya. En silencio, de manera anónima, se sentía responsable de velar por la felicidad de aquellos que nunca le estarían agradecidos, de evitar que a esas personas se les quebrara la vida como a ella. Miguel, por su parte, tenía una profesión que lo hacía libre, pero también esclavo. En cualquier momento podía hacer las maletas y buscar un lugar nuevo en el que instalarse, pero su obra y su inspiración estaban vinculadas al mar. Le era fiel y nunca lo abandonaría.

Cuando la cera se extinguía y la luz de las velas titilaba con debilidad, comenzaron los besos. Fueron suaves, como las caricias que recorrieron sus cuerpos. Sin prisa por separarse, sin dejar de sentir el calor de sus pieles rozándose, sus labios y sus lenguas se exploraron mutuamente. Luego el la guio de la mano por la escalera metálica que daba acceso al cubo superior, donde estaba la cama en la que hicieron el amor. Fue un amor húmedo y cómplice. Un amor en el que los dos se esforzaron por dejar una huella imborrable en el otro. Un sexo que permanecería almacenado para siempre en sus recuerdos, como una obra de arte de la que no te puedes olvidar.

Ángela se despertó antes que los rayos del sol. A su lado Miguel dormía plácidamente. Estuvo tentada de meter los dedos entre su pelo, acariciarle la barba con el dorso de la mano, decirle hasta pronto con un beso en los labios, pero hay que saber escoger bien el momento de las despedidas y no había duda de que el suyo había terminado hacía un par de horas. Se vistió en silencio y salió de manera furtiva. Solo se detuvo un segundo para contemplar a su amante desde el umbral de la puerta y decirle adiós en silencio.

Hay un cuadro de Fragonard en el que el artista rococó francés hace un homenaje a su amante. La dibuja en un columpio y su grácil figura en tonos rosas resalta sobre el frondoso jardín en el que juega. Oculto entre las sombras del bosque, su marido empuja el trapecio, mientras que en un primer plano su amante, bajo un cupido cómplice de su secreto, mira por debajo de las faldas de la joven. El caso de Marat era el columpio que la había alejado de Darío y la había llevado hasta el renovado amor de Miguel, pero las cuerdas se tensaban bajo la rama del árbol y ahora tocaba volver hacia atrás. Hacia el lado menos luminoso y más seguro del cuadro.

***

Ángela contempló por última vez el marinero de piedra. Allí seguía, indolente al tiempo, vigilando la ensenada de la Maruca. A sus pies el mar lucía sereno meciendo con parsimonia las chalupas de los pescadores que tintaban de alegría el Cantábrico. Recordó la tarde tormentosa que llegó al molino de mareas. Guardaba en la memoria la visión de aquel viejo lobo de mar en la turbidez de la lluvia y el color pálido de su hoy brillante capote amarillo. Unos llegarían, otros se irían, pero él seguiría allí, aguaitando el horizonte. Murmuró un «Hasta pronto» y cerró las contraventanas.

Tan solo había pasado un par de meses en aquellas tierras norteñas, pero a ella le parecían dos años. Es curioso cómo cambia la percepción del tiempo cuando nos enamoramos de un lugar. Pasamos años en sitios que en la distancia nos resultan extraños y bastan unas pocas horas en un lugar mágico para guardarlo por siempre en nuestras retinas y en nuestro corazón. A Ángela le había pasado lo mismo. En menos de diez semanas el norte le había secuestrado para siempre. En los días siguientes el bullicio de la capital, sus grandes avenidas y prados de asfalto adocenarían su alma, pero la tierra del marinero de piedra subyacería para siempre. Sería su vía de escape hacia una vida más dura, más sencilla, pero quizá más feliz; o tal vez simplemente más vida.

Atravesó el jardín y cerró la cancela sin echar la vista atrás. No le gustaban las despedidas, ni siquiera de las cosas inmateriales. Fuera, como siempre, Gaseosa observaba curiosa sus movimientos. La yegua, intuyendo un adiós, dio unos pasos hacia ella y asomó el hocico por encima del muro que separaba su reino del camino. Ángela la acarició por última vez. Echaría de menos la tranquilidad que le transmitían sus ojos grandes y sosegados. Luego, sin querer prolongar el momento, se montó en la moto. Le quedaba un largo camino por recorrer. El rugido de la Yamaha se perdió en el camino al mismo tiempo que un relincho sonaba a sus espaldas.

En lugar de tomar el camino natural hacia su Madrid, la teniente Souza trazó el camino opuesto. Ascendiendo por la carretera que rodeaba el parque de Mataleñas hasta el faro de Cabo Mayor. Todavía le quedaba una última tarea antes de volver a casa.

Su cita era en el mirador del faro, al final de un pequeño sendero que partía de la torre vigía. No la había elegido por conveniencia o discreción; había sido por romanticismo. Quería despedirse de la ciudad desde allí arriba, en la meta de sus habituales carreras matutinas. A pesar del buen tiempo, no había muchos turistas que se hubieran aventurado a llegar hasta allí, y solo un hombre, abrigado con un grueso chaquetón y balanceándose adelante y atrás sobre sus talones, esperaba en la pequeña explanada que se alzaba junto a los acantilados.

—Pensaba que no iba a venir —dijo él a modo de saludo.

—¿Todavía no me conoce? Nunca fallo a mis citas.

Luis Zambrano se acercó hasta quedar a un par de pasos de ella. No le tendió la mano, no era su estilo. Se quedó observándola mientras baremaba las palabras más adecuadas.

—Tengo que darle la enhorabuena —lo dijo remarcando unas comillas invisibles en la felicitación con sus manos—. Al final lo consiguió. Zhao, Castro, el serbio… Buen trabajo.

—Se agradece. No me lo ha puesto fácil.

Él se encogió de hombros. No había dudado en utilizar sus artimañas y salpicar a la teniente cuando había sido necesario. Ese era su trabajo, vender noticias.

—Ya sabe que los periodistas nos debemos a la gran masa… —añadió a modo de excusa.

—Imagino que en ocasiones todos estamos condenados a emplear técnicas poco ortodoxas.

Zambrano clavó los ojos saltones en ella con curiosidad. Tenía dudas sobre el motivo de aquella cita, pero no la había esquivado. Nunca hay que minusvalorar la información que un investigador pueda ofrecer. Sobe todo cuando dice un «No se arrepentirá».

—Es una pena que en estos casos al final solo se sepa parte de la verdad —añadió la teniente a la vez que le tendía una llave USB color azul—. Aquí tiene el resto. Espero que sepa qué hacer con ella.

Su labor allí había terminado. Castro y yo estábamos entre rejas acusados de los crímenes recientes, e impunes de los pasados; Karlo y Noel, muertos; y el caso, cerrado. El resto quedaba ahora en manos de Zambrano. Había dudado hasta el final sobre qué hacer con la información que le había proporcionado. Sacar a la luz la verdad y revelar los crímenes de Marat era la mejor manera de vengarse de Castro, doña Elvira y de todos aquellos que escondían sus manos manchadas de sangre tras un lienzo colgado en la parte más noble de su casa. Pero también significaba encumbrar mi obra. Aquella decisión era importante, tanto para ella como para mí. Me había puesto en sus manos y, una vez más, Ángela no me decepcionó.

Allí, en aquel archivo, a partir de ese momento en poder de la prensa, estaban las imágenes de mis cuadros y los nombres de las personas que habían pagado por ellos. Los que lo habían hecho en metálico y los que lo habían hecho con su vida. Pronto todos ellos verían la luz: mi versión de *A Capriote*, de Sargent; *Narciso*, de Caravaggio, o *El rapto de Europa*, de Rembrandt. Todos estaban allí. Todos menos dos, las dos monedas que siempre guardaba en el bolsillo.

Ángela contempló por última vez el vasto azul que se perdía en el horizonte y se fue. Echaría de menos aquella tierra de colinas verdes y mar embravecido. Su paz, sus lluvias, sus olores. Echaría de menos también a sus gentes. Sobre todo a esas personas que ahora formaban parte de su vida. Los labios de Belén, la curiosidad de Henry y los bufidos de Fenollosa la acompañarían en sus recuerdos, como también lo harían los besos de Miguel. Besos que ya sabían a pasado. Le daba pena, una nostalgia anticipada, pero también alegría. Porque sabía que aquel lugar que había conquistado su corazón ahora era también el suyo.

Capítulo 42

Las dos monedas

Alfons Mucha

Dos monedas. Siempre hay que reservarse dos monedas por si acaso. Era algo que había aprendido de mi padre. Desde un punto de vista simplista, pueden ser un par de euros para salir de un apuro, pagar un *parking*, llamar por teléfono o tomarse un café. En mi caso, las dos monedas siempre habían tenido un sentido metafórico. Dos ases en la manga: uno para ganar la mano y otro para la partida.

En el caso de Marat resultaba imposible meter esas dos monedas en mis bolsillos. Por su tamaño y por tratarse de dos delicadas obras de arte. La primera la pinté hace años, en mis tiempos de artista clandestino. Inspirada en *El pianista*, de María Blanchard, mi versión representaba la agonía de un hombre muerto sobre su piano por un ataque al corazón. Las muertes por envenenamiento son mis favoritas. No son tan crueles y, si se hacen bien, son difíciles de detectar. Estaba muy orgulloso de aquella pintura. Por el resultado final y por haberme inspirado en la gran pintora santanderina. María Blanchard para mí representaba algo más que una gran artista, era también un ejemplo. Nació con una deformidad y luchó por hacerse un hueco en un mundo complejo y machista como el del arte. Afirmaba que no tenía talento, que todo lo hacía solo a base de tesón. Mentía. Aquella mujer era una trabajadora nata, pero también tenía un don natural. Un talento que la llevó a ser uno de los grandes nombres del cubismo. Lo pinté para un oficial que estaba enemistado con el modelo de mi cuadro, el pianista. Ahora era coronel de la Guardia Civil. Tenía poder y su nombre había desaparecido de la lista de clientes de Marat el mismo día en el que Ángela fue asignada al caso. No fue sencillo acceder a él, pero comprendió a la primera que el trato era bueno: su nombre, su vida limpia, a cambio de una pequeña orden. Necesitaba que fuera la teniente Souza quien siguiera mi rastro. No solo porque era la mejor, la única capacitada para ordenar todas las piezas antes de que Castro acabara conmigo (algo que no sucedió por poco), sino también porque para ella guardaba mi segunda moneda.

—Chino.

Abrí los ojos despacio. Últimamente gastaba las horas de patio recreándome en mis pensamientos. Buscaba un rincón soleado de la amplia zona de césped que había junto a las pistas deportivas y me sentaba allí solo. Cerraba los ojos y dejaba que la mente vagara por mi pasado. Sin límites, sin restricciones. Pensaba en detalles de las personas que me habían acompañado en mi viaje e intentaba recrear sentimientos olvidados. Volvía a pintar con la imaginación. Luego lo apuntaba todo. De manera dispersa, según me venía a la mente. Quería que alguien escribiera mi historia algún día.

—¡Chino! —repitió la voz a mis espaldas.

Me giré hacia ella.

Era Romero, el rey del *tigre*, aquel amasijo de fibra y nervio que por un módico precio podía ayudarte a conservar tus pequeños vicios en prisión. Un par de metros más atrás, sus dos inseparables gorilas aguardaban mudos, ciegos y sordos.

Las cosas habían cambiado un poco desde que había ingresado de nuevo en la prisión. La repercusión mediática que tuvo el caso y el hecho de haber orquestado sus inicios desde mi anterior encierro afectó a mis compañeros de no-vida. Sin quererlo, me gané su respeto y pasé de ser ese anónimo preso que daba clases de arte a ser uno de los internos más venerados. No es que me convirtiera en un cacique o algo así, no, eso no iba conmigo. Era más ese tipo de idolatría que se tiene hacia la gente que hace algo diferente. Esa atracción infundada que nos lleva a querer disfrutar de su conversación o nos hace sentirnos bien por el simple hecho de que sepan nuestro nombre. Tenía sus cosas buenas, nunca te faltaba un compañero para hacerte un favor y las colas en el economato iban más rápidas de lo normal, pero también tenía su lado negativo. Al principio mi ego disfrutaba de la agradable sensación de sentirse admirado, pero con el tiempo comenzó a convertirse en un incordio. No era yo de los que disfrutaban mucho de las conversaciones con mis compañeros del presidio, y buscar aislamiento encerrado en un recinto semejante era tarea casi imposible. Ese era uno de los motivos por el que trataba de disfrutar del sol con los ojos cerrados. Ese era también uno de los motivos por el cual Romero salía de su «despacho» para hablar conmigo.

—¡He, he, he! —rio con voz gangosa—. ¿Te has enterado de la noticia?

No contesté. Sabía lo que me iba a decir.

—Esta mañana han encontrado a Castro muerto en su celda. Al parecer se ha colgado... No todo el mundo soporta la vida en prisión.

Permanecí en silencio recordando el cuadro que le había regalado unas semanas atrás al hombre que tenía frente a mí. Una copia de *Cosecha de manzanas*, de Pissarro, esa magnífica pintura puntillista en la que unos trabajadores recolectan la fruta bajo la sombra de un solitario árbol. Un cuadro que había pintado en mi anterior etapa en prisión. Ahora lo tenía un familiar, me dijo. Un Marat auténtico era un lujo que era mejor alejar de prisión.

—Así es la vida —repliqué sin mucha alegría.

Luego me levanté y me fui.

Lorenzo Castro, para lo bueno y para lo malo, había sido alguien importante en mi vida. Era el hombre que había intentado matarme y que me había llevado a la prisión, pero también la persona que me había arrastrado a ser quien soy. Su muerte ni me alegraba ni me entristecía. Eso es algo que gente como Romero no podría entender jamás. Lo confirmé en su rostro de incomprensión y en el comentario que le hizo a uno de sus guardaespaldas, cuando me había alejado unos metros, sobre mi falta de agradecimiento.

Busqué refugio en mi celda, lejos de las miradas. Ahora compartía *chabolo* con Tolo, mi antiguo alumno. No lo elegí yo, tampoco podía, fue una de esas casualidades que te regala la vida de vez en cuando. Tampoco sería por mucho tiempo, él saldría en unos meses, transformado en otra persona, y a mí todavía me quedaban muchos años allí dentro. El chico estaba hecho de otra pasta. Me veneraba y siempre me estaría agradecido por la ayuda que le presté cuando entró en El Dueso, pero lo hacía de un modo discreto y, lo más importante, era respetuoso con mi espacio. Sabía leer mi necesidad de intimidad y me devolvía el favor con silencio.

Me encaramé a la silla y alargué las manos hacia el estante superior del armario de hormigón de mi celda. Saqué el lienzo que guardaba lejos de miradas curiosas y lo ubiqué en el caballete casero que solía emplear en el pasado. Aquella pieza me estaba llevando más tiempo de lo normal, quizá por el cariño con el que la estaba pintando, trabajando con esmero hasta el último detalle y prolongando el tiempo que dedicaba a dar vida a los pigmentos. Una vez la terminara, me retiraría para siempre.

Extendí los colores con los que iba a trabajar sobre mi paleta: magenta, rojo y amarillo cadmio... Las mezclas eran claves para poder pintar el fuego y los vapores negros que pretendía confundir con el cielo cárdeno del ocaso. Aquella pieza tenía que dar calor, hacer que el observador experimentara el fuego del infierno.

Me separé unos pasos y lo miré.

—Mi último cuadro —dije en voz baja.

***

Hacía tiempo que el primer jueves de mes no era un motivo de alegría. Las visitas de Isla se habían ido espaciando poco a poco y habían pasado de la rutina a la sorpresa. Para mí seguían siendo momentos especiales, pero en sus ojos leía compromiso. Quizá por eso, de vez en cuando era yo el que me excusaba y la postergaba. La tradición se había perdido y ahora las fechas saltaban en el calendario de manera inconexa. Un martes, un viernes a los tres o cuatro meses. De pronto una sorpresa y repetía seis o siete semanas más tarde. Aquel día era uno de esos. Uno de los días que podía marcar en rojo en el calendario.

Como en cada ocasión, me arreglé más de lo normal y bajé a la zona de visitas unos minutos antes de lo programado. Aquel día estaba especialmente nervioso, algo raro en mí, no solo por las noticias del mundo exterior que recibiría de sus labios ni por las ganas que tiene un padre siempre de ver a su hija (porque yo siempre consideraría a Isla como tal), sino porque sabía que, seguramente, aquella sería la última vez que la vería.

Cuando el guardia me lo indicó, avancé con modestia y me senté en el pequeño cubículo frente al grueso cristal que me separaba de la gente libre. Isla entró un par de minutos más tarde. Llevaba puesta una blusa clara y una falda muaré color añil. Me recordó a una de las divas de Alfons Mucha. Estilizada, de curvas gráciles y mirada sensual. La definición del *art nouveau* materializada en carne y hueso. Una vez más, como no podía ser de otro modo, sus pasos fueron un imán para todas las pupilas que había en la sala. Se sentó frente a mí y apoyó la palma de la mano en el cristal. Yo mimeticé su gesto. Era ridículo querer sentir su mano cálida y tierna con aquel gesto infantil, lo único que sentía era el frío del cristal y la distancia que nos separaba, pero me gustaba hacerlo.

—Hola, Zhao. ¿Cómo estás?

—Con ganas de tomarme un buen té lejos de aquí.

Ella sonrió.

Sabía la conversación que quería y me la dio. No hablamos de mi vida allí dentro, ni de las pequeñas anécdotas que me servían para poder diferenciar un día del siguiente. Ni de la muerte de Castro, noticia que corrió como la pólvora las semanas siguientes al suceso. Tampoco hizo falta que le preguntase nada. Ella sabía lo que me interesaba: su vida, la vida de Miguel, si sabía algo de Ángela… No hacía ascos tampoco a conocer si se había subastado de nuevo alguno de mis cuadros o cómo se tomaba la prensa mis últimas declaraciones entre rejas.

—Hace mucho que no lo veo… —dije en cierto momento.

Isla respondió a mi comentario con un mohín de circunstancias.

—No eres el único. Desde que se fue a Chile yo tampoco lo he vuelto a ver.

A Miguel solo lo podía despegar del Cantábrico otro mar. En aquella ocasión había sido un proyecto que lo había llevado hasta uno que había en la otra punta del planeta, en la Patagonia. En principio iban a ser unas semanas, pero estas se habían transformado en meses. Nadie sabía mucho de él últimamente.

—Ya sabes que, aunque no venga a verte ni te llame, te quiere —continuó Isla incapaz de disimular un halo de tristeza en mi mirada.

Lo sabía. Siempre lo había sabido. Al igual que ella, él era como mi hijo. La sangre es importante, pero no es lo único que ata a las personas. Con Miguel me ataba el arte. No sabría decir nunca si el discípulo había superado al maestro porque nuestros estilos eran muy diferentes, pero me enorgullecía saber que al menos había influido en ayudarlo a ser lo que era ahora. ¿No es lo mismo que enorgullece a un padre? ¿No es el objetivo vital de la mayoría de ellos? Con Isla mis lazos eran diferentes. A ella me ataba la fidelidad a Karlo. Él había sacrificado la vida por su hija y yo le debía la mía a él. ¿No era normal entonces que me desviviera por cumplir su voluntad? Al final cogí cariño a la moneda de cambio y empezamos a hilvanar una relación muy especial. Se convirtió en mi niña.

—Lo sé. La distancia es siempre más dura para el padre que para el hijo.

Hacía tiempo que quería hablar de Karlo con ella y nunca encontraba el momento. La deriva de la conversación me pareció oportuna para abordar el tema que siempre esquivaba.

—Isla —añadí—. Tu padre te quería. Lo sabes, ¿no? Todo lo que hizo era para que tú tuvieras una mejor vida.

Ella asintió y sonrió sin sonreír, como la *Mona Lisa*, de Da Vinci. La tristeza se traslucía en sus ojos. Quizá, si le hubieran dado a elegir, habría escogido una vida anónima en lugar de la fama: una tarde acurrucada en el sofá junto a su padre antes que los *flashes* de la pasarela; el *baklava* casero al caviar. Pero no había sido así, él había elegido por ella y ahora le costaba imaginar una vida diferente. Tal vez no fue el padre perfecto, pero fue su padre. Tal vez preferiría que no se hubiese sacrificado por ella, pero lo hizo.

No me lo había dicho, pero sabía que aún conservaba el cuadro que me obligó a pintar Castro. Agujero de bala incluido. Tras las investigaciones pasó a ser suyo. La imagen de mi buen amigo en el fondo de aquel foso todavía me perseguía por las noches. Valía una fortuna, como todas mis obras manchadas de sangre. No hay manjar más sabroso para la sociedad que el morbo. El individuo lo repudia, pero esa masa amorfa que conforma la suma de nuestras almas se alimenta de él. Lo consumimos en los programas de televisión que nadie ve; en los chismes que nadie cuenta, pero de los que todos hablan; en la envida, pilar de la humanidad desde los tiempos de Caín y Abel. Mi obra, desde un punto de vista estrictamente moral, no era ética, pero era única, y eso la hacía ser codiciada. Periodistas como el zorro de Zambrano, críticos de arte y galerías de todo el mundo la ensalzaban desde su propia inocencia. Nadie pecaba, nadie se sentía culpable por las vidas cercenadas que había tras mis pinceladas, pero todos la admiraban ¿No les hacía eso ser cómplices? Los dueños de mis cuadros, señalados por sus crímenes gracias a la información que filtró la teniente Souza a la prensa, fueron expuestos a un juicio social. Algunos mostraron arrepentimiento, en algún caso sus fortunas se vieron afectadas, pero el tiempo, que siempre sana a los poderosos, acabó por borrar su culpa. Tampoco los nuevos coleccionistas se sentían responsables. El valor lo ponía el mercado y ellos tan solo pujaban en las subastas para hacerse con un cuadro de Marat. Isla fue una de las pocas excepciones. No vendió. Y solo se me ocurría una razón para que aún conservara el cuadro: el amor.

Nos quedamos unos segundos callados, el tiempo suficiente para que ella se diera cuenta de que algo me turbaba.

—¿Hay algo más que quieras contarme?

Sus palabras me allanaron el camino.

—He vuelto a pintar.

Isla siempre había reconocido mi talento, pero nunca supo de mi obra como Marat hasta que salió a la luz. Lo hice para protegerla, pero ella se sintió traicionada. Le prometí que no volvería a pintar, que todo aquello se había terminado, pero una vez más le había fallado. Sabía que no me perdonaría, sobre todo después de lo que le iba a pedir que hiciera por mí. Sabía también que aquel favor terminaría por quebrantar nuestra relación y que nunca la volvería a ver. Era doloroso pero necesario, como lo habían sido tantas cosas en mi vida.

—Voy a necesitar tu ayuda —le confesé con cierto rubor—. Será la última vez. Te lo prometo.

Isla bajó la mirada y arrugó la frente.

—Me dijiste que no lo harías de nuevo —su voz temblaba.

—Te lo pido por favor... Después podrás olvidarte de mí para siempre.

Le aseguré que era un método fiable, el mismo que había empleado con su padre. Había pagado mucho dinero a Romero para que lo fuera. Aun así, era normal que después de todo lo que había sucedido tuviera miedo. El proceso era sencillo, pero no estaba exento de riesgo. Esa tarde, a la hora de cenar, alguien metería el lienzo dentro del cubo de la basura del comedor protegido con plástico y cartones. Luego «el de las basuras», el interno con destino en la limpieza del centro, lo llevaría hasta la zona del portón y lo metería con cuidado en el contenedor común. Ese sería uno de los pocos contenedores que el funcionario de prisiones de turno no pincharía con las largas varas metálicas que empleaban para comprobar el contenido de los residuos. Romero tenía un contacto en el servicio de recogida municipal de basuras. Un hombre que casualmente estaba de turno esa noche y que trataría las bolsas de El Dueso con suma delicadeza. Ella solo tenía que esperar a que el basurero le entregara el paquete y luego seguir mis instrucciones.

Tampoco era tan difícil. Total, ¿qué pude haber de malo en sacar un cuadro de la prisión?

Capítulo 43

El regalo

Ofelia

John Everett Millais

Hacía una tarde agradable, una de esas hechas para pasear. El sol de poniente tintaba las calles de naranja y una suave brisa mitigaba el calor de los últimos días. Olía a verano y la ciudad parecía más tranquila, más feliz. La gente se agarraba a las aceras para no volver al hogar y resultaba casi imposible conseguir una mesita en las muchas de las terrazas que inundaban la capital. La teniente Souza, contagiada por el buen tiempo, había decidido salir a dar un paseo. Casi nunca lo hacía, ella era más de ir en moto a los sitios o protegerse bajo un toldo, pero Darío había insistido.

La vida es como un río que viaja de su manantial hacia el mar. A veces lo hace rápido, tumultuoso, y otras lo hace mansamente alimentando la tierra a su paso. En ocasiones se encuentra algún obstáculo y tiene que dar un rodeo, y en ocasiones ese rodeo es un meandro que le devuelve cerca del punto de partida. Así fue con Darío, que desapareció de su vida cuando tropezó con Miguel y volvió a aparecer cuando las aguas volvieron a su cauce. Ángela no lo buscó. Fue por casualidad, una noche que quedó a cenar con Virginia y él cenaba con otra mujer en la mesa de al lado. El saludo fue de cortesía, dos besos un «¿Qué tal todo?» y un «Me alegro de que te vaya bien», pero su mirada decía otra cosa. Ninguno recordaba lo que cenó esa noche, ni siquiera de qué habló con su acompañante. Al día siguiente un mensaje, al otro una llamada y al tercero una cita. De eso ya hacía un año, pero parecía mucho más. Con un amor más maduro habían aprendido a combinar las noches intensas con otras más perezosas y habían alcanzado ese punto de equilibrio en el que las parejas se quieren en lo bueno y en lo malo.

A Darío le gustaba pasear y a ella los helados, así que habían comprado un par de cucuruchos, él de fresa y ella de chocolate, y habían gastado las últimas horas de la tarde deambulando por el parque El Calero. «Viviendo el barrio», que se dice. Estuvieron tentados de picar algo por ahí, así se ahorraban cocinar para la cena, pero todas las terrazas estaban abarrotadas. Es lo malo del verano en la ciudad, que todo el mundo se abandona a los placeres mundanos del asfalto. Con el ocaso, fracasados en su intento, volvían a casa.

Fue al entrar en el portal cuando una voz sonó a sus espaldas.

—Ángela, ¿tienes un momento?

La teniente se volvió sorprendida. Recordaba esa voz.

En pie junto a un coche negro con la puerta abierta, una mujer rubia la saludaba con la mano levantada. Llevaba puesta una blusa clara y una falda colorida. Su piel era blanca y unas gafas de sol de diseño ocultaban sus ojos.

—¿Esa no es Isla Dalic, la modelo? —le preguntó Darío en voz baja.

—Sí, es ella. Sube a casa, ahora acudiré.

—La... ¿La conoces? —preguntó de nuevo con cierta incredulidad. Su chica era una caja de sorpresas.

—Es una larga historia... Luego te cuento. Anda, sube.

Darío, sin dejar de mirar hacia atrás, entró en el zaguán y desapareció por las escaleras. Ángela se acercó hacia Isla. No había vuelto a saber de ella desde el caso Marat. Estaba casi igual, con el pelo más corto. Meticulosamente desordenado. Le quedaba bien. A esa mujer todo le quedaba bien. Por un momento pensó en Belén. Hacía tiempo que no hablaban.

No hubo besos ni apretón de manos. Las dos mujeres, una frente a otra, se observaron por unos instantes, Isla buscando las mejores palabras para explicarse y Ángela tratando de adivinar el motivo de aquel encuentro. La primera sorprendió a la segunda.

—Zhao me ha pedido que te entregue esto.

La modelo se inclinó hacia el asiento del coche, sacó una caja de cartón cuadrangular del tamaño de un lienzo del veinte y se lo ofreció. La teniente lo miró sin cogerlo. Se trataba de un cuadro, eso ya lo sabía. Le vino a la mente la copia de *La portuguesa* que tenía en su habitación. Al principio había sido reticente a colgarla allí, a ser lo primero que veía nada más levantarse, pero al final no había podido resistirse. Me guardaba rencor por la manera en la que la había utilizado, pero creo que con el tiempo había llegado a comprenderme. No a perdonarme ni a justificar mis actos, solo a saber que estos respondían a lo que significaba mi vida.

Al final Ángela alargó las manos y cogió la caja. La miró con extrañeza. Ya había aceptado un regalo mío, ¿por qué entonces le enviaba uno nuevo?

—Me ha jurado que es su última obra —dijo Isla, que había sabido leer sus dudas—. El último cuadro de Marat. En él se encuentra la respuesta que llevas tanto tiempo buscando.

El misterio que encerraban sus palabras despertó la curiosidad de la teniente. ¿A qué se refería con «la respuesta»?

Luego, sin decir nada más, huyendo de dar explicaciones sobre algo que no podía entender, Isla subió al coche, cerró la puerta y desapareció de nuestras vidas para siempre.

***

El vaivén del mar mecía las algas de manera monótona dejando al descubierto el refugio de los peces más tímidos. No era muy profundo y la visibilidad era aceptable pese a las minúsculas partículas suspendidas en el agua. Se buceaba a gusto. Los bancos de peces de mayor tamaño se movían al antojo de las olas, quizá divertidos, quizá fastidiados por tener que subir y bajar cada vez que buscaban alimento. Un par de meros jugaban a perseguirse junto a unas rocas y una solitaria sepia buscaba camarones cerca de una mata de hierbas acuáticas. En el rato que llevaba bajo aquellas aguas opalescentes, Alicia había visto también doradas, lubinas, sargos y algún dentón que otro. A veces se preguntaba qué pensarían todos aquellos peces de ella. ¿La verían como un semejante? Sería como un gran pez con piel de neopreno que escupía burbujas y se metía donde no la llamaban. No quería molestarlos, solo ayudarlos, verlos en su ambiente. Por eso estaba enamorada de su trabajo: porque le permitía estar en su segundo hogar. Allí abajo.

Su compañero le hizo una seña con la mano. Estaba a diez o doce metros de distancia, moviendo con parsimonia las grandes aletas de color negro, suspendido sobre una poza que se formaba en esa orografía caprichosa que es el fondo marino. Alicia se acercó hasta donde él estaba. Cuando llegó a su altura, él le hizo una seña con la mano. Le gustaban sus ojos de color azul, pegaban con el mar. Eran muy expresivos, podían hablar detrás de la máscara. Pero solo sus ojos, el resto no iba con ella. Los dos lo sabían.

Abajo, en el fondo de la pequeña sima y sobre una zona de arena clara, había un bidón metálico. Su compañero hizo un mohín de disgusto y Alicia levantó las manos diciendo «guarros» sin palabras. Luego se dividieron, ella bajó hacia el barril y él subió a la superficie para pedir ayuda al barco de apoyo.

La embarcación, que antaño había sido un barco de pesca, se aproximó hacia el hombre que acababa de salir del agua con cuidado, tratando de acercarse lo suficiente, pero sin ponerlo en peligro. «Mar Limpio» se podía leer escrito en letras azules en uno de los laterales. Habían fundado la oenegé pocos años atrás con la esperanza de conseguir suficientes fondos para tener dos o tres barcos y hacer más efectiva su labor, pero las cosas no iban tan bien como les gustaría y solo disponían de aquel viejo cascarón para seguir limpiando el mar de la basura. Pese a llevar años trabajando, seguían sin encontrar ninguna explicación lógica que justificara el motivo que tenían ciertas personas para lanzar desperdicios al mar que les daba de comer. Aquella mañana, sin ir más lejos, habían sacado los restos de una lavadora y unos trescientos kilos de chatarra.

Cuando estuvo en posición, la grúa del barco comenzó a moverse y a bajar el cable de acero que emplearían para alzar el bidón. En el fondo, Alicia trataba de buscar un anclaje desde donde engancharlo. Algunas partes del barril estaban corroídas por la acción del mar y el depósito presentaba orificios de diferentes dimensiones. Si pasaba el cable de acero a través de un par de ellos y lo enganchaba, podrían elevarlo con facilidad. Cogió un extremo del cable y se acercó a uno de los agujeros para introducirlo por allí. Fue entonces cuando vio que algo se mecía al compás de las olas en su interior. La curiosidad la llevó a intentar vislumbrar qué era lo que había allí adentro.

Una sensación de angustia la invadió.

Cuando el barco de la asociación Mar Limpio llegó a puerto, un coche patrulla de la Guardia Civil esperaba en el muelle. Tenía las luces puestas y había dos guardias de uniforme junto a él. El capitán del barco saludó desde la cabina y estos se lo devolvieron. Les había llamado por radio una hora antes para informar de que dentro de un barril metálico que habían sacado del fondo del mar habían encontrado los restos de un cuerpo humano. Al menos eso creían, ya que más que un cadáver propiamente dicho lo que había allí dentro era un cráneo y un amasijo de huesos.

El bidón debía llevar varios meses sumergido en el agua y los orificios que tenía habían facilitado el acceso de cangrejos y otros carroñeros, que se habían dado un festín y de paso habían hecho el trabajo sucio. Los agentes tardarían tiempo en descubrir que aquellos huesos eran todo lo que quedaba de João Fernandes, un portugués que había sido dado por desaparecido hacía más de dos años.

***

La teniente Souza dio un bocado al sándwich de jamón y queso con mostaza y estiró los brazos. Llevaba más de dos horas en el coche y tenía los músculos entumecidos. Hacía rato que había apagado la radio, el *The Window*, de Cécile McLorin Salvant, le hacía buena compañía, pero tenía miedo a que se agotara la batería. Si había algo que nunca le había gustado de su trabajo era, sin duda alguna, las labores de vigilancia. Ya casi no se acordaba de lo desesperante que resultaba estar horas y más horas esperando un movimiento. Que sucediera algo, cualquier cosa. Gracias a Dios, y sobre todo a su rango, hacía años que no tenía que pasar por eso. En el trabajo, claro; pero a hora no estaba de servicio.

Había estado a punto de abandonar un par de veces. Una incluso llego a encender el motor del coche. Pero la curiosidad era un enemigo difícil de batir, y más en una investigadora como ella. La llevaba impresa en el ADN, como un músico las notas o un conductor de *rally* la adrenalina. Así que, aunque la cordura la invitaba a largarse de allí y dejar de buscar fantasmas, la necesidad de vencer a la duda la retenía. La culpa de todo la tenía mi último cuadro.

Cuando lo recibió, sintió pánico. Solo se entendía la obra de Marat si tras ella había una muerte. Luego curiosidad. Karlo ya no existía y aquella pieza no había ido a parar a manos de un asesino; había acabado en las suyas. Los primeros días intentó no pensar en el significado del regalo que le había hecho. Pero aquella imagen de la casa ardiendo se coló por las rendijas de la imaginación y se extendió por su cuerpo como el veneno. A ella llegó en un par de ocasiones el chiquillo rubio que pedaleaba en sus pesadillas y, en otro infierno onírico, Darío quedó atrapado entre sus muros. Al final, por miedo a que siguiera persiguiéndola, o tal vez por curiosidad, la había buscado hasta dar con ella.

La teniente Souza miró de nuevo la imagen que había tomado del cuadro en su teléfono móvil y levantó la vista. Sí, era aquel lugar, no había duda. Era un chalet común, de paredes blancas y tejado a dos aguas, rodeado por un seto de cipreses, muy similar a los cientos de construcciones que formaban la urbanización. Lo que lo hacía diferente de las casas circundantes y había servido como pista definitiva para dar con él era un *ginkgo* enorme que acariciaba con las ramas la terraza de la planta superior. Le había llevado varias semanas encontrarlo. Para ello había tenido que abandonar durante un tiempo sus juegos de espionaje en el aeropuerto y dedicarse a observar fotografías aéreas de los complejos que rodeaban la capital. Que al fondo de la imagen se vislumbrara una torre de comunicaciones había sido clave para poder localizar su ubicación. Sin esa referencia, esa pista cuidadosa que le había dejado impresa para no hacerla desfallecer, la búsqueda hubiera resultado imposible.

La casa pertenecía a un tal David Montero. Nunca había oído hablar de él. Su nombre no aparecía en los listados que publicó Zambrano cuando sacó la información de los cuadros ni había referencia alguna que sirviera para conectarle con el caso de Marat. Según había podido averiguar, el tal David había sido un constructor con cierto renombre en la costa levantina. Hacía tiempo que estaba retirado. No pudo averiguar mucho más.

Cuando acabó el sándwich, sacó de la guantera una toallita húmeda y se limpió las manos. Asió el volante y resopló. Estaba llegando al límite de su paciencia. Entonces algo sucedió. La verja de la entrada hizo un pequeño ruido y comenzó a abrirse. Un coche color gris oscuro salió de la casa y desapareció por el camino que llevaba hacia la vía principal de la urbanización. En un par de días de vigilancia no había visto entrar ni salir ningún otro vehículo. Ahora la casa estaba vacía. Era su momento. Salió del coche con decisión y se acercó a la entrada. A lo largo de las dos horas previas había estado dándole vueltas a cuál sería la mejor manera de colarse. Sabía que no había perros y tampoco había signos de que tuviera instalada alarma de seguridad; aun así, tenía que ser cauta. Entrar en una propiedad ajena es un delito y, en su caso, como guardia civil, las consecuencias podrían ser muy graves. Lo que estaba haciendo era una insensatez. Lo sabía, pero necesitaba hacerlo. Los cuadros de Marat tienen un significado y nadie puede obviar su destino.

Ángela se apoyó en una de las pilastras que había junto a la cancela e impulsándose con las manos superó la verja metálica que empleaban los coches para acceder al recinto. Atravesó el jardín, una pequeña extensión de césped salpicada de macizos arbustivos, y llegó junto a la casa. Una vez allí, la rodeó hasta dar con unas escaleras que bajaban hacia un pequeño trastero que quedaba bajo la vivienda. Según había podido observar, las ventanas de la casa eran de material resistente y la puerta bastante segura, con lo que aquel era el único punto débil del chalet. Lo tenía estudiado.

Bajó la escalinata y se topó con una puerta metálica con cerradura normal y corriente. No era la primera vez que se enfrentaba a una de esas. Al principio se resistió un poco, pero al segundo intento cedió. Dudó por última vez. Si se retiraba en ese momento, podría aducir que había visto algo sospechoso y que por eso había entrado en aquella propiedad; si seguía adelante, ya no habría vuelta atrás. Profirió un «Mierda» y entró.

El trastero era amplio y, al estar en el sótano, carecía de ventanas. Allí estaba la caldera, una de esas viejas de gasóleo, y un pequeño taller con herramientas. Ayudada de la linterna del teléfono móvil, la teniente sorteó las cajas cubiertas de polvo que se almacenaban por todas partes y atravesó la estancia hasta una nueva escalera que acababa en una segunda puerta de paso, la que comunicaba con la vivienda. Esta era más difícil de franquear, pero no imposible. Abrirla le llevó cinco minutos.

El salón principal de la vivienda era de una amplitud considerable y estaba dividido en tres zonas diferenciadas. La primera era un recibidor que comunicaba con la entrada al frente, la cocina a un lado y un baño al otro; la segunda, una cámara alargada que hacía las veces de comedor; y la tercera, cuatro peldaños más baja, el salón propiamente dicho. Esta última, a la que ella había accedido por la escalerilla, estaba elegantemente decorada. Rodeada por ventanas que dejaban pasar la luz a través de livianos cortinajes, la estancia tenía una zona de lectura y otra de estar con dos sofás separados por una mesa baja y una chimenea. Varias fotos enmarcadas y objetos de decoración se repartían por toda la habitación. La zona de lectura estaba delimitada por dos macizas librerías y gobernada por un cuadro enmarcado en madera color oro. Cuando se fijó en la pintura, la teniente Souza tuvo que apoyarse en uno de los muebles. Un río de sangre helada recorrió su cuerpo.

En la pieza, una mujer flotaba boca arriba en una especie de alcantarilla oscura en la que resaltaban varias flores coloridas pintadas sobre la pared. Una rosa color escarlata nadaba junto a ella, desprendida de su mano, y rodeando su cuello una marca púrpura revelaba el motivo de su muerte. La habían estrangulado. Pero eso eran solo detalles, lo realmente importante era el rostro de aquella mujer. Nunca lo había olvidado. Aquella mujer era su madre. Aquel era el cuadro inspirado en *Ofelia* del que le hablé en nuestro primer encuentro. Aquel cuadro era la moneda que tenía reservada para ella.

Sin saber cómo, Ángela se encontró de rodillas, con los ojos bañados en lágrimas. Cientos de estampas y recuerdos de ella se agolpaban en su mente. Intentaba comprender qué sucedía, pero en ocasiones hay cosas que se escapan a nuestra razón. Lloró. Lloró hasta que se le secaron los ojos. Al principio con amargura, luego con rabia y al final con tristeza. Y, mientras las lágrimas abandonaban su cuerpo, una fina lluvia en forma de imágenes y frases sueltas llenaron su mente de razón. Ahora comprendía por qué en el archivo que había facilitado a Zambrano ninguno de los cuadros se asemejaba a aquella versión de *Ofelia* de John Everett Millais de la que habíamos hablado en nuestra primera entrevista. Había eliminado aquella pintura de la lista de mis obras porque quería que solo la conociera ella. Por eso la había guiado hasta allí regalándole aquel cuadro de la casa en llamas. Era mi pago en gratitud por ayudarme a lograr mi objetivo. Las frases que en cierto momento le había dicho ahora cobraban sentido. «Tenía pensado otro tipo de agradecimiento. Una pieza más personal»; «Sabe que siempre conservo un par de monedas por si acaso»; o, refiriéndome a la mujer de las cloacas, «Su mirada era una mezcla de paz y miedo. Miedo a que los suyos conocieran su pecado». Su madre era la modelo de aquella macabra muerte. Había sido asesinada, como tantos otros que posaron para mí, y no, no era ella quien se había colgado de aquella viga dejando una breve nota de despedida. Alguien había decidido robarle la vida y ese alguien era David Montero, el dueño del chalet en el que estaba. Pero… ¿por qué? ¿Qué pecado era ese al que me refería? ¿Quién era ese hombre?

Pero eso no era todo. Regalándole aquel cuadro también le concedía el privilegio de poder elegir su destino. Hacer arder aquella casa, con el recuerdo de su madre dentro, o perdonar. Nunca nadie podría acusarla, nunca nadie podría juzgarla por formar parte del club de la muerte porque simplemente aquella obra no existía para nadie más que para tres personas. Para mí, para ella y para el monstruo que la encargó.

Alguien le había dicho alguna vez que la vida era como un enjambre de senderos en el que todos salimos del mismo punto y todos llegamos al mismo punto, pero en cada bifurcación que tomamos forjamos nuestro propio camino. Ahora Ángela estaba en una encrucijada y no sabía qué rumbo escoger. «¿Para qué serviría destapar la caja de pandora? ¿Venganza? ¿Qué harías tú en su caso?», mis palabras sonaban en su cabeza como el zumbido de un abejorro en primavera. ¿Podría ser feliz ahora que conocía la verdad? Debía elegir su camino y lo hizo.

Mecánicamente, guiada por una fuerza ajena a su raciocinio, la teniente buscó por la casa y juntó todo el material inflamable que encontró. Luego lo desparramó por el sofá y las cortinas. Su vida cambiaría a partir de aquel momento, pero sabía que, si no seguía los designios de Marat, la duda de haber dejado pasar la oportunidad de hacer justicia la perseguiría durante el resto de sus días.

El fósforo sonó al prender. Ángela miró la llama antes de acercarla a la tela empapada en alcohol que tenía frente a ella y revivió los colores de mi pintura. Estaba a punto de acabar con aquella maldita historia cuando oyó un ruido. Provenía del piso de arriba, la planta reservada para las habitaciones. Dudó si seguir adelante. No podía, tenía que ver de qué se trataba antes de continuar con su locura. Sopló sobre la cerilla y se dirigió hacia el sonido.

Las escaleras que partían del salón hacia las estancias de la planta superior terminaban en un pequeño distribuidor, una especie de pasillo ancho con varias puertas a los lados. De una de ellas salió de nuevo un sonido seco. Una especie de tosido. La puerta estaba entreabierta, la teniente se acercó hasta ella, la empujó y entró. Dentro, las persianas estaban bajadas y apenas se podían distinguir los detalles del mobiliario en la penumbra. Solo la luz que entraba a sus espaldas le permitía apreciar los principales elementos. Un amplio armario espejado, una cama grande en el centro y dos mesitas de noche a los lados. En el lecho, un hombre de edad avanzada tosió de nuevo. Ángela avanzó hasta situarse a los pies de la cama. Frente a él.

—¿Es usted David Montero?

El anciano se incorporó al oír la pregunta y ella, gracias a la luz que se colaba por la puerta, pudo verle el rostro. No hacía falta que le respondiera, sus facciones correspondían al mismo hombre que había visto en las imágenes de archivo cuando empezó su búsqueda. Estaba más demacrado, más viejo. Una enfermedad lo corrompía por dentro consumiendo su vida.

—Soy Ángela Souza, la hija de Elena Souza.

Hay cosas que ni la oscuridad puede ocultar. Aun en medio de la penumbra, los ojos del anciano se llenaron de miedo, de culpa. Los recuerdos del pasado lo visitaron. Como en esas películas de cine de super-8 en las que las imágenes tienen los colores desgastados y la cadencia es lenta, dieciocho fotogramas por segundo. Frente a ella estaba la hija de Elena, la mujer a la que había amado y odiado. La mujer a la que había matado años atrás. Jamás pensó que aquella adolescente inmadura lo fuera a encontrar algún día. Que iba a presentarse frente a él de esa manera. No había dejado rastro de su crimen. Solo había una prueba que se obligaba a mirar todos los días para no volver a caer en su error, aquel cuadro que presidía el salón.

El hombre, preso del pánico, levantó la mano señalando hacia una fotografía que había colgada en la pared. Aquella era su única escapatoria.

Capítulo 44

El último cuadro de Marat

Fuego sobre la tristeza de Ángela
Marat

El crepitar del fuego sonaba casi tan melódico como el *jazz.* Si cerraba los ojos y se concentraba en su sonido, era capaz de conducirla a un estado casi hipnótico. Las llamas jugaban a confundir sus colores, rojo, naranja, amarillo, azul… Resultaba difícil predecir su trayectoria y su forma etérea. El humo blanquecino se elevaba fundiéndose con el color azul del cielo, tiznando de ceniza lo que encontraba a su paso. Sentía el calor cerca, templando su piel, llamándola para que se arrimara hacia él.

—Déjame paso, que voy.

Ángela se hizo a un lado para que Henry pusiera la parrilla con la carne sobre la barbacoa. Chuletón de vaca tudanca comprado en la carnicería de su pueblo. «Insuperable», había repetido el guardia en cinco o seis ocasiones.

—Es la mejor carne que vas a probar en tu vida —insistió.

Había encontrado al cabo Ordóñez más maduro y desenvuelto. Por un instante se acordó de la primera vez que se vieron, cuando lo sorprendió buscando información sobre el pueblo de Esles junto al palacete de Carbajosa. En aquel momento habría puesto la mano en el fuego por que se dejaba el Cuerpo en menos de lo que cantaba un gallo. Su ilusión por la historia del arte y el poco convencimiento con el que decidió convertirse en guardia civil eran indicios claros. Sin embargo, hasta ella se equivocaba. A veces. Y ahora, a base de constancia, el guardia de pelo bermejo lucía los galones de cabo y se graduaría en Historia del Arte cuando aprobara las dos asignaturas que le faltaban. «Mi carrera y mi pasión son compatibles, así que mejor tener dos vidas que una», le había dicho la última vez que hablaron, cuando ella le preguntó si había despejado sus dudas.

—Venga. Deja de mirar el fuego y vente con todos —dijo Belén cogiéndola de la cintura y poniéndole una cerveza en la mano—. Y tú también, Ordi.

—¡Ni soñarlo! —contestó el pelirrojo—, tengo que vigilar la carne. Tiene que estar en su punto.

Ángela hizo caso a su amiga y se dejó arrastrar hacia donde el resto de los invitados conversaban animosamente.

No celebraban nada en especial, tan solo era un encuentro entre compañeros. Una especie de ritual que había puesto en marcha un par de años atrás Salvador Fenollosa para festejar su milagrosa recuperación. Organizar una barbacoa en su casa no significaba que se hubiese convertido de la noche a la mañana en un hombre feliz y dicharachero. De eso nada. Una herida mortal de bala te hace reflexionar sobre el valor de tu vida, pero no te cambia el carácter, y menos aún cuando uno considera su mala leche como una de sus mejores virtudes. En realidad, todos sospechaban que tras aquella celebración se escondía su mujer, Margarita, que lo había pasado tan mal cuando él se debatía entre la vida y la muerte que le hizo prometer que celebrarían su segundo cumpleaños religiosamente. Así, de paso, también usaban la barbacoa del chalet, que con lo que les había costado la segunda residencia tenían que darle más uso.

La casa no era muy grande. Una edificación *beige* de dos alturas algo estrecha. Sin embargo, tenían una buena parcela. Un pequeño prado con sitio para una mesa de madera, la barbacoa, un tendal y una portería para que se desfogasen los chavales. Piscina no necesitaban, la playa de Oyambre quedaba a un cuarto de hora. Al principio iban todos juntos en coche, pero desde que había nacido el pequeño todo había dado un pequeño giro. Los mayores preferían ir con sus pandillas y ellos, pues bueno, cada vez iban menos.

Aquel año habían adelantado un poco la fiesta para hacerla coincidir con las vacaciones de Ángela y Darío, que se habían reservado diez días a finales de septiembre para pasar unos días juntos en la Maruca. La pareja de la teniente ya los conocía a todos. Al menos de oídas. Al principio de su «segunda etapa» no es que le hiciera especial ilusión escuchar de los labios de Ángela los pormenores del caso que los había distanciado tanto como para romper su noviazgo, pero con el tiempo se dio cuenta de que esa relación ya estaba finiquitada cuando ella se marchó y que la distancia había sido necesaria para que ahora estuvieran más unidos que nunca, para que ambos tuvieran fe en su nuevo proyecto. Aquella tierra había cambiado a la chica que conocía, y ahora, de algún modo, ambos estaban vinculados a ella.

—¿Qué tenéis pensado para estos días? —preguntó Belén a la pareja.

—Poca cosa... Básicamente disfrutar de la playa y comer bien —respondió Ángela. Por un instante dudó si compartir todos los planes que tenían. Al menos había uno que prefería reservárselo—. También queremos ir a Santoña el sábado.

—Eso está al lado de El Dueso... —apuntó Fenollosa.

Ángela sonrió lacónicamente, con la misma sonrisa que la acompañó durante el caso de Marat y que con el tiempo parecía haber abandonado por una más natural: con un poco más de alegría y un punto menos de nostalgia. Recordó nuestras conversaciones, los paseos que solíamos hacer por la senda litoral y mi traición. Por un instante pasó fugaz por su mente el regalo que le hice, la imagen de mi último cuadro, la medicina que le había dado para tratar de sanar nuestra relación. No había vuelto a verla ni hablado con ella, a decir verdad, nunca más volvimos a vernos, pero no me hacía falta para saber que lo había conseguido. El día que recibí una caja de té Pu-erh en prisión, envuelta en un sobre de estraza, supe que me había perdonado.

También pensó en Miguel, en sus besos y sus caricias. En las veladas que habían pasado juntos. Se sintió culpable por echarlo de menos cuando estaba cogida de la mano de Darío.

El tiempo es el ingrediente secreto de la excelencia. El encargado de que, sin prisas, cada pieza ocupe el lugar que le corresponde. Lo es para elaborar un buen vino o un buen guiso, un buen libro o un buen cuadro. También fue clave para que Ángela comprendiera hasta qué punto Miguel se había involucrado en el caso. Siempre mantuvo la duda de cómo llegó realmente aquel pelo de pincel de marta de Escocia al cuadro de la muerte de Carbajosa. La distancia y la serenidad le permitieron verlo claramente. Tuvo que ser él. El pintor había estado mucho más implicado en el caso Marat de lo que las pruebas y yo le hicimos creer. Mi obra era tan importante para mí que resultaba extraño que la dejara a la deriva en manos de un pintor novel como Karlo. Tuvo que ser Miguel el encargado de dar esos sutiles trazos finales para poder engañarla y blindar mi coartada: estar en prisión cuando se concluyó el cuadro. También, como buena investigadora, Ángela dudaba mecánicamente de las casualidades. Fueron varias las que se produjeron durante el caso y en todas ellas estuvo implicado Miguel. La más llamativa fue nuestro tenso encuentro en su casa. Recordó como él llevaba ropa limpia y tuvo tiempo suficiente para ir a comprar al pueblo los ingredientes de un desayuno perfecto, y todo justo antes de que yo apareciera. O la presencia de Fenollosa en nuestro pequeño altercado, casualmente en el bar que estaba a la vuelta de la esquina del colegio de su hijo y justo el día en el que tenía partido de baloncesto. Todo estaba orquestado, y estaba seguro de que tarde o temprano ella se daría cuenta. Era su trabajo y era buena en él.

Durante un tiempo la teniente se debatió entre remover el fango y volver a la carga o dejar el agua correr, pero al final comprendió que yo había aceptado pagar por la culpa de los dos y que, dispuesto a seguir haciéndolo, nunca le permitiría demostrar lo contrario. Quizá en su decisión también pesó la especial relación que mantuvo con Miguel. Fue algo con lo que nunca contamos ninguno de los tres. Una de esas partes del plan que siempre se tuercen.

Sabía que nunca más volverían a verse. Aun así, su nombre le evocaba los dulces recuerdos de aquellos días, del corto e intenso sueño que vivió con él. No cambiaría su relación actual con Darío por la que tuvo con Miguel. No lo deseaba. Pero tampoco cambiaría las noches de sexo y amor que tuvieron por ninguna otra.

—Pensábamos más bien en ir a almorzar unas anchoas, dar la vuelta al monte Buciero y bajar hasta el faro del Caballo —respondió Ángela volviendo en sí—. Si alguien se quiere apuntar…

Fenollosa hizo una mueca de horror. Una cosa es que quedaran a comer una vez al año y otra bien distinta es que se convirtieran en el club de los cinco.

—Pues igual nosotras sí —respondió Belén—. Así conocéis a Alicia.

—¿Tu amiga la de la camisa de cuadros? —preguntó Fenollosa con cierto sarcasmo—. Me acabas de convencer. Margarita y yo tenemos muchas cosas que hacer ese día.

Belén le hubiera mandado a la mierda, con cariño. Eran muchos años ya y sabía que el sargento no lo decía con mala intención, pero por nada del mundo iba a darle cancha para que siguiera lanzándole pullitas. Con Alicia no. Se habían conocido un año atrás, en un evento que organizó su oenegé, «Mar Limpio», y llevaban cinco meses saliendo. Se sentía feliz a su lado. Tenían gustos parecidos y sabía hacerla reír. Se compenetraban bien, en la cama y fuera de ella. Con todo, era prudente. Su ex lo sabía, pero aún no tenía claro cómo encarar con los niños su relación con «la tía Alicia». En fin, en la vida y en las relaciones las cosas no siempre son fáciles, pero es precisamente eso lo que las hace bonitas.

—¡Abran paso que voy! —interrumpió Henry.

Tenía la camisa empapada y los ojos rojos por el humo. Se le veía a animado, un buen maestro de ceremonias.

—¡Todos a la mesa, que si la carne se enfría no vale nada!

Todos obedecieron de inmediato. La comida tenía una pinta estupenda y nadie quería que el esforzado cocinero tuviera que llamarle la atención. Y así, entre bromas y anécdotas, compañeros y afines, disfrutaron del festín que el guardia pelirrojo les había preparado.

La barbacoa terminó con los últimos rayos del sol y la promesa de que el año siguiente repetirían. Pese a su insistencia, Margarita se negó en rotundo a que la ayudasen a recoger, ella y Salvador se encargarían de todo al día siguiente. El sargento parecía no estar muy de acuerdo, lo cual acabó por animar a sus compañeros a aceptar el ofrecimiento de su mujer. «Así te acuerdas de nosotros mañana por la mañana», le dijo Ayerbe con chanza.

Tras despedirse de todos con falsas promesas de verse más a menudo, Ángela y Darío volvieron al molino de mareas. Al principio tenían previsto quedarse en un hotel o alquilar un apartamento, pero Belén, al enterarse de sus planes, les había ofrecido la casa de su tía.

—Esta vez gratis, que no paga el Cuerpo. Ya hablaré yo con mi tía —les dijo.

La teniente aceptó encantada, aparte del ahorro, no se le ocurría un mejor sitio en el que hospedarse: junto a la ría, junto al marinero de piedra, levantándose cada día al oír el canto de las olas, respirando el olor a mar.

Recorrieron el camino de vuelta a casa sin prisas, como se debe conducir en vacaciones, disfrutando del simple hecho de trasladarse de un punto a otro para seguir sin tener grandes cosas que hacer. El cielo cárdeno dio lugar a la noche y miles de estrellas comenzaron a brillar tímidamente en el firmamento. Era difícil ver algo así en la ciudad. Ángela guio a Darío a través del enjambre de pequeños caminos que llevaban hasta el molino y, cuando llegaron al portón metálico de la entrada, la teniente miró con nostalgia el solitario prado junto al muro de piedra. Echó de menos los ojos curiosos de Gaseosa siguiéndola con la mirada. Había preguntado por ella, pero nadie le supo decir qué había pasado con la yegua. Quizá había encontrado mejor vida en otros pastos, quiso pensar.

***

Julio Carreras entró en la habitación y buscó el número de mi *box* paseando la mirada por los indicadores que había en la zona de visitas. Cuando vio el rótulo con el número 5, bajó la vista y entornó los ojos para verme mejor. Yo levanté la mano en señal de saludo y él, como un espejo, repitió mi gesto y se acercó. Era nuestro primer encuentro. También era la primera vez que visitaba a alguien en prisión. Esas cosas se notan enseguida.

Había visto una foto suya en la contraportada de un libro que me recomendó un compañero de celda. En ocasiones esas imágenes muestran a una persona totalmente diferente a la que te esperas, pero en este caso no sucedió así. Eso me gustó. Era de mediana altura, con un poco de sobrepeso, pelo color paja y barba entrada en canas. Rictus serio, ojos vivos.

—¿Zhao Mu? —preguntó a modo de saludo cuando se sentó. Un puro formalismo, sabía de sobra que era yo.

Le había contactado mi abogado un par de semanas antes por orden mía. Tras varios intentos frustrados de poner en orden mis notas sobre todo lo que había sucedido aquel otoño negro en la Costa Quebrada, el renacer y el desenlace de la leyenda de Marat, había desistido de llevar adelante aquel proyecto por mi cuenta. Soy un pintor magistral, pero un pésimo escritor. Necesitaba ayuda de alguien con capacidad para contar historias y el elegido era el hombre que tenía enfrente.

—Imagino que mi abogado le habrá puesto en antecedentes.

—Me dijo que quería que narrara su historia, pero no me dio mucha más información. —Vi las dudas en su mirada y él me habló con franqueza—. Si le soy sincero, he venido aquí más por curiosidad que por otra cosa. Me apasiona escribir, tengo decenas de ideas en la cabeza y varios relatos que esperan su turno para ser redactados, pero no tengo ni tiempo ni motivo para contar una historia que no sea mía.

—Sin embargo, está aquí.

—Ya le he dicho que soy curioso.

—Entonces escuche mi oferta. Deje que le cuente la historia de Marat y luego juzgue si vale la pena dedicarle tiempo. Si piensa que no lo vale, aceptaré su negativa. Le pagaré su minuta por acudir a la reunión y no le molestaré más. Pero, si acepta, le prometo que se embarcará en una aventura de la que jamás se arrepentirá.

Julio respondió con un gesto afirmativo y yo empecé mi relato.

—Todo empezó con tres golpes. Tres golpes secos que sonaron en el umbral de la puerta...

La visita duraba cuarenta minutos, con lo que mi explicación fue somera, sin entrar al detalle. Necesitaría muchas más conversaciones con él para contarle todo minuciosamente. Cuando acabé de relatarle la historia, algo había cambiado en su expresión. Se quedó mirándome fijamente, una mirada que me recordó a la de Ángela cuando trataba de leer mi alma.

—¿Cuándo empezamos? —dijo.

Esperaba un «Me lo pensaré» o un «Ya le diré algo»; sin embargo, Julio me sorprendió con su respuesta directa. La oferta económica que le había puesto sobre la mesa el intermediario era interesante, desde luego, pero el dinero no siempre puede comprar la motivación para escribir una buena historia.

—Ya lo hemos hecho —contesté con una sonrisa—. Mi abogado te proporcionará todo el material que he recopilado. Más de quinientas páginas con anotaciones, pensamientos y trozos de mi vida. También te proporcionará el contacto de las principales personas implicadas. Es tu deber convencerlos para que participen. Mi historia sin ellos estaría incompleta.

»Estaré a tu disposición para mantener tantas comunicaciones orales como necesites. Teniendo en cuenta mis restricciones, claro. Ya sabes: una visita semanal de cuarenta minutos o dos de veinte. Si quieres, puedes tomar notas o, si lo prefieres, usa grabadora.

Le aclaré los pormenores de nuestra comunicación y las cosas que debía tener en cuenta para escribir el libro. Podría firmarlo él, pero debía mantenerme como el narrador de la historia. Porque, al fin y al cabo, yo era Marat y aquella era mi historia. Esa era una condición indispensable. No le convenció del todo, pero la aceptó a cambio de mostrarme tal y como él me percibiera. Con mis luces y mis sombras, nada de relatos heroicos. No me convenció, pero acepté. Correría el riesgo.

Cuando el tiempo se agotaba, antes de levantarse e irse, me formuló una última pregunta.

—Zhao. ¿Por qué yo? No soy un autor famoso. Ni siquiera vivo de mis libros…

—Por eso mismo. Me he leído tus novelas y me gusta tu estilo, tanto como el de muchos otros autores. Pero lo que me ha convencido para decantarme por ti es tu sueño. Tienes familia, trabajo y un sinfín de experiencias vitales intensas. Podrías vivir la vida cómodamente; sin embargo, no dejas de nadar río arriba para lograr tu sueño. Como un salmón. Tenemos el mismo objetivo vital, transcender. Yo ya lo he conseguido, ahora quiero que tú lo hagas también.

»Coge mi historia, sopla tus palabras sobre ella y hazla volar.

***

Ángela se levantó con el alba. Preparó café y desayunó contemplando a su viejo amigo el marinero de piedra. Su poncho seguía necesitando una mano de pintura y las barcas de colores continuaban arremolinándose a sus pies en los días de marea alta, mudas bajo su invisible protección. Se había despertado un par de horas antes, cuando el cielo todavía estaba oscuro, pero había preferido quedarse en la cama sin hacer otra cosa más que respirar. Es curioso la poca atención que prestamos a lo que nos mantiene con vida. Últimamente ella trataba de hacerlo más. A su modo. En varias ocasiones su amiga Virginia le había recomendado que practicara la meditación, que la ayudaría con todo eso de sus pesadillas, pero para ella era algo inviable. No tenía paciencia. Le resultaba casi imposible permanecer en el presente. De día se iba hacia delante y por la noche hacia atrás. Sin embargo, en las últimas semanas parecía que algo dentro de ella estaba cambiando. Sin llegar a vaciar su mente, se sentía capaz de dejarla pacer libremente sin que esta se fuera hasta los límites del tormento. Se quedaba quieta, sin moverse, con los ojos abiertos, y dejaba fluir sus pensamientos. A menudo le venían a la cabeza imágenes de los muchos cuadros que había visto en el caso Marat y trataba de rememorar sus detalles. La composición, los motivos, los colores… Siempre eran una buena compañía en medio de la quietud. Para ella esa sensación de tranquilidad era una experiencia nueva. Le gustaría poder decir que tenía cierta «paz interior», pero, como nunca la había tenido antes, no sabía exactamente si estaba en lo cierto o no. Lo que sí que tenía claro era cuándo había comenzado a sentirse bien. Esas sensaciones comenzaron el día del fuego, el día que entró en casa de David Montero, y alcanzarían su culmen aquella mañana.

Cuando acabó el café, con cuidado de no hacer ruido, abrió la puerta de la habitación y se quedó durante unos segundos apoyada en el quicio observando a Darío. No pudo evitar que le viniera a la mente una escena similar que había vivido un par de años antes. Su pareja no tenía un cuerpo tan perfectamente esculpido como el de Miguel. Tenía más pelo en el cuerpo, más arrugas y unos kilos de sobra que no se lograba sacar de encima, pero no lo cambiaba por nada. Cerró la puerta con cuidado de no despertarlo. Le dejó una nota y se fue.

Los kilómetros se acumulaban en su espalda y el paisaje rural daba paso al industrial. Portugalete, Sestao, Barakaldo y al final Bilbao. La ciudad del Nervión era su destino tapado de las vacaciones. Solo lo sabía ella; ni siquiera Darío, con quien compartía la vida, sabía su secreto. Le había dicho que necesitaba una mañana para ella sola. No sabía qué día, no sabía en qué momento, pero uno de los días de descanso desaparecería sin preguntas. Él, habituado a dejarle ese espacio que tanto necesitaba, accedió sin protestar. Al menos le había puesto un «Te quiero» escrito en un trozo de papel en el mueble de la entrada.

La teniente Souza aparcó la moto en una de las vías principales del barrio de Deusto y fue dando un paseo hasta el edificio de Cristal del Centenario de la Universidad. Cuando iba a un sitio por primera vez, le gustaba llegar caminando, como hizo cuando llegó al palacete de Carbajosa en Esles. ¿Una manía? Puede, hay tantas… El día también ayudaba: una de esas mañanas en las que el cielo brilla en azul inmaculado y la brisa es tan suave que refresca sin sentirla. Cuando llegó a su destino, se sentó en un banquito de madera que había frente al moderno inmueble de vidrio y acero, y se limitó a mirar hacia el frente. Hacia la entrada. Apenas había una hora de camino entre «su molino de mareas» y aquel banco, entre el pescador de piedra y el fantasma al que buscaba, pero parecía que fueran más de veinticinco años de distancia.

La primera persona que salió del edificio lo hizo aproximadamente quince minutos después de que ella llegara. Ángela, cuando vio la puerta abrirse, experimentó un terrible vértigo. Por un momento fue como si ella no fuese la mujer que estaba allí sentada, sino una tercera persona viéndolo todo desde una perspectiva imposible. Como si todo aquello fuese una quimera o un cuadro surrealista de André Breton. Una mujer joven salió por la puerta y ella volvió a la realidad. La segunda y la tercera vez la sensación fue menos pronunciada. Un sobresalto y una ligera decepción. A la cuarta sus expectativas comenzaron a desmoronarse. Aun así, no se movió de allí.

El tiempo pasaba y el sol que doraba su piel se movía lentamente tratando inútilmente de bordearla. De vez en cuando abría el papel doblado que tenía en la mano y lo observaba de nuevo, como si fuera a olvidarse de aquella cara que sabría dibujar con los ojos cerrados. En él, impreso en color, había una imagen de cómo podría ser hoy en día aquel niño rubio que la perseguía en sus sueños. Era una proyección que le había hecho un compañero de trabajo, una idealización basada en algoritmos, pero era lo único que tenía. Según aquel papel, su hermano debería tener el pelo color cobre, más frunces de lo que cabría esperar y un mentón similar al suyo.

Otra persona salió. ¿Iban quince o dieciséis? Daba igual... No tenía que hacer otra cosa más que esperar. Mientras lo hacía, le vino a la mente la imagen del dedo marchito de David Montero señalando la fotografía que había colgada en la pared de su habitación. Ella acercándose a esa instantánea y él confesando a sus espaldas el secreto que escondía. El amor que un día sintió por Elena Souza y cómo este se materializó en un bastardo al que se negó a reconocer. Su voz mezquina tratando de salvar el alma de un cuerpo podrido por dentro, confesando que, cuando quiso tenerlo cerca, ella se negó, y que no tuvo más alternativa que llevárselo con él a la fuerza. El tiñoso juramento de que le había dado la mejor vida que se le podía dar a un hijo. Podía sentir todavía la solitaria lágrima que rodó por su mejilla, la tensión en los nudillos de sus puños prietos, la duda de si quemar vivo a aquel miserable en su cama o matarlo antes con sus propias manos. Aquel despojo humano no solo le había robado a su hermano, también había acabado con la vida de la persona que más la quería. Y todo para consumar su pecado. Una madre nunca dejaría de pelear por su hijo, él lo sabía, por eso la mató. Lo que jamás podría imaginar es que Ángela, su hermana, también era como una madre para aquel niño.

Llevaba allí sentada cerca de tres horas. Las dudas crecían en su interior, pero no desistía. Le había llevado poco tiempo averiguarlo todo sobre él, pero meses atreverse a dar el paso de buscarlo. Sabía que había tomado el apellido de su padre, que trabajaba en la Universidad Literaria, que estaba casado y tenía una hija, una sobrina a la que no podía poner cara. Sabía dónde vivía, de qué color tenía los ojos su mujer, la marca de su coche. Sabía que no tenía el pelo cobrizo, que estaba calvo como una bola de billar, que tenía menos arrugas que las que aparecían en aquella foto, que su padre había muerto recientemente... Lo que le causaba desasosiego era que él no sabía nada sobre ella. ¿Cómo reaccionaría? ¿Guardaría algún recuerdo suyo? ¿Se acordaría de su otra madre?

Averiguar su paradero le había servido por lo menos para calmar su espíritu. Había cumplido su objetivo vital, había encontrado a su hermano. Y todo gracias a mí, gracias al último cuadro de Zhao. Sin embargo, los planes no siempre salen como uno los recrea en la mente. Me agradeció la ayuda con su perdón, materializado en esa caja de té Pu-erh que tanto disfruté, sin embargo, destruyó ignominiosamente mi obra. En lugar de quemar la casa con el ser al que odiaba dentro, quemó mi cuadro junto a las más de cincuenta libretas de diseño que contenían sus pesadillas. Ya no las necesitaba. Había encontrado la paz.

El fuego se alimenta del viento, pero en ocasiones es necesario un huracán para apagar una llama. La voluntad de mi última obra y el significado de Marat perdieron el sentido en aquella pequeña hoguera que Ángela hizo en una cala escondida en la Costa Quebrada.

David Montero murió tres días después de la muerte de mi cuadro por un fallo hepático. Nunca sabré si fue la enfermedad que lo corroía por dentro la causante o una accidental sobredosis por ingesta de paracetamol. Un remedio que Castro empleó en alguna ocasión. Dado su lamentable estado de salud, nadie se preocupó por realizar una autopsia. La enfermedad no suele ser tibia con la crueldad. No derramé lágrimas por él, ni tampoco creo que lo hiciera Ángela.

La puerta de cristal se abrió de nuevo y por ella salió un hombre. Era calvo, treinta y pocos. Era él. Avanzaba distraído hacia su posición. Ángela se levantó a cámara lenta. Todos los sonidos se habían detenido y no existía nada que no fuera ella y aquel niño rubio que movía los pedales sin mirar hacia atrás.

El profesor Antonio Montero sintió algo insólito. Una especie de fuerza invisible, como un imán, lo empujaba hacia aquella mujer que se había puesto en pie frente a él. No la conocía, pero su rostro le era familiar. Mecánicamente, desprovisto de su voluntad, caminó hasta situarse a dos pasos de ella y luego se quedó mirándola fijamente.

—¿Sabes quién soy? —dijo ella.

De pronto recordó un bosque. Y una bicicleta roja, y un beso, y una canción de cuna, y unos dedos sujetando su mano, y el rostro de una madre a la que creía haber olvidado. Una lágrima rodó por su mejilla, la misma lágrima que rodaba por la de la mujer que tenía enfrente.

—Sí, la chica que aparece en mis sueños.

—¿En tus pesadillas?

—No. Solo en los felices.

FIN

Listado de artistas relacionados

Por orden alfabético:

Alberto Durero. Alfons Mucha. Alyssa Monks. André Breton. Andrea Mantegna: *Lamentación sobre Cristo muerto.* Anselm Kiefer: *La esposa de Lot.* Antonio López. Artemisia Gentileschi.

Bernardo Ferrándiz. Berthe Morisot: *Julie Daydreaming.*

Camille Pissarro: *Cosecha de manzanas.* Caspar David Friedrich: *El caminante sobre el mar de nubes.* Claude Monet: *Amapolas.*

Diego Rivera: *Sueño de una tarde dominical en la Alameda Central.* Diego Velázquez: *La rendición de Breda.*

Édouard Manet. Edvard Munch: *La tormenta*; *Madonna.* Edward Hopper: *Nighthawks*; *Boy and Moon.* El Bosco: *El jardín de las delicias.* El Greco. Esteban Murillo. Eugène Delacroix: *La Libertad guiando al pueblo.*

Félix Vallotton: *La visita.* Fernando Botero: *La muerte de Pablo Escobar.* Francisco de Goya: *El 3 de mayo en Madrid*; *San Francisco de Borja y el moribundo impenitente.* Frida Kahlo: *Viva la vida.*

Georges Pierre Seurat: *Las modelos.* Giacomo Balla: *Luz de la calle.* Giuseppe Arcimboldo. Grant Wood: *American Gothic.* Gustav Klimt: *Muerte y vida.* Gustave Courbet: *El desesperado*; *El taller del pintor.*

Henri Matisse: *Ventana abierta*; *Mujer con abrigo púrpura*. Henri Regnault: *Automedonte con caballos de Aquiles*. Henri Toulouse-Lautrec. Herbert Draper: *El lamento por Ícaro*. Hippolyte Flandrin: *Joven desnudo junto al mar*.

Jacques-Louis David: *La muerte de Marat*. Jan van Eyck: *El matrimonio Arnolfini*. Jean-François Millet: *Las espigadoras*. Jean-Honoré Fragonard: *El columpio*. Joan Miró (Joan): *The Waggon Tracks*. Joaquín Sorolla: *La hora del baño*; *Paseo a orillas del mar*. Johanes Muller Franken. Johannes Vermeer: *El arte de la pintura*. John Everett Millais: *Ofelia*. John Singer Sargent: *A Capriote*. José de Ribera. Jules Breton: *El final del trabajo*. Julio Romero de Torres: *La consagración de la copla*.

Käthe Kollwitz: *La muerte atrapa a una mujer*. Katsushika Hokusai: *La gran ola de Kanagawa*.

Leonardo Da Vinci: *La última cena*; *Mona Lisa*.

Marc Chagall: *Les amoureux*. María Blanchard: *El pianista*. Maurits Cornelis Escher: *Tres mundos*; *Relatividad*. Michelangelo Buonarroti: Bóveda de la Capilla Sixtina. Michelangelo Merisi Caravaggio: *Narciso*. Marat: *Fuego sobre la tristeza de Ángela*.

Odilon Redon: *Pandora*.

Pablo Picasso: *Las señoritas de Aviñón*. Paul Cézanne: *La casa del ahorcado en Auvers-sur-Oise*; *Los jugadores de cartas*. Paul Gauguin: *El Cristo amarillo*. Paul Signac. Pierre-Auguste Renoir. Piet Mondrian: *Composición en rojo, amarillo, azul, blanco y negro*. Pieter Brueghel: *El triunfo de la muerte*; *La torre de Babel*; *Los proverbios flamencos*.

Raffaello Sanzio. Rembrandt: *El rapto de Europa*. Remedios Varo: *El gato helecho*. René Magritte. Robert Delaunay: *La portuguesa*.

Salvador Dalí: *Sueño causado por el vuelo de una abeja alrededor de una granada un segundo antes del despertar.* Sandro Botticelli: *El nacimiento de Venus.* Sofonisba Anguissola: *Partida de ajedrez.*

Tivadar Kosztka Csontvary: *El viejo pescador.* Tiziano.

Umberto Boccioni: *Tumulto en la galería*; *La calle ante la casa.*

Vasili Kandinsky: *Cielo azul.* Vincent van Gogh: *Raíces de árbol.*

William Blake: *Newton.* William Turner: *Tormenta de nieve.*

Zdzisław Beksiński.

AGRADECIMIENTOS

Esta novela no hubiera sido posible sin la colaboración de todas las personas que fueron testigos de los asesinatos de la Costa Quebrada y la historia del pintor conocido como Marat. Las notas de Zhao Mu han servido como pilar fundamental para recrear lo que allí sucedió, pero también lo han sido los testimonios de Ángela Souza, Henry Ordóñez, Belén Ayerbe y Salvador Fenollosa. A todos ellos les quiero agradecer el tiempo y las palabras que me han dedicado. Para rellenar los huecos necesarios y dar coherencia a la historia, he tenido que servirme de otras fuentes, recrear en mi imaginación algunos pasajes de lo ocurrido y tomar prestada cierta omnisciencia. Del mismo modo, para facilitar la lectura y el desarrollo de la trama, he tenido que tomarme algunas licencias y, como haría la teniente Souza, «saltarme» algunas partes del procedimiento de la Policía Judicial. Espero que sepan comprenderlo y perdonarme por ello.

También quiero mostrar mi agradecimiento a las personas que me han apoyado a la hora de documentar este proyecto: José Aroca Lucas, Francisco García Palacios, Begoña Marco Llisterri, José María Molina Ferrero y José Luis Navarro Bayarri. Del mismo modo, les mando un caluroso abrazo desde estas letras a José Miguel López Solano, Manuel Seco de H. Cigales (manolvs) y a los profesionales que se han leído los manuscritos y me han ayudado a mejorarlos. Y, por supuesto, guardo un agradecimiento muy especial para mi mitad: Mamen Laurín. Sin su paciencia, sacrificio y el tiempo que me ha regalado no podría haber sacado este proyecto adelante.

EDITORIAL
SARGANTANA